작은 도릿 1

작은 도릿 1

초판 1쇄 발행 2022년 5월 13일

지은이 찰스 디킨스
옮긴이 김옥수
펴낸이 김소연

펴낸곳 비꽃
등록 2013년 7월 18일 제2013-000013호
주소 서울 강북구 삼양로16길 12-11
이메일 rain__flower@daum.net
전화 02)6080-7287, 010)3924-7287 **팩스** 070-4118-7287
홈페이지 www.rainflower.co.kr

ISBN 979-11-85393-92-6
979-11-85393-19-3 (세트번호)

값 29,600원

Little Dorrit

작은 도릿 1

찰스 디킨스 지음 · 김옥수 옮김

비꽃

1857년 판본 서문[1)]

지난 2년 동안 나는 작업시간 대부분을 여기에 쏟아부었습니다. 잘난 점도 못난 점도 남겨서 통째로 읽히도록 표현하지 못했다면, 내가 시간을 잘못 보낸 것이겠지요. 하지만 작품을 산만하게 출판하는 동안에도 내가 일관된 관심을 보이며 작품의 실타래를 풀어왔다고 여길 이유는 충분하니, 날줄과 씨줄을 철저하게 엮어서 그림 전체를 완성체로 보아주길 부탁할 이유도 충분하겠지요.

바너클 가문과 '빙글빙글 돌리기 관청' 같은 허구를 심하게 과장한 부분을 굳이 변명하자면, '러시아 전쟁'[2)]과 '첼시 특별조사위원회'[3)] 당시에 내가 예의 없게 행동했다[4)]는 하찮은 지적을 주제넘게 거론하느니, 차라리 영국인한테 흔한 습관이라고 대답하겠습니다. 머들이라는 터무니없는 등장인물을 설정한 걸 뻔뻔하게 변명하자면, 철도주

---

1) '작은 도릿'은 1855년 12월부터 1857년 6월까지 시리즈 형태로 출판했으며, '서문'은 마지막 시리즈물에 '후기'로 실었으나, 두 권으로 합칠 때는 1권 '서문'에 실었다.

2) 크리미아 전쟁(1853~1856): 러시아가 흑해로 진출하려고 흑해 연안 크리미아반도에서 영국, 프랑스, 오스만 제국 등의 연합국과 싸운 전쟁으로, 전쟁에 지면서 남진정책은 좌절한다.

3) 크리미아 전쟁 당시에 병참 물자 부족으로 영국군을 곤경에 빠뜨린 이유를 조사하고자 특별 소집한 위원회다. 하지만 비리를 저지른 군부 시도사 병단을 비공개하고 책임도 안 물어, 당시에 커다란 파문을 일으켰다.

4) 찰스 디킨스는 '첼시 특별조사위원회'의 작태를 공개적으로 비판하는 문건을 두 번이나 발표했다.

시대[5] 이후, 특정 아일랜드계 은행 그리고 그만큼 훌륭한 기업체 한두 개가 활동한 시기에 그런 모습을 보았다고 하겠습니다. 나쁜 계획도 종교적으로 특별히 좋은 계획이 될 때가 종종 있다는 터무니없는 환상이 나한테 보인다는 지적을 변명하자면, 작품에서 클라이맥스로 치닫던 시점이 영국 왕립은행[6] 이사진을 공개적으로 조사하던 시기와 맞물린 건 묘한 우연에 불과합니다. 하지만 그 모든 지적과 죄목에 기꺼이 심판받고, 필요하다면, 이 땅에서 그런 일이 예전에는 한 번도 안 일어났다는 (훌륭한 전문가의) 지적[7]을 기꺼이 받아들이겠습니다.

독자 여러분 가운데는 마셜씨 교도소가 아직도 일부나마 남았는지 궁금한 분이 있을 것 같습니다. 나 자신도 몰랐습니다, 이번 달 6일에 직접 가서 확인할 때까지는. 작품에서 자주 언급한 교도소 바깥마당이 버터 가게로 변한 걸 보고, 나는 교도소 벽돌까지 모두 사라졌다는 생각이 들어서 그냥 포기할 뻔했습니다. 하지만, 인근에 있는 '버몬지로 이어진, 에인절 코트'로 어슬렁어슬렁 내려가다 '마셜씨 교도소 터'를 맞닥뜨렸습니다. 내가 기억하는 건물군 모두, 예전 교도소 건물에다 내가 작은 도릿의 삶을 기록하는 동안 마음의 눈에 툭하면 떠오르던 감방까지, 그대로 보존되었던 겁니다. 내가 대화한 사람 가운데 가장 조그만 소년이 내가 본 아기 가운데 가장 커다란 아기를 등에 업고서 예전에 그곳을 어떤 용도로 사용했는지 놀라울 정도로 똑똑하게 설명하는데, 대체로 다 맞았답니다. 어린 뉴턴이 (내 눈에는 그렇게 보였으니) 그 내용을 어떻게 아는지는 모르겠어요. 벌써 사반세기나

5) 1840년대 중반에 철도 건설과 투기 열풍이 영국 전역을 휩쓸었다. 철도 건설은 제국을 건설하는 출발점이며, 유럽의 다양한 전쟁은 물론, 러일 전쟁의 계기가 되기도 했다.
6) 영국 왕립은행은 사설 은행으로 영국 정부와 왕실에 막대한 자금을 기부한 다음, 종이를 마구 인쇄해서 화폐로 발행하는 특권을 누리다 파산해, 영국 전역에 엄청난 피해를 주었다.
7) 금융자본이 새롭게 등장하면서 나타난 폐해를 말한다.

지난 터라 소년이 그걸 알기에는 너무 어렸거든요. 나는 작은 도릿이 태어나고 그 아버지가 오랫동안 살던 감방 창문을 가리키며, 지금 저곳에 누가 세 들어 사느냐고 물었습니다. 소년은 "톰 파이식"이라고 대답했어요. 그래서 내가 톰 파이식이 누구냐 물으니, 소년은 "조 파이식 삼촌"이라 대답하더군요.

조금 더 내려가니 낡고 조그만 담장이 보이는데, 훨씬 비좁고 단단한 내부 교도소를 에워싼 담장으로, 지금은 행사 때가 아니면 아무도 안 가둔답니다. 하지만 마셜씨 교도소 터로 들어선 사람은, '버몬지로 이어진, 에인절 코트'로 꺾어지는 사람은, 두 발에 밟히는 판석이 이제는 사라진 마셜씨 교도소 판석이라는 사실을, 오른쪽과 왼쪽으로 나아가는 좁은 마당은 사람들이 자유롭게 출입하는 공간으로 변하면서 담장이 훨씬 낮아진 점만 빼면 변한 게 없다는 사실을, 채무자들이 살던 감방을 올려본다는 사실을, 자신이 수많은 세월을 비참하게 보낸 유령들 사이에 있다는 사실을 깨달을 겁니다.

'황폐한 집' 서문에서 나는 이 책을 좋아하는 독자가 내가 지금까지 발표한 어떤 책보다 많다고 했습니다. '황폐한 집' 다음에 나온 '작은 도릿' 서문에도 똑같은 말을 해야 할 것 같습니다. 독자 여러분과 나 사이에 애정과 신뢰가 꾸준히 커온 걸 뼛속 깊이 느끼며, 이 책 서문에도 '황폐한 집' 서문처럼 덧붙이겠습니다. 다시 만나길 기대합니다!

1857년 오월, 런던에서

목 차

1권: 가난한 자

1장. 양지와 음지

30년 전,[8] 태양이 마르세유[9]를 뜨겁게 달구던 날이었다.

8월에 태양이 남부 프랑스를 뜨겁게 달구는 건 그날 이전에도 이후에도 드문 현상이 아니다. 마르세유는 물론 그 주변에 있는 모든 물체는 뜨거운 하늘을 노려보고, 뜨거운 하늘 역시 모든 물체를 노려보아, 누구든 노려보는 게 습관처럼 되었다. 새하얀 건물도, 새하얀 담장도, 새하얀 거리도, 바싹 마른 도로도, 초목이 바싹 타들어 간 숲도 낯선 사람이 나타날 때마다 기분 나쁘게 노려보았다. 눈을 부라리며 노려보지 않는 건 포도를 주렁주렁 매단 채 축 늘어진 포도나무밖에 없었다. 뜨거운 공기가 잎사귀를 흔들 때면 살며시 윙크까지 했다.

바람 한 점 없어, 항구 주변 더러운 물도 항구 바깥 아름다운 바닷물도 잔잔했다. 바닷물이 까만색과 파란색으로 갈리는 경계선은 순수한 바닷물이 안 다가가는 지점을 보여주었다. 순수한 바닷물도 역겨운 항구 물처럼 고요해, 둘은 절대로 안 섞였다. 천막이 없는 조그만 배는

---

8) 이 책을 쓴 시점에서 30년 전으로 1826년을 뜻한다. 디킨스 아버지가 빚 때문에 감옥에 갇힌 시기와 겹친다.

9) 프랑스 남부 항구도시로, 디킨스는 1844년 6월, 11월, 12월에 세 차례 방문했다. 조류가 약해서 하수를 쓸어내지 못해, 바다와 항구 사이에 경계선이 또렷했다.

너무 뜨거워서 손조차 못 대고, 커다란 배는 항구에 묶여서 햇볕에 익고, 방파제 돌덩이는 밤이든 낮이든 몇 달째 식을 줄 몰랐다. 인도인, 러시아인, 중국인, 스페인인, 포르투갈인, 영국인, 프랑스인, 제노바 사람, 나폴리 사람, 베네치아 사람, 그리스인, 터키인 등, 바벨탑[10]을 쌓은 종족의 후손이 마르세유로 무역하러 와서 하나같이 그늘로, 너무나 파래서 쳐다볼 수조차 없는 바다와 불덩이가 거대하게 솟구치는 보랏빛 하늘을 피할 곳으로 찾아들었다.

누구든 노려보니, 눈동자가 시큰거렸다. 멀리 떨어진 이탈리아 해안 쪽은 바닷물이 증발하며 옅은 안개구름이 천천히 일어나는 덕분에 약간 누그러지긴 해도, 다른 곳은 아니었다. 먼지를 덮어쓴 채 이글거리는 도로가 머나먼 산 중턱에서 노려보고, 계곡에서 노려보고, 끝없이 뻗은 들판에서 노려보았다. 도로변 주택 위로 머리를 내밀다 먼지를 뒤집어쓴 포도나무도, 대로변에서 단조롭게 타들어 가는 가로수도 땅과 하늘이 노려보는 눈빛에 축 늘어졌다. 짐 마차에 매여서 방울 소리를 나른하게 울리며 내륙 쪽으로 기다랗게 줄지어 느릿느릿 나아가는 말도 축 늘어지고, 꾸벅꾸벅 졸다 가끔 깨어나는 마부도 축 늘어지고, 들녘에서 힘들게 일하는 일꾼도 축 늘어졌다. 살았거나 자라나는 생명체는 누구나 매섭게 노려보는 눈빛에 하나같이 사그라들었다. 울퉁불퉁한 돌담 위로 빠르게 지나는 도마뱀과 맴맴 소리를 메마르게 뱉어내는 매미만 예외였다. 흙먼지 자체도 갈색으로 그을리고, 흔들리는 대기는 공기조차 숨을 헐떡이는 것 같았다.

그렇게 노려보는 눈빛을 건물마다 블라인드와 덧문과 커튼을 쳐서 차단했다. 하지만 가느다란 틈새나 열쇠 구멍만 있어도 뜨거운 눈빛이

10) 창세기 2장에 나오는 내용으로, 사람들이 하늘에 오르려고 바벨탑을 쌓자, 신은 사람들이 뜻을 하나로 못 모으도록 다양한 언어로 갈라서 지구 전역에 흩뜨렸다.

화살처럼 달려들었다. 교회는 그런 눈빛에서 완벽하게 벗어났으니, 그늘진 기둥과 아치에서 나온다는 건 – 등잔불은 곳곳에 꿈결처럼 깜박이고 사람들은 꿈결처럼 모여서 경건하게 졸고 침을 뱉고 갈구하는 곳에서 나온다는 건 – 불타는 강물로 뛰어들어, 제일 가까운 그늘 조각으로 목숨 걸고 헤엄쳐야 한다는 걸 의미했다. 사람들은 그늘만 있으면 어디든 축 늘어지거나 바닥에 눕고, 사람이 말하는 소리나 개가 짖어대는 소리는 거의 없어, 서로 다른 교회 종소리가 이따금 쨍그랑대면서 거칠게 두드리는 소리만 드럼처럼 일 뿐, 이날, 마르세유는 뜨거운 태양 밑에서 불에 굽는 맛과 냄새를 풍기며 이글거렸다.

이날, 마르세유에는 고약한 교도소가 있었다. 그 감방에는, 너무나 역겨운 나머지 살인적인 눈빛조차 피해서 반사된 빛만 들어오는 감방에는, 두 사내가 있었다. 두 사내 말고는 벽에 달라붙은 채 곳곳이 파여서 삐걱대는 벤치 하나, 벤치에 칼로 새겨서 거칠게 만든 체스판, 수프 뼈다귀와 낡은 단추로 만든 체스 말 한 세트, 도미노 한 세트, 매트 두 장, 포도주병 두세 개가 전부였다, 눈에 안 보이는 벌레와 생쥐, 눈에 보이는 두 사내 벌레 말고는.

반사하는 빛이 쇠창살로 들어와서 감방에 꽤 커다란 창문 모양을 드리워, 쇠창살을 둘러친 어두운 계단에서 감방 내부를 언제든 살필 수 있었다. 쇠창살이 있는 1m 높이 벽에는 널찍한 돌 선반을 걸쳤다. 그곳에 두 사내 가운데 한 명이 무릎을 구부려서 두 발과 양쪽 어깨를 양쪽 벽에 기댄 채 반은 앉고 반은 누웠다. 쇠창살 간격은 팔을 팔꿈치까지 내밀 정도로 널찍해, 한쪽 팔을 아무렇게나 편하게 내민 자세였다.

감옥 느낌이 어디나 가득했다. 공기도, 햇빛도, 습기도, 인간도 좁은 감방에 갇혀서 오염되었다. 인간의 독살스러운 모습이 시드는 것처럼, 쇠창살은 녹슬고 돌덩이는 미끈거리고 목재는 썩어들고 공기는 엷고

햇빛은 어두웠다. 감옥은 우물처럼, 지하 창고처럼, 무덤처럼, 환한 바깥을 조금도 모르니, 인도양 화사한 섬에 있다고 해도 오염된 공기는 여전할 것 같았다.

쇠창살 쪽 선반에 누운 사내는 냉기까지 들었다. 한쪽 어깨를 짜증스럽게 움직여서 큼지막한 망토로 단단히 감싸며 으르렁댈 정도였다.

"지랄 같은 태양이 여기엔 비추지도 않아!"

사내는 음식이 오기만 기다리며 옆눈을 쇠창살 사이로 돌려서 계단 아래를 살폈다. 먹을 걸 기다리는 맹수 같았다. 하지만 바싹 달라붙은 두 눈은 맹수처럼 용맹한 모습이 아니었다. 용맹하기보다는 매서운, 먹잇감을 절대로 안 놓칠 날카로운 눈빛이었다. 깊이도 변화도 없어, 떴다 감기만 되풀이하며 번뜩일 뿐이었다. 무얼 안 쳐다볼 때는, 시계공이 만든 눈동자도 그보다 훌륭할 것 같았다. 코는 매부리로 나름대로 잘생겼지만, 너무 높이 올라갔다. 두 눈에 바싹 달라붙어서 그렇게 보이는 것 같았다. 키는 크고 덩치는 좋으며, 입술은 얇아서 두툼한 콧수염 덕분에 간신히 알아볼 정도고, 건성 모발은 숱이 많지만 덥수룩해서 색깔을 알 수 없는데, 빨간색이 군데군데 틀어박혔다. 쇠창살을 잡은 손은 (거친 상처가 막 나아서 손등에 흉터만 가득한데) 유별나게 작고 통통한 게, 감옥에서 달라붙은 먼지만 아니라면 유별나게 하얄 것 같았다.

다른 사내는 돌바닥에 누워서 거친 갈색 외투를 덮었는데, 첫 번째 사내가 으르렁댔다.

"일어나, 개자식아! 내가 배고플 때는 잠자지 말라고."

개자식이 복종하는 어투로 쾌활하게 대답했다.

"아무래도 상관없어요, 방장님. 깨어날 때 깨어나고 잠잘 때 잠자니까요. 어차피 똑같다고요."

개자식이 말하며 일어나서 부르르 떨다 온몸을 긁고, (조금 전까지 담요로 사용하던) 갈색 외투 소매를 목에 느슨하게 묶더니, 하품하면서 돌바닥에 앉아 쇠창살 맞은편 벽에 등을 기댔다.

"지금 몇 시야?"

첫 번째 사내가 으르렁댔다.

"정오 종이 울릴 거예요……40분이면."

개자식이 대답하는 중간에 말을 멈추고 감방 벽을 둘러보는 게, 확실한 정보라도 살피는 것 같았다.

"영락없는 시계로군. 시간을 맞추는 비법이 뭐야?"

"뭐라고 할까? 나는 지금이 몇 시고, 내가 어디에 있는지를 단숨에 안답니다. 한밤중에 조각배에 실려서 끌려왔지만, 여기가 어딘지 아니까요."

두 번째 사내가 돌바닥에 무릎을 꿇고 앉아서 더러운 집게손가락으로 지도를 그리며 덧붙였다.

"여기는 마르세유 항구! 여기는 (군함이 있는) 툴롱,[11] 여기는 스페인, 여기는 알제리. 왼쪽으로 가면 니스. 절벽 길을 따라가면 제노바. 제노바 방파제와 항구. 검역소.[12] 여기가 도심지. 테라스마다 빨간 꽃이 화사하지요. 여기가 뽀르또피노 항구.[13] 리보르노[14] 쪽으로 출항하고요. 치비타베키아[15]로도 출항해서 쭉 가면……맙소사! 나폴리를 표

---

11) 프랑스 남쪽 끝, 마르세유 동남쪽.
12) '절벽 길을 따라가면 제노바. 제노바 방파제와 항구. 검역소'는 지중해 해안선에 걸친 길로, 알프스 산맥을 피해서 제노바와 니스를 연결한다. 제노바 방파제는 물길을 차단해서 항구를 이루고, 검역소는 1720년에 큰 전염병이 돌아서 도시 인구 절반이 죽을 때, 50에이커 규모에 이중 담장을 세워서 만든 시설이다. 해외에서 배가 들어오면 섬에 일정 기간 정박하고, 그 사이에 전염병이 돈 선박은 사람까지 모조리 태웠다.
13) 이탈리아 서해안 제노바 남동쪽 항구.
14) 토스카나 지방에서 제일 커다란 항구.
15) '오래된 도시'라는 뜻으로, 로마 북서쪽 항구다.

시할 데가 없네요." 감방 벽에 부닥친 것이다. "하지만 상관없어요, 이 근처니까!"

사내가 무릎을 꿇은 채 감방치고 활기찬 표정으로 동료 죄수를 올려다본다. 살갗은 햇볕에 그을리고 동작은 빠르고 유연하며 키는 조그맣지만 몸은 통통하다. 햇볕에 갈색으로 그을린 귀 양쪽에 귀걸이를 하고, 험상궂게 탄 얼굴에는 하얀 이가 환하고, 새까만 머리칼은 햇볕에 탄 갈색 목덜미로 주렁주렁 흘러내리고, 너덜너덜한 빨간 셔츠는 갈색 가슴을 드러냈다. 바지는 뱃사람용처럼 헐렁하고, 신발은 깔끔하며, 빨간 모자는 기다랗고, 허리춤에 두른 빨간 띠에는 단검을 찔러넣었다.

"내가 간 나폴리에서 제대로 돌아오는지 보세요! 여기요, 방장님! 치비타베키아, 리보르노, 뽀르또피노 항구, 제노바, 절벽 길, (여기는) 니스 앞바다, 마르세유, 방장님과 나. 교도관이 열쇠를 보관하는 방은 엄지손톱이 있는 여기. 손목이 있는 여기는 '국민 면도기' 단두대를 상자에 넣어서 보관하는 곳."

다른 사내가 갑자기 바닥에 침을 퉤 뱉고 목구멍으로 꼴깍 소리를 냈다. 동시에 계단 아래 자물쇠 목구멍에도 꼴깍 소리가 나더니, 문을 여는 소리가 커다랗게 일었다. 계단을 천천히 올라오는 발소리가 들리다, 혀짧은 여자애 목소리가 귀엽게 뒤섞이더니, 교도관이 바구니와 함께 딸을 안고 나타나는데, 너덧 살 정도로 보였다.

"그래, 오늘 오전은 어떻게 지내는가? 아빠가 키우는 새를 구경하겠다고 우리 딸내미가 따라나섰다네. 자! 저 새들을 보렴, 귀여운 우리 딸, 저 새들을 봐."

교도관이 여자애를 쇠창살로 들어 올리면서 두 마리 새를, 뭔가 의심스럽게 보이는 조그만 새를 특히 매섭게 쳐다보며 말했다.

"빵을 가져왔어, 세뇨르 존 밥티스트." (프랑스어로 말하는데, 조그만 사내는 이탈리아 사람이었다.) "내가 내기하지 말라고 충고하면……"

"방장님한테는 충고를 안 하잖아요!"

존 밥티스트가 끼어들어 하얀 이를 드러내며 웃자, 교도관이 다른 사내를 그다지 안 좋아하는 표정으로 흘낏 쳐다보면서 대답했다.

"아! 하지만 방장은 이기고 자네는 지잖아. 완전히 다른 거라고. 덕분에 자네는 바싹 마른 빵이랑 시큼한 포도주만 먹고, 저 친구는 리옹산 소시지랑 육즙이 좋은 송아지 고기랑 하얀 빵이랑 스트라치노 치즈랑 좋은 포도주를 먹잖아. 우리 예쁜 아가야, 두 마리 새를 보렴!"

"새가 불쌍해요!"

여자애가 말하면서 겁먹은 표정으로 창살 사이를 바라보는데, 맑고 순수한 얼굴이 감옥에 나타난 천사 같았다. 존 밥티스트는 저절로 이끌리듯 일어나서 다가가고 다른 새는 꼼짝을 안 했다. 바구니를 초조하게 쳐다본 게 전부였다.

교도관이 어린 딸을 창살 바깥쪽 선반에 올리며 말했다.

"그대로 있어! 우리 딸이 두 마리 새한테 먹이를 줄 테니까. 커다란 빵은 세뇨르 존 밥티스트 거란다. 새장으로 넣으려면 빵을 찢어야 해. 그러면 잘 길든 새가 어여쁜 손에 뽀뽀하는 거야! 포도 잎사귀로 싼 소시지는 리고 아저씨 거. 육즙이 좋은 송아지 고기도 리고 아저씨 거. 하얗고 조그만 빵 세 개도 리고 아저씨 거. 이 치즈도, 이 포도주도, 이 담배도 리고 아저씨 거. 운이 좋은 새야!"

여자애가 보들보들하고 매끈한 손으로 하나씩 집어서 창살 사이로 넣어주는데, 리고 아저씨를 쳐다볼 때는 공포와 분노가 뒤섞인 표정으로 보들보들한 이맛살을 찡그리면서 한 차례 이상 움찔하는 걸 보면 겁에 질린 게 분명했다. 하지만 바싹 마른 빵 덩어리를 거무스름하고 울퉁불퉁한 (손가락 여덟 개와 엄지 두 개에 달린 손톱까지 합쳐도 리고 손톱 하나 크기밖에 안 될 것 같은) 존 밥티스트 두 손에 놓을 때는 믿음직한 표정이 깃들고, 손에 뽀뽀할 때는 상대 얼굴까지 다정하게 어루만졌다. 리고는 이런 차별에 무관심한 채, 여자애가 먹을 걸 건넬 때마다 웃으면서 고개를 끄덕이는 식으로 여자애 아버지한테 아부했다. 그러다 고급 음식을 다 건네받자마자 자신이 앉던 선반 모퉁이에 편하게 내려놓고 맛나게 먹어대기 시작했다.

리고는 웃을 때마다 얼굴이 변하는데 호감이 생긴다기보다는, 놀라웠다. 콧수염은 코 밑으로 올라가고 코는 콧수염으로 내려와서 더없이 사악하고 잔인하게 보였다.

교도관이 바구니를 뒤집어서 부스러기를 털어내며 말했다.

"자! 내가 받은 돈은 다 썼네. 돈 쓴 기록은 여기에 있으니 살펴보게. 리고, 내가 어제 예상한 것처럼, 판사가 오늘 오후 한 시에 자네를 만나는 기쁨을 누릴 걸세."

리고가 한 손으로 나이프를 들어서 한입 물다 멈칫하며 물었다.

"재판이요?"

"그래, 맞아. 재판."

"나는 아무런 소식도 없나요?"

존 밥티스트가 빵을 우적우적 씹다 묻자, 교도관이 어깨를 으쓱했다.

"하느님! 내가 평생을 여기에 갇혀서 지내야 한단 말입니까, 성모님?"

존 밥티스트가 한탄하자, 교도관이 남부 출신답게 빠르게 돌아서서 몸뚱이를 갈기갈기 찢어발길 것처럼 두 손과 손가락을 열심히 움직이며 소리쳤다.

"내가 어떻게 아나! 여보게, 자네가 여기에 얼마나 갇힐지 내가 어떻게 아느냐고? 내가 어떻게 알아, 존 밥티스트 카벨레토? 어떻게 아느냐고! 재판이 늦어지는 죄수도 종종 있는데."

교도관이 말하면서 옆눈으로 리고를 쳐다보는 것 같은데, 음식을 다시 먹긴 해도 처음처럼 맛난 기색은 아니었다.

"잘 있어, 새야!"

교도관이 말하며 어여쁜 여자애를 가슴에 안아서 뽀뽀하고는 똑같이 시키자 여자애가 똑같이 말했다.

"잘 있어, 새야!"

여자애는 순진무구한 얼굴로 아빠 어깨너머로 뒤를 쳐다보고, 아빠는 걸어가면서 딸이 좋아하는 노래를 불러주었다.

"이 길을 누가 이렇게 늦게 지나나요?
마졸렌[16] 동무여!
이 길을 누가 이렇게 늦게 지나나요?
언제나 흥겹게!"

쇠창살에서 존 밥티스트가 답가를 불러야 한다 느끼고 가락에 맞춰서 노래하는데, 목소리가 약간 거슬렸다.

"국왕을 따르는 훌륭한 기사랍니다,
마졸렌 동무여!
국왕을 따르는 훌륭한 기사랍니다,
언제나 흥겨운!"

---

16) 프랑스 가정에서 베란다에 내놓은 화분으로, 여자들이 화분에 물을 준다는 구실로 나와서 길가는 사람들과 대화를 나누곤 했다.

가파른 계단을 서너 개 내려오도록 노랫소리가 들려서 교도관은 걸음을 멈추어, 어린 딸이 끝까지 듣고 새를 보면서 후렴을 부르게 했다. 그러다 여자애 머리는 사라지고 교도관 머리도 사라졌지만, 가녀린 목소리는 문이 시끄럽게 닫힐 때까지 조그맣게 이어졌다.

가느다랗게 메아리치는 목소리가 사라지기도 전에 (메아리조차 감옥에 갇혀서 희미하게 꾸물대니) 존 밥티스트가 열심히 듣느라 앞을 가로막은 걸 보고 리고가 발로 차서 어두운 구석으로 밀었다. 조그만 사내는 돌바닥에 완벽하게 적응한 사람처럼 아무렇지 않게 다시 앉아, 바싹 마른 빵 세 개를 앞에 놓고 네 번째 빵을 먹어대는 표정이 빵 해치우기 시합이라도 하는 것 같았다.

존 밥티스트가 리옹산 소시지를 힐끔거릴 수도 있고 육즙이 훌륭한 송아지 고기를 힐끔거릴 수도 있지만, 그것들은 입에 군침이 돌기도 전에 모두 사라졌다. 판사와 재판 이야기를 듣고도 순식간에 해치운 다음, 손가락까지 깨끗하게 빨아먹고 포도 잎사귀로 닦아낸 것이다. 그런 다음에 포도주를 마시다 동료 죄수를 물끄러미 쳐다보며 콧수염은 올리고 코는 내리더니, 이렇게 물었다.

"빵은 먹을 만한가?"

"조금 뻑뻑하긴 하지만 오래된 소스가 있답니다."

존 밥티스트가 대답하면서 단검을 치켜들었다.

"그게 뭔 소스야?"

"빵을 자를 수 있거든요, 수박처럼. 오믈렛처럼 자를 수도 있고. 생선가스처럼 자를 수도 있고. 리옹산 소시지처럼 자를 수도 있고."

존 밥티스트가 대답하며 빵을 이리저리 잘라서 입에 넣고 천천히 씹자, 리고가 말했다.

"자! 마셔. 끝까지 다 마셔도 돼."

대단한 선물은 아니었다. 남은 포도주가 조금이기 때문이다. 하지만 존 밥티스트는 벌떡 일어나서 술병을 고맙게 받아들여 나발을 불고는 입술을 쩝쩝 다셨다.

"술병은 다른 병 옆에 놓고."

리고가 말하자, 조그만 사내는 순순히 따르고는 일어나서 성냥을 켜며 불붙일 준비를 했다. 상대가 음식과 함께 들어온 조그만 네모 종이에 담뱃가루를 넣어서 둘둘 말고 있었다.

"자! 너도 한 대 해."

"고맙습니다, 방장님!"

존 밥티스트가 이탈리아어로 말하는데, 순식간에 부드러운 분위기를 만들어내는 능력이 이탈리아 사람다웠다.

리고는 일어나서 담배에 불을 붙이고 남은 재료를 가슴주머니에 넣고는 벤치에서 팔다리를 쭉 펴고, 존 밥티스트는 돌바닥에 앉아서 두 손으로 발목을 하나씩 잡은 채 가만히 담배를 태웠다. 그런데 리고가 뭔가 불편한 관심이 쏠리는 듯, 엄지손가락이 있던 돌바닥 주변을 유심히 쳐다보는데, 그 눈빛이 너무나 강렬해, 돌바닥에서 이탈리아인이 깜짝 놀란 표정으로 그 눈과 눈길을 번갈아 쳐다보았다. 마침내 리고가 침묵을 깨뜨리며 말했다.

"여긴 지옥 같아! 저 햇빛을 보라고. 이게 대낮이야? 일주일 전 햇빛, 6개월 전 햇빛, 6년 전 햇빛이잖아. 생기도 온기도 없어!"

층계참 유리창을 가린 사각형 채광 구멍으로 햇빛이 맥없이 들어오는데, 하늘은 물론, 다른 무엇도 안 보였다.

두 사람이 무심코 쳐다보던 채광 구멍에서 리고가 갑자기 시선을 거두며 물었다.

"자네는 내가 신사라는 걸 아나, 존 밥티스트?"

"물론이지요, 물론!"

"우리가 얼마나 갇혔지?"

"나는 내일 자정이면 11주. 방장님은 오늘 오후 5시면 9주하고 3일."

"그동안 내가 잡일을 한 적이 있나? 빗자루를 잡거나 매트를 펴거나 매트를 접거나 체스 말을 찾거나 도미노 세트를 정리하거나, 어떤 일이든 손에 댄 적이 있나?"

"없습니다!"

"자네는 내가 어떤 일이든 하면 좋겠다고 생각한 적이 있나?"

존 밥티스트는 오른손 손등을 보이며 집게손가락을 독특하게 흔드는 식으로 대답하는데, 이탈리아에서는 가장 강력한 부정이었다.

"맞아! 내가 처음 들어오는 순간에 신사[17]라는 걸 알았나?"

"알트로!"

존 밥티스트가 대답하며 두 눈을 꼭 감고 머리를 힘껏 끄덕였다. '알트로'라는 말은 제노바식 강세에 따라 긍정, 부정, 옹호, 거부, 조롱, 칭찬, 농담 등, 그 뜻이 50가지나 되는데, 이번에는 '당연하다!'는 뜻을 강하게 드러내는 표현이었다.

"하하! 자네가 제대로 봤군! 그래, 나는 신사야! 신사로 살고 신사로 죽을 거라고! 신사로 사는 건 나한테 운명이자 숙명이야. 그래서 어디를 가든 신사답게 행동한다고!"

리고가 일어나 앉으며 의기양양하게 덧붙였다.

"자! 날 보라고! 운명이라는 주사위 통에서 떨어져나와, 보잘것없는 밀수꾼이랑 한방에 있는 나를. 서류를 조작하고, 마찬가지로 서류까지

---

17) 당시에 신사는 사회계급으로, 정부에 매년 일정한 세금을 내고 일정한 특권을 보장받았다. 명함 역시 신사만 만들 수 있었다.

조작한 별 볼 일 없는 인물한테 (국경을 넘어갈) 조각배를 맡기다 경찰에 집힌 가난하고 보잘것없는 밀수꾼이랑 한 방에 갇힌 나를. 그런데도 밀수꾼은, 이런 곳 이런 햇빛에도 내 신분을 본능적으로 알아보다니. 잘했어! 정말 대단해! 하지만 게임은 무얼 하든 내가 이기지."

이번에도 콧수염은 올라가고 코는 내려오는데 얼굴마저 창백해, 즐거워한다고 볼 수 없는 표정으로 다시 물었다.

"몇 시지?"

"정오에서 30분이 살짝 넘어갔습니다."

"좋아! 신사가 판사 앞에 서겠군. 이봐! 내가 어떤 죄목인지 알려줄까? 지금이 아니면 못 들어. 안 돌아오거든. 무죄로 풀려나거나 단두대로 끌려갈 테니까. 단두대가 어디에 있는지 자네도 알잖아."

존 밥티스트는 쩍 벌린 입술 사이에서 담배를 빼내며 예상 이상으로 당혹스러운 표정을 드러내고, 리고는 벌떡 일어나며 말했다.

"나는 세계인이 되고자 애쓰는 신사입니다. 나는 어떤 나라에도 안 속합니다. 아버지는 스위스 출신이고, 어머니는 프랑스 혈통이나 영국에서 태어났습니다. 내가 태어난 곳은 벨기에니, 한마디로 세계인 자체입니다."

일어나서 한 손을 망토에 넣어 엉덩이를 짚고는 연극 무대에 올라선 듯 말하는 자세도 그렇고, 동료를 외면한 채 맞은편 벽에 대고 말하는 자세도 그렇고, 존 밥티스트 같은 보잘것없는 사내한테 쓸데없이 설명하려고 애쓴다기보다는 곧 만날 판사가 묻는 말에 대답하는 연습을 하는 것 같았다.

"나이는 서른다섯 정도라고 칩시다. 나는 지금껏 세상을 돌아다녔습니다. 여기에서도 살고 저기에서도 살았는데, 어디서든 신사였답니다. 모든 사람이 신사로 대우하면서 존경했으니까요. 행여나 나를 잔꾀나 부리며 살아온 사람으로 취급하겠다면 그건 판사님 같은 법조인도, 정치인도, 음모꾼도, 증권사 사람도 모두 마찬가지겠지요."

리고는 예전에 종종 그런 것처럼 조그맣고 부드러운 손이 신사 신분을 증명한다는 듯 계속 흔들며 이어갔다.

"내가 마르세유로 온 건 2년 전입니다. 당시에 가난했다는 사실은 인정합니다. 한참이나 아팠으니까요. 판사님 같은 법조인도, 정치인도, 음모꾼도, 증권사 사람도 병들면, 그래서 돈을 조금도 긁어모을 수 없다면 가난할 수밖에 없겠지요. 나는 '황금 십자가' 여인숙에 묵었는데, 주인은 앙리 바롱노로, 최소한 예순다섯은 넘어서 건강 상태가 안 좋았답니다. 내가 그 집에 4개월째 묵을 즈음에 불행하게도 앙리 바롱노가 죽었는데, 드문 불행은 아니지요. 내가 손 하나 까딱하지 않아도 그런 일은 자주 일어나니까요."

존 밥티스트가 손가락까지 닿을 정도로 담배를 태우자, 리고는 담배 한 개비를 다시 던지는 아량을 베풀었다. 존 밥티스트는 먼저 태우던 담뱃불로 두 번째 담배에 불을 붙이고 연기를 빨아들이며 옆눈으로 쳐다보는데, 동료는 자신이 하는 말에 푹 빠져들 뿐, 눈길 한번 안 주었다.

"앙리 바롱노는 미망인을 남겼습니다. 스물두 살이었죠. 미인이라는 평가를 받았는데 실제로 예뻤습니다. 나는 '황금 여인숙'에 계속 묵었습니다. 그러다 바롱노 부인과 결혼했습니다. 나로선 결혼이 한쪽으로 많이 기울었다고 말할 처지는 아니랍니다. 감옥에서 이렇게 잔뜩 찌그러졌으니까요. 하지만 전남편보다는 내가 훨씬 바람직했다고 볼 수 있지요."

리고는 잘생긴 얼굴 같은 느낌이 있는 건 확실한데 실제로 잘생긴 얼굴은 아니며, 점잖은 사내라는 느낌이 있는 건 확실한데 실제로 점잖은 사람은 아니었다. 허세를 부리는 것에 불과했다. 하지만 많은 경우에 그런 것처럼, 허장성세를 마냥 늘어놓다 보면 세상 절반이 넘어가지 않던가!

"어쨌든, 바롱노 부인은 나를 받아들였습니다. 그렇다 해서 나를 이상하게 보는 건 아니겠지요?"

리고가 물으면서 얼핏 쳐다보니, 존 밥티스트는 당연히 아니라고 고개를 열심히 저으면서도 의심하는 어투로 조그맣게 알트로, 알트로, 알트로, 알트로를 되뇌었다.

"이제 우리 부부가 겪은 어려움으로 나아가는군요. 나는 자존심이 강합니다. 변명 같은 거라곤 안 할 만큼 자존심이 강합니다. 남을 지배하는 성격도 있습니다. 남한테 굴복할 수 없으니, 남을 지배해야 합니다. 불행하게도 재산은 집사람한테 전부 넘어갔습니다. 죽은 남편이 엉뚱한 짓을 했기 때문입니다. 더욱 불행한 건, 집사람한테 처가 식구들이 있다는 점입니다. 신사 남편은 자존심이 강하고 남을 지배해야 마땅한데, 처가 식구들이 이리저리 훙본다면 집에 평화는 깃들 수 없습니다. 그런데 우리 부부 사이에는 불화의 근원이 또 있었습니다. 불행하게도 집사람이 약간 천박했습니다. 나는 그 품성을 좋게 만들고 말투도 좋게 하려고 노력했지만, 집사람은 (이번에도 처가 식구들이 끼어드는 바람에) 크게 반발했습니다. 우리 부부 사이에 다툼이 일고, 처가 식구들이 끼어들어 계속 키우고 과장하는 가운데, 이웃에 나쁜 소문이 퍼졌습니다. 내가 집사람을 때린다는 소문까지 돌았습니다. 내가 집사람 얼굴을 때리는 모습을 누가 본 것 같다는데…… 그 이상은 아닙니다. 나는 주먹에 힘이 없어서, 설사 내가 집사람 잘못을 고치려는 목적으로 그런 적이 있더라도 장난 비스름한 행동일 수밖에 없습니다."

리고가 말하는 장난이라는 게, 지금 그러는 것처럼 얼굴에 떠올리는 미소가 전부라면, 아무리 처가 식구라도 남편이 부인의 엉뚱한 잘못을 고쳐주는 걸 크게 나무라지는 않을 것 같았다.

"나는 예민하고 용감합니다. 예민하고 용감한 걸 자랑하자는 게 아니라 성격이 그렇다는 뜻입니다. 집사람 처가 쪽 남자들이 속을 털어놓았더라면 나도 대화로 풀어갈 수 있었을 겁니다. 그들은 그걸 알면서도 은밀하게 음모를 꾸몄으니, 불행하게도 집사람과 나는 툭하면 충돌하고 말았습니다. 개인적으로 돈이 약간 필요할 때마다 충돌하지 않으면 돈이 손에 안 들어왔습니다…… 남을 지배해야 마땅한 성격을 가진 사내가 말입니다! 어느 날 밤에 집사람과 나는 연인 사이라고 말해도 좋을 만큼 사랑스럽게 산책하러 나갔습니다, 바다가 쑥 들어오는 절벽이었는데, 나쁜 별자리에 영향을 받아, 집사람이 처가 식구들 얘기를 꺼냈습니다. 나는 상식적으로 풀어가며, 처가 식구들이 남편을 질투하고 흉보는 말에 영향을 받는 건 부인으로서 의무를 다하지 않는다는 걸 증명할 뿐이라고 충고했습니다. 집사람은 반박하고, 나도 반박하고, 집사람이 흥분하고, 나도 흥분해서 집사람을 자극했습니다. 그건 인정합니다. 나는 솔직한 성격도 있으니까요. 마침내 집사람은 내가 영원히 후회할 수밖에 없는 분노에 휩싸인 채 (상당히 멀리 떨어진 거리까지 들릴 정도로) 커다란 소리를 내지르며 달려들어, 내 옷을 찢고, 내 머리칼을 움켜잡고, 내 손을 할퀴고, 두 발로 흙바닥을 쾅쾅 내려치더니, 결국에는 절벽 밑으로 뛰어내리고 바위에 부닥쳐서 죽고 말았습니다. 이게 사고 경위로, 악의를 품은 사람들은 내가 집사람한테 재산을 모두 양도하도록 요구하고, 고집스럽게 거부하는 집사람과 몸싸움을 벌이다 살해했다는 식으로 왜곡한답니다!"

리고는 포도 잎사귀가 널린 돌 선반으로 다가가서 두세 장을 집고는 햇빛에 등을 돌린 채 가만히 서서 두 손을 닦으며 침묵하다, 잠시 뒤에 물었다.

"그래, 지금까지 들었는데, 특별히 할 말은 없나?"

조그만 사내가 일찌감치 일어나서 벽에 한쪽 팔을 기댄 채 신발에 단검을 문질러 날을 세우면서 대답했다.

"악질이네요."

"무슨 뜻인가?"

존 밥티스트는 아무런 대답 없이 칼날만 세웠다.

"내가 사고 경위를 사실대로 말하지 않았다는 뜻인가?"

"알트로!"

존 밥티스트가 대답했다. 이번에는 사과하는 의미로, '절대 그렇지 않다!'는 뜻이었다.

"그럼 뭔데?"

"판사랑 배심원한테 그런 선입견이 있겠지요."

"으음, 지랄 맞게 생각하라고 해!"

리고가 저주하면서 불편한 표정으로 망토 끝자락을 어깨너머로 확 넘기자, 존 밥티스트는 머리를 숙여서 허리띠에 단검을 찌르며 속으로 중얼거렸다.

"선입견이 있는 게 당연하겠군."

어느 쪽도 더는 말하지 않지만, 두 사람 모두 이리저리 거닐기 시작해서 방향을 돌릴 때마다 마주칠 수밖에 없었다. 리고는 걸음을 가끔 멈추는 모양이 사고 경위를 새로운 각도에서 따져보는 것 같기도 하고 잔뜩 화나서 따지려는 것 같기도 한데, 존 밥티스트는 눈을 내리깐 채 느릿느릿 걷기만 하니, 어떤 말도 나올 수 없었다.

그런 가운데 아래층 자물통에 열쇠를 넣고 돌리는 소리에 두 사람 모두 집중했다. 두런대는 말소리와 발소리가 잇따라 일어났다. 문이

쾅 열리고, 두런대는 목소리와 발소리는 점차 다가오더니, 계단을 천천히 올라오는 교도관 한 명과 잇따라 올라오는 경비병 여러 명이 보였다. 교도관이 열쇠꾸러미를 두 손에 들고 쇠창살 앞에서 멈추며 말했다.

"자, 리고, 순순히 나오도록."

"경호를 받으면서 가는 거겠죠?"

"맙소사, 안 그러면 온몸이 갈가리 찢겨서 온전히 못 나갈 거야. 군중이 잔뜩 모여들었는데, 리고, 자네를 안 좋아하거든."

교도관이 대답하고는 눈앞에서 사라지더니, 감방 모서리 나지막한 자물통을 열고 빗장을 벗겼다. 그래서 감방문을 열어 눈앞에 나타나며 말했다.

"자, 나오도록."

태양 아래 색깔이 아무리 많더라도, 당시 리고 얼굴처럼 하얀색은 있을 수 없었다. 인간 얼굴이 아무리 많더라도, 겁에 질려서 쿵쿵 떨리는 마음이 당시 리고 얼굴처럼 또렷하게 드러난 표정 역시 있을 수 없었다. 둘 다 죽음에 견줄 만하지만, 가슴에 끝없이 갈등하는 심연이 존재하며, 그 갈등이 극단으로 치닫는다는 게 다를 뿐이었다.

리고는 사각 종이로 만든 담배에 감방 동료 담뱃불로 불을 다시 붙이고는 이로 꽉 깨물더니, 챙이 부드럽고 축 늘어진 모자를 머리에 쓰고, 망토 끝자락을 어깨너머에 다시 걸치고, 존 밥티스트를 다시 안 쳐다보고, 열린 문이 드러낸 복도로 나섰다. 그런데도 조그만 사내는 문으로 다가가서 바깥을 내다보느라 정신이 없었다. 열린 우리로 맹수가 다가가, 너머에 펼쳐진 자유를 쳐다보는 듯한 모습 그대로 짧은 순간이나마 열심히 쳐다보며 살피는데, 눈앞에서 문이 쿵! 닫혔다.

장교 한 명이 경비병 여럿을 지휘하는데, 체구는 단단하고 표정은 친절하고 차분하며, 한 손에 기다란 칼을 빼 든 채 담배를 태웠다.

그러더니 경비병한테 리고를 에워싸도록 짧게 지시하고는 아무렇지 않다는 듯 선두에서 "출발!"이라 말하니, 경비병 모두 무기를 철커덩대며 계단을 내려갔다. 문을 쾅 닫고 열쇠를 돌려서 잠그자, 평소와 다른 햇살이, 평소와 다른 공기가 감옥으로 흘러들어 동그랗게 피어오르는 담배 연기 속으로 사라지는 것 같았다.

하등동물처럼 - 조급한 원숭이처럼, 혹은 조그만 덩치에 발정 난 곰처럼 - 감방에 갇힌 죄수는 마침내 사람들이 안 보이고 자신만 남자 선반으로 풀쩍 뛰어올랐다. 그래서 두 손으로 쇠창살을 움켜잡고 벌떡 일어나니 커다란 소리, 날카로운 소리, 욕설, 협박, 비난하는 소리가 동시에 들리는데, (태풍이 불 때처럼) 또렷이 들리는 소리라고는 왕왕대는 소리가 전부였다.

죄수는 궁금해서 미칠 것 같아, 우리에 갇힌 맹수처럼 잔뜩 흥분한 채 훌쩍 뛰어내려 감방을 빙빙 돌며 달리다 다시 풀쩍 뛰어올라 쇠창살을 잡고서 뽑으려 애쓰다, 훌쩍 뛰어내려서 달리고, 풀쩍 뛰어올라서 귀를 기울이는데, 시끄러운 소리는 점차 멀어지다 사라지고 잔뜩 흥분한 분위기 역시 가라앉았다. 선량한 죄수는 고상한 마음이 얼마나 많이 망가지는가? 하지만 그걸 아무도 생각하지 않는다. 그 영혼을 사랑하는 사람들조차 모른다. 위대한 왕과 총독은 그들을 감옥에 넣고 자기네는 햇살이 환한 곳에서 즐겁게 살고, 사람들은 환호한다. 하지만 아무리 위대한 인간이라도 쓰러지고 죽어서 종말은 똑같을 수밖에 없다는 진리가 세상에 가득하나, 정통 역사는 앞잡이보다 비굴하게 그들을 방부처리해서 미라로 만든다.

마침내 존 밥티스트는 좁은 감방이나마 마음에 드는 곳을 골라서 잠자고 싶을 때 잠잘 수 있으니, 선반에 누워서 두 팔에 얼굴을 묻고 얼핏 잠든다. 생각도 동작도 빠르고, 성격은 쾌활하고 금방 흥분하고 금방 식는 데다, 딱딱한 빵과 딱딱한 돌바닥에 쉽게 적응하고, 금방 잠들고, 금방 관심을 보이다 금방 시들하니, 대지가 낳은 진정한 아들이 분명하다.

빤히 쳐다보던 시선은 잠시 뒤에 저절로 사라지며 태양은 빨간색과 녹색과 황금빛으로 화려하게 가라앉고, 하늘에 별이 뜨고, 반딧불이 공중에 나지막이 떠도는 게, 선량하고 훌륭한 존재에게 착한 성품을 조금이나마 배우려는 인간을 흉내 내는 것 같고, 기다랗게 뻗은 흙길과 끝없는 들판은 고요했다. 끝없이 깊은 바다 역시 잔잔할 뿐, 자기 안에 죽은 자를 토해낼 시간[18]조차 속삭이지 않았다.

---

18) 요한 묵시록 20장 13절: '바다는 자기 안에 죽은 자를 토해냈고……'

2장. 길동무

"어제는 저쪽에서 울부짖는 소리가 들리던데 오늘은 조용하네요, 선생, 그죠?"

"지금까지는 조용하네요."

"그럼 조용하다고 여겨도 된다오. 저 사람들이 울부짖을 때는 들으라고 울부짖는 거니까."

"누구나 그렇겠지요."

"아! 하지만 저 사람들은 늘 울부짖는다오. 그래야 행복하거든."

"마르세유 사람이 그런다는 뜻인가요?"

"프랑스 사람이 그렇다는 뜻이라오. 늘 소리를 질러대거든. 마르세유가 어떤지는 우리 둘 다 알고. 폭동을 찬양하는 노래 가운데 제일 유명한 노래를 세상에 알렸으니까.[19] 승리나 죽음을 향해, 전쟁터를 향해 '일어나서 전진하라'는 내용이 전부라오."

장난스러운 얼굴로 묘하게 말하던 사람이 마르세유를 깔보는 표정으

---

19) 프랑스 국가 'La Marseillaise-마르세유의 노래'를 말한다. 1792년에 공병 대위 '클로드 조제프 루제 드 릴'이 하룻밤에 작사 작곡한 곡으로, 프랑스 대혁명 당시에 파리로 입성한 마르세유 의용군이 부른 것을 계기로 현재의 '라 마르세예즈'가 되고, 1795년 7월 14일에 국가가 되었다.

로 담장 너머를 바라보고, 두 손을 주머니에 찌른 채 단호한 표정을 떠올리다, 주머니 속 동전 소리로 박자를 맞추며 웃었다.

"정말이지 일어나서 전진해야 할 것 같구려. 검역소에 가두는 대신에 맡은 역할이나 제대로 하도록 사람들이 일어나서 전진하는 게 훨씬 바람직할 것 같으니까 말이오!"

"정말 따분하네요. 그래도 오늘은 나가겠지요."

두 번째 화자가 말하자, 첫 번째 화자가 그대로 받아냈다.

"오늘은 나간다! 오늘 나간다 해도 이건 엄청난 폭력이라오. 나간다! 애초에 우리가 여기에 갇힐 이유가 뭐라고!"

"확실한 이유는 당연히 없겠지요. 하지만 우리는 동양에서 왔고 동양은 전염병이 도는 지역이라……"

첫 번째 화자가 중간에 끼어들었다.

"전염병! 내가 불만스러운 부분이 바로 그거라오. 여기에 도착한 뒤로 전염병에 끊임없이 시달리는 기분이거든. 그런 의심 자체를 못 견딜 정도로. 멀쩡한 사람이 정신병원에 갇힌 기분이라오. 나는 여느 때처럼 건강하게 왔는데 전염병에 걸렸다는 의심을 받으니, 그 자체로 전염병에 걸릴 것 같다오. 실제로 걸린 것 같기도 하고……전염병에."

"잘 견디시잖아요, 미글스 선생님."

두 번째 화자가 말하면서 웃자, 첫 번째 화자가 대답했다.

"아니오. 실상을 안다면 그런 말씀은 절대로 못 하실 거요. 밤마다 깨어나서 중얼댄단 말이오. 이제 전염병에 걸렸어, 이제 전염병이 몸에 들어왔어, 이제 제대로 걸렸어, 이제 저놈들이 쾌재를 부르겠어, 갇혀서 지내느니 차라리 몸뚱이를 곤충표본처럼 마분지에 올려놓고 꼬챙이로 찌르는 편이 좋겠어."

"으음, 여보, 그 얘기는 그만 하세요, 다 끝났으니까."

여성 목소리가 쾌활하게 끼어들자, 미글스 선생이 마지막 말에 상처 입은 독특한 마음 상태로 (하지만 비뚤어진 느낌 없이) 받아쳤다.

"다 끝나! 다 끝나면 그 얘기를 그만해야 하는 거요?"

미글스 선생한테 말한 사람은 미글스 부인으로, 남편처럼 깔끔하고 건강하며, 영국인 특유의 유쾌한 얼굴은 소박한 사물을 55년 동안 보아 온 탓에 소박한 느낌이 강했다.

"그래요! 그만 해요, 애 아빠, 그만 해요! 제발 부탁이니 페트가 곁에 있는 거로 만족하세요."

"페트가 곁에 있는 거로?"

미글스 선생이 상처 입은 표정으로 받아냈다. 하지만 바로 뒤에서 페트가 한 손으로 어깨를 건들자, 미글스 선생은 그 즉시 마음속 깊은 밑바닥에서 마르세유를 용서했다.

페트는 스무 살 정도로 보였다. 살갗은 희고 풍성한 갈색 머리칼은 곱슬곱슬 흘러내렸다. 사랑스러운 아가씨로 얼굴은 솔직하며, 두 눈은 선하고 다정한 얼굴에 커다랗고 부드럽고 환하게 자리 잡은 모습이 완벽했다. 건강하고 동그란 얼굴에 보조개와 함께 응석받이 느낌이, 세상에서 가장 보기 좋은 약점이, 수줍어하며 의존하는 분위기가 어렸다. 누구보다 아름답고 유쾌한 처녀만 누릴 수 있는 최고의 매력이었다.

미글스 선생이 자신만만한 태도로 한발 물러나서 딸을 손잡아 앞으로 한발 나오게 하면서 물었다.

"그렇다면 남자 대 남자로 선생께 간단한 질문 하나만 하겠소. 이렇게 아름다운 페트를 검역소에 가두는 말도 안 되는 짓거리를 선생은 들어본 적이 있소?"

"덕분에 검역소조차 즐거운 곳이 되었지요."

"맞아요, 그건 확실히 중요하지요! 좋게 말씀하시니 고맙구려. 자,

우리 딸 페트, 엄마랑 가서 조각배에 올라탈 준비를 하면 되겠구나. 검역관이, 삼각모를 쓴 야바위꾼들이 마침내 우리를 내보내러 올 테니까. 여기에 갇힌 우리 모두 각자 다른 목적지로 날아가기 전에 한자리에 모여서 기독교식으로 아침 식사를 해야지. 태티코럼, 아씨 곁에 바싹 달라붙도록."

미글스 선생이 잘 생긴 소녀한테 말했다. 까만 머리칼과 눈동자에 광택이 돌고 옷차림이 깔끔한 소녀는 무릎을 반쯤 구부리며 인사하고 미글스 부인과 페트를 쫓아가니, 세 사람은 아무것도 없어서 햇볕이 그대로 내리쬐는 테라스를 가로질러, 하얀색이 돋보이는 아치로 들어서며 사라졌다. 미글스 선생과 대화하던 말동무는 표정이 진지하고 피부가 햇볕에 탄, 사십 줄에 들어선 사내로 세 사람이 사라진 뒤에도 가만히 서서 아치 쪽을 바라보다, 미글스 선생이 팔을 툭 건들 때 비로소 깜짝 놀라며 사과했다.

"실례했습니다."

"아니오."

두 사람은 높은 검역소 담장이 만든 그늘을 앞뒤로 오가며 말없이 거닐었다. 아침 7시에 불어오는 해풍이 시원했다. 미글스 선생 말동무가 다시 입을 열었다.

"진짜 이름이 뭔지 물어도……?"

미글스 선생이 중간에 끼어들었다.

"태티코럼 말이오? 나도 모른다오."

"저는 그 이름이……"

미글스 선생이 중간에 또 끼어들었다.

"태티코럼 말이오?"

"네. 맞아요, 태티코럼. 이름이 좀 이상한 것 같거든요."

"미글스 부인과 내가, 선생도 보시다시피 실용적인 성격이라서 그렇다오."

"그 말씀은 우리가 여기에서 돌길을 오르내리며 즐겁고 흥미로운 대화를 나누는 사이에 여러 번 하셨답니다."

상대가 말하면서 미소를 머금어, 햇볕에 탄 엄숙한 표정을 깨뜨렸다.

"실용적인 성격. 하루는, 5~6년 전에 페트를 데리고 고아원 교회에 갔는데……런던에 있는 고아원 병원을 들어보셨소? 파리에 있는 고아원 병원과 비슷한 곳?"

"가본 적은 있습니다."

"으음! 하루는 페트랑 성가를 들으러 그 교회에 갔는데……실용적인 사람으로서 우리는 페트만 즐겁다면 뭐든 구경시켜주는 일을 중요하게 여기기 때문인데……애 엄마가 (미글스 부인을 내가 평소에 부르는 호칭이라오) 울어대는 바람에 밖으로 나와야 했다오. 정신을 차리게 하고는 '왜 그래요, 애 엄마? 페트가 겁내잖소, 여보' 하고 묻자 애 엄마가 대답했다오. '네, 나도 알아요, 애 아빠. 하지만 페트가 너무나 사랑스러운 나머지 어떤 생각이 문뜩 떠오르네요.' '무슨 생각이 떠올랐다는 거요, 애 엄마?' 내가 묻자, 애 엄마가 눈물을 다시 터트리면서 대답했다오. '아, 여보, 여보! 성가대 자리에 층층이 정렬한 아이들이 지상에서 한 번도 못 본 아버지 대신에 하늘에 계신 위대한 아버지께 노래하는 모습을 보니, 불쌍한 어머니가 찾아와서 아이들 얼굴을 보며, 자신이 쓸쓸한 세상에 데려온 불쌍한 아이를, 어머니 사랑과 키스도 모르고 얼굴과 목소리는 물론 이름조차 평생 모를 아이를 살핀 적은 있을까 하는 생각이 문뜩 떠올랐거든요!' 애 엄마가 실용적이라서 그런 거라, 나는 이렇게 말했다오. '애 엄마, 당신이 실용적인 성격이라서 그래요, 여보.'"

말동무는 차분하게 공감하고, 미글스 선생은 계속 말했다.

"그래서 다음 날에 말했다오. '당신도 좋아할 제안을 하나 할게요, 애 엄마. 저 아이들 가운데 한 명을 데려다 페트 하녀로 삼는 거예요. 우리는 실용적인 사람이에요. 그러니 아이 성격에 결함이 약간 있거나 생활방식이 우리랑 살짝 다른 게 있더라도 충분히 해결하겠지요. 부모도 없고 형제자매도 없고 가정에서 살아본 경험도 없고, 신데렐라도 없고 유리 구두도 없고 요정 할머니도 없으니, 성격을 만들어온 다양한 자극과 경험에서 빼낼 것이 있다면 금방 빼내겠지요.' 그렇게 돼서 태티코럼을 데려왔다오."

"그래서 진짜 이름은……"

"맙소사! 깜빡했군. 고아원에서는 해리엇 비들이라고 불렀는데 당연히 멋대로 지은 이름이지요.[20] 그래서 해리엇은 '해티'로, 그러다 '태티'로 바뀌었답니다. 실용적인 사람답게, 우리는 장난기 심한 이름조차 아이한테 새로울 수 있다고, 그래서 다정하고 부드러운 영향을 미치겠다고 생각했는데, 선생은 그렇게 생각하지 않소? 비들이라는 성은 애초에 고려할 가치조차 없었다고 굳이 말할 필요는 없겠지요. 어떤 조건으로도 너그럽게 넘어갈 수 없는 존재가 있다면, 오만하고 무례하게 거들먹대는 하급관리가 있다면, 외투와 조끼와 커다란 지팡이가 상징하는 말도 안 되는 짓거리가 있다면, 그건 바로 비들이니까요. 최근에 비들을 본 적이 없지요?"

"영국인이지만, 중국에서 이십여 년이 넘는 세월을 보낸 만큼 당연히 없답니다."

---

20) '해리엇'은 가장 흔한 이름이고 '비들Beadle'은 교구 하급관리라는 뜻으로, 경멸과 모멸의 대상이었다. 당시에 고아원은 아이들이 들어오는 대로 알파벳 순서로 이름을 지었다. 관련 내용은 '올리버 트위스트'에 자세히 나온다.

그러자 미글스 선생이 재미난 표정으로 말동무 가슴에 집게손가락을 대며 다시 말했다.

"그렇다면 비들을 보지 마시오, 가능하다면. 나는 비들이 일요일마다 잔뜩 차려입고서 자선 학교 학생들을 이끌고 걸어가는 꼴을 볼 때마다 발길을 돌려서 도망간다오. 잘못하면 한 대 때릴 것 같거든. 비들이라는 성은 고려할 가치조차 없고, 고아원을 세워서 불쌍한 아이를 먹여 살린 창시자 이름이 '코럼'이라, 우리는 어린 하녀한테 그 이름을 붙였다오. 어떨 때는 '태티'로 어떨 때는 '코럼'으로 부르다가 결국에는 두 이름을 합쳐서 '태티코럼'이 되었다오."

두 사람이 돌길을 다시 말없이 거닐다 담장에서 멈추어 바다를 잠시 바라보고 그러다 다시 거닐 때, 상대가 물었다.

"제가 알기로 선생님은 슬하에 외동딸 한 분만 있으십니다, 미글스 선생님. 무례한 호기심 때문이 아니라 선생님과 어울리는 게 너무나 즐거운 데다, 미로 같은 세상에서 선생님과 차분하게 대화할 기회가 또 없을 것 같아, 선생님과 가족분을 정확히 기억하고 싶어서 여쭈는데, 훌륭하신 사모님 말씀을 다른 자녀분은 없다는 뜻으로 받아들여도 되나요?"

"아니오. 아니오. 다른 아이가 없었던 건 아니오. 아이가 또 있었소."

"아픈 상처를 의도치 않게 건드린 것 같군요."

"괜찮소. 침통하긴 할지언정 슬프지는 않으니까. 잠시나마 마음을 차분하게는 할지언정 비참하게까지 하는 건 아니니까. 페트한테 쌍둥이 자매가 있었는데, 모서리를 잡고 까치발로 일어서면 책상 위로 두 눈이 - 페트와 똑같은 눈이 - 올라올 즈음에 죽었다오."

"아! 저런, 저런!"

"그래요, 그래도 실용적인 사람이라, 미글스 부인과 내 마음에는 선생도 이해할 수 있는 – 어쩌면 이해할 수 없는 – 생각이 조금씩 떠오른다오. 페트와 쌍둥이 자매는 완전히 똑같으며 완벽한 하나라, 절대로 떨어질 수 없다는 생각이 자리 잡았다오. 아이가 갓난아기 때 죽었다고 아무리 말해도 우리한테는 소용이 없다오. 우리 곁에 남은 아이가 성장하는 만큼 그 아이도 성장하면서 우리 곁에 머무니까요. 페트가 자라면 그 아이도 자라고, 페트가 철들면서 여자다운 모습을 갖추는 만큼 쌍둥이 자매도 똑같이 철들면서 여자다운 모습을 갖추니까요. 내가 내일 저세상에 들어간다면, 은혜로운 하느님 도움으로 페트랑 똑같이 생긴 쌍둥이 자매를 만날 텐데, 그렇지 않다고 주장하는 건 나한테 페트는 실체가 아니라고 말하는 것과 같다오."

"충분히 이해합니다."

상대는 다정하게 공감하고, 페트 아버지는 계속 말했다.

"페트는 자매며 동무가 갑자기 사라진 게 어린 나이에 우리만큼이나 어리둥절할 테니, 우리가 억지로 말하진 않았어도, 성격 형성에 상당한 영향을 받을 수밖에 없었다오. 애 엄마와 내가 젊은 나이에 결혼한 건 아니라서 페트는 계속 어른스럽게 살아왔소, 우리가 모든 걸 페트한테 맞추려 애쓰긴 했어도. 그런데 페트가 약간 아플 때, 기후와 분위기를 자주 바꿔서 최대한 즐겁게 하라는, 그 나이 때는 그게 특히 중요하다는 충고를 자주 들었다오. 그래서 (젊은 시절에는 정말 가난했지만, 안 그랬다면 미글스 부인과 오래전에 결혼했을 텐데) 은행 책상에 눌어붙을 필요가 없을 때면 온 세상을 돌아다닌다오. 나일 강도 피라미드도 스핑크스도 사하라 사막도 구경하고, 그것 말고도 많은 구경을 했으며, 태티코럼 역시 쿡 선장보다 많은 데를 돌아다니게 되었다오."

"속말을 기꺼이 하시니, 정말 고맙습니다."

"그런 말 마시오. 선생이라면 언제든 속말을 털어놓을 테니. 그런데,

클레넘 선생, 다음 목적지를 어디로 잡을지 결정하셨소?"

"아닙니다. 이리저리 떠도는 부평초라, 물길이 흐르는 대로 쓸려갈 것 같습니다."

"이렇게 말하는 걸 용서하신다면, 선생이 런던으로 곧장 안 가는 게 나로선 정말 이상하구려."

미글스 선생이 말하는데, 속말을 털어놓는 조언자 어투였다.

"런던으로 갈 수도 있겠지요."

"아! 하지만 내가 말하는 건 의지라오."

클레넘 선생이 얼굴을 살짝 붉히며 대답했다.

"그럴 의지는 없답니다. 행동으로 옮길 의지가 거의 없다고 말할 수 있겠지요. 강력한 힘에 억눌려서 굽는 대신 부러지고, 아무런 관심도 없는 나에게 아무런 상의도 없이 무어든 강력하게 밀어붙이다, 성년도 되기 전에 지구 반대편 끝으로 보내, 아버지가 일 년 전에 사망할 때까지 유배시키고 내가 싫어하는 걸 무조건 강요하니, 중년이 된 나이에 자발적으로 할 수 있는 게 무어겠습니까? 의지, 목적, 희망? 그런 불꽃은 그 단어를 떠올릴 나이가 되기도 전에 꺼져버렸답니다."

"불을 다시 붙이세요!"

"아! 말은 쉽지요. 저는 아버지랑 어머니 두 분 다 엄격한 집에서 독자로 자랐답니다, 미글스 선생님. 부모님은 무엇이든 무게를 재고 길이를 재고 가격을 매겼으니, 두 분한테 무게를 재고 길이를 재고 가격을 매길 수 없는 건 아예 존재하지 않는 거였지요. 부모님은 말 그대로 엄격한 성격에, 가혹한 종교를 추종했는데, 그 종교는 한 번도 못 느껴본 취향과 동정심을 우울하게 희생하는 것, 그 대가로 재산을 지키는 것이랍니다. 엄격한 표정, 냉혹한 규율, 이승의 참회와 내세의 공포는 어디에서도 자애롭거나 다정할 수 없으며, 겁에 질린 마음은 늘 공허하니, 저는 어린 시절을 그렇게 보냈답니다. 그런 식으로 시작한 인생에도 어린 시절이란 표현을 사용할 수 있다면."

미글스 선생은 상상력을 동원해서 떠올린 영상에 마음이 답답한 걸 느끼며 물었다.

"정말? 어린 시절을 힘들게 보냈구려. 하지만 기운 내시구려! 실용적인 사내답게 지금이라도 그 너머에 있는 걸 살펴서 실리를 추구하시구려."

"실용적이라고 자임하는 사람들이 선생님처럼 실용적이라면……"

"맙소사, 정말 실용적이라오!"

"정말요?"

상대가 묻자, 미글스 선생이 가만히 생각하다 대답했다.

"으음, 그런 것 같소. 안 그렇겠소? 사람은 누구나 실용적일 수밖에 없고 미글스 부인과 나 역시 그러니까."

"그럴 수만 있다면 아직은 모르는 미래 역시 예상한 이상으로 편안하고 유익하겠군요."

클레넘이 말하면서 우울한 미소를 머금고 고개를 젓다, 덧붙였다.

"그럴 수 있다면 좋겠습니다. 조각배가 왔네요."

조각배에는 미글스 선생이 민족적 반감을 품은 삼각모가 가득했다. 검역원들이 삼각모 차림으로 상륙해서 계단을 올라오고, 그곳에 갇힌 여행자는 모두 모여들었다. 이윽고 삼각모 측에서 엄청난 서류를 꺼내서 이름을 부르고, 서명하고 확인하고 도장 찍고 잉크로 쓰고 고운 모래를 뿌려, 글자가 뿌예서 안 보이게 하는 작업을 진행했다.[21] 마침내 규정에 따른 절차가 끝나고, 여행자는 어디든 가고픈 곳으로 떠날 자유를 얻었다.

---

21) 잉크가 번지는 걸 막는 작업이다.

사람들은 자유를 얻은 게 기뻐서 사방에 내리쬐는 햇볕을 무시한 채, 제각기 흥겹게 조각배에 올라타서 항구를 가로질러, 커다란 호텔에 다시 모였다. 격자창을 모두 닫아서 햇볕을 몰아내고, 포장한 바닥은 맨살을 드러내고, 천장은 높고, 복도는 길쭉해서 뜨거운 열기를 가라앉히는 곳이었다. 널찍한 공간 기다란 식탁에는 훌륭한 요리가 빈틈없이 들어차고, 검역소 구역은 맛난 요리와 남쪽 나라 과일, 시원한 포도주, 제노바에서 가져온 꽃, 산꼭대기에서 가져온 하얀 눈, 거울에 반짝이는 온갖 무지개 색상 사이에서 얘기만 가끔 나오는 정도였다. 미글스 선생이 이렇게 말한 것이다.

"하지만 이제는 끔찍한 담장에 나쁜 감정이 없다오. 사람은 그 공간을 떠나는 순간부터 용서하니까요. 죄수도 석방되면 감옥을 너그럽게 용서할 게 분명해요."

그곳에 모인 사람은 서른 명 정도로 누구나 수다를 늘어놓지만 당연히 서너 명씩 대화하는 식이었다. 미글스 가족이 있는 곳은 식탁 한쪽 끝 마지막 세 자리로, 딸을 가운데 앉히고 애 아빠와 애 엄마는 양옆에 앉고, 맞은편에는 클레넘 선생, 커다란 키에 머리칼과 수염이 새까매서 점잖은 모습이라 하긴 어렵지만 어떤 사내보다도 상냥하다는 느낌을 지금껏 발산한 프랑스 신사, 혼자 여행하면서 다른 사람 표정을 주로 살필 뿐, 한발 물러선 듯도 하고 먼저 회피하는 듯도 한 – 어느 쪽인지는 당사자 말고 아무도 모를 – 젊고 잘생긴 영국 아가씨가 앉았다. 나머지는 평범한 여행객이었다. 업무로 출장 중인 사람, 재미로 여행하는 사람, 인도에서 휴가받은 관리, 그리스와 터키에서 무역하는 상인, 기다란 옷을 입고서 젊은 부인이랑 신혼여행에 나선 영국인 성공회 사제, 한창 성장하는 세 딸과 여행하면서 주변에 일어나는 다양한 혼란을 일지로 기록하는, 귀족 같은 위엄이 가득한 엄마와 아빠, 늙어서 귀가 안 들려도 꿋꿋하게 여행하는 영국인 엄마와 다 자란 딸로, 그 딸은 결혼 상대가 나타나길 궁극적으로 기대하며 세상을 살폈다.

말 없는 영국인 아가씨가 미글스 선생이 마지막으로 한 말을 화제로 삼아, 강조하는 어조로 천천히 물었다.

"선생님 말씀은 죄수가 감옥을 용서한다는 뜻인가요?"

"추측입니다, 웨이드 아가씨. 저 역시 죄수가 어떤 마음인지를 확실하게 아는 건 아니니까요. 죄수였던 적이 없어서."

프랑스 신사가 프랑스말로 물었다.

"마드무아젤은 쉽게 용서할지 의심스러우신가요?"

"그렇습니다."

페트가 통역하자, 어느 나라를 여행하든 그 나라 말을 배울 생각이 조금도 없는 미글스 선생이 끼어들었다.

"맙소사! 정말 안타깝네요, 그죠?"

"제가 쉽사리 안 믿는 거요?"

웨이드 아가씨가 되물었다.

"그게 아닙니다. 다르게 표현하지요. 쉽게 용서한다고 믿을 수 없는 거요."

미글스 선생이 대답하자, 웨이드 아가씨가 차분하게 말했다.

"저는 지난 몇 년간 다양하게 경험하면서 많은 생각을 수정했습니다. 그게 인간이 진화하는 자연스러운 과정이라고 들었습니다."

"그래요, 그래! 하지만 원한을 품는 게 자연스러운 과정은 아니겠지요."

미글스 선생이 쾌활하게 말하고, 웨이드 아가씨는 반박했다.

"어떤 곳에 갇혀서 힘든 시간을 보냈다면, 저라면 그곳을 늘 증오하면서 불에 타거나 산산이 무너지길 갈망했을 겁니다. 제가 아는 건 그게 전붑니다."

"강해요, 그죠? 잘생긴 아가씨가 강한 성격이라는 건 선생도 동의하시죠?"

미글스 선생이 프랑스 신사에게 말했다. 어떤 나라 사람이든 결국엔 영어를 알아듣는다는 확신 아래, 늘 영어로 말하는 게 미글스 선생의 또 다른 습관이었다.

"플래질(Plait-il)?"[22]

프랑스 신사가 정중하게 대답하자, 미글스 선생이 극히 만족하는 표정으로 맞장구쳤다.

"맞아요. 제 의견입니다."

아침 식사는 점차 사그라들고, 미글스 선생은 일행 앞에서 연설했다. 그것도 연설이라는 걸 고려한다면 꽤 단순명쾌하면서도 진심이 가득했다. 우연히 만나 함께 지내면서 좋은 관계를 유지했는데, 이제 뿔뿔이 흩어지게 되었으며, 한 자리에 모두 모일 가능성은 없을 테니, 시원한 샴페인을 다 같이 들이켜서 서로에게 행운을 빌어주며 작별 인사를 나누는 게 좋겠다는 내용이었다. 모두 그렇게 하고 서로 손을 맞잡고 악수하면서 영원히 헤어졌다.

그러는 내내 외톨이 젊은 여인은 아무 말 없더니, 널찍한 공간 구석으로 조용히 물러나서 창가 소파에 앉아, 바닷물에 반사된 빛이 격자창 창살에 은빛으로 흔들리는 모습을 쳐다보는 것 같았다. 실내에 있는 사람을 무시한 채 스스로 고독을 거만하게 선택한 듯한 자세였다. 하지만 스스로 사람을 피한 건지, 아니면 사람에게 따돌림당한 건지 확실하게 파악하긴 어려울 것 같았다.

여인이 앉은 자리에서 이마로 까만 망사처럼 흘러내린 그늘이 아름

---

22) 영어로 'Pleasure', '기꺼이'라는 뜻이다.

다운 얼굴에 어울렸다. 까만 눈썹은 진하고 까만 머리칼은 풍성한 가운데 경멸하는 표정이 차분하게 깃든 얼굴을 본 사람이라면 누구든, 얼굴이 변하는 순간에 그 표정은 어떻게 변할까, 궁금하지 않을 수 없었다. 최소한 부드럽거나 상냥하게 누그러지지는 않을 것 같았다. 그 표정을 본 사람은 분노나 경멸이 그보다 깊어질 수 있다면, 행여나 변하기라도 한다면, 그쪽으로 변하겠다는 느낌이 강할 터였다. 친밀하게 보이려고 애쓰는 기색은 없었다. 속마음이 드러나는 얼굴은 아니지만, 억지로 꾸미는 느낌도 아니었다. '나는 천상천하 유아독존이다. 당신네가 어떻게 생각하든 중요하지 않다. 나는 당신네한테 아무런 관심이 없고, 신경도 안 쓴다. 당신네가 어떤 모습을 하고 무슨 말을 하든 관심이 없다'고 노골적으로 말하는 표정이었다. 거만한 눈동자도, 뻣뻣한 곳대도, 잘 생겼지만 잔인하게 꼭 다문 입술도 그렇게 말했다. 셋 가운데 두 개를 가린다 해도 남은 하나가 그렇게 말할 터였다. 세 개를 모두 가린다 해도 고개를 돌리는 동작 하나로 그런 느낌을 그대로 드러낼 터였다.

실내에 남은 사람은 페트 가족과 클레넘 선생뿐으로 여인을 화제로 삼는 가운데, 페트는 창가로 다가가서 여인 옆에 서더니 여인이 쳐다보는 눈길에 당황해서 더듬으며 물었다.

"여기서 누구를 만나기로 했나요, 웨이드 아가씨?"

"나? 아니."

"아버지가 '우편물 보관소'로 사람을 보내신대요. 아가씨한테 온 편지도 있는지 알아보라고 할까요?"

"고맙지만, 나한테 올 편지는 없어."

여인이 대답하자, 페트가 수줍은 표정으로 옆에 조심스럽게 앉으며 말했다.

"우리까지 떠나면 아가씨 혼자 너무 쓸쓸하지 않을까 우리 모두 걱정한납니다."

"말도 안 돼!"

상대가 쳐다보는 시선에 페트는 당황하면서 변명하는 투로 말했다.

"우리가 아가씨랑 친하다거나, 친하게 지낼 수 있었다거나, 아가씨가 그러길 바란다고 생각한 건 당연히 아니랍니다."

"나 역시 그렇게 보이고 싶은 생각은 지금껏 없었어."

상대가 말하자, 페트는 상대가 소파에 아무런 생각 없이 내려놓은 손을 소심하게 건들면서 다시 말했다.

"그래요. 당연하죠. 하지만……한마디로, 아빠 도움을 조금이라도 안 받을래요? 아빠가 많이 기뻐할 거예요."

"많이 기뻐한다. 그 정도까지는 아니더라도 기꺼이 도와드리고 싶군요."

미글스 선생이 말하면서 부인과 클레넘과 함께 다가오자, 여인이 거절했다.

"고맙습니다만, 이미 세운 계획이 있으니 내 방식대로 내 길을 가겠습니다."

'그래? 으음! 정말 독특한 성격이군.'

미글스 선생이 속으로 중얼대면서 당혹스러운 표정으로 쳐다보다 말했다.

"나는 젊은 숙녀분을 상대하는데 서툴러서 다른 사람처럼 제대로 대접을 못 할까 두렵답니다. 즐거운 여행이 되길 바랍니다. 그럼 안녕히!"

여인이 손을 내밀지는 않을 것 같은데, 미글스 선생이 내미는 손을 외면하지는 않았다. 그래서 상대 손에 한 손을 얹어도 소파에 내려놓는 이상이 아니고, 미글스 선생은 다시 말했다.

"안녕히! 이게 일행한테 하는 마지막 작별 인사가 되겠구려. 애 엄마와 나는 여기에 계시는 클레넘 선생한테 조금 전에 작별 인사를 했고, 클레넘 선생은 페트한테 작별 인사를 하려고 기다리는 중이랍니다. 그럼 안녕히! 이제 두 번 다시 못 보겠구려."

이 말에 대해 "일생을 살아가다 보면 우리 모두 낯선 곳에서 낯선 길로 다가오는 사람을 만날 테고, 각자 정해진 운명이 있으니, 그들 역시 우리에게 정해진 운명대로 하겠지요"라는 대답이 차분히 흘러나왔다.

페트는 이 말이 귀에 거슬렸다. 정해진 운명대로 한다는 건 나쁜 일도 겪을 수 있다는 의미였다. 그래서 "아, 아빠!"라 속삭이고 어린애처럼 움츠려서 응석 부리며 아빠에게 살짝 다가가고, 여인은 다시 말했다.

"어여쁜 따님이 놀라는군요."

그러더니 페트를 똑바로 바라보며 이어갔다.

"하지만 남자든 여자든 너한테 볼일이 있는 사람은 이미 낯선 길에 올랐으며, 하나같이 정해진 운명대로 한다는 걸 믿어도 좋아. 누구나 정해진 운명대로 할 수밖에 없거든. 저 바다 너머 수백 수천 킬로미터 거리에서 다가올 수도 있고, 지금 이 순간에 바로 옆에 있을 수도 있고, 이 도시의 가장 더러운 쓰레기 가운데서 나올 수도 있어, 생각도 못한 순간에, 피하려고 아무리 애써도."

여인은 더없이 차갑게 작별 인사를 하고, 전성기가 지나긴 했어도 여전히 예쁜 얼굴에 피곤한 기색을 또렷하게 얹으며 밖으로 나갔다.

공간이 널찍한 터라 자신이 미리 구한 방으로 가려면 계단과 복도를 많이 지나야 했다. 거의 다 지나서 자기 방이 있는 복도를 걸어가는데,

중얼대며 흐느끼는 소리가 들렸다. 방문이 열려있어, 방금 헤어진 여자애를 시중드는 하녀가, 이름이 이상한 하녀가 보였다.

여인은 하녀를 물끄러미 쳐다보았다. 심통이 잔뜩 난, 열정적인 하녀! 까맣고 풍성한 머리칼은 얼굴을 덮고, 얼굴은 빨갛게 달아오르고, 미친 듯이 흐느끼느라 한 손으로 입술을 마구 잡아 뜯었다. 어깨를 들썩이며 우는 중간중간에 이런 말도 흘러나왔다.

"이기적인 짐승들! 나는 어떻게 되든 관심도 없어! 배도 고프고 목도 마르고 힘은 하나도 없는데 먹을 것도 마실 것도 안 주니, 내가 굶어 죽기만 바라는 게 분명해! 짐승들! 악마들! 비열한 인간들!"

"얘야, 왜 그러니?"

하녀가 갑자기 고개를 들어, 빨갛게 충혈된 눈으로 쳐다보며, 두 손으로 목덜미를 꼬집다 멈추었다. 빨갛게 부어오른 흔적이 곳곳에 가득한 목덜미였다.

"왜 그러든 상관하지 마세요. 다른 사람한테 알리려는 건 아니니까."

"그래, 맞아. 그래도 지켜보자니 딱한 생각이 드는구나."

"딱하게 생각하지 않잖아요. 좋아하잖아요. 속으로 좋아한다는 걸 당신도 알아요. 검역소에 있을 때 이런 적이 두 번밖에 없는데, 매번 당신한테 들키네요. 정말 무서운 사람이에요."

"내가 무서운 사람?"

"그래요. 미칠 것 같을 때마다, 원한이 가득할 때마다, 나조차 모를 감정에 휩싸일 때마다 당신이 나타나는 것 같아요. 하지만 나는 혹사당해요, 혹사당해요, 혹사당한다고요!"

처음에 깜짝 놀라면서 중단했으나, 다시 눈물을 흘리면서 흐느끼고 손으로 잡아 뜯으니, 방문자는 이상한 미소를 상냥하게 머금으며 가만히 쳐다보았다. 잔뜩 흥분해서 악마한테 쥐어 뜯기듯 몸부림치는 모습이 흥미로웠다.

"나는 페트보다 두세 살이 어린데도, 내가 시중을 든다고요, 나이가 더 많기라도 한 것처럼! 아가라고 불리며 귀여움받는 건 언제나 페트고요! 나는 그 이름을 증오해요. 페트가 정말 싫어요! 부모가 딸을 바보로 만들고 성격을 망가뜨려요. 페트는 자기밖에 모른 채 나를 나뭇가지나 돌덩이처럼 여겨요!"

하녀가 말하면서 다시 몸부림쳤다.

"그래도 꾹 참아야 해."

"더 안 참겠어요!"

"식구 전체가 자기네만 중요하고 너를 아무것도 아닌 것처럼 여겨도 신경 쓰지 말아야 해."

"신경 쓰겠어요."

"쉿! 조심해. 하녀라는 처지를 잊지 마."

"그딴 건 상관없어요. 도망치겠어요. 나쁜 짓을 저지르겠어요. 더는 안 참겠어요. 참을 수도 없어요. 그대로 참다간 죽을 테니까요!"

관찰자는 한 손을 자기 가슴에 대고 가만히 서서 여자애를 바라보는 게, 오랜 병에 시달린 사람이 비슷한 사례를 해부해서 그 특징이 드러나는 광경을 흥미롭게 지켜보는 것 같았다.

여자애는 생명력이 풍부한 젊은이 특유의 힘을 모두 발산하며 흥분하고 몸부림치더니, 이윽고 뜨거운 절규가 아파서 끙끙대는 소리로 서서히 줄다 사그라들었다. 그러면서 의자에 털썩 주저앉고, 다음에는 무릎을 꿇고, 다음에는 침대 옆 바닥에 엎드려서 담요를 끌어당기는 게 절반은 창피한 얼굴과 축축한 머리칼을 숨기려는 것 같고, 절반은 후회하는 마음만 가득한 가슴을 텅 비워놓느니 그거라도 끌어안으려는 것 같았다.

"나가요, 어서 나가요! 나는 성질이 솟구치면 바보처럼 미쳐버리니. 힘껏 애쓰면 성질을 억누를 수 있다는 것도 알고, 힘껏 애쓸 때가 잦은데, 못 그럴 때도 가끔 있다고요. 내가 무슨 말을 했담! 아까 얘기한 건 모두 거짓말이에요. 주인네 가족은 내가 어디서든 보살핌을 받고, 필요한 걸 모두 누리도록 애써요. 나한테 하나같이 잘한다고요. 나 역시 그분들을 진심으로 사랑하고요. 나처럼 배은망덕한 사람한테 그토록 친절한 사람은 어디에도 없다고요. 나가세요, 어서 나가세요, 당신이 무서우니까. 나는 성질이 날 때면 내가 무서운데, 당신도 무서워요. 그만 나가세요, 혼자 울면서 기도하고 싶으니!"

태양이 넘어갔다. 사방에서 노려보던 시선도 사라졌다. 무더운 밤이 마르세유에 깔렸다. 그러는 사이에 아침에 모인 여행객은 각자 흩어져 갈 길로 떠났다. 밤이든 낮이든, 태양이 내려다보고 별이 내려다보는 가운데, 언덕길을 오르고 따분한 들판을 힘겹게 나아가며, 육지를 돌아다니고 바다를 돌아다니다, 더없이 낯설게 오가다 만나서 작용하고 반작용하며, 우리 모두 인생이란 순례길을 끝없이 나아간다.

런던, 울적하고 답답하고 축 처진 일요일[23] 초저녁이었다. 교회 종소리는 날카로운 소리와 밋밋한 소리, 깨진 소리와 선명한 소리, 빠른 소리와 느린 소리 등, 다양한 불협화음을 이루며 미친 듯이 울려대서 옛날처럼 섬뜩한 메아리를 만들어냈다. 거리마다 우울하고, 거리에 나선 사람은 검댕을 뿌려서 회개하는 차림으로 영혼을 나락으로 떨어뜨리는 저주에 시달리고, 창문에서 내다보는 사람 역시 하나같이 의기소침했다. 대로마다, 골목마다, 갈림길마다, 음울한 종소리가 울려대며 사람을 낚아채는 게 역병은 도시 전역에 창궐하고 수레는 시신을 찾으러 돌아다니는 것 같았다. 과로에 시달리던 시민이 쉴만한 공간은 하나같이 닫힌 채 빗장을 질렀다. 그림도 볼 수 없고, 낯선 동물도 볼 수 없고, 희귀 식물이나 꽃도 볼 수 없고, 고대 세상의 자연적인 불가사의나 인위적인 불가사의도 볼 수 없었다. 대영박물관에 있는 남쪽 바다의 못생긴 신상 등, 문명사회가 일요일이면 엄격하게 차단하는 해외 원주민 유적마다 고향으로 돌아왔다고 착각할 것 같았다. 거리, 거리, 거리

23) 안식일을 지켜야 한다는 이유로 일요일에 박물관과 미술관 등을 모두 닫아서 시민은 유익한 시간을 보낼 수 없었다.

말고는 구경할 게 하나도 없었다. 거리, 거리, 거리 말고는 한숨을 돌릴 게 하나도 없었다. 깊은 생각에 빠진 마음을 되짚어보거나 끌어올릴 게 하나도 없었다. 기진맥진한 노동자가 할 수 있는 거라곤 단조로운 일곱 번째 날을 단조로운 여섯 날과 비교해서 인생살이가 따분하다는 걸 깨닫고, 그래도 최선을 다해서 견디거나 최악으로 빠져드는 게 전부였다.

종교와 윤리 측면에서 더없이 바람직하고 즐거운 시각에, 클레넘은 마르세유에서 도버로 건너와 '파란 눈 아가씨'라는 도버 역마차를 타고 달려서 러드게이트 힐[24]에 있는 커피하우스 창가에 앉았다. 견실한 주택 만 채가 주변을 에워싼 채 눈살을 찌푸리며 내려다보는 모습이, 주택마다 '탁발승 이야기'[25]에 나오는 젊은이 천 명이 살면서 밤만 되면 얼굴을 까맣게 칠하고 자기네 실수를 한탄할 것 같았다. 그 주변을 짐승 우리처럼 불결한 주택 5만 채가 다시 에워싸는데, 방마다 사람이 가득해서 토요일 밤에 깨끗한 물을 집어넣어도 일요일 아침이면 썩어 버리니, 아아, 사람들이 금방 도살할 가축과 한방에서 잘 수 없다는 사실에 지역구 의원 나리께서 깜짝 놀라셨도다! 짐승 우리처럼 비좁고 답답해 사람마다 숨을 헐떡이는 주택이 사방으로 몇 킬로미터씩 뻗어 나갔다. 도심지 한가운데로는 상쾌하고 신선한 강물이 아니라 썩어서 위험한 하수[26]가 흘러들었다. 백만에 달하는 인간이 요람에서 무덤으로 갈 때까지 일주일에 6일을 마약처럼 단조로운 일상에 파묻힌 채 노동하는 동안 무슨 세속적인 욕구를 품겠으며, 일곱 번째 날이라 해서

---

24) 런던 성 바오로 대성당 앞을 지나는 도로.

25) '아라비안나이트'에 나오는 일화로, 젊은이 열 명이 아름다운 공주 마흔 명과 차례대로 사랑을 나눴는데, 공주들이 경고한 말을 무시하고 '금지된 방'에 들어갔다, 한쪽 눈이 먼 채 추방당하고 후회한다는 내용이다.

26) 1855년 당시에 완전히 썩어들어간 템스 강물을 말한다. 1857년에 '템스 강물 정화 법안'이 통과되었다.

무슨 세속적인 욕구를 품겠는가? 행여나 옆으로 벗어나다간 경찰관에게 핍박당할 게 확실한데 말이다.

클레넘은 '러드게이트 힐' 커피하우스 창가에 앉아, 주변에서 울리는 종소리 가운데 하나에 박자를 맞춰서 자신도 모르게 노래를 흥얼대는데, 아픈 사람이 시끄러운 종소리 때문에 훨씬 빨리 죽어가겠다는 생각이 절로 들었다. 미사 시간이 다가오면서 종소리가 신경을 건들 정도로 빨라지더니, 미사 시간을 15분 앞두고는 '교회로 와라, 교회로 와라, 교회로 와라!'며 끈질기게 졸라대고, 10분을 앞두고는 교회로 올 사람이 얼마 안 된다는 사실을 깨닫고 '사람들이 안 온다, 사람들이 안 온다, 사람들이 안 온다!'며 천천히 우울하게 울려대고, 5분을 앞두고는 희망을 포기한 채 1초에 한 번씩 한숨을 내쉬듯 300초 동안 우울하게 울려서 인근 주택을 흔들어댔다. 그러다 시간이 지나고 종소리가 멈추자, 클레넘이 중얼거렸다.

"다행히도 마침내 끝났군!"

하지만 어린 시절에 비참하게 보내던 일요일은 이미 되살아나서 종소리와 함께 사라질 생각을 않고 끈질기게 달라붙었다. "하느님, 저를, 그리고 저를 훈육한 사람을 용서하소서. 저는 지금껏 일요일을 증오하나이다!"라는 한탄이 절로 나올 정도였다.

클레넘은 어린 시절에 일요일이 정말 끔찍했다. 일요일만 되면 두 손을 앞에 모은 채, '인간은 왜 지옥으로 떨어지는가?'라는 질문으로 시작하는 교리문답이 너무나 끔찍하고 무서웠다. 사실, 대여섯 살 때는 궁금도 했으나 해답은 절대로 찾을 수 없었다. 어린 마음에 또 관심을 느낀 건, 한 줄 건널 때마다 딸꾹질하듯 '데살로니카 후서 3; 6~7' 같은 괄호 속 삽입구였다. 학교에 들어간 다음에도 일요일은 마냥 졸린 날로, 다른 아이한테 도덕적으로 구속당한 채, 피켓을 든 선생에 이끌려서 교회로 하루에 세 번씩 탈영병처럼 끌려가야 했다. 그럴 때마다 소화가 하나도 안 되는 설교를 질 떨어진 양고기 한두 조각하고 바꿔서 부족한 식사를 보충하고픈 마음만 가득했다. 십 대 초반은 일요일이 끝없이 지루하고, 어머니는 엄숙한 얼굴과 무자비한 마음으로 온종일 성서를 - 어머니가 해석하는 방식만큼이나 딱딱하고 무미건조하고 답답하게 제본해서 표지는 쇠사슬 같은 장식을 묵직하게 눌러 찍고 잎사귀마다 빨간색을 섬뜩하게 뿌려댄 성서를 - 책은 많아도 다정한 성격과 자연스러운 애정과 온화한 친교를 완벽하게 차단하는 책은 그 책밖에 없다는 듯 - 읽곤 했다. 나이를 조금 더 먹으면서 일요일만 되면 화가 치밀어, 느리게 지나는 하루 내내 잔뜩 화난 표정으로 앉아서 우울하게 지냈다. 가슴속에 짜증만 가득할 뿐, 신약성서에 담긴 유익한 내용은 하나도 안 들어오니, 무신론자 사이에서 자라난 사람과 다를 게 없었다. 그래도 일요일은 끝없이 찾아오고, 온종일 억울하고 씁쓸한 심정에 시달리는 가운데 천천히 지나갔다.

웨이터가 식탁을 닦으면서 쾌활하게 물었다.

"실례합니다만, 손님, 침실을 보시겠습니까?"

"그래요. 그러는 게 좋겠소."

"객실 담장! 7번 신사분께서 침실을 보시겠답니다!"

웨이터가 소리치는 순간, 클레넘은 정신을 퍼뜩 차리고 다시 말했다.

"잠깐! 생각 없이 기계적으로 대답했군요. 여기에 안 묵습니다. 집으로 갑니다."

"그렇습니까, 손님? 객실 담당! 7번 신사분께서 여기에 안 묵고 집으로 가신답니다."

클레넘은 해가 떨어질 때까지 앉아서 맞은편 우중충한 주택들을 쳐다보는데, 예전에 그곳에 살다 육신을 떠난 영혼이 다시 쳐다본다면 그런 곳에 갇혀 지냈다는 사실을 억울해하겠다는 생각이 절로 떠올랐다. 가끔은 더러운 장문 유리창에 얼굴이 나타나다 어둠 속으로 사라지는 게, 세상살이를 충분히 겪었으니 인제 그만 살겠다는 것 같기도 했다. 이윽고 빗방울은 사선으로 떨어지고, 사람들은 공공건물 맞은편 처마 밑으로 모여들어 빗방울이 점차 굵고 빠르게 떨어지는 하늘을 무기력하게 쳐다보았다. 그러다 빗물에 젖은 우산이, 빗물에 젖어서 질질 끌리는 치맛자락이, 진흙이 안으로 들어오기 시작했다. 하지만 진흙이 어디에서 생겨 무슨 짓을 했는지 누가 알겠는가? 그런데도 인파가 순식간에 모여드는 것 같더니, 5분도 안 돼서 아담의 아들딸 모두 진흙탕을 첨벙댔다. 이제 가로등 점등원이 사방을 돌아다니다 손을 대는 순간에 불꽃이 확 피어오를 때는, 우중충한 날씨에 고생한 터라 점등원 자신조차 놀랄 것 같았다.

클레넘은 모자를 쓰고 외투 단추를 채운 다음, 밖으로 나갔다. 시골에는 비가 오면 수천 가지 신선한 내음이 일고 빗방울마다 생명체를 아름답게 피우겠지만, 도시에는 역겹고 더럽고 불쾌한 쓰레기가 도랑에 넘치면서 시궁창 같은 악취만 풍길 뿐이다.

클레넘은 성 바오로 대성당 앞에서 도로를 건너고 템스 강 강변 옆으로 크게 돌아, 칩사이드[27]에서 강변으로 꾸불꾸불 이어지는 (지금보다 훨씬 꾸불꾸불하고 비좁은) 도로를 한참 내려갔다.[28] 폐허가 돼서 곰팡내만 풍기는 조합 건물을 지나고, 신자도 없이 유리창으로 불빛만 흘러나오는 교회는 벨초니[29]가 발굴해서 내력을 밝히기만 기다리는 것 같은 곳을 지나고, 조용한 창고와 부두를 지나니, 강으로 이어지는 좁은

---

27) Cheapside: 런던 중앙을 동서로 가로지르는 대로.

28) 런던 다리를 새로 세우고 다리로 접근하는 길이 넓어지면서 이곳에 있던 상점가와 건물군이 몰락했다. 클레넘은 지금 템스 거리를 비스듬히 가로지르며 걸어가는 중이다.

29) 이집트 유적 발굴로 유명한 이탈리아 탐험가.

골목길은 여기저기에 있고, 골목 담장마다 '익사자를 찾는다'는 조그만 전단이 너덜너덜하게 붙어서 눈물을 흘렸다. 그런 다음에 비로소 주택 한 채가 나타났다. 너무 더러워서 전체가 까맣게 보이는, 마당 진입로 안쪽의 낡은 벽돌 건물이었다. 건물 앞에는 직사각형 조그만 마당이 있어, 관목 한두 그루와 좁다란 잔디밭이 (과장해서 말하자면) 주변을 에워싼 철제 울타리만큼이나 녹슬고, 건물 뒤로는 지붕이 뒤엉켰다. 주택 두 동을 합친 건물로, 창문마다 창틀이 길고 좁고 묵직했다. 오래전에 옆으로 쓰러지는 걸 버팀목으로 괴고, 나중에는 굵직한 버팀목이 여섯 개까지 늘어나 주변 길고양이한테 좋은 놀이터였지만, 지금은 풍파에 찌들고 매연이 까맣게 달라붙고 잡초까지 높이 자라서 믿음직한 놀이터는 못 될 듯 보였다.

여행객이 걸음을 멈추고 둘러보며 중얼거렸다.

"변한 게 없군. 우울하고 비참한 모습 그대로야. 어머니 창문에서 불빛이 흘러나오긴 해도, 저건 내가 학교 기숙사에서 집으로 일 년에 두 번씩 짐을 질질 끌며 이 돌길을 지날 때부터 꺼진 적이 없는 것 같아. 아, 황량하구나, 황량해!"

여행객이 현관문으로 – 옛날에 유행한 문양을 그대로 흉내 내서 앞으로 삐져나온 덮개에 꽃줄이 달린 회전식 수건과 물이 찬 어린애 머리[30]를 여러 개 조각한 현관문으로 – 다가가서 두드렸다. 현관문 안 돌바닥 복도에서 발을 질질 끄는 소리가 일다, 문이 열리면서 노인이 나타났다. 허리가 굽고 몸이 말랐어도 눈빛은 예리한 노인이었다.

노인이 한 손에 든 촛불을 올려서 예리한 눈으로 살피다, 반가운 기색이 없는 어투로 물었다.

"클레넘 도련님? 드디어 오셨나요? 안으로 들어오세요."

30) 벌거벗은 큐피드. 이마가 툭 튀어나온 걸 머리에 물이 찼다고 보았다.

클레넘이 안으로 들어가서 문을 닫자, 노인이 돌아서서 촛불을 다시 들고 쳐다보다 고개를 서으녀 말했다.

"살이 붙어서 체격이 좋군요. 하지만 제가 보기에는 도련님 아버지한테 못 미쳐요. 도련님 어머니한테도 못 미치고."

"어머니는 어떠세요?"

"예전 그대로랍니다. 몸져누운 것도 아닌데 침실에 계실 뿐, 십오 년 동안 밖으로 나온 건 열다섯 번밖에 안 된답니다, 도련님."

두 사람은 황량하고 누추한 식당으로 들어갔다. 노인은 촛대를 식탁에 내려놓고 왼손으로 오른팔 팔꿈치를 받쳐서 가죽만 남은 턱을 문지르며 방문객을 쳐다보았다. 방문객이 손을 내밀었다. 노인 역시 손을 내밀고 차갑게 악수하는 게, 손을 최대한 빨리 거둬서 턱을 문지르고 싶은 것 같았다. 그러더니 고개를 조심스레 저으며 말했다.

"안식일에 찾아온 걸 도련님 어머니께서 좋아하실지 모르겠네요."

"설마 그냥 쫓아내진 않겠지요?"

"맙소사, 내가요? 내가? 나는 이 집 주인이 아니랍니다. 그건 내 역할이 아니지요. 도련님 아버지랑 어머니 사이에서 오랫동안 시달렸는데, 도련님 어머니랑 도련님 사이에 끼어서 또 시달리고 싶은 생각은 없답니다."

"어머니께 내가 왔다고 알려주시겠어요?"

"네, 도련님, 네. 당연히 그래야죠! 어머니께 도련님이 왔다고 알리겠습니다. 여기서 기다리세요. 식당은 하나도 안 바뀌었으니까요."

노인이 찬장에서 초를 새로 꺼내고 불을 붙이더니, 처음 것을 식탁에 내려놓고서 소식을 전하러 갔다. 노인은 작은 키에 대머리로, 어깨를 높인 까만 외투와 조끼에 갈색 반바지 차림으로 갈색 각반이 길었다. 차림새만 보면 집사나 하인 같은데, 실제로는 두 역할 모두 오랫동안

해왔다. 몸에 걸친 장식이라고는 시계가 전부로, 까만색 낡은 줄에 묶어서 주머니에 깊숙이 넣고, 줄 꼭대기에 색바랜 구리 열쇠를 하나 묶어서 시계가 있는 곳을 표시했다. 고개가 굽어서 머리를 한쪽으로 기울여 게처럼 옆으로 걷는 모습은 건물과 마찬가지로 몸뚱이가 기울어, 건물에 그런 것처럼 버팀목으로 괴어야 할 것 같았다.

노인이 안 보이자 클레넘이 중얼거렸다.

"내가 많이 약해졌군, 이런 대접을 받았다고 눈물까지 글썽이다니! 다른 대접은 받아본 적이 없어서 기대조차 안 하던 내가."

클레넘은 눈물을 글썽인 정도가 아니라, 실제로 눈물을 흘렸다. 어릴 적부터 좌절만 겪으면서도 희망과 갈망을 여전히 포기하지 않는 본성이 순간적으로 솟구친 결과였다. 하지만 그 본성을 가라앉히고 촛불을 들어서 실내를 살폈다. 하나같이 오래된 가구가 예전 자리에 그대로 있었다. '이집트에 내린 재앙'[31]이 벽에 유리 액자로 걸린 것도 똑같았다. 런던의 매연과 파리 떼로 훨씬 더럽게 변한 게 다를 뿐이었다. 낡은 술병 선반은 안에 아무것도 없는데, 빈틈을 납으로 막은 모습이 칸을 분리한 널판 같고, 낡고 거무스름한 벽장 역시 안에 아무것도 없는데, 어릴 적에 안으로 들어가는 벌을 한참 받다 보면 교리문답이야말로 지옥문이라는 생각이 절로 들던 곳이었다. 식기 찬장에는 험상궂게 생긴 괘종시계가 커다란데, 어릴 적에 교리문답을 제대로 못 할 때마다 시침과 분침으로 클레넘을 가리키면서 잔인하게 웃고, 일주일에 한 번씩 철제손잡이로 태엽을 감을 때마다 으르렁대는 소리로 클레넘이 겪어나갈 고통을 섬뜩하게 예고하던 시계였다. 하지만 바로 그때 노인이 돌아와서 말했다.

"도련님, 앞에서 길을 밝히겠습니다."

---

31) 이스라엘 백성을 노예로 묶어두려는 이집트에 신이 내린 징벌. 출애굽기 7-12.

클레넘은 노인을 따라 계단을 오르는데 벌어진 틈새마다 죽은 사람을 추도하는 위패 같고, 어두운 침실로 들어시니, 바닥이 점차 가라앉으면서 자리를 잡아, 벽난로가 조그만 골짜기 같았다. 움푹 가라앉은 바닥에 시신 보관대처럼 놓인 까만 소파에 - 처형장에 설치한 받침대처럼 각지고 커다란 까만색 받침대를 대서 지탱하는 소파에 - 어머니가 미망인 차림새로 앉아있었다.

어머니와 아버지는 클레넘이 어릴 적부터 사이가 안 좋았다. 딱딱한 침묵이 휘감은 가운데 말없이 앉아서 서로 외면하는 두 얼굴을 두려운 표정으로 번갈아 쳐다보는 게 어린 시절에 가장 평화롭던 순간이었다. 어머니는 아들에게 딱딱하게 키스하고 천으로 휘감은 손을 빳빳하게 내밀었다. 환영 의식은 이렇게 끝나고, 클레넘은 어머니가 있는 조그만 탁자 맞은편에 앉았다. 벽난로에는 불길이 15년을 밤낮없이 그런 것처럼 타올랐다. 벽난로 시렁에는 15년을 밤낮없이 그런 것처럼 주전자가 놓였다. 불길 꼭대기에 나지막한 잿더미가 있고 벽난로 화상 밑에 나지막한 잿더미가 쌓인 것 역시 15년 동안 밤낮없이 그런 것 같았다. 환기가 안 되는 실내에 까만 염색약 냄새가 감도는데, 불길이 미망인 의상과 리본에서 15개월 동안 뽑아내고 시신 보관대 같은 소파에서 15년 동안 뽑아낸 결과였다.

"어머니, 활발히 움직이던 습관이 변했네요?"

아들이 묻자, 어머니가 실내를 둘러보며 대답했다.

"세상이 요만한 크기로 줄었단다, 클레넘. 공허한 허영에 마음 둔 적이 없던 나로선 그나마 다행이로구나."

어머니라는 존재와 엄격하고 강한 목소리가 하나로 모이자, 아들은 어린 시절처럼 겁에 질려서 속으로 움츠러드는 걸 느꼈다.

"밖에는 안 나가세요, 어머니?"

"관절염이 심한 데다 약골인지 신경쇠약인지 - 병명은 이제 안 중요한데 - 다리를 못 쓴단다. 그래서 밖으로 안 나가. 내가 밖으로 안 나간 게…… 얼마나 됐는지 저 애한테 알려줘."

어머니가 뒤를 돌아보며 말하자, 어두운 곳에서 갈라지는 목소리가 대답했다.

"이번 크리스마스면 12년째요."

클레넘이 그쪽을 쳐다보며 물었다.

"애프리인가요?"

갈라진 목소리가 그렇다고 대답하더니 노파가 희미한 불빛으로 나와서 자기 손에 한 번 뽀뽀하고 어두운 곳으로 다시 물러나자, 클레넘 부인이 천으로 휘감은 오른손을 살짝 움직여, 꽉 닫힌 높은 책상 앞에 세워놓은 바퀴 의자를 가리키며 말했다.

"그래도 일은 할 수 있어서 하느님 은총이 고마울 뿐이야. 대단한 은총이거든. 하지만 오늘은 그만 일하겠어. 밤 날씨가 안 좋잖아, 그치?"

"네, 어머니."

"눈이 오니?"

"눈이요, 어머니? 이제 9월밖에 안 됐는데요?"

아들이 되묻자, 어머니가 차갑게 웃으며 대답했다.

"어떤 계절이든 나한테는 똑같아. 여름도 겨울도 차이가 없어, 꽉 닫힌 여기서는. 주님께서 모든 걸 뛰어넘는 위치에 세우셨거든."

회색 눈동자도 냉정하고 회색 머리칼도 냉정하고 얼굴도 냉정하고 머리에 걸친 장식도 냉정하고 뻣뻣했다. 어떤 계절도 못 미치는 위치에 있다 보니 감정 변화 역시 못 미치는 위치로 들어선 것 같았다.

어머니 앞 조그만 책상에 책 두세 권과 손수건 한 장, 막 벗은 쇠테 안경 하나, 구식 금시계를 넣는 묵직한 이중 상자가 있었다. 아들이 마지막 물건을 쳐다보자 어머니도 그 물건을 쳐다보았다.

"아버지가 돌아가신 뒤에 보낸 소포를 무사히 받으셨군요, 어머니."

"그래."

"저는 아버지가 그때처럼 강조하시는 모습을 본 적이 없어요, 저 시계를 어머니에게 곧장 보내라고 말씀하실 때처럼."

"나는 저 시계를 네 아버지 유품으로 여기고 저기에 둔단다."

"아버지는 마지막 순간에 비로소 유언하셨어요. 한 손을 저 시계에 간신히 올려놓으면서 '네 어머니한테'라고 희미하게 말씀하신 거예요. 오랫동안 그런 것처럼 정신이 오락가락한다고 방금까지 생각했는데 – 병환에 시달린 기간이 짧아서 통증은 거의 없었을 텐데 – 아버지가 침상에 누운 몸을 돌려서 저 상자를 열려고 하셨지요."

"그때, 네 아버지가 이 상자를 열려고 할 때, 정신이 오락가락하지는 않았니?"

"네. 당시에는 정신이 온전하셨어요."

클레넘 부인이 고개를 저었다. 망자 얘기는 그만하자는 뜻인지, 아들 의견을 받아들일 수 없다는 뜻인지 애매했다.

"아버지가 돌아가신 뒤에 저 상자를 열었어요, 안에 메모가 있을 것 같아서. 하지만, 어머니한테 말할 필요는 없겠지만, 구슬로 장식한 낡은 비단 시계 포장이 전부였어요. 제가 원래 자리에 놔뒀으니 어머니도 상자 중간에 있는 걸 (당연히) 보셨겠지요."

클레넘 부인이 그렇다고 표시한 다음에 "오늘은 그만 일하겠어"라고 다시 말하고는 "애프리, 아홉 시야"라고 덧붙였다.

이 말과 동시에 애프리는 조그만 탁자를 치우고 나가더니 쟁반 하나를 들고 금방 돌아왔다. 살짝 구운 빵을 조금 담은 접시와 버터를 조그맣게 자른 접시가 있는데, 버터는 하나같이 똑같은 크기에 하얗고

통통하고 시원해 보였다. 노인은 모자가 대화하는 내내 문가에 서서 꼼짝을 않고 아래층에서 아들을 쳐다본 것처럼 위층에서 어머니를 쳐다보다, 노파와 함께 나가서 자리를 오랫동안 비우다 쟁반 하나를 따로 들고 오는데, (숨을 헐떡이는 모습으로 보아 지하 저장고에서 가져왔을) 적포도주 한 병과 레몬 한 알, 설탕 그릇 하나, 양념 그릇 하나가 있었다. 노인은 자신이 가져온 재료를 의사 처방대로 각기 정확한 분량을 주전자에 넣어서 혼합한 음료를 뜨겁고 맛나게 만들어 커다란 잔에 가득 부었다. 클레넘 부인은 혼합 음료에 살짝 구운 빵을 하나씩 담갔다 꺼내며 먹었다. 그동안 노파는 나머지 빵에 버터를 칠해서 그대로 먹을 수 있도록 했다. 환자가 빵을 모두 먹고 혼합 음료를 모두 마시자, 쟁반 두 개를 치우더니, 책과 촛불과 시계와 손수건과 안경을 탁자에 원래대로 올려놓았다. 그러자 환자는 안경을 쓰고 책에서 특정 구절을 – 엄숙하고 매섭고 날카롭고 – 커다랗게 읽으면서, 자신에 맞서는 적을 (어투와 표정으로 누가 적인지 또렷이 드러내며) 칼날에 세우고 불에 태우고 역병과 나병에 걸리게 하라고, 뼈를 산산이 갈아버려 지상에서 완전히 없애라고 기도했다. 그렇게 읽고 기도하는 사이에 클레넘은 떨어져 지낸 세월이 꿈결처럼 사라지고, 잠자리에 들려고 준비할 때마다 순진한 아이를 암울하게 압도하던 공포가 되살아나는 것 같았다.

클레넘 부인은 책을 닫고 한 손으로 얼굴을 가렸다. 그게 아니면 그대로 있을 노인도 그렇게 했다. 노파도 어두운 곳에서 그렇게 할 것 같았다. 그러다 환자는 잠자리에 들려고 준비하며 말했다.

"잘 자렴, 클레넘. 애프리가 잠자리를 봐줄 거야. 살짝 건들렴, 손이 아프거든."

클레넘은 천으로 감싼 어머니 손을 살짝 건들었다 – 이 정도는 아무것도 아니니, 어머니가 온몸을 청동으로 감싼 건 아니더라도 두 사람 사이에 장벽은 이미 가득했다 - 그리고 노인과 노파를 따라 아래층으로 내려갔다.

어둠이 묵직하게 내려앉은 식당에 단둘이 남자, 노파가 저녁 식사를 들겠느냐고 물었다.

"아니에요, 애프리, 안 먹어요."

"들고 싶으면 드세요. 마님이 내일 먹을 메추라기 고기가 있어요. 올해는 처음 먹는 거랍니다. 말씀만 하시면 금방 요리할게요."

아니다, 저녁을 먹은 지 얼마 안 돼서 아무것도 못 먹겠다.

"그럼 포도주라도 드세요. 들고 싶다면 마님이 드시고 남은 적포도주를 가져올게요. 도련님이 지시했다고 예레미야한테 말하면 되니까요."

아니다. 안 마시고 싶다. 클레넘이 대답하자, 노파가 얼굴을 바싹대고 속삭였다.

"내가 두 사람을 두려워한다고 해서 도련님까지 그럴 필요는 없어요. 이 집 재산 절반은 도련님 몫이잖아요, 그죠?"

"그렇긴 하지요."

"그렇다면 겁내지 마세요. 도련님도 똑똑하잖아요, 그죠?"

클레넘이 고개를 끄덕였다. 그렇다고 대답하길 노파가 바라는 것 같았다.

"그럼 두 사람한테 맞서 싸우세요! 마님은 끔찍하게 똑똑해요. 그만큼 똑똑한 사람이 아니면 마님한테 무서워서 한마디도 못 하지요. 예레미야도 똑똑해요 - 아, 정말 똑똑해요! - 하고픈 말을 마님한테 다 하거든요, 정말로!"

"남편이 정말 그러나요?"

"그러느냐고요? 남편이 마님한테 말하는 소리를 들으면 나는 머리부터 발끝까지 떨린다고요. 남편 예레미야 플린트윈치는 도련님 어머니를 이길 수도 있어요. 똑똑한 사람이 아니면 어떻게 그러겠느냐고요!"

노파가 말하더니, 남편이 발을 질질 끌며 다가오는 소리가 들리자 식당 구석으로 물러났다. 노파는 키가 크고 얼굴이 험상궂고 근육이 불거져서 젊을 적에 근위보병으로 입대해도 안 들킬 것 같은데도, 눈매만 날카로울 뿐 조그만 키에 게처럼 옆으로 걷는 노인만 나타나면 고양이 앞에 쥐처럼 변했다.

"이봐, 애프리, 이봐, 마누라, 지금 뭐하는 거야? 클레넘 도련님한테 먹을 거나 마실 것도 안 드리고?"

클레넘 도련님은 저녁을 먹은 지 얼마 안 돼서 아무것도 안 먹겠다는 말을 되풀이하고, 노인은 다시 말했다.

"그렇다면 잘됐군요. 잠자리를 봐 드려. 빨리빨리 움직이라고."

노인은 목이 옆으로 심하게 누워서 하얀 넥타이 양쪽 끝이 한쪽 귀밑에 대롱거리고, 날카로운 천성과 활력이 상대를 습관적으로 억압하는 천성과 늘 경쟁하니, 잔뜩 부어오른 얼굴에 뚱한 표정이 가득해, 예전에 목을 매달았는데 죽기 직전에 어떤 사람이 줄을 잘라, 잘린 줄을 목에 섬뜩하게 매단 채 돌아다니는 느낌을 풍겼다.

"내일은 도련님이랑 마님이 심한 소리를 주고받겠군요. 도련님 아버지가 돌아가신 뒤에 사업을 포기한 걸 - 도련님이 직접 알리도록 우리는 아무 말도 안 했지만 마님이 의심하시니 - 쉽게 안 넘어가실 겁니다."

"사업 때문에 지금껏 내 인생을 포기했으니, 이제는 나를 위해서 사업을 포기할 때도 되었지요."

클레넘이 말하자, 예레미야가 말은 "잘했다!"는데, 못했다는 의미가 분명했다.

"정말 잘했어요! 도련님 어머니와 도련님 사이에 내가 끼어들 거라는 기대만 안 하면 됩니다, 도련님. 도련님 어머니랑 아버지 사이에 끼어서 이 문제를 풀고 저 문제를 푸느라 지금껏 산산이 깨지면서 박살난 만큼, 그런 일을 더는 겪기 싫으니까요."

"내가 그러길 부탁하는 일은 결코 없을 겁니다, 예레미야."

"다행이군요. 정말 다행이에요. 그런 부탁을 받으면 거절할 수밖에 없거든요. 도련님 어머니 말씀대로, 그거면 충분해요, 안식일 저녁에 굳이 말할 필요는 없을 정도로. 애프리, 마누라, 잠자리에 필요한 물품을 아직 준비 못 했어?"

노파는 이불장에서 시트와 담요를 꺼내다 급히 하나로 긁어모으며 "다 됐어요, 예레미야"라고 대답했다. 클레넘은 짐을 들어서 노파를 거들며, 노인에게 잘 자라고 인사한 다음, 노파와 함께 건물 꼭대기 층을 향해서 계단을 올랐다.

두 사람은 환기가 안 되는 낡은 집에 가득한 곰팡내를 뚫으며 오르고 또 올라, 사용을 거의 안 하는 커다란 다락방 침실로 들어섰다. 다른 방처럼 초라하고 황량한 건 똑같지만, 못 쓰는 가구를 쌓아놓는 곳이라 그만큼 더 흉하고 섬뜩했다. 가구라고는 앉는 자리가 다 닳아서 흉하게 생긴 의자 몇 개, 앉는 자리마저 사라져서 더 흉한 의자 몇 개, 올이 풀려서 문양이 사라진 카펫 하나, 절뚝발이 탁자 하나, 절뚝발이 옷장 하나, 죽어서 해골만 남은 듯 가냘픈 난로 하나, 더러운 비눗물에 오랫동안 시달린 세면대 하나, 다리 네 개가 해골처럼 드러나고 끝이 뾰족해, 몸뚱이가 꽂히는 걸 좋아하는 사람에게 딱 어울릴 것처럼 황량한 침대틀 하나가 전부였다. 클레넘은 기다랗고 나지막한 창문을 열어서 연기에 시달리느라 새까맣게 변한 굴뚝 숲과 빨갛게 달아오른 노을을 바라보았다. 어린 시절에는 사방에 난 불이 밤하늘에 반사돼서 새빨갛다고 생각하던 노을이었다.

클레넘은 애프리 플린트윈치 노파가 머리를 앞으로 쭉 빼낸 채 침대에 앉아서 잠자리 만드는 모습을 쳐다보다 물었다.

"애프리, 내가 떠난 다음에 결혼했나요?"

애프리는 "그렇다"고 말하듯 입술 모양을 만들고는 고개를 절레절레 흔들며 베개를 베갯잇에 꾸준히 넣었다.

"왜 결혼했나요?"

애프리가 베갯잇 끝을 이로 깨문 채 대답했다.

"그야 당연히 예레미야 때문이죠."

"그야 당연히 예레미야 노인이 청혼했겠지만, 왜 결혼했나요? 나는 애프리가 결혼하리라는 생각을 안 했거든요. 두 분이 결혼하리라는 생각은 더더욱 안 했고요."

"나도 마찬가지랍니다."

플린트윈치 부인이 대답하면서 베개가 들어간 베갯잇 끝을 단단히 묶었다.

"내 말이 그 말이에요. 결혼하겠다는 생각은 언제부터 했나요?"

"나는 그런 생각을 한 적이 없어요."

플린트윈치 부인이 대답했다. 그리고는 베개를 덧베개에 놓고 툭툭 치다, 클레넘이 대답을 기다리는 표정으로 쳐다본다는 사실을 깨닫고 베개 가운데를 푹 찌르며 되물었다.

"그럼 내가 어떻게 결혼을 안 하겠어요?"

"어떻게 결혼을 안 하겠느냐니요!"

"당연하죠. 내가 결혼한 게 아니니까요. 나는 그런 생각을 한 번도 안 했어요. 아무런 생각도 없다, 그렇게 되고 말았거든요. 정말로! 마님이 한 번 얘기하더니, 계속해서 결혼하라고 했거든요. 예레미야도 마찬가지고."

"그래요?"

"그래요? 당시에 나도 똑같이 말했어요. 그래요! 이리저리 궁리해야 무슨 소용이겠어요? 똑똑한 사람 두 명이 그러기로 마음을 먹었는데 내가 할 수 있는 게 무어겠어요? 하나도 없어요."

"그렇다면 결혼한 게 어머니 계획이었나요?"

클레넘이 묻자, 애프리가 나지막한 어투로 울부짖었다.

"주님, 도련님을 축복하소서, 소원을 품은 저 또한 용서하소서! 두 사람이 그런 마음을 안 품었다면 어떻게 그런 일이 일어나겠어요? 예레미야가 청혼조차 한 적이 없는데요. 한집에 오랫동안 살면서 나를 부려먹기만 하던 사람이 그럴 리도 없고요. 하루는 나한테 불쑥 말하더군요. '애프리, 당신한테 할 말이 있어. 플린트윈치라는 성을 어떻게 생각해?' 내가 되물었어요. '내가 그 성을 어떻게 생각하느냐고요?' '그래, 앞으로 그 성을 받을 테니까.' 내가 다시 물었어요. '내가 그 성을 받는다니요? 예-레-미야?' 아! 그 작자는 정말 똑똑해요!"

플린트윈치 부인이 침대에 시트를 깔고 그 위에 담요를 깔고 그 위에 덮개를 까는 일에 열중하는 게, 얘기는 다 끝난 것 같았다.

"그래요?"

클레넘이 다시 묻자, 플린트윈치 부인이 이번에도 그대로 되풀이하며 말했다.

"그래요? 내가 무얼 어떻게 하겠어요? 그 작자가 이렇게 말하는데요. '애프리, 당신과 내가 결혼해야 하는 이유를 알려줄게. 마님은 건강이 나빠지는 중이라 침실에서 계속 거들 사람이 필요하고, 우리는 마님과 많은 시간을 보내야 하는데 우리가 그 곁을 떠나면 마님 곁에 아무도 없을 테니, 우리가 결혼하는 편이 전체적으로 바람직해. 마님 역시 같은 의견이니, 다음 주 월요일 오전 여덟 시에 당신이 보닛 모자를 한 번 쓰면 결혼식은 다 끝나.'"

플린트윈치 부인이 침대 끝을 접었다.

"그래요?"

"그래요? 내 생각도 똑같았어요! 내가 자리에 앉아서 '그래요?'라고 했거든요. 그러자 예레미야가 말하더군요. '(보름 전에 신청한 터라) 다음 주 일요일에 결혼 예고[32]를 세 번째 물으니까 월요일에 하자는 거야. 마님도 똑같이 말씀하실 거야, 애프리.' 바로 그날 마님이 나한테 말했어요. '그래, 애프리, 너랑 예레미야가 결혼한다는 말을 들었어. 두 사람이 결혼한다니, 정말 기뻐. 너도 기쁘겠지. 너한테 좋은 일이고, 나도 진심으로 환영할 수밖에 없는 형편이야. 예레미야는 사리를 아는 사내, 믿음직한 사내, 끈기 있는 사내, 신앙심이 깊은 사내거든.' 마님이 이런 말까지 하는데, 내가 뭐라고 하겠어요? 결혼식이 아니라…… 숨통을 조여서 죽여도 할 말이 없는데."

플린트윈치 부인이 속마음을 털어놓더니, 곰곰이 생각하다 덧붙였다.

"나는 결혼하기 싫다는 말을 뻥끗도 할 수 없었어요, 똑똑한 두 사람한테 맞서서."

"그랬겠군요."

"도련님도 어쩔 수 없었을 거예요."

"애프리, 조금 전에 어머니 침실에 있던 여자애는 누구예요?"

"여자애요?"

플린트윈치 부인이 날카로운 어투로 되물었다.

---

32) 결혼식 전에 성당에서 일요일마다 세 번 연속으로 예고하고 이의가 없는지를 묻는 전통.

“애프리 옆 어두운 구석에 몸을 숨긴 사람을 보았는데, 여자애가 분명했어요.”

“아! 그 여자애? 작은 도릿? 별것 아니에요. 마님이 변덕을 부린 거예요.” 애프리 플린트윈치는 마님 이름을 입에 절대로 안 담는 독특한 습관이 있었다. “하지만 다른 여자애도 많잖아요. 예전에 사귀던 애인은 잊은 거예요? 오래전, 정말 오래전에?”

“어머니가 갈라놓아 엄청난 고통에 시달린 터라 당연히 기억나지요. 당시 모습이 지금도 떠오르니까요.”

“다른 애인을 사귄 적은 있나요?”

“없어요.”

“그렇다면 좋은 소식을 알려주죠. 옛날 애인이 지금도 잘살아요, 과부가 돼서. 옛날 애인을 만나고 싶다면 충분히 만날 수 있는 거예요.”

“그걸 당신이 어떻게 알아요, 애프리?”

“똑똑한 두 사람이 얘기하는 걸 들었거든요. 예레미야가 계단을 올라와요!”

이 말과 동시에 애프리는 곧바로 사라졌다. 하지만 클레넘이 젊은 시절에 베틀을 세운 오랜 작업장에서 마음속으로 열심히 짜던 천에 마지막으로 필요한 실을 던져준 다음이었다. 소년에게 사랑이라는 어리석은 환상은 이 집에도 찾아들어, 클레넘은 이 집을 로맨틱한 성으로 여기며 절망감에 몸부림쳤다. 불과 1주일 전에 마르세유에서 안타까운 마음으로 헤어진 아름다운 소녀 얼굴이 유난히 관심을 끌면서 부드럽게 사로잡은 이유 역시, 우울한 삶을 사랑이라는 영광스러운 삶으로 끌어올린, 실제일 수도 있고 상상일 수도 있는, 첫사랑 얼굴을 닮았기 때문이었다. 클레넘은 길고 나지막한 창턱에 상체를 기댄 채 새까만 굴뚝 숲을 다시 내다보며 꿈꾸기 시작했다. 생각할 거리가 너무나 부족하고, 좀 더 좋은 방향으로 좀 더 행복하게 나아가려는 사색 역시 부족한 사내라면 몽상가가 될 수밖에 없을 터였다.

4장. 애프리가 꿈꾸다

애프리는 꿈을 꿀 때면 늙은 마님의 아들과 달리 두 눈을 꼭 감는다. 그날 밤, 애프리는 이상할 정도로 생생한 꿈을 꾸었다. 늙은 마님 아들과 헤어지고 몇 시간 안 될 때였다. 사실, 꿈이라는 느낌 자체가 전혀 없었다. 모든 점에서 너무나 생생했다. 그 꿈은 이렇게 펼쳐졌다.

애프리가 남편이랑 쓰는 침실은 클레넘 마님이 오랜 세월을 갇혀 지내는 침실과 몇 발짝 거리에 있으나, 같은 층은 아니었다. 건물 측면에 있어, 마님 침실 방문 맞은편 제일 커다란 계단에서 갈라지며 이상한 계단 서너 개를 가파르게 내려가야 했다. 벽과 방문과 판자 칸막이가 있어서 부르면 들리는 거리라고 말할 순 없지만, 밤중 어떤 시간에도, 아무리 추운 날씨에도 속옷 차림으로 단번에 갈 수 있는 거리였다. 침대 머리맡, 애프리 귀 바로 옆에 종이 있어, 거기에 달린 줄을 클레넘 마님은 언제든 당길 수 있고, 종이 울리는 순간에 애프리는 벌떡 일어나, 잠에서 충분히 깨어나기도 전에 환자가 있는 침실로 들어설 수 있었다.

애프리는 마님을 침대에 눕히고 등잔불을 밝히고 안녕히 주무시라 인사하고 평소처럼 잠자러 갔다. 남편은 아직 들어오기 전이었다. 애프리 꿈에 등장한 인물은 – 철학자들이 관찰한 바에 따르면 부인 꿈속에 절대로 안 나타난다는 – 바로 그 남편이었다.

애프리는 몇 시간을 자다 깨어나, 남편이 여전히 잠자리에 안 든 걸 깨달은 것 같았다. 그래서 켜놓은 촛불을 보고 알프레드 대왕처럼 시간을 잰 결과,[33] 자신이 상당히 오랫동안 잤다는 사실을 깨달은 것 같았다. 그래서 깜짝 놀라며 일어나서는 가운을 입고 신발을 신고 남편을 찾으러 계단으로 나갔다.

계단은 나무라서 단단해, 애프리는 꿈인데도 옆으로 안 새고 곧장 내려갔다. 계단을 건너뛰지도 않았다. 하나하나 밟으면서 내려갔다. 촛불이 꺼진 터라 난간까지 붙잡았다. 현관 복도 모서리에, 현관문 뒤에, 광산 갱도처럼 생긴 조그만 대기실이 있어, 잡아 뜯은 것처럼 좁고 기다란 유리창이 달렸는데, 사람이 아예 안 들어가는 바로 그 대기실 유리창에서 불빛이 흘러나왔다.

애프리는 양말을 안 신어 돌바닥이 차갑다고 느끼면서 현관 복도를 가로질러, 방문에 달린 채 녹슬어 살짝 벌어진 경첩 사이로 내부를 들여다보았다. 예레미야가 곯아떨어졌거나 기절해서 쓰러진 모습이 보일 것 같았지만, 실제로는 의자에 차분히 앉은 모습이 정신도 건강도 멀쩡해 보였다. 그렇다면 도대체 – 여보? – 맙소사! – 애프리가 이런 말 비슷하게 살짝 뱉어내는데, 머리가 어찔했다.

깨어있는 예레미야가 잠자는 예레미야를 쳐다보았기 때문이다. 조그만 탁자 앞에 앉아, 탁자 맞은편에서 턱을 가슴에 수그린 채 코를 드르릉 곯아대는 자신을 매섭게 쳐다보았다. 깨어있는 예레미야는 얼굴이 마누라 눈에 정면으로 보이고, 잠자는 예레미야는 옆얼굴만 보였다. 깨어있는 예레미야는 진짜 예레미야고, 잠자는 예레미야는 판박이

33) 알프레드 대왕은 초에 눈금을 매겨서 타들어 간 정도를 보고 시간을 측정했다고 한다.

인간으로, 애프리는 그 차이를 진짜 인간이랑 거울에 비친 형상 정도로 구분하는데, 머리가 빙글 돌고 또 빙글 돌았다.

어느 쪽이 진짜 남편인지 설사 애프리가 미심쩍어했더라도, 남편이 조급하게 굴어서 금방 해결될 터였다. 깨어있는 예레미야가 공격할 무기를 찾아 주변을 둘러보다 심지 자르는 가위를 움켜잡곤 양배추 머리처럼 벌어진 촛불 심지[34]를 자르는 대신, 잠자는 예레미야한테 달려가는 게 몸뚱이를 곧바로 찌르려는 것 같았다.

"누구야? 왜 이래?"

잠자던 예레미야가 깜짝 놀라며 소리쳤다.

예레미야는 심지 자르는 가위로 목이라도 잘라서 조용히 시키려는 것 같고, 상대는 정신을 차리고 두 눈을 문지르며 말했다.

"내가 여기에 있다는 걸 깜빡했어."

예레미야가 회중시계를 가리키며 으르렁댔다.

"벌써 두 시간이나 잤다고. 잠시 눈만 붙이면 될 거라 하고선!"

"잠시 눈만 붙인 거야."

"새벽 두 시 반이라고. 모자는 어딨어? 외투는 어딨고? 상자는 어딨어?"

예레미야가 묻자, 판박이 인간이 졸린 표정으로 목덜미에 숄을 조심스럽게 두르며 대답했다.

"여기에 다 있어. 잠깐. 소매 좀 잡아당겨 - 그쪽 말고, 이쪽. 하! 이제 나도 늙었군."

예레미야가 외투를 힘껏 잡아당겼던 거다.

"그건 그렇고, 내가 깨어나면 포도주를 한 잔 더 주기로 했잖아."

---

34) 초를 동물 기름으로 만들어, 심지를 안 자르면 끝부분이 양배추 머리처럼 사방으로 벌어졌다.

"마셔! 숨통 좀 막으라고. 어서 나가라는 뜻이야."

예레미야가 말하면서 마님이 마시던 적포도주 술병을 꺼내, 포도주 잔에 가득 따랐다.

판박이 인간이 몇 시간 뒤에 바다로 나갈 사람처럼 맛을 음미하면서 말했다.

"그 여자 적포도주겠지? 그 여자 건강을 위해서."

그리고 한 입 마셨다.

"당신 건강을 위해서!"

또 한 입 마셨다.

"그 사람 건강을 위해서!"

또 한 입 마셨다.

"성 바오로 대성당 주변에 사는 모든 친구를 위해서!"

판박이 인간이 오래된 건배사를 하다 잔을 쭉 비워서 내려놓고 상자를 들었다. 약 60cm 크기 정사각형 철제 상자라, 겨드랑이에 편하게 들어갔다. 예레미야는 상대가 그걸 겨드랑이에 편하게 끼우는 모습을 부러운 눈으로 지켜보다, 두 손으로 상자를 잡고 흔들어서 단단히 꼈는지 확인하더니, 목숨 걸고 지키라는 당부까지 하고는 까치발로 살금살금 걸어가서 현관문을 열어주었다. 애프리가 마지막 동작을 예견하고 계단으로 물러난 뒤였다. 그런데도 모든 게 평이하고 자연스러웠다. 현관문을 여는 소리도 들리고 신선한 밤공기도 느끼고 하늘에 뜬 별도 보였다.

바로 그때 꿈에서 가장 놀라운 부분이 벌어졌다. 애프리는 남편이 너무나 무서운 탓에 (남편이 현관문을 닫기 전에 자신은 침실로 가볍게 물러날 수 있는데도) 계단에서 침실로 물러날 힘을 끌어모을 수 없어, 그대로 서서 물끄러미 쳐다보았다. 그래서 남편이 침실로 가려고 촛불을 한 손에 들고서 계단으로 오다, 애프리와 정면으로 맞닥뜨렸다. 남편은 깜짝 놀란 표정이지만 한마디도 안 했다. 두 눈으로 꾸준히 쳐다보며 꾸준히 다가왔다. 애프리는 완전히 압도당한 채 뒷걸음질 쳤다. 그래서 애프리는 뒤로 걷고 남편은 앞으로 걸어, 두 사람 모두 침실로 들어섰다. 안으로 들어가서 문을 닫자마자, 예레미야는 애프리 목을 움켜잡아, 얼굴이 까맣게 변할 때까지 흔들어대며 소리쳤다.

"맙소사, 애프리, 마누라…… 애프리! 도대체 무슨 꿈을 꾸는 거야? 일어나, 일어나라고! 왜 그래?"

"왜 그래요, 여보?"

애프리가 숨을 헐떡이며 눈알을 굴리자, 예레미야가 다정하게 웃으면서 말했다.

"맙소사, 애프리, 마누라……애프리! 잠자면서 밖으로 나왔잖아! 밑에서 곤하게 잠자다 일어나서 올라오니까 당신이 가운 차림으로 악몽에 시달리더라고. 악몽에 또 시달린다면 치료를 받아야 해. 내가 약을 주겠어, 마누라 - 충분한 약을!"

애프리는 고맙다 하고 침대로 기어올랐다.

5장. 가족사업

월요일 아침, 런던 시계탑마다 9시를 알릴 때, 클레넘 마님은 예레미야가 조그만 덩치로 미는 휠체어에 앉아서 높다란 캐비닛으로 다가갔다. 자물쇠를 풀고 캐비닛을 열어, 책상 앞에 자리를 잡자, 예레미야는 - 목을 더 효율적으로 매려는 듯 - 물러나고 아들이 나타났다.

"오늘 아침엔 좀 좋아지셨나요, 어머니?"

클레넘 마님은 고개를 젓고는 간밤에 날씨 얘기를 할 때처럼 차갑게 웃으며 대답했다.

"나는 이제 다시는 안 좋아져. 그걸 알고도 이렇게 견디는 게 다행일 뿐이란다, 클레넘."

클레넘 마님이 책상에 두 손을 올렸는데, 바로 앞에 우뚝 솟은 캐비닛이 있어, 마치 소리가 안 나는 교회 오르간이라도 치는 것 같았다. 아들은 (예전에 툭하면 생각하던 것처럼) 이번에도 그렇게 생각하며 옆자리에 앉았다.

어머니는 서랍 한두 개를 열어서 서류를 살피다 원래대로 놓았다. 가혹한 얼굴에는 편안하게 풀어놓은 실[35]이 하나도 없으니, 그 머릿속

35) 그리스 신화에 나오는 내용으로, 테세우스는 크레타 섬의 미로에서 괴물을 죽인 다음,

어두운 미로를 헤쳐나갈 탐험가는 세상 어디에도 없었다.

"사업 얘기를 할까요, 어머니? 사업 얘기를 시작하고 싶으세요?"

"시작하고 싶으냐고, 클레넘? 당연하지 않겠니? 네 아버지가 죽은 게 벌써 일 년이야. 그때부터 나는 네가 편한 시간에 찾아오기만 기다렸단다."

"떠나기 전에 정리할 게 많았거든요. 여행하면서 머리도 식히고요."

아들이 말하자, 어머니가 빤히 쳐다보았다. 마지막 말을 못 들었거나 이해를 못 한 표정이었다.

"머리를 식혔다고요."

어머니가 칙칙한 실내를 둘러보면서 입술을 움직이는 모양이 '자신은 그럴 수조차 없다'는 말을 되풀이하는 것 같았다.

"게다가 어머니가 유언집행인으로 재산을 관리하고 정리하시니, 어머니가 충분히 마무리할 때까지 저는 할 일도 할 말도 없을 테고요."

"재산 목록을 만들어서 여기에 놓았다. 증서를 일일이 검사해서 확인했다. 언제든 마음이 내킬 때 직접 확인하렴, 클레넘. 지금 확인해도 좋고."

"일이 마무리된 걸 아는 거로 충분해요, 어머니. 다음 얘기로 넘어갈까요?"

"그러려무나."

차가운 어투였다.

"어머니, 우리 사업은 예전부터 업무가 줄고 고객 역시 꾸준히 줄었어요. 우리는 신뢰를 충분히 보여준 적도 신뢰를 얻은 적도 없어요. 그래서 우리한테 애착을 느끼는 사람도 없어요. 지금까지 걸어온 길은 시대에 안 맞아요. 그래서 많이 뒤처졌어요. 굳이 말할 필요는 없겠지

미로로 들어올 때 늘어뜨린 실을 따라 밖으로 나왔다고 한다.

요. 어머니도 아실 테니까요."

"무슨 말인지는 안다."

어머니는 조금 누그러진 어투로 대답하고, 아들은 계속 말했다.

"지금 우리가 있는 이 건물도 제가 말하는 사례 가운데 하나예요. 아버지가 이 일을 처음 하실 때, 그리고 작은할아버지가 먼저 이 일을 시작하실 때만 해도 이곳은 사업장이었어요 – 진짜 사업장, 번창하는 사업장. 그런데 지금은 시대에 떨어지고 목적에도 벗어난 채 이상한 곳으로 변하고 말았어요. 우리는 중개자 로빙햄스를 통해서 오랫동안 위탁판매를 했으며, 어머니가 그것을 관리하고 아버지 재산까지 관리하면서 뛰어난 능력을 발휘하셨는데, 그 능력은 어머니가 집을 따로 구해서 사신다 해도 줄어들지 않아요. 안 그런가요?"

아들이 묻자, 어머니는 아무런 대답 없이 되물었다.

"관절염 때문에 꼼짝도 못 하는 – 너무 아파서 꼼짝할 수도 없는 – 어미가 이 집에서 지내는 건 목적에 합당하지 않다는 뜻이니?"

"지금 저는 사업상 목적을 얘기하는 거잖아요."

"어떤 목적?"

"이제 그걸 얘기하려고요."

아들이 대답하자, 어머니는 아들을 뚫어지게 바라보며 말했다.

"무슨 얘기를 하려는지 알겠다. 하지만 천벌을 받더라도 나는 불평하지 않겠어. 지은 죄만큼 벌 받는 건 당연하니, 기꺼이 받아들이마."

"어머니가 그렇게 말씀하시니까 마음이 아픈데, 그동안 우려한 건 행여나 어머니가……"

아들이 말하는데, 어머니가 끼어들었다.

"당연히 그럴 수밖에. 나는 그런 사람이니까."

아들이 입을 다물었다. 어머니가 갑자기 화내는 바람에 깜짝 놀란 것이다. 어머니가 돌처럼 딱딱한 표정으로 다시 말했다.

"그래! 계속하렴. 들어나 보자."

"어머니가 예상하신 것처럼 저는 사업에서 빠지기로 결정했습니다. 이미 손을 완전히 뗐습니다. 어머니는 사업을 계속하시겠지만, 제가 조언하는 일은 없을 거예요. 행여나 제가 어머니한테 미치는 힘이 조금이라도 있다면, 어머니 마음을 누그러뜨려서 저한테 실망하지 않도록 하는 데, 기나긴 인생 절반을 살아오는 동안 내 주장을 내세워서 어머니 주장에 맞선 적이 한 번도 없다는 말씀을 드리는 데 사용하겠어요. 몸과 마음을 다해서 어머니 방침에 순응했다고 말할 순 없겠지요. 40여 년 살아온 세월이 나 자신한테든 누구한테든 이익이나 즐거움을 주었다고 말할 수도 없겠고요. 하지만 저는 그동안 습관처럼 복종했으며, 어머니 역시 그걸 떠올리길 바랄 뿐입니다."

아아, 애원하는 사람이 불쌍하구나, 당장에든 예전에든, 캐비닛 앞 냉혹한 얼굴에 양보하길 기대하다니. 아아, 가벼운 죄를 지은 사람이 불쌍하구나, 냉혹하게 노려보는 재판정에서 선처를 호소하다니. 완고한 여자는 암흑과 어둠에 휩싸인 채, 새까만 구름 사이로 번갯불을 내려치며 저주하고 복수하고 파괴할 이상한 종교만 있으면 되는구나. 이 여인의 영혼에 '우리한테 죄지은 자를 우리가 용서하듯이 우리 죄를 용서하소서'라는 기도는 아무런 소용도 없구나. '나한테 죄지은 자를 벌해서, 하는 일마다 안 되다, 박살 나게 하소서, 주여. 내가 하는 것처럼 해주신다면 주님을 숭배하리다.' 이것이야말로 여인이 불손하게 하늘로 오르려고 돌을 쌓아 올린 바벨탑이로구나.

"다 말했니, 클레넘, 아니면 할 말이 남았니? 내가 보기에 더 할 말은 없는 것 같구나. 말은 짤막해도, 뜻은 충분했으니!"

"어머니, 드릴 말씀이 아직 남았습니다. 낮이고 밤이고 마음속으로 오랫동안 떠올리던 거요. 지금까지와 달리 이번에는 말문을 여는 게 정말 힘드네요. 저는 물론, 우리 모두 관련이 있거든요."

"우리 모두! '우리 모두'가 누구냐?"

"어머니, 나, 돌아가신 아버지."

어머니가 책상에서 두 손을 내리더니 무릎에 모아서 고대 이집트 조각상처럼 불가해한 표정으로 불길만 바라보았다.

"어머니는 아버지에 관해서 저랑 비교도 안 될 만큼 많은 걸 아세요. 아버지가 저한테 하지 않는 얘기를 어머니한테는 하셨으니까요. 옛날에 어머니는 성격이 훨씬 강해서 아버지를 좌지우지하셨지요. 그걸 저는 어릴 적부터 보았고요. 어머니가 아버지를 지배해서 결국엔 아버지는 중국으로 가서 업무 처리를 하고 어머니는 여기에서 업무 처리를 했다는 걸 (두 분이 별거하는 조건으로 합의한 건지는 모르지만), 그리고 제가 어머니 곁에 머물다 스무 살이 된 해에 아버지한테 간 것 역시 어머니 뜻이라는 걸 저는 예전에 알았어요. 20년이 지난 얘기를 이제 꺼내서 기분이 나쁜 건 아니겠지요?"

"인제 와서 그 얘기를 꺼내는 이유나 들어보자꾸나."

아들이 목소리를 낮추며 말했다. 하기 싫은 말을 억지로 꺼내는 것 같았다.

"어머니한테 묻고 싶어요, 행여나 의심을……"

의심이라는 단어가 나오는 순간, 어머니는 고개를 돌려서 잔뜩 찌푸린 표정으로 아들을 쳐다보았다. 그러다 고개를 돌려서 불길을 다시 쳐다보는데, 찡그린 표정이 그대로 남은 걸 보면, 고대 이집트 조각가가 화강암 얼굴에 흠집을 내서 영원히 찌푸리도록 한 것 같았다.

"아버지한테 남모를 기억이 있어서 속을 끓이시거나 양심의 가책에 시달린다는 의심을 하신 적이 있나요? 아버지 행동에서 그게 드러나는 걸 보신 적이, 아니면 아버지한테 직접 물어보신 적이, 아니면 아버지가 얼핏 말씀하시는 걸 들으신 적이 있나요?"

어머니가 잠시 침묵하다 대답했다.

"도대체 네 아버지한테 무슨 비밀이 있어서 그렇게 고통스러워했다는 건지 모르겠구나. 무슨 말인지 알쏭달쏭하니 말이다."

아들이 상체를 숙여서 어머니 앞으로 다가가며 어머니 책상에 한 손을 불안하게 올렸다.

"아버지가 어떤 이한테 나쁜 짓을 하고 변상하지 않은 적이 있나요?"

어머니는 잔뜩 화난 표정으로 노려보다 아들에게서 멀어지려고 휠체어에 앉은 몸을 뒤로 기울일 뿐 대답을 안 했다.

"어머니가 이런 생각을 한 적이 한 번도 없다면, 아무리 은밀하게 속삭여도, 더없이 잔인하고 부자연스럽게 들릴 수 있다는 건 저도 충분히 이해합니다. 하지만 그 생각을 떨쳐낼 수 없습니다. 시간이 지나고 환경이 변해도 (지금 말씀드리기 전에 충분히 시도했지만) 머릿속에서 지워지질 않습니다. 명심하세요, 제가 아버지 곁에 있었다는 사실을. 명심하세요, 아버지가 금시계를 저한테 맡길 때, 어머니만 아는 징표라는 걸 알리려고 애쓰시는 모습을 제 눈으로 똑똑히 보았다는 사실을. 명심하세요, 아버지가 마지막 순간에 떨리는 손으로 연필을 쥐고 어머니한테 보내는 쪽지를 쓰려고 애쓰시다 실패하는 모습을 제 눈으로 똑똑히 보았다는 사실을. 제가 막연하게 품은 의심이 애매하고 잔인할수록, 그 의심이 진짜로 드러날 가능성 역시 그만큼 또렷하다는 사실을. 제발 부탁이니, 아버지가 저지른 잘못을 우리가 올바로 돌릴 방법을 조심스럽게 찾아봐요. 그걸 도와줄 분은 어머니 말고 아무도 없으니까요."

어머니는 휠체어에서 몸을 움츠리고 체중을 뒤에 실어서 바퀴를 조금씩 굴리는 모습이 클레넘한테서 슬금슬금 물러나는 사나운 유령 같았다. 이어서 왼팔을 들어 손등을 얼굴 쪽으로 하고 팔꿈치를 기울여서 아들을 가로막고는 입을 꾹 다문 채 노려보았다.

"돈을 벌려고 가혹한 조건으로 거래하다 보면 - 어차피 말이 나왔으니 다 얘기하겠는데, 어머니 - 누군가 견디기 어려운 사기를 당해서 심각한 타격을 입고 망하기도 하겠지요. 어머니는 제가 태어나기 전부터 가족사업을 이끄셨어요. 40년 넘는 세월 동안 아버지가 거래하신 모든 내용에 강력하게 개입하셨다고요. 어머니가 무엇을 아는지 사실대로 알려주신다면 저 역시 모든 의혹을 해소할 수 있을 거예요. 진실을 알려주시겠어요, 어머니?"

아들은 어머니가 대답하길 기대하며 입을 다물었다. 하지만 어머니는 양쪽으로 가른 회색 머리칼도 꾹 닫은 입술도 꼼짝을 안 했다.

"어떤 사람한테 변상해야 한다면, 어떤 사람한테 돌려줘야 한다면, 우리가 제대로 파악해서 그렇게 해요. 아니에요, 어머니, 제가 가진 범주에서 모두 갚겠어요. 저는 행복이 돈에서 나오는 걸 못 봤어요. 제가 아는 한, 돈은 지금껏 이 집안에, 이 집에 속한 누구도 행복하게 안 했으며, 그래서 돈은 저한테 아무런 가치도 없어요. 돈으로 살 수 있는 건 저한테는 치욕과 고통밖에 없을 거예요, 아버지가 돈 때문에 양심의 가책에 시달리느라 말년을 어둡게 보냈다는, 제가 가진 돈이 정직하고 떳떳하지 않다는 의심을 못 떨쳐낸다면."

판자벽에, 캐비닛에서 2~3m 거리에 종을 연결한 밧줄이 있었다. 어머니는 갑자기 한쪽 발을 열심히 움직여서 휠체어를 뒤로 밀며 그쪽으로 가서 밧줄을 힘껏 당겼다. 한쪽 팔은 여전히 방패처럼 들었는데, 아들이 주먹이라도 날리면 막으려는 것 같았다.

여자애가 깜짝 놀란 표정으로 황급히 들어왔다.

"예레미야를 불러!"

여자애는 곧바로 물러나고, 노인은 문가에 나타났다. 그러더니 얼굴을 가만히 쓰다듬으며 물었다.

"맙소사! 벌써 한바탕 싸우셨나요? 이럴 줄 알았어요. 이럴 줄 알았다고요."

"예레미야! 저 아들놈을 봐. 아들놈을 보라고!"

클레넘 마님이 말하자, 예레미야가 대답했다.

"맙소사, 보고 있잖아요."

클레넘 마님이 자신을 방어하던 팔을 쭉 뻗어서 자신이 분노한 대상을 가리키며 다시 말했다.

"아들이란 놈이 집에 오자마자 – 축축한 신발이 마르기도 전에 – 자기 어머니한테 자기 아버지 흉이나 보다니! 자기 어머니한테 자기 아버지가 평생 거래한 내용을 자신과 함께 조사하자는 말이나 하다니! 지금까지 우리가 새벽 일찍 일어나서 밤늦도록 일하고, 쓰고 싶은 것 참으면서 이 세상에 힘겹게 모아놓은 재산은 약탈한 것에 불과하다며, 모두 변상하고 반환하자는 요구나 하다니!"

클레넘 마님은 화를 터트리긴 해도 자제를 못 하는 기색은 전혀 없었다. 아니, 말투가 평소보다 조용하기까지 했다. 게다가 매우 또렷했다.

"변상! 그래, 좋아! 외국을 이리저리 돌아다니면서 허영과 쾌락을 즐기다 돌아왔으니 변상하자는 말이 쉽게도 나오겠지. 하지만 여기에 감옥처럼 갇혀서 꼼짝 못 하는 나를 보라고. 불평 한마디 없이 꾹 참는 나를. 그동안 지은 죗값을 치르는 나를. 그런데 변상이라니! 이 방에서 고생하는 사람이 아무도 없어? 15년 동안 이 방에서 시달리는 사람이 아무도 없었어?"

클레넘 부인은 늘 이런 식으로 이해득실을 따지며 하늘에 있는 절대자와 거래했다. 대변과 차변을 정밀하게 기록해서 자신이 받을 몫을 요구하는 식이었다. 사실, 나름대로 독특한 방식으로 매일 이렇게 요구하는 사람은 수없이 많지만, 자기 몫을 강력하게 주장한다는 점에서 클레넘 부인은 탁월했다.

"예레미야, 저 책을 가져와!"

노인이 책상에 있는 책을 마님에게 건넸다. 마님은 손가락 두 개를 넣은 상태로 책을 덮어서 아들에게 협박하듯 내밀었다.

"이 해설서에 따르면, 옛날에는, 클레넘, 이보다 못한 일로도 아들을 추방해서 하느님께 사랑받는 경건한 사람들이 있었어. 신과 인간의 분노를 피하려고 아들은 물론 부족 전체를 광야로 내몰아, 젖먹이 갓난아기까지 죽였다고. 하지만 나는 네가 그 문제를 또 꺼내면 의절하겠다는 말만, 너를 저 문밖으로 내쫓아서 갓난아기 때부터 엄마 없이 자란 것처럼 만들겠다는 말만 하겠어. 두 번 다시 안 볼 테니까. 설사, 행여나, 내가 죽어서 누운 모습을 보려고 어두운 방에 들어온다면, 내 몸뚱이로 피를 뿜어대겠어,[36] 그럴 수만 있다면, 네가 가까이 다가올 때."

강력하게 협박도 하고, (실제로는 터무니없지만) 종교적인 절차에 나름대로 합당했다는 느낌이 막연하게 들기도 하면서 화가 가라앉아, 마님이 책을 노인에게 돌려주고 입을 꾹 다무니, 이번에는 예레미야가 입을 열었다.

"이제, 저는 두 분 사이에 안 끼어든다는 걸 전제로, 도대체 어떻게 된 일인지 (어차피 제가 이 방에 불려와서 제삼자가 되었으니) 두 분께

---

36) 살인자가 다가오면 살해당한 몸에서 피를 흘린다는 미신이 있었다. 클레넘 마님이 한 말은, 자신이 죽은 책임을 아들에게 묻겠다는 뜻이다.

물어도 되겠습니까?"

클레넘은 말할 사람이 자신밖에 없다는 걸 깨닫고 대답했다.

"어머니한테 물어보세요. 나는 말할 수 없으니. 내가 한 말은 어머니한테만 한 거라서."

"아! 도련님 어머니한테요? 도련님 어머니한테 들어요? 으음! 하지만 도련님 어머니는 도련님이 도련님 아버지를 의심한다고 벌써 말했어요. 그건 아들로서 도리가 아니랍니다, 도련님. 이번엔 또 누구를 의심할 건가요?"

노인이 묻자, 클레넘 마님이 순간적으로 고개를 돌려서 쳐다보며 말했다.

"그만해. 그 얘기는 이걸로 끝내세."

"네. 하지만 잠시만요, 잠시만. 지금 각자가 어떤 상태인지 보자고요. 마님께서 말씀하셨나요, 도련님이 도련님 아버지를 모욕하면 안 된다고? 도련님은 그럴 권리가 없다고? 도련님한테는 그럴 근거가 없다고?"

"지금 그렇게 말하겠네."

"아! 그렇군요. 마님께서 지금 그렇게 말한다. 전에는 안 했고, 지금 그렇게 말한다. 네, 네! 좋습니다! 아시다시피 나는 마님과 도련님 아버지 사이에 끼여서 오랫동안 시달렸는데 한쪽이 죽어도 차이는 없는 것 같군요, 이렇게 두 분 사이에 끼니. 그렇다면 저도 솔직하게 말해야 공평하겠습니다. 도련님, 도련님한테는 도련님 아버지를 의심할 권리가 없고, 근거도 없다는 말을 제발 명심하세요."

노인이 말하고는 휠체어 뒤에 두 손을 올리고 속으로 뭐라고 중얼대면서 마님을 캐비닛 쪽으로 천천히 밀다가 휠체어 바로 뒤에서 다시 말했다.

"일을 절반만 처리하고 놔둔 채 이 방을 나가면서, 두 분이 나머지 절반을 떠올리고 티격태격하다 다시 부를 때를 대비해서 묻겠는데, 도련님이 가족사업을 어떻게 하겠다는 말씀은 하셨나요?"

"손을 떼겠다더군."

"그래서 좋은 사람은 아무도 없겠지요?"

노인이 묻자, 클레넘 마님은 창턱에 기댄 아들을 힐끗 쳐다보고, 아들은 그 눈빛을 알아채고 대답했다.

"어머니한테는 좋겠지요. 마음대로 할 수 있으니까."

어머니가 잠시 침묵하다 입을 열었다.

"아들이 인생의 황금기에 새로운 힘과 정열로 사업을 키우고 이익을 키우리라는 기대가 실망으로 바뀌어서 좋은 게 행여나 있다면, 늙고 충실한 하인을 승진시키는 것이겠지. 예레미야, 선장이 배를 버리는군. 하지만 그대는 나와 함께 배를 지키는 거야."

예레미야는 돈이라도 보인 것처럼 눈빛을 번뜩이며 갑자기 고개를 돌려서 아들을 쳐다보는 게, '그렇다 해서 나는 당신한테 고마울 건 하나도 없소. 당신이 도와준 게 없으니까!'라고 말하는 것 같더니, 어머니 쪽을 바라보며 정말 고맙다고, 애프리도 고맙게 여길 거라고, 자신은 마님 곁을 절대로 안 떠난다고, 애프리도 마님 곁을 절대로 안 떠난다고 말했다. 그리고는 깊은 주머니에서 시계를 꺼낸 뒤에 "열한 시. 굴을 드실 시간입니다!"라 말해서 화제를 바꾸더니, 표정이나 동작은 하나도 안 바꾼 채 밧줄을 당겼다.

하지만 클레넘 마님은 자신이 제대로 보상받지 못했다 여기고 확실히 징계해야 한다는 자세로, 방에 가져온 굴을 단호하게 거부했다. 쟁반에 하얀 천을 깔고 굴 여덟 개를 하얀 접시에 동그랗게 배열한 다음, 버터를 칠한 롤빵 한 조각과 조그만 유리잔에 물을 탄 시원한 포도주를 옆에 놓은 모습이 정말 먹음직했다. 하지만 아무리 설득해도 마님은 거절하고 밑으로 그대로 내려보내니, 그 행동을 최후의 심판 때 내밀 장부에 자신에게 유리하게 기록할 게 분명했다.

굴 간식을 준비한 건 애프리가 아니라 종소리를 듣고서 나타난, 간밤에 어두운 곳에 있던 바로 그 여자애였다. 클레넘은 여자애를 자세히 살폈다. 체구가 작고 이목구비도 작은데 드레스가 약간 풍성해, 실제 나이보다 훨씬 어리게 보였다. 스물두 살은 된 것 같지만, 거리에 나가면 절반밖에 안 보일 것 같았다. 사실, 얼굴만 보면 그 나이보다 많은 관심과 배려가 깃든 표정이라, 얼굴이 특별히 어려 보이는 건 아니나, 키가 작고 몸이 가벼우며 움직임이 조용하고 수줍어하는 자세로, 험악한 어른 세 명 곁에 있는 게 너무나 거북한 나머지, 어린애가 무조건 순종하는 모습과 태도를 보였기 때문이다.

클레넘 마님은 까다로운 방식으로 은혜를 베풀거나 나무라고, 물을 살짝 뿌리거나 콸콸 쏟아붓는 사이를 넘나들면서 어린 하녀에게 관심을 보였다. 갑자기 심하게 울리는 종소리를 듣고 급하게 들어오는 순간조차, 어머니가 팔을 방패처럼 묘하게 들어 올린 순간조차, 두 눈에는 상대를 알아보는 눈빛이 깃들었다. 작은 도릿한테만 보여주려고 따로 떼어놓은 눈빛 같았다. 단단한 금속도 딱딱한 정도에 차이가 있고, 까만색에도 차이가 있듯, 클레넘 마님이 모든 인간을 차갑게 대하는 자세와 작은 도릿을 차갑게 대하는 자세에도 미묘한 차이가 있었다.

작은 도릿은 바느질 작업을 하러 나갔다. 아침 8시부터 저녁 8시까지 적다면 적고 많다면 많은 시간을 일했다. 그래서 출근 시간에 딱 맞춰 나타나고 퇴근 시간에 딱 맞춰 사라졌다. 저녁 8시부터 아침 8시 사이에 어떻게 지내는지는 아무도 몰랐다.

작은 도릿이 하나 더 독특한 건, 일당에다 식사까지 계약에 있는데도 다른 사람과 식사하는 걸 엄청나게 싫어한다는 점이다. 절대로 함께 식사하지 않으려 했다, 피할 수만 있다면. 먼저 이 일부터 해야 한다거나 저 일부터 끝내야 한다고 늘 핑계 대기 일쑤였다. 언제나 이리저리 핑계 대서 – 누구도 안 속는 걸 보면 핑계를 잘 꾸민 건 아닌데 – 결국에는 성공했다. 그러면 자신이 먹을 몫을 다른 곳으로 가져가서 무릎이나 상자나 바닥에 놓고, 혹은 벽난로 선반에 적당히 올려놓고 까치발로 서서 혼자 식사했다. 제일 커다란 고민을 해결한 것이다.

작은 도릿은 얼굴을 살피기도 쉽지 않았다. 수줍음이 많은 터라 아무도 없는 구석에서 혼자 바느질하고, 계단에서 마주치기라도 하면 겁에 질려서 도망치기 일쑤였다. 하지만 얼굴이 창백하고 투명해서 표정은 금방 드러나는데, 차분한 담갈색 눈동자 말고는 이목구비가 예쁜 것 같지 않았다. 차림새는 누추하고 – 깨끗하게 빨아서 입는데도 그렇게 보이는 걸 보면 정말 누추한 게 분명한데 – 고개는 살짝 숙이고 몸은 가녀리고 조그만 두 손은 바삐 움직이는 모습이 바느질하는 작은 도릿 특유의 모습이었다.

클레넘이 작은 도릿에 관한 평범한 내용이나 독특한 내용을 이렇게 파악한 것은 자신이 두 눈으로 직접 보기도 했지만, 대체로 애프리가 알려준 덕분이었다. 애프리가 자기 방식을 고집했다면 작은 도릿이 많이 힘들 수 있었다. 하지만 자신을 완전히 집어삼켰다고 늘 말하는, "똑똑한 두 사람"이 작은 도릿을 받아들이기로 합의한 터라, 애프리로서는 순순히 따를 수밖에 없었다. 행여나 똑똑한 두 사람이 촛불 옆에서 작은 도릿을 죽이기로 합의했다면, 애프리 자신은 촛불을 들라는 요구를 당연히 받고 순순히 따르리라는 것 역시 의심할 여지가 없었다.

애프리는 환자 침실로 올릴 메추라기를 굽고 식당에 내놓을 푸딩과 쇠고기를 요리하는 동안 위에 열거한 내용을 짬짬이 알려주는데, 문밖에 머리를 삐죽 내밀어서 똑똑한 두 사람이 안 듣는다는 사실을 매번 확인한 다음이었다. 하나밖에 없는 도련님이 똑똑한 두 사람에 맞서서 싸우도록 하려는 열정이 정말 대단한 것 같았다.

그날 낮에 클레넘은 집 안 전체를 둘러보았다. 하나같이 우중충하고 어두웠다. 방마다 세월이 켜켜이 쌓이도록 내버려 두어서 황량한 게, 완벽한 혼수상태에 빠져들어 다시는 회복할 수 없을 것 같았다. 예전에도 빈약하고 우중충하던 가구는 방에 배치한 게 아니라 숨겨놓은 느낌이고, 집 안에는 색깔이라곤 없는 것 같았다. 한때나마 머물던 색깔은 햇살이 오래전에 사라지면서 모두 도망쳐, 꽃이나 나비나 새나 보석 등으로 빨려든 것 같았다. 지하실에서 꼭대기 층까지 제대로 된 층이 하나도 없었다. 천장마다 매연과 먼지가 환상적으로 눌어붙은 게, 할머니들은 홍차에 가라앉은 찌끼 대신 그걸 보고 미래를 점칠 것 같고, 싸늘하게 식은 벽난로마다 예전에 온기가 깃들었다는 흔적은 굴뚝에서 떨어진 검댕 무더기와 방문을 열 때마다 스르륵 이는 가무스름한 소용돌이가 전부였다. 응접실로 사용하던 곳에는 초라한 거울이 한 쌍 있는데, 까만 행렬이 까만 화환을 들고 테두리를 음울하게 걸어 다녔다. 하지만 행렬마저 머리와 다리가 없고, 장례행렬에 참석한 것 같은 큐피드 하나는 저절로 넘어져서 거꾸로 매달리고, 또 하나는 아예 밑으로 떨어졌다. 아버지 모습이 제일 먼저 떠오른, 돌아가신 아버지가 사무실로 사용하던 방은 변한 게 너무나 없어, 위층은 눈에 보이는 미망인이 차지하고 이 방은 눈에 안 보이는 아버지가 여전히 사용해, 예레미야가 두 사람 사이를 여전히 오가며 중재한다는 느낌마저 들었다.

생명을 마무리하던 순간에 아들을 간절하게 쳐다보던 눈으로 어둡고 우울한 아버지 초상화가 벽에서 열심히 바라보는 게, 자신이 못다 한 일을 해결하라고 섬뜩하게 재촉하는 것 같았다. 하지만 어머니가 도울 희망은 사라졌으며, 다른 방식으로 의혹을 푸는 건 오래전에 포기한 상태였다.

지하실로 내려가니, 위에 있는 방마다 그런 것처럼, 오랜 세월에 걸쳐 부식된 물건이 오래된 자리에 그대로 눌어붙어 생생한 기억을 자아냈다. 맥주가 텅 빈 나무통은 거미줄이 하얗게 서리고, 포도주가 텅 빈 술병은 먼지와 곰팡이에 숨통이 막혔다. 병을 올려놓은 채 사용조차 않는 선반과 위쪽 마당에서 희미하게 흘러드는 햇빛 사이에는 옛날 장부를 넣어두는 금고가 있는데, 곰팡내와 썩은 냄새가 퀴퀴한 걸 보면, 모든 게 죽는 밤마다 옛날 직원이 부활해서 대변과 차변을 꾸준히 기록하는 것 같았다.

오후 2시[37]에 구운 요리가 참회하듯 식탁 끝 쪼그라든 식탁보에 놓이고, 클레넘은 새로 동업자가 된 예레미야와 식사했다. 예레미야는 도련님 어머니가 평상심을 되찾았다고, 오전에 있었던 일을 어머니가 다시 언급할 걱정은 없다고 알려주면서 덧붙였다.

"그런데, 도련님 아버지를 모욕하지 마세요, 도련님. 절대로 그러지 마세요! 그 얘기는 이걸로 끝냅시다."

조그만 전용 사무실에 가구를 재배치하고 먼지 터는 작업 역시 벌써 들어간 걸 보면 예레미야는 동업자 지위에 오른 걸 좋아하는 것 같았다. 그는 쇠고기를 충분히 먹고 고깃국물까지 편편한 나이프로 쭉쭉 빨아먹고 주방에서 도수가 약한 맥주까지 마음껏 마신 다음에 사무실 정리 작업을 다시 했다. 셔츠 소매를 접어 올려서 새롭게 기운 내고, 클레넘은 상대가 열심히 작업하는 모습을 가만히 지켜보다, 노인 역시 아버지 초상화나 아버지 무덤만큼이나 자신한테 속내를 안 털어놓겠다는 느낌을 받았다.

37) 사업하는 사람은 오후 2시에 첫 식사를 하고, 상류층은 오전 11시에 첫 식사를 했다.

애프리가 복도를 가로지를 때 예레미야가 말했다.

“이제, 애프리, 마누라. 아까 올라가니, 도련님 잠자리를 마련하지 않았더군. 제대로 해. 어서 움직여.”

하지만 클레넘은 집 전체가 너무나 휑하고 황량한 걸 깨달은 데다, 어머니가 (클레넘까지 포함한) 적을 무지막지하게 공격하고 망가뜨리는 행위에 끼고 싶지 않아, 자신은 짐을 맡겨놓은 커피하우스에서 숙박할 생각이라고 선언했다. 예레미야는 도련님이 떠나는 게 다행스럽고, 어머니는 구원받는 것만 생각할 뿐 당신이 머무는 침실 바깥 일에는 하나같이 무관심한 터라, 클레넘은 별다른 어려움 없이 목적을 달성했다. 장부 및 서류 확인 작업은 일과 시간에 어머니와 예레미야와 자신이 모여서 함께하자는 합의도 했다. 그리고 15년 만에 찾아온 집을 우울하게 떠났다.

그렇다면 작은 도릿은?

확인 작업은 10시에서 6시까지 보름 동안 하고, 중간에 환자가 굴과 메추라기를 먹어서 기운을 차리는 사이에 클레넘은 산책하면서 쉬기로 했다. 그래서 클레넘이 그 집에 들르면, 작은 도릿은 바느질 작업을 할 때도 있고, 안 할 때도 있고, 초라한 방문객처럼 보일 때도 있었다. 클레넘은 작은 도릿이 보이든 안 보이든 꾸준히 지켜보고 꾸준히 떠올리면서 처음에 느낀 호기심을 부풀려 나갔다. 작은 도릿이 그 일과 연관이 있을 가능성을 혼자 곰곰이 따져보는 습관도 생겼다. 작은 도릿을 지켜보고 그 내력을 좀 더 알아보자는 결심마저 할 정도였다.

6장. 마셜씨 교도소 아버지

30년 전만 해도 남쪽으로 가는 길 왼편으로, 서더크 대로변에, 성 조지 교회[38] 건물 못 미쳐서 마셜씨 교도소가 있었다. 옛날부터 거기에 있었고 이후에도 몇 년 더 있었지만 지금은 사라졌는데, 그렇다 해서 세상이 더 나빠진 건 하나도 없었다.

옥사 건물은 직사각형으로 쭉 늘어서서 서로 등을 맞대도록 초라하게 만들어, 안쪽에는 방이 없고, 좁고 길쭉한 마당이 주변을 돌아가고, 높은 담장 꼭대기에 꼬챙이를 꽂아서 사방을 에워쌌다. 빚을 못 갚은 채무자를 가두는 비좁은 교도소나, 교도소 안쪽에는 밀수꾼을 가두는 훨씬 비좁고 단단한 교도소도 있었다. 빚을 못 갚은 사람과 소득세법을 어긴 사람과 관세나 벌금을 못 낸 사람은 철문 안에 유폐해서 두 번째 교도소와 차단하는데, 단단하게 지은 옥사에 막다른 골목이 맞닿아, 아무도 모르는 과정을 거쳐서 마셜씨 채무자들이 근심 걱정을 날려버리는 비좁은 구주회[39] 운동장으로 변신했다.

철문 안에 유폐된다는 건 단단한 감방과 꽉 막힌 골목을 시대가 뛰어

38) 마셜씨 교도소 바로 옆에 있어, 마셜씨 교도소에서 사망한 죄수를 여기에 묻었다.
39) 핀을 9개 세워놓고 공을 굴려서 쓰러뜨리는 운동으로, 나중에 볼링으로 발전한다.

넘었다는, 단단한 감방에 가두는 게 현실적으로는 좋은 방법이 아니라는 사실을 깨달았다는, 하지만 이론적으로는 여전히 좋은 방법으로 여긴다는 뜻이다. 이런 현상은 오늘날에 조금도 튼튼하지 않게 지은 감방과 꽉 막힌 골목에서 볼 수 있다. 그러다 보니 밀수업자는 채무자와 상습적으로 어울리고 채무자 역시 그들을 두 팔 벌려 반겼다. 법이 정한대로 상급 관청에서 관리가 내려와, 당사자도 모르고 다른 사람도 모르는 무언가를 감찰하는 행사가 있을 때만 예외였다. 진짜 영국다운 행사가 있을 때면, 상급 관청 관리가 무언가를 하는 척하는 동안, 밀수업자는 단단한 감방과 꽉 막힌 골목에 있는 척하다, 그들이 사라지는 순간에 밖으로 나오는 게 현실이니, 아늑하고 조그만 섬나라에서 공무원이 처리하는 공공업무의 전형을 그대로 보여주었다.

이번 이야기를 처음 시작하면서 마르세유에 태양이 뜨겁게 내리쬐던 날 오래전에 이번 이야기와 관련이 깊은 채무자 한 명이 마셜씨 교도소에 들어왔다.

당시만 해도 그는 매우 상냥하고 무기력한 중년 신사로, 여기에서 금방 나갈 거라고 주장했다. 마셜씨 교도소는 밖으로 안 나가려는 채무자를 가두는 곳이 아니라서 금방 나갈 수밖에 없다는 논리였다. 여행 가방 하나를 가져왔는데, 그걸 풀 필요가 있을지 고민할 정도였다. 그는 - 교도관에 따르면, 다른 모든 채무자와 마찬가지로 - 자신이 금방 나갈 거라고 완벽하게 확신했다.

수줍음이 많고 사교성이 없는 사내로, 얼굴은 잘생겼으나 나약한 유형이고, 목소리는 온화하고 머리칼은 곱슬곱슬하고 두 손은 우유부단해 - 당시에 손가락에 반지를 여러 개 꼈는데 - 그 손을 덜덜 떨리는 입술에 갖다 댄 게 감옥에 들어오고 삼십 분도 안 돼서 백 번을 넘겼는데, 제일 커다란 걱정거리는 집사람이었다. 그래서 교도관에게 물었다.

"집사람이 내일 아침에 여기를 찾아오면 너무나 커다란 충격을 받지 않을까요, 교도관님?"

교도관은 자신이 경험한 바에 따르면 충격을 받는 사람도 있고 안 받는 사람도 있다고, 대체로 안 받는 사람이 많다고 대답하면서 철학적으로 물었다.

"집사람이 어떤 유형이냐에 따라 다르겠지."

"집사람은 매우 섬세한 데다 세상 물정이라곤 모른답니다."

"그렇다면 안 좋은 쪽이겠군."

"혼자 외출한 적도 없어서 만약 걸어온다면, 여기까지 어떻게 찾아올지 걱정이랍니다."

"삯마차를 타면 되겠군."

교도관이 말하자, 채무자는 우유부단한 손가락을 덜덜 떨리는 입술로 갖다 대며 대답했다.

"그러면 좋겠네요. 하지만 그런 생각도 못 할 거예요."

교도관은 닳디 닳은 나무 걸상 꼭대기에 앉아, 연약한 아이를 동정하듯 말했다.

"그렇다면 형제나 자매가 함께 오겠지."

"집사람은 형제도 자매도 없답니다."

채무자가 대답하자, 교도관은 더는 부정당하지 않으려고 한꺼번에 몰아서 말했다.

"여자 조카, 남자 조카, 하인, 젊은 농사꾼, 채소 장사꾼 등, 많잖아. 그들 가운데 한 명하고 오겠지."

"집사람이 아이들을 데려올까 걱정인데, 규정에 어긋나지 않으면 좋겠습니다."

"아이들? 규정? 맙소사, 안달복달하지 말게. 놀이터까지 있어서 아이들이 사방에 가득하다고! 아이가 몇이나 되나?"

"두 명."

채무자가 대답하며 우유부단한 손을 입술에 다시 올리고 감방으로 발길을 돌렸다.

교도관은 뒷모습을 가만히 쳐다보며 중얼거렸다.

"그렇다면 자네도 어린애니, 모두 세 명이군. 게다가 자네 부인도 어린애라는 쪽에 금화 한 냥을 걸겠어. 그렇다면 모두 네 명이군. 그런데 또 한 명이 태어난다는 쪽에 금화 반 냥을 걸겠어. 그렇다면 모두 다섯 명이 되는 거야. 아직 안 태어난 아기랑 자네 가운데 누가 더 무기력한지 판별하는 일에 금화 한 냥 반을 또 걸지."

교도관이 한 말은 대체로 옳았다. 다음 날에 집사람이 세 살짜리 사내아이와 두 살짜리 여자애를 데리고 와서 직접 확인할 수 있었다.

일이 주일이 지난 뒤에 교도관이 채무자에게 물었다.

"이제 방을 구했나?"

"네, 꽤 괜찮은 방을 구했습니다."

"방에 놓을 가구도 들어오는가?"

"꼭 필요한 가구 몇 점을 오늘 오후에 짐꾼이 가져올 겁니다."

"집사람하고 꼬맹이들도 함께 지낼 예정인가?"

"네, 몇 주에 불과할지언정 떨어지지 않는 편이 좋다고 생각했습니다."

"그래, 몇 주에 불과할지언정."

교도관이 대답했다. 그리고는 멀어지는 채무자를 바라보면서 고개를 일곱 번이나 끄덕였다.

이 채무자는 동업 관계가 복잡하게 얽혔는데, 아는 거라곤 자신이 돈을 투자했다는 사실이 전부였다. 양도와 청산, 여기에 양도 증서 저기에 양도 증서, 이런 식으로 채권자들이 불법을 저지르고, 자산을 비밀리에 빼돌렸다는 의심 등, 법적 문제가 복잡했다. 하지만 지상에 있는 누구도 복잡한 문제를 제대로 이해할 수 없고, 제대로 해명할 수 없었다. 채무자에게 구체적으로 물어서 대답한 내용을 다시 짜 맞추는 건, 예리한 변호사나 회계사랑 긴밀히 상의해서 반제불능과 파산 신청 방법을 알아보는 건, 사건 자체를 복리로 복잡하게 만들어 그만큼 더 이해할 수 없게 만들뿐이었다. 그럴 때마다 우유부단한 손가락은 덜덜 떨리는 입술로 무기력하게 올라가서 그만큼 더 실룩대니, 누구보다 똑똑한 변호사도 희망이 없다면서 두 손을 들었다. 교도관이 이렇게 중얼거릴 정도였다.

"나가? 그 사람은 절대로 안 나가, 채권자들이 등을 떠밀면서 내쫓기 전에는."

그곳에 들어오고 어느덧 대여섯 달이 지난 어느 날 오전에 채무자가 하얗게 질린 얼굴로 숨을 헐떡이며 교도관에게 달려와서 집사람이 산통을 한다고 말했다.

"모두가 예상한 대로군."

"내일이면 집사람이 시골집으로 내려갈 예정이었는데. 이제 어떻게 합니까! 아, 하느님, 도대체 어떻게 해요!"

"그렇게 두 손을 꼭 움켜잡고서 손톱이나 물어뜯지 말고, 나를 따라오게."

현실적인 교도관이 말하곤 상대 팔꿈치를 잡아서 – 머리끝부터 발끝까지 덜덜 떨고 '대체 어떻게 하느냐!'는 말만 끊임없이 중얼거리며 우유부단한 손으로 눈물을 닦아내는 채무자를 데리고 – 교도소에 흔한 계단 가운데 하나로 올라가, 꼭대기 층에 있는 감방문으로 다가갔다. 열쇠 손잡이로 문을 톡톡 두드리자, 안에서 대답하는 소리가 일었다.

"들어오세요!"

교도관이 감방문을 여는 순간에 악취가 진동하면서 조그만 감방이 초라하게 드러나고, 얼굴이 빨갛게 달아오른 두 사람은 삐걱대는 탁자에 마주 앉아서 쉰 목으로 숨을 헐떡이며 담배를 태우고 브랜디를 마시면서 카드놀이에 열중하고, 교도관은 이렇게 말했다.

"의사 선생, 당장 가서 신사분 부인을 진찰합시다."

의사 친구도 목이 쉬어서 숨을 헐떡이며 빨갛게 달아오른 얼굴로 카드놀이에 열중하고 담배를 태우고 더러운 모습으로 브랜디를 마셨지만, 의사 선생은 목이 더 쉬고 숨을 더 헐떡이고 얼굴이 더 빨갛고 카드놀이에 더 열중하고 담배를 더 태우고 더 더러운 모습으로 브랜디를 더 마셨다. (예전에 여객선 외과의로 활동한 적이 있는 터라) 거친 날씨에 입는 선원용 외투[40]는 이리저리 찢기고 꿰맸으며 팔꿈치는 볼록하고 단추는 떨어진 게 환히 보이고, 하얀 바지는 그렇게 더러울 수 없으며, 슬리퍼 차림에 속옷을 안 입은 모습은 놀라울 정도로 꾀죄죄했다.

"출산? 그렇다면 내가 적임자지!"

의사가 말하더니, 벽난로 선반에서 빗 하나를 집어 머리칼을 위로 올리며 꽂아서 나름대로 외출 차림새를 하고는, 컵과 접시와 석탄을 보관한 찬장에서 더없이 더러운 진료 가방 같기도 하고 상자 같기도 한 걸 꺼내고, 더러운 보자기를 목에 둘러서 턱을 감싸자, 의사 허수아비 같은 모습이 섬뜩하게 나타났다.

의사랑 채무자는 교도관이 자물쇠를 잠그는 사이에 계단을 내려가서 채무자 감방으로 달렸다. 교도소 부인네들이 소식을 듣고 마당에 몰려나온 상태였다. 일부는 두 아이를 벌써 데리고 나와서 다정하게 보살피

40) 선원용 외투는 단추가 두 줄로 달려서 단추를 그만큼 더 쉽게 잃어버렸다.

고, 다른 일부는 얼마 안 되는 살림살이에서 필요한 걸 조금씩 빌려주겠다 제안하고, 또 다른 일부는 산모를 동정하며 수다를 떨었다. 남자 죄수들은 자신에게 불리하다 느끼고, 몰래 도망쳤다고 말할 순 없어도, 자기 방으로 오래전에 물러나 대다수는 창문을 열고 내다보다 의사가 지나는 순간에 휘파람을 불며 응원하고, 다른 일부는 몇몇이 모여서 붕 뜬 교도소 분위기를 비꼬았다.

여름 날씨가 정말 뜨거웠다. 높은 담장 사이로 감방이 하나같이 구워지고 있었다. 채무자의 좁은 감방에는 뱅엄 부인이 파리도 잡고 시중도 들겠다며 자청해서 들어온 상태였다. 뱅엄 부인은 (예전엔 죄수였지만) 지금은 죄수가 아니라서 바깥세상과 소통하는 인기 좋은 매개자 역할을 하며 잡역부도 하고 심부름도 하는 식으로 살았다. 벽이고 천장이고 파리가 새까맸다. 뱅엄 부인이 임기응변 전문가답게, 양배추 잎사귀를 한 손에 들고서 임산부에게 부채질하고 다른 손으로 질그릇에 식초와 설탕을 넣어서 파리 덫을 만들었다. 그러면서 상황에 걸맞게 산모를 격려도 하고 축하도 했다.

"파리 떼가 귀찮지 않나요, 부인? 하지만 덕분에 신경을 돌릴 수 있어서 다행이에요. 주변에 공동묘지도 있고 잡화점도 있고 마구간도 있고 내장[41] 장사꾼도 있어서 마셜씨는 파리가 정말 크답니다. 그래도 우리한테 신경을 다른 데로 돌리게 하니, 정말 고맙지요. 이제 어떤가요, 부인? 나아진 게 없어요? 당연히 그럴 수밖에요. 나아지려면 먼저 나빠져야 하니까요, 그렇지 않나요, 부인? 그래요. 맞아요! 교도소에서 예쁘고 귀여운 천사가 태어난다는 생각을 해보세요! 정말 예쁘지 않겠어요? 감옥 생활이 정말 즐겁지 않겠어요? 맙소사, 내가 아는 한 지금까지 여기에서 아기가 태어난 적은 없답니다. 그래요, 소리를 지르세요.

41) 개나 고양이 먹이로 판매했다.

그래요! 그래서 유명해지는 거예요! 파리 떼가 질그릇에 쉰 마리나 떨어졌어요! 모든 게 잘 풀릴 거예요!"

뱅엄 부인은 산모가 힘을 내도록 격려하다, 감방문이 열리는 순간에 말했다.

"됐어요, 남편분이 의사 선생님을 데려왔어요. 정말이지, 이제 모든 게 완벽해요!"

의사 선생은 환자를 안심시키는 유형이 전혀 아니었다. 하지만 곧바로 "나름대로 구색을 갖췄으니, 뱅엄 부인, 이제 불난 집에서 벗어나듯이 상황을 벗어나는 거예요"라고 말해, 다른 모든 사람이 늘 그런 것처럼 의사 선생과 뱅엄 부인 역시 가련하고 무기력한 부부를 장악하니, 부족하나마 여느 분만실 같은 역할을 할 수 있었다. 의사 선생이 이번 일을 처리하면서 유난히 독특한 모습을 보였다면, 그건 뱅엄 부인을 기대 이상으로 확실하게 부려먹었다는 사실이다. 안에 들어오고 20분이 채 안 돼서 이렇게 말한 것이다.

"뱅엄 부인, 밖에 나가서 브랜디를 사오세요, 안 그러면 뱅엄 부인 걸 마셔버릴 테니까."

"고맙지만 선생님, 나는 술을 안 마신답니다."

뱅엄 부인이 말하자, 의사 선생이 반박했다.

"뱅엄 부인, 지금 나는 산모를 전문적으로 보살피는 중이니까 이것저것 따지지 마세요. 당장 밖으로 나가서 브랜디를 사오라고요, 안 그러면 박살 내고 말 테니!"

"분부대로 합지요, 선생. 행색을 보니 더 마신다고 더 나빠질 데가 없을 것 같으니까, 선생."

뱅엄 부인이 대답하며 일어나자, 의사가 대답했다.

"뱅엄 부인, 고맙긴 한데, 나는 당신이 신경 쓸 대상이 아니지만,

당신은 내가 신경 쓸 대상이오. 그러니 나를 신경 쓰지 마시오. 당신은 내가 시키는 대로 하면 되니, 당장 나가서 부탁한 거나 사오시오."

뱅엄 부인은 순순히 따르고, 의사는 산모에게 적절한 양을 먹인 다음에 자신도 마셨다. 그리고 뱅엄 부인에게 단호하게 지시하면서 한 시간에 한 번씩 똑같은 방식으로 치료했다. 그렇게 서너 시간이 지났다. 파리 덫에 빠진 파리가 수백 마리였다. 그러다 파리 목숨만큼이나 열악하고 조그만 생명체가 수많은 주검 사이에서 마침내 태어나자, 의사가 말했다.

"예쁘고 조그만 따님입니다, 조그맣지만 있을 건 다 있네요. 여보세요, 뱅엄 부인! 정말 이상하게 보이네요. 가서 브랜디를 사오세요, 당장, 아니면 히스테리를 부리겠소!"

우유부단한 채무자 손가락에 있던 반지는 겨울나무 잎사귀처럼 하나씩 떨어지는 중이었다. 그날 밤에 마지막 하나가 사라졌다. 의사가 내민 번지르르한 손바닥에 무언가를 짹그랑 떨어뜨린 것이다. 그래서 뱅엄 부인은 황금 공 세 개로 장식한 업체에 심부름을 다녀왔다. 잘 아는 전당포였다.

"고마워요, 고마워. 부인께서 잘 참았어요. 잘 참아."

의사가 말하자, 채무자가 대답했다.

"그렇다니 고맙고 다행이긴 한데, 지금까지는……"

의사가 재빨리 끼어들었다.

"이런 곳에서 아기가 태어날 줄 몰랐다는 겁니까? 하하, 선생, 그게 뭐가 중요합니까? 공간이 조금만 더 널찍하면 여기서도 더 바랄 게 없다오. 끈질기게 달라붙는 사람도 없고, 채권자가 툭하면 두드려대서 심장을 콩닥거리게 하는 현관문도 없고. 주인이 집에 있는지 물어보고는 주인이 돌아올 때까지 기다리겠다며 버티는 사람도 없고. 툭하면 돈을 갚으라고 협박하는 편지를 보내는 사람도 없고. 정말 자유롭지요, 선생, 정말 자유로워! 이 나라에서도 해외에서도, 행진할 때도 선상에서도 오늘 같은 수술을 수없이 했는데, 분명히 말하리다. 오늘 여기처럼 차분한 환경에서 수술한 적은 한 번도 없다고. 다른 곳은 사람들이 이리저리 서성이고 초조하게 굴면서 이걸 불안해하고 저걸 불안해해서 정신이 없거든요. 여기는 그런 게 없잖아요, 선생. 우리는 지금껏 수많은 일을 겪었어요. 최악을 겪고 밑바닥 가운데 밑바닥으로 떨어져 이제는 더 떨어질 데도 없으니, 우리한테 뭐가 찾아오겠어요? 평화. 그래요, 바로 평화."

의사는 교도소에서 오랜 세월을 보낸 죄수답게 선언하고, 평소보다 술에 흠뻑 취한 채 돈이라는 독특한 자극제를 주머니에 넣고는, 목이 쉬고 숨을 헐떡이고 빨갛게 달아오른 얼굴로 카드놀이에 열중하면서 담배를 태우고 더러운 모습으로 브랜디를 마시는 단짝 동료한테 돌아갔다.

채무자는 의사와 완전히 다른 유형이지만, 동그라미 반대편에서 같은 지점을 향해 오래전부터 나아가기 시작했다. 교도소에 갇히고 처음에는 심장이 무너졌지만, 막연한 안도감을 느끼기도 했다. 자신은 교도소에 갇혔다. 하지만 교도소는 자신을 안에 가두는 대신, 그동안 겪던 어려움을 밖에 가두었다. 어려움을 정면으로 마주하며 싸울 의지와 힘이 있는 사람이라면, 자신을 에워싼 그물망을 찢어발기거나 자신의 심장을 찢어발기겠지만, 채무자는 그런 유형이 아니니, 밑으로 천천히 미끄러지기만 할 뿐, 위쪽으로 더는 한 발도 내딛지 않았다.

법률 대리인이 나가떨어지고 또 나가떨어지면서 열 명이 넘도록 복잡한 문제를, 자신이 처한 문제를, 시작도 진행도 마무리도 못 한 채 그대로 돌아오니, 무엇하나 해결되지 않는 복잡한 문제를 마음에서 털어내고 모든 걸 체념하는 순간, 채무자는 자신을 가둔 비참한 공간이 그런대로 괜찮은 피난처라는 사실을 깨달았다. 여행 가방은 옛날에 풀었으며, 이제 꽤 큰 두 아이는 마당에 나가서 놀고, 아기는 모든 사람이 자기 아이처럼 귀여워했다. 하루는 교도관 친구가 이런 말도 했다.

"나는 자네가 자랑스럽네. 아마 여기서 가장 오래 지낸 죄수가 될 거야. 자네와 자네 가족이 없다면 마셜씨도 현재의 마셜씨 같지 않을 걸세."

교도관은 채무자가 자랑스러웠다. 채무자가 휴게실에서 나가면 그 뒤를 쳐다보면서 새로 들어온 죄수한테 이렇게 칭찬할 정도였다.

"지금 나간 사람을 보았나? 신사로 자라난 사람이야, 신사로 자라는 사람이 정말로 있다면. 돈을 많이 들여서 공부도 했다네. 소장님이 피아노를 새로 들여놓을 때는 사택에 들어가서 피아노를 멋들어지게 연주하더군…… 정말 아름다웠어! 외국어도 못하는 게 없다네. 예전에 여기에 프랑스 사람이 들어왔는데, 내가 볼 때는 프랑스 말을 프랑스 사람보다 잘하는 것 같았어. 예전에 이탈리아 사람도 들어왔는데, 그 사람 역시 1분도 안 돼서 말문이 막히더군. 물론 다른 교도소에도 인물은 있을 거야. 아니라는 말은 안 하겠어. 하지만 지금 내가 말한 측면에서 가장 뛰어난 인물을 보려면 마셜씨로 와야 할 거야."

막내가 여덟 살이 될 때, (교도소에 갇힌 걸 남편보다 민감하게 받아들인 건 아니지만 천성적으로 연약한 탓에) 오랫동안 시름시름 앓던 부인이 시골에 사는 늙은 유모를 만나러 가더니, 거기에서 죽었다. 채무자는 보름 동안 자기 방을 안 나오고, 파산 재판소에서 재판을 진행하던 변호사 사무실 직원은 계약서처럼 보이는 조문 편지를 법률 서체로 큼지막하게 써서 보내고, 거기에 모든 죄수는 서명했다. 채무자는 교도소에 들어오면서 하얗게 변하던 머리칼이 훨씬 하얘진 모습으로 방에서 다시 나오고, 교도관은 처음 들어올 때 그런 것처럼 채무자 손이 덜덜 떨리는 입술로 다시 올라간다는 사실을 깨달았다. 하지만 한두 달이 지나면서 그것도 깨끗하게 이겨내고, 아이들은 예전처럼 마당에서 놀았다, 까만 상복 차림으로.

바깥세상과 소통하는 인기 좋은 중간 역할을 하던 뱅엄 부인은 이즈음에 몸이 약해진 나머지, 중간에 툭하면 쓰러지면서 구매 물품이 담긴 바구니는 엎질러지고 고객에게 건넬 잔돈은 9펜스[42]가 부족한 상태로 발견되곤 했다. 그래서 채무자 아들이 뱅엄 부인을 대신해서 일하니, 교도소는 교도소대로, 바깥세상은 바깥세상대로 꿰뚫게 되었다.

시간은 흐르고 교도관은 아프기 시작했다. 가슴이 부어오르고 두 다리에 힘이 떨어지고 숨소리가 거칠었다. 닳디 닳은 나무 걸상에 "오를 수 없다"고 투덜대기도 했다. 그래서 방석을 놓은 안락의자에 앉고, 몇 분 연속으로 숨을 헐떡이느라 감방 자물쇠를 못 열 때도 잦았다. 그럴 때는 채무자가 자물쇠를 대신 열곤 했다.

교도관은 눈이 잔뜩 내린 어느 겨울밤에 불을 활활 피운 휴게실에 죄수들이 가득 모이자, 이렇게 말했다.

"자네와 나는 여기에서 가장 오래됐어. 나는 자네가 들어오기 7년 전에 여기에 들어왔거든. 이제 나도 오래 못 살 것 같아. 내가 열쇠꾸러미를 내려놓고 교도소를 떠난다면, 마셜씨 교도소 아버지는 자네가 되는 거야."

교도관은 다음 날 교도소라는 세상을 떠났다. 사람들은 교도관이 한 말을 추도하고 계승했다. 전통은 세대를 거듭하며 - 마셜씨는 한 세대가 3개월이었다 - 내려가고, 행동이 부드럽고 머리칼이 하얗고 다 늙어서

42) 술집에서 위스키 3잔을 마시는 비용이다.

차림새가 초라한 채무자는 마셜씨 교도소 아버지로 살아갔다.

마셜씨 교도소 아버지라는 호칭도 점차 마음에 들었다. 협잡꾼이 그 호칭을 빼앗으려 한다면 너무나 분해서 눈물이라도 뿌릴 것 같았다. 자신이 교도소에서 지낸 햇수를 부풀리는 경향마저 나타났다. 세대가 쏜살처럼 내려가는 채무자 사이에는 그 사람이 말하는 햇수에서 몇 년은 빼야 한다는, 사람이 과장하길 좋아한다는 말까지 나돌았다.

죄수가 새로 들어오면 하나같이 찾아와서 인사했다. 채무자가 그렇게 하라고 꼼꼼하게 요구했다. 재치가 있는 사람은 공식적으로 찾아와서 화려하고 정중하게 인사하지만, 장엄한 의식이란 관점에서 채무자가 만족한 적은 거의 없었다. 그는 (사람들이 마당에서 비공식적으로 인사하는 걸 싫어한 터라) 초라한 방에서 맞이해, 풀 죽은 사람 특유의 자비를 베풀며 말했다. 마셜씨에 온 걸 환영하오. 맞소, 내가 이곳의 아버지요. 세상이 친절하게도 나를 그렇게 부른다오. 여기에서 이십 년 이상 지낸 사람한테 그런 호칭을 붙인다면, 나밖에 없기 때문이오. 처음에는 답답하겠지만, 여기도 – 이런저런 사람이 뒤섞였으니 – 당연히 뒤섞일 수밖에 없으니 – 좋은 친구로 지낼 사람이 있고, 공기는 정말 상쾌하다오.

그러다 보니 밤이면 방문 밑으로 편지를 집어넣는 사례가 드물지 않았다. 마셜씨 교도소 아버지에게 "떠나는 학생[43]이 인사를 드린다"는 내용과 함께 크라운 금화 한두 개를 넣거나, 아주 가끔은 1파운드 금화까지 넣었다. 그는 선물을 숭배자가 공적인 인물에게 바치는 공물로 받아들였다. 가끔은 편지를 보낸 사람이 스스로를 '벽돌쟁이', '욕쟁이', '늙은 훼방꾼', '정신 차린 자', '뻥쟁이', '대걸레', '모닝코트', '개고기 먹는 사내' 같은 이상한 이름으로 칭하기도 했는데, 교도소 아버

43) 교도소는 학교로, 죄수는 학생이라 칭했다.

지는 이걸 저속한 취향으로 여기면서 마음에 상처를 조금씩 받기도 했다.

그러다 세월이 지나면서 이런 편지가 줄어드는 추세를 보이는 데다, 급히 떠나는 사람이 편지를 보낸다는 게 쉬운 일은 아니라는 생각도 들어, 일정 기간 이상 알고 지내던 학생이 떠날 때는 철문까지 배웅하는 걸 원칙으로 삼았다. 그러면 배웅받던 학생은 손을 맞잡고 악수한 다음에 떠나다 걸음을 멈추고, 무언가를 종이에 급히 싸서 "잠깐만요!" 소리치며 돌아오고, 그는 깜짝 놀란 표정으로 돌아보고 환하게 웃으며 "나 말이오?"라고 묻기 일쑤였다.

학생은 급히 다가오고, 그는 아버지처럼 다정하게 "무얼 잊었소? 내가 도와주리까?"라고 물었다. 그러면 학생은 대체로 "마셜씨 교도소 아버지께 이걸 드리는 걸 깜빡했습니다"라는 식으로 말하고, 그는 "맙소사, 고맙소"라 대답했다. 하지만 그런 거래가 다른 학생 눈에 너무 뻔하게 보이고 싶지는 않아, 끝까지, 마당을 두세 바퀴 걸을 때까지, 돈 넣은 주머니에 우유부단한 손을 꼭 찔러넣은 채 꺼내질 않았다.

하루는 오후에 밖으로 나가는 학생이 꽤 많아서 마셜씨 주인 자격으로 철문까지 배웅하는 파티를 열어주고 돌아오다, 몇 푼 안 되는 돈 때문에 일주일 전에 들어왔다 그날 오후에 "해결"하고 밖에 나가는 가난한 사내와 마주쳤다. 가난한 미장공으로 작업복 차림에 조그만 보따리를 들고 옆에는 부인까지 있는데, 기분이 매우 좋았다. 그래서 지나치다 인사했다.

"하느님 은총이 가득하길 빕니다, 선생님."

"당신도요."

마셜씨 교도소 아버지가 자애롭게 대답했다.

각자 자기 길을 가느라 꽤 멀어질 즈음에 미장공이 "잠깐만요, 선생님!" 하고 부르면서 돌아왔다. 그래서 반 페니 동전 몇 개를 상대 손에 건네면서 말했다.

"많은 돈은 아니지만 좋은 뜻으로 드립니다."

마셜씨 교도소 아버지는 지금껏 구리동전을 공물로 받은 적이 없었다. 아이들은 종종 받기도 했으나, 공동 지갑에 넣어서 고기를 사거나 음료수를 살 때 사용하는 정도였다. 하지만 앞치마에 회반죽까지 묻힌 사내가 자신을 똑바로 바라보며 구리동전을 건네는 건 처음이었다. 그는 눈물까지 희미하게 비추며 반발했다.

"무례하군!"

그런 얼굴을 사람들이 못 보게 하려고 미장공이 그를 담장으로 데려가는데, 그 행동이 너무나 섬세한 데다 후회하는 표정마저 머금고 진심으로 사과하니, 그로서는 "좋은 뜻으로 그랬다는 건 나도 아네. 더 말하지 말게"라고 답례하지 않을 수 없었다.

"고맙습니다, 선생님. 정말 좋은 뜻이었습니다. 선생님께 누구보다도 많은 걸 해드리고 싶은 마음입니다."

"무얼 해줄 건데?"

"밖으로 나간 다음에 면회를 오겠습니다."

미장이가 대답하자, 그가 다정하게 말했다.

"그 돈을 다시 주게. 내가 보관하겠네, 절대로 안 쓰고. 정말 고맙네, 고마워! 그럼 다시 만나는 건가?"

"제가 안 죽고 살아있으면 일주일 뒤에요."

두 사람은 악수하고 헤어졌다. 학생들은 그날 밤 술 파는 아늑한 방에 모여서 아버지한테 무슨 일이 있었는지 궁금해하며 심포지엄[44]을 열었다. 어두운 마당을 밤늦도록 거니는 표정이 우울해 보였기 때문이다.

44) 그리스에서 나온 단어로, 원래는 술을 흥겹게 마시며 철학 논쟁도 하고 대화도 한다는 뜻이다.

7장. 마셜씨 교도소 딸

세상에 태어나서 의사가 마신 브랜디 냄새와 함께 공기를 처음 빨아들인 아기는 모든 학생이 공동으로 부모 역할을 하고, 세대는 바뀌어도 전통은 이어졌다. 학교에서 태어난 아기는 모든 신입생이 처음부터 돌보니, 입학금과 비슷하게 여길 정도였다.

교도관은 갓난아기를 처음 보는 순간에 "당연히 내가 아이 대부를 해야겠어"라고 말했다.

채무자는 잠시 우유부단하게 생각하다 물었다.

"정말로 아이 대부가 되는 걸 반대하지 않겠습니까?"

"그럼! 나는 반대하지 않네, 자네가 반대하지 않는다면."

그래서 여자애는 교도관이 비번이라서 열쇠꾸러미를 모두 내려놓는 어느 일요일 오후에 세례를 받기로 하고, 교도관은 성 조지 교회 제단으로 나아가서 아이를 위해 나쁜 습관을 모두 버리고 "착한 사람"이 되기로 맹세했다고, 나중에 돌아와서 말했다.

교도관은 예전에 여자애를 업무상 좋아하던 몫에다 대부로서 좋아하는 몫까지 더했다. 여자애가 걸어 다니고 말을 할 때는 더 많이 좋아하게 되어, 휴게실 벽난로 높은 울 옆에 조그만 안락의자를 갖다 놓고서 업무 시간에 여자애를 곁에 머물게 했으며, 여자애가 스스로 찾아와서 말을 걸도록 싸구려 장난감을 주기도 했다. 여자애도 교도관이 금방 좋아져서 휴게실 계단을 혼자 시도 때도 없이 올라올 정도였다. 그래서 벽난로 옆 조그만 안락의자에 곤하게 잠들면 교도관은 손수건으로 덮어주고, 가만히 앉아서 인형 옷을 입히고 벗기는 놀이를 하면 - 인형은 가족이 겪는 우울한 현실을 그대로 담아낸 모습이 바깥세상 인형과 너무나 달라서 뱅엄 부인이 섬뜩했는데 - 교도관은 높은 걸상에 앉아서 더없이 다정한 얼굴로 바라보았다. 학생들은 이런 광경을 목격할 때마다 교도관이 총각인데도 가정적인 성격을 타고났다고 말했다. 하지만 교도관은 고맙다면서도 "아니야, 나는 다른 집 아이를 바라보는 걸 좋아할 뿐"이라고 대답했다.

세상 사람 모두 꼭대기에 꼬챙이를 박은 높다란 담장이 에워싼 비좁은 마당에 갇혀서 사는 건 아니라는 사실을 여자애가 언제 처음 깨달았는지는 정말 대답하기 어렵다. 하지만 아빠 손을 꼭 잡고 있다가도 커다란 철문이 열리면 그 손을 놓아야 한다는 사실을, 자신은 조그만 발로 철문을 자유롭게 나갈 수 있지만, 아빠는 절대로 나갈 수 없다는 사실을 매우 어린 나이에 깨달은 건 확실하다. 아주 어릴 적에 가여우면서도 애처로운 눈빛으로 아빠를 바라본 게 그 증거였다.

마셜씨 교도소 아이며 마셜씨 교도소 아버지의 아이는 세상에 태어나고 처음 8년 동안 휴게실에서 교도관 곁에 있을 때도, 가족과 함께 방에 있을 때도, 교도소 마당을 돌아다닐 때도 가여우면서 애처로운 표정으로 주변을 바라보긴 했지만, 아빠를 볼 때는 지켜주고픈 표정까지 깃들었다. 변덕이 죽 끓던 언니를 볼 때도, 게으른 오빠를 볼 때도, 아무것도 없이 높기만 한 담장을 볼 때도, 안에 갇혀서 기운이 하나도 없는 사람들을 볼 때도, 교도소 아이들이 소리치고 뛰어다니고 숨바꼭

질하고 철문 쇠창살 안쪽을 '집'으로 여기며 놀 때도, 가여우면서 애처로운 눈빛으로 바라보았다.

여름철에는 휴게실 높은 벽난로 울 옆에 앉아서 창살이 박힌 창문 너머 하늘을 무언가 동경하는 눈빛으로 올려보다 마침내 시선을 떼어내면, 자신과 교도관 사이에 창살 같은 빛이 어리고, 그러면 창살 같은 빛 사이로 교도관을 바라보기도 했다.

한번은 교도관이 가만히 지켜보다 물었다.

"들판을 생각하니?"

"어디가 들판인데요?"

여자애가 묻자, 교도관은 열쇠꾸러미를 애매하게 흔들면서 대답했다.

"맙소사, 들판은…… 저 너머에 있단다, 얘야. 바로 저 너머에."

"들판도 사람들이 여닫나요? 자물쇠로 채우나요?"

교도관이 당황했다.

"으음, 대체로 그러지는 않아."

"아름다운가요, 아저씨?"

여자애가 아저씨라고 불렀다. 교도관이 예전에 그러라고 했기 때문이다.

"사랑스럽지. 꽃이 한가득 피고. 미나리아재비도 있고 데이지도 있고……"

교도관이 꽃 이름을 몰라서 잠시 주저하다 덧붙였다.

"민들레도 있고, 온갖 동물도 있어."

"거기에 가면 즐거운가요, 아저씨?"

"최고지."

"아빠도 가본 적이 있나요?"

"으음! 그래, 아빠도 가끔 가봤겠지."

"지금은 못 가서 슬퍼하나요?"

"특-특별히 그러진 않을 거야."

교도관이 대답하자, 여자애는 기운이 하나도 없는 사람들을 힐끗 쳐다보며 물었다.

"다른 사람들도 안 슬퍼하나요? 정말 그런다고 자신하세요, 아저씨?"

대화가 어려운 고비로 치닫자, 아저씨는 포기하고 아몬드 과자로 대신했다. 어린애가 정치, 사회, 신학 문제로 나아가서 궁지로 몰릴 때마다 교도관이 의지하는 마지막 방법이었다. 하지만 이번에는 두 사람이 호기심 가득한 표정으로 일요일 소풍을 나가는 계기가 되었다. 두 사람은 한 주일 건너 일요일 오후만 되면 교도관이 일주일 내내 고심해서 선별한 초원이나 숲속 오솔길을 찾아서 휴게실을 나서고, 여자애가 집으로 가져갈 풀과 꽃을 뽑는 사이에 교도관은 담배를 태웠다. 농원으로 가서 차와 새우와 맥주 등 맛난 것도 먹고, 그런 다음에는 손을 맞잡고 돌아오다, 여자애가 지치면 그 등에 업혀서 곤하게 자기도 했다.

이런 초창기에 교도관이 엄청나게 고민하며 깊이 생각하는 문제가 생겼는데, 죽는 날까지 해결을 못 했다. 살면서 저축한 얼마 안 되는 재산을 대녀에게 유산으로 물려주겠다고 마음을 먹는 순간, 그 유산을 대녀만 쓴다는 '조건'을 어떻게 붙이느냐는 문제가 떠오른 것이다. 교도관으로 쭉 근무한 경험을 통해, 다른 사람이 유산에 접근을 못 하도록 '단단히 묶기'는 엄청나게 어려운 반면에 유산을 빼먹기는 정말 쉽다는 사실을 너무나 잘 알기 때문이다. 오랜 세월이 지나도록, 파산 대리인이나 변호사가 들락거릴 때마다 곤란한 문제를 풀 방법을 물어보곤 했다. 상대가 입은 조끼를 열쇠꾸러미로 톡톡 치면서 "어떤 사내가 어린 여자애한테 재산을 남기고 싶다면, 그런데 다른 사람은 절대로 손대지 못하게 '단단히 묶고' 싶으면 어떻게 해야 하느냐?"고 묻는 식이었다.

그럴 때마다 전문가는 "여자애한테 유산을 정확히 남기세요"라고 대답하기 일쑤고, 교도관은 다시 물었다.

"하지만 여자애한테 오빠가 있다면, 아버지가 있다면, 남편이 있다면, 그래서 여자애한테 유산이 생겼을 때 그들이 손대려 한다면…… 그러면 어떻게 합니까?"

여기에 대한 전문가 답변은 "유산을 여자애한테 주었다면, 그 사람들 모두 그 유산에 당신만큼이나 권리가 없다"가 전부고, 그럴 때마다 교도관은 다시 물었다.

"잠깐만요. 여자애는 마음이 약하고 사람들은 살살 꼬신다고 가정합시다. 그래도 '단단히 묶어두는' 법률 조항이 있나요?"

교도관이 보기에 가장 깊이 생각하던 전문가도 그렇게 '단단히 묶는' 법 조항을 찾아내지 못했다. 그래서 교도관은 방법만 평생 생각하다 유산을 못 남기고 죽었다.

하지만 그건 훨씬 나중 얘기로, 대녀가 열여섯 살을 넘긴 다음이었다. 여자애는 어린 시절 절반을 막 넘긴 시점부터 홀아비가 된 아빠를 가여우면서도 애처로운 눈빛으로 바라보았다. 그와 동시에 아빠를 지켜주고 싶다는 표정이 깃들면서 구체적인 행동으로 나타나고, 마셜씨 교도소 아이는 마셜씨 교도소 아버지와 새로운 관계를 맺어나갔다.

처음에는 너무 어려, 벽난로 높은 울 따듯한 옆자리를 아빠에게 양보하고 그 옆에 앉아서 가만히 바라보는 게 전부였다. 그런데 아빠는 막내딸이 그러는 게 익숙한 나머지, 막내딸이 곁에 없으면 괜히 허전했다. 이런 과정을 거치면서 여자애는 어린 시절을 보내고 근심 걱정이 가득한 세상으로 나아갔다.

그토록 어린 나이에 아빠한테서, 언니한테서, 오빠한테서, 감옥에서 애처로운 시선으로 무얼 보았을까? 비참한 진실을 여자애한테 많이 보여주는 게, 혹은 적게 보여주는 게, 그래서 수수께끼처럼 숨기는 게 하느님 뜻에 합당할까? 여기에 대한 대답은, 여자애가 다른 모든 사람과 달라야 한다는, 다른 모든 사람을 위해서 열심히 일해야 한다는 영감을 받았다는 거로 충분하다. 영감을 받았다고? 그렇다. 시인이나 사제가 받는 영감은 있어도, 가장 비천한 곳에서 가장 비천한 일에 열중하자는, 사랑하고 헌신하자는 영감은 있으면 안 된단 말인가!

마셜씨 교도소 아이는 이상하게 어울리던 교도관 친구 말고 세상에 도와주는 친구 하나 없이, 자주 만나는 친구 하나 없이, 교도소 밖 자유로운 공동체 구성원이 일상적으로 말하는 어투와 습관조차 모른 채, 갓난아기 때부터 이상하게 오염돼서 물맛도 안 좋고 건강에도 안 좋은 우물물을 마시며, 담장 바깥 제일 나쁜 환경보다 더 나쁜 환경에서 태어나고 자라다 여자로 살아가기 시작했다.

다양하게 실수하고 다양하게 낙담해도, 나이는 어리고 몸집은 조그맣다며 아무리 놀려도(그러고 싶지 않은데도 마음속 깊이 느끼며), 물건을 들고 운반할 때면 어린 나이와 부족한 힘이 아무리 부끄럽더라도, 아무리 지치고 기운이 떨어지더라도, 남몰래 눈물을 아무리 많이 흘리더라도, 여자애는 꾸준히 노력해서 결국에는 일을 잘한다는 칭찬은 물론 꼭 필요하다는 인정까지 받았다. 그런 다음부터 여자애는 나이를 뺀 모든 측면에서 세 자녀 가운데 맏이 역할을 하고, 망한 집안에서 가장 역할을 하고, 가족이 겪는 모든 근심과 걱정과 굴욕을 어린 마음에 그대로 받아냈다.

열세 살 때는 글자를 읽고 숫자를 계산하는 법을 배웠다. 가족에게 꼭 필요한 생필품에 드는 돈을, 그래서 무얼 빼야 하는지 계산하고 글자를 적어넣을 수 있게 된 것이다. 몇 주일 동안 바깥에 있는 야간학교를 틈틈이 다녔으며, 3~4년 동안 언니와 오빠를 주간 학교에 어렵게 보냈다. 집에서는 무얼 가르쳐주는 사람이 아무도 없지만, 마셜씨 교도소 아버지가 될 정도로 좌절한 사람은 자식들한테 더는 아버지 역할을 할 수 없다는 사실을 여자애는 잘 - 누구보다 잘 - 알았다.

삶을 개선할 수단이 이처럼 없는 상태에서 여자애는 색다른 수단을 개발했다. 분야가 다양한 죄수 가운데 한번은 댄스 선생이 나타난 것이다. 언니는 댄스 선생한테 기술을 배우고 싶은 마음이 간절한데, 그쪽으로 취미도 있는 것 같았다. 마셜씨 교도소 아이는 열세 살 나이로 한 손에 조그만 가방을 들고 댄스 선생을 찾아가서 소박하게 부탁했다.

"실례합니다만, 저는 여기에서 태어났답니다, 선생님."

"아! 네가 바로 그 아이로구나, 그치?"

댄스 선생이 물으면서 가녀린 얼굴과 조그만 체구를 살폈다.

"네, 선생님."

"그래, 내가 무얼 도와주길 바라니?"

"고맙지만 저를 도와주실 건 없습니다. 하지만 머무시는 동안 적은 수업료로 우리 언니를 가르쳐주실 수 있다면……"

여자애가 조그만 가방을 풀면서 불안한 어투로 말하자, 댄스 선생이 가방을 닫으며 대답했다.

"얘야, 내가 무료로 가르쳐주마."

댄스를 추다 파산 법원까지 온 댄스 선생치고는 착한 사람이었다. 그는 약속을 지켰다. 언니는 열심히 노력하고 댄스 선생은 (채권자와 합의하고 감독관한테 가서 왼쪽으로 돌고 오른쪽으로 놀아서 밖으로 나갈 때까지 10주가 걸렸으니) 시간도 넉넉한 터라, 언니는 춤 실력이 놀랍게 좋아졌다. 댄스 선생은 너무나 자랑스러워서 교도소를 나가기 전에 학생 일부를 모아놓고 춤을 공연하길 바라다, 어느 화창한 새벽 6시에 – 교실은 너무 좁아 – 마당에서 우아하고 느린 춤 '궁정 미뉴에트'를 공연했는데, 바닥이 껄껄해서 스텝을 조심스럽게 밟아야 하는 데다 댄스 선생은 조그만 바이올린까지 연주하느라 완전히 녹초가 되었다.

첫 시도에 성공하면서 댄스 선생이 석방된 뒤로도 언니는 댄스 교습을 계속 받고, 불쌍한 여자애는 다시 용기 내서 도전했다. 여자 재봉사가 들어오기만 몇 달을 기다리며 지켜보다, 시간이 한참 지난 뒤에 여성용 모자를 만드는 재봉사 아줌마가 들어오자, 이번에는 자신이 기술을 배우려고 찾아간 거다. 그리고는 재봉사 아줌마가 침대에 앉아서 우는 모습을 문가에서 안타깝게 바라보다 말했다.

"실례합니다, 아주머니. 저는 여기에서 태어났습니다."

사람들은 교도소에 들어오는 즉시 여자애 얘기를 듣는 것 같았다. 재봉사 아줌마 역시 침대에 앉아서 눈물을 훔치며, 댄스 선생과 똑같이 말한 것이다.

"아! 네가 그 아이로구나, 그치?"

"네, 아주머니."

"너한테 줄 게 하나도 없어서 미안하구나."

재봉사 아줌마가 말하면서 머리를 저었다.

"그런 게 아니에요, 아주머니. 괜찮다면 바느질을 배우고 싶어요."

"나를 보면서도 그걸 배우려는 이유가 뭐니? 지금껏 나한테 별다른 도움이 안 됐단다."

"어떤 기술이든 – 분야가 무어든 – 여기에 오는 모든 사람한테는 별다른 도움이 안 된 것 같아요. 그래도 저는 배우고 싶어요."

여자애가 단순명쾌하게 대답했다.

"하지만 너는 몸이 너무 약한 것 같구나."

"겉보기처럼 약하진 않답니다, 아주머니."

"체구도 정말 정말 작고."

"맞아요, 안타깝게도 체구가 정말 정말 작아요."

마셜씨 교도소 아이도 인정했다. 그리고는 불행한 단점 때문에 툭하면 앞길이 막히는 게 안타까워서 흐느끼기 시작했다. 재봉사 아주머니는 – 이제 막 파산했을 뿐, 까다로운 성격도 차가운 성격도 아니라서 – 마음이 움직여 좋은 마음씨로 여자애 손을 잡더니, 굉장히 성실하게 배우는 학생임을 깨닫고는 상당한 시간을 투자하여 여자애를 훌륭한 노동자로 만들었다.

그러는 사이에, 똑같은 시간이 흐르는 사이에, 마셜씨 교도소 아버지는 새로운 성격이 조금씩 드러났다. 마셜씨 교도소 아버지 역할이 많아지고 가족 구성원 역할이 점차 바뀌는 현실에 더 많이 의존할수록, 자신이 가장이란 사실을 무의미하게 내세우며 반발했다. 불과 삼십 분 전에 학생이 내민 반 크라운 동전을 주머니에 넣던 바로 그 손으로, 두 딸이 생활비를 번다는 말이 조금이라도 나오는 순간, 두 뺨으로 줄줄 흐르는 눈물을 훔쳤던 것이다. 그래서 마셜씨 교도소 아이는 일상적인 걱정거리에 더해서 가족 모두 게으른 거지처럼 행동해야 한다는 걱정거리까지 떠안아야 했다.

언니는 댄서가 되었다. 가족 범주에는 – 마셜씨 교도소 아버지가 된 형 때문에 망하고도, 자신을 망하게 한 형만큼이나 자신이 망한 이유조차 모른 채 불가피한 현실로 받아들인 – 삼촌도 있어, 여자애는 삼촌 역시 지켜야 했다. 삼촌은 사교성이 떨어지고 단순한 성격으로, 파산이라는 충격적인 소식을 듣는 순간부터 씻는 걸, 몸을 씻는 사치

자체를 완전히 포기하는 식으로 자신을 밀어붙인 재난에 반발했다. 형편이 좋던 시절에 악기 연주를 대충 즐기던 아마추어였으나, 형과 더불어 나락으로 떨어지자, 조그만 '오케스트라 극장'에서 자신만큼이나 더러운 클라리넷을 연주하며 생활비를 벌었다. 조카딸이 댄서로 취업한 게 바로 그 극장이었다. 조카딸이 보잘것없는 자리로 들어온 건 삼촌이 붙박이로 오랫동안 지낸 다음이었다. 삼촌은 비누만 빼고 질병과 유산과 맛난 것과 굶주림을 그대로 받아들인 것처럼, 조카딸을 돌보는 역할 역시 기꺼이 받아들였다.

언니가 한 주에 몇 실링이나마 벌도록 하려고 마셜씨 교도소 아이는 마셜씨 교도소 아버지한테 한참 공들여야 했다.

"언니는 이제 우리랑 안 살아요, 아버지. 낮에는 여기에 찾아와도 나머지 시간은 밖에서 삼촌이랑 살 거예요."

"말도 안 돼. 왜?"

"삼촌한테 함께 살 사람이 필요한 것 같아요, 아버지. 요리도 하고 청소도 할 사람이 있어야 해요."

"함께 살 사람? 삼촌은 여기서 훨씬 많은 시간을 보내잖아. 네가 직접 가서 집안일도 해주고, 에이미, 네 언니가 할 수 있는 것보다 많이. 너희 둘 다 밖에 너무 나가는구나, 너무 자주 나가."

에이미가 낮에 일하러 나간다는 자체를 자신은 모른다는 듯 의례적으로 하는 말이었다.

"하지만 언니도 저도 집에 오는 걸 좋아하잖아요, 아버지. 안 그런가요? 그리고 삼촌과 살면서 집안일을 해주는 것도 그렇지만, 패니 언니한테는 바깥에서 사는 편이 더욱 좋을 거예요. 저처럼 여기서 태어난 사람도 아니잖아요, 아버지."

"맙소사, 에이미. 도대체 무슨 말을 하는지 모르겠다만, 패니가 바깥에서 지내는 걸 훨씬 좋아한다는 사실을, 너 역시 밖에 나가는 걸 훨씬 좋아한다는 사실을 자연스럽게 여겨야 한다는 뜻이로구나. 그래서 너랑 패니랑 삼촌이 자기 방식대로 산다는 거로구나. 좋아, 좋아. 간섭하지 않을 테니 나는 신경 쓰지 말려무나."

오빠가 교도소를 나가게 하는 건, 뱅엄 부인을 이어서 심부름이나 하는 일을 벗어나게 하는 건, 그래서 매우 의심스러운 사람들과 욕지거리나 주고받으며 어울리는 행동을 그만두게 하는 건 여자애한테 가장 힘든 작업이었다. 오빠는 열여덟 살인데도 버는 대로 쓰니, 여든 살이 되도록 하루살이 인생을 살아갈 것 같았다. 교도소에 들어온 누구도 오빠에게 바람직하거나 유용한 기술을 가르쳐줄 사람이 없었다. 여자애 눈에 오빠를 도와줄 사람은 오랜 친구며 대부밖에 안 보였다. 그래서 물었다.

"친애하는 아저씨, 불쌍한 팁 오빠는 앞으로 어떻게 될까요?"

오빠 이름은 에드워드라서 테드라고 불렸는데, 그게 담장 안에서 팁으로 변했다.

교도관은 불쌍한 팁이 앞으로 될 유형에 대해 개인적으로 강한 확신이 있으니, 팁에게 그런 유형이 안 되려면 멀리 도망가서 군대에 들어가 조국을 위해 복무해야 한다는 제안까지 한 적이 있었다. 하지만 팁은 고맙다고, 하지만 자신은 조국에 아무런 관심이 없는 것 같다고 대답한 게 전부였다.

여자애가 묻는 말에 교도관이 말했다.

"으음, 얘야, 팁한테 무언가 확실한 조치가 필요하긴 해. 내가 법조계에 들어가도록 애써볼까?"

"그러면 팁 오빠한테 좋을 거예요, 아저씨!"

이제 교도관은 전문가가 들락거릴 때마다 물을 게 두 개로 늘어났다.

그래서 두 번째 목표를 달성하려고 집요하게 노력한 결과, 마침내 '궁정 법원'이라고 하는 – 이제 아무도 모르는 '앨비언'[45]의 존엄과 안전을 지키는 영원한 보루 가운데 하나라는 – 위대한 '국립 펄레디움'에 있는 법조계 자리를 팁에게 마련해주었다. 주급 12실링에 법대생 기숙사에서 일하는 자리였다.

팁은 법대생 기숙사에서 6개월을 일하다 지쳐, 하루는 저녁에 두 손을 주머니에 찌른 채 어슬렁거리며 나타나서 그곳에 두 번 다시 안 가겠다고 여동생한테 아무렇지 않게 선언했다.

"두 번 다시 안 간다고?"

가련하고 조그만 마셜씨 교도소 아이가 불안한 어투로 물었다. 팁 오빠가 바람직하게 사는 걸 우선순위에 놓고 제일 중요하게 여기던 여지이었다.

"너무 지겨워서 관뒀어."

팁은 만사를 지겨워했다. 마셜씨 교도소에서 빈둥거리고 뱅엄 부인 일을 이어서 하는 중간중간에, 조그만 둘째어머니는 믿음직한 친구에게 도움받아서 오빠를 창고에, 과수원에, 맥주 가게에, 다시 법조계에, 경매 사무소에, 양조장에, 주식중개 사무소에, 다시 법조계에, 역마차 사무실에, 짐마차 사무실에, 다시 법조계에, 잡화점에, 위스키 공장에, 다시 법조계에, 모직물 상점에, 포목점에, 생선가게에, 외국산 수입 과일 상점에, 조선소에 취직시켰다. 하지만 무슨 일을 하든 팁은 지겨워서 관뒀다고 선언했다. 어디를 가든 교도소 담장을 짊어지고 가서 자신이 일하는 곳에 내려놓고, 담장 안을 또렷한 목적 없이 배회하다, 꼼짝도 할 수 없는 진짜 마셜씨 교도소 담장 안으로 다시 빨려드는 것 같았다.

---

45) 잉글랜드의 옛 이름.

그런데도 용감하고 조그만 여자애는 오빠를 거기에서 빼내려 집중해, 오빠가 우울한 변화를 되풀이하는 동안에도 오빠를 캐나다로 보낼 뱃삯을 마련하려고 돈을 모으고 또 모았다. 그리고 오빠는 아무 일도 안 하는 것조차 지겹다 못해 그걸 지겨워하는 것조차 관두더니, 은혜라도 베풀 듯, 캐나다로 가라는 제안을 받아들였다. 여자애 가슴에는 오빠랑 헤어지는 슬픔과 함께 마침내 오빠가 앞으로 곧장 나아가겠다는 희망 어린 기쁨이 어렸다.

"하느님 은총이 가득하길, 친애하는 팁 오빠. 나중에 큰돈을 벌더라도 우쭐대지 말고 우리를 보러 와."

"좋아!"

팁은 이렇게 대답하고 떠났다.

하지만 캐나다까지 안 갔다. 리버풀까지 간 게 전부였다. 런던에서 리버풀 항구까지 가는 사이에 여객선에 올라타지 말자는 강한 충동이 일어, 걸어서 돌아가기로 작정한 것이다. 그래서 팁은 한 달이 가기도 전에 여동생 앞에 누더기 차림으로 신발조차 없이 그 어느 때보다 지겨워하는 표정으로 나타났다.

팁은 뱅엄 부인이 하던 일을 간간이 이어가다, 마침내 자신한테 딱 맞는 일을 찾았다고 선언했다.

"에이미, 일자리를 찾았어."

"정말, 팁 오빠?"

"그래. 이제부터 일할 거야. 이제 나를 걱정스러운 눈으로 쳐다볼 필요가 없다고, 동생."

"무슨 일이야, 팁 오빠?"

"너도 슬링고를 본 적이 있지?"

"사람들이 거래꾼이라고 부르는 그 사람은 아니지?"

"바로 그 친구야. 월요일에 나오는데, 나한테 일자리를 주기로 했어."

"그 사람이 뭘 거래하는데, 오빠?"

"크고 튼튼한 말. 좋아! 이번에는 제대로 일하겠어, 에이미."

그러고 나서 여자애는 오빠를 몇 개월이나 못 보고 소식만 가끔 들었다. 나이 많은 학생들 사이에는 팁이 무어필드에서 사기 경매하는 모습을 보았다는, 도금한 은 제품을 진짜 은 제품이라도 되는 듯 돈을 넉넉하게 주고 사는 척한다는 소문이 돌았으나, 여자애 귀에 들어간 적은 없었다. 그러던 어느 초저녁에 여자애 혼자서 – 담장 위로 감도는 여명을 받으려고 창가에 서서 – 작업하는데 오빠가 문을 열고 들어왔다.

여자애는 오빠 뺨에 뽀뽀하며 반겼지만, 너무 두려워서 무엇 하나 물을 수 없었다. 오빠는 불안하고 초조해하는 여동생을 보고 미안한 기색을 떠올렸다.

"이번에는 네가 화낼까 두렵구나, 에이미. 나 역시 화가 치밀거든!"

"오빠가 그렇게 말하니까 마음이 아파. 완전히 돌아온 거야?"

"으음…… 그래."

"오빠가 찾은 일에 좋은 결과가 있으리란 기대는 안 했으니, 예전만큼 놀랍거나 안타깝지는 않아, 팁 오빠."

"아! 하지만 문제가 또 있어."

"무슨 문제?"

"그렇게 놀란 눈으로 쳐다보지 마. 그래, 에이미, 또 있어. 내가 돌아온 건 맞지만 – 그렇게 놀란 눈으로 보지 마 – 예전과 완전히 다른 방식으로 돌아왔다고 할 수 있어. 가족 명단에서 빠졌거든. 이번에는 죄수 명단에 올라서."

"맙소사! 오빠가 죄수라는 말은 하지도 마! 절대로, 절대로!"

동생이 한탄하자, 오빠가 마지못한 어투로 대답했다.

"아아, 나도 그러고 싶지 않지만, 내가 확실하게 말하지 않으면 네가 이해를 못 할 텐데, 그럼 나는 어떻게 하니? 대략 40파운드 정도를 못 갚았거든."

여자애는 생전 처음으로 근심 걱정을 감당할 수 없었다. 두 손을 움켜잡고 머리 위로 올리면서 아버지가 아시면 돌아가신다고 울부짖다, 염치없는 오빠 발치에 쓰러진 게 전부였다.

마셜씨 교도소 아버지가 알면 넋이 달아날 거라는 사실을 팁에게 이해시키는 편보다는 팁이 여동생을 정신 차리게 하는 편이 쉬웠다. 아버지가 충격받을 거란 사실은 팁한테 조금도 이해할 수 없는, 말도 안 되는 헛소리였다. 동생이 사정하고 삼촌과 패니까지 거드는 바람에 간신히 양보한 정도였다. 팁이 돌아온 선례는 충분한 터라 아버지한테는 평소처럼 설명하고, 학생들은 거짓말할 수밖에 없는 효심을 팁보다 훨씬 잘 이해하고 성실하게 거들었다.

바로 이것이 마셜씨 교도소 아이가 스물둘이라는 나이를 살아가는 인생이고 역사였다. 비참한 마당과 건물군을 자신이 태어난 고향이자 집으로 사랑하는 마음은 똑같아도, 이제는 사람들이 쳐다본다는 여자 특유의 인식마저 생기면서 잔뜩 움츠러든 채 그곳에 들어가고 나왔다. 담장 바깥에서 일하기 시작한 다음부터는 자신이 사는 곳을 숨겨야 한다는 생각에, 자유로운 도시와 철문 사이를 최대한 은밀하게 들락거리고, 바깥에서는 절대로 잠자지 않았다. 이렇게 숨기는 사이에 천성적으로 수줍은 성격은 늘어가고, 가벼운 발걸음과 조그만 체구는 번잡한 거리를 피했다.

힘들고 초라하게 살아가는 세속적인 지혜는 훌륭해도, 나머지는 하나같이 순진무구했다. 정말 순진무구했다, 아버지와 교도소, 그 사이를 가로지르며 혼탁하게 흐르는 강물을 흐릿한 안개 사이로 바라볼 만큼.

바로 이것이, 클레넘이 멀리서 쳐다보는 가운데, 우중충한 9월 초저녁에 집으로 돌아가는 작은 도릿의 삶이고 역사였다. 바로 이것이 런던 다리 끝에서 발길을 돌려 똑같은 다리를 다시 건너고, 성 조지 교회를 지나다, 다시 한번 갑자기 돌아서며 되돌아와, 마셜씨 교도소 앞 조그만 마당과 열린 철문으로 후다닥 들어가는 작은 도릿의 삶이고 역사였다.

8장. 꽉 닫힌 교도소

클레넘은 걸음을 멈추고는, 지나는 사람한테 저곳이 뭘 하는 곳인지 물으려고 기다렸다. 물으면 안 될 것처럼 보이는 몇 사람을 그냥 보낸 채 그대로 서 있을 때, 노인 한 명이 다가오다 마당으로 방향을 잡았다.

구부정한 몸으로 조심스럽게 천천히 걸어가는 모습은 번잡한 런던 대로가 노인한테 조금도 안전하지 않을 것 같았다. 옷차림은 지저분하고 초라했다. 실오라기가 드러난 외투는 무릎까지 내려오고 단추는 턱까지 바싹 채웠는데, 한때 파랗던 색은 벨벳 목깃에 희미한 유령만 남기고 사라졌다. 평생에 걸쳐서 안에 빳빳하게 달라붙던 빨간 천 조각 유령은 이제 삐져나와서 목 뒷덜미로 치고 올라오며 하얀 머리칼과 쭈글쭈글한 목덜미랑 뒤엉켜서 금방이라도 모자를 벗겨낼 것 같았다. 기름때가 묻고 보풀이 일어난 모자는 테두리가 갈라지고 찌부러져서 금방이라도 두 눈을 덮을 것 같은데, 그 뒤로 손수건 일부가 삐져나와서 대롱거렸다. 바지는 너무 길고 헐렁하며 신발은 너무 크고 너저분해서 코끼리처럼 발을 질질 끌어, 발은 어느 만큼 걷고 천과 가죽은 어느 만큼 끌리는지 분간할 수 없었다. 닳아서 너덜너덜한 케이스를 한쪽 팔꿈치에 끼웠는데, 안에 악기가 있는 것 같았다. 바로 그 손에 한 푼어치 코담배가 든 조그만 갈색 종이봉투를 들었는데, 노인은 거기에 손가락을 넣고 한 줌 집어서 불쌍한 코에 댄 채 천천히 빨아들이고, 클레넘은 그런 노인을 가만히 지켜보았다.

클레넘은 마당을 가로지르며 다가가서 노인 어깨를 툭 건들고는 궁금한 걸 물었다. 노인이 걸음을 멈추고 뒤를 돌아보는데, 힘없는 회색 눈은 먼 곳을 바라보는 것 같고 귀도 어두운 것 같았다. 클레넘이 다시 물었다.

"저긴 뭐하는 건물인가요?"

노인이 코담배를 코로 가져가다 멈추더니, 쳐다보지도 않고 손가락으로 가리키며 대답했다.

"아! 저 건물? 마셜씨 교도소라오, 선생."

"채무자 교도소요?"

노인이 꼭 그렇게 강조할 필요는 없다는 어투로 대답했다.

"그렇소, 채무자 교도소."

노인이 발길을 돌려서 다시 걷자, 클레넘이 노인을 다시 세우며 물었다.

"실례합니다만, 하나만 더 물어도 될까요? 여기에 누구나 들어갈 수 있나요?"

"누구나 들어갈 순 있소."

노인이 의미심장한 어투로 덧붙였다.

"하지만 누구나 나올 수 있는 건 아니오."

"죄송하지만 하나만 더요. 노인께선 이곳을 잘 아시나요?"

노인이 한 손으로 조그만 종이봉투를 꾸기면서 무례한 질문이란 표정으로 대답했다.

"그렇소, 잘 아오."

"실례를 용서하십시오. 단순한 호기심이 아니라 좋은 목적이 있어서 그러는데, 여기에 있는 도릿이란 이름을 아시나요?"

"내 이름이 도릿이오, 선생."

너무나 뜻밖의 대답에, 클레넘은 모자를 벗으며 사과했다.

"몇 가지만 더 대답하는 은혜를 베푸십시오. 노인장 대답에 아무런 준비를 못 했으니, 실례한 걸 사과드립니다. 나는 외국에서 이제 막 도착했습니다. 어머니 댁에서 - 클레넘 부인이라고 하는데 - 바느질 작업하는 젊은 여자를 보았는데, 작은 도릿이라고 부르는 소리만 들었습니다. 나는 작은 도릿한테 진심으로 관심을 느꼈으며, 어떻게 사는지 자세히 알고픈 갈망이 생겼습니다. 그리고 노인께서 나타나시기 조금 전에 저 문으로 들어가는 모습을 보았습니다."

노인이 클레넘을 찬찬히 쳐다보다 물었다.

"뱃사람이오, 선생?"

그러더니 고개를 젓는 대답에 약간 실망한 듯 덧붙였다.

"뱃사람이 아니오? 햇볕에 탄 얼굴을 보고 그런 줄 알았소. 진심이오, 선생?"

"그렇습니다, 진심입니다. 부디 믿어주십시오."

클레넘이 대답하자, 노인은 힘이 없어서 떨리는 목소리로 말했다.

"나는 세상을 모른다오, 선생. 해시계에 어리는 그림자처럼 흘러갈 뿐이라오. 나를 속이는 건 아무런 가치도 없다오. 너무나 간단해서 아무런 재미를 못 느낀다오. 여기로 들어갔다는 젊은 여자는 우리 형님 자식이라오. 형님은 윌리엄 도릿, 나는 프레데릭 도릿이오. 그대는 어머니 댁에서 (선생 어머니가 우리 조카딸을 잘 돌봐주는 건 아는데) 그 애를 보고, 관심을 느끼고, 그래서 어떻게 사는지 알고 싶다고 했소.

들어가서 봅시다."

노인은 다시 걷고, 클레넘은 옆에서 걸었다.

노인이 계단 앞에서 멈추고는 얼굴을 옆으로 천천히 돌리며 말했다.

"우리 형님은 여기서 긴 세월을 보냈고, 당장은 말할 필요가 없는 이유로 우리가 담장 바깥에서 하는 일을 비밀로 한다오. 조카딸이 바느질 일을 한다는 얘긴 안 하길 바라오. 우리 사이에서 오간 말 이상은 안 하길 바라오. 우리가 정한 범주를 안 벗어난다면 나쁜 일은 없을 것이오. 자! 들어가서 봅시다."

클레넘이 좁은 입구를 따라 노인을 쫓아가니, 입구 끝에서 열쇠가 돌아가고 강한 철문이 열렸다. 그곳으로 들어가니 휴게소 같기도 하고 대기실 같기도 한 장소가 나오고, 그곳을 지나서 쇠막대가 달린 또 다른 문으로 들어서자, 교도소가 나왔다. 노인은 앞에서 꾸준히 걷다, 근무 중인 교도관이 나타나자, 구부정한 몸으로 천천히 뻣뻣하게 돌아보는 게, 함께 온 사람이라고 알리는 것 같았다. 교도관은 고개를 끄덕이고, 함께 온 사람은 누구를 찾아왔느냐는 질문도 없이 안으로 들어갔다.

밤은 짙고, 교도소 등잔불은 마당에서, 촛불은 감방 창문마다 낡아서 뒤틀린 다양한 커튼과 블라인드 안에서 희미하게 비추지만, 주변을 밝히는 느낌은 아니었다. 서너 사람이 어슬렁대기는 해도 대부분은 실내에 머물렀다. 노인은 마당에서 오른쪽으로 나아가다 서너 번째 입구로 들어서서 계단을 오르기 시작했다.

"꽤 어둡긴 하지만, 선생, 앞을 가로막는 물체는 없을 거요."

노인이 3층에 있는 감방문 앞에서 잠시 머뭇거리다 문을 열었다. 그 순간에 방문객은 작은 도릿을 보고, 작은 도릿이 혼자 식사하려고 애쓴 이유를 깨달았다.

자신이 먹을 고기를 집으로 가져와서 난로 위 석쇠에 올려 따듯하게 데우고, 아버지는 낡은 회색 가운에 까만 모자 차림으로 저녁 식사를 식탁에 올리기만 기다리는 중이었다. 식탁에는 깨끗한 식탁보를 펼치고, 아버지 앞에는 나이프, 포크, 숟갈, 소금 그릇, 후추통, 유리잔, 백랍으로 만든 흑맥주 단지가 놓여있었다. 조그만 고춧가루 통과 접시에 담긴 오이절임도 있었다.

작은 도릿은 깜짝 놀라서 얼굴이 빨갛게 달아오르다 하얗게 변하고, 방문객은, 살짝 손짓하긴 했어도 주로 눈빛으로, 자신을 믿으라고, 걱정하지 말라고 간청했다.

삼촌이 말했다.

"에이미가 아는 분 자제분이, 이 신사분, 클레넘 선생이 바깥 철문 앞을 지나다, 안에 들러서 인사하고 싶은 표정으로 들어갈까 말까 망설이더군. 이쪽은 우리 윌리엄 형님이라오, 선생."

클레넘은 뭐라고 말해야 좋을지 모른 채 입을 열었다.

"따님을 존중하는 마음에 여기까지 오게 되었습니다, 선생님."

윌리엄 형님이 일어나며 모자를 벗고 손바닥에 들어서 금방 다시 쓸 수 있도록 한 다음, 고개를 숙이며 대답했다.

"클레넘 선생, 영광이오. 환영하오, 선생. 프레데릭, 의자. 앉으시오, 클레넘 선생."

윌리엄 형님은 까만 모자를 벗을 때처럼 다시 쓰고 의자에 앉았다. 동작 하나하나마다 인자하고 자비로운 분위기가 가득했다. 학생을 맞이할 때 흔히 보이는 자세였다.

"마셜씨에 온 걸 환영하오, 선생. 나는 수많은 신사분을 담장 안에서 맞이했소. 그대도 아실 것 같은데 – 내 딸 에이미가 말했을 것 같은데 – 나는 이곳의 아버지라오."

"저는……네, 알고 있습니다."

"내 딸 에이미가 여기서 태어난 건, 장담하는데, 그대도 알겠지요. 착한 딸, 소중한 딸, 내가 오래전부터 의지하고 위로받는 딸이라오. 얘야, 에이미, 요리를 올리렴. 클레넘 선생께서도 이곳의 원시적인 전통을 양해하실 거야. 존경하는 마음으로 묻겠는데, 선생, 혹시 우리와 함께 식사하는 영광을……"

"고맙습니다. 괜찮습니다."

클레넘은 상대 태도가, 딸이 가족 내력을 아무에게도 안 말했을 가능성은 아예 생각조차 않는 자세가 너무나 당혹스러웠다.

작은 도릿은 아버지 유리잔에 음료를 채우고 아버지가 편하게 사용하도록 자잘한 물건을 식탁에 올려놓은 다음, 아버지가 식사하는 동안 옆에 앉았다. 앞에는 자신이 먹을 빵을 조금 놓고 아버지 유리잔을 입술에 살짝 갖다 대기도 했다. 밤마다 하는 관례 같았다. 하지만 클레넘은 작은 도릿이 불편해서 아무것도 안 먹는다는 걸 알아챘다. 아버지를 쳐다보는 표정이, 존경하고 자랑스러우면서도 창피하게 여기는 표정이, 끝없이 사랑하고 헌신하는 표정이 클레넘 마음속 깊숙이 파고들었다.

마셜씨 교도소 아버지는 동생이 상냥하고 착하지만 내성적인 성격이라서 출세를 못 했다며 잘난 척하다 물었다.

"프레데릭, 너는 오늘 밤에 네 방에서 패니랑 저녁을 먹은 거로 아는데, 패니는 어떻게 된 거냐, 프레데릭?"

"지금 팁이랑 산책하는 중이에요."

"팁은 - 그대도 알 테지만 - 내 아들이라오, 클레넘 선생. 약간 엉뚱해서 자리를 잡는 게 어렵지만, 애초에 세상에 처음 진입하려면 약간은……"

아버지가 말하다 한숨을 살짝 내쉬고 어깨를 으쓱하다 주변을 둘러보며 이어갔다.

"불리한 점이 있기 마련이라오. 여기는 처음인가요, 선생?"

"네, 처음입니다."

"하기야 여기에 온 적이 있다면 내가 모를 리 없겠지. 누구든 – 아무리 잘난 척해도 – 여기에 오면 나한테 인사하러 오지 않는 경우가 드무니 말이오."

"하루에 마흔에서 쉰 명이나 되는 사람이 우리 형한테 인사하러 온다오."

프레데릭이 말하는데 두 눈에 자부심이 살짝 반짝이고, 마셜씨 교도소 아버지는 이렇게 덧붙였다.

"맞아! 그 숫자를 훌쩍 넘기도 한다오. 개정기에 날씨까지 화창한 일요일이면 군주가 접견하는 분위기랑 비슷하다오, 군주가 접견하는 분위기. 얘야, 에이미, 여기에서 육 개월 머물던 상냥한 석탄 소매상이 지난 크리스마스 시즌 때 나한테 인사시킨, 캠버웰에서 온 신사분 이름을 떠올리려고 반나절을 애써도 안 되더구나."

"저도 그분 이름은 기억나지 않아요, 아버지."

"프레데릭, 너는 그 사람 이름을 기억하니?"

프레데릭은 그 사람 이름을 들어봤는지조차 의심쩍었다. 프레데릭이 제대로 대답할 거라고 믿는 사람 자체도 없었다.

"행동 하나하나가 섬세하고 세련된 신사분 말이야. 제기랄! 이름을 완전히 잊어버렸군. 행동 하나하나가 정말 섬세하고 세련되었다는 말을 내가 지금 막 했으니, 클레넘 선생, 어떤 행동이 그렇다는 건지 궁금하겠구려."

클레넘은 근심 걱정이 새롭게 몰려들어 얼굴은 창백하게 변하고 가녀린 머리는 푹 숙이기 시작한 여자애한테서 시선을 거두며 대답했다.

"네, 궁금합니다."

"행동은 너무나 관대하고 마음은 너무나 착하니 소개하지 않을 수 없구려. 적절한 상황이 나타나면 개인적인 성향을 고려하지 않고 누구한테든 소개하겠다는 말을 당시에도 했다오. 으음…… 사실을 굳이 숨기려 해도 아무런 소용이 없으니…… 여기에 인사하러 오는 사람은 이곳 아버지한테 조그만…… 기념품이라도 건네려 할 때가 종종 있다는 점을 그대도 알아야 한다오, 클레넘 선생."

작은 도릿이 아버지 팔에 한 손을 올려서 말없이 간청하며 조그만 체구를 살짝 움츠려서 시선을 피하는 모습이 정말 슬프고 안타까웠다. 하지만 상대는 잔뜩 흥분한 채 나지막하고 부드러운 목소리로 이따금 목청을 가다듬으며 계속 말할 뿐이었다.

"모양은 다양하지만 - 에헴 - 대체로 - 하하 - 돈이라오. 솔직히 고백하겠는데 - 에헴 - 마음에 쏙 들 때가 잦다오. 내가 말한 신사는, 클레넘 선생, 행동이 내 마음에 쏙 들고, 말이 예의 바를 뿐 아니라 - 에헴 - 지혜가 돋보였다오."

이렇게 말하는 내내 음식을 다 먹었는데도 나이프와 포크로 접시를 불안하게 건드는 모습은 음식이 아직 남기라도 한 것 같았다.

"신사가 하는 말을 들으면 정원이 있는 것 같은데, 처음엔 그 말을 안 하려 했다오, 정원은 - 에헴 - 내가 다가갈 수 없는 대상이라서 말이오. 하지만 정말 아름다운 꽃다발을 - 말문이 막히도록 아름다운 꽃다발을 바라보며 내가 감탄하자 - 결국에는 그 얘기를 했다오. 내가 화려한 꽃잎을 열심히 바라보자, 그 신사는 꽃다발을 감싼 종이를, '마셜씨 교도소 아버지에게'라는 글이 적힌 종이를 보여주며 선물했다오. 하지만 그게 - 에헴 - 전부가 아니었다오. 떠나면서 삼십 분 뒤에 종이를 벗겨보라고 특별히 당부했다오. 나는 - 하하 - 나는 그렇게 했다오. 그래서 - 에헴 - 금화 두 냥을 발견했다오. 분명히 말씀드리지만, 클레넘 선생, 지금껏 내용도 다양하고 가치도 다양한 - 에헴 - 기념품을 받았는데, 그럴 때마다 안타까운 마음이 늘 있었다오. 하지만 그 - 에헴 - 그 기념품만큼은 더할 나위 없이 기뻤다오."

클레넘이 뭐라고 대답하려는 순간에 종소리가 울리더니, 발소리가 문가로 다가왔다. 작은 도릿보다 체구는 훨씬 좋고 발육상태도 좋지만 얼굴은 훨씬 젊어 보이는 여자가 문가에서 낯선 사람을 보고서 멈칫하고, 함께 오던 젊은 사내도 마찬가지로 멈칫했다.

"클레넘 선생, 패니. 큰딸이랑 아들이라오, 클레넘 선생. 종소리는 방문객한테 나가라는 신호라서 작별인사하러 온 거라오. 하지만 시간은 아직 많다오, 아직 많아. 얘들아, 너희가 집안일을 해도 클레넘 선생은 이해하실 거야. 여기에 방이 하나밖에 없다는 걸 당연히 아실 테니까."

"에이미한테 세탁 맡긴 옷만 받으면 돼요, 아버지."

새로 나타난 여자가 말하자, 팁이 덧붙였다.

"나는 내 옷."

에이미가 위는 서랍장이고 아래는 침대틀로 사용하는 낡은 가구에서 서랍 하나를 열어, 조그만 보따리 두 개를 꺼내서 오빠와 언니에게 건넸다. 언니가 "수선도 했니?"라고 속삭이는 말에 에이미가 "그래"라고 속삭이는 말도 들렸다. 클레넘은 기회를 안 놓치고 벌써 일어나서 주변을 둘러보던 중이었다. 황량한 벽은 녹색으로 칠했는데 서툰 실력이 두드러지고, 인쇄한 그림을 곳곳에 붙여서 초라하게 장식했다. 창문은 커튼을 치고 바닥에는 카펫을 깔았으며, 선반과 걸이 못 등, 오랜 세월에 걸쳐서 늘어난 살림도 있었다. 좁아서 답답한 방에 가구는 초라하고, 기다란 양철통 굴뚝은 연기를 뽑아내고 벽난로 꼭대기 양철 가림막은 조잡하지만, 열심히 일하며 가꿔서 깔끔한 데다 나름대로 아늑한 느낌조차 주었다.

그러는 내내 종소리는 울리고, 삼촌은 누더기 클라리넷 케이스를 팔에 끼운 채 "가자, 패니, 가자, 패니. 교도소 문이 닫히겠구나!"라면서 급하게 나갔다.

패니는 아버지에게 안녕히 주무시라 인사하고는 바람처럼 사라지고, 팁은 계단을 우당탕 내려갔다. 삼촌이 그 뒤를 쫓아서 발을 질질 끌며 나가다 돌아보며 말했다.

"어서, 클레넘 선생, 교도소 문이 닫힌다오!"

클레넘 선생은 그 뒤를 쫓아가기 전에 할 일이 두 개 있었다. 하나는 작은 도릿에게 아무런 고통도 안 주면서 마셜씨 교도소 아버지에게 기념품을 바치는 것이고, 또 하나는 자신이 찾아온 까닭을 작은 도릿에게 짧게나마 설명하는 것이었다.

"내가 아래층까지 배웅하겠소."

아버지가 말했다. 작은 도릿은 다른 사람을 쫓아서 벌써 나간 상태라 방에는 두 사람만 있었다. 그래서 방문객이 다급하게 말했다. "부탁이니, 이거라도……" 짤랑, 짤랑, 짤랑.

"클레넘 선생, 정말, 정말 고맙……"

하지만 방문객은 상대 손을 꼭 닫아서 짤랑 소리가 안 나게 한 다음, 엄청 빠르게 뛰어서 계단을 내려갔다.

내려가는 도중에도 마당에도 작은 도릿은 안 보였다. 낙오자 두세 명이 휴게실로 급히 걸어가고 클레넘도 뒤따르는데, 철문 앞 건물 입구에서 작은 도릿이 보였다. 클레넘은 급히 돌아가서 말했다.

"여기서 말하는 걸 용서하렴. 여기까지 온 것도 용서하고! 오늘 밤에

네 뒤를 쫓아왔어. 자네랑 자네 가족을 돕고 싶어서야. 나랑 어머니 사이는 잘 알 테니, 어머니 집에서 너랑 일정한 거리를 유지해도 놀랍지 않겠지. 어머니가 이상하게 여기고서 질투하거나 분개하거나 자네한테 해를 끼치면 안 되니까. 여기에서 본 장면을 통해, 짧은 시간이지만, 나는 자네랑 친구가 되고픈 진심 어린 소망을 느꼈어. 자네가 몹시 놀랐겠지만, 그래도 나를 믿어주길 바라."

작은 도릿은 처음엔 무서웠으나, 클레넘이 말하는 사이에 용기가 생긴 것 같았다.

"친절하시네요, 선생님. 하시는 말씀에 진정이 가득해요. 하지만 저는 - 저는 선생님이 그렇게 지켜보지 않는 게 훨씬 좋았을 겁니다."

클레넘은 작은 도릿이 이렇게 말하는 마음을, 아버지를 위해서 그러는 마음을 이해하고 존중하며 침묵했다.

"클레넘 마님은 지금껏 저를 정말 많이 도와주셨습니다. 마님이 저를 채용하지 않으셨다면 우리가 어떻게 됐을지 모르니까요. 그런 마님한테 무얼 숨기는 행동은 은혜에 보답하는 자세가 아닐 겁니다. 오늘 밤은 더 말할 수 없습니다, 선생님. 선생님이 저를 도우려고 이러신다는 의도는 알겠습니다. 고맙습니다, 고맙습니다."

"떠나기 전에 하나만 물을게. 우리 어머니를 언제부터 알았니?"

"2년은 된 것 같아요, 선생님…… 종소리가 끝났어요."

"어머니를 처음에 어떻게 알았니? 너한테 사람을 보냈니?"

"아니에요. 마님은 제가 어디에 사는지조차 모르세요. 우리한테, 아버지와 저한테 친구가 있어서 - 노동해서 가난하게 먹고살긴 해도 참 훌륭한 분이라 - 제가 바느질 일을 하고 싶다는 편지를 써서 그분 주소로 보냈어요. 그러자 그분은 제 편지를 받고 비용이 안 드는 서너 곳에 벽보를 붙이고, 클레넘 마님은 그걸 보고 저한테 사람을 보냈어요. 철문이 곧 닫혀요, 선생님!"

작은 도릿은 잔뜩 겁먹은 채 동요하고, 클레넘은 그런 여자애가 불쌍하기도 하고 이제 막 들은 얘기에 관심도 쏠려서 도저히 헤어질 수 없었다. 하지만 종소리는 끝나고 사방에 가득한 정적은 어서 떠나라 경고하니, 클레넘은 작별 인사 몇 마디를 급하게 하고서 아버지한테 조용히 돌아가는 여자애와 헤어졌다.

하지만 너무 늦었다. 안쪽 철문이 잠기고 휴게실도 닫혔다. 손으로 문을 몇 차례 두드려도 소용이 없자, 하룻밤을 그곳에서 보내야 한다는 끔찍한 확신에 시달리며 물끄러미 서 있는데, 뒤에서 어떤 목소리가 말을 걸었다.

"잡혔군요, 그죠? 아침까지 못 나가요. 아! 당신이군요, 클레넘 선생, 그죠?"

목소리 주인은 팁이었다. 두 사람이 교도소 마당에서 서로를 물끄러미 쳐다보는데, 빗방울이 떨어지고, 팁은 다시 말했다.

"이제 어찌할 방법은 없으니, 다음에는 좀 더 빨리 움직이세요."

"하지만 자네도 갇혔잖나."

클레넘이 묻자, 팁이 빈정거리듯 말했다.

"그런 것 같네요! 대략! 하지만 가는 방향이 다르답니다. 나도 여기에 갇혔는데, 우리 두목이 절대 모르게 해야 한다고 여동생이 주장하거든요. 도대체 왜 그러는지 모르겠어요."

"하룻밤 묵을 곳을 구할 수 있을까? 어떻게 하면 좋을까?"

"에이미부터 부르는 게 좋아요."

팁이 말하는데, 어려운 일은 당연히 여동생한테 맡긴다는 어투였다.

"괜히 힘들게 하느니 차라리 밤새도록 걸어 다니겠어 - 힘든 것도 아니니."

"그럴 필요는 없어요, 잠자리 비용을 내도 괜찮다면. 비용만 낸다면 상황이 상황이니만치 술집 탁자에 드러누울 수 있어요. 따라오세요, 같이 가서 알려줄 테니까."

마당을 지날 때 클레넘이 조금 전에 나온 방 창문을 올려보니, 촛불이 여전히 타올랐다. 팁이 그 시선을 쫓아가다 말했다.

"맞아요, 선생. 저게 두목 방이에요. 여동생이 한 시간 동안 곁에 앉아서 어제 신문이나 잡지를 읽어준답니다. 그런 다음에 꼬마 유령처럼 조용히 사라지지요."

"무슨 말인지 모르겠군."

"두목은 저 방에서 자고, 여동생은 교도관 집에 숙소가 있어요."

조금 전에 작은 도릿이 있던 입구를 가리키며 팁이 이어갔다.

"저쪽 첫 번째 집. 하늘 객실.[46] 묵는 대가로 바깥세상에서 두 배는 좋은 방을 구할 돈보다 두 배는 많이 내면서요. 그러면서도 낮이든 밤이든 두목 곁을 지키니, 정말 불쌍하지요."

이런 말을 나누는 사이에 교도소 북쪽 끝 선술집이 나타나는데, 학생들이 초저녁 사교모임을 하다 막 헤어진 상태였다. 팁이 말한 술집 탁자는 그곳 1층에 있는데, 의장이 올라설 연단, 백랍으로 만든 단지, 유리잔, 파이프, 담뱃재 등, 모임을 방금 끝낸 흔적이 또렷했다. 그곳에는 숙녀용 주류에 꼭 필요한 일반적 특성이 두 가지 있는데, 진하고 강렬하다는 거였다. 하지만 양이 많아야 한다는 세 번째 특성에 문제가 있었다. 공간이 너무 비좁았던 것이다.

바깥세상에서 온 낯선 방문객은 이곳에 있는 – 주인, 웨이터, 여급, 심부름꾼 등 – 모든 사람을 죄수로 여기는 게 당연했다. 진짜 죄수인지 아닌지는 겉으로 안 드러나지만, 하나같이 야윈 표정이었다. 앞쪽 객실

46) 다락방을 비꼰 표현이다.

에서 잡화상을 운영하는 주인은 남자 하숙생까지 받는 터라, 잠자리 만드는 일을 옆에서 거들었다. 한창때는 양복점을 하고 사륜 무개 마차까지 있었다고 했다. 자신은 학생 편에서 소송을 진행한다고 자랑하며, 학생들이 받아야 할 '기금'을 교도소장이 가로챈다는 확인 불가능한 생각을 막연하게 제시했다. 이렇게 믿고 싶기도 하고, 새로 들어온 죄수나 낯선 사람한테 불만을 털어놓아서 강한 인상도 주고 싶었던 거다. 하지만 그게 어떤 '기금'이며, 근거가 무엇인지는 설명을 못 했다. 그런데도 자신이 '기금'에서 받을 몫은 주당 3실링 9페니인데, 그 몫을 학생 개개인이 매주 월요일마다 교도소장한테 빼앗긴다고 완벽하게 확신했다. 그 사람이 잠자리 만드는 일을 거든 이유는 이런 주장을 늘어놓을 기회를 놓치지 않으려는 게 분명했다. 마음속에 담긴 걸 모두 털어내고, 신문사에 편지를 보내서 교도소장의 비리를 까발릴 거라고 선언한 (늘 그렇게 하지만 결과는 없는 것 같은데) 다음에 다른 사람들과 잡담에 빠져들었으니 말이다. 사람들이 말하는 어투로 볼 때, 그들은 반제불능 상태를 정상으로, 채무 지급을 이따금 나타나는 질병으로 여기는 게 분명했다.

클레넘은 이상한 유령이 출몰하는 너무나 이상한 곳에서 잠자리 만드는 광경을 바라보는데, 꿈이라도 꾸는 것 같았다. 이러는 사이에 이곳이 어릴 적부터 익숙한 팁은 학생들 기부금으로 유지하는 주방 공동 벽난로, 똑같은 방식으로 유지하는 보일러 뜨거운 물 등, 술집 자원을 마음껏 즐겼다, 여타의 시설로 볼 때, 건강하고 윤택하고 지혜롭게 살려면 마셜씨 교도소로 와야 한다는 걸 알 수 있다면서.

모서리에 모은 탁자 두 개는 마침내 그럴싸한 침대로 변신하고, 방문객 곁에 남은 건 의자와 높은 연단, 맥주 맛이 감도는 공기, 톱밥, 파이프 담뱃재, 침 뱉는 그릇, 잠자는 게 전부였다. 하지만 마지막 항목이 깊은 수면으로 이어지는 데는 오랜 시간이, 정말 오랜 시간이 걸렸다. 아무런 준비 없이 갑작스럽게 맞닥뜨린 너무나 이상한 공간, 갇혔다는 느낌, 위층 방에 들어선 기억, 늙은 형제, 어린애 같은 체구에 수줍음 많은 여자애, 음식을 오랫동안 충분히 못 먹은 얼굴 등이 클레넘을 괴롭히며 잠을 몰아냈다.

교도소에 대한 너무나 이상한 생각이, 하지만 교도소를 연상하면 늘 떠오르는 생각이 자리에 누워서 뒤척이는 머릿속에 악몽처럼 내달렸다. 여기는 사람이 죽을 때를 대비해서 관을 준비해 놓을까? 어디에 보관할까? 어떻게 보관할까? 교도소에서 죽은 사람은 어디에 묻을까? 어떻게 운반할까? 어떨 절차를 밟을까? 채권자가 원한에 사무치면 죽은 사람도 체포할까? 여기에서 탈출할 수 있을까? 밧줄을 잡고 담장을 올라가면 될까? 그러면 건너편으로 어떻게 내려가지? 지붕을 넘고 맞은편 계단을 살금살금 내려가서 바깥세상 인파 속에 묻히면 어떨까? 교도소에 불이라도 나면 어떻게 하지?

이런 공상이 마구 떠오르는 사이에 세 사람이 들어간 그림 한 점이 나타났다. 아버지는 돌아가실 때 모습 그대로 우울하게 쳐다보고, 어머니는 팔을 하나 들어서 아들의 의혹을 물리치고, 작은 도릿은 빈약한 팔에 빈약한 손으로 머리를 푹 숙이며 시선을 피했다.

이렇게 불쌍한 여자애한테 다정하게 대할 뿌리 깊은 이유가 어머니에게 있다면! 지금 곤히 잠자는 죄수가 – 부디 곤히 잠자길! – 마지막 심판 날에 자신이 몰락한 죄를 어머니에게 묻는다면! 어머니 행동이, 그리고 아버지 행동이 머리칼 하얀 두 형제를 몰락시키는 절차에 조금이라도 작용했다면!

생각 하나가 문뜩 스치고 지나갔다. 그 사람이 여기에 갇힌 동안 어머니 역시 방에 갇히는 식으로 죗값을 오랫동안 치렀다고 주장하면서 이렇게 말하는 건 아닐까?

"그 사람이 갇히는데 나도 관계가 있는 건 인정해. 나도 나름대로 고통을 치렀어. 그 사람은 교도소에서 썩어가고 나는 내 방에서 썩어가고. 나도 죗값을 치렀다고."

잡념이 사라지고 이 생각 하나만 가득 떠올랐다. 그러다 잠드니, 휠체어에 탄 어머니가 눈앞에 나타나서 모든 의혹을 물리치며 자신을 정당화했다. 까닭 없는 공포에 잠에서 벌떡 깨어난 다음에도 그 말이 귓속에서 울리는 게, 머리맡에서 어머니가 천천히 깨우며 말하기라도 한 것 같았다.

"그 사람은 교도소에서 말라비틀어지고 나는 내 방에서 말라비틀어지니, 정의는 이루어졌어. 그런데 나한테 무슨 빚이 남았겠니!"

9장. 작은 엄마

아침 햇살이 교도소 담장을 느릿느릿 넘어서 술집 창문을 천천히 들여다보는데, 소낙비는 빠지고 햇살만 딸려오면 좋을 것 같았다. 하지만 3월과 9월의 강풍이 바다에서 일어나 남서풍으로 날아오르니 비좁은 마셜씨 교도소로도 공평하게 불어닥쳤다. 성 조지 교회 첨탑을 시끄럽게 지나서 마을 굴뚝 갓마다 뒤흔들어 서더크 연기를 감방으로 밀어붙이니, 일찍 일어나서 벽난로 불을 붙이던 학생 서너 명은 굴뚝으로 역류하는 연기에 숨이 막힐 지경이었다.

클레넘은 잠자리가 외딴곳이라, 어제 탄 재를 벽난로에서 긁어내고 오늘 탈 불길을 키우고, 펌프질로 끌어올린 물을 빈약한 그릇에 가득 채우고, 휴게실 바닥을 빗질한 다음에 톱밥을 뿌리는 등, 하루를 새롭게 맞이하는 소리에 아무런 영향을 안 받아도 침대에서 빈둥댈 마음이 조금도 없었다. 밤에 잠을 거의 못 자긴 했어도 밝아오는 아침이 너무나 기쁜 나머지 바깥을 분간하는 순간에 나와, 철문이 열리기도 전에 마당을 오가며 두 시간을 꼬박 걸었다.

담장은 사방에 빽빽하게 달라붙고 사나운 구름은 너무 빠르게 내달려, 돌풍이 몰아치는 하늘을 올려볼 때는 뱃멀미가 이는 느낌마저 일었다. 소낙비는 바람에 옆으로 쓸려서 클레넘이 간밤에 들어간 중앙 건물 옆면을 때리며 담장 밑으로 마른 땅을 길게 남겨, 클레넘은 휘몰아치는 밀짚과 먼지와 종이, 펌프에서 뚝뚝 떨어지는 물, 어제는 나무에 달라붙다 지금은 뒹구는 잎사귀 사이를 오르내리며 걸었다. 누구나 보면 좋을 험난한 삶의 한 장면이었다.

클레넘을 여기까지 오게 만든 여자애가 나타난다 해도 험난한 삶의 한 장면은 안 줄어들 것 같았다. 그렇다 해서 클레넘 눈에 여자애가 보인 것도 아니었다, 여자애가 문가로 살며시 나와서 아버지가 있는 방으로 살며시 들어갔는지, 아니면 그 순간에 다른 곳을 보았는지 모르겠지만. 여자애 오빠가 일어나기에는 너무 이른 시각이었다. 딱 한 번 보았지만, 간밤에 누운 침대가 아무리 더럽더라도 쉽게 일어나지 않으리라고 충분히 예상할 수 있었다. 그래서 클레넘은 이리저리 오르내리며 철문이 열리기만 기다리다, 이번에 발견한 내용을 단번에 파고드는 대신 앞으로 차근차근 파고들 방법을 곰곰이 떠올렸다.

마침내 휴게실 문이 열리고 교도관은 계단에서 머리칼을 빗으며 클레넘을 밖으로 내보낼 채비를 했다. 클레넘은 석방되는 기쁨을 느끼며 휴게실을 지나고 철문을 지나, 바깥쪽 조그만 마당으로 나갔다. 간밤에 삼촌이라는 노인한테 이것저것 묻던 마당이었다.

사람이 벌써 모여드는데, 교도소를 들락거리며 배달하고 중개하고 심부름하는 인물군임을 파악하는 건 조금도 어렵지 않았다. 일부는 철문이 열릴 때까지 소낙비를 맞으며 어슬렁거리고, 일부는 딱 맞는 시각에 나타나, 빵 덩어리와 버터, 달걀, 우유 등, 잡화점에서 산 식료품이 담긴 갈색 종이봉투에 빗물을 맞히며 지나갔다. 초라한 사람들 밑에서 일하는 초라한 사람들이, 파산한 사람들 일을 해주는 지독히도 가난한, 파산지경에 빠져든 사람들이 정말 초라했다. 실오라기가 튀어나와

너덜너덜한 외투와 바지, 곰팡내 나는 치마와 숄, 그렇게 찌그러진 남성용 모자와 여성용 모자, 그렇게 찌그러진 장화와 신발, 그렇게 찌부러진 우산과 지팡이는 중고 상점에서도 본 적이 없었다. 하나같이 다른 사람이 내버린 물건을 주워서 다른 사람의 개성에 덧대고 꿰맨 것들로 원래 모습은 예전에 사라지고 없었다. 걸음 자체가 완전히 달랐다. 모서리를 살금살금 집요하게 돌아가는 독특한 모습은 전당포를 마냥 찾아다니는 분위기였다. 기침을 할 때는, 오래전에 보낸 편지에, 받는 사람도 반가운 느낌 없이 귀찮게만 여기는 편지에, 답장이 오기만 바라며 현관 입구나 바람이 심한 복도에서 기다리는 사람처럼, 그렇게 까마득히 잊힌 사람처럼 기침했다. 낯선 사람을 지나면서 바라보는 눈빛은, 뭐든지 빌리고 싶은 눈빛, 행여나 돈을 빌려주지 않을까, 뭔가 근사한 거라도 베풀 만큼 상냥한 사람이 아닐까 살피는 굶주리고 매서운 눈빛이었다. 이렇게 심부름해서 동냥하듯 먹고사는 사람들은 어깨가 하나같이 축 늘어지고, 다리가 불안하게 흔들리고, 단추를 달고 핀을 꽂고 바늘로 꿰맨 옷을 질질 끌고, 단추 구멍이 너덜너덜하고, 몸에서 더러운 끈이 살짝 삐져나오고, 숨을 쉴 때는 술 냄새가 풍겼다.

이 사람들이 마당에 가만히 있는 클레넘을 지나더니, 그 가운데 한 명이 돌아서서 다가와 행여나 심부름시킬 일이 있느냐고 묻는 순간, 클레넘은 떠나기 전에 작은 도릿을 만나야겠다는 생각을 문뜩 떠올렸다. 갑작스러운 충격을 이미 회복했을 테니, 이번에는 좀 더 쉽게 대화할 것 같았다. 그래서 클레넘은 (빨간 훈제 청어 두 마리를 한 손에 들고 팔 밑에 빵 한 덩이와 구둣솔 하나를 끼운) 상대에게 제일 가까운 커피숍이 어디냐고 물었다. 심부름꾼은 흔쾌히 대답하고 돌 던지면 닿을 거리에 있는 도로변 커피숍으로 안내했다.

"도릿이라는 아가씨를 아시오?"

새 고객이 물었다.

심부름꾼은 도릿 아가씨를 두 명 안다. 한 명은 여기에서 태어나고 – 바로 그 사람 – 그 도릿은 전부터 잘 안다. 다른 도릿 아가씨와 삼촌이 사는 건물에 자신도 산다.

이 말을 듣는 순간, 고객은 바로 그 도릿이 거리로 나왔다는 말을 심부름꾼이 알려줄 때까지 커피숍에서 기다릴 계획을 곧바로 바꿨다. 간밤에 아버지 방에서 만난 방문객이 삼촌네 집에서 만나 도릿에게 몇 마디 물어보고 싶다는 쪽지를 적어, 심부름꾼에게 건넨 것이다. 그 집으로 가는 길도 충분히 들었다. 멀지 않았다. 새 고객은 반 크라운 동전을 주어서 심부름꾼을 보내고, 커피숍에 들러서 간단하게 식사하고, 클라리넷 연주자가 사는 곳으로 빠르게 걸었다.

이 집은 세 든 사람이 하도 많아서 입구에 달린 초인종 줄이 대성당 오르간 같았다. 어느 줄이 클라리넷 연주자로 연결되는지 알 수 없어서 멀뚱히 바라보며 궁리하는데, 셔틀콕 하나가 거실 창문에서 날아와 클레넘 모자에 떨어졌다. 그래서 쳐다보니, 거실 창문 블라인드에 '크리플스 아카데미'라는 글씨가 있고 아랫줄에는 '야간 교습'이란 글씨가 있고, 블라인드 뒤에는 백지장 같은 얼굴에 키는 조그만 사내아이가 버터 바른 빵과 배드민턴 채를 들고 있었다. 쉽게 다가갈 수 있는 창문이라 클레넘이 블라인드 너머로 들여다보며 셔틀콕을 돌려준 다음에 궁금한 걸 묻자, 백지장 같은 얼굴에 키는 조그만 사내아이가 (사실은 크리플스 도련님인데) 되물었다.

"도릿? 도릿 영감이요? 세 번째 종을 한 번 당기세요."

크리플스 학생들은 도로에 있는 대문을 공책으로 여기는지 연필로 사방에 낙서한 상태였다. '도릿 영감'과 '더러운 자식'이라는 낙서가 제일 많아, 크리플스에 다니는 학생들 성향을 그대로 보여주었다. 대문에 적힌 낙서를 충분히 둘러볼 즈음에 불쌍한 노인이 문을 직접 열더니, 클레님을 천천히 떠올리다 물었다.

"맙소사! 간밤에 갇혔소?"

"네, 도릿 선생님. 여기에서 선생님 조카딸을 만나기로 했습니다."

도릿 선생이 곰곰이 생각하면서 물었다.

"아! 우리 형님이 없는 곳에서? 그렇군. 위층으로 올라와서 기다리겠소?"

"고맙습니다."

노인은 듣고 내뱉은 말을 되씹듯 천천히 돌아서서 좁은 계단을 올랐다. 건물 내부는 비좁고 냄새는 역겨웠다. 계단에 달린 조그만 창문마다 다른 건물 뒷창문이 들여다보여 마찬가지로 역겨운 실내를 드러내고, 창문마다 장대와 빗줄을 내걸고 눈에 거슬리는 속옷을 걸친 풍경은, 그 집에 사는 사람들이 낚시질로 옷을 낚는데, 하나같이 쓸데없는 물건만 걸려서 그냥 내버려 둔 것 같았다. 구석진 다락방으로 들어서자 접이침대가 있는데, 이제 막 급하게 접느라 삐져나온 담요가 냄비 뚜껑처럼 부글부글 끓어오르다 열린 것 같았다. 삐걱대는 식탁에는 아침 식사로 반쯤 먹다 만 커피와 토스트 2인분이 너저분했다.

식탁에는 아무도 없었다. 노인이 가만히 생각하다, 패니가 도망쳤다고 중얼대면서 패니를 데려오려고 옆방으로 갔다. 방문객은 패니가 안에서 손잡이를 꼭 움켜잡다, 삼촌이 문을 열려고 할 때 "멍청하게 열지 마요!"라고 날카롭게 말하고, 스타킹과 속옷이 너저분하게 흩어진 걸 볼 때, 젊은 아가씨가 옷을 안 입은 상태라는 결론을 내렸다. 삼촌은 어떤 결론도 못 내린 표정으로 발을 질질 끌며 돌아와서 식탁 앞에 앉아 벽난로 불길에 두 손을 데우기 시작했다. 추워서 그런 것도, 특별히 춥다고 생각해서 그런 것도 아니었다. 삼촌은 손을 느릿느릿 거두어 벽난로 선반 위로 올려서 클라리넷 케이스를 꺼내며 물었다.

"우리 형님을 보니 어떻습디까, 선생?"

클레넘은 바로 앞에 있는 노인을 골똘히 생각하다 크게 당황하며 대답했다.

"쾌활하게 잘 지내시는 것 같아서 기뻤습니다."

"허허! 맞아, 맞아, 맞아, 맞아, 맞아!"

노인이 중얼거렸다.

클레넘은 노인이 클라리넷 케이스를 꺼낸 이유가 궁금했다. 그런데 노인이 꺼내려던 건 그게 아니었다. 조그만 코담배 종이봉투가 (이것 역시 벽난로 선반에 있었는데) 아니라는 사실을 잠시 뒤에 깨닫고 다시 올린 뒤에 종이봉투를 꺼내, 손가락으로 한 줌 집어서 코에 댄 것이다. 손가락으로 한 줌 집는 동작 역시 다른 동작과 마찬가지로 나약하고 느리고 초라하지만, 두 눈과 입 주변 초라한 신경조직에는 즐거운 기색이 조금이나마 또렷하게 일어났다.

"에이미는, 클레넘 선생, 어떻게 생각하시오?"

"조카딸이 살아가는 모습 하나하나에 크게 감동했답니다, 도릿 선생님."

"우리 형님은 에이미가 없으면 많이 힘들었을 거요. 우리 역시 에이미가 없으면 많이 힘들었을 거고. 대단한 아이라오. 필요한 일은 에이미가 다 하거든."

이렇게 칭찬할 때도, 간밤에 에이미 아버지가 똑같이 말할 때도, 너무나 당연하게 여기는 어투에 클레넘은 속으로 반감이 치밀었다. 칭찬에 인색해서도, 고마운 마음이 없어서도 아니었다. 자신들에게 주어진 조건을 당연하게 받아들이듯, 하나같이 게으른 습성으로 작은 도릿한테 모조리 의지하는 걸 너무나 당연하게 여겼기 때문이다. 작은 도릿과 자기 자신을, 서로를 매일 또렷하게 비교할 수 있는데도, 작은 도릿은 그렇게 행동할 수밖에 없다고, 이름이나 나이가 그런 것처럼 그 역할도 그럴 수밖에 없다고 여기는 것 같았다. 자기네는 교도소 분위기를 이겨내는 존재가 아니라 교도소에 딸린 존재며, 그렇게 여길 권리가 있다고, 그 이상도 이하도 아니라고 막연하게 여기는 분위기였다.

작은 도릿 삼촌이 손님을 잊은 채 토스트를 커피에 묻혀서 우적우적 씹으며 다시 식사할 때 세 번째 종이 울렸다. 삼촌은 에이미라고 중얼대면서 문을 열어주러 밑으로 내려갔으나, 더러운 두 손과 더럽게 쪼그라든 얼굴과 망가진 몸뚱이를 방문객 눈에 생생한 환영처럼 남긴 터라, 구부정한 몸이 식탁에 여전히 앉아있는 것 같았다.

작은 도릿이 삼촌을 따라 올라오는데, 평소처럼 수수한 옷차림에 평소처럼 수줍은 태도였다. 입술이 살짝 벌어진 걸 보면 심장이 평소보다 빠르게 쿵쾅대는 것 같았다.

"클레넘 선생이 한참 기다렸단다, 에이미."

삼촌이 말하고, 클레넘이 덧붙였다.

"실례인 줄 알면서도 전갈을 보냈구나."

"네, 전갈을 받았습니다, 선생님."

"오늘 아침에 어머니 댁에 가니? 평소 시간을 넘긴 걸 보면 안 갈 것 같기도 하고."

"오늘은 아니에요, 선생님. 안 부르셨거든요."

"그렇다면 어느 쪽으로 갈지 모르겠지만 내가 함께 걸어도 될까? 걸으면서 말할 수 있잖아, 네가 여기에 붙잡힐 필요도, 내가 이 집에 폐를 더 끼칠 필요도 없이."

작은 도릿은 당황한 표정이나, "원하신다면"이라고 대답했다. 클레넘은 지팡이를 찾는 척하면서 작은 도릿이 접이침대를 정돈하고 벽을 조급하게 때리는 언니한테 대답하고 삼촌한테 다정한 말을 건넬 시간을 주었다. 그런 다음에 지팡이를 찾아, 두 사람은 계단을 내려갔다, 작은 도릿은 앞에서, 클레넘은 뒤에서. 삼촌은 꼭대기에서 바라보는데, 두 사람이 계단을 다 내려가기도 전에 잊을 듯했다.

크리플스 학생들이 학교로 오면서 가방과 책을 서로 빼앗는 아침 놀이를 하다 멈추더니, '더러운 자식'을 만나고 가는 이방인을 모두 쳐다보았다. 보기 힘든 구경거리였다. 그래서 물끄러미 바라보다, 이상한 방문객이 충분히 멀어지는 순간에 돌멩이와 야유를 날리고 춤추는 야만적인 의례를 치르는 게 아메리카 인디언이 담뱃대를 땅에 묻어서 평화 협정이라도 맺는 것 같았다. 크리플스 교장이 온몸에 전투용 물감을 칠한 크리플웨이부 인디언 부족 추장이라 해도, 교육 효과가 그토록 적나라하게 드러날 순 없었다.

학생들이 환송하는 가운데 클레넘은 팔을 내밀고 작은 도릿은 그 팔을 잡았다.

"아이언 다리[47]로 갈까, 그러면 시끄러운 도로를 벗어날 테니?"

클레넘이 묻자, 작은 도릿은 "원하신다면"이라고 하더니 곧바로 용기 내서, 크리플스 아이들을 "신경 쓰지 말기"를 바란다고, 자신도 그곳에서 야간 수업을 들으며 공부했다고 말했다. 클레넘은 크리플스 아이들을 완벽하게 용서했다고 대답했다. 선량한 마음을 잔뜩 끌어모은 결과였다. 그러는 사이에 크리플스는 의도치 않게 사회자가 되어서 두 사람이 대화를 잘 하도록 이끄니, 가장 탁월한 사회자라는 '멋쟁이 내시'가 되살아나 화려한 마차를 타고와서 전성기 실력을 구사한다 해도 그보다 자연스러울 수는 없었다.

---

47) Iron Bridge; '서더크 다리'라는 별명으로 더 많이 불렸다. 당시에 영국에서 가장 커다란 철제 다리였다. 유료 다리라서 사람들이 적어, 비교적 조용했다.

오전 내내 날씨가 궂어 거리마다 진흙탕이지만, 두 사람이 아이언 다리로 다가갈 즈음에는 비가 멈췄다. 작은 도릿이 클레넘 눈에 너무나 어리게 보였다. 겉으로 말하진 않았으나, 진짜 어린애 같다는 생각이 들었다. 상대가 어리게 보이는 만큼 자신은 늙어 보일 것 같다는 생각도 들었다.

"안타깝게도 간밤에 철문이 닫혀서 고생하셨다고 들었습니다. 정말 힘드셨겠어요."

클레넘이 아니라고, 잠을 잘 잤다고 대답하자, 작은 도릿이 곧바로 "그렇지만 커피하우스는 침실이 매우 훌륭하다고 들었다"고 말했다. 작은 도릿이 커피하우스를 제일 웅장한 호텔로 여기고, 그 명성을 높이 평가한다는 걸 클레넘은 느낄 수 있었다.

"정말 비싼 곳인데, 우리 아버지는 그런 곳에서는 식사도 훌륭할 거라고 했어요. 포도주도."

작은 도릿이 수줍게 덧붙였다.

"거기에 가봤니?"

"아니에요! 뜨거운 물을 가지러 주방에 간 게 전부예요."

마셜씨 교도소 호텔에 살면서 그곳을 가장 화려하고 탁월한 호텔로 여겼구나!

"간밤에 우리 어머니를 어떻게 알았는지 물었는데, 어머니가 너한테 사람을 보내기 전에 어머니 이름을 들어본 적은 있니?"

"없어요, 선생님."

"너희 아버지는 들어본 적이 있을 것 같니?"

"아니요, 선생님."

작은 도릿이 깜짝 놀란 표정으로 고개를 들고 쳐다보다 시선이 마주치자(동시에 겁먹고 고개를 다시 숙이자), 클레넘은 자세히 설명할 필요를 느꼈다.

"이유가 있어서 물었는데, 내가 제대로 설명할지 모르겠구나. 하지만 네가 놀라거나 걱정할 필요는 조금도 없다는 걸 알아야 해. 정반대니까. 그럼 너는 아버지가 예전에 클레넘이란 이름을 들은 적이 한 번도 없다고 생각하니?"

"네, 선생님."

클레넘은 상대가 말하는 어투를 통해, 상대가 입을 살짝 벌린 채 올려본다는 걸 느꼈다. 그래서 정면을 쳐다보았다, 상대가 또다시 당황해서 심장이 빠르게 쿵쾅거리지 않도록.

그러는 사이에 아이언 다리가 나타났다. 시끌벅적한 거리를 지난 뒤라 시골에 들어선 것처럼 조용했다. 바람은 거칠게 몰아치고 소낙비를 동반한 돌풍은 우르르 지나며 인도와 도로에 고인 웅덩이 물을 때려서 강물로 흘려보냈다. 먹구름은 납빛 하늘에 무섭게 내달리고, 연기와 안개는 그 뒤를 쫓으며 내달리고, 까만 강물 역시 같은 방향으로 험상궂게 내달렸다. 하느님이 만든 창조물 가운데서 작은 도릿이 가장 조그맣고 가장 조용하고 가장 연약한 것 같았다.

"마차에 타자꾸나."

클레넘이 말했다. 하마터면 '불쌍한 아이야'라고 덧붙일 뻔했다.

작은 도릿은 재빨리 거절하며, 비가 오든 해가 뜨든 차이는 없다고, 날씨가 어떻든 사방을 걸어 다니는 데 익숙하다고 대답했다. 클레넘도 그러리라 짐작했지만, 여자애가 가녀린 몸으로 밤마다 어둡고 사나운 거리를 비까지 맞으면서 걸어 다닌다고 생각하니, 그만큼 더 불쌍하고 마음이 아팠다.

"선생님께서 간밤에 다정하게 말씀하신 데다 우리 아버지한테 선물까지 주신 걸 나중에 깨달아, 선생님 전갈을 무시할 수 없었습니다,

고마운 마음에라도. 게다가 선생님께 꼭 하고 싶은 말도 있어서……"

작은 도릿이 떨리는 목소리로 말하다 주저하는데, 두 눈에 눈물이 일지만 흘러내리진 않았다.

"나한테 꼭 하고 싶은 말?"

"우리 아버지를 오해하지 않길 바란다는 말이요. 담장 바깥사람을 판단하듯 우리 아버지를 판단하면 안 되거든요. 아버지는 그곳에서 정말 오랜 세월을 보냈어요! 바깥세상에서 아버지를 본 적은 없지만, 그곳에 갇힌 뒤로 크게 변했다는 건 충분히 느낄 수 있어요."

"나를 믿어, 네 아버지를 부당하거나 가혹하게 판단할 생각은 조금도 없으니까."

작은 도릿이 자랑스러운 어투로 이어갔다. 아버지를 나쁘게 여기는 것처럼 보일 수 있다는 걱정이 슬금슬금 떠오른 것 같았다.

"우리 아버지가 스스로 부끄럽게 여길 행동을 했다거나 제가 아버지를 창피하게 여긴다는 뜻은 절대 아니에요. 아버지를 이해하길 바랄 뿐이에요. 아버지가 살아온 삶을 올바로 판단하길 바랄 뿐이에요. 아버지가 하신 말씀은 모두 맞아요. 아버지가 말씀하신 그대로예요. 많은 사람이 존경하거든요. 모든 사람이 찾아와서 인사하거든요. 인기도 많고요. 교도소장보다도."

그런 자부심이 순진무구하다면, 아버지를 자랑하는 작은 도릿은 정말 순진무구했다.

"아버지는 진짜 신사답게 행동한다는, 정말 모범적이라는 말을 자주 들어요. 저는 그곳에서 아버지처럼 행동하는 분을 한 번도 못 봤어요. 아버지는 누구보다 훌륭하다고 모두가 인정해요. 그래서 사람들이 아버지한테 선물을 바치는 거예요, 아버지가 궁핍하다는 걸 알고서요. 궁핍한 게, 가난한 게, 아버지 책임은 아니잖아요. 교도소에서 사반세기를 보낸 사람이 돈을 어떻게 벌겠어요!"

이 말에 담긴 애정은 얼마나 놀랍고, 꾹 참는 눈물에 담긴 연민은 얼마나 대단하고, 그 속에 깃든 효성은 얼마나 훌륭하며, 아버지에게 거짓 영광을 흩뿌리는 빛은 얼마나 진실한가!

"사는 집을 숨기는 게 최선이라고 여긴 이유는, 아버지를 창피하게 여겼기 때문이 아니에요. 결코 아니에요! 흔히 생각하는 것처럼, 제가 그곳을 그만큼 창피하게 여겼기 때문도 아니고요. 사람들이 벌을 받으러 들어온다고 해서 그곳이 나쁜 건 아니잖아요. 착하고 성실하고 정직한 사람이 불행한 일을 겪고서 그곳에 들어오는 걸 수없이 보았거든요. 이 사람들은 대부분 서로에게 친절해요. 그곳에서 수없이 보낸 평온하고 아늑한 시간을, 갓난아기 때부터 함께 지내며 저를 더없이 귀여워한 훌륭한 친구를, 그곳에서 공부하고 그곳에서 일하고 그곳에서 편히 잠들었다는 사실을 잊는다면, 그건 제가 은혜를 모르는 거예요. 그곳에 특별한 애정이 없다는 건 정말 비겁하고 잔인한 거예요."

작은 도릿은 마음속에 가득한 생각을 솔직하게 털어놓더니, 두 눈을 들어서 새 친구를 쳐다보며 겸손하게 덧붙였다.

"이렇게 많이 말할 생각도, 예전에 딱 한 번 말한 걸 다시 말할 생각도 아니었어요. 하지만 지난밤보다는 제대로 말한 것 같아요. 지난밤에는 선생님이 저를 쫓아오지 말아야 했다고 생각했어요. 지금은 아니에요. 무슨 말을 하는지 모르겠다고 선생님이 생각하지 않기만 바랄 뿐이에요. 저는 생각이 완전히 변했거든요. 제가 너무 이상하게 말한다는 생각만 안 하시면 좋겠어요."

클레넘은 그런 생각은 없다고 완벽하게 솔직히 말하고는 매서운 바람과 빗물을 온몸으로 최대한 막아주었다. 그러면서 물었다.

"네 아버지에 대해서 조금 더 묻고 싶구나. 아버지한테 채권자가 많니?"

"아! 엄청나게 많아요."

"아버지를 그곳에 가둔 채권자?"

"아, 네! 엄청나게 많아요."

"영향력이 제일 강한 채권자를 – 네가 말하지 않아도 다른 데서 알아볼 순 있겠지만 – 알려줄 수 있겠니?"

작은 도릿은 잠시 생각하다, 타이트 바너클[48] 씨가 힘이 제일 강하다는 말을 예전에 들었다고, 지방 행정관이나, 무슨 위원이나, 관재인이나, "뭐든 대단한 사람"이라고, 그로브너 광장 근처에 사는 것 같다고, 정부에서 일한다고, '빙글빙글 돌리기 관청' 고위직 같다고 대답했다. 작은 도릿은 그로브너 광장 혹은 그 근처에 살고 '빙글빙글 돌리기 관청'에서 일하는 타이트 바너클의 막강한 권력에 어릴 적부터 압도당해, 그 사람 이름을 말하는 순간에 모든 희망이 그대로 꺾이는 것 같았다.

"내가 타이트 바너클을 만난다 해서 해로울 건 없겠군."

클레넘이 생각했다. 이 생각은 밖으로 튀어나오고, 작은 도릿은 살며시 몰려드는 좌절감에 평소처럼 머리를 저으며 재빨리 말했다.

"아! 불쌍한 아버지를 꺼낼 생각을 한 사람은 많지만, 그게 얼마나 부질없는 짓인지 선생님은 모르세요."

작은 도릿은 순간 수줍음까지 잊었다. 난파선을 끌어올리겠다는 꿈을 그만두도록 진심으로 경고하면서 가만히 쳐다보는데, 눈빛에 성실한 얼굴과 연약한 체구와 초라한 옷과 비바람이 어우러지니 클레넘은 돕고 싶은 마음이 더 커지고, 작은 도릿은 계속 말했다.

---

48) 'Barnacle'은 꽉 붙들고 늘어지는 사람이란 뜻이니, 'Tite Barnacle'은 악착같이 붙들고 늘어지는 사람일 것 같다.

"설사 가능하다 해도, 지금 꺼내면 절대로 안 돼요. 아버지가 어디에 가서 어떻게 살겠어요? 그런 일이 생긴다 해도 이제는 아버지한테 아무런 도움이 안 되겠다는 생각을 자주 해요. 여기에서는 사람들이 좋게 생각하는데 밖에서는 안 그럴 테니까요. 여기에서는 아버지를 존경하는데, 밖에서는 당연히 안 그럴 거고요. 여기에서는 그런대로 적응하고 사시는데, 밖에서는 못 그러실 거예요."

작은 도릿은 흘러내리는 눈물을 처음으로 억누를 수 없어, 조그맣고 가느다란 두 손을 바삐 움직이다, 클레넘이 가만히 바라보는 가운데, 덜덜 떨리는 두 손을 맞잡고 꼭 움켜잡았다.

"제가 돈을 조금 벌고 패니 언니가 조금 번다는 얘기를 들으면 아버지가 몹시 힘들어하실 거예요. 갇혀서 무기력감에 시달리면서도 우리를 많이 걱정하시거든요. 정말, 정말 좋은 아버지예요!"

클레넘은 울컥하는 감정을 속에 그대로 묻었다. 순간이었다. 작은 도릿은 자신을 생각하거나 자기감정 때문에 다른 사람을 힘들게 하는 데 익숙하지 않았다. 클레넘은 눈길을 돌려서 도시에 쭉 늘어선 지붕과 굴뚝을, 그 사이로 묵직하게 일어나는 연기를, 강 위로 불쑥불쑥 올라선 돛대를, 강변에 어지럽게 솟구친 첨탑을 가만히 쳐다보다, 모든 게 비바람 속으로 애매하게 뒤섞일 즈음, 작은 도릿은 어머니 방에서 바느질할 때처럼 차분한 자세를 되찾았다.

"오빠가 풀려나면 좋겠니?"

"아, 네, 정말, 정말 좋을 거예요, 선생님!"

"으음, 그렇다면 희망이라도 품어보자꾸나. 간밤에 친구가 있다고 했지?"

그 사람은 '플로니쉬'[49]라 한다고 작은 도릿이 대답했다.

---

49) 'Plorn'은 야한 그림이란 뜻으로 친한 사이에서 농담할 때 사용한다. '플로니쉬'는 디킨

플로니쉬는 어디에 살지? "블리딩 하트[50] 단지"에 살아요. 그 사람은 "미장이에 불과"해요. 사회적으로 높은 신분이 아니라는 사실을 미리 알려주는 어투였다. '블리딩 하트 단지' 제일 끝 집에 사는데, 조그만 문에 명패가 있다는 말도 했다.

클레넘은 주소를 받아적고 자기 주소를 건넸다. 당장으로선 자신이 하고 싶었던 일을 모두 끝냈다. 이제 남은 건 상대가 자신한테 의지하길 바라는 마음, 도움을 기꺼이 받겠다는 약속이었다. 그래서 수첩을 주머니에 넣으며 말했다.

"그곳에 아는 사람이 있어! 지금은 너를 데려다주려고 하는데…… 돌아가겠니?"

"네! 집으로 곧장 갈 거예요."

집이란 표현이 귀에 거슬렸다.

"너를 데려다주는 동안에 친구가 한 명 더 생겼다고 여기면 좋겠구나. 특별히 약속할 것도 없으니, 더 말하지 않으마."

"친절하세요, 선생님. 저는 그거면 충분해요."

두 사람은 진흙탕투성이 거리를, 초라하고 빈약한 상점가를, 가난한 동네가 흔히 그러듯 지저분한 장사꾼이 서로 밀치는 사이를 걸었다. 지름길로 가다 보니 눈으로 보고 귀로 듣기에 즐거울 상황은 하나도 없었다. 하지만 조그맣고 가냘프고 조심스러운 여자애에게 팔을 내주고 걷는 길이 클레넘한테는 평범한 비와 진흙탕과 소음을 헤치며 나아가는 평범한 길은 아니었다. 자신한테 작은 도릿이 얼마나 어리게 보이고 작은 도릿한테 자신이 얼마나 늙어 보이는가는, 각자 살아온 인생이 이제 막 운명처럼 뒤얽기는 단계에서 서로에게 어떤 비밀을 품었는가

스가 막내아들을 즐겨 부르던 별명이었다.

50) 'Bleeding Heart'는 '동정심이 지나친 사람', '마음이 무른 사람', '복주머니'라는 식물을 나타낸다.

는 중요하지 않았다. 클레넘은 이런 환경에서 태어나고 자라났으니, 익숙하긴 해도 여전히 힘든 거리를 잔뜩 움츠린 채 지나는 작은 도릿을 가만히 쳐다보았다. 어려서부터 초라하게 살아오는 데 익숙하면서도 순진무구한, 다른 사람을 배려하고 희생하는 모습을, 얼마 안 되는 나이를, 어린애 같은 모습을 가만히 떠올렸다.

교도소가 있는 큰길로 들어서는데, "작은 엄마, 작은 엄마!"라고 부르는 소리가 들렸다. 작은 도릿이 걸음을 멈추고 돌아보니, 이상한 인물이 잔뜩 흥분한 표정으로 (여전히 "작은 엄마"라고 부르면서) 다가오다 부닥쳐서 넘어지고, 커다란 바구니에 가득한 감자는 진흙탕에 떨어지며 흩어졌다.

"아, 매기. 칠칠치 못하구나!"

작은 도릿이 한탄하고, 매기는 다친 데 없이 곧바로 일어나서 감자를 줍기 시작해, 작은 도릿과 클레넘도 거들었다. 매기는 감자를 집는다기보다 진흙만 집기 일쑤지만, 결국엔 감자를 모두 주워서 바구니에 넣었다. 그런 다음에 비로소 매기는 얼굴에 묻은 진흙을 숄로 닦아서 아주 깨끗한 얼굴처럼 클레넘에게 드러냈다.

약 스물여덟 살 정도로 뼈대도, 체구도, 두 발 두 손도, 두 눈도 큰데, 머리칼이 없었다. 커다란 두 눈이 흐리멍덩한 게, 빛을 받아도 이상할 정도로 안 움직였다. 열심히 듣는 표정도 얼굴에 어렸다. 장님한테서 흔히 나타나는 얼굴이었다. 하지만 한쪽 눈이 그런대로 보이니 장님은 아니었다. 정말 못생겼지만, 웃는 얼굴은 그런대로 괜찮았다. 미소가 상냥하고 유쾌하지만 언제나 그런 표정이라는 게 불쌍했다. 하얀 모자는 커다랗고 가두리 장식이 늘 칙칙하게 펄럭여서 없는 머리칼을 대신하며 낡고 까만 보닛 모자를 밀어내 집시 아기처럼 목에 매달리게 했다. 드레스는 무엇으로 만들었는지 방물장수 연합회가 아니면 도저히 모를 것 같은데, 여기저기에서 커다란 차 잎사귀 같은 게 치렁대는 모양이 해초랑 너무나 비슷하게 보였다. 특히나 숄은 아주 오래 우려낸 차 잎사귀 같았다.

(감자가 굴러가던 출입구 아래에 모두 선 상태 그대로) 클레넘은 '이 사람이 누구냐?'고 묻는 표정으로 쳐다보고, 작은 도릿은 여전히 작은 엄마라고 부르는 매기를 다정하게 쓰다듬으며 대답했다.

"매기랍니다, 선생님."

상대도 똑같이 말했다.

"매기, 선생님. 작은 엄마!"

"이 애는 손녀딸……"

"손녀딸."

"예전에 돌아가신 나이든 유모 손녀딸이랍니다. 매기, 몇 살이지?"

"열 살, 엄마."

"착한 여인이랍니다, 선생님."

작은 도릿이 한없이 다정한 어투로 말하자, 매기 역시 "착한 여인이랍니다"라고 똑같이 말하는데, 자신이 아니라 작은 엄마가 그렇다는 뜻이었다.

"똑똑해요. 심부름을 잘하거든요."

작은 도릿이 말하자, 매기가 웃었다.

"영국 중앙은행만큼이나 믿음직하지요."

작은 도릿 말에 매기가 또 웃었다.

"생활비도 자기 손으로 벌어요. 자기 손으로, 선생님! 정말로요!"

작은 도릿이 의기양양한 어투로 나직이 하는 말이었다.

"왜 이렇게 됐니?"

클레넘이 묻자, 작은 도릿이 커다란 두 손을 꼭 잡으며 말했다.

"맙소사, 매기. 수천 킬로미터 떨어진 곳에서 오신 신사분이 네가 왜 이렇게 됐는지 물어보시는구나!"

"내가 왜 이렇게 됐는지, 작은 엄마?"

매기가 소리치자, 작은 도릿이 약간 당혹스러운 표정으로 설명했다.

"저를 저렇게 부른답니다. 저를 많이 좋아하거든요. 늙으신 할머니는 저 아이한테 별로 다정하지 않았어요. 그치, 매기?"

매기가 고개를 끄덕이면서 왼손을 움켜쥐어 술잔 모양을 만들고는 쭉 들이켠 다음에 "술"이라 하더니, 없는 아이를 때리는 척하면서 "빗자루랑 부지깽이"라고 덧붙였다.

작은 도릿이 매기 얼굴을 가만히 쳐다보며 설명했다.

"매기가 열 살 때 심한 열병을 앓더니, 선생님, 그다음부터 나이를 안 먹었어요."

매기가 고개를 끄덕이며 말했다.

"열 살. 그런데 병원이 정말 좋아! 편안하고, 그치? 좋아. 아늑해!"

작은 도릿이 순간적으로 클레넘을 쳐다보며 나직이 설명했다.

"예전에 행복하게 지내질 못해서 병원을 많이 좋아해요."

"거기는 잠자리가 정말 좋아. 레모네이드도! 오렌지도! 맛난 수프랑 포도주도! 닭고기도! 아, 정말 좋아!"

매기가 말하자, 작은 도릿이 어린애한테 말하는 투로, 매기 귀에 대고 말하는 투로 다시 설명했다.

"그래서 매기는 병원에 최대한 머물렀어요. 그러다 더는 머물 수 없을 때 나왔지요. 그런데, 저 애는 열 살 이상이 될 수 없어서, 아무리 오래 살더라도……"

"아무리 오래 살더라도."

"……그리고 몸이 약해서, 웃기 시작하면 - 안타깝게도 - 스스로 멈출 수 없을 정도로 약해서……” (매기는 갑자기 침통한 표정을 하고) “……할머니는 저 애를 어떻게 해야 좋을지 몰라서 오랫동안 불친절하게 대했어요. 그런데, 시간이 지나다 보니, 매기 스스로 어려움을 이겨내려 애쓰면서 아주 세심하게 열심히 일하는 거예요. 원하는 만큼 들어오고 나갈 수 있으니까요, 스스로 생활비를 벌기에 충분할 정도로. 그래서 스스로 번 돈으로 먹고산답니다.”

작은 도릿이 커다란 두 손을 꼭 잡으며 덧붙였다.

“이게 매기가 살아온 내력이에요, 매기가 아는!”

아! 클레넘은 그 내력을 완성하는 데 꼭 필요한 조각까지 알 것 같았다, 작은 엄마라는 호칭을 못 들었더라도, 야위고 조그만 손으로 다정하게 쓰다듬는 모습을 못 보았더라도, 흐리멍덩한 눈에 어리는 눈물을 못 보았더라도, 어설픈 웃음을 억누르며 흐느끼는 소리를 못 들었더라도. 이런 관점에서 다시 쳐다보니, 비바람이 윙윙대며 몰아치는 더러운 출입구도, 바닥에 금방이라도 흩어질 것 같은 진흙투성이 감자 바구니도, 단점이 결코 아니었다. 결코, 결코!

이제 걷는 것도 거의 끝난 터라, 마저 걸으려고 다른 건물 출입구에서 나왔다. 목적지를 바로 앞두고 식료품점 진열창을 지날 때는 매기가 더할 나위 없이 좋아했다. 자신이 배운 걸 자랑할 수 있었기 때문이다. 나름대로 글씨도 읽고 가격표에 붙은 굵은 숫자도 알아보는데, 대체로 정확했다. 꽃무늬 차마다 ‘우리 혼합 차를 드세요’, ‘우리가 만든 까만 가족 차를 드세요’, ‘오렌지 맛 고급 홍차를 드세요’라고 경쟁하는 추천사에, 겉만 그럴싸한 가짜와 불량을 경고하는 문구에 흔들리기는 했어도, 틀릴 때보다 맞을 때가 훨씬 많았다. 매기가 제대로 맞힐 때마다 작은 도릿이 얼굴에 분홍빛이 깃들 정도로 좋아하니, 클레넘은 비바람이 그칠 때까지 식료품점 진열창을 도서관 삼아 머무는 것도 재밌겠다고 느꼈다.

마침내 교도소 출입구 앞마당이 나타나고, 클레넘은 작은 도릿과 헤어졌다. 작은 엄마가 커다란 아이를 데리고 마셜씨 교도소로 다가가는 뒷모습을 보니 늘 작아 보이는 체구가 한층 더 작아 보였다.

새장 문이 열리더니, 그곳에서 자라난 조그만 새가 날개를 퍼덕이며 순순히 들어가자, 다시 닫혔다. 그런 다음에 클레넘은 그곳을 떠났다.

10장. 나라를 통치하는 기술

'빙글빙글 돌리기 관청'은 (누가 말하지 않아도 모두 아는 것처럼) 정부에서 가장 중요한 부처다. '빙글빙글 돌리기 관청'이 동의하지 않는 한 어떤 정부 사업도 제대로 집행할 수 없었다. 제일 커다란 파이에도 제일 조그만 파이에도 이들이 하나같이 손을 댔다. 마찬가지로 '빙글빙글 돌리기 관청'이 확실히 동의하지 않는 한, 아무리 좋은 일도 집행할 수 없고 아무리 나쁜 일도 중단할 수 없었다. 화약에 불을 붙이기 삼십 분 전에 '의회 폭발 음모'[51]를 발견하더라도, '빙글빙글 돌리기 관청'이 위원회 다섯 개를 열고, 회의록 한 보따리를 만들고, 공적 서류를 여러 보따리 발행하고, 문법이 엉망인 서한을 천장까지 쌓지 않는 한, 누구도 의회를 못 구할 정도였다.

이렇게 영광스러운 부처는 일찍이 나라를 통치하는 어려운 기술과 관련된 숭고한 기술을 정치인들에게 또렷하게 제시할 때부터 활약했다. 숭고한 원칙을 제일 먼저 연구해서 공적 업무 진행 전체에 놀라운 영향력을 발휘한 것이다. 어떤 일을 할 때마다 '아무것도 안 하는 법'을 파악하는 능력으로 다른 모든 부처를 압도하는 식이었다.

51) 가이 폭스가 주도한 영국 의회 폭파 음모 사건을 말한다.

정교하게 파악하고 정교한 전술을 구사해서 따를 수밖에 없도록 하는 천재성을 발휘한 결과, '빙글빙글 돌리기 관청'은 모든 부서 꼭대기에 올라서고, 나라 꼴은……엉망진창이 되고 말았다.

'아무것도 안 하는 법'이 '빙글빙글 돌리기 관청'에 기웃대는 모든 부처와 정치인에게 가장 중요한 연구 과제며 목표라는 건 사실이다. 신임 수상과 신임 정부는 하나같이, 꼭 해야 할 일을 확실히 해내겠다고 주장해서 권력을 잡는 순간, '아무것도 안 하는 법'을 찾으려고 모든 노력을 다한다는 것 역시 사실이다. 상대당 후보에게 탄핵받는 고통을 감수하고라도 그 일을 안 한 이유가 무언지 말하라 다그치고, 그 일은 꼭 필요한 일이라 주장하고, 그 일을 꼭 해내겠다고 맹세해서 당선된 국회의원 모두, 총선이 끝나는 순간부터, '아무것도 안 하는 법'을 궁리한다는 것 역시 사실이다. 상원이든 하원이든 회기 내내 '아무것도 안 하는 법'을 심의하고 논의하는 경향이 있다는 것 역시 사실이다. 국회 회기를 시작할 때 국왕이 연설하는 내용은 결국, '의원 여러분, 앞으로 할 일이 엄청나게 많으니, 각자 의원실에 들어가서 '아무것도 안 하는 법'을 검토하기 바란다'로 축약할 수 있다는 것 역시 사실이다. 국회 회기가 끝날 때 국왕이 연설하는 내용 역시 결국, '의원 여러분, 국왕에 대한 충성심과 애국심으로 '아무것도 안 하는 법'을 몇 달 동안 힘들게 고안하고 찾아냈으니, 이제 (정치가 아니라 자연이 베푸는) 풍성한 추수를 하느님께 감사하며, 폐회를 선언한다'로 축약할 수 있다는 것 역시 사실이다. 모든 게 하나같이 사실이다. 하지만 '빙글빙글 돌리기 관청'은 이것마저 뛰어넘었다.

'빙글빙글 돌리기 관청'은 '아무것도 안 하는 법'이라는 놀랍고 훌륭한 정치적 수완을 기계적으로 매일같이 발휘하기 때문이다. '빙글빙글 돌리기 관청'은 무슨 일을 하려는, 혹은 우연히 무슨 일을 할 위험이 조금이라도 드러나는 공무원이 있으면, 완전히 깔아뭉개는 각서와 메모와 명령서로 혼쭐을 내기 때문이다. '빙글빙글 돌리기 관청'은 이렇게 국가적 효율성을 추구하는 정신이 탁월한 나머지, 결국에는 모든 일에 어떤 식으로든 관여하고 말았다. 기술자, 물리학자, 군인, 선원, 청원자, 회고록 작가, 불만이 가득한 사람, 불만을 예방하는 사람, 불만을 해결하는 사람, 좋은 자리에 친인척을 앉히는 사람, 그래서 좋은 자리를 차지한 사람, 공을 세워도 포상을 못 받는 사람, 잘못이 있어도 징계를 안 받는 사람 등, 누구나 '빙글빙글 돌리기 관청'이 작성하는 서류에 목을 맸다.

수많은 사람이 '빙글빙글 돌리기 관청'에 목을 맸다. 불행하게도 공공복지 사업을 맡는 잘못을 저지르는 사람이 (업무를 제대로 하다 영국식으로 씁쓸하게 정리되는 것보다는 애초에 잘못을 저지르는 편이 훨씬 좋으니) 오랫동안 온갖 고통을 겪으며 작성한 계획안을 다른 부처에 무사히 보내면, 규칙에 따라 여기에 들볶이고 저기에 기만당하고 기피 대상이 되다, 결국엔 '빙글빙글 돌리기 관청'까지 올라가, 그 이름은 햇살이 밝은 곳에 두 번 다시 못 나왔다. 이런저런 위원회가 억누르고, 이런저런 부서장이 기록하고, 이런저런 감독관이 조사하고, 이런저런 직원이 뛰어들어 검토하고 흠집을 잡으니, 하나같이 사라지고 말았다. 한마디로 국가를 운영하는 정책과 사업은 모두 '빙글빙글 돌리기 관청'을 거치는데, 그곳을 안 거치는 유일한 예외가 있으니, 그 이름은 군대였다.[52)]

가끔은 분노한 영혼이 '빙글빙글 돌리기 관청'을 공격했다. 가끔은

---

52) 마르코 5장 9절, '예수께서 악마를 내쫓으시면서 "네 이름이 무엇이냐?" 하고 물으시자, 그는 "군대라고 합니다. 숫자가 많아서 그렇습니다" 하고 대답했다.' 여기에서 '군대'는 '악령, 악마'를 뜻한다.

의회 질의에 등장하고, 무식하고 천박한 선동꾼이 정부에 중요한 건 '일을 열심히 하는 법'이라면서 '빙글빙글 돌리기 관청'을 협박하거나 압박하는 법안을 발의도 했다. 그러면 고상한 상원의원이나 올바른 하원의원이 주머니에 오렌지 한 알을 넣은 채[53] 앞으로 나서서 포화를 퍼부으며 '빙글빙글 돌리기 관청'을 변호한다. 그런 다음에, 탁자를 손으로 내려치며 의사당까지 내려와서 문제를 일으킨 의원한테 다가간다. 그런 다음에, '빙글빙글 돌리기 관청'은 이 문제에 아무런 잘못이 없을 뿐 아니라 오히려 권장할 만하니, 드높이 칭송받아야 마땅하다고 주장한다. 그런 다음에, '빙글빙글 돌리기 관청'은 모든 점에서 전적으로 옳지만, 이 문제에 대한 자세는 더더욱 옳다고 말한다. 그런 다음에, '빙글빙글 돌리기 관청'을 안 건든다면, 이 문제를 두 번 다시 안 거론한다면, 앞으로 의원 생활을 바람직하고 명예롭게 즐기면서 고상한 안목과 취향을 키울 수 있다고 타이른다. 그런 다음에, 의장석 맞은편 관람석에 앉은 '빙글빙글 돌리기 관청' 간부를 힐끗 보면서 '빙글빙글 돌리기 관청'이 이 문제에 관해서 설명한 내용으로 마지막 일격을 날린다. '빙글빙글 돌리기 관청'은 할 말이 없을 때 할 말이 없다고 말하거나, 중요한 말을 하지만 상원의원이나 하원의원 절반은 엉뚱하게 듣고 나머지 절반은 까먹으니, 언제나 둘 가운데 하나다. 그런데 중요한 건 '빙글빙글 돌리기 관청'이 늘 확실한 투표를 거쳐서 다수결로 처리한다는 것이다.

'빙글빙글 돌리기 관청'이 이런 식으로 의원을 오랫동안 양성한 결과, 근엄한 상원의원 일부는 '빙글빙글 돌리기 관청'보다 앞서서 '아무것도 안 하는 법'을 실천하는 것 하나로 업무 능력이 탁월하다는 평판을

53) 당시에 극장 같은 곳에 오렌지를 가지고 가서 심심할 때 먹곤 했다. 여기서는 의회 연설을 극장 관람처럼 하찮게 여긴다는 뜻이다.

들었다. 상황이 이러니, 성전에서 일하는 하급 사제와 복사는 물론 심부름꾼까지 입장이 두 개로 갈리는데, 하나는 '빙글빙글 돌리기 관청'을 하늘이 내린, 무어든 바라는 대로 할 절대 권리가 있는 기관으로 맹종하는 것이고, 또 하나는 무신론에 빠져들어, 무어든 방해만 하는 악명 높은 기관으로 경멸하는 것이다.

바너클 가문은 '빙글빙글 돌리기 관청'을 오랜 세월에 걸쳐서 지배했다. 자기네는 그럴 권리를 타고났다고 여기며, 다른 가문이 이러쿵저러쿵 끼어드는 오지랖에 분개했다. 바너클 가문은 지체가 높고 친인척도 많았다. 이들 모두 정부 부처에 골고루 흩어져서 온갖 공직을 장악했다. 국가가 바너클 가문에 충성할 의무가 있는지, 바너클 가문이 국가에 충성할 의무가 있는지 헷갈릴 정도였다. 어느 쪽이 맞는지 의견일치를 본 적은 없었다. 바너클 가문도 자기네 견해가 있고, 국가 역시 자기네 견해가 있었다.

작은 도릿이 말한 타이트 바너클은 '빙글빙글 돌리기 관청' 제일 앞에서 정치인을 가르치고 압박했는데, 그러한 의원 몇몇이 신문에서 무례하게 공격하는 바람에 자리가 살짝 흔들리는 중이라, 지금 이 순간에는 생기는 이익 없이 얼굴만 붉히기 일쑤였다. 하지만 바너클의 일원다운 자리를 차지했으니 아주 편한 자리가 아닐 수 없고, 바너클 일원답게 자기 아들 바너클 2세까지 당연히 공직에 앉혔다. 하지만 '헛소리 빵빵'[54] 가문의 일족과 정략결혼하는데, 재산이나 부동산이란 측면보다 살벌하다는 측면에서 훨씬 바람직한 일족이니, 이 결혼에서 바너클 2세와 젊은 숙녀 셋이 나왔다. 바너클 2세와 젊은 숙녀 셋, '헛소리

54) 찰스 디킨스가 사용한 표현은 'Stiltstalkings'다. Stilts는 '죽마 한 벌'이고, 'on stilts'는 '호언장담하는'이라는 뜻이 있으며 talking은 '떠버리'라는 뜻이다. 찰스 디킨스가 일반명사를 동원해서 만든 단어는 거기에 맞는 일반명사를 동원해서 번역하고자 한다.

빵빵' 출신 바너클 여사는 물론 타이트 바너클 자신의 귀족적 욕구도 충족한다는 측면에서, 타이트 바너클은 분기별로 세금을 받는 간격이 자신이 바라는 기간보다 길다고 느꼈는데, 언제나 그 원인을 국가가 인색한 탓으로 돌렸다.

하루는 클레넘이 타이트 바너클을 만나러 '빙글빙글 돌리기 관청'에 다섯 번째로 찾아갔다. 예전에 복도에서, 유리로 된 방에서, 대기실에서, 불연성 통로에서 차례대로 기다린 다음이었다. 하지만 이번에도 바너클은 못 만났다. 예전에 그런 것처럼 고귀한 상원의원과 선약이 있어서 자리를 비웠기 때문이다. 하지만 아들로 알려진 바너클 2세는 자리에 있었다.

클레넘은 바너클 2세라도 만나길 바라니, 젊은 신사는 아버지 사무실에서 벽난로 선반에 등을 댄 채 종아리를 지지는 중이었다. 공간이 아늑했다. 고위관료 사무실답게 가구도 훌륭했다. 두꺼운 카펫, 앉아서 일하는 가죽 덮개 책상, 서서 일하는 가죽 덮개 책상, 엄청 커다란 안락의자와 벽난로 양탄자, 뜨거운 불기를 막아주는 칸막이, 찢어발긴 서류, 약병이나 도살한 가축처럼 꼬리표가 조그맣게 삐져나온 발송 서류함, 실내에 들어찬 가죽과 마호가니 냄새, '아무것도 안 하는 법'이라는 사기술을 물씬 풍기는 분위기 등이 자리를 비운 바너클을 웅장하게 대변했다.

지금 그곳에서 클레넘 명함을 한 손에 든 바너클은 너무 젊은 나머지 구레나룻은 솜털이 부숭부숭하고, 얼굴 역시 솜털이 부숭부숭한 게 새가 알을 까고 이제 막 나온 모습이라, 그걸 불쌍히 여기는 사람이라면, 종아리 지지기를 멈추는 순간에 얼어 죽을 거라고 주장할 것 같았다. 바너클 2세는 최고급 외알 안경을 목에 걸쳤지만, 불행하게도 눈구멍이 워낙 납작한 데다 눈두덩이 축 늘어져서 외알 안경을 껴도 달라붙질 않아서 툭하면 조끼 단추로 떨어지며 철컥 소리를 내니, 당사자로서는 몹시 짜증스러운 일이었다.

"맙소사. 저기요! 아버지는 안 계세요. 오늘은 안 나오세요. 무슨 일로 오셨나요?"

바너클 2세가 물었다. (철컥! 외알 안경이 떨어졌다. 바너클 2세가 깜짝 놀라며 이리저리 더듬는데, 찾을 수 없다.)

"친절하시군요. 그래도 나는 바너클 선생님을 뵙고 싶습니다."

"하지만, 맙소사. 저기요! 약속을 안 잡으셨잖아요."

바너클 2세가 말했다. (외알 안경을 찾아서 다시 쓴다.)

"네, 안 잡았지요. 지금 약속을 잡고 싶습니다."

"하지만, 맙소사. 저기요! 공적인 업무인가요?"

바너클 2세가 물었다. (철컥! 외알 안경이 다시 떨어졌다. 바너클 2세는 그걸 찾느라 정신이 없고, 클레넘은 지금 대답해도 소용이 없겠다고 느낀다.)

바너클 2세가 햇볕에 탄 방문객 얼굴을 힐끔 쳐다보며 다시 물었다.

"혹시 선박 화물세와 관련 있는 문제인가요?"

(바너클 2세가 대답을 기다리며 한 손으로 오른눈을 벌려 외알 안경을 찔러넣는데, 너무 많이 찔러넣어서 눈물이 줄줄 흐른다.)

"아닙니다, 화물세와 아무런 관련도 없습니다."

"그렇다면 여보세요. 사적인 업무인가요?"

"사실 나도 잘 모른답니다. 도릿 선생과 관련된 문제입니다."

"여보세요, 내가 방법을 알려줄게요! 우리 집으로 가는 게 좋겠어요, 가는 길이 같다면. 그로브너 광장 마구간 거리[55] 24호. 아버지한테

55) 그로브너 광장은 런던에서도 최고상류층이 사는 곳이고, 그 뒤쪽 마구간 거리는 상류층에서 사용하는 마구간이 쭉 늘어선 거리였다.

통풍이 조금 있어서 오늘 집에 계세요."

(바너클 2세는 외알 안경을 쓴 눈이 안 보이는 게 분명한데도 눈알을 이리저리 움직이며 고통을 감내한다.)

"고맙습니다. 바로 찾아뵙겠습니다. 좋은 아침이 되길 바랍니다."

클레넘이 말하자, 바너클 2세가 크게 당황했다. 실제로 찾아가리란 생각은 안 한 것 같았다. 그래서 문가로 다가가는 클레넘을 불러세워, 자신의 훌륭한 제안을 완전히 깔고 뭉개고 싶지는 않은 표정으로 다시 물었다.

"화물세하고 아무런 관련이 없는 게 확실한가요?"

"확실합니다."

클레넘은 이렇게 대답하고, 행여나 화물세와 관련이 있다면 어떻게 됐을까 궁금해하며 다음 목적지로 출발했다.

그로브너 광장 마구간 거리는 그로브너 광장 안쪽이 아니라 뒤쪽이었다. 창문 하나 없는 벽, 마구간, 똥 더미가 쌓인 더럽고 조그만 거리로, 마차 차고 위 다락방에는 마부 가족이 살면서 창문마다 세탁한 옷을 넌 모양이 통행료 받는 문 모형 같았다. 화려한 구역에서 가장 중요한 굴뚝 청소부는 마구간 거리 막다른 골목 끝에 살고, 그 옆에는 식료품점이 있어서 해가 뜰 때나 질 때면 요리 재료와 포도주를 사려는 사람이 모여들었다. 펀치 인형극에 나오는 인형은 주인이 다른 곳에서 식사하는 동안 마구간 거리 꽉 막힌 벽에 기댄 채 축 늘어지기 일쑤고, 동네 강아지들은 약속이라도 한 듯 그곳으로 모여들었다. 마구간 거리 입구 끄트머리에 공기조차 안 통하는 조그만 주택 두세 동이 있는데, 상류층 지역에 살짝 걸쳤다는 이유로 집세가 놀랍도록 비싸도, 닭장 같은 주택이 비기만 하면 (수요가 많아서 빈 적은 거의 없는데) 부동산 업자는 런던에서 귀족이 가장 많이 사는, 상류층 가운데서도 최고 엘리

트만 사는 지역에 멋진 집이 나왔다며 광고했다.

상류층 지역에 간신히 걸친 주택이 꼭 필요한 게 아니라면, 이 가족은 1/3도 안 되는 돈으로 50배는 널찍하고 쾌적한 주택을 구할 수 있었다. 하지만 꼭 필요한 터라 바너클은 그 집에 살 수밖에 없으면서도, 나라를 지키는 공무원한테는 너무나 불편하고 비싸다고 불평하다 국가가 인색한 또 다른 사례로 삼았다.

건물 정면은 활처럼 휘고, 조그만 창문은 지저분하고, 현관 옆 지하 주방으로 들어가는 입구는 눅눅한 조끼 주머니 같은, 금방이라도 무너질 것처럼 찌부러진 주택으로 다가가니, 그로브너 광장 마구간 거리 24호라는 주소가 보였다. 주택에서 뿜어대는 악취는 마구간 오물을 진하게 증류해서 가득 채운 병 같고, 제복을 갖춘 하인이 현관문을 열 때는 그 병마개를 뽑아낸 것 같았다.

그 주택이 그로브너 광장에 있는 주택과 차이가 있는 것처럼, 하인 역시 그로브너 광장에 있는 하인과 차이가 있었다. 나름대로 멋진 모습이긴 해도, 그가 다니는 길은 뒷길과 샛길이었다. 화려한 복장에는 오물이 묻고, 얼굴색에도 동작에도 꽉 막힌 식품저장실에서 시달린 느낌이 묻어나왔다. 병마개를 뽑아서 클레넘에게 들이미는 얼굴은 창백하고 동작은 무기력했다.

"이 명함을 타이트 바너클 선생께 전하면서, 방금 바너클 2세를 만났는데, 여기로 가라는 제안을 받고 찾아왔다고 알리시오."

하인은 (주머니 덮개마다 바너클 문장을 새긴 커다란 단추가 여러 개 달린 게, 몸뚱이 전체가 가족 금고라서 은접시와 보석을 쑤셔 넣고 단추를 채운 듯한 모습으로) 명함을 쳐다보며 가만히 생각하다 "들어오세요"라고 말했다. 현관 안쪽에 머리를 안 부닥치는 데도, 정신적으로 혼란스럽고 물리적으로 어두운 주방 계단에 안 미끄러지는 데도 상당한 주의가 필요했다. 하지만 방문객은 현관 안쪽 매트에 무사히 올라섰다.

하인이 "들어오세요"라고 다시 말해, 방문객은 뒤를 따랐다. 현관 안쪽 문을 여는 순간, 또 다른 병을 들이밀며 병마개를 뽑아낸 것 같았다. 이번에는 식품저장실에서 식품 냄새를 농축하고 하수구 냄새를 추출해서 가득 채운 느낌이었다. 좁은 통로를 스치듯 나아가다, 하인이 우중충한 식당 문을 열더니 누군가를 발견하고 깜짝 놀라며 물러나는 바람에 방문객은 좁은 문틈에 낀 채 자신이 찾아온 걸 알리기만 기다렸다. 그래서 병 두 개를 한꺼번에 들이켜고, 1m 떨어진 벽에 걸린, 아첨꾼 특유의 모습으로 닭장 같은 곳에서 살다 사망자 명단에 오른 바너클 초상화를 가만히 바라보았다.

바너클 나리께서 만나신답니다. 위층으로 올라가시겠습니까? 클레넘은 그러자 하고, 그렇게 했다. 거실에 들어서니, 바너클이 '아무것도 안 하는 법'의 화신 같은 형상으로 한쪽 다리를 받침대에 올려놓고 있었다.

바너클은 좋던 시절에, 나라가 지금처럼 인색하지 않고 '빙글빙글 돌리기 관청' 역시 지금처럼 안 시달리던 시절에 유행하던 차림이었다. 하얗고 널찍한 넥타이를 목덜미에 둘둘 감은 모습이 국가의 목덜미에 형식이라는 줄과 서류로 감고 또 감은 것 같았다. 소매 끝과 목깃이 위압적이고 목소리와 태도 역시 위압적이었다. 시곗줄과 도장 묶음이 큼지막하고, 외투는 단추를 끝까지 불편하게 채우고 조끼 역시 단추를 끝까지 불편하게 채웠으며, 바지는 주름 하나 없고 목 긴 신발은 뻣뻣했다. 전체적으로 화려하고 거대하고 강렬하고 고집스러운 인상이었다. 유명한 초상화 화가 토마스 로렌스 경이 초상화를 그리도록 의자에 앉아서 평생을 보내는 것 같았다.

"클레넘 선생? 자리에 앉으시오."

바너클이 말하고, 클레넘은 의자에 앉았다.

"'빙글빙글 돌리기……관청'에서 나를 찾았다고 들었소."

더없이 중요한 나머지, 음절을 하나씩 늘어뜨리는 어투였다.

"무례를 범했습니다."

클레넘이 말하자, 바너클이 머리를 엄숙하게 숙였다. '무례한 건 맞으니 다시 무례를 범해, 찾아온 용건을 알리라'고 말하는 것 같았다.

"저는 중국에서 오래 지낸 터라 본국 사정에 완벽한 문외한이라는 설명과 함께, 앞으로 할 질문에 개인적인 동기나 이해관계가 없다는 사실부터 말씀드리고자 합니다."

바너클이 손가락으로 탁자를 톡톡 두드렸다. 새로 나타난 낯선 화가가 초상화를 그리도록 가만히 앉은 듯한 자세로, '지금 내 얼굴에 담긴 고상한 표정을 그대로 담을 만큼 실력이 좋길 바란다'고 말하는 것 같았다.

"마셜씨 교도소에서 도릿이라는 채무자를 만났습니다. 오랜 세월을 갇혀서 지낸 사람입니다. 세월이 한참 지났으니, 혼란스러운 사건을 조사해 이제 그 사람이 불행한 조건에서 풀려날 수 있는지를 알아보고 싶습니다. 채권자 가운데 가장 유력한 이해관계를 대변하는 사람으로 타이트 바너클 선생님 이름이 나왔습니다. 제가 제대로 들었는지요?"

'빙글빙글 돌리기 관청'은 어떤 질문이든 솔직하게 대답하지 않는다는 원칙이 있는 터라 바너클은 "어쩌면"이라고 대답한 게 전부였다. 그래서 클레넘이 다시 물었다.

"정부에 대한 채무인지, 사적인 채무인지 물어도 될까요?"

"그 사람이 관련된 기업이나 합병회사의 변제 불능 채무에 대한 공적 청구라면…… 확실한 건 아니지만…… 어쩌면…… '빙글빙글 돌리기 관청'에서 강제 집행을 권고했을 수도 있겠지요. 공무 집행 도중에 그 문제를 '빙글빙글 돌리기 관청'에 보내서 검토하도록 했을 수도 있고. 우리 부서가 그렇게 처리하도록 제안했을 수도 있고, 승인했을 수도 있겠지요."

"그렇다면 제가 추측하기에는 후자 같습니다."

"어떤 신사가 어떻게 추측하든, '빙글빙글 돌리기 관청'에서 책임질 필요는 없겠지요."

"사건 내용을 구체적으로 확인하려면 어떻게 해야 하나요?"

"대중은……"

바너클은 대중을 천적으로 여기는 듯, 이 단어를 언급할 때 입을 앙다물다 이어갔다.

"'빙글빙글 돌리기 관청'에 정보를 청구할 수 있습니다. 담당 부서에 가면 필요한 절차를 알 수 있겠지요."

"담당 부서가 어딘가요?"

클레넘이 묻자, 바너클이 종을 울리면서 대답했다.

"그 질문에 대한 공식 답변은 '관청'에 가서 물어보는 게 좋겠군요."

"다시 물어서 죄송하지만……"

"대중은……"

바너클은 이번에도 입을 앙다물다 이어갔다. 매번 똑같았다.

"누구나 '관청'을 이용할 수 있소. 대중이……공식 절차에 따르기만 한다면. 대중이……공식 절차에 안 따른다면, 그건 대중이……문제겠지요."

바너클이 고개를 엄숙하게 숙이며 인사하는데, 가정에서 상처받은 사내, 그 집에서 상처받은 사내, 훌륭한 주택에서 상처받은 사내의 모습이 하나로 모인 것 같았다. 클레넘 역시 고개를 숙여서 인사한 다음에 마구간 거리로 내몰리고, 무기력한 하인은 문을 닫았다.

사정이 이렇자, 클레넘은 인내심을 시험하기로 작정했다. '빙글빙글 돌리기 관청'에 다시 가서 어떤 정보를 구할 수 있는지 알아보기로 한 것이다. 그래서 '빙글빙글 돌리기 관청'으로 돌아가 바너클 2세에게 명함을 다시 보내니, 심부름꾼은 벽난로 칸막이 뒤에서 으깬 감자와 고깃국물을 먹다, 또 찾아온 클레넘을 짜증스럽게 쳐다보았다.

클레넘은 바너클 2세 앞으로 다시 나아가고, 젊은 신사는 이번에는 양쪽 무릎을 지지고 늘어지게 하품하며 4시가 되기만 기다리다 말했다.

"맙소사. 여보세요. 지독하게 찾아오는군요."

바너클 2세가 뒤를 돌아보며 말하더니, 클레넘이 "궁금한 게 있어서……"라고 하는 순간에 "여보세요, 분명히 말하는데, 선생은 여기에 와서 그런 걸 물으면 안 돼요"라고 대뜸 나무라고 몸을 돌리며 외알 안경을 쓰고, 클레넘은 다시 물었다. 최대한 집요하면서도 단순명쾌하게 묻기로 작정한 것이다.

"채무로 갇힌 도릿이라는 죄수에게 정부가 청구한 내용을 정확히 알고 싶소."

"맙소사. 여보세요. 너무 급하게 서두는군요. 제기랄, 약속조차 안 잡고."

바너클 2세가 말했다. 일이 점차 커진다는 어투였다.

"정확히 알고 싶소."

클레넘이 다시 단호하게 말하자, 바너클 2세는 물끄러미 쳐다보다 외알 안경을 떨어뜨리고, 그래서 다시 쓰고 물끄러미 쳐다보다 또 떨어뜨렸다. 그런 다음에 비로소 무기력하게 말했다.

"선생은 여기에 와서 그런 걸 물어볼 권리가 없어요. 여보세요. 그게 무슨 말입니까? 그게 공적인 일인지 아닌지조차 모른다면서요."

"공적인 일이라는 사실은 방금 막 확인했으니, 정확히 알고 싶은 부분은……"

클레넘이 단조로운 어투로 다시 물으니, 바너클 2세는 무방비 상태로 "여보세요, 분명히 말하는데, 선생은 여기에 와서 그런 걸 물어보면 안 된다고요"라고 말했다. 클레넘 역시 똑같은 어투로 똑같이 반복하고, 바너클 2세는 좌절과 무기력의 본질을 그대로 드러내다 결국에는 "으음, 방법을 알려주겠소. 여보세요. 비서실에 가서 물어보세요"라고 말하고는 몸을 옆으로 기울여서 벨을 눌러, 으깬 감자를 먹던 심부름꾼에게 "젠킨스, 워블러[56] 선생!"이라고 지시했다.

클레넘은 '빙글빙글 돌리기 관청'이라는 태풍의 눈에 깊숙이 빠져들어, 이제 그걸 헤치며 나아가야 한다는 걸 깨닫고서 위층으로 따라 올라가니, 심부름꾼이 워블러 사무실을 가리켰다. 안으로 들어가자, 공무원 두 명이 크고 편안한 탁자에 마주 보며 앉아, 한 명은 손수건으로 총열을 닦고 다른 한 명은 봉투를 뜯는 칼로 빵에 잼을 바르는 중이었다.

"워블러 선생님?"

민원인이 불렀다. 두 공무원이 힐끗 쳐다보는데 너무나 뻔뻔한 모습에 깜짝 놀란 표정이더니, 총열을 닦던 신사가 신중한 어투로 말했다.

"그래서 사촌네 집으로 내려갔어. 강아지를 데리고 열차에 탄 거야. 소중한 개였거든. 강아지 칸에 태울 때는 짐꾼한테 달려들고 거기서 나올 때는 경비원에게 달려들었지. 강아지 칸에는 승객이 다섯 명 정도 있었는데, 쥐가 정말 많았어. 강아지한테는 천국이었지. 주인은 자기 강아지가 쥐를 잘 잡는 걸 깨닫고 시합을 제안했어, 큰돈을 걸고서.

---

56) Wobbler; '비틀거리는 사람, 불안정한 사람, 주관이 없는 사람'이라는 뜻이다.

그래서 시합하는데, 어떤 미친 자식이 매수당해서 강아지한테 술을 잔뜩 먹인 거야. 주인이 깨끗하게 털린 거지."

"워블러 선생님?"

민원인이 불렀다.

잼을 바르던 공무원이 고개조차 안 들고 잼만 계속 바르면서 물었다.

"그 사람이 개를 뭐라고 불렀는데?"

"예쁜이. 유산을 물려준 숙모님을 빼닮았다면서. 개가 술에 취하는 순간에 깨달았대."

"워블러 선생님?"

민원인이 불렀다.

두 공무원이 한동안 폭소를 터트렸다. 총열을 닦던 신사가 총열을 살피더니, 제대로 닦았다 여기고 상대한테 건네, 괜찮다는 대답을 듣고서 앞에 있는 케이스 총열 자리에 넣고는, 개머리판을 꺼내서 손수건으로 닦으며 나지막이 휘파람을 불었다.

"워블러 선생님?"

민원인이 다시 불렀다. 그때 비로소 워블러가 입에 빵을 가득 문 채 되물었다.

"무슨 일이오?"

클레넘이 알고 싶은 내용을 기계적으로 반복하자, 워블러가 말하는데 빵한테 말하는 것 같았다.

"알려줄 수 없소. 들어본 적 없소. 관련 업무를 한 적도 없고. 클리브 씨한테 물어보는 게 좋겠소, 옆 복도 왼쪽 두 번째 사무실."

"그분도 똑같이 대답할 것 같군요."

"그렇겠지요. 모르는 일이니까."

워블러가 말하고, 민원인이 돌아서서 밖으로 나가려 할 때, 총을 만지작대던 공무원이 불렀다.

"여보세요! 선생님!"

클레넘이 뒤를 돌아보았다.

"문을 꼭 닫으세요. 선생님 때문에 찬 바람이 심하게 들어오니까!"

몇 걸음 걷자, 옆 복도 왼쪽 두 번째 방이 나왔다. 그 방에는 세 명이 있었다. 1호는 특별히 하는 일이 하나도 없고, 2호는 특별히 하는 일이 하나도 없고, 3호는 특별히 하는 일이 하나도 없었다. 하지만 대원칙을 효율적으로 집행하는 데는 다른 부서보다 관심이 많은 것 같았다. '빙글빙글 돌리기' 전문가들이 여닫이문 안쪽 사무실에서 회의하는지, 끔찍하게 많은 서류가 끊임없이 들어가고 끔찍하게 많은 서류가 끊임없이 나왔기 때문이다. 4호는 바로 그곳에서 매우 열심히 일하는 것 같았다.

클레넘은 자신이 알고 싶은 내용을 손풍금 연주하듯 다시 말했다. 1호는 2호한테 넘기고 2호는 3호한테 넘겨, 클레넘이 똑같은 말을 3번이나 되풀이한 다음에 비로소 세 사람 모두 4호한테 넘겨, 클레넘은 다시 똑같은 말을 되풀이했다.

4호는 쾌활하고 잘생기고 옷차림이 세련되고 호감이 가는 젊은이로, 바너클 가문이긴 해도 성격이 활달하고 말투는 편안했다.

"아! 그 문제는 신경을 안 쓰는 편이 좋겠습니다."

"신경을 안 쓰는 편이 좋겠다고요?"

클레넘이 묻자, 상대가 대답했다.

"네! 그 문제는 신경 쓰지 말기를 권고드립니다."

너무나 색다른 관점이 당혹스러워, 클레넘은 뭐라고 대답해야 좋을지 몰랐다.

"신경을 쓰고 싶다면 쓰시고요. 내용을 채워 넣을 서류는 넉넉히 드릴 수 있습니다. 여기에 많으니까요. 원한다면 열 장이라도 드리겠습니다. 하지만 절대로 끝까지 못 갈 겁니다."

"해결할 희망이 없다는 뜻이오? 미안한데, 외국에서 돌아온 지 얼마 안 돼서 모르는 게 많다오."

클레넘이 말하자, 4호가 솔직한 미소를 머금으며 대답했다.

"나는 그 일을 해결할 희망이 없다고 말하지 않습니다. 그 일에 대한 의견 자체를 말하지 않으니까요. 나는 귀하에 대한 의견을 말할 뿐입니다. 나는 선생께서 끝까지 간다고 생각하지 않습니다. 하지만, 당연히, 선생님은 원하는 대로 하실 수 있습니다. 계약이행에 무슨 하자가 있는 것 같은데, 그런가요?"

"사실 나도 모른답니다."

"으음! 그렇다면 그것부터 알아내세요. 그런 다음에 우리 측에 무슨 계약서가 있는지 알아보고, 그런 다음에 계약서 내용을 살피는 겁니다."

"실례합니다만, 그건 어떻게 해야 하나요?"

"맙소사, 사람들이 알려줄 때까지 계속 물어보세요. 그런 다음에는 (앞으로 파악할 절차에 따라) 그 부서에 진정서를 내서 이 부서에 진정서를 내도 좋다는 허락을 받으세요. (시간은 꽤 걸리겠지만) 허락이 떨어지면, 그 부서에 관련 문서를 제출하고, 이 부서에 보내서 접수하고, 그 부서에 다시 보내서 서명받고, 이 부서에 다시 보내서 확인 서명받고, 그러면 저 부서에서 정식으로 등록합니다. 작업이 어떤 단계를 거치는지는 두 부서에서 말할 때까지 계속 물어보아야 하고요."

"업무를 정말 이상하게 처리한다"는 말이 클레넘 입에서 저절로 나왔다.

젊고 쾌활한 바너클은 업무를 간단하게 처리할 거로 잠시나마 믿은 상대의 천진난만한 생각이 신기할 뿐이었다. 젊은 바너클은 관청을 다루는 솜씨가 탁월한 터라, 그 일이 간단하지 않다는 걸 완벽하게 알았다. 젊은 데다 머리가 팍팍 움직이니, 이곳이 돌아가는 분위기를 충분히 파악하고, 자신에게 바람직한 부분은 무엇이든 받아들일 준비를 갖췄으며, 평민을 멀리하고 귀족을 지원하는 조직에서 처신하는 방법 역시 충분히 깨달았다. 한마디로, 정치인이 돼서 두각을 나타낼 능력이 탁월한 것이다.

"그 업무를 저 부서에 정식으로 접수하면 저 부서를 통해서 진행 과정을 가끔 살필 수 있습니다. 이 부서가 그 업무를 정식으로 넘겨받으면 이 부서를 통해서 진행 과정을 가끔 살필 수 있고요. 우리는 그 내용을 오른쪽 왼쪽으로 조회하고, 그래서 이리저리 조회한 다음에는 선생님께서 살펴봐야 합니다. 그 업무가 우리한테 돌아오면, 선생님이 살펴보는 게 좋습니다. 그 업무가 어디선가 막히면, 선생님이 살짝 흔들어주는 것도 좋고요. 이 업무에 대해서 다른 부서에 편지를 보내고, 그런 다음에 이 부서에 편지를 보내고, 그런데도 만족스러운 대답이 안 나오면, 선생님은……편지를 계속 보내는 게 좋습니다."

"어쨌든 자세히 설명해주셔서 고맙습니다."

클레넘은 어이없다는 표정으로 말하고, 젊고 매혹적인 바너클은 대답했다.

"아닙니다. 한번 해보시고, 어떤지 보세요. 언제든 포기해도 선생님 자유니까요, 마음에 안 들 경우에. 작성할 서류는 충분히 가져가는 편이 좋습니다. 이분께 서류를 충분히 드리세요!"

젊고 매력적인 바너클이 2호에게 지시하고는 1호와 3호에게 서류를 다시 한 움큼 받아, '빙글빙글 돌리기 관청'을 지배하는 우상에 바치러 성소로 들어갔다.

클레넘은 작성할 서류를 주머니에 우울하게 집어넣고 돌로 만든 기다란 복도를 지나 돌로 만든 기다란 계단을 내려갔다. 거리로 나서는 회전문에 다가가서 두 사람이 나가면 자신도 나가려고 기다리는데, 익숙한 목소리가 들렸다. 그쪽을 쳐다보니, 미글스 선생이었다. 얼굴이 빨갛게 – 여행할 당시보다 훨씬 빨갛게 – 달아오른 채, 조그만 사내 멱살을 움켜잡고 "어서 나와, 나쁜 자식아, 나오라고!" 소리치는 중이었다.

너무나 뜻밖인 소리와 너무나 뜻밖인 모습으로 미글스 선생이 회전문을 밀고 조그만 사내랑 거리로 나서는데, 조그만 사내는 남을 해칠 사람으로 안 보이니, 클레넘은 멀뚱히 서서 깜짝 놀란 표정을 짐꾼하고 주고받았다. 하지만 재빨리 따라 나가서 원수를 데리고 걸어가는 미글스 선생을 바라보며 쫓아가, 여행하다 만난 동무의 등을 툭 쳤다. 미글스 선생이 잔뜩 화난 얼굴을 돌리더니, 상대를 한 눈에 알아보고는 표정을 풀고 손을 다정하게 내밀며 인사했다.

"안녕하시오, 선생? 잘 지냈소? 해외에서 막 돌아왔다오. 또 만나서 반갑구려."

"저도 선생님을 만나서 반갑습니다."

"고맙소, 고마워!"

"부인과 따님은……"

"잘 지낸다오. 내가 열을 차분하게 식힌 다음에 만나면 더욱 좋았을 텐데."

더운 날씨가 아닌데도 미글스 선생은 어찌나 열을 받았는지 지나는 사람이 쳐다볼 정도였다. 사람들 시선을 조금도 상관하지 않은 채, 난간에 등을 기대서 모자와 넥타이를 벗고 김이 펄펄 나는 머리와 얼굴은 물론 빨갛게 달아오른 양쪽 귀와 목까지 닦을 때는 특히 더했다.

미글스 선생이 차림새를 원래대로 갖추며 말했다.

"후유! 열기를 식히니 살 것 같군!"

"화가 잔뜩 나셨더군요, 미글스 선생님. 무슨 일인가요?"

"잠깐만 기다리면 다 말하리다. 하이드파크까지 걸어갈 여유는 있으시오?"

"네, 얼마든지요."

"그럼 갑시다. 아! 저 친구를 쳐다보시는군."

미글스 선생이 멱살을 움켜잡은 채 잔뜩 화내던 사내를 클레넘이 힐끗 쳐다보았던 것이다.

"그래요, 쳐다볼 가치가 있지요, 저 작자는."

그 사내는 덩치란 측면에서도 옷차림이란 측면에서도 쳐다볼 가치가 별로 없었다. 땅딸막한 키에 옆으로 퍼진 체구가 경험이 많아 보이는 사내로 머리칼은 하얗게 세고, 얼굴과 이마는 주름이 깊이 팬 억센 나무 같았다. 옷차림은 색이 약간 바래긴 했어도 까만색이 단정한 게, 수공예 분야에서 뛰어난 실력을 발휘하는 장인 분위기였다. 한 손에 안경집이 있어, 자신에 대한 말이 나오는 동안, 엄지손가락으로 이리저리 능숙하게 돌리는 모습은 연장을 다루는 솜씨 역시 탁월할 것 같았다.

"너는 우리를 따라와, 소개는 조금 뒤에 할 테니. 그럼 출발!"

미글스 선생이 말했다. 협박하는 투였다.

하이드파크로 가는 지름길을 걷는 동안, 클레넘은 (뒤에서 점잖게 쫓아오는) 정체불명의 사내가 무슨 잘못을 저질렀을까 속으로 따져보았다. 겉보기에는 미글스 선생 주머니에 손댈 사람 같지 않았다. 입이나 몸으로 심하게 다툴 사람 같지도 않았다. 조용하고 소박하고 차분한 인상이었다. 도망치려 하지도 않고, 기가 꺾인 것 같지도 않고, 창피해하거나 후회하는 기색도 없었다. 범죄자가 맞는다면 더없이 뻔뻔한 위선자가 분명한데, 범죄자가 아니라면 미글스 선생이 '빙글빙글 돌리기 관청'에서 멱살을 움켜잡은 이유는 뭐란 말인가? 사내에 대해서 클레넘만 속으로 곰곰이 생각한 건 아니었다. 미글스 선생도 그런 것 같았다. 하이드파크까지 얼마 안 되는 거리를 가는 사이에 대화가 부드럽게 이어지지 않는 데다, 완전히 다른 주제를 말할 때조차 뒤에서 쫓아오는 사내한테 눈이 돌아가는 걸 보면 알 수 있었다.

마침내 하이드파크 숲으로 들어서자 미글스 선생이 걸음을 멈추며 물었다.

"클레넘 선생, 저 작자를 자세히 보시겠소? 도이스라는 작자라오, 데니얼 도이스. 겉으로는 지독한 악당으로 안 보일 거요, 그죠?"

당사자가 있는 앞에서 정말 당혹스러운 질문이 아닐 수 없었다.

"당연하지요."

"맞아요, 그렇게 안 보일 거요. 내가 잘 안다오. 선생 눈에는 저 작자가 공공 범죄를 저지른 자로 안 보일 테니까, 그죠?"

"네."

"맞아요. 하지만 실제로는 아니랍니다. 공공 범죄. 그렇다면 무슨 죄를 지었을까요? 살인, 과실치사, 방화, 위조, 사취, 가택 침입, 노상강도, 절도, 공모, 사기? 선생이 볼 때는 어떤 죄 같소?"

클레넘은 데니얼 도이스 얼굴에 살포시 어리는 미소를 바라보며 대답했다.

"제가 보기에는 아무런 죄도 아닌 것 같습니다."

"맞소. 하지만 저 작자는 발명 능력이 뛰어나며, 그 능력으로 나라에 도움을 주려고 했소. 그것 때문에 공공 범죄를 저지르고 말았다오, 선생."

클레넘이 다시 쳐다보니 사내는 고개만 젓고, 미글스 선생은 다시 말했다.

"도이스는 대장장이로, 공학 실력이 탁월하다오. 사업 규모가 크진 않아도 능력이 뛰어난 기술자로 유명하지요. 십여 년 전에 저 작자는 나라와 민족에 매우 중요한 발명품을 (정말 기묘하고 신비로운 제조 과정을) 만들었다오. 비용이 얼마나 들었는지, 얼마나 많은 시간을 쏟아부었는지는 말하지 않겠지만, 십여 년 전에 마침내 완성한 것이오. 십여 년 전이 맞나? 저자처럼 사람을 화나게 하는 사람은 세상 어디에도 없다오. 불평 한마디 않거든!"

미글스 선생이 묻는 말에 도이스가 대답했다.

"그래요. 십이 년 전보다는 훨씬 낫네요."

"훨씬 낫다고? 훨씬 나쁘겠지. 아아, 클레넘 선생, 저자가 정부에 편지를 보냈다오. 정부에 편지를 보내는 순간에 공공 범죄를 저지른 거라오!" 미글스 선생이 금방이라도 열이 올라갈 것처럼 이어갔다. "죄 없는 시민이 아니라 범죄자가 된 거라오. 그 순간부터 극악무도한 짓을 저지른 사람처럼 취급받았으니 말이오. 직급이 높은 젊은이나 늙은이 모두 회피하고, 뒤로 미루고, 협박하고, 핀잔주고, 직급이 높은 젊은이나 늙은이한테 떠넘기고, 다시 외면당했으니 말이오. 들인 시간에 특별한 권리는 물론 재산권[57]조차 보장받을 수 없는 단순한 무법자가, 그 기술을 누구든 아무렇게나 써도 보상을 못 받는 인간이 되었으니 말이오."

클레넘은 아침나절에 경험한 게 있는 터라, 미글스 선생이 예상한 대로 이 말을 쉽게 믿을 수 있었다.

57) 특허권을 말한다. 당시에는 '특허법 수정안(1852)'이 나와서 영국 내 특허권을 보장하긴 했으나, 관련 관청이 다양하고 수수료가 턱없이 비싸고 분야별 구분이 안 돼서 사회적으로 문제가 많았다.

"안경집이나 돌리지 말고 나한테 털어놓은 말을 클레넘 선생한테 그대로 털어놓으라고."

미글스 선생이 소리치자, 발명가가 말했다.

"나 역시 범죄를 실제로 저지른 기분이 드는 건 사실입니다. 이 관공서 저 관공서에 열심히 쫓아다녔지만, 언제나 나쁜 범죄를 저지른 것 같은 취급을 받았으니까요. 그럴 때마다 나 자신을 곰곰이 돌아보고, 내가 뉴게이트 달력[58]에 실릴 만한 짓을 실제로 저지른 적은 없다는, 내가 바란 건 국가가 많은 걸 절약하고 사회를 크게 발전시키는 게 전부라는 사실을 새삼스럽게 확인하는 식으로 자존감을 되살려야 했으니까요."

"거보라고! 내가 과장했소? 그럼 내가 나머지를 말해도 충분히 믿을 수 있겠지요."

미글스 선생이 서두를 깔더니 앞에서 말한 이야기는 물론, 우리 모두 마음 깊이 느끼는 특허법 문제까지 자세히 늘어놓았다. 편지를 수없이 보내고 관공서에 수없이 찾아다니고 끝없는 무례와 무시와 모욕을 겪은 뒤에 비로소 상원에서 의안 3472호를 내고, 범죄자는 자기 비용으로 발명품을 시연하게 된 과정. 발명품을 6인 위원회 앞에서 시연했는데, 두 명은 너무 늙어서 앞이 안 보이고, 두 명은 너무 늙어서 귀가 안 들리고, 한 명은 다리를 절어서 가까이 못 오고, 마지막 한 명은 고집이 너무 세서 쳐다보지도 않았다는 사실. 처음부터 다시 시작하고, 무례와 무시와 모욕을 다시 겪은 과정. 이번에는 상원에서 의안 5103호를 내고 '빙글빙글 돌리기 관청'에 해당 업무를 넘긴 과정. 시간이 꽤 지난 뒤에 '빙글빙글 돌리기 관청'에서 업무를 넘겨받더니, 완전히

58) 뉴게이트는 당시에 영국 런던에서 가장 크고 유명한 교도소로 흉악범을 주로 수용했는데, 그중에서도 특히 악랄한 흉악범을 달력에 담아서 1773년부터 1826년까지 판매했다.

새로운 것처럼, 예전에 한 번도 못 들은 것처럼 행동하고, 업무를 방해하거나 복잡하게 만들면서 찬물만 끼얹는 작태. 무례와 무시와 모욕을 몇 곱절로 되풀이한 과정. 바너클 세 명과 '헛소리 빵빵' 한 명이, 발명품에 대해 아무것도 모르는 데다, 망치로 두드려도 머리에 내용을 집어넣을 수 없는 작자들이, 너무나 지겨운 나머지 물리적으로 불가능하다는 보고서를 작성해서 제출한 작태. '빙글빙글 돌리기 관청'이 의안 8740호에 대해 '상원에서 내린 결정을 번복할 이유를 발견하지 못했다'고 답변한 작태. '빙글빙글 돌리기 관청'이, 상원에서 아무런 결정도 안 내렸다는 통보를 받고는, 그 업무를 아예 창고에 처박아 놓은 사실. 바로 그날 아침에 '빙글빙글 돌리기 관청' 수뇌부와 마지막으로 상담했는데, 돌머리들이 전체를 살피고 모든 상황을 고려하고 다양한 관점에서 바라볼 때, 이번 업무는 두 방법 가운데 하나로 처리하는 게 옳다고, 쉽게 말해서, 이 상태로 영원히 놔두거나, 처음부터 다시 시작하는 방법밖에 없다고 결론 내린 과정까지 줄줄이 나오고, 미글스 선생은 계속 말했다.

"나는 실용적인 성격답게 그 자리에 참석했다, 그 말이 나오는 순간에 도이스 멱살을 움켜잡고서 네놈은 평화로운 정부를 뒤흔드는 사악한 악당이 분명하다고 소리치면서 끌고 나왔다오. 건물 회전문에서도 멱살을 잡은 이유는 그나마 나는 실용적인 사람이라는, 관공서가 그런 곳이라는 걸 익히 알았다는 사실을 짐꾼한테 알리려는 의도였고. 이게 우리가 여기까지 온 과정이라오!"

젊고 쾌활한 바너클이 그 자리에 있었다면 솔직하게 말할 것 같았다. '빙글빙글 돌리기 관청'은 이제 역할을 다 했다고. 바너클 가문에 중요한 건 국가라는 선박에 최대한 오랫동안 달라붙는 거라고. 선박을 다듬거나, 군살을 빼거나, 깨끗하게 하는 건 자신들을 죽이는 거라고. 그 순간에 자신들은 죽을 수밖에 없다고. 자기네가 바싹 달라붙은 선박이 가라앉는다면, 그건 선박이 해결할 문제지 자기네 문제는 아니라고.

"자! 이제 도이스란 작자에 대해서 몽땅 말했소. 저 작자는 지금조차 투덜대지 않으니, 나로선 화가 솟구칠 수밖에 없다는 말만 빼고는."

미글스 선생이 말하고, 클레넘은 존경하는 표정으로 도이스를 쳐다보며 감탄했다.

"인내심이 대단하시네요. 참을성도 대단하시고."

"아닙니다. 다른 사람보다 대단한 건 없는 것 같습니다."

도이스 말에 미글스 선생이 소리쳤다.

"맙소사, 나보다 대단한 건 확실하네!"

도이스가 빙그레 웃으면서 클레넘에게 말했다.

"선생도 아시겠지만, 이런 일은 내가 처음 겪는 게 아니랍니다. 내가 일하는 분야에서는 이런 일을 종종 겪지요. 내가 겪은 일이 특별한 건 아니에요. 처지는 똑같은데 나보다 심하게 당한 사람이 백 명은 넘으니까요. 정말 많지요."

"제가 비슷한 일을 겪는다면 마음을 어떻게 추슬러야 할지 모를 것 같은데, 선생님께서는 잘 추스르시니, 그나마 다행이네요."

클레넘이 말하자, 도이스가 회색 눈으로 거리를 재듯 멀리 쳐다보다 차분하면서도 논리적으로 대답했다.

"아니랍니다! 인간이 희망을 품고 고생한 결과를 이렇게 대접해도 된다고 생각하는 건 아니니까요. 나 말고도 많은 사람이 고생만 하다 끝난 걸 생각하면 그나마 위안이 되는 건 사실이지만."

문제를 차분히 살피고 멋들어지게 해결하는 기술자한테서 흔히 보이는, 충분히 생각한 뒤에 나직하게 뱉어내는 말투였다. 이런 말투 역시, 능수능란하게 움직이는 임지손가락처럼, 혹은 가끔가다 모자를 뒤에서 비스듬히 올리는 독특한 자세처럼, 작업 방식을 가만히 살필 때 나타나는 특징 가운데 하나로 보였다. 그러더니 두 사람 사이에서 나무 아래를 걸어가며 이어나갔다.

"실망했느냐고요? 네. 물론 실망했지요. 마음이 아프냐고요? 네. 물론 아프지요. 당연히 그럴 수밖에요. 하지만 내가 말하고 싶은 건 처지가 비슷한 사람들 모두 똑같이 당했다는 거예요."

"영국에서."

미글스 선생이 덧붙였다.

"아! 당연히 영국에서. 발명품을 가지고 외국으로 나가면 완전히 다르니까요. 실제로 많은 사람이 외국으로 나가기도 하고요."

미글스 선생은 다시 열이 오르고, 도이스는 계속 말했다.

"내가 말하고 싶은 건, 그게 우리 정부에서 어쩌다 통상적인 방식이 되었든, 실제로 그게 우리 정부에서 통상적인 방식이라는 거예요. 발명가나 설계자 가운데 정부와 제대로 연결된 사람을, 억울한 취급에 좌절하지 않는 사람을 들어보았나요?"

"들어보았다고 할 순 없겠네요."

"정부가 앞장서서 바람직한 물건을 채택한 걸 들어보았나요? 바람직한 사례를 채택한 걸 들어보았나요?"

"여기에 있는 친구보다는 내가 나이를 훨씬 많이 먹었으니, 내가 대답하지, 전혀 없네."

미글스 선생이 끼어들자, 발명가가 다시 말했다.

"하지만 정부는 속이 꽉 막힌 나머지, 일반인보다 수 킬로미터는 물론 수십 킬로미터까지 뒤처진 사례는, 훨씬 좋은 방법을 많은 사람이 널리 사용하는데도, 옛적에 폐기된 방법을 고집스럽게 사용하는 사례는 정말 많지요."

세 사람 모두 동의하고, 도이스는 한숨을 내쉬며 이어갔다.

"으음, 상황이 그러니, 어떤 금속은 어떤 온도에서 어떤 성질을 띠므로 어떤 압력을 가해야 하는지를 아는 것처럼, 나는 내가 발명한 내용을 상원과 하원이 어떻게 처리할지를 알 수도 있었습니다, 생각만 충분히 했다면. 나도 머리가 있고 기억이라는 게 있으니, 앞선 사람한테 그런 것처럼 나한테 그래도 깜짝 놀라지 말아야 했습니다. 그런가 보다 하는 정도로 넘어가야 했습니다. 오랫동안 경고를 충분히 받았으니까요."

도이스가 안경집을 주머니에 넣고 클레넘에게 말했다.

"지금 중요한 건 불평하는 마음보다 고마운 마음을 떠올리는 거겠지요. 선생님도 알고 나도 아는 친구가 많이 도와주었으니까요, 수많은 나날을, 수많은 방법으로……"

"쓸데없는 소리."

미글스 선생이 말한 뒤에 침묵이 깔리고, 클레넘은 데니얼 도이스에게 눈이 저절로 갔다. 쓸데없이 투덜대지 않는 모습이 그 성격을 잘 보여주고 자존감을 잘 드러내긴 해도, 오랫동안 시달리면서 그만큼 더 늙고 그만큼 더 피폐하고 그만큼 더 가난해진 것 역시 확실했다. 클레넘은 이 남자 역시 나랏일을 맡을 만큼 친절한 의원들에게 교훈을 얻고 '아무것도 안 하는 법'을 배웠더라면 좋았으리라는 생각이 절로 들었다.

미글스 선생은 열이 오른 채 울적한 표정을 떠올리다 5분 정도가 지난 다음에 비로소 열을 식히고 목청을 가다듬었다.

"그래, 그래! 우리가 울적해 한다고 상황이 좋아지지는 않아. 그래, 어디로 가나, 도이스?"

"공장으로 가야지요."

상대가 대답하자, 미글스 선생이 쾌활하게 말했다.

"그렇다면 공장으로 같이 가거나 그쪽으로 걷자고. 클레넘 선생도 블리딩 하트 단지로 가는 걸 싫어하지는 않으실 테니."

"블리딩 하트 단지요? 어차피 그곳으로 갈 생각이었답니다."

클레넘이 말하자, 미글스 선생이 소리쳤다.

"그렇다면 잘됐군. 자, 가자고!"

세 사람이 그곳으로 가는 동안 최소한 한 명은, 아니, 한 명 이상이, 상원의원 및 바너클 무리와 공문을 주고받던 사내한테 블리딩 하트 단지는 딱 어울리는 곳이 분명하다는, '빙글빙글 돌리기 관청'과 지나치게 교류하면 결국에는 브리타니아[59] 자신이 블리딩 하트 단지로 직접 찾아갈 수도 있겠다는 생각을 할 것 같았다.

59) 대영제국을 상징하는 여인상. 로마 시대 때 영국을 부르던 명칭.

11장. 풀려나다

우중충한 가을밤이 손 강[60]으로 느릿느릿 다가왔다. 강물은 구름을 묵직하게 비추는 모습이 어둑한 곳에 지저분하게 걸린 거울 같고, 나지막한 강둑은 여기저기 기울어져서 강물에 비치는 모습이 점차 어둡게 변하는 자신을 바라보는 게 신기하기도 하고 두렵기도 한 것 같았다. 샬롱[61] 주변 광활한 들판이 잔뜩 화난 석양 뒤로 길고 묵직하게 뻗어나가고, 쭉 늘어선 미루나무가 들쭉날쭉했다. 손 강 양쪽 기슭으로 쓸쓸한 느낌이 울적하고 축축하게 깔리고, 밤은 빠르게 깊어갔다.

한 사내가 샬롱으로 천천히 나아갔다. 움직이는 유일한 물체였다. 카인이라면 그렇게 외롭고 쓸쓸할 것 같았다. 등에는 낡은 양가죽 배낭을 메고, 손에는 나무에서 아무렇게나 잘라 껍질조차 안 벗긴 지팡이를 들고, 신발과 각반은 다 닳고, 머리칼과 수염은 너저분하며, 입은 옷도 등에 걸친 망토도 빗물에 흠뻑 젖은 채 다리를 절뚝이며 힘겹고 고통스럽게 나아가니, 구름은 황급히 도망치고 바람은 울부짖고 풀잎은 부르르 떨고 강물은 나지막이 철썩이며 투덜대고 가을밤은 몸서리치는 것

60) Saone: 프랑스 동북부에서 남쪽으로 흘러 론 강과 합류하며 지중해로 흐른다.
61) Chalons: 프랑스 동북부 대도시.

같았다.

사내는 잔뜩 움츠러든 채 여기를 그리고 저기를 무뚝뚝하게 쳐다보고, 가끔 걸음을 멈춰서 뒤를 돌아보고 주변을 둘러보다, 다시 쩔뚝쩔뚝 힘겹게 나아가며 투덜댔다.

"지랄 같은 들판이 끝나질 않아! 지랄 같은 돌멩이가 칼날처럼 파고들어! 지랄 같은 어둠은 온몸을 으스스하게 휘감고! 정말 싫어!"

그럴 수만 있다면 주변 모든 것에 분노를 쏟아부을 기세였다. 사내는 조금 더 터벅터벅 나아가다 먼 곳을 쳐다보며 다시 멈췄다.

"나는 배고프고 목마르고 지쳤어. 너희 바보천치들은 불빛이 환한 곳에서 먹고 마시며 따듯한 불까지 쬐는데! 마을을 통째로 약탈하고 싶은 마음이 굴뚝같아, 모조리 갚아 주고 싶다고, 바보천치들아!"

하지만 마을을 보며 이를 부드득 갈아도, 마을을 보며 주먹을 아무리 흔들어도, 마을은 다가오지 않았다. 사내는 한층 더 배고프고 목마르고 지친 상태로 울퉁불퉁한 포장도로에 들어서는 순간, 가만히 서서 둘러보았다.

마을 입구에 호텔이 있어서 맛나게 요리하는 냄새가 흘러나오고, 창문이 환한 카페가 있어서 도미노 놀이 소리가 들리고, 문설주에 빨간 천을 길게 매단 염색가게가 있고, 제단에 바칠 공물을 만들고 귀걸이도 만드는 은세공 상점이 있고, 군인 고객이 입에 파이프를 물고 활기차게 몰려나오는 담뱃가게가 있었다. 마을에서 나쁜 냄새도 나고, 도랑마다 빗물과 쓰레기도 넘치고, 도로 가로등은 길게 늘어서서 희미하게 빛나고, 커다란 승합마차는 짐을 산더미처럼 쌓고 회색 말 여섯 마리를 묶은 채 역마차 사무실에서 무게를 줄이려 애썼다. 하지만 잔뜩 고생한 여행객이 묵을만한 선술집은 안 보여, 어두운 모퉁이를 돌아가니, 여인네들이 아직도 물을 담는 공동 물탱크 주변에 양배추 잎사귀가 묵직하게 깔려서 짓밟혔다. 그곳에, 뒷골목에, '새벽'이라는 선술집이 있었다. 창문마다 커튼을 쳐서 '새벽'을 가렸지만 환하고 따듯하게 보이는 데다, 당구대와 당구공으로 아름답게 장식한 걸 보면, 말을 타고 온 사람이든 걸어온 사람이든 '새벽'에서 당구도 치고 고기도 먹고 숙박도 할 수 있으며, 좋은 포도주와 향긋한 독주와 브랜디도 마실 수 있을 게 분명했다. 사내는 '새벽' 손잡이를 돌려서 안으로 절뚝이며 들어갔다.

사내는 안으로 들어서는 동시에 후줄근하고 색바랜 모자에 손을 대서 안에 있는 몇 사람한테 인사했다. 두 명은 조그만 탁자 하나를 차지한 채 도미노를 하고, 서너 명은 벽난로 주변에 둘러앉아 담배를 태우면서 대화를 즐겼다. 한가운데 놓인 당구대에는 당장은 아무도 없고, '새벽' 여주인은 시럽 병과 케이크 바구니, 유리잔 받침대를 쌓아놓은 조그만 계산대 너머에서 바느질하는 중이었다.

사내는 아무도 없는 벽난로 뒤편 모서리 조그만 탁자로 가서 배낭과 망토를 바닥에 내려놓았다. 그러느라 숙이던 머리를 일으키자, 옆으로 다가온 여주인이 보였다.

"오늘 밤에 묵을 수 있나요, 마담?"

"당연하지요!"

여주인 목소리가 활기차고 상쾌했다.

"잘됐군요. 식사……저녁……같은 것도 먹을 수 있나요?"

"물론이지요!"

여주인이 조금 전처럼 대답했다.

"그렇다면 빨리 차려주시오, 마담. 먹을거리를 최대한 빨리, 포도주부터. 완전히 지쳤다오."

"날씨가 험하니까요, 선생."

"지랄 맞을 날씨."

"길도 멀고."

"지랄 맞게 먼 길."

쉰 목소리조차 제대로 안 나오자 두 손에 머리를 누이고 쉬는데, 여주인이 계산대에서 포도주병을 가져왔다. 사내는 조그만 텀블러 잔에 포도주를 두 번 연속으로 채워서 마신 다음, 식탁보와 냅킨, 수프 접시, 소금, 후추, 올리브유와 함께 앞에 놓인 커다란 빵 덩어리 끝을 뜯고는, 모서리에 등을 기댄 다음에 긴 의자를 침상 삼아 다리를 쭉 뻗고 누워서 빵을 씹어먹으며 음식이 나오기를 기다렸다.

갑작스러운 변화에 벽난로 앞 대화가 잠시 흐트러지는데, 낯선 사내가 들어섰으니 당연한 결과였다. 하지만 그 순간도 지나고, 사람들은 낯선 사내를 충분히 살핀 다음에 다시 말문을 열었다. 그들 가운데 한 명이 하던 이야기를 마저 꺼낸 것이다.

"그게 진짜 이유야. 사람들이 악마가 풀려났다고 떠든 진짜 이유는 바로 그거라고."

그는 교회에서 일하는 키가 큰 스위스 출신 사내로, 자신이 하는 말에 교회의 권위를 끌어들이는 느낌인데, 대화 주제가 악마라서 특히 더했다.

여주인은 새로 온 손님이 먹을 음식을 '새벽'에서 주방장으로 일하는 남편에게 주문한 다음, 계산대 뒤에서 바느질을 계속했다. 조그만 여인이 재치가 있고 깔끔하고 쾌활해서 모자 주문도 많고 스타킹 주문도 많기 때문인데, 갑자기 소리 내서 웃으며 고개를 몇 차례 끄덕이다 대화에 불쑥 끼어들었다. 두 눈은 여전히 바느질에 집중한 상태였다.

"맙소사! 리옹에서 들어온 배가 마르세유에서 악마를 실제로 풀어주었다는 소식을 알릴 때, 파리를 잡던 몇 사람이 그대로 믿었답니다.

하지만 나는? 안 믿었어요, 나는."

"마담은 항상 옳아요. 그 남자한테 분노했을 게 분명해요, 그죠, 마담?"

키 큰 스위스 사내가 묻자, 여주인이 바느질감에서 고개를 들고 두 눈을 동그랗게 뜬 채 머리를 한쪽으로 기울이며 대답했다.

"물론이죠! 당연히 그럴 수밖에요."

"몹시 나쁜 놈이지요."

"사악하고 비열한 놈이 큰 벌을 받아야 하는데 묘하게 피했으니, 그만큼 더 나쁠 수밖에요."

여주인이 말하자, 스위스 사내가 입에 문 시가를 논쟁하듯 돌리면서 대답했다.

"잠깐, 마담! 한번 봅시다. 그건 그 사람이 불행한 운명을 타고났기 때문일 수 있어요. 환경의 지배를 받아서 그런 걸 수 있다고요. 누가 제대로 파악해서 대처했더라면, 그 사람 역시 선량하게 살아갈 가능성이 없는 건 아니었으니, 박애주의 철학[62]에 따르면……"

위압적인 표현에 벽난로 앞에 모인 무리가 투덜댔다. 도미노를 하던 두 사람조차 힐끗 쳐다보는 게, 박애주의 철학이란 표현을 '새벽'에 끌어들이는 데 항의하는 것 같았다. 여주인이 웃는 얼굴로 고개를 더욱 열심히 끄덕이면서 말했다.

"잠깐만요, 선생도, 선생의 박애주의도. 잘 들으세요. 나는 여자예요, 나는. 박애주의 철학 같은 건 몰라요. 하지만 여기서, 바로 이 자리에서 직접 보고 겪은 세상은 알아요. 그래서 말하는데, 손님, 세상에는 (남자든 여자든, 불행히도) 선한 마음이 없는 사람도 있답니다. 망설이지 말고 증오해야 하는 사람도 있고, 인류의 적으로 취급해야 마땅한

62) 공리주의를 말한다.

사람도 있고, 인간의 마음이 없어서 잔인한 짐승마냥 깨끗하게 박멸해야 마땅한 사람도 있답니다. 그 숫자가 안 많기를 바라지만, 나는 그런 사람이 (이렇게 조그만 '새벽'에조차) 있는 걸 내 눈으로 똑똑히 보았어요. 그 사람 역시 - 사람들이 뭐라고 부르던데, 이름을 잊었네요 - 그런 부류가 분명해요."

여주인이 씩씩하게 한 말을 '새벽'에 모인 사람 모두 커다랗게 환호했다. 남의 잘못을 온화하게 덮어주자는 주장을 확실하게 반대하는 분위기에 사람들이 편승한 것이다.

남편이 옆문에 나타나자, 여주인이 낯선 손님에게 줄 수프를 받아오려고 바느질감을 내려놓고 일어나며 다시 말했다.

"분명히 말하는데! 박애주의 철학을 주장하면서 그런 작자한테 말로든 행동으로든 자비를 베풀겠다면, '새벽'에서 당장 꺼지라고 하세요, 여기선 한 푼만 한 값어치도 없으니."

여주인이 수프를 탁자에 내려놓을 때 낯선 손님이 일어나 앉아서 여주인 얼굴을 물끄러미 쳐다보는데, 콧수염은 코 밑으로 올라가고 코는 콧수염으로 내려오고, 키가 큰 스위스 사내는 이렇게 말했다.

"으음! 원래 주제로 돌아갑시다. 다른 주제는 제쳐놓고, 신사 여러분, 마르세유 사람들이 악마가 풀려났다고 말하는 이유는 그 사내가 재판을 받고 무죄로 풀려났기 때문이오. 그래서 그런 소문이 돌아다닐 뿐, 이상도 이하도 아니라오."

"그 사람 이름이 뭐였죠? 비로?"

여주인이 묻자, 키 큰 스위스 사내가 대답했다.

"리고, 마담."

"맞아, 리고!"

나그네는 수프와 고기 요리와 채소를 차례대로 먹었다. 앞에 놓인 걸 모두 먹어치우고 포도주병까지 깨끗이 비운 다음, 럼주를 한 잔 주문하고 커피를 마시며 담배를 태웠다. 기운이 나면서 오만한 자세도 나오니, '새벽'에 모여서 자기 얘기에 몰두하는 사람들을 깔보는 눈으로 훑어보는 게, 자신은 겉보기보다 신분이 아주 높다는 표정이었다.

다른 약속이 있어서 그런 건지 아니면 신분이 열등하다고 느껴서 그런 건지 모르겠지만, 어떤 경우든 사람들은 조금씩 흩어지고 빈자리를 대신 채울 사람은 없으니, 결국에는 새 나그네가 '새벽'을 독차지하게 되었다. 주인장은 주방에서 쨍그랑대며 일하고 여주인은 바느질에 집중하느라 조용해, 기운을 차린 나그네는 벽난로 옆에 앉아서 너덜너덜한 두 발에 불을 쬐며 담배를 태웠다.

"실례하겠는데, 마담…… 비로라는 사람."

"리고요, 선생님."

"네, 리고. 다시 실례하겠는데…… 그 사람이 마담을 화나게 했나요, 어떻게?"

여주인은 상대를 보고서 속으로 잘생긴 사내라는 생각도 하고, 다음 순간에 못생긴 사내라는 생각도 하다, 코가 내려오고 콧수염이 올라오는 모습을 보는 순간에 후자 쪽으로 결론이 강하게 쏠렸다. 그러면서 대답했다, 리고는 마누라를 죽인 악당이라고.

"그래요? 그렇다면 악당이 맞겠군. 그런데 마담은 어떻게 아나요?"

"온 세상이 아니까요."

"하! 그런데도 재판에서 무죄를 받았나요?"

"선생님, 법이 그놈을 제대로 처벌하지 않은 기예요. 그렇지만 그놈이 그런 짓을 저지른 건 온 세상이 알아요. 그곳 사람들도 잘 아는 터라 그놈을 갈기갈기 찢어발기려 한 거고요."

“세상 사내 모두 자기 마누라랑 완벽하게 살아가나 보죠? 하하하!”

손님이 웃자, ‘새벽’ 여주인이 다시 쳐다보는데, 마지막 결론이 옳다는 확신을 느꼈다. 하지만 손이 고운 데다, 손을 움직이는 동작도 멋들어졌다. 그렇게 못생긴 얼굴은 아니라는 생각이 다시 들었다.

“그 작자가 어떻게 되었다는 말을 마담이 했던가요, 아니면 아까 그 신사분들이?”

여주인이 고개를 저었다. 활달하고 진지하게 말할 뿐, 박자에 맞춰서 고개를 끄덕이지 않은 건 처음이었다. ‘새벽’에서 나온 말에 따르면, 그 작자가 변을 안 당하도록 감옥에 가두었다는 내용이 잡지에 실렸다는, 당연히 받아야 할 형벌을 피했으니 그만큼 더 나쁘다는 대답이 전부였다.

손님은 여주인을 물끄러미 쳐다보며 마지막 담배를 태우는데, 그때 표정을 보았다면 주인은 의구심을 몽땅 떨쳐내고 손님이 잘생겼는지 못생겼는지 확실하게 결론 내릴 텐데, 아쉽게도 고개를 숙인 채 작업에 열중하니, 여주인이 고개를 들 때는 그 표정이 사라지고, 고운 손이 덥수룩한 콧수염을 만지작거릴 뿐이었다.

“침실로 안내를 부탁해도 될까요, 마담?”

당연하죠, 선생님. 여보, 남편! 우리 남편이 위층으로 안내할 거예요. 나그네 한 명이 너무 지치고 힘들어 아주 이른 시각에 들어가서 잠자는데, 침실이 커서 스무 명은 넉넉하게 들어갈 수 있고, 침대도 두 개랍니다. ‘새벽’ 여주인이 쾌활하게 설명하는 중간중간에 옆문에 대고 “여보, 남편!”을 불렀다.

우리 남편이 마침내 “그래, 마누라!”라 대답하며 요리사 모자 차림으로 나와서 촛불을 들고는 가파르고 좁은 계단을 오르니, 나그네는 여주인에게 내일 다시 만나는 즐거움을 부탁한다는 아부와 함께 잘 자라고 인사한 다음, 망토랑 배낭을 들고 쫓아갔다. 침실은 정말 널찍했다. 바닥은 판자가 꺼칠꺼칠하고, 천장은 회칠을 안 해서 서까래가 보이고, 침대 두 개는 반대편 벽에 멀찌감치 떨어뜨려 놓았다. "우리 남편"은 들고 온 촛불을 내려놓고, 배낭으로 허리 숙인 손님을 옆눈으로 쳐다보면서 "오른쪽 침대!"라고 무뚝뚝하게 말한 다음, 편히 쉬도록 남겨둔 채 떠났다. '우리 남편'은, 관상을 보는 실력이 좋은지 나쁜지 모르겠지만, 손님 얼굴이 못생겼다고 완벽하게 결론 내린 다음이었다.

나그네는 거칠지만 깨끗한 침구류를 경멸하는 눈으로 쳐다보며 침대 옆 골풀 의자에 앉아, 주머니에서 돈을 꺼내 손으로 어림짐작하며 중얼거렸다.

"사람은 먹어야 해. 하지만 내일은 다른 사람 돈으로 먹어야겠군!"

나그네가 가만히 앉아서 손에 쥔 돈을 기계적으로 짐작하며 곰곰이 생각하는데, 맞은편 침대에서 깊이 숨 쉬는 소리가 귀청을 규칙적으로 때려서 두 눈이 그쪽으로 자연스레 끌렸다. 담요로 온몸을 덮은 데다 머리맡에 하얀 커튼까지 드리운 상태라 소리만 들리고 얼굴은 안 보였다. 하지만 규칙적으로 깊이 숨 쉬는 소리는 너덜너덜한 신발과 각반을 벗는 동안에도 들리고 외투와 넥타이를 옆에 내려놓을 때도 들려, 잠자는 사람 얼굴이나 보자는 충동과 호기심이 나그네를 집어삼키고 말았다.

잠을 안 자는 나그네는 잠자는 나그네 침대로 가까이, 조금 더 가까이, 훨씬 가까이 다가가다, 결국에는 바로 옆에 섰다. 그런데도 얼굴이 안 보였다. 담요를 바싹 뒤집어썼기 때문이다. 규칙적으로 숨 쉬는 소리는 여전해, 나그네는 곱고 하얀 손을 (슬금슬금 다가가는 모양이 더없이 위험해 보이는 손을!) 내밀어서 담요를 조용히 들어 올렸다. 그러다 깜짝 놀라며 속삭였다.

"맙소사! 존 밥티스트!"

조그만 이탈리아인이 잠자다 이상한 낌새를 느꼈는지 규칙적으로 숨 쉬길 멈추고는, 숨을 깊게 오랫동안 내쉬면서 눈을 떴다. 눈을 뜨긴 했어도 처음에는 깨어난 게 아니었다. 예전 감방 동료를 가만히 쳐다보다, 갑자기 깜짝 놀라서 비명을 내지르며 벌떡 일어난 것이다.

"쉿! 왜 그래? 조용해! 나라고. 나를 알잖아!"

상대가 숨죽인 목소리로 달랬다.

하지만 존 밥티스트는 눈을 동그랗게 뜬 채 비명과 기도문을 몇 차례 중얼대고 덜덜 떨다 모서리로 물러나서 바지를 입고 외투 소매를 목에 둘러서 묶으며, 만남을 새롭게 이어가기보다는 문밖으로 당장 도망치고픈 욕구를 또렷이 드러냈다. 예전의 감방 동료 역시 낌새를 알아차리고 방문으로 가서 등으로 틀어막으며 다그쳤다.

"존 밥티스트! 정신 차려, 꼬마! 두 눈을 문지르고 나를 봐. 예전 이름 말고 - 그거 말고 - 라니에, 라니에라고 해!"

존 밥티스트는 동그랗게 뜬 눈으로 물끄러미 쳐다보며, 오른손 검지를 왼쪽으로 흔드는 민족적 특성을 몇 차례 드러내는 게, 상대가 하는 말은 무어든 평생 거부하기로 단단히 결심한 것 같았다.

"존 밥티스트! 손을 내밀어. 너도 신사 라니에를 알잖아. 신사 손을 잡아!"

권위 어린 특유의 정중한 말투에 존 밥티스트는 자신도 모르게 굴복해, 여전히 두 다리를 덜덜 떨며 다가가서 상대 손을 잡았다. 라니에는 웃으면서 손을 꼭 잡고 흔들다 놓아주었다.

"그럼 단두대에서……"

존 밥티스트가 덜덜 떠는 목소리로 말하자, 라니에가 목을 한 차례 돌리면서 대답했다.

"목이 안 잘렸냐고? 그래. 잘 봐! 자네 목처럼 단단히 달라붙었잖아."

존 밥티스트는 부르르 떨면서 침실을 둘러보는 게, 자신이 어디에 있는지 떠올리려는 것 같았다. 라니에는 그 기회를 틈타서 방문 자물쇠를 잠근 다음, 자기 침대에 앉더니, 신발과 각반을 들어 올리며 말했다.

"보라고! 신사치고는 차림새가 엉망이라는 말이 절로 나올 거야. 하지만 괜찮아, 금방 좋아질 테니까. 이리 와서 앉아. 예전처럼!"

존 밥티스트는 확신이 조금도 없는 표정으로 상대를 열심히 쳐다보다 침대 옆 바닥에 앉고, 라니에는 다시 말했다.

"잘했어! 예전처럼 지옥 굴로 들어온 것 같군, 그치? 언제 나왔나?"

"방장님이 끌려가고 이틀 뒤."

"왜 여기에 있나?"

"마르세유에 머물지 말라는 경고를 받고서 당장 떠난 뒤로 여기저기 떠돌았답니다. 아비뇽, 퐁테스프리, 리옹에서 잡다한 일을 했지요. 론 강에서도 일하고 손 강에서도 일하고."

존 밥티스트가 말하면서 햇볕에 그을린 손으로 바닥에 지도를 빠르게 그렸다.

"그래서 이제 어디로 갈 건가?"

"어디로 가느냐고요, 방장님?"

"그래!"

존 밥티스트는 질문을 피하고 싶은 욕구가 가득하지만 어쩔 도리가 없어, 결국에는 억지로 대답하듯 말했다.

"맙소사! 파리로 갈 생각을 할 때도 있고 영국으로 길 생각을 할 때도 있습죠."

"존 밥티스트. 비밀인데, 나도 파리나 영국으로 갈 생각이야. 함께 가면 되겠군."

조그만 사내는 고개를 끄덕이면서도 반감을 드러냈다. 함께 가는 방법이 바람직한지 의심하는 표정에, 라니에는 다시 말할 수밖에 없었다.

"함께 가는 거야. 내가 신사로 새롭게 변신할 테니 너한테 그만큼 이익이라고. 알겠나? 함께 가는 거?"

"아, 물론입죠, 물론입죠!"

"그렇다면 내가 잠들기 전에 – 어서 자고 싶으니까 짤막하게 – 여기까지 온 과정을 말하겠네, 나, 라니에가. 이름을 명심하도록. 다른 이름은 잊고."

"알트로, 알트로! 리고 말고……"

존 밥티스트가 말을 마무리하기도 전에 동료는 턱밑으로 손을 대서 입을 매섭게 틀어막았다.

"죽을래? 뭐하는 거야? 내가 돌에 맞고 발에 짓밟히는 꼴을 보고 싶어서 그래? 네놈도 돌에 맞고 발에 짓밟히고 싶어? 네놈도 피할 순 없다고. 사람들이 나한테 그러면서 감방 동료만 그냥 보내 줄 것 같아? 그런 일은 결코 없어!"

라니에가 턱을 놓아줄 때 얼굴에 떠올린 표정을 보는 순간, 동료는 실제로 사람들이 돌을 던지고 발로 짓밟는 순간에 라니에가 자신까지 끌고 들어가리라는 느낌을 받았다. 라니에는 세계인을 추구하는 신사라, 어떤 나라 출신이든 차별하지 않는다는 사실도 떠올랐다.

"나는 자네와 헤어진 뒤로 사회한테 나쁜 짓을 많이 당한 사람이야. 자네도 알다시피 나는 예민하고 용감하며 남을 지배해야 하는 성격이라고. 그런 성향을 사회가 어떻게 취급했는지 아나? 거리를 지날 때마다 욕설을 해댔어. 경비병이 에워싸도 사람들이, 특히 여인네들이 손에 잡히는 대로 아무거나 들고서 달려들더군. 안전한 곳은 감옥밖에 없는데, 그것 역시 비밀로 해야 했어, 언제 누가 달려들어 내 몸뚱이를 갈가리 찢어발길지 몰라서. 결국에는 깜깜한 밤에 짐 마차를 타고 밀짚 속에 숨어서 마르세유를 빠져나와야 했지. 예전에 살던 집 근처는 다가갈 수도 없어, 거지처럼 푼돈만 가지고 험한 날씨와 진흙탕을 헤치며 걸어야 했어, 발바닥이 너덜너덜할 정도로. 여길 보라고! 사회가 얼마나 극심한 모욕을 가했는지, 앞에서 말한 성향을 지닌, 자네가 잘 아는 성향을 지닌 나한테! 복수하고 말겠어."

이런 이야기를 라니에는 한 손을 입에 모아서 동료 귀에 대고 속삭였다. 다시 말할 때 역시 똑같은 자세였다.

"여기에서조차, 누추한 선술집에서조차 사회는 내 뒤를 쫓는다고. 마담이 나를 욕하고 손님들이 나를 욕해. 나를, 예의범절이든 지식이든 상대가 안 되는 연놈들이! 하지만 사회가 지금껏 저지른 잘못을 나는 이 가슴속에 보물처럼 소중하게 쌓아놓았다고."

존 밥티스트는 쉰 목소리를 억누르며 하는 말을 열심히 듣다 "그럼요, 그럼요!"라 맞장구치고 머리를 끄덕이다 두 눈을 꼭 감는 게, 사회를 해칠 흉악범이 분명하다고 확신하는 것 같았다.

"신발은 저기에 놔. 망토는 문고리에 걸쳐서 말리고. 모자는 요기에 놓고."

라니에가 말하고, 존 밥티스트는 시키는 대로 따랐다.

"바로 이게 사회가 나한테 배정한 침대로군, 그치? 하. 꽤 훌륭해!"

라니에가 누더기 손수건을 사악한 머리에 동그랗게 묶고 침대에 길게 누워서 담요 위로 사악한 얼굴만 드러내는 순간, 존 밥티스트는 콧수염이 올라가는 걸 막고 코가 내려오는 걸 막으려고 하마터면 예전에 저지른 뻔한 행위가 강력하게 떠올랐다.

"운명의 주사위 통에서 구르다 다시 이렇게 만나는군, 그치? 하늘이 도왔어. 자네한테 정말 다행이거든. 자네가 많은 이익을 누릴 거야. 이제 나는 긴 잠이 필요해. 아침까지 깨우지 말게."

존 밥티스트는 마음껏 자라고, 편히 자라고 대답하면서 촛불을 껐다. 그런 다음에 조그만 이탈리아인이 옷을 벗었을 거라고 상상하겠지만 실제로는 정반대로, 머리끝부터 발끝까지 차려입었다, 신발만 빼고. 그리고는 자기 침대에 누워서 담요를 덮는데 외투는 목에 그대로 묶은 상태였다.

존 밥티스트가 깨는 순간, 새벽은 이름이 똑같은 선술집 내부를 살그머니 훔쳐보았다. 밥티스트는 벌떡 일어나서 한 손에 신발을 들고, 방문 자물쇠를 조심스럽게 열더니, 계단을 살금살금 내려갔다. 커피와 포도주와 담배와 시럽 냄새만 날 뿐 꿈틀대는 건 없었다. 마담이 있던 조그만 계산대가 섬뜩하게 보일 정도였다. 하지만 존 밥티스트는 간밤에 숙식비를 미리 낸 데다, 아무도 마주치고 싶지 않았다. 신발을 신고 배낭을 메고 문을 열어 도망치고 싶을 뿐이었다.

존 밥티스트는 목적을 달성했다. 문을 여는 순간에 어떤 동작이나 목소리도 안 들리고, 누더기 손수건으로 감싼 사악한 머리도 위층 창문에서 내다보지 않았다. 길게 뻗은 지평선 위로 태양이 동그란 원을 그리며 올라와서 불길을 내뿜어 조그만 가로수가 단조롭게 늘어선 포장도로 진흙탕을 밝히는 순간, 웅덩이에 고여서 불길을 이글거리는 빗물을 까만 점 하나가 첨벙대며 걸어가는 모습이 애처롭게 보였다. 방장한테서 도망치는 존 밥티스트였다.

12장. 블리딩 하트 단지[63]

블리딩 하트 단지는 런던에 속하긴 해도, 윌리엄 셰익스피어가 작가며 연극배우로 활약한 당시에 왕실 사냥터가 있던 - 하지만 지금은 사냥감이 없고 인간 사냥꾼만 있는 - 런던 외곽 오래된 시골길에 있었다. 겉모습과 운명은 크게 바뀌었으나 영광스러운 흔적은 곳곳에 보였다. 쭉 늘어선 모습이 웅장한 굴뚝 무더기 두세 개, 벽을 세워서 분리할 운명을 벗어나, 곳곳에서 예전 규모를 그대로 드러내는 어둡고 널찍한 공간이 그랬다. 가난한 사람들이 빛바랜 영광 사이에 세운 안식처에서 살아가는 모습은 무너진 피라미드 돌 더미 사이에 천막을 세우고 사는 사막의 아랍 사람들 같지만, 가족적인 분위기가 가득하다는 점이 또 다른 특징이었다.

빠르게 발전하는 도시가 원래 자리에서 부풀어 오르듯 블리딩 하트 단지 역시 그 자리에서 부풀어 올라, 단지로 들어서려면 원래는 없던 계단을 내려가고 나지막한 입구를 지나서 초라한 거리가 이리 뻗고

---

63) Bleeding Heart Yard는 Hatton Garden Charled Street에 있다. 원래는 Hatton 가문 소유였다. 'Bleeding Heart Yard'라는 이름이 생긴 유래는 다양하다. 이 책에서 찰스 디킨스가 설명한 내용도 있으나, 종교개혁 이전에 공공건물 성모상 심장에서 피를 흘린 표식이 있어서 이런 명칭이 생겼다는 설명이 가장 설득력 있다.

저리 뻗으며 미로처럼 얽힌 곳으로 들어선 다음에 구불구불한 계단을 다시 올라야 했다. 입구 너머 단지 끝에 데니얼 도이스가 운영하는 공장이 있어서 쇳덩이가 쇳덩이를 때리는, 무쇠 심장이 피를 흘리는(like a bleeding heart of iron) 묵직한 소리가 일어나곤 했다.

단지에 이런 이름이 붙은 유래에 대해서는 사람들 의견이 갈렸다. 실용적인 주민은 살인 사건 때문이라는 전설을 받아들이고, 성격이 부드럽고 상상력이 풍부한 주민은, 특히 여성 일반은, 옛날에 젊은 여인이 진정으로 사랑하는 연인에게 온 마음을 바칠 뿐 아버지가 고른 청혼자와 결혼하길 거부했기 때문에 아버지가 딸을 방 안에 무자비하게 가두었다는 전설을 받아들였다. 전설에 따르면 젊은 여인은 창살이 가로막힌 창문에 툭하면 나타나서 고통스러운 사랑을 노래하다 죽어갔는데, 후렴이 '심장에서 피가 흐르네, 심장에서 피가 흐르네, 피를 흘리며 죽어가네(the Bleeding Heart, Bleeding Heart, bleeding away)!'였다는 것이다. 살인 사건을 지지하는 쪽에서는 자수를 놓는 여성 노동자가 - 아직도 단지에 사는 로맨틱한 노처녀가 - 만들어 낸 후렴에 불과한 걸 모르는 사람이 없다며 반발했다. 하지만 인기 있는 전설은 사랑에서 나올 수밖에 없고, 살인 사건보다 연애 사건에 더 많은 사람이 빠져드는 까닭에 - 인간 사회가 아무리 사악할지언정, 세상 끝날까지 하늘의 섭리에 따라 살아가길 바라노니 - '심장에서 피가 흐르네, 심장에서 피가 흐르네, 피를 흘리며 죽어가네!' 이야기를 훨씬 많은 주민이 오늘날까지 받아들였다. 동네에서 유식하게 강연하는 고미술품 수집가는 예전에 이 지역을 소유한 명문가의 문장(紋章)이 '블리딩 하트'였다고 지적하지만, 양쪽 주민 누구도 귀를 기울이지 않았다. 매년 한 번씩 뒤집는 모래시계에 더없이 세속적이고 거친 모래만 가득한 현실을 고려할 때, 모래시계에서 유일하게 반짝이는 황금빛 로맨스를 없애려는 주장에 블리딩 하트 단지 주민이 반발하는 건 너무나 당연했다.

데니얼 도이스와 미글스 선생과 클레넘은 계단을 내려가서 단지로 들어섰다. 단지를 쭉 지나, 양쪽에서 열린 문 사이로, 조그만 아이들이 묵직한 아이들을 돌보는 장식물[64]이 풍성한 문 사이로 들어가, 맞은편 경계가 있는 입구에 도착했다. 여기에서 클레넘은 걸음을 멈추고 미장이 플로니쉬가 사는 집을 찾아보는데, 런던 사람 모두가 그런 것처럼, 데니얼 도이스 역시 당시까지 그 사람을 본 적도 이름을 들은 적도 없었다.

하지만 작은 도릿이 말한 바에 따르면, 입구 모서리에 석회를 뿌리고 입구에 사다리 하나와 통 한두 개를 걸쳐놓은 소박한 집이었다. 작은 도릿이 설명한 대로 블리딩 하트 단지 끝에 있는 건물로, 규모가 큰 만큼 세입자도 많았다. 하지만 플로니쉬는 자기 이름 밑에 손을 그려 넣고 (반지는 물론 손톱까지 정교하게 그린) 집게손가락을 뻗는 식으로 자신을 찾아온 사람에게 자신이 사는 집을 독특하게 암시했다.

클레넘은 미글스 선생과 다시 만날 약속을 잡은 뒤에 일행과 헤어져, 현관문에 혼자 다가가서 손가락으로 톡톡 쳤다. 가슴에 아이를 안은 여인이 문을 곧바로 열더니 다른 손으로 상의 옷자락을 황급히 여몄다. 플로니쉬 부인으로, 방금 보여준 어머니 특유의 행동은 플로니쉬 부인이 평소에 자주 하는 행동이었다.

플로니쉬 선생이 집에 있나요?

“으음, 선생님, 속이지 않고 말해서, 남편은 일거리를 찾으러 나갔답니다.”

플로니쉬 부인이 예의 바르게 대답했다. ‘속이지 않고 말해서’라는 표현 역시 플로니쉬 부인의 독특한 습관이었다. 어떤 상황이든 상대를

64) 큐피드 장식을 말한다.

속일 생각이 전혀 없는데도 이런 식으로 대답하는 습관이 독특했다.

"남편분이 금방 돌아오실까요, 여기서 기다리면?"

"저도 삼십 분 전부터 이제나저제나 남편이 돌아오기만 기다리는 중이랍니다. 안으로 들어오세요, 선생님."

클레넘은 어둡고 답답한 (하지만 천장은 높은) 실내로 들어가서 여인이 갖다 준 의자에 앉았다.

"속이지 않고 말해서, 저는 선생님이 친절한 분이라는 걸 알아챘답니다."

플로니쉬 부인이 말하는데, 클레넘은 무슨 말인지 알아들을 수 없어서 당혹스럽고, 그 표정은 이런 설명을 끌어냈다.

"누추한 곳에 들어오면서 모자 벗는 행동을 가치 있게 여기는 사람은 많지 않거든요. 하지만 생각 이상으로 가치 있게 여기는 사람도 있답니다."

클레넘은 모자를 벗는 사소한 예의조차 안 지키는 현실을 부끄럽게 여기며 "그렇군요!"라고 대답했다. 그리고는 허리를 숙여, 바닥에 앉아서 물끄러미 쳐다보는 또 다른 어린애 볼을 살짝 꼬집으며 아이가 잘생겼다고, 몇 살이냐고 물었다.

"얼마 전에 네 살이 되었답니다, 선생님. 정말 잘생겼어요, 그죠, 선생님? 하지만 병치레가 잦답니다."

플로니쉬 부인이 대답하고는 품에 안은 아기를 부드럽게 달래면서 덧붙였다.

"일거리 때문에 찾아오신 건지 물어도 괜찮을까요, 선생님?"

너무나 간절하면서도 불안한 말투에, 클레넘은 자신에게 집이 있다면 아니라는 대답 대신에 회칠을 듬뿍하려고 찾아왔다고 대답할 것 같았다. 하지만 아니라고 대답할 수밖에 없고, 그 순간 여인이 한숨을 억누르면서 나지막한 불길을 쳐다보는 얼굴에 실망스러운 그늘이 잔뜩 어리는 걸 보았다. 젊은 여자가 가난에 찌들어 겉모습은 물론 집안 살림마저 너저분하게 꾸민다는 사실도, 가난과 아이들에 지쳐서 젊은 얼굴에 주름이 일찍 졌다는 사실도 깨달을 수 있었다.

"일거리가 땅속으로 모두 사라진 것 같아요, 정말로."

플로니쉬 부인이 한탄했다. (미장이 일자리에 한정될 뿐, '빙글빙글 돌리기 관청'이나 바너클 가문을 연관시킨 말은 아니었다.)

"일거리를 찾는 게 그렇게 어렵나요?"

클레넘이 묻자, 부인이 대답했다.

"우리 남편은 그래요. 운이 안 따르거든요. 정말로."

정말이었다. 플로니쉬는 너무나 이상한 곡물 가격에 시달리느라 절뚝발이 경쟁자조차 따라잡을 수 없는 듯, 인생길을 힘겹게 걸어가는 수많은 나그네 가운데 하나였다. 의지는 강하고 일은 열심히 하고 마음은 부드럽고 고집은 안 부리는 성격으로 운명을 최대한 부드럽게 받아들이는데, 그 운명이 너무나 가혹했다. 플로니쉬를 쓰겠다는 사람은 드물고, 그 능력이 필요한 곳도 드무니, 마음만 답답할 뿐 그 이유를 도무지 이해할 수 없었다. 그래도 닥치는 대로 일하고 온갖 어려움에 맞닥뜨려서 힘겹게 빠져나왔다. 인생길을 힘겹게 나아가느라, 상처도 많았다.

"일거리를 찾아다니지 않아서도 아니고 일이 생겼을 때 열심히 일하지 않아서도 아닌 건 분명해요. 남편이 일하다 투덜댄 걸 들은 사람은 어디에도 없거든요."

플로니쉬 부인이 말하면서 눈썹을 추켜세워 벽난로 울타리 사이를 쳐다보는 모습이 해결책이라도 찾으려는 듯했다.

왠지 모르지만, 이것 역시 블리딩 하트 단지에 널리 퍼진 불행 가운데 하나였다. 사람들이 노동자를 구하기 어렵다고 애처롭게 투덜대는 소리는 자주 들리지만 - 자신들은 노동자를 마음대로 고용할 천부적인 권리라도 지닌 듯, 이런 상황을 극히 불편하게 여기지만 - 블리딩 하트 단지만큼은, 일할 의지가 가득한 건 영국의 여느 지역과 똑같은데, 노동자가 부족한 적은 한 번도 없었다. 바너클이라는 고매한 명문가는 대원칙을 지키느라 너무나 바빠서 이런 문제를 오랫동안 들여다볼 생각조차 않는데, 사실, 이 문제는 '헛소리 빵빵'을 제외한 다른 모든 명문가를 앞지르는 일과 아무런 관계가 없기도 했다.

플로니쉬 부인이 하소연하는 사이에 자리를 비운 남편이 돌아왔다. 뺨이 매끈하며 피부가 건강해서 화색이 돌고 구레나룻이 연한 갈색으로, 나이는 서른이었다. 다리는 길어서 무릎이 휘고, 얼굴은 순진무구하고, 플란넬 윗도리에 하얀 석회가 묻은 차림이었다.

"제가 플로니쉬입니다, 선생님."

클레넘이 일어나며 대답했다.

"도릿 가족 문제를 물어보고 싶어서 찾아왔습니다."

플로니쉬가 의심스러워하는 표정으로 쳐다보았다. 채권자 냄새를 맡은 것 같았다.

"아, 그렇군요. 으음. 제가 어떤 말씀을 드릴 수 있을지 모르겠습니다. 무슨 내용인지요?"

"나는 당신을 잘 압니다."

클레넘이 웃으며 말했다. 하지만 플로니쉬는 안 웃었다. 선생이 누군지 모른다고 대답한 게 전부였다.

"그렇겠지요. 나 역시 당신을 다른 사람한테, 하지만 충분히 잘 아는 사람한테 들었으니까요, 작은 도릿한테 - 내 말은, 미스 도릿한테."

"클레넘 선생님? 아! 선생님 얘기를 들었습니다."

"나는 당신 얘기를 들었고요."

"앉으십시오, 선생님. 환영합니다."

플로니쉬가 인사하며 의자를 끌어와 큰애를 들어서 무릎에 앉혔다, 낯선 사람한테 말하는 데 큰 도움이라도 되는 것처럼.

"그래요, 예전에 저도 그곳에 갇힌 적이 있어서 미스 도릿을 안답니다. 저랑 집사람 모두 미스 도릿을 잘 알지요."

"친하거든요!"

플로니쉬 부인이 끼어들었다. 실제로 부인은 미스 도릿과 친한 걸 자랑스럽게 여긴 나머지, 평소에 그 아버지의 채무를 엄청나게 부풀려서 '단지' 여기저기에 씁쓸한 마음을 일깨우기도 했다. 그렇게 대단한 사람을 안다는 부인이 부러울 정도였다.

"제가 먼저 만난 사람은 미스 도릿 아버지였답니다. 그분이랑 가까워지면서 - 아아 - 미스 도릿을 알게 되었습니다."

남편이 거듭 말했다.

"그렇군요."

"아! 태도가 훌륭했어요! 빛이 났으니까요! 마셜씨 교도소에 씨앗을 뿌리려고 신사가 들어온 거예요!"

남편이 목소리를 낮추며, 동정하거나 혐오해야 마땅한 모습을 숭배하는 말투로 묘하게 이어갔다.

"선생님이 아실지 모르겠는데, 미스 도릿과 언니는 생활비를 벌려고 일하지만, 아버지한테는 안 알린답니다. 절대로!"

남편이 처음에는 부인을, 다음에는 주변을 엉뚱할 정도로 의기양양하게 둘러보며 덧붙였다.

"아버지한테 안 알린답니다, 절대로!"

"그건 자랑스러운 게 아니라, 불쌍한 거라오."

클레넘이 차분하게 말했다. 이 말을 듣는 순간, 플로니쉬는 그게 그렇게 좋은 건 아닐 수 있다는 생각을 처음 하는 것 같았다. 그래서 곰곰이 생각하다, 결국엔 포기하며 말했다.

"제가 볼 때, 도릿 선생님은 저한테 정말 친절하십니다. 신분 차이를 고려하면 대단한 호의지요. 하지만 우리가 말할 사람은 미스 도릿이에요."

"맞아요. 미스 도릿을 우리 어머니 집에 어떻게 소개하게 되었나요?"

플로니쉬는 구레나룻에서 석회 조각을 떼어내, 입술 사이에 놓고 혀로 눈깔사탕처럼 돌리면서 가만히 생각하다, 자신은 또렷하게 설명할 수 없다는 걸 깨닫고 부인을 쳐다보며 "여보, 당신이 설명하는 게 좋겠구려"라고 부탁했다.

부인은 아기를 옆으로 흔들어서 달래더니, 옷자락을 다시 풀어헤치려는 아기 손을 턱으로 누르며 말했다.

"하루는 오후에 미스 도릿이 쪽지 한 장을 들고 찾아와서는 바느질 일을 하고 싶다고, 쪽지에 이곳 주소를 적어도 되겠느냐고 물었어요." (남편은 교회에서 화답하듯, "이곳 주소를"이라 나지막이 되풀이하고) "저랑 남편은, 그래요, 미스 도릿, 그래도 괜찮아요, 라고 했어요." (남편은 "괜찮아요"라고 되풀이하고) "그래서 미스 도릿은 이곳 주소를 적었어요. 그런 다음에 저와 남편이 말했어요, 저기, 미스 도릿!" (남편은 "저기, 미스 도릿"을 되풀이하고) "똑같은 내용을 서너 장 써서 여러 곳에 알릴 생각은 안 했나요? 미스 도릿은, 미처 못 했지만, 그렇게 할게요, 라고 말했어요. 그리고는 이 탁자에서 예쁜 글씨로 쓰고, 남편은 그걸 일하는 곳으로 가져갔답니다. 당시에 일거리가 있었거든요." (남편은 "일거리가 있었거든요"라고 되풀이하고) "마찬가지로 '난시' 지주한테도 가져갔는데, 클레넘 마님이 미스 도릿을 처음 고용한 건 그곳을 통해서랍니다." 남편은 "그곳을 통해서랍니다"라고 되풀이하고, 부인은 말을 마치면서 조그만 아기 손에 뽀뽀하다 손가락을 무는 척했다.

"'단지' 지주라면……"

클레넘이 묻자, 남편이 대답했다.

"캐스비 나리랍니다. 그분 이름은. 팽스는 집세를 걷고요."

남편이 덧붙이더니, 대화 주제랑 관련이 없다는 생각을 뒤늦게 떠올리다 방향을 잃고 중얼거렸다.

"그게 그 사람들 일이랍니다, 믿어도 좋고 안 믿어도 좋은데, 잘 생각해서."

클레넘이 깊이 생각하는 표정으로 대답했다.

"그래요? 캐스비 선생이군요! 잘 아는 분이랍니다, 오래전에!"

플로니쉬는 이 부분에 대해 언급할 말이 없어서 입을 다물었다. 사실 클레넘 역시 관심을 보일 이유가 특별히 없기에 자신이 찾아온 목적으로 넘어갔다. 플로니쉬를 중간 역할로 삼아서 팁을 교도소에서 풀어주려는 것인데, 젊은이한테 자립심과 독립심을 중시하는 마음이 조금은 있을 테니 - 사실 이건 클레넘이 완벽하게 착각한 건데 - 그걸 훼손하지 않는 게 중요했다. 플로니쉬는 당사자 입으로 사건 내용을 들어서 잘 아는 터라, 원고는 사기 쳐서 물건을 파는 장사꾼(Chaunter)으로 - 성가를 부르는 사람(Chanter)이 아니라 말을 파는 사람이니 - 자신이 보기에 1파운드당 10실링[65]만 계산하면 "충분하다"는 사실을, 이보다 많이 주는 건 낭비라는 사실을 클레넘에게 이해시켰다. 물주와 중간 역할은 마차에 곧바로 올라타고 '하이 홀본' 마구간 지역으로 달려갔다. 그곳에는 훌륭한 회색 거세마가 있어, 아무리 낮게 잡아도 (겉으로 그럴싸

65) 1파운드는 20실링이니, 10실링만 계산한다는 건 액수를 반으로 후려친다는 뜻이다.

하게 꾸미려고 억지로 먹인 약값을 뺀다 해도) 75기니 가치는 충분히 나가는 놈이나, 단돈 20파운드에 넘긴다고, 지난주에 첼트넘의 바바리 대령 부인을 태우고 너무 빨리 달린 결과, 부인은 그렇게 힘센 말을 다룰 자신이 없는 게 너무나 화나, 말도 안 되는 가격에 팔라는 고집을 부린다는, 한마디로 거저 넘긴다는 거였다. 플로니쉬는 물주를 밖에 둔 채 마구간에 혼자 들어가선 꽉 끼는 황갈색 바지에 낡은 모자를 쓰고 손잡이가 살짝 휜 지팡이에 파란 목도리를 두른 신사를 만났다. 글로스터셔에서 온 마룬 대령으로, 바바리 대령[66]과 가까운 친구라, 훌륭한 회색 종마가 있다는 소식을 듣고 어서 구매해야겠다는 생각으로 광고에 적힌 주소를 보고 찾아왔다고 했다. 그런데 마룬 대령은 팁을 우연히 고발한 원고도 되니, 플로니쉬에게 자신이 고용한 변호사를 찾아가라면서 직접 상대하기를 거부하는 건 물론, 마구간에 있는 것조차 허락할 수 없다며, 먼저 20파운드부터 가져오라고, 그래야 문제를 해결할 진정성이 있다 판단하고 대화를 시작하겠다고 했다. 플로니쉬는 밖으로 나가서 물주랑 의견을 나눈 다음, 20파운드 수표를 들고서 곧바로 돌아왔다. 그러자 마룬 대령은 "그럼 나머지 20파운드를 구하는 시간은 얼마나 필요하시오? 좋소, 한 달을 주겠소"라고 말했다. 하지만 제안을 거부당하자, 마룬 대령은 "좋소, 그럼 좋은 방도를 알려 드리리다. 나머지 20파운드는 은행에서 발행한 4개월짜리 어음으로 가져오시오!"라고 말했다. 이 제안 역시 거부당하자, 마룬 대령은 "좋소. 마지막 제안이오. 10파운드만 얹어주면 서류에 깨끗하게 서명하겠소"라고 말했다. 이 제안 역시 거부당하자, 마룬 대령은 "이제 마지막이

---

66) Maroon은 '경고용 폭죽'이란 뜻이며, Barbary는 '야만인, 아랍산 종마'를 뜻하는데, 찰스 디킨스는 마룬 대령과 바바리 대령이라는 농담을 즐겨 사용했다. 막내아들을 '플로니쉬마룬'이라는 별명으로 부를 정도였다.

니, 이걸로 마무리합시다. 그놈이 나한테 정말 나쁜 짓을 저질렀지만, 5파운드에 포도주 한 병을 얹어주면 깨끗하게 풀어주겠소. 그렇게 할 거면 그렇게 하고, 그렇게 안 할 거면 그만둡시다"라고 말했다. 이것 역시 거부당하자, 결국 마룬 대령은 "그렇다면, 그거라도 주시오!"라 말했다. 처음에 나온 제안을 마침내 받아들여, 죄수를 풀어주는 서류에 서명한 것이다.

서류를 받아보고 클레넘이 말했다.

"플로니쉬, 괜찮다면 비밀을 지켜주시오. 젊은이한테 자유라고 알려주면서, 이름을 말할 수 없는 사람이 빚을 대신 갚아 주었다고 하면 나한테도, 그 젊은이와 누이동생한테도 큰 도움이 될 것이오."

"저는 미스 도릿한테 도움이 되는 것으로 충분하니 선생님 뜻에 따르겠습니다."

"좋은 친구가 빚을 대신 갚아 주었다는 말과 함께, 여동생을 생각해서라도 어렵게 생긴 자유를 좋게 활용하길 바란다는 말도 전해주시오."

"선생님 뜻대로 하겠습니다."

"당신은 그 가족을 잘 아니까 내가 정체를 안 드러내면서 작은 도릿을 도울 일이 있다면 주저하지 말고 알려주시오. 그러면 참 고맙겠소."

"그런 말씀 마십시오, 선생님. 그건 저한테 커다란 기쁨이니…… 정말 커다란 기쁨이니……"

플로니쉬가 두 번이나 반복하다, 문장을 마무리할 수 없다는 걸 깨닫고 포기하는 지혜를 발휘했다. 그리곤 클레넘에게 명함과 함께 금전상으로 적절한 보상을 받았다.

플로니쉬는 맡은 일을 당장 해치우고픈 마음이 간절하고, 물주 역시 같은 마음이었다. 그래서 물주는 마셜씨 교도소 철문 앞에 내려주겠다 제안하고, 두 사람은 블랙프라이어스[67] 다리를 넘어서 그쪽으로 마차를 몰았다. 그렇게 마차를 타고 가면서 클레넘은 새 친구한테 블리딩 하트 단지 사람들이 살아가는 모습을 대충 들었다.

플로니쉬 말에 따르면, 그곳 사람은 모두 힘들게, 너무 힘들게 살았다. 왜 그럴 수밖에 없는지 모르겠다. 이유를 제대로 아는 사람은 아무도 없다. 자신은 그냥 너무 힘들게 산다는 것만 안다. (플로니쉬가 확고하게 믿는 바에 따르면) 뱃가죽이 등에 달라붙은 상태에서 자신이 가난하다는 걸 깨달은 사람은 자신이 가난하다는 걸 뼈저리게 아는 터라, 아무리 말해도 가난하다는 생각을 못 지운다. 아무리 말해도 쇠고기를 사 먹게 할 수 없는 것과 똑같다. 그런데, 보라. 잘 사는 사람은, 그 이상은 아닐지언정 평균치에 가깝게 사는 사람은, '단지' 사람들이 "앞일을 생각하지 않는다"고 툭하면 말한다. 가령 어떤 사내가 부인과 자녀를 승합마차에 태우고 햄프턴 왕궁이라도 구경하러 가면, 일 년 중 한 번에 불과해도 "여보시오! 가난한 줄 알았는데 앞일을 생각지도 않는구려!"라고 말한다. 아아, 그 사내한테 얼마나 심한 말인가! 그 사내가 어떻게 되겠는가! 우울증에 걸려서 머리가 돌아버리지 않겠는가! 사내 머리가 돌아버린다 해서 좋을 사람이 누구겠는가? 분위기만 나빠지지 않겠는가! 그런데도 사람들은 그 사내가 우울증에 걸려서 머리가 돌아버리길 바라는 것 같다. 언제나 똑같다. 오른손이 안 그러면 왼손이 그런다. '단지' 사람이 어떻게 사는지 아는가? 직접 와서 보라. 여자애는 어머니랑 삯바느질하거나, 신발에 밑창을 붙이거나, 다듬질하거나, 조끼를 만든다, 낮이고 밤이고, 밤이고 낮이고. 그런데도 간신히 먹고살 뿐인데……못 그럴 때도 잦다. '단지'에는 온갖 기술자가 사는데, 하나같이 일거리가 필요해도, 일거리 자체가 없다. 그러

67) 도미니크 수사회. '까만 옷을 입는 수사회'라는 뜻이다.

니 평생을 죽도록 일하다 늙으면 구빈원에 들어간다. 공장주는 그런 상황을 아예 모르는 척한다. (클레넘 귀에는 '공장주'라는 말이 '협잡꾼'이라는 말로 들렸다.) 아아, '단지' 사람은 편히 살려면 도대체 어떻게 해야 하는지 아무도 모른다. 그게 누구 책임인지도 모른다. 자신 역시 누구 책임인지 모른다. 삶이 힘들다는 건 알아도 그게 누구 책임인지는 모른다. 자신은 그 책임자를 찾아낼 처지도 아니며, 행여나 찾아낸다 해서 누가 신경이나 쓰겠는가? 자신이 아는 건, 그 업무를 담당할 사람들이 그걸 제대로 해결하지 않는다는 것, 그 문제는 저절로 해결되지 않는다는 정도가 전부다. 한마디로, 사회가 해결할 수 없다면, 그걸 해결한다는 핑계로 자신한테서 빼앗아가지도 말아야 한다는 게 자신이 내린 결론이다. 자신이 생각할 수 있는 건 이게 전부다.

플로니쉬가 이리저리 얽히고설킨 문제를 풀어보려 미련하게 애쓰고 장광설을 늘어놓으며 투덜대는 모습이 눈먼 봉사가 문제의 시작과 끝을 찾아내려는 것처럼 보이는 가운데, 마침내 교도소 철문이 나왔다. 플로니쉬는 마차에서 내리고, 물주는 마차를 타고 혼자 떠났다. '빙글빙글 돌리기 관청'에서 주변을 하루 이틀만 돌아다녀도 플로니쉬와 비슷하게 말하는 사람을 수없이 만날 텐데, 영광스러운 '관청'이 그런 소리를 하나도 못 듣는 이유는 무얼까 궁금한 생각이 절로 들었다.

13장. 족장

캐스비라는 이름을 듣는 순간, 클레넘은 집에 처음 도착한 날 밤, 애프리가 살린 깜부기불이 슬금슬금 되살아나는 걸 느꼈다. 호기심도 일고 궁금도 했다. 플로라 캐스비는 어릴 적에 사랑한 소녀로, (사람들이 불만을 가득 품고 불손하게 말하던) 멍청한 크리스토퍼 캐스비 영감의 무남독녀인데, 크리스토퍼 캐스비 영감은 1주 단위로 방세를 받는, 가난한 동네에서 무자비하게 피를 쥐어짜는 부자로 유명했다.

클레넘은 며칠을 돌아다니며 묻고 조사한 뒤, 마셜씨 교도소 아버지 사례는 해결할 희망이 조금도 없다 확신하곤 자유롭게 풀어주겠다는 생각을 씁쓸한 마음으로 단념했다. 당장으로써는 작은 도릿에 대해서 알아보는 것조차 희망이 없었다. 하지만 친분을 쌓아가다 보면 불쌍한 여자애한테 무엇이든 도움을 줄 수도 있다는 식으로 마음을 다지려 애썼다. 물론 여자애가 아니더라도 클레넘이 캐스비 선생네 집을 찾아가리라는 건 의심할 여지가 없다는 말까지 굳이 할 필요는 없다. 인간 일반은 어떤 행동을 하면서 – 깊은 속마음까지는 아닐지언정 – 스스로 속일 때가 잦다는 사실을 우리 모두 잘 아니 말이다.

클레넘은 작은 도릿과 상관없는 행동을 할 때조차 작은 도릿을 돕는다는 솔직하면서도 편안한 느낌을 받으면서, 어느 오후에 캐스비 선생네 집 앞 모서리에 나타났다. 캐스비 선생이 사는 곳은 그레이즈 법학원 거리로, 온도를 1도라도 낮출 생각으로 큰길에서 벗어나 강변길로 내려가다 펜튼빌 언덕 꼭대기로 다시 올라온, 하지만 스무 걸음도 못 가고 숨이 차서 그 자리에 그대로 달라붙은 곳이었다. 현재는 건물이 완전히 사라졌지만, 당시만 해도 긴 세월을 굳세게 살아남아, 열매를 못 맺는 정원이 여기저기에 틀어박혀서 여름별장이 여드름처럼 일어나는 황무지를 못마땅한 표정으로 바라보곤 했다.

클레넘은 길을 건너서 현관문으로 다가가며 생각했다.

'건물 자체는 우리 어머니네 건물처럼 변한 게 조금도 없어, 정말 울적해 보여. 하지만 겉모습만 그래. 실내는 완전히 달라. 항아리에 담근 장미잎과 라벤더 향이 여기까지 흘러나오는 것 같아.'

모양은 구식이라도 광택이 번뜩이는 놋쇠 고리를 두드려서 하녀가 현관문을 여는 순간, 빛바랜 향이 지난 봄날을 희미하게 머금은 겨울 숨결처럼 반겼다. 공기가 차분하고 조용하게 가라앉은 실내로 들어서는 순간, 동양처럼 시종의 혀를 모두 잘라서 조용하게 만들었다는 환상까지 일고, 꼭 닫은 현관문은 소리와 동작을 모두 차단하는 것 같았다. 가구는 차분하고 웅장하고 소박해도 관리를 잘했지만, 생명을 지닌 인간부터 나무 결상까지 많이 사용해야 좋은 것을 전혀 사용하지 않고 보관만 한다는 느낌이었다. 계단 위 어디선가 괘종시계가 웅장하게 째깍대고, 그쪽에 노래 못하는 새가 한 마리 있어, 자기도 째깍댄다는 듯 새장을 쪼아대고, 응접실 불길은 벽난로를 째깍댔다. 벽난로 앞에는 한 사람만 있는데, 주머니에서 회중시계가 커다랗게 째깍댔다.

하녀가 "클레넘 선생님입니다"라고 딱 두 마디만 조그맣게 째깍대고서 문을 닫고 나가는 바람에 클레넘은 상대가 쳐다볼 때까지 가만히 있었다. 안락의자에 앉은 노인이 두꺼운 천으로 만든 실내화를 걸친 발로 양탄자를 딛고 양손 엄지를 마주한 채 천천히 빙글빙글 돌리는데, 벽난로 불빛이 깜빡일 때마다 하얀 눈썹이 깨깍대는 것 같았다. 크리스토퍼 캐스비 노인이었다. 한눈에 알 수 있었다. 이십 년이 넘는 세월에도 전혀 안 변한 게, 집에 진열한 단단한 가구 같기도 하고, 끊임없이 변하는 계절을 도자기 속에서 외면하는 장미잎과 라벤더 같기도 했다.

이렇게 험난한 세상에 노인한테서 어릴 적 모습을 떠올리는 건 쉽지 않겠지만, 캐스비 노인은 여태껏 살아오면서 변한 게 거의 없었다. 노인이 앉은 응접실에서 어릴 적 초상화가 노인을 쳐다보는데, 노인을 본 사람이라면 그게 열 살 때 캐스비 노인이라는 사실을 한눈에 알 수 있었다. 당시에 유난히 좋아하던 건초 갈퀴로 위장한 채, 마을 교회 첨탑 옆, 제비꽃으로 가득한 강둑에 (한쪽 무릎을 대고) 앉아서 어른스럽게 기도하는 모습인데도 말이다. 얼굴도 이마도 똑같이 부드럽고, 파란 눈도 똑같이 고요하며, 차분한 분위기도 똑같았다. 너무 많이 반짝거려서 훨씬 커다랗게 보이는, 광택이 번뜩이는 대머리는 물론, 한 번을 안 잘라서 지극히 자비롭게 보이는, 명주실이나 유리 섬유처럼 양옆과 뒤로 기다랗게 흘러내린 백발이, 노인한테서 보이는 것처럼 어린 소년한테도 보이는 건 아니었다. 그런데도 어린 천사처럼 건초 갈퀴를 잡은 거룩한 모습에는 노인이 천으로 만든 두꺼운 실내화를 신은 모습으로 성장할 것 같은 느낌이 가득했다.

많은 사람이 캐스비 노인에게 기쁘게 수여한 명칭은 족장이었다. 동네 할머니 대부분이 캐스비 노인이야말로 '마지막 족장'[68]이라고 말했다. 백발이 치렁치렁하고 더없이 느리고 조용하면서도 열정적이고

68) 여기에서 말하는 '족장'은 구약 창세기에 나오는 이스라엘 민족의 조상을 뜻한다.

머리가 더없이 울퉁불퉁한 걸 보면, 족장은 캐스비 노인에게 딱 맞는 별명이었다. 거리에서 사람들이 인사하고, 화가와 조각가는 족장 모델을 해달라고 정중하게 부탁했다. 마음을 다해 끈질기게 졸라대는 걸 보면 예술계도 족장의 특징을 떠올리거나 만들어낼 수 없는 것 같았다. 남자든 여자든 자선 사업을 좋아하는 사람은 저 노인이 누구냐 묻고, "예전에 데시무스 타이트 바너클 경의 런던 소재 부동산 대리인이던 크리스토퍼 캐스비 노인"이라는 설명을 듣는 순간에 너무나 실망한 나머지, "아! 저런 표정을 지닌 사람이 왜 인류를 구원하는 자선 사업가가 아니란 말인가! 아, 저런 표정을 지닌 사람이 고아의 아버지가 안 되고, 외로운 사람의 친구가 안 되는 이유가 뭐란 말인가!"라며 한탄했다. 하지만 저런 표정을 지닌 당사자는 크리스토퍼 캐스비 노인으로 남아, 부동산 부자라는 평가를 받았다. 저런 표정을 지닌 당사자가 지금 조용한 응접실에 앉아있었다. 캐스비 노인이 그런 표정 없이 그곳에 앉아있길 기대하는 건 불합리의 최고봉이 아닐 수 없었다.

상대의 관심을 끌려고 움직이자, 하얀 눈썹이 그쪽으로 돌아가고, 클레넘은 사과했다.

"죄송합니다. 제가 찾아왔다는 소리를 못 들으신 것 같아서요."

"그렇소, 선생, 못 들었소. 나를 만나러 오셨소, 선생?"

"안부 인사를 드리러 왔습니다."

캐스비 노인이 마지막 말에 아주 살짝 실망하는 걸 보면, 방문객이 뭔가 다른 걸 선물하길 바란 것 같았다.

"혹시 우리가 예전에, 선생 - 의자에 앉으시오, 괜찮다면 - 혹시 우리가 예전에 만난 적이……? 아! 그래, 맞아, 만난 적이 있구려! 내가 착각한 게 아니라면 예전에 만난 얼굴이 분명하니 말이오! 이 나라로 돌아왔다고 예레미야가 알려준 바로 그 신사분이오?"

"그렇습니다, 선생님."

"정말! 클레넘 선생이오?"

"그렇습니다, 캐스비 선생님."

"이렇게 만나서 반갑소, 클레넘. 그동안 어떻게 지냈소?"

25년을 보내는 사이에 몸도 마음도 가끔 굴곡이 있었다고 설명할 필요는 없다는 생각이 들어, 클레넘은 잘 지냈다는 식으로 모호하게 대답하곤 족장 특유의 느낌이 강렬한 "저런 표정"의 주인과 악수했다.

"우리가 나이를 먹었어, 클레넘."

크리스토퍼 캐스비가 말했다.

"우리가……젊어진 건 아니겠지요."

클레넘이 지혜롭게 대답했다. 하지만 그렇게 지혜로운 대답은 아니라는 느낌에 신경이 곤두섰다.

"존경스러운 당신 부친이 세상을 떴어! 소식을 듣고 너무 슬펐네, 클레넘, 너무 슬펐어."

캐스비 노인이 말하고, 클레넘은 고맙다는 식으로 무난하게 대답했다.

"예전에 자네 양친과 내가 우호적이지 않을 때가 있었지. 우리 사이에 가족 간 오해가 살짝 있었거든. 존경스러운 자네 모친이 아들을 많이 질투해서. 바로 자네 말이야, 바로 자네."

노인이 말했다. 매끈한 얼굴이 담장에 걸쳐서 잘 익은 과일처럼 화사했다. 화사한 얼굴과 저런 표정, 파란 눈동자가 고귀한 지혜와 미덕으로 가득한 마음을 드러내는 것 같았다. 마찬가지로, 얼굴 자체에 인자함이 가득한 것 같았다. 그 지혜가 어디에 있고 그 미덕이 어디에 있고 그 인자함이 어디에 있는지 아무도 모르지만, 그 몸뚱이 어딘가에 있기는 있는 것 같았다.

"하지만 그 시절은 모두 지나갔지, 아주 옛날에 모두 지나갔어. 자네 모친을 내가 가끔 찾아가서 모든 시련을 굳세게 견디는 힘과 용기에 감탄할 정도니까, 굳세게 견디는 힘과 용기에."

캐스비 노인은 두 손을 앞으로 모으고 앉아서 이런 말을 되풀이하며 자신이 머리를 한쪽으로 기울이고 다정한 미소를 머금는 표정은 너무나 훌륭하고 심오해서 말로 다 드러낼 수 없다는 생각이 머릿속에 가득한 것처럼 보였다. 그렇지만 그런 말을 꺼내서 자신을 높이 추켜올리는 일은 없도록 하려는 것 같았다. 그러니 다정한 미소 역시 별다른 의미는 있을 수 없고, 클레넘은 앞에서 지나는 기회를 붙잡았다.

"그렇게 친절하게 찾아가셨을 때 우리 어머니께 작은 도릿 이야기를 하셨다고 들었습니다."

"작은……? 도릿? 하잘것없는 세입자가 말한 재봉사? 맞아, 맞아. 도릿? 아, 맞아, 맞아! 그 애를 작은 도릿이라 부르나?"

그쪽은 길이 아니었다. 지름길 같은 건 안 나왔다. 막힌 길이었다.

"자네도 들었겠지만, 클레넘, 우리 딸 플로라가 몇 년 전에 결혼해서 정착했다네. 그런데 결혼하고 몇 달이 안 돼서 남편을 잃는 불행을 겪었지. 그래서 다시 나랑 산다네. 자네를 보면 기뻐할 거야, 자네가 온 걸 알려주는 데 동의한다면."

"당연히 그러셔야죠. 선생님이 말씀을 안 하시면 제가 부탁드렸을 겁니다."

클레넘이 대답하자, 캐스비 노인이 실내화를 신은 채 일어나, (몸이 코끼리만큼 큰 터라) 걸음을 천천히 묵직하게 떼어내며 응접실 문으로 다가갔다. 밑으로 기다랗게 내려가다 옆으로 퍼진 암녹색 외투에 암녹색 바지와 암녹색 조끼 차림이었다. 암녹색 천으로 만든 옷을 입는 족장은 없는데도 캐스비 노인은 옷차림이 족장처럼 보였다.

노인은 주머니 속에서 째깍대는 소리를 다시 흘려보내며 밖으로 나가다, 현관문 자물쇠에 열쇠를 넣고서 돌려 현관문을 열더니, 다시 닫았다. 그런데 동작은 빠르고 욕심은 많아 보이는, 까무잡잡한 피부에 조그만 사내가 응접실로 급하게 들어오다 클레넘 바로 앞에 멈추며 말했다.

"여보시오!"

클레넘 역시 "여보시오!"라고 말하지 않을 이유가 없었다.

"문제가 뭐요?"

까무잡잡한 피부에 조그만 사내가 묻고, 클레넘이 대답했다.

"뭐가 문제라는 말은 못 들었습니다만."

"캐스비 나리는 어디에 계시오?"

까무잡잡한 피부에 조그만 사내가 묻으면서 주변을 둘러보았다.

"금방 돌아오실 거요, 굳이 만나겠다면."

"내가? 당신이 아니고?"

까무잡잡한 피부에 조그만 사내가 묻는 말에 클레넘은 짧게 설명하고, 사내는 숨을 죽인 채 쳐다보았다. 사내는 까만색과 빛바랜 청회색 옷차림으로, 두 눈은 새까맣고, 짧은 수염은 턱에 까맣고, 까맣게 무리 지어 뻣뻣하게 일어선 머리칼은 포크나 머리핀 같고, 얼굴색은 선천적으로 더럽거나 후천적으로 더럽거나, 선천과 후천이 뒤섞여서 더러웠다. 두 손도 더럽고 깨진 손톱도 더러운 게 탄광에서 일하다 나온 것 같았다. 땀을 뻘뻘 흘리고 콧김을 시큰대고 킁킁대며 콧방귀를 뀌고 콧바람을 부는 건 조그만 증기기관을 힘겹게 돌리는 것 같았다.

찾아온 이유를 클레넘이 모두 설명하자 사내가 말했다.

"아! 좋소. 잘했소. 캐스비 나리가 팽스를 찾으면 여기에 왔더라고 전해주겠소?"

그러더니 콧김을 시큰대고 콧방귀를 날리며 다른 문으로 나갔다.

어릴 적에 집에서 살 때, 마지막 족장 소문이 나쁘게 돌다, 지금은 잊어버린 과정을 거쳐서 클레넘 귀까지 들어온 적이 있었다. 공중에 의심스럽게 떠돌던 티끌과 얼룩을 클레넘이 처음 깨달은 건데, 그런 시각에서 바라보면 크리스토퍼 캐스비는 묵을 곳 없는 여관 간판에 불과했다. 안에 들어와서 편히 쉬도록 초대는 하는데, 누울 자리도 없고 고마울 것도 없는 셈이었다. 클레넘이 알기에, 그런 티끌 가운데 상당수는 크리스토퍼 캐스비를 '저런 표정' 속으로 계략을 꾸미는 얍삽한 협잡꾼으로 나타냈다. 또 다른 얼룩은 크리스토퍼 캐스비가 덩치만 크고 이기적이며 이리저리 떠도는 얼간이로 다른 사람들과 부닥치며 힘겹게 살다, 신뢰를 받아서 편하게 살아가는 법을 깨달았다고, 입을 꼭 다물고 대머리를 번쩍일 정도로 잘 닦고 머리칼을 안 자른 채 가만히 놔두기만 하면 된다는 사실을 깨달았다고, 그래서 새로운 방법에 집착하며 꾸준히 실천한다는 거였다. 데시무스 타이트 바너클 경의 런던 부동산을 관리하게 된 것 역시 조금도 없는 업무 능력 덕분이 아니라, 겉모습이 너무나 자비롭고 온화한 나머지, 재산을 빼돌려서 장난질 치는 일은 결코 없을 것처럼 보였기 때문이라는 거였다. 비슷한 이유로, 지금은 얼굴이 덜 편안하고 대머리가 덜 빛나는 사람보다 훨씬 많은 돈을 비참한 세입자한테서 당연하게 긁어냈다. (클레넘이 괘종시계가 째깍대는 응접실에서 혼자 떠올린 바에 따르면) 한마디로, 화가와 조각가들이 그러듯 수많은 사람이 앞에서 말한 모습만 보고 판단하니, 애완견을 훔쳐서 몸값을 요구하는 사악하고 늙은 악당이 눈썹이나 턱이나 다리 덕분에 왕립 미술원에서 누구보다 선한 모습을 해마다 자랑하는 것처럼(그래서 자연의 이치를 파악한 사람들 가슴에 혼란스럽게 가시를 박는 것처럼), 수많은 사람이 사는 거대한 사회 역시 내면에 담긴 인격이 아니라 겉으로 나타난 장식물만 중시하는 거였다.

클레넘은 이런 생각을 떠올리고 팽스를 같은 부류로 여기니, 마지막 족장은 대머리를 번뜩일 생각만 하는, 앞에서 말한 '이리저리 떠도는 얼간이'로, 템스 강에서 가끔 그런 것처럼, 커다란 배가 물살에 밀려서 옆으로 뒤로 묵직하게 움직이는 쇼를 할 때, 팽스라는 예인선이 석탄 연기를 내뿜으며 나타나서 이리 밀고 저리 끌며 예인하는 식이라고, 마찬가지로, 팽스는 콧김을 킁킁대며 성가신 족장을 끌어가고, 족장은 더럽고 조그만 배가 가는 대로 따라간다는 결론을 완전히 내린 건 아닐지언정, 생각이 그쪽으로 기우는데, 캐스비 노인이 딸 플로라를 데리고 돌아오면서 명상은 끝났다. 예전에 뜨거운 열정을 불러일으키던 당사자를 바라보는 순간, 온몸이 떨리면서 산산이 부서지고 만 것이다.

남자는 대체로 예전에 품은 생각보다 현재 생각에 충실한 편이다. 이것을 마음이 변덕스러운 근거로 보면 안 된다. 정반대다. 옛날 생각이 실제랑 안 맞아, 둘을 비교한 결과가 커다란 충격으로 이어질 수 있기 때문이다. 클레넘이 그랬다. 어릴 적에 뜨겁게 사랑하고, 오랫동안 수많은 애정과 상상을 가슴속에 쌓아 올리던 여인이었다. 오랫동안 쌓아 올린 애정과 상상은 로빈슨 크루소가 무인도에서 찾아낸 돈처럼 누구하고도 주고받을 수 없어, 플로라한테 쏟아부을 때까지 어둠 속에서 천천히 녹슬어갈 뿐이었다. 기억이 생생한 당시부터 자신이 런던에 도착한 밤까지, (플로라는 언제든 세상을 가볍게 떠날 것 같아) 플로라가 죽기라도 한 것처럼 자신의 '현재'나 '미래'랑 연결한 적은 없지만, '과거'에 품었던 환상은 신성한 공간 내면에 깊숙이 틀어박힌 채 한치도 변하지 않았다. 그런데 마지막 족장이 응접실로 천천히 들어오면서 말하는 것 아닌가!

"이제 부담을 모두 내려놓고 좋은 시간을 마음껏 보내게나. 플로라가 왔네."

원래 키가 큰 플로라[69]는 옆으로도 펑퍼짐하게 벌어지면서 숨소리가 가빴다. 하지만 이건 문제가 안 됐다. 자신이 떠날 때 백합이던 플로라가 모란으로 변했다. 이것 역시 문제가 안 됐다. 말과 동작 하나하나에 마법이 담긴 것 같던 플로라가 지금은 엉뚱한 수다만 늘어놓았다. 이건 문제였다. 예전에 천진난만한 응석받이가 지금껏 천진난만한 응석받이로 살기로 작정한 게 분명했다. 이건 치명적인 문제였다.

이게 플로라라니!

플로라가 어릴 적에 그런 것처럼 머리를 옆으로 기울인 채 킥킥대며 말하는 모습은 플로라 장례식에 무언극 배우가 나타나서 고색창연하게 살아가다 죽은 모습을 재연하는 것 같았다.

"정말이지, 너무 창피해서 클레넘 선생을 제대로 볼 수가 없네요, 내가 두려울 정도로 끔찍하게 변한 모습을 드러낼 수밖에 없으니, 실제로 나이를 먹은 모습이 충격이거든요, 정말 충격!"

클레넘은 자신이 상상하던 모습 그대로라며, 자신 역시 세월의 흔적이 그냥 지나간 건 아니라며 상대를 달랬다.

"아! 하지만 신사는 숙녀와 다르고, 당신은 너무나 훌륭한 모습으로 변해, 나한테 그렇게 말할 자격이 없으니…… 아! 나는 흉측해요!"

족장은 연극무대에 오르긴 했어도 아직은 자신이 맡은 역할을 몰라서 억지로 차분한 척하고, 플로라는 무슨 말을 하든, 결코 마무리할 수 없는 말투로 다시 말했다.

"변하는 얘기를 하려면 아빠를 봐야 해요, 아빠는 당신이 떠날 때

---

69) '플로라'는 '데이비드 코퍼필드'에 등장하는 '도라'와 마찬가지로, 디킨스가 젊은 시절에 열렬히 사랑하다 헤어진 여성 '마리아 비드넬'이 모델이다.

모습 그대로고 나만 이렇게 흉측하게 변했으니, 아빠답지 않게 잔인해요. 이렇게 변하다 보면 우리를 모르는 사람이 나를 엄마로, 아빠를 아들로 여기겠어요!"

그러려면 정말 많은 세월이 지나야 할 거라 클레넘은 위로하고, 플로라는 다시 말했다.

"아, 클레넘 선생은 위선자예요. 예전처럼 칭찬하는 모습이, 예전처럼 마음을 크게 흔드는 모습이 여전하니…… 아니, 내 말은 그게 아니라…… 내가 무슨 말을 하는지 모르겠네요!"

갑자기 플로라가 커다랗게 킥킥대며 클레넘에게 예전 같은 시선을 던졌다.

족장은 무대에서 최대한 빨리 내려오는 게 자신이 맡은 역할이라는 걸 이제 비로소 깨달은 듯 의자에서 일어나, 팽스가 나간 문으로 다가가며 예인선 이름을 불렀다. 그러고는 그 너머 조그만 선착장에서 일어난 대답에 곧바로 끌려나가며 사라졌다.

클레넘이 당황한 나머지 어떻게 해야 좋을지 몰라서 자기 모자를 쳐다보자, 플로라가 대뜸 말했다.

"벌써 떠날 생각은 마세요. 예전에 사라진 정겨운 이야기를 한마디도 안 하고 떠나는 건 너무나 매정해요, 클레넘 - 아니, 클레넘 선생 - 아니, 아서 클레넘 선생이 적합할까요 - 아아, 내가 무슨 말을 하는지 모르겠어요, 하지만 다시 생각하니까 옛날얘기를 안 하는 게 좋겠는데 당신은 훨씬 바람직한 여성과 약혼했을 가능성이 크고 나는 무슨 일이 있어도 그 약혼을 방해하지 않을 테니까, 그런데 내가 엉뚱한 소리를 또 늘어놓네요."

정겨운 옛날에도 플로라가 수다를 이렇게 심하게 늘어놓았을까? 자신이 흠뻑 빠진 매력에 과연 지금처럼 말도 안 되게 떠벌리는 수다가 있었을까?

플로라는 놀라운 속도로 이어 가면서 마침표 없이 쉼표만 찍는데, 쉼표조차 매우 드물었다.

"당신은 당연히 중국 숙녀랑 결혼했을 테지요, 중국에서 그렇게 오래 사업했으니 중국 숙녀한테 청혼해서 인맥을 넓히며 정착할 욕망을 당연히 품고 중국 숙녀는 그 청혼을 받아들이는 게 유리하다고 당연히 생각했을 테니, 나로선 그 숙녀가 불교 이단[70]이 아니길 바랄 뿐이에요."

"나는 어떤 숙녀와도 결혼하지 않았다오, 플로라."

클레넘이 자신도 모르게 웃으며 대답하자, 플로라가 킥킥대며 말했다.

"맙소사 나 때문에 총각으로 오랫동안 지낸 게 아니면 좋겠어요! 하지만 그런 일은 당연히 없겠지요 무엇 때문에 그러겠어요 대답하지 마세요, 내가 무슨 말을 하는지 나도 모르니까, 아 중국 숙녀 얘기를 해주세요 카드놀이에 사용하는 자개 칩처럼 눈이 정말 가늘고 이마 머리칼을 뒤로 바싹 당기면 아프지 않나요, 다리마다 사원마다 모자마다 물건마다 조그만 종을 다는 이유는 무언가요 사실은 안 그런가요?"

플로라가 예전 눈길을 다시 던지더니, 곧바로 말했다, 클레넘이 벌써 대답했다는 듯.

"그러면 모두 사실이고 정말로 그렇게 하는군요! 맙소사 클레넘! - 미안해요 - 습관적으로 - 클레넘 선생이 적절하지요 - 그런 나라에 그렇게 오래 살다니, 등불과 우산이 많은 걸 보면 정말 어둡고 비도 많이 오는 기후가 분명해요, 등불이랑 우산을 모든 사람이 들고 다니면서 사방에 걸어놓으니 그걸 팔면 돈을 정말 많이 벌겠어요, 조그만

70) 영국에 개신교 이단이 있듯 중국에도 불교 이단이 있을 테니, 그런 이단만 아니길 바란다는 뜻이다.

신발도요 어릴 적에 발을 꽁꽁 묶는다는 얘기도 놀라우니, 정말 대단한 곳에 다녀왔네요!"

클레넘은 더없이 당황하는 가운데, 예전 눈길까지 다시 나타나니 도대체 어떻게 해야 좋을지 모르겠고, 플로라는 계속 말했다.

"저런 저런, 우리나라가 변한 부분만 생각했네요 – 습관을 떨쳐낼 수가 없네요, 클레넘 선생이 적절하고 자연스러운 호칭 같은데 – 당신은 원래 똑똑해서 무엇이든 빨리 익히니 중국 전통과 언어에 적응하면서 중국어를 그곳 사람보다 잘하는 건 아닐지언정 비슷하게는 할 테지요, 나는 차에 붙은 글씨만 봐도 죽을 지경인데, 그런 변화는 클레넘 – 또 클레넘이라고 하네요, 훨씬 적절하고 자연스러운 것 같아서 – 아무도 믿을 수 없는데, 핀칭 부인을 어떻게 상상이나 하겠어요 나도 상상할 수 없는데!"

클레넘은 너무나 당혹스러운 가운데, 두 사람이 어릴 적에 서로를 좋아하던 관계를 언급할 때 따듯한 마음이 깃드는 걸 느끼고 감동하며 물었다.

"결혼해서 얻은 이름인가요? 핀칭?"

"핀칭 아 네 끔찍한 이름 아닌가요, 하지만 피 선생이 청혼하고 일곱 번 연속으로 청혼할 때 나는 열두 달만 두고 보자고 기꺼이 동의했으니, 결국 피 선생은 아무런 대답도 못 했으나, 훌륭한 사내였지요, 당신과 비슷한 점은 없지만 훌륭한 사내요!"

플로라는 순간적으로 숨이 가빠서 말할 수 없어, 손수건 모서리를 눈으로 가져가서 고인이 된 피 선생 영혼을 애도하는 식으로 호흡을 가다듬었다.

"상황이 완전히 변했으니 당신이 나한테 격식을 차려야 한다는 것도 당신한테는 다른 방법이 없다는 것도 부정할 수 없어요, 클레넘 – 아니,

클레넘 선생, 최소한 당신께는 알리지 말아야 한다고 생각했는데, 완전히 다른 상황으로 풀어갈 시간은 충분했다는 생각이 절로 떠오르네요."

"친애하는 핀칭 부인……"

클레넘이 입을 열었다. 따듯한 말투에 감동한 것이다.

"아 지겹고 추악한 이름 말고, 플로라라고 하세요!"

"플로라. 분명히 말하지만, 플로라, 나는 당신을 다시 만난 것도, 우리 앞에 펼쳐진 모든 것을 젊음과 희망의 빛으로 바라보던 시절에 우리가 어리석게 떠올리던 꿈을 당신이 안 잊는 것도 정말 기쁘다오."

플로라가 입을 삐죽 내밀었다.

"아닌 것 같아요 너무 차분하게 받아들이잖아요, 하지만 당신이 나한테 실망한 건 알겠어요, 중국 숙녀가 - 한족 여성이 - 원인일 수도 있고 내가 원인일 수도 있는데, 어차피 그게 그거겠지요."

"아니오, 아니오, 그렇게 말하지 마시오."

클레넘이 간청하자, 플로라가 단정하는 말투로 말했다.

"아 나도 당연히 알아요, 모르는 건 말이 안 돼요, 당신이 예상한 모습은 아니잖아요, 나도 잘 안다고요."

플로라는 말을 빠르게 늘어놓는 와중에도 그걸 여성 특유의 직관으로 알아냈다. 오래전에 사라진 소년과 소녀의 애정을 플로라가 지극히 비이성적이고 변덕스러운 방식으로 현재와 뒤섞는 바람에 클레넘은 머리가 어찔어찔했다.

플로라는 이런 클레넘을 조금도 아랑곳하지 않고 사랑싸움을 하는 말투로 이어갔다. 클레넘으로선 소름이 돋을 정도였다.

"한 가지만 말하겠어요, 한 가지만 설명하겠어요, 당신 어머니가 찾아와서 우리 아빠와 야단법석을 피우다 내가 조그만 응접실로 불려갔을 때 두 분이 당신 어머니 양산을 가운데 놓고 앉아서 서로를 미친

황소처럼 노려보는데 내가 어떻게 하겠어요?"
클레넘이 반박했다.
"친애하는 핀칭 부인, 그건 오래전에 끝난 일이니 인제 와서 진지하게 생각할 필요는……"
"안 돼요 클레넘, 중국 사회 전체가 무자비한 여자라고 비난하더라도 제대로 밝힐 기회가 왔을 때 제대로 밝히겠어요, 로맨스 소설에서 폴과 버지니아가 돌아와야 할 때 아무런 쪽지나 언급도 없이 돌아온 걸 당신도 알 텐데, 감시받는 나한테 당신이 편지를 보내야 했다는 말은 아니지만 편지봉투에 빨간 표시만 있어도 나는 북경이든 남경이든 어디든 맨발로 어서 달려오라는 뜻으로 받아들였을 거예요."
"친애하는 핀칭 부인, 자신을 탓하지 마세요, 나 역시 당신을 탓한 적은 없으니까. 우리 둘 다 너무나 어린 데다 부모한테 깊이 의존한 터라 서로 헤어지지 않을 도리가 없었어요…… 너무 옛날 일이기도 하고."
클레넘이 부드럽게 나무라자, 플로라는 한층 더 수다를 떨었다.
"한 가지만 더 말하겠어요, 한 가지만 더 설명하겠어요, 뒷방 응접실에 박혀서 울다 감기에 걸려 닷새나 시달리고 – 2층 뒷방 응접실을 그대로 놔뒀으니까 가서 확인해 보세요 – 끔찍한 시기를 끝내고 몇 년을 조용히 보내다 친구를 통해 피 선생을 만나게 되었는데, 온갖 친절을 다하다 바로 다음 날 우리 집에 찾아오고 일주일에 삼일 밤이나 찾아오고 저녁 식사 때마다 조그만 선물을 가져오니 피 선생 입장에서는 사랑이 아니라 숭배고, 아빠는 전적으로 반기고 피 선생은 청혼하는데 내가 어쩌겠어요?"
"청혼을 받아들이는 방법밖에 없겠죠. 오랜 친구로서 분명히 말하는데, 정말 잘하셨습니다."

클레넘은 더없이 쾌활하고 신속하게 대답하고, 플로라는 한 손을 흔들어서 뻔한 삶을 거부하며 이어갔다.

"마지막으로 하나만 더 말하겠어요, 마지막으로 하나만 더 설명하겠어요, 피 선생이 누구도 착각할 수 없는 관심을 보이기 전까지 시간이 충분했다는 걸, 하지만 다 지나간 일이니 돌이킬 수 없겠지요, 친애하는 클레넘 선생은 이제 황금 사슬을 벗어던지고 자유로우니 마냥 행복하겠어요, 나는 아빠가 낄 데 안 낄 데 안 가리고 늘 코를 들이밀며 간섭해서 피곤하게 사는데."

이렇게 말하면서 서툴고 수줍게 경고하는 동작으로 - 옛날에 자주 그러던 동작으로 - 플로라는 가련하게도 다시는 되돌릴 수 없는 옛날로, 열여덟 나이로 돌아가다, 마침내 입을 다물었다.

아니, 정확하게 말하자면, 되돌릴 수 없는 열여덟 나이 절반을 고 피 선생 미망인 절반과 뒤섞어서 자신을 순결한 인어공주로 만드니, 어릴 적 애인은 슬픈 느낌과 우스꽝스러운 느낌이 묘하게 뒤섞인 기분으로 가만히 바라볼 뿐이었다.

플로라 자신과 클레넘 사이에는 가슴을 두근거리게 하는 은밀한 밀약이 있는 것 같기도 하고, 스코틀랜드[71)]로 달려갈 역마차가 모서리를 지금 돌아오는 것 같기도 하고, 가족이 지지하고 족장이 축복하고 온 인류가 완벽하게 찬성하지 않는 한, 클레넘과 교구 교회로 들어갈 수도 없고 들어가지도 않겠다는 것 같기도 한 걸 보면, 플로라는 발각 날까 두려우면서도 속마음을 남몰래 알리는 고통을 감내하는 식으로 자신의 영혼을 달래는 것 같았다. 클레넘은 시간이 지날수록 머리가 어지러워지는 걸 느끼며, 고 피 선생 미망인이 서로 오래전에 사랑하던 사이로 설정하고 예전 분위기를 덧씌우면서 마음껏 즐기는 모습을, 무대는

71) 당시에 16~21세 연인은 부모가 허락하지 않으면 스코틀랜드로 가서 합법적으로 결혼했다.

먼지만 가득하고 배경은 색이 바래고 젊은 배우는 죽고 오케스트라는 텅 비고 조명은 모두 꺼진 다음에 그러는 모습을 가만히 바라보았다. 너무나 예쁘고 자연스럽던 플로라 모습이 다시 나타나는 게 오싹하긴 해도, 클레넘은 자신을 만난 덕분에 그런다는, 상대 역시 당시를 정겹게 떠올린다는 사실을 인정하지 않을 수 없었다.

족장은 저녁을 들고 가라 고집부리고 플로라 역시 "그래요!"라며 눈짓하고, 클레넘은 저녁을 먹고 가는 이상을 하고 싶은 마음이 간절한 터라 – 플로라가 예전에 지녔던 모습을, 혹은 애초에 지닌 적이 없던 모습을 찾아내고픈 마음이 간절한 터라 – 자신이 부끄러울 정도로 실망한 것에 대한 최소한의 보상이라 여기고, 그 집 가족의 소망에 따랐다. 그래서 저녁 식사를 차릴 때까지 머물렀다.

팽스도 함께 식사했다. 조그만 선착장에서 6시 15분 전에 콧김을 내뿜으며 나오다, 마침 블리딩 하트 단지가 불경기라고 별생각 없이 말하는 족장한테 곧장 달려든 것이다. 콧방귀를 날리며 그대로 묶어서 밖으로 끌어냈으니 말이다.

"블리딩 하트 단지요? 골치 아픈 지역이지요. 수입이 안 되는 건 아니지만, 집세를 걷는 게 정말 힘들어요. 다른 곳을 몽땅 합쳐도 그곳만큼 힘들지는 않을 거예요."

커다란 선박을 예인할 때 구경꾼은 대체로 예인선보다 커다란 선박에 관심을 기울이듯, 족장 역시 팽스가 무슨 말을 하든 자신이 한 말로 여기는 것 같았다.

클레넘은 대머리에서 번뜩이는 광택 하나로 이런 느낌을 충분히 받은 터라, 예인선 대신에 커다란 선박에게 물었다.

"정말요? 그곳 사람들이 그렇게 가난한가요?"

행여나 손톱이 남았다면 그것마저 물어뜯으려는 듯, 팽스가 색바랜 청회색 바지에서 더러운 두 손을 꺼내고 까만 눈동자를 고용주한테 돌리며 콧방귀를 날렸다.

"그 사람들이 가난한지 아닌지는 아무도 모르지요. 그들이야 자기네가 가난하다고 말하지만 언제나 그런 식이니까요. 어떤 사람이 자기는 부자라 해도 진짜 부자는 아닐 수 있듯이 말이오. 게다가, 그들이 가난하다 해서 우리가 어쩔 수 있는 것도 없고. 집세를 못 받으면 우리가 가난해질 테니."

"그렇군요."

클레넘이 말하고, 팽스는 이어갔다.

"런던의 가난한 사람 모두한테 집을 줄 수는 없잖아요. 무엇도 안 받고 공짜로 묵게 할 수는 없다고요. 대문을 활짝 열어서 모두 공짜로 지내게 할 수는 없는 법이니까요. 정신이 제대로 박힌 사람이라면 절대로 안 그러지요."

캐스비 노인은 편안하고 자비로운 미소를 머금으며 머리를 끄덕이고, 팽스는 계속 말했다.

"어떤 사람이 일주일에 반 크라운으로 방을 구했는데, 일주일이 다 가도록 반 크라운을 안 낸다면, '그럴 거면 방을 왜 구했어? 돈을 안 낼 거면 방도 구하지 말아야지! 그 돈으로 어디서 무얼 한 거야? 그 돈을 어떻게 할 거야? 어떻게 하겠느냐고?'라고 다그쳐야 한다고요. 그런 부류에는 그렇게 다그쳐야 한다고요. 그렇게 못 하는 게 창피한 거지요!"

팽스가 갑자기 콧구멍을 힘껏 불어서 독특한 소리로 깜짝 놀라게 하는데, 코에서 나온 건 소리 말고 없었다.

"런던 동쪽과 북동쪽에 그런 부동산이 많나 보죠?"

클레넘이 물었다. 누구한테 묻는지 애매한 말투에, 팽스가 대답했다.

"아, 아주 많소. 동쪽과 북동쪽으로 한정하지 마시오, 나침반은 사방으로 돌아가니까. 중요한 건 좋은 곳에 투자해서 빠르게 회수하는 거라오. 그럴만한 곳이 있으면 재빨리 사는 거지요. 위치는 중요하지 않다오, 절대로."

족장이 묵는 천막에는 굉장히 독특한 네 번째 인물이 있어, 저녁 식사 직전에 나타났다. 온몸이 쪼그라든 노파로, 값이 너무나 안 나가는 싸구려라서 얼굴에 표정을 안 그린, 물끄러미 쳐다보기만 하는 나무 인형 같고, 뻣뻣하고 노란 가발은 정수리에 삐딱하게 올려놓은 게, 인형을 가지고 놀던 아이가 아무렇게나 놓고 압정을 찔러서 고정한 것 같았다. 온몸이 쪼그라든 노파의 또 다른 놀라운 특징은, 아이가 숟갈 같은 뭉툭한 도구로 두세 군데 파낸 듯한, 얼굴을, 특히 코끝을 숟갈로 움푹 파낸 듯한 독특한 모습이었다. 더욱 놀라운 특징은, 노파 이름이 '피 선생 숙모' 말고 없다는 사실이었다.

노파가 클레넘 앞에 나타난 절차는 이랬다. 첫 번째 요리가 식탁에 나올 때, 플로라는 피 선생 유산 이야기를 클레넘 선생이 못 들었을 수도 있겠다고 말했다. 클레넘이 고인께서 사랑하는 부인에게 전부는 아닐지언정 세속적인 재산을 충분히 남겼기를 바란다는 식으로 대답하자, 플로라가 말했다. 당연하다. 하지만 자신이 말하려던 건 피 선생이 또 다른 유산까지, 자기 숙모까지 남겼다는 거다. 그러고는 밖으로 나가서 유산을 데리고 의기양양하게 돌아오더니, "피 선생 숙모"라고 소개한 것이다.

낯선 눈이 피 선생 숙모한테서 발견한 주요 특징은, 극단적으로 엄숙하고 굳세게 말이 없다가 묵직하게 경고하는 목소리로 가끔 끼어드는데, 누가 한 말에 대답하는 것도 아니고 무슨 뜻으로 하는 말인지도 알 수 없어, 섬뜩하고 혼란스러운 느낌만 더한다는 사실이었다. 피 선생 숙모는 마음속 사고체계에 따라서 그렇게 말하는 걸 수도 있고, 사고체계 자체가 매우 독특하고 미묘해서 그러는 걸 수도 있지만, 그걸 해석할 열쇠는 없었다.

제대로 요리해서 깔끔하게 나온 저녁은 (족장네 집에서는 무엇이든 차분하게 먹길 권장하는 터라) 수프와 생선튀김, 새우 소스와 감자 요리로 시작했다. 대화 주제는 여전히 집세 받기였다. 피 선생 숙모는 심술궂은 시선으로 사람들을 10분 동안 쳐다보다, 섬뜩한 말을 뱉어 냈다.

"우리가 헨리에 살 때, 떠돌이 땜장이들이 반스네 거위를 훔쳐갔어."

팽스는 용감하게 고개를 끄덕이며 "맞아요, 마님"이라고 맞장구쳤다. 하지만 엉뚱한 말에 클레넘은 크나큰 공포를 느꼈다. 노파가 자아내는 독특한 공포는 또 있었다. 늘 물끄러미 쳐다보면서도 그걸 절대로 인정하지 않는 것이었다. 예의 바르고 사려 깊은 방문객이라면, 가령, 감자 요리가 마음에 드시냐고 물어볼 수도 있을 터였다. 그런데 그대로 외면당하면, 그 기분이 어떻겠는가? '피 선생 숙모님, 대답하시죠!'라고 재촉할 순 없는 것 아닌가? 누구든, 클레넘이 그런 것처럼, 당혹스럽기도 하고 무섭기도 해서 그냥 물러날 터였다.

양고기와 스테이크와 애플파이가 – 거위하고는 상관이 조금도 없는 요리가 – 나오고, 저녁 식사는 당연히 재미없는 잔치처럼 흘러갔다. 예전에는 같은 식탁에 앉을 때 클레넘 눈에 플로라만 보였지만, 지금은 플로라가 흑맥주를 매우 좋아한다는 사실, 그리고 백포도주에 감성을 엄청나게 뒤섞는다는 사실, 플로라가 살이 조금 과하게 쪘다면, 그럴만한 근거가 충분하다는 사실만 보였다. 마지막 족장은 애초에 엄청난 먹보라, 다른 사람을 먹이는 착한 영혼의 자비로움으로 엄청난 분량을 먹어치웠다. 팽스는 (집세를 안 낸 사람 이름을 디저트처럼 뒤적거릴 생각으로) 더러운 수첩을 옆에 놓고 툭하면 쳐다보면서 음식을 급하게 먹는 모습이 선박에 석탄을 급히 싣는 것 같고, 소리는 엄청나게 크고 음식은 엄청나게 흘리다 콧김을 가끔 내뿜는 게, 증기를 뿜으며 출발하기 직전 같았다.

저녁 식사 내내, 플로라는 먹고 마시는 현재의 식욕과 로맨틱한 사랑이라는 과거의 식욕을 뒤섞고 클레넘은 요리에서 눈을 들어 올리는 자체가 두려웠다. 그쪽을 쳐다보는 순간에 이상한 눈빛으로 조심하라는 듯 쳐다보는 게, 둘이서 무슨 음모라도 꾸미는 것 같았기 때문이다. 피 선생 숙모는 더없이 괴로운 표정으로 입을 꾹 다문 채 클레넘을 무시하다, 식탁보를 치우고 포도주를 내올 때, 아무하고도 말하지 않다가 시계가 종을 울리듯 불쑥 말했다.

플로라가 “클레넘 선생, 피 선생 숙모님한테 포도주 한 잔 따라주실래요?”라고 권할 때였다.

“런던 다리 근처 기념탑은 런던 대화재 다음에 세웠어. 런던 대화재는 너희 조지 삼촌 작업장을 태운 화재가 아니야.”

팽스는 다시 용기 내서 “정말요, 마님? 맞아요, 마님!”이라고 맞장구쳤다. 하지만 피 선생 숙모는 가상의 반박이나 학대에 분노가 치민 듯 침묵으로 빠져들지 않고 다시 선언했다.

“나는 바보가 싫어!”

방문객 머리에 대고 솔로몬의 지혜처럼 불쑥 말하는 어투가 개인적으로 너무나 모욕적이라, 결국 피 선생 숙모를 밖으로 데리고 나갈 수밖에 없었다. 그 역할을 플로라는 조용히 수행하고 피 선생 숙모는 반발하지 않았지만, 밖으로 나갈 때는 적대감이 가득한 말투로 불쑥 물었다.

“그런데 저자는 대체 왜 온 거야?”

플로라가 돌아와서는 피 선생 유산이 똑똑하긴 해도 가끔 이상하게 "적대감을 드러낼" 때가 있다고 설명하는데, 그렇게 독특한 모습을 매우 자랑스럽게 여기는 것 같았다. 플로라가 착한 마음을 뽐낼 기회가 생겼으니 클레넘은 그걸 끌어낸 노파한테 아무런 유감이 없고, 존재 자체로 내뿜는 공포마저 사라진 터라 사람들과 더불어 포도주를 한두 잔 평화롭게 마셨다. 그런 다음, 팽스는 볼일을 보러 나갈 준비를 하고, 족장 역시 잠자리에 들어야겠다고 하니, 클레넘은 이제 어머니를 만나러 가야 한다면서 팽스에게 어느 방향으로 가느냐고 물었다.

"도심지 쪽이오, 선생."

"그럼 함께 걸을까요?"

클레넘이 제안하고, 팽스가 대답했다.

"기꺼이."

이러는 사이에도 플로라는 기회가 날 때마다 클레넘 귀에 대고 시간은 있었다고, 하지만 과거는 크게 벌어진 간격이라고, 황금 사슬이 클레넘을 더는 옭아매지 않는다고, 자신은 고 피 선생을 소중한 추억으로 간직한다고, 내일 1시 30분에 집에 있을 거라고, 운명의 여신이 선포하면 되돌릴 수 없다고, 오후 4시 정각에 그레이스 법학원 공원[72] 북서쪽은 절대로 못 걷는다고 속삭였다. 클레넘은 헤어지면서 - 과거의 플로라나 인어공주가 아니라 - 현재의 플로라한테 솔직하게 손을 내밀었지만, 플로라는 과거의 두 사람에서 현재의 자신과 클레넘을 분리할 능력이 전혀 없어, 그 손을 잡으려 하지도 않고 잡을 수도 없었다. 그래서 클레넘은 머리가 한층 더 어찔어찔해, 씁쓸한 마음으로 그 집을 떠났다. 예인선이 있어서 그나마 다행이었다. 안 그랬다면 15분 정도는 이리저리 표류할 것 같았다.

---

72) 상류층 인사들이 자주 만나던 산책로로 유명했다.

공기는 시원하고 플로라는 곁에 없어, 클레넘이 서서히 정신을 차리니, 팽스는 있지도 않은 손톱을 열심히 찾아서 물어뜯고 콧김을 간헐적으로 내뿜으면서 빠르게 걸었다. 한 손은 주머니에 넣고 모자는 뒤로 젖힌 모습이 뭔가 깊은 생각에 잠긴 것 같았다.

"밤공기가 신선하군요!"

클레넘이 말하자, 팽스가 공감했다.

"그래요, 꽤 신선하네요. 오랜만에 돌아온 사람이니 나보다 날씨를 잘 느끼겠지요. 사실 나는 날씨를 느낄만한 여유가 없거든요."

"그렇게 바쁘세요?"

"그렇소, 들여다볼 이름과 받아야 할 돈이 늘 있으니까요. 하지만 나는 이 일을 좋아한다오. 그게 인간 아니오?"

팽스는 걸음을 재촉하고, 클레넘은 물었다.

"다른 건?"

"다른 거 뭐요?"

팽스가 되물었다. 클레넘의 삶을 내리누르는 짤막한 말에 클레넘은 대답을 못 하고, 팽스는 다시 말했다.

"집세를 매주 내야 하는 세입자들한테 내가 묻는 말이라오. 일부는 잔뜩 찡그린 얼굴로 '우리는 깨어있는 내내 열심히 꾸준히 힘겹게 일하는데 이렇게 가난하다'고 말하지요. 그럼 내가 말한답니다. '다른 핑계가 또 있소?' 그러면 다 끝나지요."

"아, 저런, 저런, 저런!"

클레넘은 한탄하고, 팽스는 집세를 매주 내야 하는 세입자 얘기를 계속했다.

"나도 마찬가지라오. 그것 말고 할 일이 또 무어겠소? 아무것도 없소. 새벽 일찍 침대를 덜거덕대며 일어나서 일과를 준비하고, 아침을 최대한 빨리 먹고 본격적으로 일한다오. 바로 그게 상업 국가에서 '인생의 모든 것'[73]이지요."

두 사람은 잠시 침묵하며 걷다, 클레넘이 물었다.

"취미는 없소, 팽스 선생?"

"무슨 취미?"

팽스가 비꼬는 투로 되물었다.

"좋아하는 거라고 합시다."

"나는 돈 버는 걸 좋아하니, 선생, 좋은 방법을 알려주시구려."

팽스가 다시 콧김을 내뿜는데, 나름대로 웃는 방식일 수 있겠다는 생각이 처음 떠올랐다. 팽스는 모든 점에서 독특했다. 진지한 성격은 아닐지언정, 다 타고 재만 남은 원칙을 기계가 찍어내듯, 단순명쾌하고 확고하고 신속하게 제시하는 자세만큼은 빈틈이 없었다.

"책을 많이 읽지는 않겠지요?"

"편지와 장부 말고는 안 읽는다오. 유산 상속과 관련된 홍보물 말고는 무엇 하나 안 모으고. 그게 취미라면 취미겠구려. 콘월에 있는 클레넘 가문 출신은 아니지요, 클레넘 선생?"

"그렇소, 아니오."

"아닌 것 같더군요. 선생 모친한테 들었거든요. 선생 모친은 성격이 강해서 기회를 놓치는 법이 없다오."

"내가 콘월의 클레넘 가문 출신이라면요?"

"선생한테 이익이 되는 정보를 듣겠지요."

"맙소사! 이익이 되는 정보는 오랫동안 못 들었는데."

"콘월에 부동산이 있는데 임자가 없다오, 선생, 소유권을 주장할 콘

---

73) 전도서 12장 13절에 나오는 표현으로 1658년에 나온 책 제목이기도 한데, 17세기와 18세기 중상주의 영국에서 널리 읽혔다.

월 클레넘 후손이 한 명도."

팽스가 말하며 가슴주머니에서 수첩을 꺼내더니, 다시 넣으며 덧붙였다.

"나는 여기서 옆길로 가오. 잘 가시오."

"잘 가세요!"

클레넘도 인사했다. 하지만 예인선은 선박을 내려놓아서 갑자기 가벼워진 듯, 벌써 멀찌감치 걸어가며 콧김을 내뿜었다.

두 사람은 스미스필드를 지나온 터라, 클레넘은 성문 밖[74] 모서리에 홀로 남았다. 황야에 혼자 버려진 듯한 느낌이 황량했다. 적막한 방으로 어머니를 찾아갈 자신이 없었다. 그래서 올더스게이트 거리로 천천히 들어섰다. 성 바오로 대성당 쪽으로 걸어가다 사람이 북적대고 불빛도 환한 대로에 끼어들 생각이었다. 그런데 맞은편에서 인파가 가득 몰려들어, 클레넘은 그들이 지나도록 상점에 바싹 달라붙었다. 사내 여러 명이 어깨에 짊어진 무언가를 중심으로 잔뜩 모여든 인파였다. 들것은 문짝 비슷한 거로 급히 만들었는데, 거기에 누운 사내가 보이고, 인파 사이로 조각조각 나오는 말, 한 사람이 들고 쫓아오는 진흙투성이 보따리, 다른 사람이 들고 쫓아오는 진흙투성이 모자 등을 볼 때 사고가 난 게 분명했다. 들것이 열 걸음 정도를 더 나아가다, 자세를 바꾸려고 가로등 밑에 멈췄다. 그와 함께 인파도 멈추자 클레넘은 한가운데에 휩싸인 채, 옆에서 머리를 절레절레 젓는 노인한테 물었다.

"사고가 나서 병원으로 가나요?"

"그렇소, 지랄 맞을 역마차[75]에 치였다오. 몽땅 잡아다 벌금을 매겨

74) 런던 외곽을 지키는 성문 밖 요새가 있었으나, 나중에 요새는 없어지고 이름만 남았다. 이 시기엔 장사꾼이 주로 살았다.

75) 당시에 이런 사고가 잦았다. 역마차는 평균 10km 간격으로 말을 바꾸며 평균 시속 20km로 달리는 터라, 골목에서 갑자기 튀어나올 때 사고가 나기 쉬웠다.

야 한다오, 역마차 놈들을. 래드 도로와 우드 거리에서 시속 20km로 질주하며 나온다오, 역마차 놈들이. 역마차에 치여서 안 죽는 게 이상할 정도라오."

"저 사람은 안 죽었겠지요?"

"모르겠소! 안 죽었다 하더라도 역마차 놈들한테 죽일 의지가 없었던 건 아니라오."

노인이 팔짱을 끼고는 주변에서 듣는 사람들한테 편한 자세로 연설하니 환자를 걱정하는 소리가 곳곳에서 나왔다. 한 목소리는 "공공의 적이라오, 역마차 놈들은, 선생"이라 하고, 다른 목소리는 "간밤에는 역마차가 어린애 코앞에서 멈추는 걸 보았다오", 또 다른 목소리는 "나는 역마차가 고양이를 치고 달리는 걸 보았는데…… 그게 선생 어머니일 수도 있었다오"라고 말했다. 하나같이 클레넘한테 영향력이 있다면 역마차를 단속할 법규를 제대로 만들라고 사정하는 말투였다.

"맙소사, 런던 태생도 역마차에 안 치이려면, 그놈들이 언제 모서리를 돌아서 사지를 갈가리 찢어발기는지 알아두고 밤마다 신경을 곤두세워야 하는데, 불쌍한 외국인은 전혀 모르니, 오죽하겠소!"

처음 말한 노인이 다시 말했다.

"다친 사람이 외국인인가요?"

클레넘이 묻고는 상체를 앞으로 빼며 살폈다.

"프랑스 사람이오, 선생", "포르투갈 사람이오, 선생", "독일 사람이오, 선생", "프로이센 사람이오, 선생" 등, 다양한 대답이 쏟아져나오는 가운데, 물을 달라고 힘없이 말하는 이탈리아 말과 프랑스 말이 클레넘 귀에 들렸다. 그와 동시에 주변에서는 "아, 불쌍한 친구, 이제 못 살 거라고 한탄하는군. 당연히 그럴 수밖에!"라는 대답만 나왔다. 클레넘은 다친 사람이 하는 말을 알아듣는다며, 앞으로 나아가게 해달라고 요청했다. 그래서 들것에 누운 사람한테 곧장 나아가서 물었다. 그런 다음에 주변을 둘러보며 말했다.

"제일 먼저, 환자가 물을 마시고 싶답니다."

착한 사람 여럿이 물을 구하러 사방으로 흩어졌다.

클레넘이 들것에 누운 사내한테 이탈리아 말로 물었다.

"많이 다쳤소, 친구?"

"네, 선생님. 아, 아, 아. 다리가. 다리가. 하지만 우리말을 들으니까 기쁘네요, 온몸이 아프긴 해도."

"여행하는 중이구려! 자, 물! 가만히! 내가 그릇을 잡아주겠소."

사람들이 도로에 깔 돌무더기에 들것을 내려놓은 터라 높이가 적당해서 상체를 숙이고 한 손으로 상대 머리를 가볍게 들어 물을 입술에 대줄 수 있었다. 조그만 체구에 피부는 햇볕에 그을린 근육질로, 머리칼은 까맣고 이는 하얬다. 얼굴은 활력이 가득하고 양쪽 귀에는 귀걸이가 있었다.

"잘했소. 여행자인가요?"

"네, 선생님."

"런던은 처음이오?"

"네, 네, 완전히. 오늘 초저녁에 도착했답니다."

"어디에서?"

"마르세유."

"맙소사! 나도 그렇다오! 여기에서 태어났지만, 마르세유에서 얼마 전에 돌아와서 이곳이 당신만큼이나 낯설다오. 걱정하지 마시오."

클레넘이 일어나서 환자를 덮은 외투를 다시 제대로 덮어주다, 상대가 애원하듯 쳐다보는 눈빛에 대답했다.

"충분히 치료받을 때까지 당신 곁을 안 떠나겠소. 용기를 내시오!

이제 삼십 분만 참으면 훨씬 좋아질 거요.”

“아! 알트로, 알트로!”

조그맣고 가련한 사내가 가느다랗게 중얼거리고, 사람들이 들것을 들어 올릴 때는 오른손을 빼서 손등을 드러낸 채 집게손가락을 공중에 흔들었다.

클레넘도 발길을 돌려서 들것 바로 옆을 나란히 걷고 이따금 격려도 하며 근처에 있는 성 바르톨로뮤 병원으로 따라갔다. 인파는 누구도 들어올 수 없었다. 들것을 든 사람과 클레넘만 들어가 환자를 진찰대에 내리자마자, 근처에서 재난의 여신처럼 준비하던 외과의가 다가와서 차분하게 검사하고, 클레넘은 물었다.

“환자가 영어를 모릅니다. 많이 다쳤나요?”

외과의는 사무적으로 민첩하게 진찰하며 대답했다.

“뭐라고 말하기 전에 먼저 자세히 살펴봅시다.”

외과의는 다친 다리를 손가락 하나로, 그다음엔 두 개로, 그다음엔 손으로, 그다음엔 두 손으로 눌러보고, 위아래를 살피고, 올려보고 내려보고, 이쪽저쪽으로 돌리고, 옆으로 다가온 다른 의사한테 관심사항을 유쾌하게 설명하더니 마침내 환자 어깨를 툭 치면서 말했다.

“많이 아프지는 않겠습니다. 금방 좋아질 겁니다. 쉬운 건 아니지만, 당장은 다리를 절단할 필요가 없겠습니다.”

이 말을 클레넘은 그대로 통역하고 환자는 너무 기쁜 나머지 통역자 손과 외과의 손에 연달아 뽀뽀하며 기쁜 마음을 드러냈다.

“심하게 다쳤나요?”

클레넘이 묻자, 외과의가 대답했다. 화가가 작업하던 그림을 바라보며 깊은 명상에 잠긴 듯한 말투였다.

“그으래요. 네, 꽤 심합니다. 무릎 위쪽은 골절이 심하고 아래쪽은 탈구되었으니까요. 둘 다 심각합니다."

외과의가 환자 어깨를 다시 다정하게 두드리는 게, 정말 좋은 친구라는, 다리를 의학적으로 흥미진진하게 부러뜨린 건 정말 칭찬받을 만하다는 것 같았다.

"환자가 프랑스 말은 하나요?"

외과의가 묻고, 클레넘이 대답했다.

"네, 프랑스 말은 합니다."

"그렇다면 말은 통하겠네요."

외과의가 말하더니 프랑스 말로 덧붙였다.

"약간의 통증을 용감하게 견디면서 모든 상황이 잘 풀리는 걸 고맙게 여기면 됩니다, 친구. 그러면 기적처럼 다시 걸을 겁니다. 자, 그럼 다른 문제는 없는지, 우리 늑골은 괜찮은지 볼까요?"

다른 문제는 조금도 없고 우리 늑골도 괜찮았다. 낯선 땅을 늦은 시간까지 돌아다니던 불쌍한 방랑자가 요청해, 클레넘은 필요한 조치를 정교한 솜씨로 즉각 수행할 때까지 기다리다, 침대를 옮긴 다음에도 한참 머물고, 환자가 깊은 잠에 빠져들 때까지 지켜보았다. 그런 다음에도 명함에 내일 다시 오겠다는 약속과 함께 몇 줄 더 써서 환자가 깨어나면 건네도록 맡겼다.

이런 과정을 거치다 보니 병원 정문을 나설 때 저녁 11시 종이 울렸다. 당장은 코벤트 가든에 하숙방을 구한 터라, 스노우 힐과 홀본을 지나는 지름길로 들어섰다.

불쌍한 여행객을 걱정하고 동정한 뒤끝이라, 혼자가 되는 순간부터 깊은 생각에 자연스레 빠져들었다. 그렇게 십 분을 걷는 사이에 플로라 생각도 자연스럽게 떠올랐다. 지금껏 행복을 조금도 못 느끼면서 엉뚱하게 살아온 자신의 삶도 떠올랐다.

하숙방에서 죽어가는 벽난로 불 앞에 앉을 때도, 다락방 창가에 물끄러미 서서 새까맣게 늘어선 굴뚝 숲을 볼 때도, 이렇게 살아가도록 만든 추억을, 너무나 길고, 너무나 황량하고, 너무나 공허한 추억을 우울하게 떠올렸다. 어릴 적 추억은 없었다. 젊을 적에는 딱 하나가 있었는데, 어리석은 추억이라는 게 바로 오늘 입증되었다.

다른 사람한테는 사소하겠지만, 클레넘한테는 큰 불행이었다. 가혹하고 엄격하게 억눌리던 기억은 모두 사실로 확인되는데 - 아무리 만지작대고 살펴도 냉혹하게 떠올라 섬뜩한 느낌만 가득할 뿐 편안한 느낌은 조금도 없는데 - 다정하게 떠오르던 유일한 추억은 똑같은 시험을 못 견디고 그대로 녹아서 사라졌기 때문이다. 다락방에서 뜬 눈으로 꿈을 꿀 때 예상은 했지만, 당시에는 제대로 못 느끼던 감정이 이제 비로소 거세게 몰려들었다.

이런 점에서 볼 때 클레넘은 몽상가였다. 자신은 평생을 못 누린 선량함과 다정함을 확고하게 추구하며 그 본성에 깊이 뿌리내리려 애쓰니 말이다. 잔인하고 가혹한 분위기에 억눌리면서도, 그 본성 덕분에 명예로운 마음과 열린 정신을 지녔으니 말이다. 냉혹하고 엄격한 분위기에 억눌리면서도, 그 본성 덕분에 남을 불쌍히 여기는 마음을 따듯하게 간직하도록 구원받았으니 말이다. 조물주의 형상으로 창조된 인간이 조물주를 교활한 인간의 형상으로 만들어내는 너무나 어둡고 대담한 교리에 억눌리면서도, 그 본성 덕분에 남을 판단하지 않고 겸손하게 자비를 베풀며 사랑과 희망을 품도록 구원받았으니 말이다.

그래서, 흔해 빠진 행복이나 흔해 빠진 미덕이 자신 앞에 나타나거나 바람직하게 작용하지도 않았다는 이유로, 그런 건 거대한 계획에 없으니, 결국에는 가장 기본적인 요소로 한정될 뿐이라고 투덜대는 약점과 잔인한 이기심에서 여태껏 벗어날 수 있었다. 가슴에는 실망이 가득하지만, 건강하지 못한 상태로 빠져들기에는 그 마음이 너무나 단단하고 건강했다. 자신은 어둠 속에 있으면서도 밝은 빛으로 피어올라 다른 사람을 골고루 비출 수 있었다.

그래서, 클레넘은 죽어가는 불길 앞에 앉아, 자신이 그날 밤까지 걸어온 길을 돌아보며 슬퍼했지만, 다른 사람이 그날 밤까지 걸어온 길에 독을 뿌리지는 않았다. 자신은 지금껏 너무 많은 것을 놓쳐, 인생의 뒤안길을 격려하며 함께 걸어갈 지팡이를 이 나이에 비로소 사방을 둘러보며 찾아야 한다는 사실이 안타까울 뿐이었다. 클레넘은 활활 타는 모습이 사라지고, 남은 불빛조차 줄어들다 하얀 재로 변해, 먼지로 떨어지는 벽난로 불길을 가만히 바라보았다. '나도 곧 저렇게 사라지겠지'라는 생각이 절로 떠올랐다.

자신이 살아온 길을 돌아보니, 열매가 맺고 꽃이 피는 생나무를 타고 내려와서 나뭇가지가 모두 시들어 하나씩 떨어지는 모습을 바라보는 느낌이었다. 그러면서도 다가가는 느낌이었다.

"어릴 적에 불행하게 억눌릴 때부터, 사랑은 없고 엄격하기만 한 가정을 거쳐, 다른 나라로 도망치다 오랜만에 돌아오고, 어머니를 만나고, 오늘 불쌍한 플로라를 만날 때까지, 내가 찾아낸 게 뭐지!"

클레넘이 중얼거렸다. 여기에 대답이라도 하듯, 방문이 살그머니 열리면서 들려오는 말에 클레넘은 화들짝 놀랐다.

"작은 도릿이요."

14장. 작은 도릿의 파티

클레넘은 재빨리 일어나서 문가에 나타난 작은 도릿을 쳐다보았다. 이런 이야기는 작은 도릿의 시선으로 바라보는 게 옳을 때가, 그래서 클레넘을 바라보는 것으로 시작하는 게 옳을 때가 가끔 있다. 지금이 그렇다.

작은 도릿이 어두운 실내를 들여다보는데, 공간은 널찍하고 가구는 화려했다. 작은 도릿은 코번트 가든을 유명한 커피하우스가 있고, 신사들이 금빛 레이스 외투에 칼을 차고 다투다 결투하는 화려한 곳으로 여기고, 겨울에도 한 송이에 금화 몇 냥씩 하는 꽃과 1파운드 무게에 금화 몇 냥씩 하는 파인애플과 반 리터에 금화 몇 냥씩 하는 콩을 파는 값비싼 곳으로 여기고, 화려한 극장이 있어 신사 숙녀가 화려한 의상에 아름답고 훌륭한 모습을 드러내는, 가난한 언니나 가난한 삼촌은 접근조차 할 수 없는 곳으로 여기고, 조금 전에 목격한 것처럼 동그란 아치문이 많아서 굶주린 아이들이 누더기 차림으로 생쥐처럼 살금살금 모여들어, 썩은 고기를 먹고, 서로 꼭 달라붙어 체온을 유지하다, 이리저리 쫓기는 (너희 바너클 족속아, 어린 쥐와 늙은 쥐를 조심하라, 하느님 앞에서 너희 토대를 갉아먹고 너희 머리로 천장을 무너뜨릴 테니!) 황량한 곳으로 여기고, 과거 및 현재의 신비와 로맨스, 풍요와 결핍, 아름다움과 추함, 시골의 보기 좋은 과수원과 도시의 역겨운 하수구가 혼란스럽게 뒤섞인 곳으로 여긴 터라, 문가에서 수줍게 바라보는 눈에는 실내가 실제보다 어둡게 보였다.

작은 도릿이 찾아간 신사는 불 꺼진 벽난로 앞 의자에 앉아서 깜짝 놀란 눈으로 고개를 돌렸다. 살갗은 햇볕에 타고 표정은 진지한 신사가 상냥하게 웃으며 솔직하고 사려 깊은 태도로 신사 어머니처럼 엄숙한 느낌을 풍기지만, 신사 어머니가 퉁명스럽게 엄숙하다면 신사는 다정하게 엄숙하다는 점이 달랐다. 신사는 다정하게 묻는 표정으로 가만히 쳐다보고, 작은 도릿은 여느 때처럼 고개를 숙였다.

"불쌍한 아이야! 한밤중에 무슨 일이니?"

"제가 작은 도릿이라고 말한 건 선생님을 준비시키려는 거였어요. 깜짝 놀라실까 봐요."

"혼자 왔니?"

"아니에요, 선생님. 매기를 데려왔어요."

이름이 나오는 순간에 매기는 자신이 등장할 때라 여기고 바깥쪽 층계참에서 불쑥 들어오며 환하게 웃었다. 하지만 미소를 곧바로 억누른 채 딱딱하고 엄숙한 표정을 머금었다.

"벽난로 불이 꺼졌는데, 너는……"

클레넘은 옷차림이 허술하다고 말하려다, 작은 도릿이 가난하다는 말밖에 안 되는 것 같아서 멈칫하고는, 대신 말했다.

"여기가 춥구나."

클레넘은 의자에서 일어나 벽난로 앞에 갖다 놓고 작은 도릿을 거기에 앉힌 다음, 땔감과 석탄을 급히 갖다 쌓아서 불을 붙였다.

"발이 얼음장 같구나, 얘야, 발을 따뜻한 곳에 놓으렴."

클레넘이 권했다. 벽난로에 불을 붙이느라 한쪽 무릎을 꿇고 상체를 숙이다 그 발에 손이 우연히 닿은 것이다. 작은 도릿은 황급히 고마워했다. 정말 따듯해요, 정말 따듯해요! 작은 도릿이 닳을 대로 닳아서 얇은 신발을 숨기려는 것 같아, 클레넘은 마음이 아팠다.

작은 도릿은 초라한 신발이 창피한 건 아니었다. 신사는 자신이 처한 상황을 아니, 그것 때문은 아니었다. 작은 도릿이 걱정한 건 신사가 자기 아버지를 나무랄까, '자기는 오늘 밤에도 저녁을 맛있게 먹고서 불쌍한 딸을 차가운 길바닥에 내놓다니!'라고 생각할까 걱정스러울 뿐이었다. 작은 도릿에게는 그렇게 생각하는 게 당연하다는 믿음이 없었다. 그동안 경험을 통해서 깨달은 건, 사람들이 그런 식으로 엉뚱하게 생각할 때가 가끔 있다는 정도였다. 아버지가 겪는 불행 가운데 하나였다.

작은 도릿은 살살 피어나는 불길 앞에 앉아, 지켜주려는 마음과 관심과 동정심이 조화롭게 어우러지는 표정을 다시 쳐다보고, 자신은 도저히 못 오를 신비로운 경지에 감동하며 말했다.

"다른 걸 말씀드리기 전에 중요한 얘기부터 해도 되나요, 선생님?"

"아이야, 그러렴."

신사가 툭하면 아이라고 부르는 소리에 작은 도릿은 약간 고통스러운 기색이 어렸다. 자신을 그런 식으로 본다는 사실이, 연약한 존재로 여긴다는 사실이 당혹스러웠다. 하지만 신사가 덧붙였다.

"다정한 표현으로 부르고 싶은데 다른 말이 안 떠오르는구나. 어머니 댁에서 부르는 이름을 네가 알려주고, 나 역시 너를 생각하면 그 이름이 늘 떠오르니, 작은 도릿이라고 부르마."

"고맙습니다, 선생님, 그 이름이 훨씬 마음에 들어요."

"작은 도릿."

"작은 엄마."

매기가 (곤하게 잠자다) 갑자기 끼어들자, 작은 도릿이 대답했다.

"똑같은 거야, 매기, 똑같은 거."

"똑같은 거야, 엄마?"

"그래, 똑같아."

매기가 웃더니, 곧바로 코를 골았다. 작은 도릿 눈에는 메부수수한 모습이 더없이 상쾌하게 보이고 귀에는 메부수수한 소리가 더없이 상쾌하게 들렸다. 그 눈이 갈색 피부 신사의 엄숙한 두 눈과 다시 마주치는 순간에 커다란 아이를 자랑스럽게 여기는 표정이 번져나갔다. 저 신사는 아빠 역할을 얼마나 잘할까! 저런 표정으로 딸을 얼마나 귀여워하고 얼마나 좋은 얘기를 해줄까! 하는 생각이 절로 일었다.

"제가 드릴 말씀은, 선생님, 오빠가 풀려났다는 거예요."

작은 도릿이 말하자, 클레넘이 좋아하면서 앞으로 오빠 일이 잘 풀리길 바란다 말하고, 작은 도릿은 조그만 몸과 목소리를 덜덜 떨면서 말했다.

"그래서 제가 드릴 말씀은, 선생님, 어떤 분이 자비를 베풀어서 오빠를 풀어주셨는지 모른다는 – 물을 수도 없고 들을 수도 없으니, 그분께 온 마음을 다해서 감사할 수도 없다는 거예요!"

고맙다는 말은 정작 작은 도릿이 들어야 한다고, 그 사람은 고맙다는 인사를 안 들어도 괜찮을 거라고, 조금이나마 도울 기회가 생긴 걸 오히려 고맙게 여길 거라고 클레넘은 말하고, 작은 도릿은 한층 떨리는 목소리로 이어갔다.

"그래서 제가 드릴 말씀은, 선생님, 제가 그분을 안다면, 누군지 알 것도 같은데, 선하신 도움을 제가 얼마나 고마워하는지, 착하신 아버지께서 얼마나 고마워하실지 그분은 절대로, 절대로 모른다는 겁니다.

그래서 제가 드릴 말씀은, 선생님, 행여나 제가 그분을 안다면, 누군지 알 것도 같은데 - 저는 그분이 누군지 모르며 알지도 말아야 하는데 - 그 정도는 아는데! - 잠자리에 들 때마다 그분을 위해서 하늘에 기도할 거라는 사실입니다. 행여나 제가 그분을 안다면, 누군지 알 것도 같은데, 그분 앞에 무릎을 꿇고 그 손을 잡아서 뽀뽀하며, 손을 잡아빼지 말라고 - 아, 잠시라도 그대로 두라고 - 부탁해서 감사하는 눈물을 그 손에 떨굴 거라는 사실입니다. 그분께 고마워할 방법이 그것 말고는 없으니까요!"

작은 도릿이 클레넘 손에 입술을 대면서 무릎을 꿇으려 하는데, 클레넘이 다정하게 만류하며 의자에 앉혔다. 두 눈에 가득한 눈빛에도, 목소리에 담긴 말투에도 상상 이상으로 감사한 마음이 가득해, 클레넘은 평소처럼 차분하게 말할 수 없었다.

"그래, 작은 도릿, 그래, 그래, 그래! 네가 그 사람을 안다고, 그 모든 걸 한다고, 그래서 그걸 모두 했다고 여기자꾸나. 그런데 그 사람이 전혀 아닌 나한테 - 너한테 믿음을 간청하는 친구에 불과한 나한테 - 한밤중에 찾아온 이유가, 이렇게 늦은 시각에 이렇게 멀리 찾아온 이유가 무언지 알려주렴, 조그맣고 연약한……" 입술에 '아이'가 어렸으나 "작은 도릿!"이라 바꾸니 작은 도릿은 오랜 습관에 따라 자신을 자연스럽게 억누르며 대답했다.

"오늘 밤에 언니가 일하는 극장에 매기랑 다녀오는 길이었어요."

"그런데, 아, 아주 멋있었어요. 병원만큼이나 멋있었어요."

갑자기 매기가 끼어들었다. 잠자다가도 필요할 때면 언제든 깨어나는 능력이 있는 것 같았다.

"닭고기가 없다는 게 다를 뿐."

매기가 말하고는 고개를 절레절레 흔들다 다시 잠들고, 작은 도릿은 그런 매기를 바라보다 말했다.

“우리가 극장에 간 이유는 언니가 잘 지내는지 확인하고 싶었기 때문이에요. 언니도 삼촌도 모르게 그곳에서 일하는 언니를 제 눈으로 직접 확인하고 싶었거든요. 이럴 기회는 사실 거의 없어요, 일하러 안 나갈 때는 아버지 곁을 지켜야 하고, 일하러 나갈 때조차 아버지한테 빨리 돌아가야 하니까요. 하지만 오늘 밤에는 파티에 가는 척했어요.”

작은 도릿이 수줍게 고백하다, 두 눈을 들어 상대 얼굴에 담긴 너무나 확실한 표정을 바라보며 대답했다.

“아, 진짜 그런 건 아니에요! 파티에 실제로 간 적은 한 번도 없으니까요.”

상대가 가만히 바라보는 시선에 작은 도릿이 잠시 주저하다, 다시 말했다.

“이런 거짓말에 해를 입는 사람이 없으면 좋겠어요. 지금껏 가족한테 도움이 안 됐을 거예요, 제가 가끔 그런 척하지 않았다면.”

작은 도릿은 가족이 알아주거나 고마워하지 않는 데다 너무 소홀하다고 각자가 나무라기조차 하는 상황에서, 자신이 가족을 걱정하며 좋은 방향을 살피고 찾아가는 자체를 클레넘이 속으로 나무라지 않을까 두려웠다. 하지만 사실 그 마음속은 약한 체구에 강력한 의지로 가득했다, 너덜너덜한 신발과 어설프기 짝이 없는 드레스로 파티에 참석하는 척할 정도로. 가짜 파티가 어디에서 열렸느냐고 물을 정도였다. 작은 도릿은 얼굴을 붉히며 대답했다. 일하는 곳이요. 하지만 아버지한테 별다른 얘기를 안 했어요. 걱정을 덜도록 몇 마디 한 게 전부예요. 아버지는 대단한 파티로 여기지 않았어요. 그렇게 여길 수도 있었는데요. 이렇게 말하는 순간, 작은 도릿은 자신이 몸에 걸친 숄을 힐끗 쳐다보았다.

"밤에 집에서 나온 건 이번이 처음이에요. 그런데 런던은 정말 커다랗고 메마르고 황량했어요."

작은 도릿이 말했다. 새까만 하늘 밑으로 광활하게 뻗어간 런던이 더없이 섬뜩했는지, 몸을 부르르 떨다 차분하게 가라앉히며 덧붙일 정도였다.

"하지만 이것 때문에 선생님을 찾아와서 귀찮게 하는 건 아니에요, 선생님. 집에서 멀리 나온 첫 번째 이유는 언니가 숙녀를 친구로 사귀었다고 해서 걱정스러운 마음이 들었기 때문이랍니다. 어차피 나온 김에 선생님이 사는 곳에 (일부러) 와서 창가에 비친 불빛을 보고……"

처음은 아니었다. 그렇다, 이날이 처음은 아니었다. 작은 도릿은 다른 날 밤에도 바깥에서 창문을 머나먼 별처럼 바라보곤 했다. 너무 시치고 힘들 때마다 어렵게 찾아와서 창문을 올려다보며, 자신에게 보호자처럼 친구처럼 말하는, 표정이 엄숙한, 멀리서 온 갈색 피부 신사를 떠올리곤 했다.

"선생님이 혼자 계실 때 제가 여기로 올라온다면 말씀드리고 싶은 건 세 가지였어요. 제일 먼저 말씀드리고 싶은 건 누군지도 모르고, 찾을 수도 없는……"

"그만, 그만! 그 얘기는 끝났잖아. 두 번째 얘기로 넘어가자꾸나."

클레넘이 웃는 얼굴로 상대를 달래고 벽난로 불길이 환히 비추도록 한 다음, 탁자에 있는 포도주와 케이크와 과일을 밀어주니 작은 도릿이 말했다.

"두 번째로 말씀드리고 싶은 건, 선생님 - 클레넘 마님이 제 비밀을, 제가 매일 나오고 들어가는 곳을 알아낸 것 같아요. 제가 사는 곳을."

"정말!"

클레넘이 곧바로 반응했다. 그리고 잠시 생각한 뒤에 그렇게 판단한 이유를 물으니, 작은 도릿이 대답했다.

"예레미야 선생님이 저를 쭉 지켜본 것 같아요."

클레넘은 불길로 눈을 돌려서 이맛살을 찡그리며 곰곰이 생각하다, 그렇게 판단하는 이유를 또 물었다.

"두 번이나 마주쳤거든요. 우리 집 근처에서. 밤에, 집으로 돌아가다. (오해한 걸 수도 있지만) 두 번 다 우연히 마주친 건 아니라는 생각이 들었어요."

"그 사람이 무슨 말을 했니?"

"아니에요. 고개를 끄덕이다 머리를 한쪽으로 갸우뚱하기만 했어요."

클레넘은 불길을 바라보았다. '빌어먹을 머리통을 한쪽으로 늘 기울어뜨린다'는 생각이 절로 일었다. 그러다 정신을 차려서 무어든 먹고 포도주를 마시라고 한 다음 – 작은 도릿이 너무나 수줍고 소심해서 정말 어려웠는데 – 다시 생각하며 물었다.

"우리 어머니가 너를 대하는 태도도 다르던?"

"아니에요. 마님은 똑같아요, 제가 먼저 말씀드리는 게 좋겠다는 생각마저 들 정도로. 선생님이 어떻게 생각하실까 궁금했어요."

작은 도릿이 애원하는 표정으로 바라보다가 클레넘이 쳐다보자, 눈길을 조금씩 거두면서 물었다.

"어떻게 해야 좋을지 선생님이 알려주면 좋겠다는 생각이 들었어요."

"작은 도릿, 아무 말도 하지 마. 내가 오랜 친구 애프리 부인하고 상의할게. 아무것도 하지 마, 작은 도릿, 여기에 있는 걸 먹고서 기운 내는 것 말고는. 내가 간청할게."

클레넘이 말했다. 말투와 상황에 따라 두 사람한테 수백 가지 뜻으로 들리는 표현이었다.

"고맙습니다만, 배가 안 고파요."

작은 도릿이 말하더니, 클레넘이 내미는 포도주잔을 보고서 덧붙였다.

"목도 안 마르고요. 매기는 좋아할 것 같아요."

"여기에 있는 걸 매기 주머니에 모두 넣어주자꾸나. 하지만 매기를 깨우기 전에, 세 번째 이야기가 있잖아."

"네. 화내지 않으시겠지요, 선생님?"

"그럼, 당연하지."

"이상하게 들릴 거예요. 어떻게 말해야 좋을지 모르겠어요. 제가 터무니없거나 감사할 줄 모른다고 생각하지 마세요."

작은 도릿이 말하는데, 다시 흥분하는 느낌이었다.

"아니야, 아니야, 아니야. 당연히 꼭 필요한 말이겠지. 내가 나쁘게 받아들일 가능성은 없어, 어떤 말이든."

"고맙습니다. 우리 아버지를 또 만나러 가실 거죠?"

"응."

"친절하고도 사려 깊게, 내일 찾아가겠다는 쪽지를 보내셨나요?"

"아, 그렇긴 했지만, 별거 아니야!"

작은 도릿이 조그만 손을 맞잡고 간절한 눈빛으로 쳐다보며 물었다.

"그러면 선생님께 하지 말라고 부탁드릴 게 있는데, 뭔지 아시나요?"

"아마도. 틀릴 수도 있지만."

클레넘이 대답하자, 작은 도릿이 머리를 저으며 말했다.

"아니에요, 안 틀려요. 행여나 그게 절실하게, 너무나 절실하게 필요할 때는, 그게 없으면 안 될 때는, 제가 부탁드릴게요."

"그래, 그러마."

"아버지가 그걸 바라도록 자극하지 마세요. 아버지가 그걸 바라더라도 흔들리지 마세요. 그걸 아버지한테 주지 마세요. 인격과 체면을 살려주세요. 아버지가 훨씬 바람직한 인물로 보이도록!"

클레넘은 작은 도릿이 두 눈에 글썽이는 눈물을 보고, 그러겠다고 말했다, 억지로.

"선생님은 우리 아버지가 어떤 분인지 모르세요. 실제로 어떤 분인지 모르세요. 하기야, 어떻게 알겠어요, 변하는 모습을 저처럼 조금씩 본 게 아니라 한순간에 보았는데! 선생님은 우리한테 너무나 다정하시고 섬세하시고 친절하시니, 선생님한테만큼은 아버지가 좋은 분으로 보이면 좋겠어요."

작은 도릿이 두 손으로 눈물을 감추며 이어갔다.

"다른 사람도 아니고 선생님이 그렇게 망가진 아버지 모습만 본다고 생각하면 견딜 수가, 정말이지, 견딜 수가 없어요."

"힘들어하지 말렴. 제발, 제발, 작은 도릿! 무슨 말인지 충분히 알아들었으니까."

"고맙습니다, 선생님. 고맙습니다! 이 말을 안 하려고 무척이나 애쓰면서 낮이고 밤이고 곰곰이 생각했지만, 선생님이 다시 찾아오신다는 걸 확실히 깨닫고는 선생님께 말씀드려야겠다고 마음먹었답니다."

작은 도릿이 재빨리 눈물을 닦으며 이어갔다.

"아버지가 창피해서가 아니라, 아버지를 어떤 사람보다 잘 알고 사랑하고 자랑스러워하기 때문에요."

작은 도릿은 말이 끝나는 순간에 그만 떠나려고 했다. 하지만 매기가 완전히 깨어나선 킥킥 웃어대며 과자와 케이크를 맛나게 먹어대, 클레넘이 포도주를 조심스럽게 따라주자, 매기가 맛나게 마시는데, 한 번 들이켤 때마다 한 손을 숨통에 올린 채 통방울 같은 눈으로 숨을 헐떡이며 "아, 맛있어! 아, 병원 같아!"라고 감탄했다. 그러면서 끝까지 마시자, 클레넘은 탁자에 있는 걸 (매기가 바구니를 늘 가지고 다닌 터라)

바구니에 모두 담으라고, 남기지 말라고 특별히 당부했다. 매기는 시키는 대로 기꺼이 하고 작은 엄마는 그런 매기를 즐겁게 바라보니, 마지막 대화는 바람직한 분위기로 바꿀 수 있었다.

"철문이 오래전에 닫혔잖아! 그런데 어디로 가려고?"

클레넘이 갑자기 떠올리며 묻자, 작은 도릿이 대답했다.

"매기가 사는 방으로 갈 거예요. 안전하고 편안하게 묵을 수 있어요."

"데려다줄게. 너희 둘만 보낼 순 없어."

"아니에요, 그냥 우리 둘이 가도록 해주세요. 제발!"

작은 도릿이 사정했다. 너무나 간절한 표정에, 클레넘은 주제넘게 나서는 게 부담스러웠다. 매기가 사는 방이 누추할 수 있겠다는 생각도 들었다.

"가자, 매기, 우리끼리 찾아갈 수 있어. 이제는 길을 잘 알잖아, 그치, 매기?"

작은 도릿이 쾌활하게 말하자, 매기가 대답했다.

"그래, 맞아, 작은 엄마. 우리가 길을 알아."

그리고 두 사람은 일어섰다. 작은 도릿이 문가에서 돌아보며 "하느님 은총이 가득하길"이라 말했다. 조그맣게 한 말이지만 - 누가 아는가! - 성가대 전체가 합창하는 소리처럼 하늘까지 들릴지.

클레넘은 두 사람이 거리 모서리를 지날 때까지 기다리다 멀리서 좇아갔다. 사생활을 침해하려는 의도가 아니라, 작은 도릿이 잘 아는 지역으로 무사히 들어서는 모습을 확인해서 마음의 부담을 덜려는 의도였다. 발을 질질 끄는 매기 옆에서 작은 도릿이 열심히 걷는데, 비 내리는 황량한 날씨를 견디기에 너무나 가냘프고 연약하고 조그맣게 보여서 동정심이 이는 데다, 작은 도릿을 거친 세상에서 완전히 벗어난 어린애로 여기는 습관도 있어, 차라리 자신이 품에 안고 목적지까지 데려다주면 마음이 편할 것 같았다.

이윽고 작은 도릿은 마셜씨 교도소로 가는 큰길에 들어서, 클레넘이 바라보는 가운데, 걸음을 잠시 늦추다 골목길로 들어섰다. 클레넘은 걸음을 멈췄다. 더 쫓아갈 권리는 없다는 생각이 들었다. 두 사람이 아침까지 거리에서 지낼 수도 있다는 의심은 조금도 안 했다. 아니, 오랜 시간이 지난 뒤에도 그럴 가능성은 생각조차 못 했다.

하지만 작은 도릿은 어둠에 잠긴 초라한 건물 현관문 앞으로 다가가서 문에 귀를 대고 들으며 말했다.

"자, 이곳은 네가 살기에 정말 좋은 곳이니, 매기, 우리가 말썽을 피우면 안 돼. 그러니 현관문을 두 번만 두드리는 거야, 시끄럽지 않게. 그래도 사람들이 안 일어나면 날이 밝을 때까지 거리를 돌아다니자꾸나."

작은 도릿은 조심스럽게 한 번 두드리고 가만히 들었다. 두 번째로 두드리고 다시 들었다. 모든 게 고요했다. 인기척이 없었다.

"매기, 우리는 최선을 다해야 돼. 꾹 참아야 해, 날이 밝기만 기다리면서."

춥고 어두운 밤에 비바람이 불어닥치는데, 큰길로 다시 나오니, 시계종마다 새벽 한 시 반을 알렸다.

"다섯 시 반만 지나면 집으로 들어갈 수 있어."

작은 도릿이 말했다. 집 얘기를 꺼낸 김에, 아주 가까운 곳이니 그곳까지 가보는 건 당연한 순서였다. 두 사람은 꼭 닫힌 철문으로 다가가서 틈새로 마당을 훔쳐보았다. 작은 도릿이 쇠창살에 뽀뽀하며 중얼거렸다.

"아버지가 곤하게 주무시면 좋겠어, 내 걱정은 마시고."

철문이 익숙했다. 친구 같았다. 두 사람은 철문 모서리에 매기 바구

니를 내려놓고 의자처럼 앉아서 몸을 서로 딱 붙인 채 가만히 쉬었다. 거리가 텅 비어서 조용할 때는 겁나지 않지만, 멀리서 발소리가 들리거나 가로등 사이에서 움직이는 물체라도 보이면 작은 도릿이 깜짝깜짝 놀라다 “매기, 사람이 보여. 저리 피하자!”고 속삭이기 일쑤였다. 그럴 때마다 매기는 잠자다 깨어나서 투덜대고, 두 사람은 이리저리 서성이다 원래 자리로 돌아왔다.

군것질거리를 먹는 게 재미도 있고 신기하기도 한 동안에는 매기도 꿋꿋이 버텼다. 하지만 모두 떨어지자, 춥다고 투덜대고 부르르 떨면서 훌쩍거렸다. 그럴 때마다 작은 도릿은 “조금만 참으면 돼, 매기”라며 달래고, 매기는 “작은 엄마는 괜찮겠지만 나는 어린애라고, 열 살밖에 안 된……”이라며 투덜댔다.

깜깜한 밤중에 거리가 너무 조용할 때, 마침내 작은 도릿은 매기를 달래서 묵직한 머리를 자기 가슴에 기대고 잠들게 했다. 그리고 철문 옆에 혼자 앉아서 하늘에 가득한 별을 쳐다보고, 빠르게 지나는 구름을 바라보았다. 작은 도릿 파티에서 춤추는 주인공들이었다.

‘이게 진짜 파티라면! 불빛이 환하고 따듯하고 아름답다면, 우리 집이라면, 불쌍한 아버지는 집주인이고 저 담장 안에 들어간 적이 없다면, 클레넘 선생님은 우리 집에 놀러 온 손님이고, 우리는 흥겨운 음악에 맞춰서 춤을 춘다면, 다들 더없이 흥겹고 쾌활하다면!’

가만히 앉아서 별을 올려다보는 동안 눈앞에 놀라운 광경이 가득 펼쳐졌다, 매기가 일어나서 걷고 싶다며 투덜대기 전까지는.

세 시가 되고, 세 시 반이 되고, 두 사람은 런던 다리를 건넜다. 물살이 힘차게 부딪치는 소리가 들려서 까만 수증기가 피어오르는 강물을 놀란 눈으로 내려다보기도 하고, 다리 가로등 불빛을 반사하는 수면도 바라보는데, 악마의 눈처럼 반짝인다는, 끔찍한 범죄와 처참한

삶으로 유혹한다는 생각이 절로 들었다. 모서리마다 집 없는 사람이 웅크리고 누워있으면 화들짝 놀라며 지나고, 술 취한 사람이랑 마주치면 얼른 도망쳤다. 남자들이 어두운 모서리에 숨어서 휘파람 불며 신호를 주고받거나 전속력으로 도망쳐서 두 사람을 깜짝 놀라게도 했다. 작은 도릿은 어디를 가든 인도자며 안내자 역할을 하면서도 체구가 작은 터라, 어린애인 척하면서 매기한테 매달려서 의지하기도 했다. 두 사람이 가는 앞에서 어슬렁대거나 시끌벅적하게 떠들던 무리 가운데 어떤 목소리가 "그 아줌마랑 어린애는 그냥 가게 놔둬!"라고 소리친 것도 여러 번이었다.

아줌마와 어린애는 그렇게 지나고 그렇게 걷는 가운데 종탑마다 다섯 시를 울렸다. 희미하게 터오는 햇살을 바라보며 동쪽으로 천천히 걸을 때, 어떤 여자가 뒤에서 소리쳤다.

"어린애를 데리고 뭘 하는 거야?"

매기한테 묻는 건데, 젊은 여자였다. 그런 곳에 있기에는 너무나 젊었다! 못생긴 얼굴도 사악한 얼굴도 아니었다. 목소리는 거칠지만 원래 거친 목소리도 아니었다. 아니, 고운 느낌조차 깃들었다.

"당신은 뭘 하는 건데?"

매기가 받아쳤다. 대답할 말이 없었던 거다.

"직접 보고도 모르겠어, 내가 말하지 않으면?"

"직접 보고도 모르겠어."

"죽으려는 거야! 당신 말에 대답했으니 내 말에 대답해. 어린애를 데리고 뭘 하는 거야?"

어린애라고 불린 당사자는 고개를 푹 숙인 채 매기 곁에 바싹 달라붙고, 젊은 여자는 다시 말했다.

"불쌍한 것! 어린애를 데리고 이런 시각에 잔인한 거리로 나오다니,

생각이 있는 거야? 어린애가 저렇게 가냘프고 연약한데! 도대체 눈이 있는 거야? 조그만 손이 시려서 덜덜 떠는 걸 불쌍하게 여기지도 않는다니, 도대체 정신이 있느냐고? 하기야 정신이 있는 사람처럼은 안 보이는군."

젊은 여자가 말하면서 길을 건너오더니, 조그만 손을 두 손으로 따듯하게 감싸고는 얼굴을 숙이며 말했다.

"얘야, 길잃은 가련한 여자[76]한테 뽀뽀하고, 저 여자가 너를 어디로 데려가는지 말하렴."

작은 도릿이 고개를 들고 쳐다보았다.

젊은 여자가 깜짝 놀라며 뒤로 물러났다.

"하느님 맙소사! 다 큰 여자잖아!"

갑자기 풀리는 상대 손 하나를 작은 도릿이 꼭 잡으며 말했다.

"그건 신경 쓰지 마세요! 나는 당신이 안 무서워요."

"무서워하는 게 좋아. 어머니는 안 계시니?"

"네."

"아버지는?"

"계세요, 더없이 소중한 아버지."

"그럼 아버지한테 가렴, 그리고 나 같은 사람을 무서워해. 그만 갈게. 안녕!"

"먼저 고맙다는 말부터 하겠어요. 그런 다음에 진짜 어린애처럼 말하겠어요."

"그러면 안 돼. 너는 친절하고 순수하지만, 어린애 눈으로 나를 쳐다보면 안 돼. 너한테 손도 대지 말아야 했는데, 나는 네가 어린애인 줄 알았어."

---

76) 창녀를 뜻한다.

젊은 여자가 이상하게 울면서 떠나갔다.

하늘에 태양은 여전히 안 떠올라도, 거리마다 판석이 시끄럽게 울릴 정도로 날은 밝았다. 짐 마차도 수레도 역마차도, 일터로 가는 노동자도, 일찍 연 상점도, 시장에서 바삐 움직이는 인파도, 꿈틀대는 강변도 날이 밝은 건 마찬가지였다. 한밤중보다 희미하게 너울대는 불빛도 날이 밝고, 섬뜩하게 죽어가는 밤도, 살을 에는 냉기도 날이 밝았다.

두 사람은 철문으로 다시 갔다. 열릴 때까지 기다릴 생각이었다. 하지만 공기가 너무나 매섭고 차가워, 작은 도릿은 잠자는 매기를 데리고 이리저리 움직였다. 교회 건물 모서리를 돌아가니, 안에서 불빛이 보이고 문도 열린 게 보여, 계단을 올라서 안을 들여다보았다.

"누구니?"

뚱뚱한 노인이 소리쳤다. 수면 모자를 쓰는 걸 보면 천장이 둥근 침실에서 잠자리에 들려는 것 같았다.

"아무도 아닙니다, 선생님."

작은 도릿이 대답하자, 노인이 소리쳤다.

"잠깐! 어디 한번 보자꾸나!"

그래서 작은 도릿은 밖으로 나가다 몸을 돌려서 매기와 함께 노인 앞에 섰다.

"그럴 줄 알았어! 내가 아는 아이야."

작은 도릿이 성당 관리인인지 교구 하급관리인지 성당 안내인인지 모를 노인을 알아보고 대답했다.

"미사 보러 와서 몇 번 마주친 분이시군요."

"그 이상이란다. 우리 출생 기록부에 네 기록이 있어. 너는 우리가 관심을 가지고 지켜보는 아이란다."

"정말요!"

작은 도릿이 감탄했다.

"당연하지. 교도소 아이라서…… 그건 그렇고, 이렇게 일찍 나온 이유가 뭐니?"

"간밤에 철문이 닫혔어요. 그래서 철문이 열리기만 기다려요."

"설마, 말도 안 돼! 아직도 한 시간은 족히 지나야 하는데! 부속실로 들어오렴. 부속실 벽난로에 불을 지폈어, 화가들이 올 거라서. 나는 화가들이 오길 기다리는 중이야, 안 그러면 여기에 있을 이유가 없지. 관심을 가지고 지켜보는 아이가 추위에 떨게 놔둘 수는 없지, 따듯한 곳에서 편히 쉬도록 도와줄 수 있는데 말이야. 자, 가자꾸나."

친절한 노인은 스스럼도 없어, 부속실 벽난로 불길을 활활 지피고, 출생기록이 있는 선반을 쭉 둘러보다 두툼한 서류철 한 권을 꺼내서 넘기며 말했다.

"그래, 여기에 있구나. 직접 보렴. 여기에 있는 걸. 에이미, 도릿 부부 딸. 출생, 성 조지 교구 마셜씨 교도소. 여기서 태어난 뒤로 너는 밖에서 밤을 지낸 적이 한 번도 없어. 그렇지?"

"네, 간밤까지는요."

"맙소사!"

노인이 감탄했다. 하지만 감탄하는 눈으로 살피다 보니 다른 생각이 떠올랐다.

"하지만 네가 지쳐서 힘이 하나도 없는 모습을 보니 마음이 아프구나. 조금만 기다리렴. 교회에서 방석을 가져올 테니, 친구와 함께 불길 앞에 누워. 철문이 열리는 건 걱정하지 말고. 내가 알려줄 테니."

노인은 곧바로 방석을 잔뜩 가져와서 바닥에 하나씩 기다랗게 깔아 주었다.

"자, 보렴. 여기에 편히 눕는 거야. 고마워할 건 없어. 나도 딸이 있어. 마셜씨 교도소에서 태어난 건 아니지만, 그럴 수도 있었어, 내가 네 아버지처럼 살았다면. 잠깐만. 방석 밑에 뭔가를 넣어서 머리를 받치는 게 좋겠구나. 매장 기록 서류가 딱 좋겠군! 서류철에 뱅엄 부인이 있단다. 하지만 이 서류철이 흥미로운 건 - 안에 누가 있느냐가 아니라 누가 없느냐 - 누가 언제 여기에 들어오느냐는 점 때문이야. 바로 그게 흥미로운 거라고."

노인은 자신이 만든 베개를 자랑스럽게 돌아보고는 두 사람이 한 시간이라도 편히 자도록 떠났다. 매기는 벌써 코를 골고, 작은 도릿은 빈자리에 들어갈 이름이 조금도 궁금하지 않은 채, 봉인한 운명의 서류철에 머리를 누이고 곤하게 잠들었다.

이게 작은 도릿의 파티였다. 대도시 곳곳에 드러난 굴욕과 수치와 비참한 광경, 황량한 밤에 내리는 비와 추위, 천천히 지나는 시간, 빠르게 흐르는 구름. 바로 이게 작은 도릿이 비 내리는 첫새벽의 회색 안개를 뚫고 지친 몸으로 돌아오면서 마주친 파티의 주인공이었다.

15장. 애프리가 또 꿈꾸다

다 낡아서 금방이라도 무너질 듯한 건물은 똑같이 썩어가는 버팀목에 힘겹게 기댄 채 검댕이 장막을 둘러쓸 뿐, 튼튼하거나 상쾌하던 시기는 조금도 없는 것 같았다. 태양이 건들긴 해도 한 줄기 햇살에 불과한데 그것조차 삼십 분만에 사라지고, 달빛이 내린다 해도 쓸쓸한 망토에 누더기처럼 덧댈 뿐이라 한층 더 비참하기만 했다. 하늘에 무수한 별은 매연이 깨끗하게 사라진 밤마다 차갑게 내려다보고, 나쁜 날씨는 흔치 않은 충성심을 굳세게 발휘하니, 비, 우박, 서리, 녹은 물은 다른 곳에서 모두 사라진 다음에도 황량한 건물 주변에 강건하게 달라붙었다. 하얀 눈은 오랫동안 눌어붙다 노랗게 변하고 까맣게 변하는 삶을 흐느끼며 천천히 사라졌다. 다른 것은 하나도 달라붙지 않았다. 거리에 가득한 소음은, 마차 바퀴조차, 시끄럽게 다가오다 사라져서 대문을 지난 다음에 비로소 시끄럽게 멀어지니, 애프리는 귀를 가만히 기울여, 사라지던 소리가 갑자기 살아나는 느낌을 받았다. 휘파람 소리나 노랫소리나 말하는 소리나 웃는 소리 등, 인간이 흥겨워하는 소리도 하나같이 똑같았다. 심연을 한순간에 뛰어넘어, 자기 길로 나아가며 사라지는 것 같았다.

클레넘 마님 방은 죽도록 단조로웠다. 변화라고는 이리저리 흔들리는 벽난로 불빛과 촛불 불빛이 유일했다. 길고 좁은 창문 두 개는 대낮에도 불빛이 음울하게 비치고 한밤중에도 음울하게 비쳤다. 클레넘 마님이 그런 것처럼 열정적으로 반짝일 때가 없었던 건 아니나, 대체로 클레넘 마님처럼 억눌린 채 자신을 천천히 조금씩 갉아먹는 불빛이었다. 하지만 낮이 짧은 겨울날 이른 오후에 어스름이 깔리면, 휠체어에 앉은 클레넘 마님도, 목이 옆으로 굽은 예레미야 노인도, 끊임없이 드나드는 애프리도 그림자가 뒤틀리며 입구 위 건물 담장에 어려, 환등기가 쏘아 올린 영상처럼 맴돌았다. 방에 갇힌 환자가 밤에 침대에 누우면 그림자도 점차 사라지지만, 애프리 그림자는 늘 마지막까지 출랑대며 돌아다니다 공중으로 살그머니 사라지는 게, 마녀가 소풍이라도 가는 것 같았다. 그러면 촛불 혼자 가만히 타오르다 새벽녘에 희미하게 변하고, 마녀처럼 자다 일어난 애프리 그림자는 훅 부는 숨결에 죽었다.

정말 이상할 것이다, 환자가 묵는 조그만 침실 불꽃이 절대로 나타날 수 없는 누군가를 그 자리로 불러내는 봉홧불이라면. 정말 이상할 것이다, 환자가 묵는 조그만 침실 불빛이 예정된 사건을 모두 확인할 때까지 밤마다 타오르며 끊임없이 감시하는 불빛이라면! 태양과 별빛을 받으며 먼지 가득한 언덕을 오르고 따분한 들판을 힘겹게 걷고, 육지를 돌아다니고 바다를 돌아다니며 낯선 곳을 오가는 수많은 여행객 가운데 서로 만나서 작용하고 반작용할 사람이 누구란 말인가? 이들 가운데 여행 끝에 아무런 의심 없이 여기로 흘러들 사람이 누구란 말인가?

시간이 알려줄 것이다. 영광스러운 자리와 굴욕스러운 자리, 장군이라는 위치와 졸병이라는 위치, 웨스트민스터에 묻힌 귀족과 바다 밑바닥에 묻힌 뱃사람, 주교관과 구빈원, 대법원과 교수대, 왕좌와 단두대 – 이 모든 곳으로 여행객은 열심히 나아가지만, 도중에 멋진 샛길도 있으니, 여행객이 어느 쪽으로 가는지는 시간만이 알려줄 것이다.

황혼이 지는 겨울철 오후에 애프리는 온종일 찌뿌둥하다 이런 꿈을 꾸었다.

자신은 주방에서 차를 만들려고 주전자 물을 끓이다, 벽난로 울타리에 두 발을 얹고 치맛자락을 접은 채 불을 쬔다고 생각했다. 차갑고 까맣고 깊은 골짜기 양쪽 끝에 걸친 벽난로 한가운데서 아직은 불길이 사그라지기 전이었다. 그런 자세로 앉아, 세상살이가 안 따분한 사람도 있을까 하고 가만히 따져보다, 뒤에서 갑자기 일어나는 소리에 깜짝 놀란 것 같았다. 지난주에도 똑같은 이유로 깜짝 놀랐는데 그 정체를 여전히 모른다는, 옷을 부스럭대며 급히 나아가듯 쿵쾅대며 서너 걸음 걷는 소리 같다는 생각이 들었다. 심장이 덜덜 떨렸다. 걸음 때문에 바닥이 흔들리는 것 같기도 하고, 무서운 손이 자신을 움켜잡은 것 같기도 했다. 집에서 유령이 나온다는 해묵은 공포가 살아나, 애프리는 의지할 사람을 찾아서 어떻게 오르는지도 모르게 주방 계단을 올라간다고 생각했다.

현관 복도로 다가가는 순간에 남편 사무실 문짝이 활짝 열리고 내부는 텅 빈 것 같다고, 현관 옆 조그만 대기실의 좁고 기다란 유리창으로 다가갔다고, 유리창을 통해서나마 유령이 나오는 집 바깥 생명체와 이어지려 했다고, 그러다 똑똑한 사람 두 명이 위층에서 대화하는 그림자가 입구 너머 담장에 어리는 걸 보았다고, 똑똑한 사람들 곁으로 가서 유령도 물리치고 두 사람이 나누는 대화도 듣고 싶어, 신발을 손에 들고 계단을 올랐다고 애프리는 생각했다.

"말도 안 되는 소리 그만 하세요. 인정할 수 없어요."

예레미야 소리였다. 애프리는 방문 뒤에 살며시 섰다는, 남편이 대담하게 하는 말을 또렷하게 들었다는 꿈을 꾸었다.

"예레미야, 자네 안에 화내는 악마가 있구먼. 조심하는 게 좋겠어."

클레넘 마님이 평소처럼 강인한 목소리로 나지막이 꾸짖자, 예레미야가 반박하는데, 숫자가 많을수록 좋다는 어투였다.

"화내는 악마가 한 명이든 열 명이든 관심 없어요. 행여나 오십 명이나 되더라도 '말도 안 되는 소리 그만하라고, 인정할 수 없다'고 하나같이 소리칠 거예요. 내가 악마들한테 그렇게 소리치게 만들겠어요, 좋든 싫든 상관없이."

"내가 무슨 잘못을 했기에 그렇게 화내나?"

강인한 목소리가 묻자, 예레미야가 대답했다.

"무슨 잘못을 했느냐고요? 나를 깔아뭉갰잖아요."

"자네한테 충고한 걸 말하는 거라면……"

"말을 엉뚱하게 왜곡하지 마세요. 나는 나를 깔아뭉갰다고 했어요."

예레미야가 말했다. 자신이 표현한 말에 단호하게 집착하는 어투였다.

"내가 자네한테 충고한 이유는……"

"나는 그렇게 말하지 않았어요. 깔아뭉갰다고 했어요."

"좋아, 내가 자네를 깔아뭉갠 이유는……" (클레넘 마님이 인정하자 예레미야는 낄낄 웃고) "자네가 그날 아침에 클레넘한테 쓸데없는 말을 했기 때문이야. 그건 믿음을 배신한 거랑 똑같고 나는 나무랄 권리가 있어. 자네는 그럴 의도도 없으면서……"

"아니에요, 일부러 그런 거예요."

예레미야는 다시 반발하며 곧바로 끼어들고, 클레넘 마님은 화가 치솟은 듯 잠시 침묵하다 대답했다.

"원한다면 자네 혼자 말하도록 놔둬야 하겠군. 내 말을 안 듣기로 단단히 결심한 고집쟁이 경솔한 노인한테 말해야 아무런 소용이 없을 테니."

"그 말도 인정할 수 없어요. 나는 그런 마음이 아니거든요. 나는 일부러 그랬다고 했어요. 그렇다면 일부러 그런 이유가 무언지 알고 싶지 않으세요, 고집쟁이 경솔한 노파 마님?"

"내가 한 말을 그대로 하는군."

클레넘 마님이 분노를 억누르며 덧붙였다.

"좋아, 이유가 뭐지?"

"그렇다면 이유를 말하지요. 마님이 클레넘 도련님한테 아버지가 결백하다는 사실을 밝혀야 했는데 안 그랬기 때문이에요. 그건 마님이 화내기 전에……"

"그만, 예레미야! 말을 너무 많이 하는군."

클레넘 마님이 소리쳤다. 완전히 변한 목소리였다.

노인도 그렇게 생각한 것 같았다. 침묵이 흘렀다. 노인이 다시 부드럽게 말한 건 자리를 옮긴 다음이었다.

"왜 그랬는지 설명하려고 그런 거예요. 마님이 자기 말을 하기 전에 아서 클레넘 아버지 말부터 해야 마땅하다고 생각했거든요! 나는 아서 클레넘 아버지를 특별히 좋아한 적이 없어요. 내가 이 집에서 아서 클레넘 아버지의 작은아버지 밑에서 일할 때만 해도 아서 클레넘 아버지는 나보다 대단한 위치도 아니고 수입도 나보다 적었어요. 그 작은아버지는 아서 클레넘 아버지가 아니라 나를 후계자로 삼을 수도 있었다고요. 위치가 다른 게 있다면, 아서 클레넘 아버지는 거실에서 굶주리고 나는 주방에서 굶주렸다는 것일 뿐, 우리 사이에 별다른 차이는 없었어요. 당시에 나는 그 사람 지휘를 받은 적도 없어요. 아니, 그 사람한테 지휘받은 적이 있는지 자체를 모르겠어요. 그 사람은 결정을 못 하는 우유부단한 친구, 어린 나이에 고아가 돼서 세상 모든 걸 두려워하는 친구였어요. 그래서 그 사람이 작은아버지가 지명한 결혼 상대를 이 집으로 데려와서 (당시에 잘 생긴 여인이던) 마님을 보는 순간, 나는 마님이 모든 걸 주도하리란 사실을 깨달았어요. 두 번 쳐다볼 필요도 없었어요. 마님은 그때부터 지금까지 스스로 우뚝 섰어요. 지금도 스스로 우뚝 섰고요. 그러니 죽은 사람한테 기대지 마세요."

"당신은 내가 죽은 사람한테 기댄다는데, 나는 그런 적 없어."

클레넘 마님이 말하자, 예레미야가 반박했다.

"하지만 그럴 마음이었잖아요, 내가 순순히 따르면. 그래서 나를 깔아뭉갠 거고요. 내가 순순히 안 따른 걸 명심하세요. 내가 아서 클레넘 아버지를 정당하게 대해야 한다고 생각한다는 사실에 마님이 깜짝 놀란 것 같군요, 그죠? 마님이 대답하든 안 하든 상관없어요. 마님이 놀란 걸 내가 알고 마님도 아니까요. 그렇다면 그 이유를 알려드리지요. 나는 성질이 약간 괴팍할 순 있지만, 그게 나예요. 사람들이 나를 마음대로 좌지우지하게 놔두질 않는다고요. 마님은 단호하고 똑똑한 여성이며 눈앞에 목표가 또렷하면 곧바로 집중하지요. 마님을 나보다 잘 아는 사람은 어디에도 없다고요."

"나는 목표가 타당하다고 확신할 때 집중해, 예레미야. 이 내용을 덧붙이도록."

"목표가 타당하다고 확신할 때? 나는 지상에서 누구보다 단호한 여인은 바로 마님이라고 했어요. 마님은 무어든 타당하다고 확신하고 싶을 때 그렇게 한다고요."

"이봐! 나는 성서의 권위에 근거해서 타당하다고 확신하는 거야!"

클레넘 마님이 반박했다. 엄숙하게 강조하는 어투였다. 딱딱하게 군은 팔로 탁자까지 내려치는 것 같았다. 하지만 예레미야는 차분하게 대답했다.

"아무래도 상관없어요. 지금 그 문제를 논의하지 않을 거니까요. 어쨌든 마님은 목표에 집중하고 다른 모든 건 거기에 종속시켜요. 그런데 나는 거기에 종속당하지 않아요. 지금껏 하인으로 마님께 충성을 다하며 커다란 도움을 주었어요. 하지만 영혼까지 바칠 순 없어요. 지금도 동의할 수 없고 앞으로도 동의할 수 없어요. 지금껏 동의한 적이 없으며 앞으로도 동의하지 않아요. 다른 건 모두 꿀꺽 삼키세요, 내가 안 막으니까요. 그러나 괴팍한 내 성질을 산 채로, 마님, 꿀꺽 삼킬 수는 없어요."

바로 이게 두 사람이 처음에 합의한 이유 같았다. 예레미야가 한 성깔 한다는 사실을 알아채고, 서로 힘을 합치면 좋겠다고 클레넘 마님이 생각했을 것이다.

"됐으니까 이제 그 얘기는 그만해."

마님이 침울하게 말하자, 예레미야가 고집스레 대답했다.

"알겠어요. 하지만 나를 다시 깔아뭉갠다면 똑같은 소리를 다시 들어야 할 거예요."

애프리는 남편 형상이 방안을 서성이는 게 가슴속 울화를 식히려고 금방이라도 나올 것 같다는, 그래서 자신은 그대로 도망쳤다는, 하지만 어두운 복도에 숨어서 덜덜 떨며 귀를 기울여도 남편은 밖으로 안 나와, 유령이 무섭기도 하고 호기심도 일어, 계단을 다시 살금살금 기어올라서 방문에 귀를 바싹댄다는 생각을 했다.

클레넘 마님이 말하는 중인데, 예레미야하고 평소처럼 차분하게 대화하길 바라는 어투였다.

"촛불을 켜, 예레미야. 다과를 들 시간이 됐어. 작은 도릿이 올 텐데 방이 너무 어두워."

예레미야가 양초에 불을 붙여서 탁자에 내려놓으며 물었다.

"작은 도릿을 어떻게 할 건가요? 계속 와서 일하나요? 앞으로도 다과를 손에 들고 여기로 계속 오나요? 지금껏 그런 식으로 이 집을 들락거리나요, 앞으로도 계속?"

"나처럼 꼼짝을 못하는 사람한테 어떻게 '앞으로도 계속'이라 말할 수 있지? 우리 모두 들판의 풀잎처럼 잘려나가는 거 아닌가, 큰 낫이 나를 오래전에 벤 것 아닌가, 그래서 여기에 누워서 광에 쌓이기만 기다리는 거 아닌가?"

"그래요, 그래! 하지만 마님이 누워서 지내는 사이에도 – 죽은 건 아니니 – 결코 아니니 – 많은 어린애와 젊은이, 젊디젊은 여자들, 튼튼한 남자들, 기타 등등이 큰 낫에 잘려서 광에 쌓였답니다. 마님은 조금도 안 변한 채 여기에 그대로 있고요. 마님이 살아갈 시간과 내가 살아갈 시간은 아직 많이 남은 것 같아요. 내가 '앞으로도 계속'이라고 한 건 (시인은 아니지만) '우리 살아생전'이라는 뜻이에요."

예레미야는 차분하게 설명하고 대답을 차분하게 기다렸다.

"작은 도릿이 얌전하고 부지런히 일하면서 내 도움을 조금이나마 필요로 하고 그만한 자격이 있는 한, 그리고 스스로 관두지 않는 한 앞으로도 계속 오겠지. 그래야 내 마음이 편해."

"다른 이유는 없나요?"

예레미야가 입과 턱을 쓰다듬으며 묻자, 마님이 이상하다는 투로 엄격하게 내뱉었다.

"그것 말고 뭐가 또 있어야 하지? 그것 말고 뭐가 더 있을 수 있느냐고!"

애프리는 두 사람이 촛불을 사이에 두고 서로를 물끄러미 쳐다보는 듯한, 서로를 뚫어지게 쳐다보는 듯한 꿈을 꾸었다. 그러다 충실한 애프리 남편이 나지막한 목소리로 "작은 도릿이 사는 곳을 혹시 아세요, 클레넘 마님?"하고 묻는데, 내용은 간단해도 표정은 복잡했다.

"아니."

"그럼, 혹시, 어딘지 알고 싶으세요?"

예레미야가 불쑥 물었다. 금방이라도 달려들 것 같은 어투였다.

"알고 싶으면 벌써 알았겠지. 아무 때나 물어볼 수 있는 거 아니야?"

"그렇다면 알고 싶지 않은가요?"

"그래, 알고 싶지 않아."

예레미야는 숨을 오랫동안 의미심장하게 내쉬면서 다시 강하게 말했다.

"왜냐하면 내가 - 잘 들어요! - 우연히 찾아냈거든요."

"작은 도릿이 어디에 살든 그 애는 그걸 비밀로 했으니, 나 역시 비밀을 지켜주겠어."

클레넘 마님은 굴곡 없는 목소리로 한 마디씩 끊어서 딱딱하게 말했다. 쇳조각을 하나씩 차례대로 집어 드는 것 같았다.

"사실 자체를 어떤 식으로도 모르는 게 좋다는 뜻인가요?"

예레미야가 물었다. 어투가 비비 꼬인 게, 한 마디 한 마디가 비비 꼬인 몸뚱이에서 나오는 것 같았다.

남편의 마님이자 동업자가 갑자기 힘차게 말해서 애프리를 깜짝 놀라게 했다.

"예레미야, 나를 부추기는 이유가 대체 뭐야? 이 방을 둘러보라고. 유쾌한 변화를 차단당한 만큼 내가 알고 싶지 않은 걸 몰라도 된다면, 바로 그게 이 좁은 방에 갇혀 지내는 장점이라면 - 여기서 지내는 걸 불평하는 건 아닌데 - 바로 그게 이 좁은 방에 갇혀서 지내는 장점이라면, 하고많은 사람 가운데 바로 자네가 그걸 왜 망가뜨려야 하지?"

"망가뜨리려는 게 아니에요."

"그렇다면 말하지 마. 더 말하지 말라고. 작은 도릿 비밀을 지켜주라고, 나한테 말하지 말고. 작은 도릿이 감시당하는 눈초리를 안 받고 자유롭게 오가게 해. 내가 여기에 갇혀서 고통을 겪도록, 그러면서 간간이 고통을 덜어내도록 가만두라고. 그게 그렇게 어려워서 악마처럼 괴롭히는 건가?"

"궁금해서 물은 것뿐이에요. 다른 이유는 없어요."

"그렇다면 대답했으니, 그만하게. 그만해."

이때 바닥을 구르는 휠체어 바퀴 소리가 일더니, 줄을 황급히 당기는 소리와 함께 애프리를 부르는 종소리가 일어났다.

당장은 주방에서 나는 이상한 소리보다 남편이 더 무서운 터라, 애프리는 최대한 빨리 계단을 기어서 올라올 때만큼이나 급하게 내려가서 벽난로 앞에 다시 앉아, 치맛단을 다시 걷어 올려서 앞치마로 머리를 뒤집어썼다. 그런데 종은 다시 울리고 또 울리더니, 급기야 계속 울리면서 끈질기게 불러대니, 애프리는 앞치마를 뒤집어쓴 채 그대로 앉아서 호흡을 가다듬어야 했다.

급기야 예레미야가 "마누라, 애프리!"를 중얼대고 발을 질질 끌며 계단을 내려와서 통로로 들어섰다. 애프리는 앞치마를 여전히 뒤집어쓴 상태고, 예레미야는 한 손에 촛불을 들고 주방 계단을 꾸역꾸역 내려와서 옆으로 다가오며 앞치마를 확 잡아당겨, 정신을 차리게 했다.

"아, 여보! 깜짝 놀랐잖아요!"

애프리가 화들짝 놀라며 소리치자, 예레미야가 물었다.

"도대체 지금 뭘 하자는 거야, 여편네? 종이 계속 울려대잖아, 쉰 번이나."

"아, 여보, 꿈을 꾸었어요!"

예레미야는 애프리가 예전에도 꿈을 꾼 걸 떠올리고 촛불을 들어서 상대 얼굴 앞에 대는 게, 주방용 조명으로 얼굴을 밝히려는 것 같았다. 그리고 이빨을 드러내며 사악하게 웃더니, 애프리가 앉은 의자 다리 하나를 발로 차면서 물었다.

"마님이 다과를 들 시간인 거 몰라?"

"여보? 다과를 들 시간? 뭔가 이상한 게 나타났어요. 꿈을 꾸기 전에 정말 끔찍한 느낌이었는데, 그것 때문인 것 같아요."

"맙소사! 잠꾸러기! 도대체 무슨 말을 지껄이는 거야?"

"소리도 이상하고 움직임도 이상했어요, 여보. 주방에서……바로 여기서."

예레미야가 촛불을 들어서 새까만 천장을 올려다보고 촛불을 내려서 눅눅한 돌바닥을 내려다보고, 촛불을 빙글 돌려서 때가 얼룩진 벽을 둘러보았다. 그러다 말했다.

"쥐, 고양이, 물, 하수도."

애프리는 매번 머리를 저으며 부정했다.

"아니에요, 예레미야. 뒤에서 덜덜 떠는 손으로 부스럭대며 내 목덜미를 움켜잡는 느낌이었어요. 예전에도 똑같은 걸 느꼈어요. 위층에서도 그런 적이 있고, 밤에 마님 방에서 우리 방으로 내려오다 계단에서 그런 적도 있어요."

예레미야는 행여나 술에 취해서 헛소리하는 건 아닌지 확인하려고 상대 입술로 코를 들이밀다 모질게 말했다.

"여봐, 애프리 마누라, 다과를 당장 준비하지 않으면, 여편네, 뒤에서 부스럭대는 손에 수방 끝까지 날려가는 느낌을 받을 거야."

확실한 경고에, 애프리는 바삐 움직이다 마님 방으로 황급히 올라갔다. 그러는 동안에도 울적한 집안에 뭔가 문제가 있다는 확신은 단단히 틀어박혔다. 그런 다음부터 애프리는 햇빛이 사라진 뒤로 그 집에서 마음의 평화를 누린 적도, 어둠에 잠긴 계단을 오르내릴 때마다 앞치마로 얼굴을 뒤집어쓰지 않은 적도 없었다. 이상한 물체가 눈에 띌까 두려웠기 때문이다.

유령에 대한 두려움과 야릇한 꿈 때문에 애프리는 그날 밤에 공포에 빠져들어, 정말 많은 시간이 지나야 거기에서 벗어날 것 같았다. 애매하고 막연한 느낌 속에서 새로운 걸 겪고 느끼니, 애프리 눈에 주변 모든 게 이상하게 보이는 만큼 애프리 자신도 다른 사람 눈에 이상하게 보이고, 애프리가 집에 있는 모든 걸 만족스럽게 여길 수 없는 만큼 다른 사람들 역시 애프리를 만족스럽게 여길 수 없었다.

애프리가 클레넘 마님에게 건넬 다과를 준비할 때 작은 도릿이 와서 현관문을 두드리는 소리가 조그맣게 일었다. 애프리가 가만히 지켜보는 가운데 작은 도릿은 현관 복도에서 추레한 보닛 모자를 벗고, 예레미야는 그런 작은 도릿을 물끄러미 쳐다보는 게, 뭔가 놀라운 일이 일어나기만, 상대가 공포에 질려서 넋이 나가거나 다른 세 사람 모두 박살이 나기만 기다리는 것 같았다.

다과를 마친 다음에는 현관문을 두드리는 소리가 다시 일어서 클레넘이 왔음을 알렸다. 애프리가 아래층으로 내려가서 문을 열어주자 클레넘이 들어오며 "당신이 열어주어서 다행이에요. 물어볼 게 있거든요"라고 말해, 애프리는 곧바로 "맙소사, 아무것도 묻지 마세요, 클레넘 도련님! 목숨 절반은 겁에 질려서 달아나고 다른 절반은 꿈이 질려서 달아났으니까요. 아무것도 묻지 마세요! 뭐가 뭐고 누가 누군지도 모르겠으니까!"라고 했다. 그리고는 멀찌감치 물러나더니, 클레넘 곁으로 두 번 다시 안 왔다.

애프리는 책을 읽는 취미가 없는 데다 설사 바느질을 하고 싶더라도 빛이 충분하지 않아, 결국에는 밤마다 어두운 곳에 앉아서 마님과 남편을, 그리고 집 안에서 나는 이상한 소리를 가만히 들으며 의심하다, 클레넘이 찾아올 때만 잠시 나왔다. 기도를 열심히 할 때마다 애프리는 이상한 느낌이 들어 문 쪽을 쳐다보는데, 더없이 경건한 순간에 어두운 물체가 나타나서 분위기를 엉망으로 만들기라도 한 것 같았다.

이것 말고, 애프리는 똑똑한 두 사람이 자신에게 두드러진 관심을 보일 행동이나 말을 결코 안 했다. 예외가 있다면 사방이 조용해서 잠자리에 들 시간이 다가올 즈음에 어두운 모서리에서 갑자기 뛰쳐나와, 클레넘 마님의 조그만 탁자 옆에서 신문을 읽는 예레미아에게 공포에 질린 얼굴로 속삭이는 거였다.

"저 봐, 예레미아! 저 소리! 저게 무슨 소리지?"

그러면 그 소리는 설사 실제로 일어났더라도 곧바로 사라지고, 예레미아는 갑자기 끼어들어 정신을 산만하게 하는 게 마음에 안 든다는 표정으로 노려보며 "애프리, 마누라, 약을 먹는 게 좋겠어, 마누라, 충분한 약을! 또 꿈을 꾸었잖아!"라고 말하기 일쑤였다.

16장. 보잘것없는 자의 나약함

블리딩 하트 단지에서 미글스 선생과 한 약속에 따라 미글스 가족을 만날 시간이 다가오자 클레넘은 약속한 토요일에 트위크넘 쪽으로 방향을 잡았다. 미글스 선생의 아담한 자택이 그곳에 있었다. 비도 안 오는 쾌청한 날씨에, 오랫동안 멀리 떠나있어 영국의 길이란 길은 하나같이 관심이 끌리는 터라, 마차에 짐만 실려 보내고 자신은 걷기 시작했다. 클레넘한테는 걷는 자체가 새로운 즐거움, 예전에 미처 모르던 즐거움이었다.

클레넘은 풀럼과 퍼트니를 지났다. 히스로 뒤덮인 황야를 걷고 싶었다. 햇빛은 환하게 반짝이고, 트위크넘 쪽으로 한참 걸어간 다음에는 현실적인 느낌보다 환상적인 느낌이 훨씬 많이 깃든 길을 여럿 발견했다. 상쾌하고 유쾌한 길에서 놀라운 풍경이 갑자기 나타나다 사라졌다. 깊은 명상에 저절로 빠져들 수밖에 없는 길이었다. 클레넘한테는 해결 안 된 문제 역시, 땅끝까지 걸으면서 곰곰이 생각해도 해결할 수 없는 문제 역시 가득했다.

무엇보다 먼저, 마음을 떠나질 않는 문제가 있으니, 앞으로 무얼 하며 살아갈 것인가, 어떤 직업에 헌신하는 게, 어떤 분야로 나아가는 게 최선일까 하는 문제였다. 클레넘은 부자가 아니며, 아무런 결정도 못 한 채 하루하루를 우유부단하게 보내다 보니 물려받은 유산이 커다란 걱정거리로 다가왔다. 그 유산을 불리거나 저축할 방도를 궁리할 때마다 주인은 따로 있다는 불안감이 떠올랐다. 아무리 오랫동안 걷더라도 해결할 수 없는 문제였다. 게다가 일주일에 서너 번씩 만나는 어머니도 문제로, 당장은 차분하고 평화롭지만 언제 변할지 몰랐다. 작은 도릿은 늘 떠오르는 핵심 문제였다. 클레넘의 삶이 작은 도릿의 삶과 묘하게 이어지면서, 작은 도릿은 클레넘한테 순수한 관계를 맺으면서 따듯하게 지켜줄 상대가, 동정하고 존중하고 이타적으로 관심을 보이고 고마워하면서도 불쌍히 여길 상대가 되었기 때문이다. 작은 도릿이 떠오르고 그 아버지가 죽음이라는 손에 이끌려 감옥을 벗어날 가능성이 - 작은 도릿에게 살 집을 마련해주어 생활방식 전체를 바꾸고 평탄하게 살아가도록 마음껏 돕는, 자신이 예견할 수 있는 유일한 변화가 - 떠오를 때마다, 클레넘은 작은 도릿을 양녀로, 불쌍한 마셜씨 교도소의 딸을 편히 살아가도록 도울 존재로 바라보았다. 머릿속에 마지막 문제가 있다면 그것은 트위크님 쪽에 있는 문제로, 지금까지 언급한 문제와 달리, 그 형태가 주변에 가득한 공기만큼이나 애매했다.

히스로 뒤덮인 황야를 지나자, 앞에서 가는 어떤 인물이 보였다. 거리가 줄어드는 사이에 아는 사람 같다는 느낌이 들었다. 걸음이 단단한 중간중간에 머리를 흔드는 모습과 깊이 생각하는 모습이 그랬다. 그런데 상대가 모자를 뒤로 젖히면서 걸음을 멈추고 눈앞에 있는 물체를 가만히 바라보는 순간, 클레넘은 상대가 데니얼 도이스라는 걸 깨닫고 재빨리 다가가며 인사했다.

"안녕하세요, 도이스 선생님? '빙글빙글 돌리기 관청'이 아니라 이렇게 상쾌한 곳에서 다시 만나니, 정말 반갑습니다."

"어이쿠! 미글스 선생님 친구분!"

공공 범죄자가 깊은 명상에서 벗어나며 감탄하더니, 손을 내밀며 덧붙였다.

"만나서 반갑습니다, 선생님. 이름을 기억하지 못해도 양해하시겠지요?"

"당연하죠. 유명한 이름도 아닌데요, 뭐. 바너클은 아니니까요."

클레넘이 하는 말에 도이스가 웃으며 대답했다.

"맞아요, 맞아. 그런데 지금 생각났어요. 클레넘. 안녕하세요, 클레넘 선생?"

클레넘이 나란히 걸으면서 물었다.

"우리가 가는 곳이 똑같겠다는 생각이 드는군요, 도이스 선생님."

"트위크넘에 가시나요? 잘됐군요, 잘됐어."

두 사람은 금방 가까워져, 이런저런 대화로 발걸음을 가볍게 했다. 발명가 범죄자는 겸손하고 상식이 훌륭한 사내로, 평민이긴 해도 독창적이며 대담한 개념을 끈기 있고 세세하게 실행하는데 더없이 익숙하니, 평범한 사내는 결코 아니었다. 처음에는 자기 얘기를 꺼내도록 하는 게 어려웠다. 클레넘이 그쪽으로 유도하면, 아, 네, 내가 그걸 했습니다, 내가 저걸 했습니다, 그것도 내가 한 거고, 저것도 내가 발명했으나, 그건 천직일 뿐입니다, 하고 가볍게 인정하는 식으로 넘어갈 뿐이었다. 하지만 자기 얘기에 클레넘이 진짜 관심을 보인다는 확신이 조금씩 들면서 점차 솔직하게 털어놓기 시작했다. 그래서 이런 사실이 드러났다. 자신은 북부지방에서 대장장이 아들로 태어났으며, 과부로 살던 어머니가 처음에는 열쇠 장인 도제로 보내며, 자신은 그곳에서 "새로운 방법을 몇 가지 찾아내고", 그 덕에 도제 계약에서 벗어나는 선물을 받아 진짜 기술자 밑에서 일을 배우고 싶다는 소망을 실현해, 그 사람

밑에서 7년을 열심히 일하고 열심히 배우며 열심히 살았다. 도제 계약 기간이 끝난 뒤에는 그곳에서 임금을 받으며 7~8년을 더 일했다. 그런 다음에 클라이드 강기슭으로 가서 6~7년을 더 공부하고 줄질과 망치질을 배우면서 기술과 이론을 연마했다. 그러다 리옹으로 오라는 제안을 받고 수락했으며, 리옹에서는 독일로 가는 계약을 맺고, 독일에서는 러시아 상트페테스부르크로 오라는 제안을 받아, 그곳에서 더 좋을 수 없을 만큼 재밌게 일했다. 그러나 다른 나라보다는 조국에서 일하고 싶은 생각이, 조국에서 명성을 얻고픈 소망이, 조국을 어떤 식으로든 돕고 싶은 소망이 자연스레 일어났다. 그래서 조국으로 돌아왔다. 그리고 공장을 차려서 새로운 걸 발명하며 열심히 일하다, 10여 년에 걸친 봉사와 소송 끝에 대영제국 명예훈장을, '빙글빙글 돌리기 관청'에서 퇴짜를 받는 대영제국 공로훈장을, 바너클 가문과 '헛소리 빵빵' 가문의 불명예 훈장을 받았다는 것이다.

"생각을 그쪽으로 돌린 게 안타깝군요, 도이스 선생님."

클레넘이 말하자, 도이스가 대답했다.

"맞아요, 선생, 맞는 말이에요. 하지만 어쩌겠습니까? 조국에 봉사할 방법이 떠오르는 불행을 겪는다면 그냥 나아가는 수밖에요."

"포기하는 쪽은 생각하지 않으셨나요?"

클레넘이 묻자, 도이스가 깊이 생각하는 표정으로 미소를 머금으며 고개를 저었다.

"그게 안 되더군요. 그냥 묻어두라고 머리에 떠오른 게 아니거든요. 뭔가 유익한 일을 하라고 머리에 떠오른 거니까요. 사람은 끝까지 열심히 노력하며 살아야 해요. 누구든 이런 마음으로 새로운 걸 찾아내야 하겠지요."

클레넘은 입이 무거운 상대를 존경하는 마음이 점차 늘어났다.

"그 말은 아직도 포기하지 않았다는 뜻인가요?"

"나는 그럴 권리가 없답니다. 예전에 그런 만큼 여전히 유용하지요."

두 사람 모두 잠시 침묵하며 걷다, 클레넘은 화제를 슬며시 바꾸면서 도이스에게 너무 갑작스럽지 않게 물었다, 혹시 동업자가 있느냐고, 그래서 부담을 조금이나마 덜어내느냐고?

"지금은 없어요. 이 일을 처음 할 때만 해도 있었지요. 좋은 사람이었답니다. 하지만 몇 년 전에 사망했는데, 그 자리를 다른 사람한테 아무렇게나 넘겨줄 수 없어서 그 사람 지분을 내가 모두 사고, 그런 다음부터 혼자 일한답니다."

도이스는 갑자기 걸음을 멈추고 두 눈에 선량한 미소를 머금더니, 엄지가 묘하게 유연한 오른손을 클레넘 팔에 얹으며 덧붙였다.

"그런데 발명가는 사업가가 못 된다는 문제가 있답니다."

"그래요?"

클레넘이 묻자, 도이스가 크게 웃더니 다시 걸으며 대답했다.

"네, 사업하는 사람들이 그렇게 말하더군요. 우리처럼 운 없는 사람은 그 이유를 모르면서도 대체로 당연하게 여기고요. 세상에서 가장 훌륭한 친구조차, 저쪽 너머에 사는 우리의 훌륭한 친구조차……"

도이스가 트위크넘 쪽으로 고개를 끄덕이며 계속 말했다.

"자기 일도 제대로 못 풀어가면서 나를 지켜주려고 애쓰니까요, 그죠?"

맞는 말이라 클레넘도 기분 좋게 웃고, 도이스는 모자를 벗어서 이마에 맺힌 땀을 손으로 훔치며 다시 말했다.

"그래서 발명하는 범죄는 안 저지르고 사업은 할 줄 아는 사람을 동업자로 구해야 할 것 같습니다. 모두의 의견을 존중하고 작업에 대한 신뢰도를 끌어올리는 차원에서라도. 동업자가 생긴다 해도 내가 공장을 엉망진창으로 운영한 건 딱히 안 보일 겁니다. 하지만 이건 앞으로 생길 동업자가 할 말이지, 내가 할 말은 아니겠지요."

"그럼 아직도 동업자를 못 찾은 겁니까?"

"그렇다오, 선생. 동업자를 구하자고 이제 막 결심했으니까요. 사실 작업은 예전보다 많고 나는 나이를 먹어서 공장일 하나도 버겁거든요. 장부 작업과 편지 작업도 그렇고, 책임자로서 외국 출장도 다녀야 하는데, 혼자서 다 할 순 없답니다. 저쪽에 계시는 보모며 보호자 선생님이 이번에 삼십 분이라도 시간을 낼 수 있다면 이 문제를 제대로 풀어갈 방법을 상의할 생각이랍니다."

도이스가 다시 웃는 눈으로 이어갔다.

"사업에 관해 잘 아시는 데다 사업가 밑에서 도제를 한 경험까지 있으시니까요."

이런 뒤에 두 사람은 목적지가 나올 때까지 다양한 대화를 나누었다. 도이스는 차분하고 겸손하며 독립정신이 두드러진 사람이었다. 바너클 가문이 아무리 대단하더라도 진실은 진실로 남아야 하며, 바다가 다 마르더라도 더도 말고 덜도 말고 진실은 진실이어야 한다는 생각이 차분하게 뿌리 내린 모습은, 공직 사회에서 높이 평가하는 품성은 아닐지언정, 정말 대단하지 않을 수 없었다.

도이스는 그 집을 잘 아는 터라, 그 집이 아름다운 모습을 드러내는 방향으로 클레넘을 안내했다. 강변도로 옆에 올라선 모습이 (약간 괴팍하긴 해도) 매력적인 집으로, 미글스 가족 분위기랑 딱 어울렸다. 사방에 가득한 꽃은 마침 5월이라, 인생의 5월을 맞이한 페트처럼 상쾌하고 아름다웠다. 멋있는 나무와 가지를 쭉 펼친 상록수가 주변을 멋들어지게 에워싸며 보호하는 모습은 미글스 부부가 페트를 애지중지하는 모습 같았다. 낡은 벽돌집 일부를 완전히 허물고 다른 일부를 현재와 같은 건물로 개조해, 나이를 먹었어도 정정한 부분은 미글스 부부 같고 더없이 젊고 아름다운 부분은 페트 같았다. 나중에 건물에 기대서 새롭게 지은 온실은 색유리가 진하면서도 얼룩진 부분이 애매한 색조를 뿌리고 투명한 부분이 햇살을 그대로 받아들여, 화염 같기도 하고 맑은 물방울 같기도 한 모습이 하녀 태티코럼 같았다. 평화롭게 흐르는 강물과 나룻배는 그걸 바라보는 사람 모두에게 이렇게 설교하는 것 같았다. 젊든 늙든, 열정이 가득하든 차분하든, 불만이 많든 적든, 너희는 늘 강물처럼 흘러라. 가슴이 불협화음으로 가득 부풀어 오르게, 그래서 잔물결이 늘 똑같은 가락으로 나룻배 뱃머리에 출렁이게 하라. 해마다 수많은 배가 떠가고 강물이 수없이 흐르고, 여기에 골풀을 저기에 백합을 피우며, 무엇하나 애매하거나 불안한 것 없이 지금도 강물이 꾸준히 흐르는데, 너희는 시간에 쫓겨서 너무나 산만하고 변덕스럽게 사는구나.

대문에 있는 종을 울리자마자 미글스 선생이 두 사람을 반기러 나왔다. 미글스 선생이 나오자마자 미글스 부인이 나왔다. 미글스 부인이 나오자마자 페트가 나왔다. 페트가 나오자마자 태티코럼이 나왔다. 방문객으로선 그 이상 환대받을 수 없었다.

"보시다시피 우리는 집에 갇혀서 지낸다오, 두 번 다시 뻗어 나가지 – 내 말은, 여행을 떠나지 – 않을 것처럼. 마르세유랑 다르지요? 여기는 알롱도 없고 마르숑도 없으니!"

"여기도 정말 아름다워요!"

클레넘이 주변을 둘러보며 감탄하자, 미글스 선생이 두 손을 맛나게 문지르면서 한탄했다.

"하지만, 아아! 검역소에 있을 때가 좋았어요, 그죠? 그곳에 다시 가고픈 생각이 종종 떠오른다는 거 아세요? 우리가 재미있게 어울렸잖아요."

미글스 선생이 변함없이 보여주는 습관이었다. 여행하는 동안에는 어떤 것에든 반대하고, 여행하지 않을 때는 당시로 돌아가길 늘 바라는 것이다.

미글스 선생이 다시 말했다.

"여름철이면 경치가 더할 나위 없이 좋아서 구경할 만했을 거요. 새들이 지저귀는 소리에 자기가 말하는 소리조차 안 들릴 정도거든. 우리는 실용적인 사람이라 새한테 겁줘서 쫓아내지 않고, 새 역시 실용적이라 우리한테 수없이 날아든다오. 우리 가족 모두 이렇게 만나서 기쁘구려, 클레넘(괜찮다면 선생이란 호칭은 빼겠소). 진심으로 말하는데, 우리 모두 정말 기쁘구려."

"저 역시 지금껏 이렇게 환대받은 적이 없답니다."

클레넘이 말했다. 그러다 작은 도릿이 하숙집에 찾아와서 한 말이 떠올라서 덧붙였다.

"우리가 뱃전을 거닐며 지중해를 내려다볼 때 말고는."

"아! 그래요, 대단했지요, 그렇지 않소? 군사정부[77]는 마음에 안 들지만 알롱이랑 마르숑은 가끔 듣고 싶을 정도라오. 여긴 너무나 조용하거든."

미글스 선생은 사는 곳이 한적하다며 고개를 모호하게 젓다, 일행을 집 안으로 안내했다. 공간이 널찍했다. 바깥만큼이나 실내도 아름답고 가구 배치 역시 완벽하게 편안했다. 가족이 사방을 돌아다니는 흔적은 뚜껑을 덮은 틀이나 가구나 벽걸이에서 보였다. 먼 곳을 여행하고 돌아와도 하루 이틀 만에 돌아온 것처럼 집 안을 가꾸고픈 욕망이 있다는 걸 한눈에 알 수 있었다. 여행을 많이 다닌 기념품이 어찌나 다양하던지

77) 1851년 12월에 쿠데타를 일으켜서 집권한 나폴레옹 3세 정권을 뜻한다.

귀여운 해적이라도 사는 것 같았다. 실력이 탁월한 최신식 공방에서 만든, 중부 이탈리아에서 가져온 고가구도 있고, 이집트(실제는 버밍엄[78]일 가능성이 큰데)에서 가져온 미라, 베네치아에서 가져온 모형 곤돌라, 스위스에서 가져온 모형 주택, 헤르쿨라네움과 폼페이에서 가져온, 잘게 저민 송아지 고기가 돌로 변한 것 같은 바둑판무늬 도로 조각, 베수비오 무덤과 용암에서 나온 화산재, 스페인 부채, 스페치아 밀짚모자, 무어인이 신는 슬리퍼, 토스카나에서 가져온 머리핀, 카라라에서 가져온 조각품, 트라스타베리니에서 가져온 스카프, 제노바에서 가져온 벨벳과 세공품, 나폴리에서 가져온 산호, 로마에서 가져온 카메오, 제네바에서 가져온 보석류, 아랍에서 가져온 등불, 교황이 축성한 묵주 등, 기념품이 수없이 많았다.

여행지처럼 그린 풍경화도 있고 아닌 풍경화도 있으며, 늙은 성인 초상화 여러 점을 전시한 조그만 화랑도 있는데, 근육은 하나같이 채찍 같고 머리칼은 바다신 포세이돈 같고 주름살은 문신 같고, 니스를 잔뜩 칠해서 성인 한 명 한 명이 파리풀처럼 변해, 저속하게 말해서 '아, 산 채로 잡는다'는 제품처럼 되고 말았다. 이런 성인 초상화에 대해서 미글스 선생은 아무렇지 않게 말했다. 자신은 전문가가 아니라고, 그냥 마음에 들었다고, 그래서 싼값에 구했는데 사람들이 좋아한다고. 어떤 사람은, 이쪽 분야를 상당히 아는 사람이 분명한데, '현자, 책을 읽다'로 유명한 이탈리아 화가 게르치노 작품이 분명하다(턱수염 대신 백조 솜털을 길게 늘이고 담요를 덮고 기름을 많이 넣어서 파이 껍질처럼 금이 쭉쭉 간 유화 그림이 특히 그렇다고) 선언했다고. 저기 있는 세바스티안 델 피옴보 그림은 직접 판단하시오. 그 화가 후기 스타일이 아니라면, 문제는, 누구 작품이란 말이오? 티치아노 작품일 수도 있고

---

78) 당시에 싸구려 모방제품을 만드는 중심지였다.

아닐 수도 있는데…… 손만 가볍게 댔을 수도 있지 않겠소! 그러자 데니얼 도이스는 티치아노가 손조차 안 댔을 수도 있다 말하고, 미글스 선생은 들은 척도 안 했다.

미글스 선생은 전리품을 모두 보여준 다음, 혼자 사용하는, 잔디가 내려다보이는 아늑한 방으로 일행을 데려갔다. 일부는 옷을 갈아입는 방이고 일부는 사무실처럼 꾸민 곳으로, 영업하는 책상 같은 곳에 황금 무게를 재는 놋쇠저울과 금화를 퍼담는 국자가 있었다.

"자, 저걸 보시구려. 나는 저 물건 두 개 뒤에서 35년을 보냈다오. 지금처럼 사방을 돌아다닐 생각은 안 한 채…… 이제 집에 머물 생각을 안 하는 것처럼. 은행을 영원히 떠날 때 저걸 달라고 부탁해서 집으로 가져왔다오. 내가 곧바로 말하는 이유는, (페트가 말하듯) 그대 역시 내가 '지빠귀 스물네 마리'라는 시에 나오는 왕처럼 사무실에 앉아서 돈만 셌다고 생각할 것 같아서라오."

클레넘은 벽에 걸린, 어린 여자애 두 명이 서로 팔짱을 한 초상화에 눈길이 갔다. 그러자 미글스 선생이 나지막한 목소리로 말했다.

"그렇다오, 클레넘. 쌍둥이라오. 약 17년 전에 그렸지. 내가 애 엄마한테 툭하면 말하는 것처럼, 쌍둥이는 그때만 해도 아기였다오."

"이름은요?"

"아, 그렇지! 그대는 페트라는 이름만 들었지. 페트는 미니고, 쌍둥이 자매는 릴리."

"둘 가운데 한 명이 저라는 걸 알아보시겠어요, 클레넘 선생님?"

페트가 문가에 나타나서 묻자, 클레넘은 초상화와 실물을 번갈아 쳐다보며 대답했다.

"두 아이 모두 아가씨랑 똑같아요. 너무나 똑같아요. 누가 아가씨인지 모르겠어요."

"들었어요, 애 엄마?"

미글스 선생이 뒤따라 들어온 부인에게 묻더니, 클레넘에게 다시 말했다.

"둘 다 똑같다오, 클레넘. 누구도 분간할 수 없지. 왼쪽에 있는 아이가 페트라오."

초상화 근처에 거울이 있었다. 클레넘은 거울에 비친 초상화를 다시 보다가 태티코럼이 문밖을 지나다 멈춰, 안에서 나오는 말소리를 가만히 듣더니, 아름다운 얼굴이 추하게 변하도록 잔뜩 화나선 상대를 깔보는 표정으로 지나는 모습을 발견하고, 미글스 선생은 계속 말했다.

"맙소사! 먼 길을 걸어왔으니 신발을 벗고 싶겠구려. 여기에 있는 도이스는 우리가 신발 벗는 도구를 내밀기 전까지 신발 벗을 생각 자체를 안 한다오."

"그래요?"

도이스가 물으면서 클레넘에게 의미심장한 미소를 보내고, 미글스 선생은 상대의 약점을 그대로 놔두면 안 된다는 듯 어깨를 툭 치면서 대답했다.

"맙소사! 자네는 생각할 게 너무 많잖아. 숫자, 바퀴, 톱니, 지렛대, 나사, 실린더, 기타 등등."

"내가 하는 천직에서는 큰 물건이 작은 물건을 포용하니까요. 하지만 괜찮아요, 괜찮아! 무어든 선생님 마음에 든다면 나도 마음에 드니까."

도이스가 기분 좋게 말했다.

클레넘은 벽난로 앞에 앉아서 정직하고 다정하고 따듯한 미글스 선생 가슴속에 행여나 겨자씨[79] 일부가 깃들어 '빙글빙글 돌리기 관청'이

---

79) 마태복음 13장 31절~2절. 예수께서 또 다른 비유를 말씀하셨다. "하늘나라는 겨자씨에 비길 수 있다. 겨자씨는 제일 작지만 싹이 트고 자라나면 어떤 푸성귀보다도 커져서

라는 거대한 나무로 자라난 건 아닌가 하는 생각이 절로 떠올랐다. 미글스 선생은 모든 점에서 도이스보다 우월하다는 느낌이 묘하게 있는데, 인격보다는 다른 사람과 다른 길을 걸어가는 기술자라서 그런 것 같았기 때문이다. 한 시간 동안 이 문제를 곰곰이 생각하는데, 식사하러 내려갈 때 다른 문제가 문뜩 떠올랐다. 마르세유 검역소에 갇힐 때부터 곰곰이 생각하던 문제로, 그 순간에 불쑥 떠올라서 머릿속을 사로잡았다. '페트를 사랑하는 마음에 빠져드는 걸 그만두어야 하는가, 아닌가?' 하는 문제였다.

나는 페트보다 나이가 두 배나 많아. (클레넘은 꼬고 앉았던 다리를 바꿔 꼬며 다시 계산하지만 차이를 좁힐 순 없었다.) 그래, 나는 나이가 두 배야. 아아! 겉보기에 젊고 건강과 체력은 한창이고 마음도 안 늙었어. 남자 나이가 마흔이면 늙은 게 아닌 건 확실해. 많은 사내가 그 나이까지 결혼을 않거나 결혼할 상황을 맞닥뜨리지 못해. 하지만 문제는 내가 어떻게 생각하느냐가 아니라, 페트가 어떻게 생각하느냐겠지.

미글스 선생은 나를 좋게 생각해. 나 역시 미글스 선생과 착하신 부인을 존경하고. 애지중지하는 아름다운 무남독녀를 다른 사내에게 넘겨주는 건 두 분한테 엄청난 시련이 될 게 분명해, 아직껏 생각할 용기조차 없는. 하지만 페트가 더 아름답고 더 매혹적으로 성장하는 동안, 두 분한테 그런 시련은 언제든 닥쳐올 수밖에 없어. 그렇다면 나 역시 다른 사내처럼 그 주인공이 될 수 있는 거 아닐까?

여기까지 생각하자, 이것 역시 두 분이 어떻게 생각하느냐가 아니라 페트가 어떻게 생각하느냐가 문제라는 생각이 떠올랐다.

클레넘은 내성적인 사내로, 결점이 많다고 생각하는 터라 아름다운

공중의 새들이 날아와 가지에 깃들 만큼 큰 나무가 된다."

페니는 장점을 한껏 키우고 자신은 장점을 한껏 낮추다 보니, 여기에 생각이 꽂히는 순간에는 희망이 몽땅 사라지는 것 같았다. 그래서 저녁을 먹으러 내려갈 즈음에는, 페트를 사랑하는 마음에 빠져드는 걸 막아야 하겠다는 최종 결론에 도달했다.

동그란 식탁에 다섯 명만 앉았는데, 정말 즐거웠다. 추억을 떠올릴 장소와 사람이 많은 데다, 함께 지내는 걸 편하게 즐기는 모습이(데니얼 도이스도 옆에 앉아서 카드놀이를 재밌게 구경하다 부족한 실력이나마 자신 있을 때 재빨리 끼어드는 모습이), 스무 번을 더불어 지냈어도 서로에게 이토록 익숙할 수는 없을 것 같았다.

"그런데, 웨이드 아가씨. 웨이드 아가씨를 본 사람이 있나?"

미글스 선생이 함께 여행하던 사람을 하나씩 떠올리다 갑자기 묻자, 태티코럼이 대답했다.

"제가 보았어요."

태티코럼이 젊은 아씨가 시킨 대로 조그만 망토를 가져와서 씌워주느라 허리를 숙이다, 까만 눈을 들어서 갑자기 대답한 것이다. 그러자 젊은 아씨가 깜짝 놀라며 물었다.

"태티! 네가 웨이드 아가씨를 보았다고? 어디서?"

"여기요, 아씨."

"어떻게?"

클레넘이 보기에, 태티코럼이 쳐다보는 짜증스러운 눈빛은 '내 눈으로!'라고 대답하는 것 같았다. 하지만 실제로 나온 대답은 "성당 근처에서"였다.

"웨이드 아가씨가 성당 근처에 왜 나타났을까? 미사를 보려는 건 아니었을 거야."

미글스 선생이 말하자, 태티코럼이 대답했다.

"저한테 먼저 편지를 보냈어요."

"아, 태티! 손을 치워. 다른 사람이 내 몸을 만지는 것 같아."

젊은 아씨가 조그맣게 말했다. 무의식적으로 순식간에, 반은 장난치듯, 마음에 안 든다며 착한 아이가 심통을 부리는 어투였다. 그리곤 곧바로 웃었다. 하지만 태티코럼은 빨간 입술을 꽉 다문 채 두 팔을 가슴에 올려서 팔짱을 꼈다. 그리고는 미글스 선생을 쳐다보면서 물었다.

"웨이드 아가씨가 보낸 편지 내용을 알고 싶으세요, 나리?"

"으음, 태티코럼, 네가 물었으니 하는 말인데, 여기에 있는 우리 모두 허물이 없으니 말해도 괜찮을 거야, 말하고 싶다면."

미글스 선생이 말하자, 태티코럼이 대답했다.

"웨이드 아가씨는 여행할 때 우리가 사는 주소를 알았어요. 그리고 제가 매우…… 매우 안 좋을 때……"

"네 기분이 매우 안 좋을 때, 태티코럼?"

미글스 선생이 까만 눈동자에 머리를 저으며 가만히 경고하는 표정으로 덧붙였다.

"잠깐…… 숫자를 스물다섯까지 세렴, 태티코럼."

태티코럼은 다시 입술을 꽉 다문 채 숨을 오랫동안 깊이 들이마셨다. 그리곤 "웨이드 아가씨가 편지에 쓰길, 행여나 제가 상처를 받거나" 젊은 아씨를 내려다보고, "걱정거리가 생기면" 젊은 아씨를 다시 내려다보고, "자신한테 오라고, 대우를 잘하겠다고 했어요. 그러니 잘 생각하라고, 그리고 성당에서 만나 얘기하자고 했어요. 그래서 고맙다고 하러 간 거예요."

젊은 아씨가 손을 어깨 뒤로 올려서 태티가 그 손을 잡도록 하며 말했다.

"맙소사, 태티! 우리가 헤어질 때 웨이드 아가씨가 무섭게 굴었는데, 그런 사람이 내가 모르는 사이에 근처를 다녀갔다니 생각만 해도 섬뜩해, 태티."

태티는 한동안 꼼짝하지 않고, 미글스 선생은 다시 말했다.

"저런, 저런. 숫자를 스물다섯까지 세렴, 태티코럼."

태티는 숫자를 열까지 세다 허리를 숙이더니 자신을 어루만지던 아씨 손에 입술을 댔다. 그 손은 자신의 아름다운 곱슬머리를 매만지듯 태티 뺨을 어루만지고, 태티는 밖으로 나갔다.

미글스 선생이 오른편에 있는 조미료 탁자를 돌려서 설탕을 꺼내며 조그맣게 말했다.

"저런, 저런. 저 애는 타락해서 파멸했을 거야, 실용적인 사람들이 곁에 없었더라면. 애 엄마와 나는 실용적인 성격이라, 우리가 페트를 애지중지하는 모습을 보고 저 애 성격이 거칠어진다는 느낌을 간혹가다 받아. 불쌍하게도 자기를 애지중지하는 아빠와 엄마가 없거든. 저 불쌍한 아이가 그런 반감을 가득 품은 채 일요일에 교회에 가서 다섯 번째 계명을 들으면 어떤 느낌일지 생각하고 싶지도 않아. 그럴 때마다 나는, '교회잖아, 숫자를 스물다섯까지 세렴, 태티코럼'이라는 말이 절로 나오겠지."

조미료 탁자 말고도 하녀 두 명이 장밋빛 얼굴로 눈빛을 반짝이며 식사를 거들고, 미글스 선생은 상석에서 쳐다보며 말했다.

"보기 좋지 않소? 애 엄마한테 언제나 말하듯 눈을 즐겁게 하는 대상은 많을수록 좋은 법이라오!"

그 집에는 가족이 집에 있을 때는 요리사와 가정부 역할을 하고, 가족이 멀리 떠났을 때는 가정부 역할만 하는 티킷 부인이 있었다. 미글스 선생은 티킷 부인이 당장 하는 역할 때문에 소개할 수 없는 걸 아쉬워하면서, 내일 찾아올 또 다른 손님에게는 꼭 소개할 수 있기를 희망했다. 그러면서 말했다. 티킷 부인은 이 집에서 매우 중요한 인물이다. 우리 친구 모두 티킷 부인을 안다. 모서리에 있는 초상화가 티킷 부인이다. 우리가 여행을 멀리 떠나면 티킷 부인은 저 초상화처럼 비단 가운 차림에 (주방에서 일하는 빨간색이 감도는 회색 머리칼 대신) 새까만 곱슬머리 가발을 쓰고, 거실에 자리 잡고 앉아서 버컨 박사의 '가정 의학' 책을 펼쳐놓고 거기에 안경을 올려놓은 다음, 블라인드 너머를 온종일 바라본다, 자신들이 돌아올 때까지. 자신들이 집을 아무리 오랫동안 비워도 마찬가지다. 티킷 부인은 버컨 박사 책을 펼쳐놓은 채 늘 그렇게 앉아서 블라인드 너머만 바라본다. 그러지 말라고 설득할 방법은 없는 것 같다. 하지만 노련한 의사의 역작에 담긴 내용을 티킷 부인이 조금이라도 참고한 적은 결코 없는 것 같다.

초저녁에는 예전에 유행하던 3판 승부 카드놀이를 하는데, 페트는 아빠 솜씨를 구경하다 혼자서 간헐적으로 노래하며 피아노를 쳤다. 페트는 응석받이였다. 하지만 어떻게 응석받이가 안 되겠는가? 그렇게 유연하고 아름다운 여성한테 넘어가지 않을 사람이 누구겠는가? 옆에 있는 자체로 우아하고 매혹적인 여인과 초저녁을 함께 보내고도 사랑하지 않을 사람이 누구겠는가? 이게 클레넘 머릿속 생각이었다, 아까 위층에서 결론을 내렸는데도.

그러다 카드를 잘못 내자 한편이던 미글스 선생이 깜짝 놀라며 물었다.

"맙소사, 도대체 무슨 생각을 하는 거요, 친구?"

"죄송합니다. 아무 생각도 안 했습니다."

"다음에는 생각 좀 하시오, 친구."

미글스 선생이 말하자, 페트는 클레넘 선생이 웨이드 아가씨 생각을 한 게 분명하다며 웃었다.

"웨이드 아가씨를 왜, 페트?"

애 아빠가 묻고, 클레넘이 대답했다.

"네, 맞습니다!"

그러자 페트가 얼굴을 살짝 붉히며 피아노로 다시 갔다.

마침내 잠자리로 각자 흩어질 때, 클레넘이 듣는 가운데 도이스는 집주인에게 내일 아침 식전에 30분만 대화할 수 있느냐고 물었다. 집주인은 기꺼이 시간을 내겠다 하고, 클레넘은 그 문제에 관해서 할 말이 있는 터라 뒤에 남아서 머뭇거리다 단둘이 있을 때 물었다.

"선생님께서 저한테 런던으로 곧장 가라고 조언하시던 때를 기억하세요, 미글스 선생님?"

"당연하죠."

"당시에 또 다른 조언을, 저한테 꼭 필요한 조언을 하신 것도요?"

"구체적으로 말할 순 없지만, 우리가 속마음을 터놓고 대화를 즐긴 건 당연히 기억한다오."

"저는 선생님이 조언하신 대로 했습니다. 그래서 여러 가지 이유로 고통스럽던 업무에서 벗어났으니, 앞으로는 제가 가진 모든 것과 저 자신을 완전히 다른 일에 바치고 싶습니다."

"그래요! 그런 일은 빠를수록 좋아요."

"오늘 여기로 내려오다 도이스 선생님께서 동업자를 – 기술을 공유할 동업자가 아니라 그 기술이 만들어낸 결과를 바람직한 사업으로 풀어갈 동업자를 – 찾는다는 이야기를 들었습니다."

클레넘이 말하자, 미글스 선생은 예전처럼 저울과 국자에 합당한 표정을 띄우고 손을 주머니에 넣은 채 되물었다.

"그래서요?"

"대화 도중에 도이스 선생님은 동업자를 찾는 문제에 대해 선생님과 상의하겠다는 말씀을 우연히 하셨습니다. 우리 견해와 비전이 비슷하다고 생각하신다면, 제가 그 역할을 할 수 있다는 말을 그분께 알려주십시오. 당연히 저는 구체적인 내용을 하나도 모르는 상태로 드리는 말씀이니 서로 안 맞을 수도 있겠지만."

클레넘이 말하자, 미글스 선생이 저울과 국자에 합당하게 조심스러운 표정으로 말했다.

"당연하지요, 당연해."

"하지만 숫자와 계산에 관한 문제라면……"

"그런 것도 있겠지요, 그런 것도 있어."

미글스 선생은 저울과 국자에 합당한 표정으로 세심하게 따지며 대답하고, 클레넘은 계속 말했다.

"……도이스 선생님이 긍정적으로 대답하고 선생님도 바람직하게 생각하신다면, 저는 기꺼이 함께하고 싶습니다. 그러니 제 이야기를 해주신다면 정말 고맙겠습니다."

"클레넘 선생, 기꺼이 그러겠소. 선생이 사업가로서 어떤 능력이 있는지 전혀 고려하지 않더라도, 이번 일에 좋은 결과가 나오리라 장담할 수는 있다오. 무엇보다 확실한 하나는, 도이스가 정직한 사내라는 거라오."

"저 역시 그렇다는 확신이 있어서 선생님께 말씀드리는 겁니다."

"그대가 그 친구를 인도하시오. 핸들을 잡아서 올바른 방향으로 데려가시오. 그 친구는 정말 괴팍하다오."

미글스 선생이 한 말은 도이스가 새로운 길을 걸어가고 새로운 일을 한다는 뜻 이상이 아닌 게 확실했다. 그래서 덧붙였다.

"하지만 태양처럼 정직하다오, 그러니 이제 안녕히 주무시오!"

클레넘은 방으로 돌아가서 벽난로 앞에 앉아, 페트를 사랑하지 않기로 다짐해서 다행이라고 마음을 굳혔다. 페트는 너무나 아름답고, 너무나 사랑스럽고, 다정한 성품이랑 순수한 마음은 진정한 찬사를 받을 수밖에 없고, 그 마음을 품는 사내는 어떤 사내보다 크나큰 행운을 누릴 테니, 클레넘은 자신이 그런 결론을 내린 게 참으로 다행스러웠다.

하지만 이건 정반대 결론에 도달할 이유도 될 수 있으니, 클레넘은 그 문제를 속으로 조금 더 따져보았다. 제대로 판단했는지 확인하고 싶었다. 생각은 이렇게 흘러갔다.

'스무 살 정도 많은 사내가 어린 시절을 보낸 환경 때문에 내성적이고, 살아온 환경 때문에 수심이 가득하고, 먼 나라에 오랫동안 살아서 정붙일 데가 하나도 없으며, 다른 사람에게는 부러울 정도로 많은 장점이 자신에게는 없다는 사실을 아는 데다, 여인에게 소개할 누이도 없고, 여인을 데려가서 보여줄 적당한 집도 없고, 이 땅에서 이방인이고, 이 모든 결점을 어떤 식으로나마 보상할 재산은 없다면…… 그런 사내가 이 집에 와서 저렇게 매혹적인 여인의 매력에 빠져든다면, 여인의 사랑을 얻을 수 있다고 자위한다면…… 아아, 너무 나약한 모습 아닌가!'

클레넘은 창문을 열어서 고요한 강물을 내다보았다. 해마다 수많은 나룻배를 떠받치는 강물, 물살은 빠르게 흐르고, 여기에 골풀이 저기에 백합이 자라는, 애매할 것도 불안할 것도 없는 강물이었다.

그런데 이리도 마음이 아프고 답답한 이유는 무어란 말인가? 클레넘이 상상한 건 나약한 모습이 아니었다. 그건 누구에게도 나약한 모습이 아니었다. 그런데 이렇게 고통스러워할 이유가 뭐란 말인가? 그런데도 클레넘은 고통스러웠다. 강물처럼 가만히 흘려보내는 편이, 즐거움을 모르는 만큼 고통도 모르는 편이 - 이런 생각을 안 할 사람이 누구겠는가? - 바람직할 것 같았다.

17장. 보잘것없는 자의 연적

클레넘은 아침 식사 전에 주변을 둘러보러 밖으로 나갔다. 날씨는 맑고 여유는 한 시간 정도 있어, 나룻배를 타고 강을 건너서 강변 풀밭을 따라 오솔길을 거닐었다. 그러다 돌아오니, 나룻배는 건너편에 있고 젊은 신사 한 명은 나룻배를 커다랗게 부르고서 기다리는 중이었다.

신사는 서른 살을 갓 넘긴 것처럼 보였다. 옷차림은 좋고, 겉모습은 쾌활하고 명랑하며, 체구는 날씬하고, 얼굴은 햇볕에 잘 태워서 까무잡잡했다. 클레넘이 울타리를 넘어서 물가로 내려가자 젊은 신사가 흘낏 쳐다보더니, 할 일 없이 돌멩이를 차서 강물로 날리는 놀이에 다시 열중했다. 뒤꿈치로 돌멩이를 파서 차기 좋은 위치로 놓는 모습이 왠지 클레넘 눈에 잔인하게 보였다. 하기야 꽃을 꺾거나 장애물을 치우거나 무생물을 망가뜨리는 사소한 동작이 가끔은 우리 눈에 잔인하게 보일 때가 있긴 하다.

표정이 보여주는 것처럼 젊은 신사는 깊은 생각에 빠져들 뿐, 옆에 있는 큼직하고 멋진 뉴펀들랜드 개에 관심을 안 보였다. 그런데 개는 주인을 열심히 바라보고, 돌멩이가 날아갈 때마다 지켜보며 주인이

신호하는 순간에 강물로 달려들려고 안달복달이었다. 하지만 나룻배는 건너오고, 개는 아무런 신호도 못 받고 주인한테 목줄이 잡힌 채 나룻배에 올라탔다. 그런 다음에 비로소 주인이 말했다.

"오늘 아침은 아니야. 젖은 상태로 숙녀분을 만날 순 없잖아. 엎드려."

클레넘은 젊은 신사와 개를 뒤따라 나룻배에 올라타서 자리에 앉았다. 개는 지시받은 대로 엎드리고, 주인은 일어나서 주머니에 두 손을 찌른 채 클레넘과 경치 사이에 우뚝 섰다. 나룻배가 맞은편에 닿자마자 주인과 개는 가볍게 뛰어내려서 사라졌다. 그 둘이 사라진 게 클레넘은 좋았다.

교회 종탑이 아침 식사 시간을 알릴 즈음에 클레넘은 정원 대문으로 나아가는 오솔길을 따라 걸었다. 초인종 밧줄을 당기는 순간에 담장 안에서 묵직하게 짖어대는 개 소리가 커다랗게 일었다.

클레넘은 '간밤에는 개 소리를 못 들었는데……'라는 생각이 절로 일었다. 장밋빛 얼굴 하녀가 문을 열어주고, 잔디에는 뉴펀들랜드 개와 젊은 신사가 있었다.

사람들이 정원에 모이자, 하녀가 얼굴을 붉히며 말했다.

"신사 여러분, 페트 아씨는 아직 안 내려오셨답니다."

그러더니 개 주인한테 "선생님, 클레넘 선생님이십니다"라고 소개하곤 재빨리 사라졌다.

"짧은 순간에 재회하다니 우연이 대단하군요, 클레넘 선생님."

개는 짖기를 멈추고, 젊은 신사는 계속 말했다.

"저를 소개하겠습니다. 헨리 가우언입니다. 이곳은 풍경이 아름다운데, 오늘 아침 역시 훌륭하군요!"

동작은 여유롭고 목소리는 상냥했다. 그런데도 클레넘은, 페트를 사랑하지 않겠다는 결심을 안 했더라면 헨리 가우언이란 사내를 싫어했으리라는 생각이 들었다.

"이곳은 처음이신가요?"

가우언이란 사내가 물었다. 클레넘이 주변 경치를 칭찬한 다음이었다.

"네. 어제 오후에 처음 왔답니다."

"아, 그렇군요! 당연히 지금은 제일 좋은 경치가 아닙니다. 지난봄에는, 이 집 가족이 멀리 떠나기 직전에는 경치가 황홀했지요. 선생님께서 보셔야 했습니다."

상대가 말했다. 하지만 클레넘은, 어제 한 결심을 툭하면 떠올리면서도, 예의 바르게 행동하는 상대를 활화산 구덩이로 보내고픈 마음만 가득했다.

"저는 지난 삼 년 동안 이곳 경치를 다양하게 구경하는 기쁨을 누렸는데, 이곳은…… 천국이랍니다."

이곳을 천국이라고 말한 건 교묘하면서도 뻔뻔한 짓 같았다. (현명한 결심만 아니면 정말 그런 느낌이 들 것 같았다.) 페트가 오는 걸 본 다음에 비로소 천국이라고 했는데, 천국에 사는 건 천사밖에 없으니 그 말은 페트를 천사라고 찬양하는 것과 마찬가지였다. 교활한 놈!

그런데 아! 페트가 기뻐서 얼굴에 광채를 머금는구나! 페트는 개를 어루만지고 개는 페트를 좋아하는구나! 수줍어서 눈길을 내리깐 얼굴에 흥분한 표정과 설레는 마음이 그대로 드러나는구나! 페트가 그런 모습을 자신한테 보여준 적이 있던가? 자신이 그런 모습을 꼭 보아야 하는 이유가 있는 것도, 그런 모습을 보길 갈망한 적이 있는 것도 아니다. 그렇긴 해도…… 페트가 그런 모습을 자신한테 보여준 적이 있던가!

클레넘은 약간 떨어진 거리에서 두 사람을 바라보았다. 가우언이란 작자는 천국이라는 말이 끝나자마자 페트에게 다가가서 손을 잡았다. 강아지는 커다란 앞발을 페트 팔에 올리고 사랑스러운 가슴에 머리를 기댔다. 페트가 가우언이란 작자와 강아지를 기쁘게 맞이하며 웃는데, 강아지를 특히 귀여워했다, 지나칠 정도로 많이…… 행여나 페트를 사랑하는 제삼자가 있어서 그 눈으로 볼 때는.

페트는 그쪽에서 벗어나, 클레넘에게 와서 클레넘 손에 자기 손을 얹고 편히 주무셨느냐 인사하고는 우아하게 행동하는 모습이 마치 그 팔에 손을 얹어서 에스코트를 받으며 안으로 들어가고 싶은 것 같았다. 이 동작에 가우언은 반발하지 않았다. 그렇다, 경계할 상대가 아니라는 걸 알았던 것이다.

세 명 모두 (못마땅하긴 해도 일행은 일행이니 강아지까지 포함하면 넷 모두) 아침 식사하러 들어설 때 사람 좋은 미글스 선생 얼굴에 먹구름이 스쳤다. 그 표정도, 미글스 부인이 그걸 보고 살짝 걱정하는 표정도 클레넘은 안 놓쳤다.

미글스 선생이 절로 나오는 한숨을 억누르며 물었다.

"으음, 가우언, 그래, 오늘 아침은 재미가 어떠신가?"

"늘 똑같습니다, 선생님. 저와 라이언은 매주 한 번씩 찾아뵙는 기회를 안 놓치려고 단단히 결심하고는 일찍 일어나, 본부로 사용하며 한두 장 스케치하던 킹스턴에서 건너왔답니다."

가우언은 나룻배에서 클레넘을 만나 함께 타고 온 이야기까지 덧붙였다.

"가우언 부인께서는 잘 지내시지, 가우언?"

미글스 부인이 물었다. (클레넘은 관심이 솟구쳤다.)

"네, 어머니는 잘 지내십니다." (클레넘은 관심이 줄었다.) "오늘 이 집에서 열리는 만찬 파티에 제가 임의로 초대한 사람이 있는데, 미글스 선생님께 폐가 안 되면 좋겠습니다. 도저히 뿌리칠 수 없었거든요."

가우언이 당사자에게 시선을 돌리며 덧붙였다.

"젊은 친구가 저한테 편지로 간곡하게 부탁해서요. 그런데 출신 가문이 좋은 터라 임의로 초대해도 선생님께서 반대하지 않으시리라 생각했습니다."

"젊은 친구가 누군데?"

미글스 선생이 묻는데, 묘하게 만족스러운 표정이었다.

"바너클 가문입니다. 타이트 바너클 아들, 클레런스 바너클. 자기 아버지 부서에 근무한답니다. 그 친구가 온다고 해서 강물이 흔들리는 일은 결코 없을 겁니다. 자발성도 없고 활력도 없으니까요."

"그래? 바너클 가문? 우리가 잘 아는 가문이군, 도이스. 맞아, 나무 꼭대기에 올라선 가문! 가만있자. 그 젊은이는 데시무스 경과 관계가 어떻게 되나? 데시무스 경께서는 1797년에 제미마 빌베리 귀부인과 결혼하셨으니, 귀부인은 '헛소리 빵빵' 백작 15세께서 클레멘티나 투젤렘 귀부인과 세 번째 결혼해서 얻은 두 번째 딸로…… 아니야! 내가 착각했어! 그건 세라피나 귀부인이야. 제미마 귀부인은 첫 번째 딸이었어. 그래, 맞아. 그런데 그 젊은이 아버지는 '헛소리 빵빵' 출신과 결혼하고 그 아버지의 아버지는 바너클 출신 사촌과 결혼했어. 바너클 출신과 결혼한 그 아버지의 아버지는 조들비 출신과 결혼하고. 내가 옛일을 조금 되돌아보았네, 가우언. 그 젊은이가 데시무스 경과 어떤 관계인지 궁금하군."

"간단합니다. 그 친구 아버지가 데시무스 경 조카입니다."

가우언이 대답하자, 미글스 선생은 두 눈을 감고 천천히 읊조리는 게 가계도 전체를 맛나게 되새기는 것 같았다.

"데시무스-경-조카라. 맙소사. 자네가 맞아, 가우언. 정말 그렇게 되는군."

"따라서 데시무스 경은 그 친구한테 큰할아버지가 되는 거지요."

가우언이 말하자, 미글스 선생이 새로운 걸 깨닫고 눈을 동그랗게 뜨며 감탄했다.

"잠깐만! 그렇다면 외가 쪽에서, '헛소리 빵빵' 귀부인은 그 젊은이 큰할머니가 되는군."

"네, 그렇습니다."

미글스 선생이 큰 관심을 보이며 감탄했다.

"아, 아, 아! 정말, 정말? 그런 젊은이라면 기꺼이 환영하네. 우리가 최선을 다해서 대접하겠네, 소박하나마. 굶기지도 않고, 무슨 일이 있더라도."

이런 말이 처음 나올 때만 해도 클레넘은 미글스 선생이 '빙글빙글 돌리기 관청' 앞에서 도이스 목덜미를 움켜잡고 그런 것처럼 악의 없는 분노를 터트리리라 예상했다. 하지만 미글스 선생한테는 누구라도 한눈에 느끼는 약점이 있으니, 이는 '빙글빙글 돌리기'를 아무리 경험해도 극복할 수 없는 약점이었다. 클레넘이 쳐다보자 도이스는 그 약점을 예전에 깨달은 듯, 앞에 놓인 요리 접시만 쳐다볼 뿐, 아무런 신호도 없고 아무런 말도 안 했다. 그러자 가우언이 결론을 내렸다.

"고맙습니다, 선생님. 클레런스가 멍청한 건 확실하지만, 세상에서 가장 소중하고 정겨운 친구랍니다!"

아침 식사가 끝나기도 전에, 가우언이란 작자가 아는 모든 사람은 어느 정도 멍청하거나 어느 정도 사악했다. 그런데도 세상에서 가장 사랑스럽고, 가장 매력이 넘치고, 가장 순수하고 진실하고 다정하고 소중하고 정겨웠다. 전제가 어떻든 한결같은 결론에 도달하는 과정을 헨리 가우언은 이렇게 설명했다.

"저는 지금껏 만난 사람을 장부에 유난할 정도로 꼼꼼하게 기록해서 선한 사람인지 악한 사람인지 판단한답니다. 이 일에 많은 공을 들인 덕분에, 저는 가장 무가치한 인간이 가장 소중한 인간일 수 있다는 사실을 깨달았다고 기꺼이 말씀드리고, 정직한 사람과 사악한 사람은 흔히 생각하는 이상으로 차이가 적다는 사실을 기쁘게 보고드리겠습니다."

바람직한 내용을 발견한 결과는 가우언이 모든 사람한테서 선한 모습을 꼼꼼하게 찾는 것처럼 보이지만, 실제로는 선한 모습이 있으면 낮추고, 선한 모습이 없으면 일으켜 세우는데, 이는 선한 모습이 지닌 유일하게 바람직하지 못한 위험한 요소가 아닐 수 없었다.

미글스 선생 역시 이 말을 바너클 가계도를 떠올릴 때만큼 만족스럽게 받아들이지 않는 것 같았다. 미글스 선생 얼굴에서 예전에 한 번도 못 본 먹구름이 툭하면 나타나고, 그럴 때마다 차분한 부인 얼굴에도 불안한 그늘이 어렸다. 페트가 강아지를 귀여워하는 순간 페트 아버지는 딸이 그러는 모습을 최소한 한 차례 이상 불편해하는 것 같더니, 가우언이 강아지 맞은편에서 페트와 함께 머리를 숙이는 순간에는, 밖으로 급히 나가는 미글스 선생 두 눈에 눈물이 고인 걸 클레넘은 본 것 같았다. 그게 사실이든 착각이든, 페트는 자잘한 현상에 무감각하지 않으니, 착한 아빠를 더없이 사랑한다는 사실을 평소보다 섬세하게 드러내고, 교회에 갈 때도 돌아올 때도 뒤처져서 아빠하고 팔짱을 꼈다. 맹세할 수는 없지만 클레넘은 나중에 정원을 홀로 산책하다, 페트가 아버지 방에서 아빠와 엄마에게 다정하게 매달리다 아빠 어깨에 기댄 채 흐느끼는 모습을 얼핏 본 것도 같았다.

오후에는 날씨가 궂어, 일행은 집에 머물면서 미글스 선생 수집품을 구경도 하고 대화도 하면서 시간을 보냈다. 가우언이란 작자는 할 얘기가 정말 많아, 즉석에서 아무 얘기나 재미있게 꺼냈다. 직업은 화가로, 로마에도 다녀온 것 같았다. 그런데도 예술에 헌신하는 마음도 실력도 마냥 흔들리는 게 가볍고 경솔한 아마추어 같은데, 클레넘은 그 이유를 조금도 이해할 수 없었다. 그래서 데니얼 도이스와 단둘이 있을 때 창문 밖을 내다보며 나지막이 물었다.

“가우언 선생을 아세요?”

“이 집에서 몇 차례 보았다오. 이 집 가족이 집에 머물 때는 일요일마다 찾아오니까요.”

“하는 말을 들으면, 화가 같던데요?”

“그런 셈이죠.”

데니얼 도이스가 무뚝뚝한 어투로 대답하자, 클레넘이 웃으며 물었다.

“어떤 점에서요?”

“맙소사, 상류층 클럽이 쭉 늘어선 거리를 어슬렁대듯 예술을 한다는데, 예술이 그렇게 한가한 건지 모르겠구려.”

클레넘이 계속 물어, 가우언 가족은 바너클 가문 먼 친척이며, 가우언 아버지는 처음에 해외 사절단을 따라갔다 와서 특별히 하는 일 없는 감독관이 되어, 마지막 순간까지 자리를 지키려고 고상하게 애쓰다 봉급을 손에 쥔 채 죽었다는 사실을 깨달았다. 당시에 권력을 장악한 바너클은 가우언 아버지의 탁월한 공적을 고려해서 미망인에게 매년 2~3백 파운드를 연금으로 하사하도록 국왕께 추천하고, 그다음에 권력을 장악한 바너클은 햄프턴 코트 궁전[80]의 한적하고 그늘진 공간까지 배정해, 노부인은 아직도 거기에서 다른 노부인 여럿과 타락하는

80) 햄프턴 코트 궁전은 튜더 왕가 때 지었는데, 왕실 연금을 받는 사람들이 살았다.

시대를 한탄하며 살아간다. 아들 헨리 가우언은 아버지가 근무하던 감독관 자리를 물려받았는데, 자립하기에는 봉급이 너무나 적어, 인생살이에 도움이 되는지 극히 의심스러웠다. 공직은 자리가 부족하고, 탁월한 재능은 청소년 시기에 방탕하게 흥청망청한 터라, 인생살이는 그만큼 더 힘들었다. 그래서 결국에는 화가가 되겠다고 선언했다. 그쪽으로 애매한 욕구가 늘 있기도 했지만, 권력을 장악했으면서도 자신을 안 돕는 바너클의 영혼을 슬프게 하려는 이유도 있었다. 그러면서 무엇보다 먼저 저명한 귀부인 여러 명이 큰 충격을 받았고, 그런 다음에는 가우언 작품을 소개하는 화첩이 며칠 사이에 퍼져나가, 완벽한 클로드 작품이다, 완벽한 카위프 작품이다, 천재가 그린 완벽한 작품이다는 탄성을 자아냈다. 그런 다음에는, 데시무스 경이 작품을 사고 왕립 미술원 의장과 의원들을 만찬에 한꺼번에 초대한 자리에서 당당하고 엄숙한 표정으로 "여러분은 아시오, 저 작품이 내 눈에 더없이 대단하게 보인다는 사실을?" 하고 말했다. 한마디로 상당한 지위에 있는 사람들이 가우언을 유명하게 만들려고 온갖 노력을 다한 것이다. 그러나 그 노력은 실패했다. 모든 사람이 편견에 휩싸여, 가우언 작품을 싫어하기로 작정한 것이다. 데시무스 경이 소장한 그림을 숭배하지 않기로 결의한 것이다. 자기네가 일하는 분야를 뺀 다른 모든 분야에서 인간은 새벽 일찍 일어나서 밤늦도록 애쓰고 몸과 마음은 물론 능력과 힘을 다 바쳐서 일하는 식으로 자기 능력을 스스로 증명해야 한다고 믿기로 작정한 것이다. 그래서 가우언은 지금, 마호메트 관[81]도 아니고 다른 누구의 관도 아닌, 다 낡아서 너덜너덜한 관처럼 두 지점 사이에서 중간에 걸려, 예전 삶을 그리워하면서도 자신이 도달할 수 없는 새로운 삶을 그리워하는 상태였다.

81) 메디나에 있는 마호메트 관은 무덤 위 공중으로 둥둥 뜬다는 전설이 있다.

이게 클레넘이 가우언에 관해서 비 오는 일요일 오후와 이후에 들은 내용이었다.

바너클 2세는 만찬 예정 시간이 한 시간 정도 지난 뒤에 외알 안경을 쓰고 나타났다. 미글스 선생은 바너클 가문을 존중하는 차원에서 예쁜 하녀 두 명을 내보내고 그 역할을 까무잡잡한 하인 두 명으로 대체했다. 바너클 2세는 클레넘을 보고 매우 놀라며 당황한 나머지 "여길 봐! 맙소사, 어떻게!"라고 자신도 모르게 중얼대다, 간신히 정신을 차렸다.

그런 다음에도 기회가 나는 순간에 친구를 창가로 데려가 콧소리까지 섞어서 무기력한 모습을 그대로 드러내며 물었다.

"자네한테 말할 게 있어, 가우언. 말 좀 하자고. 여길 봐. 저 친구는 누구지?"

"집주인 친구. 내 친구는 아니야."

"저 사람은 정말 지독한 급진주의자야."

"그래? 어떻게 알아?"

"맙소사, 친구, 며칠 전에 우리 직원을 끔찍하게 몰아붙였다고. 우리 부서로 올라오고, 밖으로 나가라고 지시할 정도로 아버지를 끔찍하게 몰아붙였다고. 그러더니 우리 부서로 돌아와서 나를 몰아붙였어. 여길 봐. 저런 사람은 생전 처음이야."

"저 사람이 바란 게 무언데?"

"맙소사, 친구, 알고 싶다는 거! 우리 부서를 – 약속도 안 잡은 채 – 휘젓고 다니면서 알고 싶다는 거야!"

바너클 2세는 이렇게 말하면서 분노와 의심이 가득한 눈길로 쳐다보느라 두 눈을 혹사해서 문제가 생길 뻔했는데, 다행히도 만찬이 열렸다. 미글스 선생은 (바너클 2세 집안 어른의 근황이 너무나 궁금해서) 바너클 2세한테 미글스 부인을 식당으로 에스코트하도록 부탁했다. 그래서 미글스 부인 오른편에 앉힌 다음, 바너클 가문 전체가 참석한 것처럼 바라보며 만족스러워했다.

하루 전날의 자연스러운 매력은 모두 사라졌다. 만찬을 드는 사람들도 만찬만큼이나 무미건조하고 미적지근하고 늘쩍지근했다. 하나같이 옹졸하고 우둔한 바너클 2세 때문이었다. 원래부터 대화할 줄 모르는데, 이번에는 오로지 클레넘이 곁에 있다는 이유 하나로 약점이 두드러지게 나타난 것이다. 클레넘에게 부담을 느끼며 끊임없이 쳐다보느라 외알 안경을 수프에 빠뜨리고, 포도주잔에 빠뜨리고, 미글스 부인의 요리 접시에 떨어뜨리고, 종에 달린 줄처럼 등 뒤로 늘어뜨리기도 해, 까무잡잡한 하인 한 명이 제자리로 돌려놓는 불명예까지 겪어야 했다. 외알 안경이 눈알에 달라붙기를 단호하게 거부하면서 툭하면 떨어지는 바람에 마음이 흔들리는 데다, 불가사의한 클레넘을 쳐다볼 때마다 지적 능력이 떨어지는 바람에, 숟가락과 포크는 물론 만찬 식탁에 있는 낯선 물건을 입이 아닌 눈에 갖다 댈 정도였다. 실수가 너무 잦다는 걸 깨달으면서 어려움은 늘어나기만 하는데, 클레넘을 쳐다봐야 한다는 부담은 줄어들 생각을 안 했다. 게다가 클레넘이 무슨 말을 할 때마다, 운수 사나운 젊은이는 클레넘이 알고 싶다는 말을 교묘하게 꺼내리라는 공포에 사로잡혔다.

미글스 선생 말고 만찬을 마음껏 즐긴 사람이 또 있는지 의심스러울 정도였다. 그러나 미글스 선생이 바너클 2세를 충분히 즐긴 건 확실했다. '아라비안나이트'에서 황금 물 한 잔을 부으면 황금 물이 콸콸 넘치는 샘물로 변하듯, 미글스 선생은 바너클 2세라는 조그만 양념이 바너클 가문 전체의 향미를 식탁 가득 뿌린다고 여기는 것 같았다. 그 풍미가 가득할수록 미글스 선생 특유의 솔직하고 순수하고 진실한 풍미는 줄어들어, 편안하지도 않고 자연스럽지도 않았다. 자신에게 속하지 않은 무언가를 가지려고 애쓰는 모습만 가득할 뿐 본연의 모습은 조금도 안 보였다. 예전에 못 본 너무나 독특한 모습이니 그런 모습을 또 어디에서 찾겠는가!

비 내리는 일요일은 마침내 비 내리는 밤으로 변하고, 바너클 2세는 마차를 타고 담배 연기를 가느다랗게 흩뿌리며 떠나고, 보기 싫은 가우언은 보기 싫은 강아지를 데리고 걸어서 떠났다. 페트는 클레넘에게 다정하게 대하려고 온종일 사랑스럽게 애썼지만, 클레넘은 아침 식사 이후로 말이 거의 없었다.

클레넘이 자기 방으로 가서 벽난로 앞 의자에 풀썩 주저앉는 순간, 도이스가 방문을 두드리더니 한 손에 촛불을 들고, 내일 언제 어떤 식으로 돌아갈 예정이냐고 물었다. 이 질문에 대답한 뒤, 클레넘은 가우언이란 작자에 대해 – 연적이라면 머릿속으로 엄청나게 떠오를 작자에 대해 – 다시 물었다.

"화가라면 전망이 좋지는 않겠군요."

"그렇겠지요."

도이스가 대답했다. 한 손에 촛불을 들고 다른 손을 주머니에 찌른 채 가만히 서서 촛불 불꽃을 열심히 바라보는 표정이, 뭔가 더 말하고 싶은 것 같았다.

"착하신 집주인께서 오늘 아침에 가우언이 온 뒤로 약간 변한 것 같더군요, 기분도 울적하고."

클레넘이 묻자, 도이스가 대답했다.

"맞아요."

"그런데 이 집 따님은 아니더군요."

"맞아요."

잠시 침묵이 흐르는 가운데 도이스가 촛불 불꽃을 여전히 바라보면서 천천히 입을 열었다.

"사실 착하신 집주인이 따님이랑 해외로 두 번이나 떠난 데에는 가우언한테서 떼어내려는 목적도 있었답니다. 따님이 그자를 좋아하는 경향이 있는 것 같은데, 아무리 생각해도 결혼하면 불행할 것 같아서요. (나도 집주인과 같은 생각인데, 아마 선생 생각도 비슷하겠지요.)"

"그럼……"

클레넘이 말하다 목이 막혀서 기침하며 멈추었다.

"맙소사, 감기에 걸렸군요."

도이스가 말하는데, 쳐다보지는 않았다. 그래서 클레넘이 경쾌한 어투로 다시 물었다.

"……그럼 두 사람이 약혼했겠지요, 당연히?"

"아니에요. 내가 듣기로는 안 한 게 확실해요. 남자 측에서 청혼했지만, 아직껏 진행된 건 하나도 없어요. 이 집 가족이 최근에 돌아온 뒤에 우리 친구는 가우언이 일주일에 한 번씩 방문하는 걸 양해는 했지만, 그게 전부예요. 페트가 아빠 엄마를 속이는 일은 없어요. 함께 여행하셨으니 선생도 세 사람 사이가 현세를 뛰어넘을 정도로 끈끈한 걸 아시겠지요. 페트와 가우언 사이에 생긴 일은 우리가 확실히 아는 게 전부예요."

"아! 그렇군요!"

클레넘은 말하고, 도이스는 잘 자라고 인사했다. 절망은 아닐지언정 구슬프게 한탄하는 소리를 들은 사람의 어투, 그래서 한탄하는 사내를 격려하며 용기를 불어넣은 사람의 어투였다. 괴팍한 성격 중 일부로 변덕스러운 유대감에서 이런 어투가 나오는 것 같았다. 한탄하는 소리를 클레넘 자신은 못 들었으니, 도이스 역시 그런 소리를 들을 순 없기 때문이다.

빗물은 지붕을 심하게 갈기고, 땅바닥을 후두두 때리고, 상록수와 잎사귀 없는 나뭇가지 사이로 뚝뚝 떨어졌다. 빗물이 침울하고 우울하게 떨어졌다. 밤이 흘리는 눈물이었다.

클레넘이 페트를 사랑하지 않겠다는 결심을 안 했더라면, 사랑에 빠질 수밖에 없는 나약한 성격이라면, 솔직한 성격 전체와 강인한 희망 전체와 성숙한 인격 전체를 사랑에 바쳐야 한다는 마음을 조금씩 먹기 시작했다면, 그래서 모든 걸 잃는다는 사실을 깨달았다면 그날 밤이 더없이 비참할 터였다. 저 빗물처럼……

침울하고 우울하게 떨어지는 빗물처럼.

18장. 작은 도릿을 사랑한 남자

작은 도릿이 스물두 번째 생일을 맞이할 때 사랑하는 남자가 나타났다. 사람이 부족한 마셜씨 교도소에서도, 갓난아기 같은 큐피드는 케케묵은 활로 깃털 없는 화살이나마 몇 대 날려서 학생 한두 명을 맞췄다.

하지만 작은 도릿을 사랑하는 남자는 학생이 아니었다. 교도관이 데리고 다니던 감상적인 아들이었다. 아버지는 나중에 때가 되면 교도소 열쇠를 합당하게 물려주길 기대했다. 그래서 아들이 어릴 적부터 교도관 업무를 가르치며, 교도소 열쇠를 물려받아야 한다는 야심을 키워주었다. 교도관 업무를 물려받는 게 아직은 불확실할 동안, 아들은 말 장삿길(Horsemonger Lane) 모서리에서 조그맣게 담배장사 하는 어머니를 돕는데(아버지는 교도소에 상주하는 교도관이 아닌 터라), 학교 담장 안에서 꽤 훌륭한 단골을 상당히 확보할 수 있었다.

오래전, 짝사랑하는 대상이 휴게실 벽난로 높은 울타리 옆 조그만 안락의자에 앉을 때마다, 나이가 한 살 많은 ('치버리'라는 성을 가진) 젊은 존은 경이로운 눈으로 바라보며 감탄하곤 했다. 마당에서 함께 놀 때면 존이 가장 좋아하는 놀이는 작은 도릿을 모서리에 가둔 척하다 진짜 키스를 해야 풀어주는 놀이였다. 키가 많이 커서 철문 커다란 열쇠 구멍 사이로 안을 들여다볼 수 있을 때는, 집에서 가져온 식사를, 저녁조차, 철문 바깥쪽에 차려놓고 아버지가 식사하는 사이에 바람이 잘 통하는 구멍 사이로 한쪽 눈이 시릴 정도로 작은 도릿을 훔쳐보았다.

신발 끈을 툭하면 안 매고 무얼 먹어도 소화할 걱정이 없던 소년 시절에, 어려서 통찰력이 부족한 나머지 사랑하던 마음이 느슨하게 풀리기라도 하면, 존은 곧바로 그 마음을 바싹 당겨서 단단히 묶었다. 열아홉 살에는 작은 도릿 생일 때 분필을 손에 들고 작은 도릿이 묵는 감방 앞 담장에 '사랑스러운 요정 아기가 태어난 걸 환영해!'라고 썼다. 스물세 살에는 일요일만 되면 똑같은 손을 덜덜 떨면서 담배를 선물했다, 영혼을 사로잡은 여왕의 아버지며 마셜씨 교도소 아버지에게.

젊은 존은 키가 작고 다리가 약하며 머리카락이 가늘었다. 한쪽 눈은 (열쇠 구멍으로 훔쳐보던 눈일 가능성이 큰데) 약해서 다른 쪽 눈보다 커다랗게 보이는 게, 초점을 못 모으는 것 같았다. 게다가 젊은 존은 온순했다. 하지만 영혼은 위대했다. 시적이고, 마음이 넓고, 믿음이 강했다.

자신을 사로잡은 여인 앞에만 서면 그지없이 작아지면서 용기가 사라지긴 해도, 짝사랑하는 대상을 다양한 각도에서 두루 생각했다. 그러다 딱 맞는다는 사실을 발견했다. 자화자찬이 아니었다. 황홀한 결론이었다. 앞으로 상황이 풀리면 결혼하는 거야. 작은 도릿은 마셜씨 교도소 아이로, 나는 교도관으로. 서로 딱 어울려. 내가 교도관이 돼서 교도소에 상주하는 거야. 작은 도릿은 오랫동안 살던 감방을 공식적으로 물려받고. 모든 게 아름답게 맞아떨어져. 그 감방은 담장 너머가 보여, 까치발을 하면. 새빨간 완두콩과 카나리아 한두 마리 부늬가 있는 격자 세공을 하면 그늘진 정자처럼 보일 테고. 좋은 생각이야. 그럼 서로를 가장 소중하게 여길 테니 교도소에도 좋은 영향을 미칠 거야. (안에 갇힌 점만 빼고) 세상을 차단해, 세상에 가득한 고통과 혼란은 소문으로만 듣는 거야, '지급불능 성소'로 찾아드는 순례자들한테서. 위에는 정자가 있고 밑에는 휴게실이 있으니, 세상 고통과 혼란은 시간의 흐름에 태워서 보내고, 가정에는 목가적인 행복만 채우는 거야.

젊은 존은 교도소 담장 바로 옆 교회 공동묘지에 세울 묘비를 마지막으로 떠올리며 두 눈에 눈물을 흘렸다. 감동이 가득한 비문은 이런 내용이었다.

'존 치버리, 바로 옆에 있는 마셜씨 교도소에서 교도관으로 60년을, 그 가운데 부장으로 50년을 보내다, 1886년에 83세 나이로 만인의 존경을 받으며 세상을 떠남. 남편을 진정으로 사랑하고 남편에게 진정으로 사랑받던 부인, 에이미, 처녓적 성 도릿은 남편이 죽고 48시간을 못 견디다, 앞에서 말한 마셜씨 교도소에서 숨을 거두니, 마셜씨 교도소에서 태어나고 마셜씨 교도소에서 살고 마셜씨 교도소에서 죽도다.'

치버리 부모는 아들이 짝사랑하는 걸 모르지 않았다. 덕분에 손님한테 아주 가끔 화내서 장사를 망칠 수밖에 없는 마음 상태로 빠져들곤 했지만, 부부는 아들의 연정이 바람직하게 풀리도록 나름대로 애썼다. 치버리 부인은 지혜로운 여인답게, 작은 도릿은 학교에 기득권이 상당하고 많은 사람이 좋아하니, 작은 도릿과 결혼하면 아들 존이 교도관으로 될 가능성 역시 커진다는 사실에 남편이 주목하길 바랐다. 치버리 부인은 아들 존에게 믿음직한 자리와 재산이 있다면 작은 도릿한테는 가족이 있다고, 자신이(치버리 부인이) 볼 때, 반쪽 두 개를 합치면 완벽한 하나가 된다는 사실에 남편이 주목하길 바랐다. 치버리 부인은 장사꾼이 아니라 어머니로 말하건대, 완전히 다른 각도에서 볼 때, 아들 존은 체력이 안 좋다는 사실을, 속으로 짝사랑하며 안달복달하다 건강을 해칠 수도 있다는 사실을, 뜻대로 안 되면 몸이 망가질 수도 있다는 사실을 남편이 주목하길 바랐다. 말이 거의 없는 치버리 교도관은 이러한 주장에 커다란 영향을 받아, 일요일 아침만 되면 '행운의 여신'이 도우사, 아들이 사랑하는 마음을 고백해서 성공하길 바란다는 뜻으로 소위 '행운의 손길'까지 건넸다. 하지만 젊은 존은 고백할 용기를 못 내니, 잔뜩 흥분한 채 담뱃가게로 돌아와서 손님에게 달려드는 건 주로 그럴 때였다.

다른 모든 경우에 그런 것처럼 이런 일에도 작은 도릿은 고려 대상이 아니었다. 오빠와 언니는 젊은 존 마음을 알고서 자기네는 사회적 신분이 높은 가족이라는 말도 안 되는 소리를 늘어놓는 식으로 허위의식을 충족시켰다. 언니는 짝사랑하는 불쌍한 젊은이가 사랑하는 여인을 멀리서나마 보려고 교도소 주변을 맴도는 걸 놀리는 식으로 가족의 신분을 한껏 끌어올리고, 팁은 조그만 구주회 경기장에서 목덜미를 움켜잡고 거들먹거리는 식으로 귀족 오빠 같은 성향을 드러내며 가족은 물론 자기 신분마저 한껏 끌어올리는 경향이 있으니, 언급할 가치조차 없는 꼬마 애송이한테도 그럴 가능성은 충분했다. 두 사람 말고도 마음을 활용한 도릿 가족은 또 있었다. 마셜씨 교도소 아버지는 당연히 그 문제를 몰라야 했다. 초라한 자존심이나마 그렇게 저급한 사실까지 아는 척할 순 없었다. 하지만 일요일마다 담배를 받았다, 기쁘게 받았다. 담배를 선물한 청년과 함께 마당을 거닐기도 하고(그러면 청년은 자랑스럽다 못해 희망까지 부풀고), 청년 옆에서 담배를 태우는 은혜까지 베풀었다. 마셜씨 교도소 아버지는 치버리 교도관이 보이는 관심도 기꺼이 정중하게 받으니, 교도관은 자신이 근무할 때 교도소 아버지가 휴게소로 들어오면 안락의자와 신문을 건네고, 어둠이 깔린 뒤에 언제든 바깥마당으로 나가서 거리를 구경하고 싶다면, 앞길을 막는 사람은 아무도 없을 거라는 말까지 했다. 두 번째 제안을 교도소 아버지가 안 받아들였다면, 그건 오로지 거리를 구경하고픈 마음이 예전에 사라졌기 때문이다. 그 외에 모든 제안은 받아들이니, "치버리는 정말 좋은 사람이야. 정중하고 공손해. 젊은 치버리도 그렇고. 이곳 질서와 지위를 제대로 존중하거든. 치버리네는 예의가 바른 집안이야. 나한테 잘하거든"라는 말까지 가끔 할 정도였다.

그러는 내내 젊은 존은 짝사랑에 빠져들어, 도릿 가족을 존경하는 눈으로 바라보았다. 도릿 가족이 아무리 엉뚱하게 주장해도 반박하는 건 꿈조차 못 꾸며, 말이 안 되는 소리까지 열심히 들었다. 작은 도릿 오빠가 욕보여서 화가 치미는 부분을 말하자면, 젊은 존이 평화를 중시하는 성격을 타고난 건 절대 아니더라도, 성스러운 신사한테 혀를 놀리거나 손을 치켜드는 건 더없이 불손한 행동이었다. 젊은 존은 자신의 고상한 마음이 놀림 받는 게 안타까웠다. 그렇지만, 그것 역시 고상할 수 있다 느끼고, 훌륭한 영혼을 달래고 위로하려 애썼다. 젊은 존은 작은 도릿 아버지를, 불행한 신사를 – 정신은 훌륭하고 품성은 우아하며 자신에게 늘 잘하는 신사를 – 깊이 존경했다. 작은 도릿 언니는 허영심이 강하고 교만한 것 같아도, 능력이 다양한 아가씨로 과거를 안 잊을 것 같았다. 가련한 젊은이가 작은 도릿을 있는 자체로 존중하고 사랑한다는 건, 작은 도릿은 다른 가족과 달리 정말 훌륭한 여인이라는 본능적인 고백이었다.

말 장삿길 모서리 너머에 있는 담뱃가게는 초라한 단층 건물로, 교도소 마당에서 흘러나오는 공기도 좋고, 흥겨운 시설 담장 밑 호젓한 산책길도 좋았다. 가게가 초라해서 실물 크기 고지대 인물 그림[82]을

82) 스코틀랜드 고지대 인물을 전통 복장 차림에 실물 크기로 그린 그림은 당시에 담뱃가게를

세워놓을 순 없어 조그맣게 그려서 문설주를 받치니, 아기천사가 땅에 떨어져서 킬트 치마를 입은 모습이었다.

어느 일요일에 젊은 존은 구운 요리로 이른 저녁을 먹고 일요일에 늘 하던 일을 하려고 조그만 그림이 있는 입구를 나섰다. 빈손이 아니었다. 선물할 담뱃갑을 들었다. 옷차림은 짙은 보라색 제일 좋은 외투에, 새까만 벨벳으로 만들어 몸뚱이가 감당하는 선에서 제일 커다란 목깃을 하고, 비단으로 만들어 황금 가지로 장식한 조끼를 입고, 담황색 땅바닥에 연보라 꿩이 노니는, 당시에 크게 유행하던 자수가 있는 목도리를 정갈하게 두르고, 바지는 양옆을 고급 줄로 장식해서 바짓가랑이마다 줄이 세 개씩 달린 현악기 같고, 모자는 당당하게 높이 세워서 깊이 눌러썼다. 지혜로운 치버리 부인은 아들 존이 그렇게 차려입고서 하얀 양가죽 장갑을 끼고, 조그만 손가락 표지판 같은 모양에 상아 손잡이가 갈 곳을 알리는 듯한 지팡이까지 들어, 묵직한 차림을 한 채 모서리 오른쪽으로 가는 모습을 보고는, 마침 집에 있던 남편에게 바람이 어느 쪽으로 불지 알 것 같다고 말했다.

그 일요일 오후에 학생들은 면회객을 다양하게 맞이하고, 그 아버지는 알현을 받을 목적으로 방을 지켰다. 작은 도릿을 사랑하는 청년은 교도소 마당을 한 바퀴 돈 다음, 쿵쿵거리는 심장을 달래며 계단을 올라, 아버지 감방문을 손가락으로 두드렸다.

"들어오시오, 들어와!"

우아한 목소리가 말했다. 아버지 목소리, 사랑하는 여인의 아버지 목소리, 마셜씨 교도소 아버지 목소리. 그 아버지는 까만 벨벳 모자를 쓴 채 앉아있고, 탁자에는 우연히 올려놓은 3실링 6페니와 신문이 있고, 의자는 두 개였다. 알현 받을 준비를 한 것이다.

나타내는 상징이었다.

"아, 젊은 존! 잘 지냈나, 잘 지냈어!"

"고맙습니다, 선생님, 잘 지냈습니다. 선생님도 잘 지내셨기를 바랍니다."

"당연하지, 존 치버리. 당연하지. 모든 게 잘 풀리거든."

"실례를 무릅쓰고, 선생님……"

"뭐?"

마셜씨 교도소 아버지는 이 시점에서 늘 눈썹을 추켜세운 채 좋으면서 힘들어하고 웃으면서 괴로워했다.

"담배를 가져왔습니다, 선생님."

(순간적으로 크게 놀라며) "아! 고맙네. 젊은 존, 고마워. 하지만 정말이지, 너무 신세를 지는 것 같아서 마음이…… 아니야? 으음, 그렇다면 그 얘기는 더 않겠네. 괜찮다면 저 선반에 올려놓게, 젊은 존. 그리고 자리에 앉아, 앉으라고. 모르는 사이도 아니잖아, 존."

"고맙습니다, 선생님, 그런데……"

젊은 존이 커다란 모자를 왼손에 대고 쳇바퀴처럼 천천히 돌리고 또 돌리다 묻는다.

"작은 도릿 아가씨는 잘 지내나요, 선생님?"

"그럼, 존, 그럼. 잘 지내. 밖에 나갔어."

"정말요, 선생님?"

"그래, 존. 공기를 쐬러 나갔어. 우리 집 젊은이들은 밖으로 자주 나간다네. 하지만 그 나이 때에 자연스러운 일이지, 존."

"그럼요, 당연히 그렇지요, 선생님."

교도소 아버지가 탁자를 손가락으로 톡톡 치면서 두 눈을 들어 창문을 쳐다본다.

"공기를 쐬러, 공기를. 그래. 작은 도릿은 아이언 다리로 공기를 쐬러

갔어. 최근 들어 아이언 다리를 유난히 좋아해, 툭하면 그곳으로 산책 가는 것 같아."

교도소 아버지가 대화하는 투로 돌아오며 물었다.

"자네 아버지는 지금 근무시간이 아니지, 존?"

"네, 선생님, 오후 늦게 근무하십니다."

존이 대답하곤 커다란 모자를 다시 돌리더니, 자리에서 일어나며 인사했다.

"그만 가봐야 할 것 같습니다, 선생님."

"이렇게 일찍? 잘 가게, 젊은 존."

교도소 아버지가 말하더니, 더없이 겸손하게 덧붙였다.

"아니야, 아니야, 장갑은 괜찮아, 존. 벗지 말고 악수해. 모르는 사이도 아니잖아."

젊은 존은 따듯한 환영과 환송에 크게 기뻐하며 계단을 내려갔다. 내려가는 도중에 면회객을 데리고 알현하러 오는 학생 몇 명과 마주쳤는데, 바로 그 순간에 교도소 아버지가 난간 너머로 또렷하게 소리쳤다.

"조그만 기념품이나마 가져와서 고맙네, 존!"

작은 도릿을 사랑하는 청년은 곧이어 아이언 다리 통행료 접시에 1페니 동전을 내려놓고, 지극히 사랑하는 너무나 잘 아는 인물을 찾으려고 다리를 둘러보았다. 처음에는 작은 도릿이 없을까 두려웠지만 미들섹스 쪽으로[83] 걸어가다 보니, 가만히 서서 강물을 쳐다보는 작은 도릿이 보였다. 깊은 생각에 잠긴 상태라, 젊은 존은 작은 도릿이 무슨 생각을 하는 중일까 궁금했다. 도시에 쭉 늘어선 지붕과 굴뚝이 보이는데 평일보다 연기가 적고, 멀리서 돛대와 뾰족탑이 보였다. 그 풍경을

83) 템스 강 북쪽.

생각하는 것 같기도 했다.

작은 도릿은 오랫동안 깊은 생각에 빠져들어, 사랑하는 청년 역시 두세 차례 다가가다 물러나며 오랫동안 기다렸다. 그런데도 작은 도릿은 꼼짝을 안 했다. 그래서 결국에는 그냥 다가가자고, 무심코 지나다 우연히 마주쳐서 말을 거는 것처럼 하자고 마음을 정했다. 주변이 조용했다. 속마음을 털어놓기에 그보다 좋을 순 없었다.

존이 다가갔다. 작은 도릿은 존이 바로 옆까지 다가오도록 발소리를 못 들은 것 같았다. 그래서 존이 "도릿 아가씨!"라고 부르는 순간에 깜짝 놀라면서 뒤로 물러나는데, 정말 싫다는 느낌과 동시에 공포까지 표정에 깃들어, 존을 심하게 좌절시켰다. 작은 도릿은 예전에도 존을 피하곤 했다. 아니, 오래전부터, 정말 오래전부터 언제나 피하기만 했다. 존이 다가오는 게 보일 때마다 발길을 돌려서 피하던 터라, 불행하게도 젊은 존은 우연으로 돌릴 수 없었다. 하지만 부끄러워서, 수줍은 성격이어서, 자신의 마음을 충분히 알아서 그러는 것이길, 혐오감은 결코 아니길 바랄 뿐이었다. 그런데 작은 도릿이 순간적으로 떠올린 표정은 '하고많은 사람 가운데 하필 당신이냐! 당신하고는 얼굴을 마주하고 싶은 생각이 없다!'고 말했다.

하지만 그건 순간적으로 떠오른 표정일 뿐, 작은 도릿은 재빨리 추스르면서 부드럽고 조그만 목소리로 "아, 존 선생!"이라고 말했다. 하지만 그 표정을 존이 확실히 느낀 것처럼 작은 도릿 역시 확실하게 느꼈으니, 두 사람은 당혹스러운 얼굴로 상대를 물끄러미 쳐다보았다.

"도릿 아가씨, 말을 괜히 걸어서 방해한 것 같아."

"응, 조금은. 나는……나는 혼자 있으려고 여기에 왔거든, 그래서 혼자인 줄 알았거든."

"도릿 아가씨, 실례를 무릅쓰고 이쪽으로 걸어온 이유는, 내가 조금

전에 인사하러 갔을 때 도릿 선생님이 우연히 말씀하시길, 도릿 아가씨가……"

작은 도릿이 갑자기 구슬픈 어투로 "아, 아버지, 아버지!"라고 중얼대면서 얼굴을 다른 쪽으로 돌려, 존을 조금 전보다 좌절시켰다.

"도릿 아가씨, 내가 도릿 선생님 이름을 말해서 불편하게 만든 건 아니면 좋겠어. 분명히 말하지만 도릿 선생님은 편안하시고 기분도 좋으신 데다, 평소보다 다정한 모습조차 보여주셨거든. 모르는 사이도 아니라는 말씀까지 하셔서 나도 즐거웠고."

작은 도릿이 외면한 얼굴을 두 손으로 가린 채 너무나 고통스러운 듯 온몸을 들썩이며 "아, 아버지, 어떻게 그러시나요! 아, 소중한 아버지, 어떻게 그러시나요, 어떻게, 그러실 수 있나요!"라고 중얼거려, 짝사랑하는 청년은 소스라치게 당황했다.

가련한 청년은 작은 도릿을 물끄러미 쳐다보았다. 동정하는 마음은 가득해도, 그러는 이유를 도통 모르겠는데, 작은 도릿이 손수건을 꺼내서 여전히 외면한 얼굴에 갖다 대고는 황급히 떠나갔다. 젊은 존은 자리에 그대로 얼어붙다, 작은 도릿을 재빨리 쫓아갔다.

"도릿 아가씨, 제발! 잠시 멈추는 친절을 베풀어줄래? 도릿 아가씨, 정 그럴 거면, 내가 갈게. 이대로 가면 나 때문에 그런 것 같아서 머리가 돌아버릴 거야."

덜덜 떠는 목소리와 진실하고 솔직한 모습에 작은 도릿이 걸음을 멈추며 소리쳤다.

"아, 어째야 좋을지 모르겠어. 어째야 좋을지 모르겠어!"

젊은 존은 작은 도릿이 늘 침착하고 차분한 데다 어릴 적부터 자제력이 뛰어나서 믿음직한 모습만 보았을 뿐, 이렇게 흔들리는 모습은 생전 처음 본 터라, 심지어 자신 때문에 그런 것 같은 터라 크나큰 충격에 휩싸였다. 커다란 모자부터 바닥까지 흔들릴 정도였다. 젊은 존은 충분히 설명해야 할 것 같았다. 자신을 오해할 수 - 자신이 상상조차 한 적 없는 무언가를 했거나 할 의도로 여길 수 - 있을 것 같았다. 그래서 전부 설명할 테니 제발 들어주는 은혜를 베풀어달라고 사정하며 말했다.

"도릿 아가씨, 그대 가족이 우리 가족보다 신분이 높다는 건 알아. 그걸 숨길 순 없어. 치버리 가문에는 신사가 단 한 명도 없었는데, 이렇게 중요한 문제를 엉터리로 말하는 비열한 짓은 안 하겠어. 도릿 아가씨, 숭고한 그대 오빠도 고상한 그대 언니도 나를 깔본다는 것 역시 잘 알아. 나로선 두 분을 존경하고 두 분이 친교를 허락하길 바라고 - 담배장사든 교도관이든 신분이 낮으니 - 낮은 자리에서 두 분의 높은 신분을 올려다보고, 두 분이 영원히 행복하고 즐겁게 지내길 바라야 하겠지."

가련한 젊은이한테 진정성이 엿보이니 모자는 딱딱한데 마음은 무른 게 (어쩌면 머리도 무른 게) 감동이었다. 작은 도릿은 스스로 비하하지 말고 신분도 비하하지 말라고, 무엇보다 도릿 가문의 신분이 우월하다는 생각은 하지 말라고 간청했다. 이 말에 존은 위안을 조금 받았다. 그래서 더듬거리며 말했다.

"도릿 아가씨, 나는 오랫동안 - 수많은 세월 동안 - 끊임없이 반복되는 세월 동안 - 가슴에 소중하게 간직한 소망이 있어. 지금 말해도 될까?"

작은 도릿은 자신도 모르게 깜짝 놀라면서 아까 같은 표정을 머금더니 마음을 달랜 다음, 아무런 대답 없이 다리를 엄청 빠르게 걸었다.

"도릿 아가씨, 나로선 소박하게 부탁할 수밖에 없는데, 지금 말해도 될까? 나는 그럴 의도조차 없이 그대를 고통스럽게 하는 불행을 벌써 겪었으니 - 성스러운 하늘이 보는 앞에서! - 그대가 허락하지 않는데도 내가 그냥 말할까 두려워할 필요는 없어. 혼자 비참할 수도 있고 혼자 슬퍼할 수도 있는데 무엇 때문에 그대를 비참하고 슬프게 만들겠어. 그대를 잠시라도 즐겁게 할 수 있다면 내 몸뚱이를 저 난간 너머로 기꺼이 날릴 수도 있는데! 그런 건 아무것도 아니야. 언제든 그럴 수 있으니까."

기분은 더없이 슬픈데 겉모습은 더없이 화려한 게 우스꽝스럽게 보일지 몰라도 섬세한 마음은 존경스러웠다. 작은 도릿은 느끼는 게 많았다. 그래서 덜덜 떨면서도 차분한 목소리로 대답했다.

"괜찮다면, 존 치버리, 더 말할지 여부를 사려 깊게 물어서 하는 말인데……괜찮다면, 하지 마."

"절대로, 도릿 아가씨?"

"그래, 괜찮다면, 절대로."

"아, 하느님!"

젊은 존은 한탄하고, 작은 도릿은 다시 말했다.

"하지만 괜찮다면 내가 대신 말하고 싶은 게 있어. 솔직하게 말하고 싶어, 오해하지 않도록 최대한 또렷하게. 우리를 - 내 말은 나랑 언니 오빠를 말하는 건데 - 생각할 때, 존, 다른 사람이랑 다르다고 생각하지 마. 예전에 우리가 어떤 신분이었는지 모르겠지만, 그 신분은 오래전에 바뀌고 예전 신분으로 되돌아갈 수도 없으니까. 지금처럼 이러는 대신 내가 말하는 대로 하면 당신한테도 좋고 다른 사람한테도 좋을 거야."

젊은 존은 꼭 명심하겠다며, 그대가 바라는 거라면 무어든 기쁘게 따르겠다며 구슬프게 단언하고, 작은 도릿은 다시 말했다.

"나에 대해선 아예 생각하지 마. 안 할수록 좋으니까. 그래도 생각난다면, 존, 교도소에서 자라나 할 일이 늘 많은 아이로만 생각해, 연약하고, 눈에 안 띄고, 열심히 일하고, 어떤 보호도 못 받는 여자애로만. 특히 명심할 것은, 철문을 나서는 순간에 어떤 보호도 못 받고 무어든 혼자 해결해야 하는 여자애라는 거."

그대가 바라는 거라면 무어든 기쁘게 따르겠다. 하지만 내가 그걸 명심하길 바라는 이유는 뭐지, 도릿 아가씨?

"그러면 당신은 오늘을 안 잊고, 앞으로 더 말하지 않을 테니까. 당신은 관대하니, 그러면 나도 당신을 믿을 수 있어. 지금도 믿고 앞으로도 믿을 수 있어. 나는 지금 우리가 대화하는 이곳을 다른 어디보다 좋아해."

안 그래도 창백한 혈색이 더 창백하게 변하는데, 짝사랑하는 청년은 혈색이 돌아온다고 착각하는 가운데, 작은 도릿은 계속 말했다.

"그래서 여기에 자주 오고 싶어. 그런데 솔직하게 말하면 당신이 나를 찾으려고 여기에 오는 일은 두 번 다시 없을 것 같거든. 그래, 맞아…… 분명해!"

젊은 존은 "그래, 믿어도 돼"라고 말했다. 마음이 쓰라리고 비참했지만 작은 도릿이 하는 말은 젊은 존에게 법보다 중요했다.

"잘 가, 존. 나중에 좋은 부인을 만나서 행복하게 살길 바라. 당신은 행복하게 살 자격이 있으니 행복하게 살 거야, 존."

작은 도릿이 말하면서 존에게 한 손을 내밀자, 나뭇가지 조끼로 - 사실대로 말하자면 싸구려 기성복 조끼로 - 가린 가슴이 신사다운 가슴 크기로 불어났다. 하지만 가련하고 평범하고 조그만 사내는 그걸 담아낼 체구가 없어서 눈물을 터트리고, 작은 도릿은 애처롭게 달랬다.

"아, 울지마. 울지마! 잘 가, 존. 하느님께서 도우시길!"

"잘 있어, 도릿 아가씨. 잘 있어!"

존은 떠났다, 작은 도릿이 의자 모서리에 앉아서 가녀린 손을 거친 벽에 대고, 머리가 무거운 듯 마음이 슬픈 듯, 얼굴을 기댄 모습을 쳐다보면서.

인간의 계획이 애처롭게 실패한 풍경이었다. 짝사랑하던 청년이 커다란 모자는 눈 밑으로 끌어당기고, 벨벳 목깃은 비라도 오는 듯 바짝 세우고, 짙은 보라색 외투는 단추를 끝까지 채워서 황금빛 나뭇가지 비단 조끼를 숨기고, 조그만 손가락 표지판은 냉정하게 집을 가리킨 채 흉한 뒷골목을 기어가며, 성 조지 교회 공동묘지에 세울 묘비 비문을 고쳤다.

'존 치버리 유해가 여기에 눕다. 특별히 언급할 가치가 없는 인생. 심장이 무너져서 1826년 연말에 죽었다. 마지막 숨을 거두기 직전에 도릿 아가씨라는 이름을 유해에 새겨달라 부탁하니, 크나큰 슬픔에 빠진 부모님이 유언을 들어주도다.'

19장. 마셜씨 교도소 아버지가 맺는 인간관계

도릿 형제는 학교 마당을 오갈 때 당연히 펌프가 있는 귀족 길로 걷는다. 교도소 아버지에겐 가난한 아이들 사이로 안 가는 게 지위를 지키는 매우 중요한 원칙이기 때문이다. 물론 일요일 아침이나 크리스마스 등, 어김없이 지키는 의식이 필요할 때는 예외니, 그럴 때는 그쪽으로 가서 아기들 머리에 손을 얹기도 하고 젊은 채무자를 자애롭게 축복도 하는 모범을 보였다. 도릿 형제가 학교 마당을 함께 거니는 광경은 정말 볼만했다. 동생은 자유인이나 몸이 바싹 마른 채 허리마저 굽어서 더없이 초라한 모습이고, 형은 감옥에 갇혔으나 자신의 위치를 자애롭게 의식하며 겸손하게 행동하는 더없이 정중한 모습이니, 이것 하나만 해도 형제가 나란히 걷는 광경은 대단한 구경거리다.

형제는 작은 도릿이 아이언 다리에서 짝사랑하는 청년과 대화한 바로 그 일요일 초저녁에 마당을 걸었다. 자리를 넉넉하게 지키면서 몇 차례 알현 받아, 탁자에 우연히 놔둔 3실링 6페니는 우연히 12실링으로 늘고, 마셜씨 교도소 아버지는 담배까지 빨아서 기분을 새롭게 했으니, 그날 할 일은 공식적으로 끝난 상태였다. 발을 질질 끄는 동생한테 다정하게 걸음을 맞추면서도 교도소 아버지는 잘난 척하지 않았다.

불쌍한 동생을 염려하고 배려하며, 꼬챙이가 박힌 담장 너머로 사라지기만 갈망하는 연기를 입술로 내뿜을 때마다 병약한 동생을 인내하는 숨결이 깃드니, 그 자체로 대단한 구경거리가 아닐 수 없었다.

동생은 침침한 눈, 부들부들 떠는 손, 굽은 허리, 어리둥절한 표정으로 옆에서 발을 질질 끌며, 길 잃은 세상 속 미로에서 어떤 일이 일어나도 받아들이듯 형의 배려를 받아들였다. 한 손에는 하얀색이 감도는 갈색 종이를 평소처럼 꾸깃꾸깃 움켜잡아, 코담배를 손가락으로 이따금 집어서 코에 대곤 했다. 그러면서 존경하는 표정으로 형을 쳐다보고, 두 손을 뒷짐 진 채 발을 다시 질질 끌며 형과 나란히 걷다, 다시 코담배를 집거나 가만히 서서 주변을 둘러보는 게 갑자기 클라리넷이라도 찾고 싶은 것 같았다.

학교를 찾아온 방문객은 밤이 다가오면서 서서히 빠져나가느라 마당에는 사람이 가득했다. 친지가 휴게실을 지나서 밖으로 나가는 모습을 지켜보느라 거의 모든 학생이 나왔기 때문이다. 형제가 마당을 거니는 동안, 감옥에 갇힌 형은 주변을 둘러보며 인사받고 모자를 우아하게 들어서 답례하고, 자유로운 동생이 사람들과 부닥치거나 담장으로 밀리는 걸 우아하게 막아주었다. 학생 집단은 쉽게 흔들리지 않는데도 얼굴마다 이상야릇한 표정이 다양하게 어리는 걸 보면, 형제가 정말 좋은 구경거리인 건 확실했다.

"오늘 초저녁에는 기분이 우울한 것 같은데, 무슨 문제라도 있니?"

마셜씨 교도소 아버지가 물었다.

"문제?"

동생이 물끄러미 쳐다보다 고개와 시선을 다시 떨어뜨렸다.

"없어, 형. 아무 문제 없어."

"차림새를 조금만 더 산뜻하게 꾸민다면, 동생……"

형이 하는 말을 동생이 황급히 차단했다.

"알았어, 알았어! 하지만 그게 안 된다고. 안 돼. 더 말하지 마. 다 끝난 얘기니까."

마셜씨 교도소 아버지가 옆에서 지나는 잘 아는 학생을 힐끗 쳐다보는 게 '그래, 힘이 하나도 없는 노인이야. 하지만 내 동생이라고, 선생, 내 동생, 목소리가 정말 크지!'라고 말하는 듯하더니, 너덜너덜한 소매를 잡아서 동생 몸을 틀어, 펌프 손잡이에 부닥치는 걸 막았다. 동생을 파멸시키는 대신에 동생이 파멸을 피하도록 인도했다면 바람직한 형이며 철학자며 친구로서 그보다 더 완벽할 수는 없을 것 같았다.

"피곤하니 집에 가서 잠이나 자야겠어."

다정하게 배려하는 대상이 말하자, 형이 대답했다.

"그래, 동생, 안 잡을게. 나 때문에 하고 싶은 걸 포기하지 마."

"잔뜩 흥분한 분위기에 오랜 세월을 늦도록 일하다 보니 체력이 떨어진 것 같아."

동생이 말하자, 마셜씨 교도소 아버지가 대답했다.

"친애하는 동생, 건강은 충분히 챙기니? 매일 규칙적으로 정확하게 사는 습관은 있니...... 내가 그러는 것처럼? 방금 꺼낸 이상한 말을 되풀이하지는 않겠지만, 나는 동생이 산책이나 운동을 충분히 하는지 의심스러워. 여기에 마당이 있으니 언제라도 와서 운동해. 지금보다 규칙적으로 활용하라고."

"하! 그래, 그래, 그래, 그래."

동생이 한숨을 내쉬자, 마셜씨 교도소 아버지는 가벼운 지혜를 다시 강조했다.

"'그래, 그래'라는 말만 하는 건 소용없어, 네가 인성한 대로 행동하지 않는 한. 나를 보라고, 동생. 내가 좋은 사례야. 오랜 시간을 보내는 사이에 무얼 어떻게 할지 배우잖아. 하루 중 일정 시간을 마당에서, 방에서, 휴게실에서 보내며, 신문을 읽거나 사람을 맞이하거나 먹고 마신다고. (예를 들면) 나는 정확한 시각에 식사한다는 걸 작은 도릿한테 오랫동안 각인시켰어. 작은 도릿은 모든 준비를 정확히 하는 게 중요하다는 걸 깨달으면서 성장하고. 그러니 지금 얼마나 잘하는지 보라고."

"하! 그래, 그래, 그래, 그래."

동생은 다시 한숨만 내쉬며 꿈길을 걷듯 터벅터벅 나아가고, 마셜씨 교도소 아버지는 그런 동생 어깨에 한 손을 올려서 살짝 - 가련하게도 동생이 너무 허약한 터라 살짝 - 공격하듯 말했다.

"친애하는 동생, 아까도 똑같이 말하던데, 그렇게 말하는 건 의미가 없어, 동생. 내가 너를 분발하도록 자극할 수 있으면 좋겠어, 착한 동생. 너는 자극이 필요하다고."

"그래, 형, 그래. 당연히 그렇겠지. 하지만 나는 형이랑 달라."

동생이 침침한 눈을 들어서 대담하게 쳐다보자, 마셜씨 교도소 아버지는 어깨를 으쓱해서 자신을 낮추며 겸손하게 말했다.

"아! 너도 나처럼 될 수 있어, 친애하는 동생. 마음만 먹는다면!"

하지만 약하디약한 동생을 힘으로 강하게 밀어붙이는 건 자제했다.

일요일 밤이면 흔히 그러듯 구석마다 작별하는 모습이 펼쳐지니, 어두운 곳 여기저기에서 부인인지 어머니인지 가난한 여자가 이제 막 들어온 학생과 흐느꼈다. 교도소 아버지도 마당 그늘에서 불쌍한 부인과 함께 흐느낄 때가 있었다. 하지만 옛날 일이었다. 지금은 장거리 여객선에 오래전에 올라타서 뱃멀미를 깨끗하게 이겨낸 승객처럼, 바로 앞 항구에서 새로 올라탄 승객이 힘들어하는 모습에 짜증만 났다. 교도소 아버지는 그들을 나무라고 싶었다. 울면서 올라타는 사람은 성공할 수 없다고 말하고 싶었다. 실제로 그렇게 말하진 않지만, 교도소 분위기를 엉망으로 만드는 행위에 불쾌감을 드러낸다는 소문이 널리 퍼진 터라, 눈물을 훌쩍이던 학생들은 교도소 아버지가 다가오는 걸 느낄 때마다 멀찌감치 피하기 일쑤였다.

바로 이 일요일 초저녁에 교도소 아버지는 동생을 꾹 참는 온화한 분위기로 철문까지 배웅했다. 기분이 무난한 상태라 여기저기서 흘리는 눈물 정도는 가볍게 넘길 것 같았다. 휴게소 안에서 학생 몇 명이 활활 타오르는 가스등 불빛을 받는데, 일부는 손님을 배웅하고, 손님이 없는 일부는 툭하면 열리는 철문을 지켜보면서 자기네끼리 혹은 치버리 교도관과 대화했다. 교도소 아버지가 들어서니 당연히 학생들이 긴장하고, 치버리 교도관은 모자에 열쇠를 (무뚝뚝하게) 대면서 잘 지냈느냐고 인사했다.

"고맙소, 치버리, 잘 지낸다오. 당신도 잘 지내지요?"

"아! 예전에는 잘 지냈지요."

치버리 교도관이 나지막이 투덜댔다. 기분이 약간 언짢을 때 대답하는 어투였다.

"젊은 존이 오늘 찾아왔더군, 치버리. 참 산뜻한 차림이었다오."

치버리 교도관도 그 말을 들었다. 하지만 솔직히 고백하건대, 치버리는 아들이 그런 일로 돈 쓰는 걸 좋아하지 않는다. 그렇게 돈 쓴다 해서 무슨 소용이 있단 말인가? 그래 봤자 짜증만 날 뿐이다. 하지만 짜증은 돈을 안 들여도 언제든 생기지 않는가!

"짜증이라니, 치버리?"

교도소 아버지가 자비롭게 묻자, 치버리 교도관이 대답했다.

"별거 아닙니다. 신경 쓰지 마세요. 동생분께서 나가시나요?"

"그렇소, 치버리, 집에 가서 잠잘 거요. 지친 데다 몸이 안 좋거든.

조심해, 동생, 조심해. 잘 가, 친애하는 동생!"

동생은 형과 악수하고 기름때 묻은 모자에 손을 대서 휴게실 학생들에게 인사하더니, 치버리 교도관이 열어준 철문으로 발을 질질 끌며 천천히 나갔다. 마셜씨 교도소 아버지는 동생이 탈 없이 잘 가야 한다며 상냥하게 염려하는 식으로 우월감을 드러냈다.

"철문을 잠시 잡아주시오, 치버리, 동생이 통로를 지나 계단까지 내려가는 모습을 지켜보도록. 조심해, 동생! (몸이 약하다오.) 계단을 조심하고! (정신이 산만하다오.) 도로를 조심해서 건너, 동생. (동생이 마음대로 이리저리 돌아다닌다는 생각을 하면 정말 걱정스럽다오, 마차에 치일 것만 같아서.)"

교도소 아버지는 이렇게 말하면서 불안하고 초조한 보호자 특유의 표정으로 휴게실에 모인 사람을 쳐다보는데, 동생이 교도소 감방에 안 갇혀서 정말 안타깝다는 표정이 너무나 또렷한 나머지, 그곳에 모인 학생들까지 비슷한 생각을 품었다.

하지만 교도소 아버지는 거기에 무조건 동의하는 건 아니었다. 정반대로, 교도소 아버지는 이렇게 말했다. 아니오, 신사 여러분, 아니오, 내 생각을 오해하지 마시오. 동생 프레데릭은 더없이 쇠약한 게 확실하니 담장 안에 무사히 머무는 편이 자신한테 (마셜씨 교도소 아버지한테) 훨씬 편안할 거요. 하지만 교도소에서 오랜 세월을 버티려면 일정한 자질이 – 고상한 자질은 아닐지언정, 일정한 자질이 – 도덕적 자질이 – 필요하다는 사실을 명심해야 하오. 그렇다면 내 동생 프레데릭은 그런 자질을 지녔소? 신사 여러분, 동생은 훌륭한 사내, 다정하고 부드럽고 존경스러운 인물로, 어린애처럼 소박하다오. 하지만 동생한테 다른 모든 곳이 안 맞는다 해서 이곳이 맞을 것 같소? 아니오, 단호하게 말하지만, 아니오! 하늘은 동생 프레데릭한테 다른 성격이 아니라 현재의 성격을 내려주었소! 신사 여러분, 누구든 학교에 들어온 사람은, 여기에서 오랜 시간을 보내려면 수많은 일을 겪고 수많은 일을 이겨낼 강인한 성격을 지녀야 하오. 사랑하는 동생 프레데릭이 그럴 수 있겠소? 아니오. 완전히 망가진 걸 여러분 눈으로 똑똑히 보았잖소. 불행이 동생을 망가뜨렸소. 동생은 이런 곳에 오랫동안 지내면서 자존심을 지키고 자신이 신사라는 걸 자각하기에 충분한 반발력도, 충분한 적응력도 없소. 이렇게 말하면 어떨지 모르겠지만, 프레데릭 동생은 그런 상황에서 받을 수 있는 사소하고 섬세한 관심 그리고 기념품 속에서 인간의 착한 본성을, 학생 공동체를 활기차게 하는 정신을 찾아낼 정도로, 그러면서도 자신을 격하시키지 않고 신사로서 권리를 떨어뜨리지 않을 힘이 없다오. 신사 여러분, 하느님 은총을 비오!

교도소 아버지는 휴게실에 모인 사람에게 이런 식으로 설교한 다음, 누르스름한 얼굴이 가득한 마당으로 다시 나가서 초라한 차림새로 위엄을 유지하며, 외투가 없어서 실내복을 입은 학생을 지나고, 신발이 없어서 슬리퍼를 신은 학생을 지나고, 돌볼 사람이 없어서 무릎까지 올라오는 코르덴 반바지를 입은 뚱뚱한 채소장수 학생을 지나고, 아무런 희망이 없어서 단추가 다 떨어진 새까만 옷을 입은 홀쭉한 사무원 학생을 지나, 초라한 계단을 올라서 초라한 감방으로 들어갔다.

감방에는 식탁에 저녁을 차려놓고 낡은 회색 실내복을 벽난로 앞 의자 등받이에 걸쳐놓았다. 젊은 딸이 - 모든 죄수와 포로를 불쌍히 여기며 기도하다 - 조그만 기도서를 주머니에 넣으며 일어나서 아버지를 맞이했다.

작은 도릿이 아버지 외투를 받고 까만 벨벳 모자를 건네면서 물었다. 삼촌은 집에 가셨나요? 그래, 집에 가셨다. 산책은 즐거웠나요? 아니, 별로. 아니, 안 즐거우셨어요! 불편한 거라도 있으세요?

작은 도릿이 뒤에서 아버지 의자에 사랑스럽게 기대자, 아버지는 눈길을 내리깐 채 벽난로 불길을 쳐다보았다. 창피한 느낌과 거북한 느낌이 살그머니 파고들었다. 그러다 곧바로 입을 여는 순간에는 당혹스러운 어투로 조리에 안 맞는 말이 흘러나왔다.

"잘 모르겠는데 - 에헴! - 무언가 치버리한테 문제가 생겼어. 오늘 밤에는 평소처럼 - 하! - 다정하지도 친절하지도 않더군. 그런 거야 - 에헴! - 아무래도 상관없지만 당혹스럽더구나, 작은 도릿."

아버지가 두 손을 뒤집고 또 뒤집어서 뚫어지게 쳐다보며 이어갔다.

"나처럼 살아가는 사람으로서는 - 에헴! - 불행하게도 매일 매시간 무언가를 의존하는 사람으로서는 모르는 척할 수 없더구나."

작은 도릿은 아버지 어깨에 한쪽 팔을 올렸지만 얼굴을 쳐다보지는 않았다. 머리를 숙인 채 다른 곳만 쳐다보았다.

"치버리가 무슨 일 때문에 기분이 상했는지 - 에헴! - 아무래도 모르겠더구나. 대체로 다정하고 친절했는데 말이다. 그런데 오늘 밤에는 참 무뚝뚝하더구나. 다른 사람도 있는데! 아아, 앞으로 어떻게 한담! 치버리와 동료 교도관들이 인정하고 지원하지 않는다면 나는 굶어 죽을 수도 있어."

아버지는 이렇게 말하면서 두 손을 밸브처럼 열다 닫기를 되풀이했다. 자신이 하는 말을 깨닫고 몸을 움츠리는 게, 창피한 느낌이 몰려드는 것 같았다.

"도대체 왜 그러는지 - 하! - 모르겠어. 그 이유를 상상할 수도 없어. 예전에 여기에 잭슨이라는 사람이, 잭슨이라는 교도관이 있었는데 (너는 기억이 안 날 거야, 너무 어렸거든) - 에헴! - 동생이 있었어. 그런데 동생이 우리 같은 사람의 - 꽤 유명한 학생의 - 딸한테 - 아니, 누이한테 - 청혼했어 - 아니, 청혼까지는 아니고 - 짝사랑했어. 유명한 학생이었어. 마틴 대령이라는 사람인데, 그 사람은 딸이 – 누이가 – 교도관 동생한테 너무 솔직하게 대해서 – 하! – 그 형을 기분 나쁘게 할 위험을 감수해야 하는지 어떤지 나한테 상의했어. 마틴 대령은 신사며 명예로운 사람으로, 나는 그 사람한테 의견을 먼저 말해보라고 했어 – 본인 의견을. 마틴 대령은 (군대에서 지극히 존경받던 인물이었는데) 자기 – 에헴! – 누이가 젊은 사내의 뜻을 너무 노골적으로 받아들이지 않으면 좋겠다고, 누이가 젊은 사내를 그런 상태로 계속 이끌어가면 좋겠다고 주저하지 않고 말했어. '계속 이끌어간다'는 게 마틴 대령이 한 구체적인 표현인지 애매하지만, 아버지를 위해서 – 아니 오빠를 위해서 – 젊은 사내가 그러는 걸 꾹 참아내야 한다는 말은 확실히 한 것 같아. 이런 이야기를 왜 늘어놓는지 모르겠구나. 치버리가 이해를 못 해서 그런 것 같아. 둘 사이에 연관이 있는지는 모르겠지만……"

목소리가 서서히 줄어들었다, 작은 도릿이 도저히 못 참고 손으로 아버지 입술을 조금씩 덮기라도 한 것처럼. 끔찍한 침묵과 고요가 깔렸다. 아버지는 의자에 몸을 움츠리고, 딸은 한쪽 팔로 아버지 목을 껴안고 그 어깨에 머리를 기댄 상태였다.

아버지가 먹을 저녁이 벽난로에 올려놓은 냄비에서 끓었다. 작은 도릿은 아버지가 먹을 음식을 식탁에 차릴 때 비로소 움직였다. 아버지는 평소처럼 식탁 의자에 앉고, 작은 도릿 역시 자기 의자에 앉고, 아버지는 식사를 시작했다. 두 사람은 여전히 서로를 안 쳐다보았다. 나이프와 포크를 내려놓는 소리는 점차 커지고, 음식을 집는 모습은 짜증이 늘고, 빵도 잔뜩 화난 것처럼 씹어대는 등, 아버지가 언짢은 모습을 조금씩 드러내기 시작했다. 그러다 음식 접시를 앞으로 밀어내면서 커다랗게 뱉어냈다, 이상할 정도로 말이 안 되는 소리를.

"내가 먹든 굶주리든 무슨 상관이야? 황폐한 삶이 언제 끝나든, 지금 끝나든 다음 주에 끝나든 내년에 끝나든 무슨 상관이야? 내가 무슨 가치가 있다고? 가련한 죄수, 적선해서 근근이 먹고사는, 치사하고 불결한 쓰레기가!"

"아버지, 아버지!"

아버지가 일어나자 딸은 앞에 무릎 꿇고 두 손을 들어 올렸다.

아버지는 잔뜩 화난 듯 무섭게 노려보면서 억눌린 목소리를 덜덜 떨며 이어갔다.

"작은 도릿, 분명히 말하는데, 너희 엄마가 바라본 나를 본다면 쇠창살 사이로만 쳐다본 나하고는 완전히 다른 인물이었다는 사실을 깨달을 거야. 젊고 세련되고 잘생기고 능력도 많은 – 얘야, 정말 그랬단다! – 사람들이 부러워하면서 몰려들었으니까. 나를 부러워하면서!"

"사랑하는 아버지!"

작은 도릿이 공중에 휘두르는 아버지 팔을 끌어내리려 했지만 아버지는 딸이 잡는 손을 떨쳐냈다.

"그때 그린 초상화가 있다면, 아무리 엉터리로 그린 초상화라도 네가 보면 깜짝 놀랄 거야, 깜짝 놀랄 거라고. 하지만 초상화는 하나도 없어. 충고하겠는데……"

아버지가 주변을 사납게 둘러보며 소리쳤다.

"한창때 조금이라도 존경받던 모습을 초상화에 꼭 담아두도록. 아버지가 예전에 어떤 모습이었는지를 아이들한테 보여주라고. 내가 죽어서 얼굴이 오래전 모습으로 돌아가지 않는 한 – 잘 모르겠지만, 사람이 죽으면 원래 모습을 돌아간다더구나 – 우리 아이들은 내 원래 모습을 절대로 못 볼 거야."

"아버지, 아버지!"

"그래, 경멸하렴, 나를 경멸해! 나를 외면하고 내 말을 듣지 마라,

나 때문에 얼굴을 붉히고 흐느껴 울렴 - 아무리 너라도, 작은 도릿! 그래, 그렇게 해! 나도 그렇게 하니까! 이제 완전히 지쳤어. 나락에 떨어져서 바닥을 너무나 오래 기었거든."

작은 도릿이 두 팔로 아버지에게 매달려서 의자에 다시 앉히고 아버지가 들어 올린 팔을 잡아서 자기 목을 휘감게 했다.

"친애하는 아버지, 사랑하는 아버지, 누구보다 소중한 아버지! 팔을 그대로 두세요. 저를 보세요, 아버지, 껴안아 주세요, 아버지! 오직 저만 생각하세요, 아버지, 잠시라도!"

아버지는 여전히 매섭게 노려보지만, 점차 무너지면서 슬프게 흐느꼈다.

"그래도 나는 여기에서 존경을 받아. 지금껏 저항했다고. 완전히 짓밟힌 건 아니라고. 밖으로 나가서 사람들한테 물어봐, 여기에서 누가 대장인지. 하나같이 네 아버지라고 대답할 거야. 밖으로 나가서 사람들한테 물어봐, 여기에서 한 번도 소홀히 안 다룬 사람이, 언제나 조심스럽게 대한 사람이 누구냐고. 하나같이 네 아버지라고 대답할 거야. 밖으로 나가서 사람들한테 물어봐, (여기도 다른 곳처럼 장례식은 있으니) 여기에서 철문을 나간 그 어떤 장례식보다 화제를 많이 불러일으키고 제일 많이 슬퍼할 장례식은 어느 건지. 하나같이 네 아버지 장례식이라고 할 거야. 그럼, 그렇고말고. 작은 도릿! 작은 도릿! 사방에 네 아버지를 경멸하는 사람투성이니? 네 아버지가 명예를 회복할 방법은 없니? 파멸과 쇠퇴 말고는 네 아버지를 기억할 게 하나도 없니? 네 아버지가 가련하게 표류하며 멀리 사라져도, 영원히 사라져도, 너는 아버지를 다정하게 기억할 수 없는 거니?"

아버지는 감상적인 연민에 빠져서 눈물을 터트리다 딸한테 사신을 온전히 맡기더니, 마침내 그 뺨에 백발 머리를 기대고 구슬프게 흐느꼈다. 그러다 애도하는 대상을 바꾸어, 자신을 껴안은 딸을 두 손으로 꼭 껴안으며 울부짖었다. 아, 작은 도릿, 엄마도 없이 외롭게 자란 딸! 아, 지금껏 나를 보살피려고 수많은 나날을 힘겹게 일했어! 그러더니 자신으로 돌아가서 조그맣게 말했다. 예전에 어땠는지 안다면 너는 아버지를 훨씬 많이 사랑했을 거라고, 나는 너를 아버지 딸인 걸 자랑스럽게 여기는 신사와 결혼시켰을 거라고, (그러다 다시 울면서) 너도 아버지랑 나란히 말을 탔을 거라고, 사람들은 (주머니에 있는 12실링을 준 사람들을 말하는데) 흙길을 터벅터벅 공손하게 걸었을 거라고.

이런 식으로 자랑을 늘어놓다 절망에 휩싸이니, 감옥의 불순물이 영혼 구석구석까지 스며들어, 감옥 병에 걸린 죄수 모습을 사랑하는 딸한테 적나라하게 보여주었다. 그렇게 수치스러운 모습은 작은 도릿 말고 지금껏 누구도 본 적이 없었다. 교도소 아버지가 휴게실에서 조금 전에 한 말을 자기네 방에서 비웃는 학생은 있을지언정, 그날 밤에 마셜씨 교도소 아버지가 보여준 모습을 애매하게나마 떠올릴 학생은 아무도 없었다.

옛날에 지긋한 효녀[84]가 있어서 어머니가 자신을 보살피던 것처럼 감옥에 있는 아버지를 보살폈다지만, 작은 도릿은 영웅이 아닌 현대 영국인에 불과한데도 훨씬 많이 고생하면서 황량한 아버지 마음을 순진무구한 가슴에 기대게 한 채, 목말라하는 아버지 입에 영원히 마르지도 줄어들지도 않는 사랑과 효성의 샘물을 긴 세월 동안 대주었다.

작은 도릿은 아버지를 달래더니, 자신이 잘못한 게 있으면, 그런 게 있으면 용서하라고 부탁했다. 행운의 여신이 아버지를 제일 좋아하고 온 세상이 아버지를 찬양한다 해도 자신은 아버지를 지금보다 더

84) 바이런 이야기에 나오는 딸로, 시라쿠사 왕에서 쫓겨나 감옥에 갇힌 아버지를 보살폈다고 한다.

영광스럽게 여길 수 없다는 걸 하늘이 안다는 말도 했다. 아버지가 힘없이 흐느끼다 멈추면서 눈물을 닦고, 창피한 느낌에서 벗어나 평소 모습을 되찾을 때, 작은 도릿은 먹다 남은 음식으로 저녁을 새로 차리고 아버지 옆에 앉아서 먹고 마시는 모습을 기쁜 눈으로 바라보았다. 이제 아버지가 까만 벨벳 모자와 낡은 회색 가운을 걸치고 관대한 모습으로 다시 앉으니, 행여나 학생이 조언이라도 들으려고 찾아오면 도덕적으로 탁월한 체스터필드 경이나 마셜씨 교도소가 소유한 도덕적 예법의 대가답게 행동할 것이기 때문이다.

작은 도릿은 아버지가 관심을 계속 보이도록 하려고 아버지 의상 이야기를 꺼내, 아버지는 기쁘게 말했다. 그래, 정말이지, 네가 말한 셔츠는 맘에 꼭 들 거야. 지금 있는 셔츠는 모두 너덜너덜한 데다 기성품이라 몸에 맞지도 않거든. 그러는 사이에 기분도 풀리고 말도 많아지더니, 딸한테 방문에 걸린 외투를 보라고 한 다음, 마셜씨 교도소 아버지는 이미 꾀죄죄하다는 평판이 도는 만큼, 팔꿈치가 떨어진 걸 입고 다녀도 너희는 신경 쓸 필요 없다고, 신발 뒤꿈치가 이상하게 보이는 것도 마찬가지라고, 하지만 목도리식 넥타이는 정말 중요하니 나중에 여유가 되면 새것을 꼭 사줘야 한다고 강조했다.

아버지가 평화롭게 담배를 태우는 사이에 딸은 아버지가 편히 쉬도록 조그만 감방을 정돈하고 잠자리를 준비했다. 시간이 많이 가고 감정도 많이 소모해서 피곤한 나머지, 아버지는 의자에서 일어나 딸에게 축복하며 잘 자라 말했다. 이러는 내내 아버지는 딸이 입을 드레스와 신발 등, 딸한테 필요한 물품을 한 번도 안 떠올렸다. 세상 누구도 딸한테 필요한 물품에 그보다 무관심할 순 없었다.

아버지는 "축복한다, 사랑하는 딸. 잘 자렴, 우리 딸!"이라고 말하면서 몇 번이고 뽀뽀했다.

하지만 아버지가 좌절한 모습을 보고서 다정한 가슴에 너무 깊은 상처를 입은 터라, 작은 도릿은 아버지가 다시 슬퍼하며 좌절할까 두려워서 그냥 떠날 수 없었다.

"친애하는 아버지, 나는 피곤하지 않으니 아버지가 잠들면 바로 돌아와서 옆에 앉을게요."

작은 도릿이 말하자, 아버지는 부성애가 묻어나는 분위기로 "외롭니?"라고 물었다.

"네, 아버지."

"그럼 그러려무나, 사랑하는 딸."

"조용히 앉아있을게요, 아버지."

"내 걱정은 하지 말고, 사랑하는 딸, 꼭 다시 오렴."

나갔다 돌아오니 아버지가 살포시 잠든 것 같아, 작은 도릿은 아버지를 안 깨우려고 나지막한 벽난로 불길을 한 곳으로 가만히 모았다. 하지만 그 소리를 듣고서 아버지가 누구냐고 소리쳤다.

"저예요, 아버지."

"작은 도릿, 내 딸, 이리 오렴. 너한테 할 말이 있구나."

아버지는 딸이 옆으로 와서 무릎을 꿇자, 나지막한 침대에서 몸을 살짝 일으켜 얼굴을 마주하며 한 손을 내밀어 딸이 두 손으로 잡도록 했다. 아! 개인적인 아버지와 마셜씨 교도소 아버지가 동시에 강하게 드러났다.

"사랑하는 딸, 지금까지 여기서 힘들게 살았구나. 친구도 없고 놀거리도 없고, 안타깝게도 걱정거리만 가득했지?"

"안 그러니까 그런 생각 마세요, 아버지."

"너는 내 위치를 알아, 작은 도릿. 지금껏 너한테 많은 건 못 해주어도, 내가 해줄 수 있는 건 모조리 해주었구나."

"네, 친애하는 아버지. 알아요, 저도 알아요."

작은 도릿이 대답하며 뽀뽀하고, 아버지는 고귀한 신분을 언급하는 순간에 숨을 멈추며 말했다. 흐느끼려는 게 아니라 자화자찬하려는 거였다.

"여기서 생활한 게 벌써 23년 째로구나. 지금껏 나는 세 아이를 위해서 할 건 다 했다. 작은 도릿, 사랑하는 딸, 너는 셋 가운데서 내가 제일 사랑하는 아이니, 내 가슴에는 너를 생각하는 마음이 가득하단다 – 너를 위해서라면 무슨 일이든 했으니까, 사랑하는 딸, 조금도 불평하지 않고 기꺼운 마음으로."

이런 사람이, 나락으로 떨어진 사람이, 스스로 얼마나 속일 수 있는지 인간 마음과 신비를 꿰뚫는 지혜를 지닌 사람이 아니고는 느낄 수 없다. 따라서 지금으로선, 아버지가 자신의 비참한 삶을 딸한테 – 가혹한 고통에 시달리면서도 아버지를 사랑하는 마음 하나로 이렇게나마 살아가도록 헌신하는 딸한테 – 일종의 운명처럼 넘기고는 눈썹에 눈물이 맺힌 채 당당하면서도 차분하게 잠자리에 누웠다고 말하는 정도로 충분하다.

아이는 아무런 의심이 없는 건 물론, 속으로 자문하지도 않았다. 아버지 머리 주변에 광채가 도는 모습을 보는 것만으로 지극히 만족스러웠다. 작은 도릿은 아버지가 편히 잠들도록 달래면서 불쌍한 아버지, 훌륭한 아버지, 누구보다 진실하고 다정하고 소중한 아버지라고 속삭일 뿐이었다.

작은 도릿은 밤새도록 아버지 곁을 안 떠났다. 애정만으로는 해결 못 할 잘못이라도 아버지에게 저지른 것처럼, 작은 도릿은 잠자는 아버지 옆에 앉아서 숨을 멈춘 채 다정하게 뽀뽀도 하고 사랑스럽게 가만히 부르기도 했다. 나지막한 벽난로 불빛을 안 막으려고 옆으로 비켜서다,

불빛에 비친 얼굴을 바라볼 때는 지금 모습이 아버지가 즐겁고 행복하게 살 때 모습과 비슷할까 궁금하기도 했다. 끔찍한 곳에 살면서도 예전 모습을 다시 떠올릴 수 있다는 상상만으로도 작은 도릿은 크게 감동했다. 아버지 침대 옆에 다시 무릎 꿇고 기도할 정도였다.

"아, 아버지를 살려주소서! 아, 제가 아버지를 구하도록 하소서! 아, 오랜 고통과 불행에 시달리느라 너무나 변한, 사랑스럽고 소중한 아버지를 굽어살피소서!"

먼동이 터서 아버지를 지켜주며 격려하는 빛이 깃든 다음에 비로소 작은 도릿은 아버지에게 마지막으로 뽀뽀하고 조그만 감방을 나왔다. 계단을 살금살금 내려가서 텅 빈 마당을 지나, 자신이 묵는 높은 다락방으로 살금살금 올라가니, 선명한 아침이라 연기 없는 지붕꼭대기와 먼 산이 담장 너머로 또렷하게 보였다. 창문을 조용히 열어 동쪽으로 교도소 마당을 내려다보았다. 담장 꼬챙이 끝이 빨갛게 물들더니, 불길처럼 타오르며 하늘로 오르는 태양에 보랏빛 문양을 우울하게 새겼다. 꼬챙이가 그렇게 날카롭고 잔인하게 보인 적은 없었다. 쇠창살이 그렇게 묵직하게 보인 적도, 교도소 내부가 그렇게 우울하고 답답하게 보인 적도 없었다. 작은 도릿은 물결치는 강물에서 떠오르는 태양을, 드넓은 바다에서 떠오르는 태양을, 드넓은 들판에서 떠오르는 태양을, 새가 깨어나고 나무가 부스럭대는 거대한 숲에서 떠오르는 태양을 떠올렸다. 그런 다음에 태양이 비추는 산 자들의 무덤을, 아버지가 23년이나 갇힌 무덤을 내려다보다, 불쌍한 마음과 슬픔에 북받치는 목소리가 절로 흘러나왔다.

"아아, 진짜 아버지 모습을 지금껏 한 번도 못 봤어!"

20장. 상류사회 드나들기

행여나 젊은 존 치버리에게 가족의 자부심을 풍자하는 글을 쓸 의향과 능력이 있다면, 짝사랑하는 여인네 가족 내부에서 생생한 사례를 충분히 찾을 수 있었다. 씩씩한 오빠든 멋쟁이 언니든 툭하면 비열하게 행동하고, 가족 명성에 기대서 거들먹대고, 벼룩한테서 간을 빼먹고, 어떤 사람 빵이든 먹어치우고, 어떤 사람 돈이든 써버리고, 어떤 사람 컵이든 마셔버린 다음에 깨뜨릴 자세니, 그런 사례는 넘치고 또 넘쳤다. 허망한 가족 유령을 불러일으켜서 사람들을 공포에 빠뜨려 도움의 손길을 내밀게 하니, 그토록 치사하게 살아가는 모습을 그대로 묘사한다면 젊은 존은 최고로 훌륭한 풍자작가가 될 터였다.

팁은 교도소에서 풀려나자 당구 점수 기록원이라는 (사람들이 깔보는) 전도유망한 자리를 꿰찼다. 어떻게 풀려났는지에는 관심을 안 기울여, 클레넘은 그 문제에 대해 입단속 하도록 플로니쉬를 압박할 필요조차 없었다. 팁은 누가 칭찬하든 자화자찬을 덧붙여서 받아들이고 그걸로 끝이었다. 철문을 너무나 간단하게 나가서 당구 점수 기록원이 되더니, 지금은 승마용 녹색 외투(중고)에 번쩍이는 목깃과 반짝이는 단추(새것)를 달고서 교도소 조그만 구주회 운동장에 가끔 나타나, 학생들

맥주를 들이켰다.

이 신사는 성격이 허술해도 한 가지 확고부동한 건 여동생을 존중하고 높이 평가한다는 사실이다. 그렇다 해서 여동생 고생을 잠시나마 덜어주거나, 여동생을 생각해서 조금이라도 자제하거나 불편을 감수한 적은 없지만, 마셜씨 교도소 특유의 질병에 걸린 사랑으로 여동생을 사랑했다. 여동생이 아버지를 위해 희생한다는 걸 또렷하게 느낀다는 사실에도, 그리고 여동생이 팁 자신을 위해서 무얼 했는지 전혀 모른다는 사실에도 마셜씨 교도소 특유의 고약한 냄새를 풍겼다.

이렇게 씩씩한 젊은이와 첫째 여동생이 교도소 학생을 압박하려고 가족 해골을 언제부터 체계적으로 드러내기 시작했는지, 이 글을 쓰는 나로서도 정확히 설명할 수는 없다. 학생들 자선으로 먹고살기 시작할 즈음부터 그런 것 같긴 하다. 먹을 게 떨어져서 절박할수록 해골 역시 무덤에서 화려하게 일어난 건, 그리고 유난히 비참한 일을 겪을 때마다 해골이 더없이 섬뜩하고 화려하게 등장한 건 확실하다.

작은 도릿은 월요일 아침에 늦었다. 아버지가 늦게 일어났으며, 그런 뒤에 아침을 준비하고 방을 청소했기 때문이다. 하지만 일하러 나갈 약속은 없어서 매기가 돕는 가운데 주변을 정돈하고 아버지가 신문을 읽으러 커피하우스로 (20m 정도) 아침 산책하러 나갈 때까지 아버지 곁에 머물렀다. 그런 다음에 보닛 모자를 쓰고 밖으로 나갔다. 훨씬 빨리 나가고 싶은 마음이 간절하던 터였다. 작은 도릿이 휴게소를 지날 때 평소처럼 잡담은 멈추고, 토요일 밤에 들어온 학생은 훨씬 오래된 학생이 팔꿈치로 찌르면서 "저길 봐. 바로 저 여자야!"라고 넌지시 말하는 소리를 들었다.

작은 도릿은 언니를 만나고 싶었지만 크리플스 학교로 가니, 언니와 삼촌은 극장으로 일하러 간 다음이었다. 여기까지 오는 사이에 그럴 가능성을 생각한 데다 그럴 경우에 계속 찾아가기로 결정한 터라, 작은 도릿은 극장으로 다시 길을 나섰다. 강변 이쪽이라 별로 안 멀었다.

작은 도릿은 금광 분위기만큼이나 극장 분위기를 몰라, 낯선 문으로 안내받고는, 밤을 꼬박 새운 묘한 분위기에 스스로 창피해서 통로로 숨어든 것처럼 보이는 문이 꺼림칙했다. 신사 대여섯 명이 바싹 면도하고 모자를 이상하게 써서 교도소 학생과 너무나 비슷한 분위기로 입구 주변을 어슬렁대는 모습[85)]에 한층 더 망설였다. 하지만 교도소 학생과 비슷하다는 사실에 용기를 얻고 신사들에게 미스 도릿이 있는 곳을 물으니, 그들은 – 거대한 등불이 갑자기 꺼진 것처럼 보이는 – 어두운 통로로 들어가도록 길을 만들어주는데, 안쪽 멀리서 곡을 연주하고 발을 구르며 춤추는 소리가 들렸다. 온몸에 파란 곰팡이가 펴서 공기를 충분히 쐬어야 할 것 같은 사내 한 명이 어두운 곳에 앉아서 모서리 구멍으로 거미처럼 지켜보다, 숙녀든 신사든 제일 먼저 끝내고 나오는 사람 편으로 미스 도릿에게 전갈을 보내겠다고 말했다. 제일 먼저 끝내고 나온 숙녀는 둘둘 만 악보를 절반은 토시 안쪽에 절반은 토시 바깥쪽에 걸쳤는데, 몸 전체가 구겨진 모습이라, 다리미로 쭉 밀어주면 정말 좋을 것 같았다. 하지만 숙녀는 친절하게도 "나를 따라오렴, 미스 도릿을 곧바로 찾아줄 테니"라고 말했다. 미스 도릿 여동생이 숙녀를 따라 어둠 속으로 한 발씩 들어설 때마다 음악 소리와 발을 구르며 춤추는 소리가 다가왔다.

마침내 먼지가 가득한 미로로 들어서자, 많은 사람이 차례대로 공중제비를 도는데, 기둥, 칸막이, 벽돌 담, 밧줄, 굴렁쇠, 가스등 불빛과 햇빛이 뒤섞인 분위기 등, 이상한 모양이 너무나 혼란스러웠다. 우주 모양을 엉뚱하게 본뜬 것 같았다. 작은 도릿은 혼자 남았는데, 매 순간

85) 일자리가 없어, 조그만 배역이라도 얻으려 애쓰는 배우들이다.

누군가 다가와서 부닥치는 바람에 더없이 당혹스러울 때, 언니 목소리가 들렸다.

"맙소사, 에이미, 여긴 어떻게 왔니?"

"언니를 만나러 왔어. 내일은 내가 온종일 외출하고 언니는 오늘 일이 온종일 있을 것 같아서, 내 생각에……"

"하지만 네가 이 무대 뒤까지 오리라고는! 생각도 못 했어!"

언니는 따듯하게 환영하는 느낌이 조금도 없는 어투로 말하면서 훨씬 넓은 곳으로 동생을 데려갔다. 황금빛 의자와 탁자가 가득 쌓인 곳으로, 젊은 숙녀 여러 명이 아무 데나 앉아서 잡담하는 중이었다. 젊은 숙녀 모두 다리미로 말끔하게 밀어주면 좋을 것 같은데, 잡담하면서도 하나같이 이상하게 다른 곳을 쳐다보았다.

자매가 들어서자마자, 챙 없는 모자를 눌러쓴 단조로운 사내아이가 무대 왼쪽 기둥 너머로 머리를 들이밀며 "소리를 줄여요, 숙녀분들!"이라 말하고는 사라졌다. 이번에는 숱이 많은 새까만 장발에 활력 넘치는 신사 한 명이 무대 오른쪽 기둥 너머로 머리를 들이밀며 "소리를 줄여, 아가씨들!"이라 말하고는 마찬가지로 사라졌다.

"네가 전문가들 사이로 들어오리라고는, 에이미, 정말이지 생각도 못 했어! 도대체 어떻게 들어왔니?"

"나도 몰라. 내가 찾아왔다고 언니한테 알린 숙녀분이 친절하게도 여기로 안내했어."

"너처럼 조용한 꼬맹이를! 너는 어디든 들어가겠구나, 에이미. 나는 도저히 못 그러는데, 세상을 훨씬 많이 알아도."

작은 도릿은 집에서만 지내는 순진한 꼬맹이로, 다른 형제만큼 많은 걸 경험하지 못해서 아는 것도 적다고 여기는 게 가족 내부에서 통용되는 원칙이며 전통이었다. 이러한 허구는 작은 도릿이 일을 많이 한다는

걸 숨기려는, 그래서 아무렇지 않다고 여기려는 가족의 공통된 시각이었다.

"맙소사! 도대체 무슨 생각을 한 거니, 에이미? 물론 나와 관련된 생각이 무언가 떠올랐겠지?"

언니가 물었다. 자신보다 두세 살 어린 동생을 편견이 심한 친할머니로 여기는 듯한 어투였다.

"별일 아니야. 예전에 어떤 숙녀분이 팔찌를 주었다고 언니가 말했는데……"

단조로운 사내아이가 왼쪽 기둥 너머로 머리를 들이밀고 "거기 준비해요, 숙녀분들!"이라 말하고는 사라졌다. 새까만 머리에 활력 가득한 신사가 오른쪽 기둥 너머로 갑자기 머리를 들이밀고 "거기 준비해, 아가씨들!"이라 말하고는 마찬가지로 사라졌다. 그와 동시에 젊은 아가씨들 모두 일어나서 치맛자락을 흔들기 시작했다. 언니도 똑같이 하면서 물었다.

"으음, 에이미? 하려던 말이 뭐였어?"

"예전에 어떤 숙녀분이 팔찌를 주었다고 언니가 말했는데, 그 말을 듣고 마음이 불편했어. 그래서 언니가 솔직히 털어놓겠다면 조금 더 자세히 듣고 싶어."

챙 없는 모자를 쓴 사내아이가 "지금, 숙녀분들!"이라 말했다. 새까만 머리칼 신사도 "지금, 아가씨들!"이라 말했다. 아가씨들은 무대로 우르르 나가고, 음악 소리와 발을 구르며 춤추는 소리가 들렸다.

작은 도릿은 황금빛 의자에 앉았다. 갑작스러운 변화에 머리가 어지러웠다. 언니도 아가씨들과 함께 사라졌는데, 그 사이에 어떤 목소리가 (머리칼이 새까만 신사 목소리 같은데) 음악 소리 사이로 "하나, 둘, 셋, 넷, 다섯, 여섯 – 가고! 하나, 둘, 셋, 넷, 다섯, 여섯 – 가고! 천천히,

아가씨들! 하나, 둘, 셋, 넷, 다섯, 여섯 – 가고!"라며 잇따라 소리쳤다. 하지만 그 목소리도 마침내 멈추고, 아가씨들 모두 다시 들어와서 다소 숨을 헐떡이며 숄을 뒤집어쓰고 거리로 나갈 채비를 했다. 언니가 "잠깐 기다려, 에이미, 우리는 나중에 나가자"고 속삭였다. 한동안 별다른 일이 없더니, 사내아이가 기둥 너머로 쳐다보며 "내일 열한 시요, 숙녀분들!"이라고, 새까만 머리칼 신사도 기둥 너머로 쳐다보며 "내일 열한 시, 아가씨들!"이라고 각자 익숙한 방식으로 소리쳤다.

자매만 남자 무언가를 말아 올리는 식으로 걷어내니, 바로 앞에 커다란 우물 같은 게[86] 나타나는데, 언니가 그곳을 내려다보며 "자, 삼촌!"이라고 말했다. 작은 도릿은 두 눈이 어둠에 적응하자, 깊은 바닥 어두운 모서리에서 삼촌 혼자 누더기 케이스에 넣은 악기를 팔꿈치에 끼우는 모습이 어렴풋하게 보였다. 행운을 누릴 때 하늘이 살짝 보이는 저 높은 특별석에 머물다 밑으로 조금씩 내려와, 결국에는 바닥까지 떨어진 노인 같았다.

십수 년이 지나도록 매주 6일 밤을 그곳에서 지내지만, 두 눈을 들어서 악보 위를 쳐다본 적이 한 번도 없다고, 무대를 본 적이 한 번도 없다고 사람들은 확고하게 믿었다. 유명한 주인공과 여주인공을 봐도 모르며, 천박한 코미디언이 내기를 걸고 밤마다 50일 동안 짓궂은 표정으로 쳐다보아도, 노인이 눈치를 챈 기색은 조금도 없었다는 전설까지 있을 정도였다. 무대를 설치하는 사람들은 노인이 자신도 모르게 죽었다는 농담까지 하고, 1층에서 자주 관람하는 고객들은 노인이 밤이든 낮이든, 일요일이든 아니든, 오케스트라석에서 평생을 보낸다고 여겼다. 그래서 난간 너머로 코담배를 한 움큼씩 건네기도 하는데 그럴 때마다 노인은 창백한 유령이 갑자기 깨어나듯 반응했다.

---

86) 무대 밑에서 오케스트라가 연주하는 곳을 말한다.

이것 말고는 어떤 경우에도 관심을 안 보였다. 클라리넷 연주에 필요한 악보를 베끼는 게 유일했다. 혼자 있을 때는 클라리넷을 연주할 필요가 없어, 관심을 기울일 게 하나도 없었다. 노인이 가난하다는 사람도 있고 돈 많은 구두쇠라는 사람도 있었다. 하지만 노인은 아무 말도 없고, 푹 숙인 고개를 들어 올리지도 않고, 늘 그렇듯 바닥에서 안 올라오는 발을 질질 끌며 올라왔다. 조카딸이 부를 거라는 예상을 했지만, 서너 차례 지나간 다음에 비로소 노인은 그 소리를 듣고, 조카딸이 한 명이 아니라 두 명이 보여도 전혀 놀라지 않았다. 덜덜 떨리는 목소리로 "간다, 간다!"라 말하고 지하실 냄새가 나는 바닥에서 기어 나오는 게 전부였다.

삼촌은 에이미 팔이 믿음직한지 본능적으로 붙잡고, 다른 문하고 다른 게 더없이 창피한 문을 셋이 함께 나올 때, 언니가 물었다.

"그래, 에이미, 내가 어떻게 사는지 궁금한 거야?"

언니는 얼굴이 예쁘고 자의식이 강한 데다 허영심까지 있는데도, 매력도 탁월하고 세상 경험도 뛰어나다는 우월감을 억누르며 거의 동등한 자격으로 겸손하게 말하는 척했다. 그 가족의 특징이었다.

"그래, 언니에 관한 거라면 무어든 관심이 가고 궁금해."

"그래, 당연히 그러겠지, 세상에서 제일 착한 에이미니까. 조금이나마 도발하자면, 내가 이런 신분을 차지하고 더 좋은 신분으로 나아가려는 마음인 걸 너는 대단하게 여길 게 분명해. 다른 사람이 평범하지 않은 걸 내가 신경 쓰는 건 아니야. 그들 누구도 우리 같은 세상으로 떨어지지는 않으니까. 자기네 수준에서 살아가니까. 평범하게."

작은 도릿은 언니를 가만히 바라볼 뿐, 끼어들지 않았다. 언니가 손수건을 꺼내서 화난 표정으로 두 눈을 닦으며 이어갔다.

"나는 네가 태어난 곳에서 태어나지 않았어, 에이미. 그래서 차이가 있어. 친애하는 동생, 삼촌이랑 헤어진 다음에 자세히 말할게. 삼촌이 식사할 음식점으로 데려다주자고."

자매는 삼촌과 함께 더러운 거리 더러운 음식점 진열창으로 갔다. 뜨거운 고기와 채소와 푸딩에서 올라온 김이 진열창을 뿌옇게 덮었다. 하지만 고깃국물이 가득한 들통에서 세이지 이파리와 양파로 눈물을 흘리는 족발, 비슷하게 생긴 들통에서 부글부글 끓으며 기름기를 흘리는 쇠고기와 부풀어 오른 요크셔 푸딩, 재빨리 자른 송아지 허릿살, 바삐 나가는 속도에 땀을 펄펄 흘리는 햄, 얕은 솥에서 바싹 익어 먹음직하게 달라붙은 감자, 삶은 채소 한두 다발 등, 먹음직한 음식이 얼핏 보였다. 안으로 들어서니 판자 칸막이가 서너 개고, 칸막이 안에서는 손으로 들고 가는 편보다 뱃속에 넣고 가는 편이 좋겠다고 생각한 손님들이 음식을 열심히 먹었다. 그런 광경을 함께 둘러보다 언니가 손가방을 열어선 1실링을 삼촌에게 건넸다. 삼촌은 한동안 쳐다보지 않다가 이유를 알아채고 "혼자 먹으라고? 하! 그래, 그래, 그래!"라고 중얼대며 희부연 김 속으로 천천히 사라지고, 언니는 이렇게 말했다.

"자, 에이미, 나를 따라오렴, 힘들지 않으면 캐번디쉬 광장 할리 거리[87]까지 걷는 거야."

고급 건물이 늘어선 거리를 언니가 불쑥 말하면서 새로 산 (실용적이라고 보기에는 너무나 얇고 가벼운) 보닛 모자를 뒤로 젖히는 모습에 동생은 깜짝 놀랐다. 하지만 할리 거리로 기꺼이 가겠다 대답하고, 자매는 그쪽으로 나아갔다. 고급 건물이 늘어선 목적지에 다다르자, 언니는 그중에서도 가장 멋진 주택으로 다가가서 현관문을 두드린 다음, 머들 부인을 만나러 왔다고 말했다. 현관문을 연 시종은 머리에 하얀 파우더를 뿌리고, 마찬가지로 하얀 파우더를 뿌린 다른 시종 두 명이

87) Harley Street: 일류 의사가 많은 런던 거리.

뒤에 또 있는데, 머들 부인께서 집에 계시니 안으로 들어오라고 대답했다. 언니는 동생을 데리고 안으로 들어갔다. 그래서 파우더 한 명은 앞에서 안내하고 다른 파우더 두 명은 뒤에 남은 가운데, 자매는 계단을 올라서 반원형 널찍한 응접실로 안내받았다. 여러 응접실 가운데 하나로, 앵무새 한 마리가 황금빛 새장에서 두 다리를 허공에 대고 부리로 매달린 채 몸을 거꾸로 뒤집는 이상한 자세를 다양하게 취했다. 또 다른 황금빛 새장에서 또 다른 새들이 황금빛 철망을 오르는 모습 역시 독특한 건 똑같았다.

응접실은 작은 도릿이 지금껏 상상한 그 무엇보다 화려했다. 누가 보더라도 화려하고 사치스러울 것 같았다. 깜짝 놀란 눈으로 언니를 쳐다보는 게 금방이라도 물어볼 것 같은데, 언니는 경고하는 눈빛으로 다른 방과 통하는 커튼을 가리켰다. 다음 순간에 커튼이 흔들리더니, 어떤 귀부인이 반지를 잔뜩 낀 손으로 커튼을 들어 올려 안으로 들어가면서 떨어뜨렸다.

귀부인은 자연의 손길을 받아서 젊고 생생한 건 아닐지언정 하녀의 손길을 받아서 젊고 생생했다. 크고 잘생긴 눈은 무감각하고, 까맣고 잘생긴 머리칼도 무감각하고, 크고 잘생긴 가슴도 무감각한데, 모든 부분을 최대한 구체적으로 세세하게 살렸다. 감기에 걸렸는지 아니면 자기 얼굴에 어울리는지, 머리 위와 턱밑으로 하얗고 화사한 띠를 둘렀다. 잘생겼지만 무감각해서, 흔한 말로 남자가 손으로 "어루만진 적"이 한 번도 없는 턱이 있다면, 그건 레이스 띠로 고삐처럼 단단히 묶은 바로 그 턱이었다.

"동생입니다, 머들 부인."

"자네 동생을 만나서 반갑군, 미스 도릿. 자네한테 동생이 있다는 걸 몰랐어."

"말씀을 안 드렸습니다."

언니가 말하자 머들 부인이 왼손 새끼손가락을 구부리는 게, 마치 '맞아! 그런 말을 한 적이 없어. 내가 맞췄군!'이라 말하는 것 같았다. 부인은 두 손이 짝 손이라서 손동작은 전부 왼손으로 했다. 왼손이 훨씬 하얗고 통통했던 것이다. 부인은 "자리에 앉도록"이라 말하더니, 새빨간 방석과 황금빛 방석이 가득한 앵무새 근처 긴 의자에 둥지를 틀고 요염한 자세로 앉았다. 그러더니 외알 안경을 쓰고 작은 도릿을 쳐다보며 물었다.

"직업 무용수?"

언니는 아니라 대답하고, 머들 부인은 외알 안경을 떨어뜨리며 말했다.

"그렇군. 직업 무용수 분위기는 아니야. 상쾌해. 하지만 직업 무용수는 아니야."

언니는 존경심과 대담함이 묘하게 뒤섞인 자세로 말했다.

"제가 부인을 알게 되는 영광을 어떻게 누렸는지 동생이 궁금해하더군요, 자매 사이답게. 그런데 부인을 한 번 더 찾아뵙기로 약속한 터라, 저는 이번 기회에 실례를 무릅쓰고 동생을 직접 데려오면, 부인께서 직접 말씀하실 수도 있겠다고 생각했어요. 동생이 알고 싶다니, 부인께서 알려주시겠어요?"

"하지만 자네 동생 나이가……"

"겉보기보다는 많답니다, 저랑 비슷할 정도로."

언니가 대답하자, 머들 부인은 새끼손가락을 다시 구부리며 설명했다.

"상류사회는 어린 사람한테 설명하는 게 어려운데(사실은 거의 모든 사람한테 설명하는 게 어렵지), 그렇다니 다행이군. 나는 상류사회가 그렇게 멋대로 안 굴면 좋겠어, 그렇게 까다롭게도 안 굴고……앵무새, 조용해!"

앵무새가 날카로운 비명을 질렀다. 자기 이름이 상류사회라고, 자신은 까다롭게 굴 권리가 있다고 주장하는 것 같았다.

"하지만 우리는 상류사회를 있는 그대로 받아들여야 해. 공허하고 형식적이고 세속적이고 망측하지만, 우리는 열대 바다에 사는 미개인이 아니니(정말이지 나 자신은 그렇게 살고 싶은 마음이 가득하긴 해…… 기후가 완벽해서 정말 상쾌하다고 들었거든), 사정을 충분히 고려할 수밖에. 운명이거든. 우리 바깥양반 머들 선생은 규모가 대단한 상인으로, 광범위한 물품을 거래해서 돈이 많고 영향력이 상당한데도……앵무새, 조용해!"

앵무새가 다시 날카롭게 비명을 질러댄 것이다. 그래서 효율적으로 마무리하니, 머들 부인은 하던 말을 일부러 마무리할 필요가 없어, 작은 도릿에게 다시 말했다.

"자네 언니한테 도움이 많이 된 상황을 설명해서 우리가 알게 된 과정을 알려달라 간청하니, 나로선 그 부탁에 따르는 걸 반대할 수 없겠군. 나는 스물두 세 살짜리 아들이 있어(첫 결혼을 아주 어릴 때 했거든)."

언니는 입술을 꽉 다물고 의기양양한 표정으로 동생을 쳐다보았다.

"스물두 세 살짜리 아들. 바람기가 약간 있지, 상류사회 젊은 사내한테는 흔한 일이야. 게다가 감수성이 정말 예민해. 불행한 단점을 물려받은 것 같아. 내가 천성적으로 예민하거든. 아주 취약해…… 감정이 한순간에 흔들리니까."

머들 부인은 이런 얘기를 비롯해 다른 모든 이야기를 하얀 눈으로 만든 여인처럼 차갑게 말했다. 자매가 있다는 사실조차 툭하면 잊은 채 추상적인 상류사회에 대고 말하는 건 물론, 상류사회를 떠올리며 드레스를 매만지거나 긴 의자에 앉는 자세를 바꾸는 것 같았다.

"그래서 아들도 감수성이 정말 예민해. 자연 상태라면 불행한 단점은 아니겠지만 우리가 자연 상태에서 사는 건 아니잖아. 너무나 안타까워, 확실히, 나 자신은 특히, 자연을 너무나 좋아하는데, 그걸 보여줄 수 없다는 게. 하지만 어쩔 수 없겠지. 상류사회가 우리를 억누르고 지배하거든……앵무새, 조용해!"

앵무새가 미친 듯이 웃더니 구부러진 부리로 새장 가로대를 비튼 다음에 까만 혀로 핥고, 머들 부인은 새빨간 방석과 황금빛 방석 둥지에 앉아, 자신이 말하는 상대를 새롭게 바라보려고 외알 안경을 쓰며 다시 말했다.

"자네처럼 상식이 훌륭하고 경험이 많고 감각이 세련된 사람한테 말할 필요는 없겠지만, 무대는 상류사회 젊은 사내한테 매혹적으로 보일 때가 종종 있어. 내가 말하는 무대는 거기에 오르는 여성이야. 따라서 아들이 어떤 무용수한테 깊이 빠진 것 같다는 말을 들었을 때, 상류사회에서 대체로 그게 무슨 뜻인지 아는 터라, 나는 상류사회에서 활약하는 젊은 사내가 흔히 빠져드는 오페라 무용수일 거라고 확신했어."

머들 부인이 자매를 살피면서 하얀 두 손을 포개자, 손가락마다 낀 반지가 서로를 긁으며 거친 소리를 냈다.

"자네 언니가 말했겠지만, 극장이 어떤 곳인지 알고서 나는 많이 놀라고 괴로웠어. 하지만 자네 언니가 아들이 (솔직히 고백해서 완전히 뜻밖으로) 다가가는 걸 거부하는 식으로, 아들이 청혼하도록 유도했다는 사실을 알았을 때는 더더욱 괴로웠어 – 꼬챙이로 온몸을 찌르는 것처럼."

머들 부인이 왼쪽 눈썹을 훑어서 제대로 정돈했다.

"어머니만 - 상류사회에서 활동하는 어머니만 - 느끼는 괴로운 마음으로 나는 극장을 직접 찾아가서 무용수한테 내 마음이 어떤지 알리기로 결심했어. 자네 언니를 찾아갔지. 그런데 놀랍게도 나는 여러 측면에서 내가 예상한 것과 다른 모습을 발견했어. 뭐라고 할까 - 자신의 가문을 내세웠다고 할까? 그런 점에서 특히 그랬어."

머들 부인이 웃자, 언니가 빨갛게 달아오른 얼굴로 말했다.

"당시에 저는, 비록 그런 곳에서 일하긴 해도 다른 무용수보다는 신분이 훨씬 높다고, 우리 가족 역시 부인 아들 가족만큼이나 훌륭하다고, 나한테 오빠가 있는데 이런 상황을 듣는다면 똑같은 의견일 거라고, 부인 아들을 만나는 걸 영광으로 여기지 않는다고 말씀드렸지요, 부인."

머들 부인이 외알 안경 너머로 차갑게 쳐다보다 대답했다.

"자네가 부탁한 대로, 나 역시 바로 그 말을 자네 동생한테 하려던 참이었어, 미스 도릿. 내가 하려는 말을 짐작하고 기억을 정확히 떠올려주어서 고맙군."

그러더니 작은 도릿한테 말했다.

"나는 (충동적인 성격답게) 그 즉시 팔에서 팔찌를 꺼내, 자네 언니 팔에 끼우는 걸 허락하라고 간청했어, 그 문제에서 공감대를 이룬 걸 환영한다는 징표로." (이 말은 완벽한 사실이었다. 머들 부인이 뇌물로 줄 생각으로, 무용수를 만나러 오는 도중에 겉만 번지르르한 싸구려 팔찌를 샀기 때문이다.)

"그래서 저는 우리 가족이 불행할지언정 평민 계급은 아니라고 말했지요, 머들 부인."

언니가 말하자, 머들 부인이 동의했다.

"그래, 맞아, 그렇게 말했어, 미스 도릿."

"그리고, 부인 아들이 상류사회 인물이라는 말씀을 굳이 하시겠다면 우리 가족 역시 못지않다고, 우리 아버지는 지금 활동하시는 사회에서 (제가 제일 잘 아는 사회에서) 제일 높은 자리에 있으며, 모든 사람이 인정한다는 말을 할 수밖에 없다고 했지요, 머들 부인."

"맞아, 정확해. 기억력이 훌륭하군."

"고맙습니다, 부인. 그렇다면 제 동생한테 나머지를 설명하는 친절을 베푸시지요."

언니가 말하자, 머들 부인은 무감각한 마음을 유지하려면 충분한 공간이 필요하다는 듯 널찍한 가슴을 확인하며 대답했다.

"설명할 게 조금 남았는데, 자네 언니한테 바람직한 내용이야. 나는 자네 언니한테 사정을 솔직하게 전했어. 우리가 살아가는 상류사회는 자네 언니가 살아가는 사회를 – 매력은 당연히 넘치지만 – 인정할 가능성이 없고, 자네 언니가 높이 평가하는 가족은 단점이 너무나 많아서 우리로서는 경멸하는 눈으로 바라볼 수밖에 없으며, 따라서 우리는 (허물없이 말해서) 혐오감에 시달릴 수밖에 없다고. 한마디로, 자네 언니가 지닌 탁월한 자부심에 호소한 거지."

"괜찮다면, 저는 만날 생각이 조금도 없다고 아드님께 말하는 영광을 이미 누렸다는 사실을 동생한테 알려주시지요, 머들 부인."

언니가 말하면서 입술을 뾰로통하게 내밀고 투명한 보닛 모자를 추켜올리자 머들 부인이 인정했다.

"그래, 미스 도릿, 그 말도 미리 해야 마땅했네. 그 생각을 못 했다면, 아들이 고집을 부리고 자네 역시 마음을 바꿀까 하고 당시에 걱정하던 기억이 떠올랐기 때문일 거야. 나는 자네 언니한테 – 선문 무용수가 아닌 미스 도릿한테 다시 말하는데 – 아들이 그렇게 결혼하는 경우에 아무것도 못 받을 거라는, 완벽한 거지가 될 거라는 말도 했어. (그렇게 말한 이유는 구체적인 사실이기 때문이야, 자네 언니한테 영향을 주었다는 뜻이 아니라. 물론, 사회에 합당하고 세심한 제도가 있는 터라 우리 모두 영향을 받긴 하겠지만.) 마지막으로, 자네 언니 쪽에서 고상한 정신으로 고상한 말을 하고, 우리는 아무런 위험도 없다고 완벽하게 이해했어. 너무나 고마운 나머지 나는 내가 다니는 양장점에서 옷가지 한두 점을 선물하도록 해달라 부탁하고 자네 언니는 그걸 허락하는 친절을 베풀었지."

작은 도릿은 미안한 표정을 떠올리며 당혹스러운 얼굴로 언니를 힐끗 쳐다보고, 머들 부인은 계속 말했다.

"그걸로 마무리해서 서로 좋은 마음으로 헤어지는 기쁨을 선사하겠다는 약속도 하고."

머들 부인이 둥지에서 일어나, 언니 손에 무언가를 건네며 덧붙였다.

"미스 도릿이라면 내가 어줍게나마 행운을 빌며 작별하는 걸 받아줄 거야."

이 말과 동시에 자매는 일어나, 세 사람 모두 새장 옆에 서고, 앵무새는 발톱으로 움켜쥔 비스킷을 쪼아먹다 뱉고 두 발을 꼼짝도 안 한 채 몸뚱이만 거만하게 흔들어대는 게 세 사람을 놀리는듯하더니, 갑자기 거꾸로 매달려서 섬뜩한 부리와 까만 혀로 황금빛 새장 창살을 움켜잡으며 사방을 돌아다녔다.

"잘 가게, 미스 도릿, 행운을 빌어. 우리가 천년왕국 비슷한 곳에 간다면 현세는 아닐지언정 그곳에서나마 매력과 재주를 지닌 사람들이랑 만나는 기쁨을 누리고 싶다네. 나한테는 원시적인 사회가 훨씬 즐거울 것 같아. 내가 공부할 때 배운 시 가운데 '보라, 가난한 인도인을, 무언가 가득한 마음을!'[88]이라는 시가 있어. 상류사회를 살아가는 사람

몇천 명만 인도에 가서 인도인으로 살 수 있다면, 내가 제일 먼저 이름을 올리겠어. 상류사회를 살아가는 우리가 인도인이 될 순 없겠지만, 불행하게도…… 잘 가게!"

파우더가 앞에서 안내하고 뒤에서 따라오는 가운데 언니는 도도하게 동생은 겸손하게 계단을 내려가, 파우더가 없는 캐번디쉬 광장 할리 거리로 쫓겨났다.

자매는 한동안 말없이 걷다, 언니가 물었다.

"뭐야? 나한테 할 말 없어, 에이미?"

동생이 고통스러운 표정으로 대답했다.

"아, 뭐라고 해야 좋을지 모르겠어. 그 젊은이를 좋아한 게 아니었어, 언니?"

"좋아해? 그자는 바보 멍청이야."

"안타까워 – 불쾌하게 받아들이지 마 – 하지만, 언니가 할 말이 없느냐고 물으니까 하는 말인데, 나는 언니가 저 부인한테 물건을 받았다는 게 안타까워."

동생이 말하자, 언니가 동생 팔을 매섭게 잡아당겨서 흔들며 반박했다.

"바보 멍청이 꼬마야! 너는 성깔도 없니? 그래, 너는 그러겠지! 자존심도 없고 자부심도 없으니까, 존 치버리처럼 멍청한 자식이나 따라다니게 하지. 가족이 짓밟히는 건 신경도 안 쓰고."

더없이 경멸스럽다는 어투였다.

"그렇게 말하지 마, 친애하는 언니. 나는 가족을 위해서 모든 걸 다 한다고."

---

88) 알렉산더 포프(1688-1744)의 '인간론'에 나오는 글. 원래는 '보라, 불쌍한 인도인을, 소박한 마음을!'이다.

동생이 말하자, 언니가 빠르게 잡아끌며 반박했다.

"가족을 위해서 모든 걸 다 한다! 그런데도 저런 여자가, 세상 경험이 조금이라도 있다면 경솔하고 뻔뻔하다는 걸 한눈에 알 수 있는 여자가, 가족을 짓밟는 걸 구경만 할 거니?"

"아니야, 언니, 당연히."

"그럼 저런 여자한테 값을 치르게 해야지, 바보 멍청이 꼬마야. 저런 여자한테 그것 말고 할 수 있는 게 뭐겠어? 그 값을 치르게 하는 거라고, 멍청한 꼬마야. 그 돈으로 가족 체면이나마 살려주어야 하는 거라고!"

자매는 더 말하지 않고 걸었다. 언니가 삼촌과 사는 셋방에 들어서니, 노인은 한쪽 구석에서 더없이 구슬프게 클라리넷을 연습하고 있었다. 돼지고기와 흑맥주, 차 등, 언니는 다양한 음식을 준비하는 척하면서 짜증을 내지만, 실제로는 동생이 모든 음식을 차분하게 준비했다. 마침내 언니는 먹고 마시려고 식탁에 앉더니, 식기류를 이리저리 던지고 빵을 씹어먹으며 화풀이했다. 간밤에 아버지가 그런 것과 판박이였다. 그러더니 눈물을 펑펑 터트리면서 소리쳤다.

"내가 무용수인 게 경멸스럽다면, 나를 무용수로 만든 이유가 뭐니? 네가 그렇게 만들었잖아. 그래놓고는 나한테 저 머들 부인이 마음껏 지껄이고 마음대로 행동하도록, 우리 가족을 깔보도록, 내 얼굴에 대고 경멸하도록 가만있으라는 거니, 무릎을 꿇은 채? 내가 무용수라서?"

"아, 언니!"

"팁 오빠도 불쌍해. 그 여자가 조금도 망설이지 않고 마음껏 깔볼 테니 말이야…… 오빠가 법조계와 조선소 등등에서 일했다는 이유로. 그런데, 다 네가 그렇게 만든 거잖아, 에이미. 그럼 오빠를 변호해야 한다는 데 최소한 동의는 해야지."

이러는 내내 삼촌은 구석에서 클라리넷을 구슬프게 불어대다, 누가 뭐라고 한 느낌이 막연히 들 때마다 입술에서 클라리넷을 살짝 떼어내며 쳐다보곤 했다.

"아버지도 불쌍해, 에이미. 모습을 직접 드러내서 스스로 대변할 자유가 없다는 이유로, 너는 그런 사람이 아버지를 모욕해도 그냥 구경만 하겠다는 거잖아. 너는 밖에 나와서 일하니까 자신을 불쌍하게 안 여긴다 해도, 아버지가 그렇게 오랫동안 고통을 겪는 건 불쌍히 여겨야 하는 거 아냐?"

부당한 비난이 불쌍한 작은 도릿한테 아프게 다가왔다. 간밤에 겪은 일이 떠올라서 그만큼 더 아팠다. 작은 도릿은 아무런 대답도 안 한 채 식탁에 앉은 의자를 불가로 돌렸다. 삼촌은 또 한 번 멈추더니, 다시 연주하며 구슬프게 흐느꼈다.

언니는 계속 분노하는 동안 찻잔과 빵에 화를 터트리다, 자신은 세상에서 가장 불쌍한 여자라고, 이대로 죽어버리고 싶다고 울부짖었다. 그러다 눈물이 후회로 변하면서, 벌떡 일어나 두 팔로 동생을 껴안았다. 작은 도릿은 언니가 하는 말을 막으려 했지만, 언니는 말해야겠다고, 말해야 한다고 대답했다. 그리고는, 조금 전에 화낼 때처럼 열정적으로 "미안해, 에이미"와 "용서해, 에이미"라 말하고 또 말했다.

자매는 의자를 나란히 하며 다정하게 앉고, 언니는 다시 말했다.

"하지만 정말이지, 에이미, 정말이지, 네가 상류사회를 조금 더 안다면 이번 일을 완전히 다른 각도에서 보았을 거야."

"그럴 수도 있겠지, 언니."

작은 도릿이 온화하게 대답하자, 언니는 선심 쓰는 척하면서 계속 말했다.

"네가 그곳에 갇혀서 체념한 채 집안일을 하는 동안, 에이미, 나는 바깥에 나와서 상류사회를 돌아다니며 자존심과 자부심을 기를 수도 있는 거 아닐까 - 필요 이상으로 많이?"

"그래, 맞아!"

"그래서 네가 먹을 거나 입을 걸 걱정하는 동안, 나는 가족을 걱정할 수 있는 거 아닐까? 그렇지 않니, 에이미?"

작은 도릿은 다시 고개를 끄덕이며 "맞아"라고 대답했다. 마음은 아닐지언정 얼굴은 쾌활했다.

"특히, 우리 모두 잘 알듯이, 네가 더없이 충실한, 네가 속한, 상류사회와 여러 측면에서 다른 그곳에는 그곳 특유의 독특한 분위기가 있잖아. 나를 한 번 더 껴안아 주렴, 사랑하는 에이미, 그래서 너도 옳고 나도 옳다는, 너는 차분하고 가정적이며 집안을 사랑하는 착한 동생이라는 의견에 공감하자꾸나."

클라리넷은 이렇게 대화하는 내내 구슬프게 울다, 이제 갈 시간이 되었다고 언니가 선언하자, 삼촌이 보던 악보를 걷고 클라리넷을 입술에서 떼어내는 거로 끝났다.

작은 도릿은 문가에서 두 사람과 헤어져, 마셜씨 교도소로 발길을 재촉했다. 교도소는 다른 곳보다 어둠이 빨리 깔리는데, 그날 저녁에는 유난히 깊은 도랑으로 들어가는 느낌이었다. 담장 그림자가 모든 물체에 어렸다. 어둑한 감방문을 열다 고개를 돌려서 바라보는 물체에도, 낡은 회색 실내복에 까만 벨벳 모자를 쓴 물체에도 담장 그림자가 어렸다. 방문을 잡은 작은 도릿 머릿속에 절로 생각이 떠올랐다.

"당연히 나한테도 담장 그림자가 어리겠지! 언니 말이 완전히 틀린 건 아니야."

21장. 머들 선생의 지병

호화로운 저택, 캐번디쉬 광장 할리 거리 머들 저택에는, 거리 맞은편의 호화로운 저택 앞면과 마찬가지로 평범하지 않은 담장 그림자가 드리웠다. 완벽한 상류사회처럼, 할리 거리 양쪽으로 쭉 늘어선 저택은 서로에게 매우 엄격했다. 실제로, 저택은 물론 안에 사는 사람들조차 이런 점에서 너무나 비슷한 나머지, 하나같이 도도한 가면을 쓰고 식탁 양쪽에 앉아서 맞은편 사람을 저택만큼이나 따분하게 쳐다보기 일쑤였다.

식탁에 두 줄로 앉아서 그 거리를 칭찬하는 사람들이 그 거리를 얼마나 닮았는지는 누구나 안다. 아무런 표정 없이 획일적인 저택 스무 채 모두, 문을 두드리고 종을 울리는 방식도 똑같고, 우둔한 계단을 오르는 것도 똑같고, 난간문양도 똑같고, 사용할 수 없는 비상구도 똑같고, 받침돌에 불편하게 고정한 시설도 똑같고, 예외 없이 높은 가치로 평가받는 것도 똑같으니 – 이들과 식사하지 않는 사람이 누구겠는가? 손질을 안 해서 음산한 저택, 내닫이창이 이따금 달린 저택, 치장 벽토를 바른 저택, 앞면을 새로 꾸민 서택, 모서리에 있어서 방마다 각진 저택, 블라인드를 항상 쳐놓는 저택, 상중이라는 표시를 늘 걸어놓는 저택, 세금 징수원이 분기별 생각을 알려달라 해도 그걸 내주는 사람은 아무도 없는 저택[89] - 이들과 식사하지 않는 사람이 누구겠는가? 살 사람은 아무도 없고, 그래서 흥정할 사람도 없는 저택 - 이 저택을 누가 모르겠는가? 좌절한 신사가 평생을 살아도 마음에 안 드는 화려한 저택 - 고뇌만 가득한 저택을 누가 모르겠는가?

캐번디쉬 광장 할리 거리는 머들 부부를 지극히 의식했다. 할리 거리는 침입자가 있어도 전혀 의식하지 않지만, 머들 부부만큼은 영광스럽게 반겼다. 상류사회는 머들 부부를 잘 아니, "우리 모두 머들 부부를 받아들이자, 머들 부부와 가깝게 지내자"며 칭송했다.

머들 선생은 엄청난 부자며 대단한 사업가였다. 귀가 없는 미다스[90]로 손에 닿는 것마다 황금으로 변했다. 은행업부터 건설업까지 모든 분야에서 실력을 발휘했다. 의회에도 당연히 진출했다. 물론 시정에도 관여했다. 이곳 의장, 저곳 이사, 다른 곳 회장이었다. 제일 높은 사람은 기획자에게 "그래, 자네는 어떤 가문 출신인가? 머들 가문 출신인가?"라 묻고는, 아니라는 대답이 나오면 "그렇다면 더 만날 필요는 없겠다"고 말할 정도였다.

이렇게 운이 좋고 위대한 인물은 충분히 커서 무감각한 가슴에게 새빨간 방석과 황금빛 방석으로 만든 둥지를 15년 전에 제공했다. 그 가슴은 사람이 편히 기댈 가슴은 아니었다. 보석을 걸기에 좋은 가슴이었다. 머들 선생은 보석을 걸 무언가가 필요했고, 그럴 목적으로 그 가슴을 샀다. 보석상 가문끼리 결혼하는 것과 원리가 똑같을 수 있었다.

---

89) 머들 저택에는 생각하는 사람이 하나도 없다는 뜻이다.

90) 프리지어 왕국의 돈 많은 미다스 왕 전설로, 판 신이 부는 플룻과 아폴로가 연주하는 칠현금 시합을 진행했다. 미다스 왕이 판 신의 승리를 선언하자, 아폴로는 화가 나서 미다스 왕의 양쪽 귀를 당나귀 귀로 만들어버렸다. 미다스 왕은 커다란 모자로 양쪽 귀를 가렸지만, 이발사가 보고서 땅에 대고 "미다스 왕은 당나귀 귀다"고 속삭였다. 그다음부터 바람에 흔들릴 때마다 갈대는 "미다스 왕은 당나귀 귀다"라고 속삭였다.

머들 선생이 투자할 때마다 그러듯 이번에도 무난하게 성공했다. 보석마다 최고로 화려하게 돋보였다. 보석을 잔뜩 달고 상류사회에 출입하는 가슴에게 모두가 탄성을 내질렀다. 상류사회는 인정하고 머들 선생은 만족했다. 머들 선생은 개인적인 욕심이 전혀 없는 인물이니 - 모든 게 상류사회를 위한 것일 뿐, 그렇게 많은 수익과 관심에도, 자신을 위해서 사용하는 건 거의 없었다.

다시 말해, 자신이 바라는 모든 걸 손에 넣는다고, 무한한 재산으로 자신이 바라는 모든 걸 확보한다고 볼 수 있었다. 하지만 그 욕망은 (그게 무엇이든) 상류사회를 최대한 충족시키는 것으로, 상류사회가 자신에게 부과하는 모든 걸 영광으로 받아들였다. 머들 선생은 다른 사람과 어울릴 때 빛나지 않았다. 스스로 말하는 경우도 드물었다. 내성적인 사람으로, 너무 커서 툭 튀어나온 머리는 주변을 늘 경계하고, 빨간색이 유별나게 흐릿한 두 볼은 신선한 느낌이 조금도 없고, 소맷부리 주변은 괜히 꺼림칙한 게, 말 못 할 비밀이 있어서 꼭 숨겨야 하는 것 같았다. 머들 선생은 말이 적어도 충분히 유쾌한 성격이며, 공적인 비밀과 사적인 비밀에 솔직하고 단호하며, 모든 사람이 모든 점에서 상류사회를 최상으로 존경해야 마땅하다고 강력하게 주장했다. 바로 이 상류사회에서 (자신이 개최한 만찬 파티나 머들 부인이 개최한 축하연이나 연주회에 참석한 상류사회에서) 머들 선생 자신은 별로 즐기는 기색 없이 한쪽 구석이나 문 뒤에 있기 일쑤였다. 상류사회가 집으로 오는 대신 자신이 상류사회로 외출할 때 역시, 약간 피곤한 표정을 떠올리는 게 잠자리에 들고 싶은 것처럼 보이기 일쑤였다. 그런데도 머들 선생은 상류사회와 늘 교류하고, 상류사회를 늘 드나들고, 상류사회에 늘 최고로 많은 돈을 내놓았다.

머들 부인은 첫 남편이 대령으로, 그 가슴은 남편에게 후원받아 북미 대륙의 하얀 눈과 경쟁했으니, 하얗다는 점에서도 안 밀리고 차갑다는 점에서도 안 밀렸다. 그 사이에서 낳은 아들이 머들 부인의 유일한 자식이었다. 아들은 교만하기 그지없는 멍청이로, 전체적으로 보기에 젊은이라기보다는 몸집만 큰 아이 같았다. 분별력을 지닌 징후는 거의 없어, 뉴브런즈윅 세인트존스에서 태어날 때 엄청난 혹한에 머리가 얼더니, 두 번 다시 안 녹았다는 우스갯소리가 돌아다닐 정도였다. 갓난아기 때 유모가 높은 창문에서 거꾸로 떨어뜨리는 실수를 저질러서, 머리에 금가는 소리를 여러 사람이 들었다는 또 다른 우스갯소리가 돌아다니기도 했다. 하지만 우스갯소리 두 개 모두 나중에 생겨났을 가능성이 크다. 젊은 신사는 (놀랍게도 이름이 '번뜩이는 머리'[91]인데) 바람직하지 않은 젊은 숙녀에게 온갖 방식으로 청혼하는 편집증적 증세가 있으니, 누구한테든 청혼할 때마다 "정말 멋진 아가씨 – 가정교육이 훌륭해 – 말도 안 되는 소리를 늘어놓는 법이 없어"라고 말하기 일쑤였다.

덜떨어진 의붓아들이 다른 사람에게는 장애물이겠지만, 머들 선생은 자신 때문에 의붓아들이 필요한 게 아니었다. 상류사회 때문에 필요했다. '번뜩이는 머리'는 근위대 출신에, 경마란 경마는 물론, 사교모임에도 파티에도 습관처럼 모조리 참석하는 데다 유명하기도 해, 상류사회는 의붓아들에 만족했다. '번뜩이는 머리'가 훨씬 비싼 품목이더라도, 머들 선생은 행복한 결과에 이른 걸 바람직하게 여길 터였다. '번뜩이는 머리'는 진짜 싸구려지만, 머들 선생이 '번뜩이는 머리'를 산 가격은 상류사회 때문에 절대 싸지 않았다.

91) 원문은 'Sparkler'다. 일반명사를 고유명사로 사용하는 건 등장인물의 캐릭터를 나타내는 찰스 디킨스의 독특한 기법이니, 가능하면 우리 말로 표현해서 한국 독자 역시 작가의 감성을 그대로 느끼도록 하겠다.

작은 도릿이 그날 밤 아버지 옆에서 아버지가 입을 새 셔츠를 바느질할 때, 할리 거리 저택에서는 만찬이 열렸다. 왕실에서 온 거물, 시청에서 온 거물, 하원에서 온 거물과 상원에서 온 거물, 거물 판사와 거물 변호사, 주교관 거물, 재무성 거물, 근위기병대 거물, 해군성 거물 등, 우리 사회를 움직이면서 툭하면 우리를 넘어뜨리는 거물이 모두 참석했다.

주교관 거물이 근위기병대 거물에게 말했다.

"머들 선생이 이번에도 돈을 엄청나게 벌었다고 들었습니다. 십만 파운드는 된다더군요."

근위기병대는 이십만 파운드로 들었다고 했다.

재무성은 삼십만 파운드로 들었다고 했다.

거물 변호사는 상대를 설득하듯 외알 안경 한 쌍을 만지작대면서, 확실한 숫자는 아니지만 사십만 파운드는 될 거라면서 덧붙였다. 모든 예상과 계산이 바람직하게 맞아떨어진 경우나, 그 결과를 예측하는 건 쉽지 않지요. 포괄적으로 파악하는 능력에다 타고난 행운과 특유의 대담성이 결합했으니, 우리 시대에 정말 보기 드문 사례지요. 하지만 '목소리 큰 동료'가 여기에 있으니, 커다란 은행 사건에 관여한 적이 있는 만큼, 우리에게 훨씬 많은 얘기를 해줄 수 있을 겁니다. '목소리 큰 동료'는 이번에 새롭게 거둔 성공에 얼마만 한 가치를 부여하시오?

'목소리 큰 동료'는 가슴에게 인사하러 가던 길이라, 할 수 있는 얘기라고는, 그 가치는 처음부터 끝까지 50만 파운드는 확실히 된다는 말을 들었다는 게 전부였다.

해군성은 머들 선생을 대단한 인물이라 말하고, 재무성은 그를 새롭게 부상하는 권력자라고, 하원 전체를 살 수도 있을 거라고 말했다. 주교관은 그렇게 많은 돈이 상류사회를 바람직하게 하려고 늘 애쓰는 신사의 금고로 흘러들었다니 다행이라고 말했다.

머들 선생은 다른 사람이 일과를 마무리한 다음에도 거대한 사업에 붙잡히는 게 일상이라, 이런 모임에 늘 늦었다. 이날 역시 제일 늦게 도착했다. 재무성은 머들 선생이 사업 때문에 혹사당한다고 말했다. 주교관은 그렇게 많은 돈이 그걸 온순하게 받아들이는 신사의 금고로 흘러들었다고 생각하니 정말 기쁘다고 말했다.

파우더! 시중드는 파우더가 너무 많아, 파우더 냄새가 만찬장에 가득했다. 파우더 입자가 요리에 들어가, 상류사회 고기에 일류 하인이라는 양념을 쳤다. 머들 선생은 풍성한 드레스 속 어딘가로, 웃자란 양배추 한가운데로, 숨어든 백작 부인을 아래층으로 에스코트하는데, 천박하게 비유하자면, 드레스가 계단을 내려가긴 하는데, 어린 꼬마를 녹색 나뭇가지로 에워싼 것[92]처럼, 안에 얼마나 조그만 사람이 있는지 아무도 모를 정도였다.

상류사회는 만찬으로 바랄 수 있는 모든 건 물론 바랄 수 없는 것까지 누렸다. 온갖 볼거리와 온갖 먹거리와 온갖 마실 거리가 있었다. 아무쪼록 상류사회가 모든 걸 즐기길 바랄 뿐이었다. 머들 선생 자신이 먹을 몫은 18펜스면 충분하니 말이다. 머들 부인은 근사했다. 그다음으로 근사한 인물은 집사장이었다. 모인 사람 가운데서는 그 모습이 제일 당당했다. 집사장은 어떤 일도 안 했다. 다른 누구도 할 수 없는 자세로 주변을 살필 뿐이었다. 그는 최근에 상류사회가 머들 선생에게 건넨 선물이었다. 머들 선생은 그 사람을 바란 적이 없었다. 상대가 당당하게 쳐다볼 때마다 몸 둘 바를 모를 정도였다. 하지만 상류사회는 막무가내였고, 그래서 집사장으로 고용했다.

---

92) 오월제 때 굴뚝 청소부들이 피라미드처럼 쌓은 잔가지를 파란 잎으로 덮어서 어린애 한 명을 넣고 행진하는 걸 말한다.

안 보이는 백작 부인은 만찬이 일정 단계에 이르자 파란 잎에 덮인 채 실려 나가고 미인 행렬은 가슴이 마지막을 장식하니,[93] 재무성은 '주노'[94]라 하고, 주교관은 '주디스'[95]라 했다.

거물 변호사가 근위기병대와 함께 군법회의에 대해 토론했다. '목소리 큰 동료'와 거물 판사가 끼어들었다. 다른 거물도 저마다 짝을 이루었다. 머들 선생은 조용히 앉아서 식탁보만 쳐다보았다. 어떤 거물이 토론 흐름을 머들 선생으로 돌리려고 말을 걸곤 하지만, 머들 선생은 별다른 관심을 안 보이거나, 깊은 생각에서 화들짝 깨어나며 포도주를 따르는 정도였다.

모두 일어날 때는 거물마다 개인적으로 할 말이 있어, 머들 선생은 찬장 옆에서 차례대로 만나고, 상대가 나갈 때마다 이름에 표시했다.

재무성은 세계적으로 유명한 영국 자본가[96]며 거상이 (만찬 석상에서 이런 식으로 서너 차례 독특하게 표현한 적이 있어서 이번에도 똑같은 표현이 쉽게 나왔다) 새롭게 이룬 업적을 감히 축하하겠다고, 이런 인물이 이룩한 업적을 확대하는 것이 바로 국가의 업적과 자원을 확대하는 것으로, 그런 점에서 진정한 애국자라 할 수 있다고 말하자, 머들 선생이 대답했다.

"고맙습니다, 각하, 고맙습니다. 그렇게 인정하시니 고맙습니다. 각하의 축하를 자랑스럽게 받아들이겠습니다."

재무성이 환하게 웃는 얼굴로 상대 팔을 찬장 쪽으로 잡아끌면서

---

93) 만찬이 끝난 다음에 남자들이 포도주와 흡연을 즐기도록 여자들은 응접실로 물러나고 여주인은 마지막으로 나가는 관습을 말한다.

94) 로마 신화에 풍요와 다산의 신으로 나오는 미인이다.

95) 외경에 기록된 여장부로, 적장의 목을 베어서 마을을 구했다.

96) '자본가'라는 표현은 이 시기에 많이 나오지만, 맑스가 말한 부정적인 의미는 아직 없을 때다. 작가는 이 작품에서 자본가가 돈을 버는 방식을 극히 비판적으로 묘사하긴 하지만, 이때만 해도 '자본가'는 '돈을 많이 버는 사람'을 의미하는 정도였다.

가볍게 농담했다.

"맙소사, 전적으로 인정하는 건 아닙니다, 친애하는 머들 선생. 우리는 선생께서 어울리며 도와줄 가치조차 없는 사람들이니까요."

머들 선생이 영광이라고 말하는데, 재무성이 중간에 끼어들었다.

"아닙니다, 아니에요. 실용적인 지식과 통찰력이 대단한 분께서 그렇게 말씀하실 순 없습니다. 우연한 상황에 맞닥뜨려, 이렇게 탁월한 분께 우리랑 어울리면서 대단한 영향력과 지식과 인격을 보태달라고 제안하는 행운을 누린다면, 우리는 그걸 일종의 의무로, 그분이 상류사회에 지니는 의무로 제안할 뿐입니다."

머들 선생이 자신은 상류사회를 가장 소중하게 여긴다고, 상류사회의 요구는 다른 무엇보다 중요하다고 암시했다. 재무성이 물러나고 거물 변호사가 다가왔다.

거물 변호사는 배심원단에게 인사하듯 고개를 살짝 숙이더니, 상대를 설득하듯 외알 안경 한 쌍을 만지작거리며 말했다. 모든 악의 뿌리[97]를 모든 선의 뿌리로 바꾸는 위대한 인물이자, 영국이라는 상업 국가를 오랫동안 화려하게 빛내는 영광스러운 인물에게 말한다 해도, 우리 변호사들이 현학적으로 말하듯, 법정 고문 자격으로, 자신이 우연히 알게 된 사실을 말한다 해도 용서하기 바란다. 자신은 동쪽 지방 두 곳에 있는 - 우리 변호사들은 구체적인 걸 좋아한다는 사실을 머들 선생도 아실 테니, 실제로, 동쪽 지방 경계선 두 곳에 걸친 - 규모가 상당한 영지의 소유권을 검토해달라는 요구를 받은 적이 있다. 그래서 확인하니, 소유권은 완벽하며, 영지는 돈이 넉넉한 사람이라면 (배심원단에게 인사, 상대를 설득하듯 외알 안경 만지기) 놀랄 만큼 유리한 조건으로 살 수 있다. 그 사실을 오늘 처음 알고서 "오늘 저녁에 존경스

97) 돈을 사랑하는 것. 돈.

러운 친구 머들 선생과 만찬을 함께하는 영광을 누리다, 단둘이 있을 때 정보를 드려야 하겠다"는 생각을 떠올렸다. 그것을 사면 정치적으로 상당한 영향력을 확보할 뿐 아니라 성직 추천권 여섯 자리를 확보해서 매년 상당한 소득을 올릴 수 있다. 머들 선생에게 자본이 아무리 많고 활동성과 지력이 아무리 뛰어나더라도, 그걸 사는 건 쉽지 않은 결정이라는 걸 잘 안다. 하지만 자신은 유럽 전역에서 이렇게 높은 지위와 명성을 합당하게 누리는 인물이라면 그걸 사든 안 사든, 그 정도 영향력을 갖춰야 한다는 걸 – 그분이 아니라 상류사회에 말해야 한다는 생각이 – 그래서 그 영향력을 행사하는 게 이익이라는 걸 – 그분이나 그분 가족을 위해서가 아니라 상류사회를 위해서 말해야 한다는 생각이 – 문뜩 떠올랐다.

머들 선생은 상류사회에 끊임없는 관심을 전적으로 기울이겠다는 말을 다시 하고, 거물 변호사는 상대를 설득하듯 외알 안경을 만지작거리면서 웅장한 계단을 올라갔다. 그러자 주교관이 우연인 듯 찬장 쪽으로 살금살금 다가왔다.

세상의 재물은 지혜로운 현자가 마법 같은 손 아래 쌓아 올릴 때 가장 바람직한 방향으로 나아가니, 자기네 역시 재물의 정당한 가치를 잘 알긴 해도(주교관은 이 말을 하는 순간, 가난한 사람 같은 표정을 떠올리려 애쓰는데), 지혜로운 현자는 재물을 지혜롭게 관리하고 적절하게 분배하는 게 인간의 복지에 중요하다는 것 역시 잘 안다고 말해야 한다는 생각이 주교관 머리에 우연히 떠오른 것이다.

머들 선생은 자신이 그런 현자일 순 없다고 겸손하게 말하면서도, 주교관이 그렇게 말씀하시니 고맙다는 식으로 모순되게 대답했다.

그러자 주교관은 – '사제복 앞치마는 형식에 불과하니, 신경 쓰지 말라'고 말하듯, 잘 생긴 오른 다리를 멋들어지게 살짝 내밀면서 – 좋은 친구에게 물었다.

사업이 번창해서 좋은 모범을 보이며 상당한 영향력을 보이는 사람에게 상류사회가 아프리카 같은 곳을 선교하도록 돈을 조금 뿌리길 바라는 건 정말 당연하다는 생각을 떠올린 적이 있는가?

머들 선생은 지대한 관심을 기울이겠다는 식으로 대답하고, 주교관은 다시 물었다.

좋은 친구께서는 '재능이 특별한 고위성직자 연합'이 발행하는 회보에 관심이 있는가, 그쪽으로 돈을 조금 뿌리는 건 훌륭한 생각을 아름답게 실천하는 계기가 되겠다는 생각을 떠올린 적은 있는가?

머들 선생은 비슷하게 대답하고, 주교관은 자신이 그렇게 물은 이유를 설명했다.

상류사회는 귀하처럼 좋은 친구한테 그런 역할을 기대한다. 자신이 아니라 상류사회가 기대하는 것이다. '재능이 특별한 고위성직자' 역시 '우리 연합'이 아니라 상류사회가 바라는 것으로, 우리 연합에 재능이 특별한 고위성직자가 들어올 때까지 상류사회는 고통스러운 불안감에 시달릴 수밖에 없다. 자신은 훌륭한 친구가 어떤 경우든 상류사회의 이익에 관심을 기울이는 것을 너무나 잘 안다는 말을 꼭 하고 싶다. 그래서 상류사회에 바람직한 내용을 상의하고 상류사회의 느낌을 알리는 지금, 좋은 친구가 계속 번창하고 더욱 커다란 부를 얻길 기원하겠다.

그런 다음에 주교관은 위층으로 올라가고 다른 거물들 역시 뒤따라 하나씩 올라가니, 아래층에 남은 사람은 머들 선생밖에 없었다. 그래서 식탁보만 가만히 바라보다 집사장의 영혼에 숭고한 분노가 타오를 즈음에 비로소 계단을 천천히 올라, 웅장한 연회석에 참석한 거물들 사이에서 별 볼 일 없는 사람으로 전락했다. 머들 부인이 연회를 주도

하는데 제일 좋은 보석을 온몸에 걸쳐서 자랑하고, 상류사회는 그곳에 온 목적을 마음껏 즐기고, 머들 선생은 구석에서 싸구려 차를 마시고 또 마셨다.

자리에 참석한 거물 가운데는 모든 사람이 알고 모든 사람을 아는 유명한 외과의도 있었다. 그가 문으로 들어오다 구석에서 차를 마시는 머들 선생에게 다가가서 팔을 건들자, 머들 선생이 깜짝 놀랐다.

"아! 선생님이군요!"

"오늘은 좋아졌나요?"

"아니에요. 똑같아요."

"아침에 진찰을 못 해서 안타까워요. 내일은 꼭 찾아오세요, 아니면 내가 찾아갈게요."

"으음! 내일은 마차를 타고 지나는 길에 들러볼게요."

짧은 대화가 오가는 사이에 거물 변호사와 주교관은 옆에서 지켜보다, 머들이 인파에 휩싸이며 멀어지는 순간에 외과의에게 자기네 견해를 밝혔다. 거물 변호사는, 정신적으로 누구도 못 견딜 스트레스에 도달하는 지점이 있는데, 동료 몇 명이 그렇게 되는 사례를 보니, 그 지점은 두뇌 능력과 체력에 따라 다양하다. 하지만 못 견딜 한계를 넘어서는 순간, 우울증과 소화불량에 시달린다. 신성하고 신비로운 의학 분야에 개입하는 건 아니지만, (배심원단에게 인사, 상대를 설득하듯 외알 안경 만지기) 지금 머들이 그런 상태로 보이는데, 맞느냐?

주교관은 자신이 젊을 적에 토요일만 되면 설교내용을 작성하는 습관에 잠시 빠져들었는데, 교회에서 일하는 젊은이라면 어떤 식으로든 피해야 하는 습관으로, 그것 때문에 지적 능력을 너무 혹사하다 보니 툭하면 우울증에 시달렸다. 그러자 당시에 하숙하던 집에서 훌륭한 여성이 이제 막 낳은 달걀노른자에 상하지 않은 백포도주 한 잔과 육두

구와 설탕 가루를 넣고 한껏 저은 걸 주어서 마법 같은 효과를 보았다. 사람을 치료하는 능력이 탁월한 전문가가 숙고하는 문제에 그렇게 간단한 치료법을 주제넘게 알려주려는 의도는 아니지만, 복잡하게 계산하느라 그런 스트레스가 생긴 건 아닌지, 그렇다면 (인간적으로 말해서) 부드러우면서도 진한 자극제를 마시면 정상으로 돌아오는 건 아닌지를 감히 묻고 싶다.

그러자 외과의가 대답했다.

"네, 그렇습니다, 두 분 모두 맞습니다. 하지만 우선은 머들 선생한테 어떤 문제도 찾을 수 없다는 사실부터 말씀드려야 하겠습니다. 머들 선생은 체력이 코뿔소처럼 튼튼한 데다 타조처럼 소화가 잘되며, 집중력이 굴처럼 대단합니다. 신경계 역시 안정 상태로, 성격 역시 예민하지 않습니다. 아킬레스처럼 결점이 하나도 없는 편입니다.[98] 그런 인물이 특별한 이유 없이 안 좋을 수 있다는 사실이 두 분한테는 이상하게 보일 겁니다. 하지만 저는 머들 선생한테서 아무런 문제도 못 찾았습니다. 물론, 뿌리 깊은 지병이 있을 수도 있겠지요. 저로선 뭐라 말하기 어렵군요. 제가 아는 건 당장으로는 아무런 문제도 못 찾았다는 사실이 전부입니다."

머들 선생이 병에 걸렸다는 그림자는 귀중한 보석을 잔뜩 진열해서 황홀한 보석 진열장과 경쟁하는 가슴에도, 허튼소리를 안 하는 아가씨를 찾아서 이 방 저 방 미친 사람처럼 돌아다니는 '번뜩이는 머리'에도, 그곳에 참석한 바너클 무리와 '헛소리 빵빵' 무리에도, 그곳에 참석한 누구에도 어리지 않았다. 무리 사이를 돌아다니며 인사받는 머들 선생 자체에도 그런 그림자는 안 보였다.

머들 선생의 병. 상류사회와 머들 선생은 모든 측면에서 관계를 맺은

98) 아킬레스는 뒤꿈치에 결정적이 약점이 있으니, 이 말은 뭔가 커다란 비밀을 암시한다.

터라, 진짜로 병이 있다면 머들 선생 혼자만의 문제로 여길 수 없었다. 그렇다면 머들 선생한테 정말로 지병이 있단 말인가? 그걸 어떤 의사가 찾아내겠는가? 조금 더 기다려라, 그러다 보면 마셜씨 교도소 담장 그림자가 어둡게 깔려, 태양이 공중에 떠오른 사이에 도릿 가족에게 어리는 광경을 어느 때든 볼 테니.

22장. 수수께끼

클레넘 선생은 교도소를 방문하는 비율이 늘어나도 마셜씨 교도소 아버지가 좋아하는 비율은 안 늘어났다. 선물이라는 중요한 문제에 둔감한 터라 교도소 아버지 가슴에 존경심을 불러일으키기는커녕, 예민한 가슴에 불쾌감을 일으키고 신사라는 관점에서 감정을 상하게 하는 경향이 있었다. 교도소 아버지는 클레넘 선생이 선물을 잘하는 경향이라고 확신했는데, 실제로는 그렇게 섬세한 마음이 거의 없다는 사실을 깨닫는 순간에 실망감이 몰려들면서 클레넘을 다정하게 여기는 마음에 그늘이 깔렸다. 가족끼리 있을 때면 이런 말까지 할 정도였다. 클레넘은 숭고한 본능이 없는 사람 같다. 물론 자신은 학교를 이끌고 대표하는 공적 영역에서 클레넘이 경의를 표시하러 찾아온다면 기꺼이 만나겠지만, 개인적으로 가까이 지내진 않겠다. 그 사람은 (무언지 모르겠지만) 뭔가 부족한 것 같다.

그렇지만 교도소 아버지는 겉으로 예의를 다하는 건 물론, 훨씬 많이 배려했다. 예전처럼 자발적으로 선물하는 지혜는 충분하지 않을지언정, 자신이 예의를 다하면 상대 역시 신사 된 도리를 다하리라는 기대를 품은 것 같았다.

처음 찾아온 날 밤에 뜻밖에 갇힌 외부 신사인 데다, 교도소 아버지를 밖으로 빼낸다는 엄청난 생각을 품고 사건 내용을 처음부터 조사하는 외부 신사며, 마셜씨 교도소 딸한테 관심을 보이는 외부 신사라는 세 가지 측면에서 클레넘은 눈에 띄는 방문객이었다. 클레넘은 치버리 교도관이 유난히 친절하다는 사실에 조금도 놀라지 않았다. 다른 교도관과 다르다는 사실 자체를 몰랐다. 그러던 어느 날 오후, 치버리 교도관은 다른 교도관과 다른 점을 두드러지게 보여서 한순간에 클레넘을 놀라게 했다. 학생을 모두 내보내는 능력을 정교하게 발휘해서 휴게소를 텅 비워, 클레넘이 교도소를 나갈 때 혼자 근무하다, 은밀하게 물은 것이다.

"(개인적으로) 미안합니다만, 선생님, 어느 쪽으로 가시는지요?"

"다리를 넘어갈 생각이오만."

클레넘이 대답하면서 치버리를 쳐다보다, 열쇠를 입술에 대서 침묵을 강조하는 모습에 깜짝 놀랐다.

"(개인적으로) 미안합니다만, 말 장삿길로 돌아가실 수 있나요? 그래서 이 주소를 찾아갈 시간을 내실 수 있나요?"

치버리가 물으면서 주변에 돌리려고 인쇄한 조그만 명함을 내미는데, '치버리 상회, 담뱃가게, 진짜 하바나 시가, 진짜 벵골 시가, 향이 좋은 쿠바산 수입, 고급 코담배 등등 판매'라고 적혀있었다.

"(개인적으로) 담배 때문이 아닙니다. 사실, 제 마누라 때문입니다. 마누라가 선생님께 할 말이 있다는데, 용건은……"

클레넘이 알겠다는 의미로 고개를 끄덕이자, 치버리가 다시 말했다.

"네, 마누라가 할 말이 있답니다."

"네, 알겠습니다. 곧장 찾아가지요."

"고맙습니다, 선생님. 정말 고맙습니다. 가시는 길에서 10분 이상

안 벗어납니다. 치버리 부인을 찾으세요!"

클레넘이 벌써 나간 터라 치버리 교도관은 바깥문 조그만 미닫이창 너머로 조심스레 소리쳤다. 밖에 나타난 방문객을 마음이 내킬 때마다 살피는 창문이었다.

클레넘은 명함을 들고 걸어서 목적지에 금방 도착했다. 조그만 상점으로, 점잖은 여인이 계산대 뒤에 앉아서 바느질했다. 조그만 담배 단지 여러 개, 조그만 담뱃갑 여러 개, 파이프 몇 개, 코담배 단지 한두 개, 담배를 펴내는 구둣주걱 같은 조그만 도구가 보였다.

클레넘은 이름을 밝히고, 치버리 교도관이 부탁해서 찾아왔다고, 미스 도릿과 관련된 일인 것 같다고 말했다. 치버리 부인은 그 즉시 안타까운 표정으로 고개를 저으며 바느질감을 옆에 내려놓고 계산대 뒷자리에서 일어났다.

"지금 우리 아들을 보셔도 됩니다, 살짝 보시겠다면."

치버리 부인이 이상한 말을 하더니, 상점 뒤 조그만 거실로 안내했다. 조그만 창문이 있어서 정말 조그만 뒷마당이 보였다. 침대 시트와 식탁보를 빨아 (공기가 안 통해서 안 마를 것 같은데도) 널어놓은 빨랫줄 한두 개가 있고, 그 사이로 젊은 사내 한 명이 침몰한 갑판에 홀로 살아남아 돛을 걷을 힘조차 없이 쓸쓸한 표정으로 의자에 앉은 모습이 보였다.

"우리 아들 존이에요."

치버리 부인이 말했다.

클레넘은 관심이 없지 않다는 표시로 저기에서 뭘 하느냐 묻고, 치버리 부인은 고개를 다시 저으면서 대답했다.

"기분을 바꾸려는 거예요. 시트가 없을 때는 뒷마당조차 안 나가는데, 시트가 걸려서 동네 사람들 시선을 가려줄 때는 저기에 앉아서 몇 시간

이고 지낸답니다. 몇 시간이고. 작은 숲 같은 느낌이 든다면서요!"

치버리 부인이 고개를 다시 젓다 어머니다운 자세로 앞치마를 두 눈에 대더니, 손님을 상점으로 데리고 나와서 다시 말했다.

"의자에 앉으세요, 선생님. 우리 존한테 미스 도릿이 문제랍니다, 선생님. 미스 도릿 때문에 마음이 무너졌는데, 저러다 회복을 못 하고 완전히 무너지면 부모 마음이 어떨지, 선생님께 실례를 무릅쓰고 묻고 싶어요."

치버리 부인은 편안한 얼굴과 따듯한 감성과 화술로 말 장삿길 주변에 신망이 상당한 여인이나, 도전적인 화법으로 묻다 곧바로 고개를 다시 젓고 눈물을 훔치면서 이어갔다.

"선생님은 그 가족과 친하고 그 가족에 관심이 있으며 그 가족에 영향을 미칠 수 있으니, 젊은 두 사람이 행복하게 살아갈 방법이 있다면, 우리 아들 존을 위해, 젊은 두 사람을 위해, 제발 그렇게 도우시기를 간청드려요!"

"작은 도릿을…… 미스 도릿을 만나고 얼마 안 되는 기간을 보내면서, 나는 아주머니가 말씀하신 내용과 완전히 다른 각도에서 미스 도릿을 보았기에 아주머니 말씀이 당혹스럽군요. 미스 도릿이 아드님을 아나요?"

"함께 자랐답니다, 선생님. 더불어 놀면서."

"아드님이 좋아하는 걸 미스 도릿이 아나요?"

클레넘이 묻자, 치버리 부인이 의기양양한 표정으로 부르르 떨면서 대답했다.

"당연하지요, 선생님. 우리 아들이 그런 걸 일요일마다 모르고 지나갈 순 없겠지요. 우리 아들 존이 오래전부터 지팡이를 들고 다닌 것만 봐도 알 테니까요. 존처럼 젊은 사내가 상아 손잡이 지팡이를 그냥 들고 다니지는 않으니까요. 제가 그 사실을 처음에 어떻게 알았겠습니까? 비슷한 거예요."

"미스 도릿은 아주머니와 달리 눈치가 없을 수도 있으니까요."

"하지만 입에서 나온 말도 들었답니다, 선생님."

"확실한가요?"

클레넘이 묻자, 치버리 부인이 앞에서 말한 상황을 반복하는 식으로 또렷하게 강조했다.

"제가 이 가게에 있는 만큼이나 확실하고 분명하답니다, 선생님. 저는 이 가게에 있다가 아들이 나가는 모습을 똑똑히 보고, 이 가게에 있다가 아들이 들어오는 모습을 똑똑히 보아서, 아들이 말했다는 걸 알아요!"

"아드님이 저런 상태에 빠져들어서 아주머니를 이토록 불안하게 만드는 이유를 물어도 될까요?"

"존이 돌아오는 모습을 이 가게에서 이 눈으로 본 날부터 저렇게 되었답니다. 그때부터 예전 모습을 잃었으니까요. 우리가 7년 전에 분기별 월세를 내는 조건으로 이 집에 들어올 때부터 보이던 모습을 그때 이후로 완전히 잃었으니까요!"

치버리 부인이 말하는데, 표현 방식이 진술서라도 쓰는 것처럼 독특했다.

"아주머니는 그 문제를 어떻게 이해하시는지 물어도 괜찮을까요?"

"네, 그렇게 물으신다면 제가 있는 이 가게처럼 명예롭고 솔직하게 대답할게요. 우리 아들 존은 지금껏 누구나 칭찬하고 축복하는 아이로 자랐어요. 어릴 적에는 교도소 마당에서 어린 도릿과 놀았고요. 그때부터 도릿을 알았지요. 그 일요일 오후에는 바로 이 거실에서 식사하고 밖에 나가, 미리 약속했는지 안 했는지는 모르겠는데, 미스 도릿을 만났어요. 그래서 청혼했어요. 미스 도릿 오빠와 언니는 거만한 성격이라, 우리 아들 존을 반대하지요. 미스 도릿 아버지는 우리 아들 존을 인정하면서도 미스 도릿을 다른 사람과 공유하는 건 반대하고요. 상황이 이런지라 미스 도릿은 우리 아들 존한테 '안돼, 존, 나는 당신과 결혼할 수 없어, 나는 남편하고 살 수 없어, 나는 누구랑 결혼할 생각이 없어, 나는 늘 희생하면서 살아야 해, 잘 가, 너랑 맞는 여자를 찾아, 나를 잊어!'라고 말했어요. 미스 도릿은 노예 역할을 영원히 해줄 가치가 없는 사람들한테 노예로 매여서 영원히 살아갈 운명이 된 거예요. 그래서 우리 아들 존은 제가 선생님께 보여준 것처럼 가슴이 무너진 채 뒷마당 빨래 사이에 앉아서 감기에 걸릴 뿐 즐거운 일이라곤 하나도 없으니, 엄마 가슴까지 무너지는 거예요!"

여기서 착한 여인이 조그만 창문을 가리키는 게 아무 소리도 안 나는 조그만 숲에 쓸쓸하게 앉은 아들이라도 바라보는 것 같다, 고개를 저으면서 눈물을 훔치더니, 젊은 두 사람 모두를 위해 영향력을 발휘해서 우울한 상황을 밝은 상황으로 바꿔 달라고 간청했다.

치버리 부인이 상황을 너무나 자신만만하게 설명한 데다, 작은 도릿이 가족과 살아가는 모습을 볼 때 그 내용이 정확하다는 걸 부인할 수도 없는 터라, 클레넘은 다른 가능성을 떠올릴 수 없었다. 지금껏 작은 도릿에게 독특한 관심을 – 작은 도릿이 살아온 천박하고 조악한 환경에서 작은 도릿을 떼어내고픈 관심을 – 보인 터라, 클레넘은 작은 도릿이 뒷마당에 있는 존이든 누구든 사랑한다고 생각하니, 실망스럽기도 하고 불쾌하기도 하고 고통스럽기도 했다. 동시에, 작은 도릿이 젊은 존을 사랑하지는 않더라도 실제로 사랑하는 것처럼 보일 만큼 다정하고 진실하게 대했다고 또한, 작은 도릿을 집안일에 헌신하는 요정처럼 여기고, 작은 도릿이 아는 얼마 안 되는 사람한테서 고립시키는 벌을 내리는 건 클레넘 자신의 상상력에 문제가 있음을 나타낼 뿐, 바람직한 상상력은 아니라고 스스로를 달랬다. 하지만 앳된 천사 같은 모습도, 수줍어하는 모습도, 예민한 목소리와 눈빛도, 그동안 관심을 끌던 다양한 특성도, 주변 사람과 너무나 다른 모습도 지금 떠오르는 모습하고 맞아떨어지지 않았다. 조금도 맞아떨어지지 않았다.

클레넘은 - 치버리 부인이 말하는 사이에 - 마음속으로 이런 내용을 떠올린 다음, 미스 도릿이 바라는 걸 자신이 파악할 수 있다면, 그리고 자신한테 그만한 능력이 있다면, 미스 도릿이 소망을 이루도록, 그래서 행복하게 살도록 늘 최선을 다해서 돕겠다고 훌륭한 치버리 부인에게 말했다. 동시에, 겉으로 보이는 모습만 보고 섣불리 판단하지 말라는 주의도 주고, 미스 도릿이 힘들어하지 않도록 입을 꼭 다물고 비밀을 지키라는 당부도 했다. 치버리 부인이 노력해서 아들이 마음을 열도록 해, 이번 사태를 정확히 파악하는 게 특히 중요하다는 제안도 했다. 치버리 부인은 입을 꼭 다문 채 비밀을 지킬 필요까지는 없다고 생각하지만, 그러도록 노력하겠노라고 대답했다. 그리고는 이번 만남에서 기대하던 위안을 충분히 얻은 건 아닌 듯 고개를 절레절레 저으면서도 여기까지 찾아온 친절에 고마워했다. 그래서 두 사람은 좋은 친구로 헤어지고, 클레넘은 떠났다.

거리에 가득한 인파가 마음속에 가득한 인파와 부닥쳐서 혼란스러워, 클레넘은 런던 다리를 피해 훨씬 조용한 아이언 다리 쪽으로 걸었다. 아이언 다리에 들어서자마자 앞에서 걷는 작은 도릿이 보였다. 좋은 날씨에 미풍이 살짝 불어 공기를 쐬려고 나온 것 같았다. 클레넘이 교도소 아버지 감방에서 작은 도릿과 헤어진 게 한 시간 안짝이었다.

다른 사람이 없을 때 작은 도릿 표정과 태도를 관찰하기에 딱 좋은 기회였다. 클레넘은 걸음을 재촉했다. 하지만 다 쫓아가기도 전에 작은 도릿이 고개를 돌렸다.

"나 때문에 놀랐니?"

클레넘이 묻자, 작은 도릿이 주저하며 대답했다.

"걷는 소리가 귀에 익어서요."

"귀에 익다고, 작은 도릿? 내가 걷는 소리라는 예상은 못 했잖아."

"별다른 예상은 안 했어요. 하지만 걷는 소리를 듣는 순간, 선생님 소리 같다는 생각이 들었어요."

"멀리 가니?"

"아니에요, 선생님, 기분 전환으로 걷는 거예요."

두 사람이 나란히 걸었다. 작은 도릿은 클레넘에 대한 믿음을 회복하고는 주변을 둘러본 다음, 고개를 들어서 상대 얼굴을 쳐다보며 말했다.

"이상해요. 선생님은 이해를 못 하실 거예요. 여기를 걷다 보면 모든 감정이 사라지는 듯한 느낌이 종종 들거든요."

"모든 감정이 사라져?"

"강물을 보고, 드넓은 하늘을 보고, 끝없이 움직이며 변하는 사물을 수없이 보다 보면. 그러다 돌아가서 언제나 비좁은 곳에 있는 아버지를 보면."

"그렇군! 하지만 그런 걸 보면서 느낀 활력으로 아버지 기운을 북돋아 준다는 사실도 기억해야지."

"제가요? 정말 그러면 좋겠네요! 선생님은 환상이 강해서 저를 강한 여자로 보는 것 같아요. 행여나 선생님이 감옥에 갇힌다면 제가 그렇게 위로할 수 있을까요?"

"그럼, 작은 도릿, 당연하지."

작은 도릿 입술이 떨리고 얼굴에 긴장한 느낌이 스치는 걸 보고, 클레넘은 작은 도릿이 아버지를 생각한다고 짐작했다. 그래서 마음을 차분하게 가라앉히도록 입을 다물었다. 작은 도릿이 클레넘 팔에 기댄 채 덜덜 떠는 모습은 치버리 부인이 주장한 내용과 분명히 다르지만, 속에서 새롭게 피어오르는 환상과 – 또 다른 새로운 환상과 – 도저히 다가갈 수 없는 거리에 누군가 다른 사람이 있을 수 있다는 환상과 – 어긋나는 건 아니었다.

두 사람은 발길을 돌리다, 클레넘이 말했다. 저기에 매기가 온다! 작은 도릿이 깜짝 놀라는 가운데 두 사람은 쳐다보고, 매기는 두 사람을 발견하는 순간에 그 자리에 멈췄다. 지금껏 깊은 생각에 잠긴 채 빠르게 걸어오느라 두 사람이 돌아설 때까지 못 알아보았던 거다. 매기는 순간적으로 양심에 찔린 나머지, 바구니까지 그렇게 보였다.

"매기, 아버지 곁에 머물겠다고 약속했잖아."

"그러려고 했는데, 작은 엄마, 아버지가 못 그러게 했어. 아버지가 심부름을 시키면 나는 심부름해야 하잖아. 아버지가 '매기, 이 편지를 들고 급히 다녀오렴, 좋은 답장을 받아오면 6페니를 줄게'라고 하면 나는 그래야 하잖아. 아아, 작은 엄마, 열 살짜리 어린애가 어떻게 하겠어? 그리고 팁 아저씨가 – 내가 밖으로 나올 때 우연히 들어오다 '어디에 가니, 매기?'라고 물으면, 나는 '이런저런 곳에 간다'고 대답하고, 그래서 '그렇다면 나도 그래야겠다'고 말하고, 여인숙에 들어가서 쓴 편지를 건네며 '똑같은 곳에 갖다 줘, 좋은 답장을 받아오면 1실링을 줄게'라고 말한다 해서 내가 잘못한 건 아니잖아, 작은 엄마!"

작은 도릿은 편지 내용을 예상하고 눈길을 내리깔았다.

"나는 이런저런 곳으로 가는 중이야. 그래, 맞아! 그곳이 내가 가는 곳이야. 나는 이런저런 곳으로 가고 있어. 작은 엄마는 상관이 없어."

매기가 말하더니, 클레넘에게 덧붙였다.

"선생님께 가는 거예요. 이리 오세요, 이런저런 곳으로, 편지를 줄게요."

"꼭 그럴 필요는 없어, 매기. 여기에서 주렴."

클레넘이 나지막이 말하자, 매기가 커다랗게 속삭였다.

"으음, 그러면 길을 건너요. 작은 엄마는 몰라야 한대요. 선생님이 이렇게 어슬렁대서 귀찮게 하는 대신에 이런저런 곳으로 가기만 했다면 작은 엄마는 몰랐을 거예요. 이건 내 잘못이 아니에요. 시킨 대로 해야 하니까. 창피한 건 나한테 그러라고 시킨 사람들이에요."

클레넘은 길 맞은편으로 건너가서 편지봉투를 급히 열었다. 교도소 아버지가 보낸 편지는 시청에서 돈을 보낸다고 한 게 분명한데, 실망스럽게도 제대로 실행이 안 되는 사정에 처해서 너무나 당혹스러운 나머지, 직접 찾아가서 부탁해야 하나, 23년 동안 감금당하는 (여기에 이중으로 밑줄) 불행한 상황 때문에 직접 찾아갈 수 없어서 펜을 들었다는 – 편지에 동봉한 차용증을 받고서 총액 3파운드 10실링을 빌려주면 클레넘 선생한테 정말 고맙겠다는 간청을 하려고 펜을 들었다는 – 내용이었다. 아들이 보낸 편지는 자신이 마침내 극히 만족스러운 일자리에 영원히 취업했으니, 앞으로 바람직하게 살아가리라는 소식을 들으면 클레넘 선생도 기쁠 거다, 하지만 고용주가 순간적으로 자금이 막혀서 봉급을 바로 지급할 수 없는 상황에다 (고용주가 조금만 기다려달라고 호소하는 상황에다) 나쁜 친구한테 사기를 당하고 식료품비가 너무 오르는 상황까지 겹친 나머지, 오늘 6시 15분 전까지 총액 8파운드를 못 만들면 자신은 파산할 수밖에 없다, 클레넘 선생이 들으면 다행스럽게 여길 텐데, 몇몇 친구가 자신을 믿고 재빨리 도와준 덕분에 총액 8파운드를 거의 모은 터라, 이제 1파운드 17실링 4펜스라는 얼마 안 되는 돈만 맞추면 되니, 그 돈을 한 달 기한으로 빌려준다면 앞으로 바람직한 일만 가득하리라는 내용이었다.

클레넘은 그 자리에서 수첩과 연필을 꺼내, 교도소 아버지에게는 부탁한 걸 보낸다는 답장을, 아들에게는 부탁을 들어줄 수 없어서 미안하다는 답장을 썼다. 그리고 매기한테 건네고는 추가로 부탁받은 일에 실패해서 못 받을 1실링까지 건넸다. 작은 도릿에게 돌아가서 다시 나란히 걸을 때, 작은 도릿이 갑자기 말했다.

"그만 돌아가는 게 좋을 것 같아요. 집으로 가야겠어요."

"스트레스받지 마. 두 편지에 답장을 보냈어. 그 정도는 아무것도 아니야. 어떤 내용인지 너도 알잖아. 그 정도는 아무것도 아니야."

"하지만 아버지 곁을 벗어나는 게 두려워요. 가족 곁을 떠나는 게 두려워요. 제가 없으면 가족이 - 일부러 그러는 건 아니겠지만 - 매기까지 나쁜 길로 이끌잖아요."

"매기는 순수하게 심부름만 한 거야. 너한테 비밀로 해야 한다고 생각한 건 너를 불편하지 않도록 하려는 배려에 불과해."

"네, 그러면 좋겠어요, 정말 그러면. 하지만 집으로 가야겠어요! 며칠 전에 언니는 내가 교도소에 익숙한 나머지 교도소 말투와 품성을 보인다고 했어요. 맞는 말 같아요. 이런 일을 겪으니, 맞는 말이라는 확신이 들어요. 내가 있을 곳은 그곳이에요. 나는 그곳이 맞아요. 여기서는 아무런 감정도 느낄 수 없는데, 최소한 거기서는 무어라도 할 수 있으니까요. 안녕히 계세요. 나는 집에 머무는 편이 훨씬 나아요!"

작은 도릿이 답답한 마음에 저절로 터져 나오는 말을 고통스럽게 쏟아내니, 클레넘은 두 눈에 고이는 눈물을 억누를 수 없었다. 그래서 간청했다.

"얘야, 그곳을 집이라 부르지 말렴! 그곳을 집이라고 하는 말이 나한테 너무나 고통스럽구나."

"하지만 그곳이 집이에요! 제가 다른 어디를 집이라고 부르겠어요?

한순간이나마 제가 그 사실을 잊어야 할 이유가 무어겠어요?"

"너는 늘 진심으로 희생하니, 그걸 안 잊겠지, 작은 도릿."

"아, 저도 안 그러면 좋겠어요! 하지만 저는 그곳에 머무는 편이 나아요. 훨씬 나아요. 그게 제 의무니, 훨씬 행복해요. 이제 함께 가지 말아요. 혼자 갈게요. 안녕히 계세요. 하느님 은총이 가득하시길. 고마워요, 고마워요."

클레넘은 작은 도릿이 간청하는 말을 존중하는 게 좋겠다 느끼고, 가녀린 몸이 빠르게 멀어지는 동안 가만히 쳐다보았다. 그러다 완전히 사라진 다음에 비로소 강물을 물끄러미 바라보며 생각했다.

작은 도릿이라면 편지 내용을 깨닫는 순간에 당연히 힘들겠지만, 그게 저렇게, 도저히 못 견딜 만큼, 힘든 일일까?

그래.

아버지가 어려운 척하면서 구걸하는 모습을 보았을 때도, 그런 아버지에게 돈을 주지 말라고 간청할 때도, 작은 도릿은 힘들어했지만 저만큼은 아니었어. 이번에는 뭔가 훨씬 날카롭고 민감한 무언가가 있는 거야. 그렇다면 도저히 다가갈 수 없는 거리에 누군가 정말 있는 걸까? 아니면 다리 밑으로 거칠게 흐르는 강물 때문에, 애매할 것도 없고 불안할 것도 없이 저 멀리 평화롭게 나아가는 강물 때문에 – 뱃전에 부닥치는 소리는 조금도 안 변하고, 여기에서는 골풀을, 저기에는 백합을 스치며 흐르는 강물 때문에 – 마음속에 의혹이 떠오른 걸까?

클레넘은 가만히 서서 불쌍한 작은 도릿을 오랫동안 생각하고, 집에 가면서도 생각하고, 밤에도 생각하고, 해가 다시 뜬 다음에도 생각했다. 불쌍한 작은 도릿 역시 마셜씨 교도소 담장 그늘이 깔린 곳에서 – 너무나 열심히, 아, 너무나 열심히! – 클레넘을 생각했다.

23장. 기계가 돌아가다

미글스 선생은 클레넘이 부탁한 내용을 데니얼 도이스와 협의하는 문제로 바삐 움직이다 실무 작업에 곧바로 들어가더니, 어느 날 아침 9시에 클레넘을 찾아와서 진행 상황을 알렸다.

"도이스가 당신 의견을 듣고 크게 기뻐했어. 공장 사정을 당신이 직접 점검해서 완벽하게 파악하길 바라더군. 그래서 장부와 서류 열쇠를 나한테 모두 건넸어. 지금 이 주머니에서 쨍그랑거리잖아. 나한테 제시한 사항은 딱 하나, '내가 아는 모든 내용을 클레넘 선생이 파악해서 나하고 완전히 동등한 자격을 갖추게 하세요. 그러면 설사 무산되더라도 그분이 나를 신뢰할 수 있겠지요. 애초에 그걸 확실히 하지 않는 한, 나는 그분과 동업할 수 없어요'라고 말하더군. 이것 하나면 자네도 데니얼 도이스가 어떤 사람인지 알 수 있을 거야."

"명예를 중시하는 성격이지요."

"그래, 맞아. 의심할 여지가 없어. 괴팍하지만, 명예를 중시해, 정말 괴팍하게."

미글스 선생이 친구의 기벽을 진심으로 유쾌하게 말하더니, 이렇게 덧붙였다.

"그런데 믿을 수 있겠는가, 클레넘, 내가 오전 시간 내내, '단지' 이름이 뭐였더라……"

"블리딩 하트요?"

"그래, 내가 오전 내내 블리딩 하트 단지에서 설득했다는 사실을?"

"왜요?"

"왜냐고, 친구? 동업과 관련해서 자네 이름을 언급하는 순간에 그만두자고 했거든."

"제 이름을 듣는 순간에 그만두자고요?"

"내가 자네 이름을 언급하자마자, 클레넘, 도이스가 '그럴 순 없습니다!'라는 거야. 그래서 그게 무슨 말이냐고 물었어. 미글스는 '아무것도 아니에요. 결코 그럴 순 없어요'라고 했어. 그럴 수 없는 이유가 뭔지 아는가?"

미글스 선생이 껄껄 웃으면서 덧붙였다.

"믿기 힘들겠지만, 클레넘, 결코 그럴 수 없는 이유는 자네와 함께 트위크넘으로 걸어올 때, 자신은 자네가 성 바오로 대성당만큼이나 자리를 확실하게 잡았다 여기고, 동업자 구할 생각을 자연스럽게 말했다는 거야. '그런데 인제 와서 그 제안을 받아들이면 내가 사악하고 교활한 의도로 말했다고 클레넘 선생이 믿을 텐데, 나는 그런 오해를 견딜 수 없어요. 그러기엔 내가 자존심이 강해요'라는 거야."

"저도 그럴 수 있겠다는 생각을……"

클레넘이 말하는데, 미글스 선생이 끼어들었다.

"당연하지. 내가 말했잖아. 하지만 아침 내내 장벽을 올랐다네. 내가 아니면 (그는 옛날부터 나를 좋아하거든) 그 친구 다리를 질질 끌고 장벽을 오를 사람은 어디에도 없다네. 으음, 클레넘. 장애물을 넘고 나니, 그 친구가 조건을 내걸더군. 자네와 동업하기 전에 내가 장부를 모두 검토한 다음에 의견을 정리하라는 거야. 나는 장부를 모두 검토하고 의견을 정리했어. 그러자 '전체적으로 좋은 의견인가요, 나쁜 의견인가요?' 라고 묻더군. 나는 '좋은 의견'이라고 대답했지. '그렇다면 이제 클레넘 선생 스스로 판단할 자료를 주세요. 아무런 편견 없이 완전히 자유롭게 판단하도록 나는 일주일 동안 런던을 떠나겠어요' 라고 말하고는 그대로 떠나더군. 정말 터무니없는 결론이지."

"그분은 솔직하고……"

클레넘이 말하는데, 이번에도 미글스 선생이 끼어들었다.

"괴팍하지. 나도 그렇게 생각해!"

클레넘이 하려던 말은 그게 아니지만, 클레넘은 기분 좋은 친구 말에 끼어드는 걸 삼가고, 미글스 선생은 계속 말했다.

"그러니 준비가 되는 즉시 장부를 들여다보게. 설명이 필요한 부분은 내가 설명하겠지만, 편견은 없어야 하고, 그 이상을 넘지도 말아야 해."

바로 그날 오후부터 두 사람은 블리딩 하트 단지에서 철저하게 조사했다. 도이스 선생이 업무를 처리하는 방식이 경험 많은 눈에 그대로 보였다. 어려운 문제를 독특한 방식으로 늘 단순하게 만들고 확실한 길로 접어들어, 바람직한 결과로 나아가는 식이었다. 서류 작성 작업이 늦고, 사업 능력을 개발하려면 도움이 필요하다는 사실 역시 또렷하게 보였다. 하지만 오랫동안 작업한 결과는 모두 또렷하게 요약해서 쉽게 알아볼 수 있었다. 서류를 검토시킬 목적으로 손댄 건 하나도 없었다. 모든 게 작업복을 입은 상태, 솔직하고 울퉁불퉁한 상태 그대로였다. 계산 결과와 기재사항이 많은데, 뭉툭한 연필로 직접 써서 깔끔하거나 꼼꼼한 느낌은 없지만, 언제나 또렷해서 목적으로 단번에 나아갔다. 업무 과시용으로 공들여 작성한 서류는 – '빙글빙글 돌리기 관청'이 만든 것 같은데 – 효용성이 훨씬 떨어지는 게, 애초에 못 알아보도록 만든 당연한 결과였다.

사나흘을 꾸준히 검토한 결과 클레넘은 상황파악에 필요한 내용을 모두 확실하게 정리할 수 있었다. 미글스 선생은 애매한 부분이 나올 때마다 저울과 국자처럼 확실하고 안전한 등불을 비춰줄 준비를 한 채 늘 곁에 머물렀다. 두 사람은 사업 지분 절반을 구매할 가격으로 공평하다 싶은 액수를 합의하고, 그다음에 비로소 미글스 선생은 데니얼 도이스가 총액을 제시한 서류 봉인을 열었는데, 훨씬 적은 액수였다. 그래서 도이스가 돌아온 이후 그 문제를 바람직하게 마무리할 수 있었다. 그런 다음에 비로소 도이스는 클레넘 손을 맞잡고 다정하게 흔들며 말했다.

"이제야 솔직히 고백하는데, 사방을 아무리 둘러보더라도 이렇게 마음에 쏙 드는 동업자는 못 찾을 겁니다."

"나도 똑같은 마음이랍니다."

클레넘이 대답하자, 미글스 선생이 덧붙였다.

"분명히 말하는데 두 사람 모두 서로한테 잘 어울려. 클레넘은 저 친구를 끊임없이 점검하면서 탁월한 상식을 발휘하고, 도이스는 공장 일에 전념해서 탁월한……"

"비상식을 발휘해요?"

도이스가 제안하며 조용히 웃었다.

"그렇게 말할 수도 있겠지, 그렇게 말하고 싶으면 - 그래서 각자 서로한테 오른팔이 되는 거야. 나 역시 실용적인 사람으로 두 사람 오른팔이 되어줄 테니까."

지분 절반을 넘기는 작업은 한 달 만에 끝났다. 클레넘에게 남은 돈은 이제 삼사 백 파운드를 못 넘지만, 활발하고 유망한 미래가 열렸다. 경사스러운 날에 세 친구는 함께 식사하고, 공장 노동자는 물론 그 부인과 자녀도 하루 쉬고 함께 식사했다. 블리딩 하트 단지도 함께 식사하니, 고기가 사방에 가득했다. 그리고 두 달이 지나, 블리딩 하트 단지는 잔치를 까마득히 잊은 채 식량 부족에 다시 빠져들고, 동업으로 새로워진 거라곤 문설주에 '도이스와 클레넘'이라는 페인트 간판밖에 없는 것 같고, 클레넘은 공장 사업에 빠져든 지 몇 년이 지난 느낌이었다.

클레넘이 업무를 보는 조그만 사무실은 길고 나지막한 작업장 끝에 나무와 유리로 지었는데, 작업장에는 작업대, 바이스, 각종 도구, 기다란 가죽끈, 바퀴 등이 많아, 증기기관에 걸면 찢어지는 소리를 내면서 돌아가는 게, 마치 사업 전체를 먼지로 갈아버리고 공장을 갈기갈기 찢어발기는 자살 임무라도 수행하는 것 같았다. 위쪽 작업장과 아래쪽 작업장과 지붕에 커다란 통풍문이 있어서 빛줄기가 내려오는데, 클레넘은 그걸 볼 때마다 어릴 적 그림책에서 아벨이 죽는 장면을 비추는 빛줄기가 떠올랐다. 소음을 충분히 내몰고 차단해, 사무실에는 윙윙대는 소리로 들리다, 쨍그랑 쾅 소리가 간헐적으로 끼어들었다. 노동자들은 작업대마다 춤추면서 판자 틈새마다 이는 쇳가루를 까맣게 뒤집어쓴 채 열심히 일했다. 작업장에 들어오려면 아래쪽 마당에서 발판 사닥다리를 올라야 하고, 발판 사닥다리 밑에는 도구를 날카롭게 가는 커다란 숫돌이 있었다. 당장은 클레넘 눈에 모든 게 독특하면서도 실용적으로 보이니, 매우 바람직한 변화였다. 업무 기록을 정리하는 작업에 열중하다 고개를 들고 쳐다보면, 모든 풍경이 유쾌하게 보이는데, 이것 역시 새로운 변화였다.

하루는 마찬가지로 고개를 드니, 놀랍게도 발판 사닥다리를 힘겹게 올라오는 보닛 보자가 보였다. 이상한 허깨비 뒤로 보닛 모자가 하나 더 올라왔다. 클레넘은 그때 비로소 첫 번째 보닛은 피 선생 숙모 머리

에 얹혔으며, 두 번째 보닛은 플로라 머리에 얹혔다는 사실을 깨달았다. 플로라는 남편이 남긴 유산을 밀어 올리느라 가파른 사닥다리를 꽤 어렵게 올라오는 것 같았다.

클레넘은 두 사람이 조금도 안 반갑지만 사무실 문을 재빨리 열어, 두 사람을 작업장에서 구출했다. 피 선생 숙모가 장애물에 걸려서 넘어져, 돌덩이 같은 손가방을 손에 들고 증기기관을 협박하는 터라, 한시바삐 구출해야 했다.

"맙소사, 클레넘 – 클레넘 선생이라고 하는 게 훨씬 적절하겠군요 – 우리가 여기로 지금껏 올라오고, 비상구도 없어서 피 선생 숙모가 미끄러져 온몸을 다치는 일이 없도록 다시 어떻게든 내려가야 하는 사닥다리랑 기계랑 공장만 생각하느라, 우리한테 아무 소식도 안 전했군요!"

플로라가 말하며 숨을 헐떡였다. 그동안 피 선생 숙모는 존경스러운 발등을 우산으로 문지르며 복수심이 번뜩이는 눈으로 노려보았다.

"그날 이후로 우리를 보려고 한 번도 안 오다니 참 매정하지만, 우리 집에 관심을 끄는 게 있으리라 기대할 순 없는 데다 당신한테는 훨씬 재밌는 일이 있으니까요 확실히, 그런데 그 여자가 예쁘거나 짙은 파란색 눈이거나 까만 눈인지 궁금한데, 그 여자가 모든 점에서 나랑 완전히 달라야 한다고 기대하는 건 아니에요 나는 실망스럽다는 걸 너무나 잘 알고 당신은 다른 여자한테 헌신할 권리가 분명히 있으니까요 맙소사! 지금 뭐라고 하는지 나도 모르니 내가 하는 말에 신경 쓰지 말아요 클레넘."

두 사람이 앉을 의자를 클레넘이 가져왔다. 플로라가 의자에 풀썩 앉으면서 어릴 적 표징으로 쳐다보있다.

"도이스랑 클레넘을 생각했는데, 도이스란 사람이 누굴까 유쾌한 사람이 분명해요 결혼했거나 딸이 있을 거고요, 실제로 딸이 있나요? 그렇다면 동업하는 게 이해돼요, 아무 얘기 마세요 그걸 물을 자격이 없다는 건 나도 아니까요 예전에 황금 사슬을 벗어던진 건 당연해요."

플로라가 클레넘 손에 자기 손을 다정하게 얹고서 어릴 적 시선으로 다시 쳐다보았다.

"친애하는 클레넘 - 습관이에요, 현재는 클레넘 선생이라고 하는 게 모든 점에서 섬세하고 적절해요 - 무례하게 찾아왔으나 부디 용서하세요 하지만 이제 영원히 사그라져 다시는 꽃피울 수 없는 옛날이 떠올라 피 선생 숙모랑 찾아와서 축하하고 행운을 빌어주고 싶었어요, 중국보다는 훨씬 좋은 걸 부정할 수 없네요 높기는 해도 훨씬 가까우니."

"만나서 반가워요, 플로라, 옛일을 기억해준 것도 고맙고요."

클레넘이 말하자, 플로라가 대답했다.

"적어도 내가 할 수 있는 말 이상이로군요, 내가 그렇게 말하려면 스무 번은 죽어서 묻혀야 할 테니까요 예전 사정이야 어땠든 당신이 나를 기억하는 건 확실해요 그래서 마지막으로 하고 싶은 말은, 마지막으로 하고 싶은 해명은……"

"친애하는 핀칭 부인."

클레넘이 당황하며 끼어들자, 플로라가 반발했다.

"아 불쾌한 이름 말고 플로라라고 불러요!"

"플로라, 굳이 해명하는 수고를 또 겪을 필요가 있나요? 분명히 말하지만, 나는 아무런 해명도 필요하지 않아요. 나는 만족해요 - 완벽하게 만족해요."

여기에서 분위기가 바뀌었다. 피 선생 숙모가 갑자기 섬뜩하게 소리친 것이다.

"도버로 가는 길에 이정표가 여러 개야!"

인간에 대한 치명적인 적대감으로 쏘아대자, 클레넘은 어떻게 대응할지 당혹스러웠다. 훌륭한 노파가 자신을 몹시 싫어하는데도 굳이 찾아오는 영광에 이미 충분히 당황한 터라 특히 더했다. 그러니, 가만히 앉아서 숨소리를 경멸스럽게 뱉어내며 먼 곳을 쳐다보는 노파를 당혹스러운 표정으로 바라볼 수밖에 없었다. 하지만 플로라는 딱 맞는 말이라는 듯 좋아하며, 피 선생 숙모는 활력이 대단하다고 감탄했다. 칭찬하는 말에 자극을 받았는지, 아니면 타오르는 분노 때문인지, 훌륭한 노파는 "덤빌 수 있으면 덤비라고 해!"라고 덧붙였다. 그리고는 돌덩이 같은 (실제로 화석처럼 보이는 커다란 돌덩이가 달라붙은) 손가방을 딱딱하게 흔들어, 자신이 도전장을 던진 불행한 인물로 클레넘을 가리키고, 플로라는 다시 말했다.

"마지막 한마디, 마지막으로 설명하고 싶은 건, 피 선생 숙모와 나는 업무 시간에 찾아오지 않았을 텐데 피 선생 역시 사업에 종사했고 포도주 사업이긴 하지만 사업은 똑같은 사업이니 사업 습관은 매번 똑같아 날씨가 맑든 궂든 피 선생은 오후 6시 10분 전에 슬리퍼를 매트에 올려놓고 아침 8시 10분 전에 장화를 벽난로 울타리에 직접 넣어두는데 – 그래서 다정하게 방문하고 다정하게 환영받으리라는 동기조차 없으면 방문하지도 않았을 텐데 클레넘, 클레넘 선생이 훨씬 적절하지만, 사업상으로는 도이스와 클레넘이 더 적절하겠네요."

"굳이 사과할 필요는 없어요. 늘 환영하니까요."

클레넘이 간청하자, 플로라가 다시 말했다.

"말씀이 정말 예의 바르네요 클레넘 – 꼭 이렇게 부른 다음에야 클레넘 선생이란 호칭이 떠오르는데 영원히 사라진 시절의 습관이니, 잠이라는 사슬에 묶이지 않는 고요한 밤에[99] 다정한 기억이 예전 기억을 끌어온다는 게 맞겠어요 – 정말 예의 바르지만 안타깝게도 실제 이상으로 예의 바른 것 같아요, 아빠한테 소식 한 줄이나 카드 한 장 안 보내고 기계 사업을 시작했으니까요 – 나한테 안 보냈다는 말이 아니에요 그런 시절이 있었지만 다 지나고 가혹한 현실을 나의 소중한 – 신경 쓰지 마세요 – 당신이 고백할 필요는 없으니."

이번에는 쉼표조차 사라졌다. 예전에 만날 때보다 조리는 줄고 수다는 늘었다.

"실제로 다른 걸 기대할 순 없지만 왜 기대해야 하나요 그리고 기대할 수 있다면 왜 그래야 하죠, 나는 당신한테도 다른 누구한테도 책임을 못 물어요, 당신 엄마와 우리 아빠가 황금 그릇을 – 내 말은 황금 사슬이며 당신도 내가 하는 말을 알 게 분명한데 설사 모른다 해도 당신은 크게 잃는 게 없고 굳이 덧붙이자면 관심을 조금 잃는 게 전부인데 – 두 분이 우리를 얽어맨 황금 사슬을 끊고서 우리를 소파에 내던져 엉엉 울도록 만들 때 최소한 나는 숨이 막힐 지경이었는데 모든 게 변하고 나는 피 선생한테 두 눈을 똑바로 뜨고 손을 내밀어 피 선생은 너무나 애매하고 너무나 우울하고 괴로운 나머지 약국에서 기름 같은 걸 사지는 않을지언정 강물로 가겠다[100]고 중얼거리니 나로선 그게 최선이었지요."

"플로라, 다 지난 일이오. 이제는 아무런 문제도 없소."

"차분하게 받아들이는 거로 보아 당신은 정말로 그렇게 생각하는 모양이군요, 중국이란 걸 몰랐다면 북극 지방이라고 추측했을 거예요, 친애하는 클레넘 선생 하지만 당신 말이 옳으니 나는 당신에게 책임을 못 물어요 하지만 아빠 부동산이 근처에 있어서 팽스한테 도이스와

99) 당시에 유행하던 가사
100) 기름 같은 건 황산을 의미하고, 강물 역시 빠져 죽는다는 뜻이다.

클레넘을 들었어요 팽스가 아니면 아무 소식도 못 들었을 테니 충분히 만족해요."

"아니오, 아니오, 그렇게 말하지 말아요."

"그렇게 말하지 말라니 클레넘 - 도이스와 클레넘 - 클레넘 선생보다는 편하고 덜 아프네요 - 내가 알고 당신도 알아서 부정할 수 없는데 엉뚱한 소리 그만 해요."

"하지만 나는 그걸 부정하오, 플로라. 조만간에 한번 찾아갈 생각이었소."

클레넘이 말하자, 플로라는 고개를 저으면서 "아! 그렇겠지요!"라고 하더니, 어릴 적 표정으로 또 쳐다보며 덧붙였다.

"하지만 팽스가 알렸을 때 나는 피 선생 숙모랑 찾아가겠다고 결심했어요 아빠가 - 그 전에 - 그 여자 이름을 우연히 말하면서 당신이 관심을 보인다고 했을 때 나는 맙소사 그 여자를 밖으로 내돌리는 대신 여기에도 할 일이 있는데 우리 집으로 못 데려올 이유가 뭐냐고 말했거든요."

이 말을 듣는 순간, 클레넘은 크게 당황하며 물었다.

"당신이 말한 그 여자란 피 선생……"

"맙소사, 클레넘 - 도이스와 클레넘 옛 기억을 지닌 나로선 이게 더 편한데 - 피 선생 숙모가 하루하루 밖에 나가서 바느질로 먹고산다는 소릴 들은 사람이 어디에 있나요?"

"하루하루 밖에 나간다! 작은 도릿을 말하는 거요?"

"당연하지요 그런데 지금껏 들은 이상한 이름 가운데 가장 이상한 이름이네요, 통행료 징수소가 있는 시골 마을 같기도 하고, 인기 좋은 당나귀나 강아지나 새나 정원이나 화분에 심어서 얼룩덜룩 올라오도록 종묘상에서 파는 씨앗 같기도 하고."

플로라가 말하는데, 클레넘이 갑자기 관심을 보이며 물었다.

"그런데 플로라, 캐스비 나리가 친절하게도 작은 도릿 얘기를 당신에게 한 거요? 뭐라고 했소?"

"아 아빠가 어떤지, 쳐다보는 사람이 어지러울 만큼 근사한 모습으로 앉아서 정말 짜증 나게 양손 엄지를 돌리고 또 돌린다는 걸 당신도 아는데, 우리가 당신 얘기를 할 때 아빠가 그 얘기를 했는데 – 누가 먼저 클레넘 (도이스와 클레넘) 얘기를 꺼냈는지 모르겠지만 나는 아닌 게 확실한데, 최소한 나는 아니길 바라는데 내가 이 부분을 자세히 고백하는 걸 정말이지 당신은 양해하세요."

"당연하지요."

클레넘이 대답하자, 플로라는 매혹적으로 수줍어하던 모습을 갑자기 지우고 입술을 삐죽 내밀었다.

"대답이 빠른 건 인정해야겠군요, 아빠는 당신이 그 여자 얘기를 진지하게 했다 말하고 나는 당신한테 지금껏 한 말을 했어요 그게 전부에요."

"그게 전부라고요?"

클레넘이 되묻는데 약간 실망한 어투였다.

"그것 말고는 당신이 사업을 시작했다고 정말 당신이라고 팽스가 어렵게 이해시켜서 나는 그렇다면 직접 찾아가자고 피 선생 숙모한테 말했어요 그래서 그 여자가 필요할 때 우리 집에서 일을 시켜도 되느냐고 물어보자고 내가 알기로 그 여자는 당신 엄마네 집에 자주 가는데 당신 엄마는 성격이 까다로우니까요 클레넘 – 도이스와 클레넘 – 그렇지 않았다면 나는 피 선생과 결코 결혼하지 않았을 거예요 그랬으면 지금 이 순간에 내가 아 말도 안 되는 소리를 하네요."

"그런 생각을 하다니, 정말 친절하군요, 플로라."

불쌍한 플로라는 어릴 적 표정보다 훨씬 잘 어울리는 솔직하고 진실한 모습으로, 자신도 그런 생각을 해서 기쁘다고 대답했다. 플로라가 진심으로 하는 말에 클레넘은 자신에 대한 플로라의 해묵은 기억을 그 자리에서 어떻게든 사들여, 인어와 함께 영원히 내버리고 싶었다.

"내가 생각하기에, 플로라, 당신이 작은 도릿한테 줄 일거리는, 그리고 당신이 작은 도릿한테 베풀 친절은……"

"네 그럴 거예요."

플로라는 재빨리 끼어들고, 클레넘은 다시 말했다.

"장담하는데 그러면…… 그 아이한테 많은 도움이 될 거요. 그 아이에 대해서 내가 아는 정보를 당신한테 말할 권리는 나한테 없겠지요, 누구한테도 말할 수 없는 상황에서 은밀하게 들은 정보니까요. 하지만 나는 그 아이한테 관심도 많고 존경도 한다오, 당신한테 표현할 수 없을 만큼. 그 아이는 지금껏 고생하고 헌신하면서도 조용히 선량하게 살아왔다오, 당신이 상상할 수 없을 만큼. 나는 그 아이 얘기가 나올 때는 물론 생각하는 자체로도 마음이 뭉클하다오. 당신께 할 말을 이런 마음으로 대신하며, 당신 친절에 고마운 마음으로 그 아이를 맡기겠소."

클레넘은 불쌍한 플로라에게 솔직하게 손을 다시 내밀지만, 불쌍한 플로라는 이번에도 그 손을 솔직하게 받아들일 수 없었다. 무어든 공공연하게 보이면 가치가 없으니, 뭔가 알 수 없는 관계처럼 모호해야 했다. 그래서 플로라가 즐거운 만큼 클레넘은 당혹스러운 가운데, 그 손을 잡으면서 숄 모서리로 가렸다. 그러다 사무실 전면 유리창에서 두 사람이 다가오는 모습을 보고는 더없이 좋아하며 "아빠! 쉿, 클레넘, 제발!" 하고 소리치고는 비틀대다 의자로 쓰러지는 모습이 어릴 적에 당황한 나머지 가슴이 떨려서 금방이라도 기절할 것 같던 모습 그대로였다.

족장은, 그러는 동안, 사무실 쪽으로 공허한 미소를 보내며 팽스를 따라왔다. 팽스는 문을 열어서 족장을 안으로 예인하고는 구석에 있는 정박지로 물러났다.

족장이 자애로운 미소를 머금으며 말했다.

“플로라가 온다는 말을 들었네, 여기에 온다는 말을. 그래서 어차피 나온 김에 와보자고 생각했네, 나도 와보자고 생각했어.”

이렇게 (심오한 내용은 조금도 없이) 선언하는 말에 파란 눈과 반짝이는 머리와 기다란 백발로 자애로운 지혜를 불어넣는 모습이 정말 인상적이었다. 가장 훌륭한 인물이 가장 고상한 마음으로 발표한 구절로 기록할 가치가 있는 것처럼 보일 정도였다. 앞으로 내민 의자에 앉으면서 “그래, 사업을 새로 시작했다지, 클레넘 선생? 잘되길 바라네, 선생, 잘되길 바라!”라고 말할 때는 자애로운 기적이라도 일어날 것 같았다.

클레넘은 감사하다고 대답한 다음, 고 피 선생 미망인이 손짓까지 하며 항의하는 가운데 훌륭한 이름을 언급하며 말했다.

“선생님이 우리 어머니께 추천하신 어린 침모한테 핀칭 부인이 가끔 필요할 때마다 일을 주겠다는 말을 하는 중이었습니다. 그래서 제가 고맙다고 하고요.”

족장이 묵직한 머리를 돌리자, 팽스는 열심히 쳐다보던 수첩을 내려놓고 족장을 예인하며 말했다.

“사장님은 그 여자를 추천하지 않았어요. 어떻게 추천하겠소? 누군지 모르는데. 사장님은 추천하지 않았어요. 다른 사람한테 듣고서 그 이름을 전달한 거요. 그게 전부요.”

“으음! 누구 추천이든 성실하게 일하는 사람이니 누가 추천하든 마찬가지겠지요."

클레넘이 대답하자, 팽스가 말했다.

"그 여자 일이 잘 풀린다니 기뻐하는군요. 하지만 지금껏 일이 안 풀렸다 해도 선생이 잘못해서 그런 건 아닐 거요. 일이 잘돼도 선생이 잘해서 그런 건 아니듯, 일이 잘못돼도 선생이 잘못해서 그런 건 아니니까. 선생이 보장한 건 하나도 없어요. 그 여자를 조금도 몰랐으니까."

"그렇다면 당신은 그 여자 가족을 모르나요?"

클레넘이 운에 맡긴 채 아무렇게나 묻자, 팽스가 대답했다.

"모르냐고요? 그 여자 가족을 어떻게 알겠소? 지금껏 들어본 적도 없는데. 한 번도 못 들어본 사람과 알고 지낼 순 없잖소, 안 그렇소? 이상한 생각은 하지도 마시오!"

이러는 내내 족장은 차분하게 웃으며 앉아서 상황에 따라 고개를 자애롭게 끄덕이거나 가로젓고, 팽스는 계속 말했다.

"신원보증을 말하자면, 선생도 알잖소, 신원보증이 대체로 무얼 의미하는지. 그건 말도 안 되는 짓거리라오, 하나같이! 단지에 있는 세입자를 봅시다. 이들 모두 서로 신원을 보증할 거요, 그러라고 하면. 하지만 이들이 그런다고 해서 무슨 소용이 있겠소? 한 명이 아니라 두 명이 신원보증을 한다 해서 좋을 건 하나도 없소. 한 명이면 충분하오. 방세를 낼 수 없는 사람이 마찬가지로 방세를 낼 수 없는 사람을 구해서 방세를 낼 수 있다고 보증하도록 하는 건, 의족이 두 개인 사람이 의족이 두 개인 또 다른 사람을 구해서 자기 다리가 정상이라고 보증하도록 하는 것과 똑같소. 그런다 해서 둘 가운데 한 명이 걷기 시합을 할 수 있는 건 아니니 말이오. 게다가 의족 네 개는 두 개보다 귀찮지요, 내키지 않을 때는."

팽스가 마무리하면서 콧김을 내뿜었다.

한순간 이어지던 침묵을 피 선생 숙모가 깨뜨렸다. 마지막 선언 뒤로 온몸이 마비된 것처럼 앉아있더니, 아무것도 모르는 사람을 깜짝 놀라게 하려는 듯, 온몸을 마구 비틀면서 적대감을 더없이 섬뜩하게 드러내며 소리친 것이다.

"속이 텅 빈 놋쇠 손잡이로는 똑똑한 머리를 만들 수 없어. 조지 삼촌이 살았을 때도 그럴 수 없었는데, 지금은 죽어서 더더욱 그럴 수 없어."

"정말요, 마님! 맙소사! 놀랍네요."

팽스가 재빨리 대답했다. 평소처럼 차분한 자세였다. 하지만 피 선생 숙모가 한 말은 그곳에 모인 사람을 하나같이 우울하게 만들었다. 무엇보다 먼저, 아무런 죄도 없는 클레넘 머리를 노골적으로 공격하는 거란 사실을 숨길 수 없기 때문이고, 두 번째로, 조지 삼촌이 누구를 말하는 건지는 물론, 그렇게 부르는 소리를 듣고 어떤 유령이 나올지 아무도 몰랐기 때문이다.

그래서 플로라는 물려받은 유산을 의기양양하게 자랑하고픈 마음이 여전해도, 피 선생 숙모가 "오늘은 유난히 활기차니 그만 나가는 게 좋겠다"고 말했다. 하지만 피 선생 숙모는 제안을 받아들이기에 너무나 활기찬 나머지 갑자기 화내면서 안 나간다고 선언하더니, 험한 말을 뱉어내면서 클레넘을 뜻하는 게 분명한 어투로 "저자가 굳이 쫓아내고 싶다면, 나를 저 창문 밖으로 내던지라 해"라고 소리치고는 "저자가" 그러는 모습을 꼭 보고 싶다는 소리까지 덧붙였다.

이러지도 저러지도 못하는 상황에, 팽스는 족장이 노는 물에서 어떤 위기가 닥쳐도 대응할 능력이 있는 것처럼 모자를 슬그머니 쓰고 사무실 문을 슬그머니 나가더니, 잠시 뒤에 시골을 몇 주 동안 다녀오기라도 한 것처럼 억지로 상쾌한 표정을 떠올리며 슬그머니 들어와, 깜짝 놀란 표정으로 머리를 긁으면서 "맙소사, 마님! 마님이 맞나요? 잘 지내셨어요, 마님? 오늘은 매력이 유난히 넘치네요! 만나서 반가워요. 제 팔을 잡으세요, 마님. 함께 산책해요, 마님이 저한테 동행하는 영광을 베푸신다면, 마님이랑 저랑"이라고 말했다. 그리고는 사무실 계단 밑으로 피 선생 숙모를 용감하게 에스코트하는 데 성공했다. 그런 다음에는 족장 캐스비 나리가 자신이 해낸 것처럼 일어나서 온화한 표정으로 뒤따라 나가니, 딸은 뒤따라 나가는 척하면서 자신은 인생이라는 잔을 남김없이 마셨다고 괴로운 어투로 속삭이곤(실제로는 마음껏 즐기곤), 그 밑바닥에 피 선생이 있다는 모호한 말까지 남겼다.

혼자 남자, 클레넘은 어머니와 작은 도릿과 관련해서 오랫동안 품었던 의심에 빠져들어, 이런저런 생각과 의혹을 떠올렸다. 그래서 기계적으로 처리하는 업무랑 뒤섞이며 머릿속을 맴돌 때, 서류에 그림자가 어려서 고개를 들어 그 원인을 쳐다보았다. 팽스였다. 머리칼이 빳빳해서 스프링처럼 일어나며 벗어내려는 모자는 양쪽 귀까지 단단히 눌러 쓰고, 새까만 눈동자는 매섭게 쳐다보고, 오른손 손가락은 손톱을 깨물려고 입에 넣고, 왼손 손가락은 나중에 깨물려고 주머니에 넣은 채 유리창 너머에서 장부와 서류에 그림자를 드리운 거다.

팽스는 미심쩍은 표정으로 고개를 살짝 돌린 채, 다시 들어가도 되느냐고 물었다. 클레넘은 그러라며 고개를 끄덕이고, 팽스는 안으로 들어와서 책상 옆으로 다가와 두 팔로 책상을 단단히 짚고는, 콧김과 콧방귀를 날렸다.

"피 선생 숙모는 진정하셨나요?"

클레넘이 묻자, 팽스가 대답했다.

"그렇소, 선생."

"유감스럽게도 내가 그분 가슴에 강한 적대감을 일깨웠더군요. 이유가 무언지 아세요?"

"그분은 이유를 아시나요?"

"모르는 것 같더군요."

"내가 보기에도 그렇소."

팽스가 말하더니, 수첩을 꺼내서 펼치고 닫아, 책상에 내려놓은 모자에다 풀썩 떨어뜨리고, 모자 바닥에 있는 수첩을 들여다보는 게 뭔가 골똘히 생각하는 것 같았다. 그러다 입을 열었다.

"클레넘 선생, 정보를 듣고 싶소."

"회사에 대한 정보요?"

"아니오."

"그렇다면 어떤 정보를 말하는 건가요? 나한테 정보를 듣고 싶다면요."

"그렇소, 선생한테 정보를 듣고 싶소, 선생이 알려줄 수 있다면. A, B, C, D. DA, DE, DI, DO. 사전에 적힌 순서. Dorrit(도릿). 바로 그 이름이겠지요, 선생?"

팽스가 묻고는 독특한 콧김을 다시 내뿜고 오른손 손톱을 물어뜯기 시작했다. 클레넘은 그런 팽스를 탐색하듯 살피고, 상대 역시 마찬가지였다.

"무슨 말인지 모르겠군요, 팽스 선생."

"나는 바로 그 이름을 알고 싶소."

"무얼 알고 싶은데요?"

"선생이 아는 내용이라면 무어든."

팽스가 증기기관을 힘겹게 돌려서 자신이 바라는 걸 포괄적으로 요약했다.

"이상하네요, 팽스 선생. 그걸 물으려고 나를 찾아왔다는 게 정말 터무니없다는 생각이 듭니다."

클레넘이 말하자, 팽스가 대답했다.

"그래요, 터무니없을 수도 있겠지요. 평범하지는 않겠지만, 사업상 필요합니다. 한마디로 이건 사업입니다. 나는 사업가예요. 현 세상에서 내가 무슨 일을 하겠소, 사업에 몰두하는 것 말고? 어떤 일도 없다오."

클레넘은 쌀쌀맞고 딱딱한 인간에게 진정성이라는 게 있는지 의심스럽던 참이라 상대 얼굴을 다시 유심히 살폈다. 초라하고 지저분한 것도 여전하고, 눈치가 빠르고 간절한 것도 여전했다. 하지만 목소리에 섞인 듯한 조롱기는 얼굴에 조금도 없었다. 그런 팽스가 다시 말했다.

"이번 일은 기본적으로 우리 주인님과 아무런 상관이 없소."

"주인님이란 캐스비 나리를 말하는 건가요?"

팽스가 고개를 끄덕였다.

"우리 주인님. 이렇게 가정해봅시다. 가령, 주인님 집에서 내가 이름을 들었다, 클레넘 선생이 도와주려는 젊은 사람 이름. 가령, 단지에 사는 플로니쉬가 우리 주인님한테 그 이름을 처음 언급했다고 합시다. 가령, 내가 플로니쉬를 찾아갔다고 합시다. 가령, 내가 사업상 필요한 정보를 플로니쉬에게 물었다고 합시다. 가령, 플로니쉬가, 집세를 6주나 밀렸으면서도, 거절했다고 합시다. 가령, 플로니쉬 부인도 거절했다고 합시다. 그러면서 두 사람 모두 클레넘 선생께 물어보라 했다고 합시다. 그렇다고 가정합시다."

"그래서요?"

"그래서, 선생, 가령, 내가 클레넘 선생을 찾아 나섰다고 합시다. 그래서 여기까지 왔다고 합시나."

머리칼은 온통 솟구치고, 거친 숨은 짧게 마시고 내뿜으며, 한 걸음

뒤로 물러나서(예인선으로 말하자면, 선미를 뒤로 절반 돌려서) 더러운 선체를 그대로 보여주려는 것 같더니, 다시 앞으로 천천히 나오다, 수첩이 있는 모자 속과 클레넘 얼굴을 재빨리 살폈다.

"팽스 선생, 당신이 묻는 말을 오해하지 않으려면, 최대한 명확히 할 필요가 있겠소. 따라서 두 가지를 묻겠소. 첫 번째는……"

클레넘이 말하는데, 팽스가 손톱을 물어뜯긴 더러운 집게손가락을 추켜들며 끼어들었다.

"좋소! 알겠소! 이유가 무엇이냐?"

"그렇소."

"이유는 좋은 거요. 우리 주인님과는 아무런 상관이 없소. 당장은 말할 수 없소. 지금 말하면 우습게 들릴 거요. 하지만 좋은 거요. 도릿이라는 젊은 사람을 도우려는 거니까."

팽스가 집게손가락을 여전히 추켜든 채 경고하듯 덧붙였다.

"이유는 좋은 거라는 말을 믿는 게 좋을 거요."

"두 번째며 마지막으로, 알고 싶은 게 무엇이오?"

클레넘이 묻자, 팽스는 대답하기 전에 클레넘 얼굴을 줄곧 쳐다보며 수첩을 집고 가슴 안주머니에 조심스레 넣어서 단추를 채우고는 한숨과 콧김을 내뿜으며 대답했다.

"어떤 얘기든 좋소."

클레넘은 웃음을 억누를 수 없었다. 캐스비라는 거대한 배를 끄는 데 쓸모가 많은 조그만 예인선이 숨을 헐떡이면서 물끄러미 지켜보는 게 상대가 미처 저항할 수 없도록 재빨리 달려들어 필요한 내용만 싹 채갈 기회를 노리는 것 같았기 때문이다. 하지만 팽스가 열심히 달려드는 데는 뭔가 이유가 있다는 생각도 들었다. 그래서 가만히 숙고하다, 자신이 알려줘도 되는 정보를 알려주기로 마음먹었다. 팽스라면 지금 못 듣는다 해도 어떤 식으로든 알아낼 게 분명하기 때문이다.

그래서 클레넘은 먼저 팽스 스스로 자기 주인은 이번 일과 아무런 상관이 없으며, 자신이 이러는 이유 역시 좋은 의도 때문이라고 선언한 걸 명심하도록 요구하고(석탄처럼 까맣고 조그만 신사는 두 선언 모두 열심히 되풀이하고), 도릿 가문 혈통이나 예전에 살던 곳에 관해서는 아무것도 모른다고, 다만 가족이 지금은 다섯 명으로, 한 명은 독신이고 한 명은 홀아비며 자녀가 셋, 즉, 모두 다섯 명으로 줄어든 것처럼 보인다고 솔직하게 말했다. 각각의 나이를 최대한 정확하게 추측해서 알려주고, 마지막으로 마셜씨 교도소 아버지라는 지위와 그렇게 된 과정 및 시기를 알려주었다. 이렇게 전하는 내내, 팽스는 관심이 이는 만큼 콧김과 콧방귀를 불길하게 날리면서 열심히 듣는데, 고통스러운 내용이 나올수록 즐거워하고, 윌리엄 도릿이 갇힌 기간을 말할 때는 유난히 좋아하는 것 같았다.

"결론으로, 팽스 선생, 내가 할 말은 이게 전부요. 내가, 특히 우리 어머니 집에서, 도릿 가족에 대해 최대한 말을 아끼려고 하는 데는……" (팽스가 고개를 끄덕였다.) "그리고 최대한 많은 정보를 파악하려 하는 데는, 개인적인 관심 말고도 여러 가지 이유가 있소. 그래서 말인데, 선생처럼 사업에 열심인 사람이라면……뭐라고요?"

팽스가 갑자기 콧김을 유난히 강하게 불었던 것이다.

"별것 아니오."

팽스가 대답하고, 클레넘은 다시 말했다.

"그래서 말인데, 선생처럼 사업에 열중하는 사람이라면 거래는 공정해야 한다는 원칙을 충분히 이해할 것이오. 나는 선생과 공정하게 거래하고 싶소. 도릿 가족 정보를 들으면 내가 알려준 것처럼 선생 역시 나한테 알려주는 것이오. 내가 조건을 미리 못 정했으니, 선생은 내가 업무 처리를 제대로 못 한다고 여길 수도 있겠지만, 나는 그걸 신뢰의 영역으로 남겨놓고 싶소. 사실대로 말하자면, 조건을 하나하나 따져서 거래하는 걸 너무나 많이 보아온 터라 이제는 지겹기 때문이오."

팽스가 웃으며 대답했다.

"좋소, 선생. 그렇게 합시다."

그런 다음에 팽스는 멀뚱히 서서 클레넘을 쳐다보고 손톱 열 개를 돌아가며 씹는데, 지금껏 들은 내용을 마음속에 새기면서 조심스레 검토해, 기억에 틈새가 안 생기도록 하려는 게 분명했다. 그러다 마침내 말했다.

"좋소, 작별을 고해야겠소, 단지에서 집세를 걷는 날이라. 안녕히 계시오. 그런데, 지팡이를 짚는 절뚝발이 외국인."

"네, 네. 가끔은 신원보증도 받지요?"

클레넘이 묻자, 팽스가 대답했다.

"집세를 낼 수 있을 때, 선생. 받을 수 있는 것은 모두 받고, 포기할 수 없는 것은 모두 미뤄놓지요. 그게 사업이라오. 지팡이를 짚는 절뚝발이 외국인이 단지에서 꼭대기 방을 바라더군요. 방을 내줘도 될까요?"

"그래요, 내가 책임지겠소."

클레넘이 대답하자, 팽스는 수첩에 기록하며 말했다.

"그러면 됐소. 나는 블리딩 하트 단지에서 보증을 확보해야 한다오. 나는 보증을 바란다오. 돈을 내든지, 담보물을 내라! 이게 단지에서 지켜야 하는 좌우명이라오. 지팡이를 짚는 절뚝발이 외국인은 선생이 보냈다던데, (입으로야) 무굴 황제가 보냈다는 소리 역시 못 하겠소! 지금껏 병원에 있었다던데?"

"그렇소. 사고를 당했소. 이제 막 퇴원했소."

"병원에서 지내다 빈털터리가 되는 사람을 여럿 보았는데요?"

팽스가 다시 물으면서 콧김을 커다랗게 불고, 클레넘은 차갑게 대답했다.

"나도 여럿 보았다오."

팽스는 이제 출발 준비를 마치고 증기를 내뿜더니, 다른 어떤 신호나 형식도 없이, 콧김을 뿜어대며 발판 사닥다리를 내려가서 블리딩 하트 단지로 나아가, 사무실 주변에서 완전히 사라지는 것 같았다.

그날 남은 시간 내내, 팽스가 무서운 표정으로 돌아다녀서 블리딩 하트 단지 전역이 깜짝 놀랐다. 집세를 미루는 주민에게 장광설을 늘어놓고, 보증을 세우라 요구하고, 집을 비우라고, 강제집행하겠다 협박하고, 집세 못 낸 사람을 찾아다니고, 험한 파도로 무섭게 휩쓸며 지나가서 그 흔적을 남겼기 때문이다. 사람들이 곳곳에서 간절한 유혹에 이끌리며 팽스가 들어간 집 바깥에 숨어, 팽스가 하는 말을 조금이라도 들으려 애쓰다, 팽스가 계단을 내려오는 것 같을 때 재빨리 못 흩어진 나머지, 팽스한테 붙잡혀서 밀린 집세를 독촉받기도 했다. 그날 남은 시간 내내, 앞으로 어떻게 할 건가? 앞으로 어떻게 할 생각인가? 하는 팽스 소리가 단지 전역에서 일어났다. 팽스는 어떤 변명도 안 듣고, 어떤 불만도 안 듣고, 수리비 얘기도 안 들었다. 돈을 무조건 내겠다는 말 말고는 어떤 말도 안 들으려 했다. 땀을 뻘뻘 흘리고 콧김을 날리면서 엉뚱한 방향으로 이리저리 달려가느라, 매 순간 더워지고 더러워지니, 팽스는 단지 전역에 그만큼 더러운 물살을 매섭게 몰아칠 뿐이었다. 물살이 다시 차분하게 가라앉은 건 팽스가 콧김을 씩씩대며 지평선 너머로 완전히 사라지는 모습을 계단 꼭대기에서 확인하고도 두 시간을 훨씬 넘긴 다음이었다.

그날 밤 단지 곳곳에 블리딩 하트 사람들이 조금씩 모였는데, 팽스가 상대하기 힘든 사람이라는, 캐스비 나리 같은 신사가 이상한 사람한테 집세를 걷도록 맡기고 그 행패를 모르는 게 정말 안타깝다는 말에 모두가 공감했다. (블리딩 하트 주민 말에 따르면) 그런 머리칼에 그런 눈빛을 한 신사가 집세를 직접 걷는다면, 부인, 이렇게 힘들게 닦아세우는 법이 없어서 모든 게 달라질 테니까요.

분초까지 똑같은 바로 그 시각에 족장은 – 본격적으로 약탈하기 전에는 울퉁불퉁한 머리와 비단결 같은 머리칼을 반짝이며 신뢰를 긁어모을 생각으로 단지를 평화롭게 떠다니더니 – 분초까지 똑같은 바로 그 시각에, 예인선이 지칠 대로 지쳐서 돌아온 조그만 선착장에 대포가 천 대나 달린 거대한 전함처럼 허우적대고 양손 엄지를 빙글빙글 돌리며 퍼부어댔다.

"하루 작업한 결과가 너무 나빠, 팽스, 작업 성과가 정말 나빠. 나로서는 아무래도 강력하게 강조해야 할 것 같아, 더 많은 돈을 걷어와야 한다고, 더 많은 돈을."

24장. 점을 치다

플로니쉬가 바로 그날 초저녁에 작은 도릿을 찾아왔다. 작은 도릿 아버지는 '안 보려는 사람만큼 완벽한 시각장애인은 없다'는 격언을 몸소 실천하듯 헛기침을 눈에 띄게 해대는 바람에, 바느질 일감에 관해 조용히 할 얘기가 있다는 뜻을 넌지시 비추고 비로소 문 앞 층계참에서 단둘이 대화할 수 있었다.

"오늘 우리 집에 어떤 부인이 찾아왔는데, 미스 도릿, 맙소사, 심술쟁이 노파가 함께 와서 정말 짜증 나게 하더군!"

플로니쉬가 투덜댔다. 성격이 온순한데도 처음에는 피 선생 숙모를 머릿속에서 도저히 떨쳐낼 수 없었던 거다. 그래서 변명했다.

"정말이지, 심술이 대단한 노파거든."

하지만 힘껏 노력해서 마침내 노파를 떨쳐내며 말했다.

"하지만 지금은 여기에도 없고 우리 집에도 없으니 괜찮아. 다른 부인은 캐스비 나리 딸이야. 캐스비 나리가 부자가 아니라면 아무도 부자가 아닐 텐데, 팽스가 잘못해서 그런 건 아니야. 팽스는 할 일을 하고, 정말 할 일을 하고, 실제로 할 일을 하거든!"

플로니쉬는 평소처럼 약간 모호하게 열심히 강조하면서 이어나갔다.

"그 부인이 우리 집을 찾아온 이유는 미스 도릿이 이 명함 주소로 – 캐스비 나리네 집이야, 팽스 사무실은 뒤에 있어, 그곳에서 실제로 일해, 믿기 어렵지만 – 찾아온다면 기꺼이 일감을 주겠다는 말을 전하려는 거야. 이 부인은 클레넘 선생과 소중하고 특별한 옛날 친구라, 클레넘 선생 친구한테 도움을 주고 싶대. 부인이 직접 그렇게 말했어. 미스 도릿이 내일 아침 찾아올 수 있는지 알고 싶대. 그래서 내가 오늘 밤에 직접 찾아가서 어떻게 할 건지, 내일 약속이 있다면 언제 찾아갈 수 있는지 물어보겠다고 했어."

"내일 찾아갈게요, 고마워요. 정말 친절하세요. 언제나 친절하시긴 하지만."

플로니쉬는 자신이 도운 걸 겸손하게 부인한 다음, 미스 도릿이 들어가도록 문을 열어주고는, 미스 도릿 아버지가 의심하는 눈으로 안 쳐다보도록 밖에 나간 적 자체가 없는 척하면서 당당하게 뒤따라 들어갔다. 하지만 기본적으로 성격이 사근사근한 터라, 특별히 조심할 건 없었다. 그래서 학생이라는 예전 신분과 바깥에서 찾아온 소박한 친구라는 현재의 특권이 뒤섞이고 미장이라는 낮은 신분까지 드러내는 식으로 잠시 대화한 뒤에 감방을 떠났다. 철문을 나오기 전에는 교도소를 한 바퀴 돌아보고 공 굴리기 시합도 구경하며, 운명처럼 또 돌아올 가능성 몇 가지를 예전 거주자로서 착잡하게 떠올렸다.

이른 아침에 작은 도릿은 집안일을 매기한테 맡기고 족장이 사는 천막으로 출발했다. 1페니가 들지만 일부러 아이언 다리를 지나갔다. 이곳을 걸을 때는 다른 곳을 걸을 때보다 훨씬 천천히 걸었다. 그래서 8시 5분 전에 족장네 현관문 고리쇠에 한 손을 얹었다. 손이 가까스로 닿는 높이였다.

작은 도릿은 핀칭 부인 명함을 건네고, 문을 연 젊은 하녀는 "플로라 아씨가" – 아버지 집으로 돌아온 뒤로 그곳에서 쓰던 호칭을 되찾았으니 – 침실에서 아직 안 나왔다고, 하지만 아씨 응접실로 올라가도 된다고 말했다. 그래서 플로라 아씨 응접실로 어쩔 수 없이 올라가니, 두 사람은 넉넉히 먹을 아침 식사가 식탁에 있고, 한 사람용 음식 쟁반이 추가로 있었다. 젊은 하녀는 잠시 사라지다 일부러 돌아와, 벽난로 앞 의자에 앉아서 기다려도 된다고, 보닛 모자를 벗고 편히 있으라고 말했다. 하지만 작은 도릿은 수줍음이 많은 데다 이럴 때 편히 지내는 데 익숙하지 않은 터라 어떻게 해야 좋을지 몰라서 당혹스럽기만 했다. 그래서 보닛 모자를 그대로 쓴 채 문가에 앉고, 플로라는 삼십 분 뒤에 급히 들어왔다.

플로라는 기다리게 한 걸 많이 미안해했다. 맙소사 벽난로 앞에 앉아서 신문을 읽으리라 생각했는데, 왜 이렇게 추운 곳에 앉아있니, 하녀가 정신머리가 없어서 전갈을 제대로 안 전했구나, 보닛 모자를 이렇게 오랫동안 쓰고 있다니, 괜찮다면 내가 벗겨줄게! 플로라는 세상에서 가장 다정한 자세로 모자를 벗겨주다가 드러나는 얼굴을 보고 깜짝 놀라, "맙소사, 정말 착하고 조그만 아이로구나!"라며 감탄하고는 세상에서 제일 다정한 여인처럼 두 손으로 얼굴을 감싸주었다.

한순간에 보여준 행동과 말이었다. 작은 도릿으로서는 친절하다는 생각조차 할 여유도 없이, 플로라는 아침 식탁으로 달려들어 음식 쟁반을 정돈하며 수다를 늘어놓았다.

"하고많은 아침 가운데 하필 오늘 아침에 늦어서 미안해 네가 오면 직접 맞이해서 누구든 클레넘이 조금이라도 관심을 보이는 사람이라면 나도 관심이 있으니 진심으로 환영한다고 정말 반갑다고 말하려 했거든, 하녀들이 안 깨워서 여전히 코를 골며 자는 대신 사실대로 말하자면 그리고 차갑게 식은 닭고기와 뜨겁게 삶은 햄을 좋아하지 않는다면 장담하는데 대부분 싫어할 거야 유대인만 빼고 유대인은 양심이 있으니 우리 모두 존중해야 돼 하지만 유대인이 아무런 가치도 없는 가짜를 진짜처럼 팔 때는 그 유대인도 똑같이 당해야 돼 진짜 짜증 나거든."

작은 도릿은 고맙다고, 자신이 평소에 먹는 건 버터 바른 빵과 차가 전부라고 수줍게 말했다. 그러자 플로라는 주전자로 달려들어 고개를 숙여서 무모하게 들여다보다 뜨거운 물방울이 튀어서 눈을 찡그리며 말했다.

"아 말도 안 돼 얘야 너무 끔찍하구나. 너만 좋다면 지금 너는 친구며 동료 자격으로 여기에 온 거야 다른 자격으로 여기에 왔다면 정말이지 내가 너무 창피할 거야, 클레넘도 그렇게 말했어…… 얘야 내가 피곤하니?"

"아니에요, 마님."

"아침 식사 전에 너무 멀리 걸어와서 얼굴이 창백해 엄청 먼 데 살 테니 마차를 타야 하는데 얘야 얘야 뭐든 도와줄 게 없니?"

"저는 괜찮아요, 마님. 거듭거듭 감사해요, 정말 괜찮아요."

"그럼 지금 당장 차랑 닭 날개랑 햄을 먹어, 나는 신경 쓰지도 기다리지도 마, 침대에서 아침을 드시는 피 선생 숙모한테 음식 쟁반을 갖다 주어야 하거든 매력이 넘치고 똑똑한 노인이야, 저 문 뒤에 피 선생 초상화가 있는데 실물과 똑같긴 하지만 앞머리가 너무 크고 대리석 바닥과 기둥과 난간과 산은, 피 선생은 그 곁에 간 적도 없고 포도주 사업을 한 것 같지도 않아, 훌륭한 사람이긴 해도 그쪽은 결코 아니었어."

플로라가 하는 말에 작은 도릿은 초상화를 힐끗 쳐다보는데, 무슨 말인지 이해하기 힘들었다.

"피 선생은 나를 너무나 사랑한 나머지 내가 안 보이는 걸 못 견뎌

했어 하지만 내가 새 빗자루[101]일 때 갑자기 안 죽었다면 얼마나 그랬을 지 물론 모르겠는데, 훌륭한 사람이지만 시적 감성이 없고 남성적인 산문체긴 해도 로맨틱하지는 않았어."

작은 도릿은 초상화를 다시 힐끗거렸다. 지식이라는 관점에서, 화가가 주인 머리를 셰익스피어 머리보다도 크게 그린 것 같았다.[102]

플로라는 피 선생 숙모가 먹을 토스트를 열심히 준비하면서 계속 말했다.

"하지만 로맨스는 피 선생이 내가 솔직히 말한 것처럼 전세 마차에서 한 번 보트에서 한 번 교회에서 한 번 턴브리지 웰즈[103]에서 한 번 나머지 한 번은 무릎을 꿇고서 모두 일곱 번 청혼했다는 얘길 들으면 너도 놀랄 텐데, 로맨스는 젊은 시절에 클레넘과 함께 모두 날아갔어, 우리 부모님이 갈라놓아서 대리석과 가혹한 현실에 왕좌를 빼앗겼거든, 피 선생은 자신도 잘 안다고 자신은 그런 걸 훨씬 좋아한다고 너무나 멋지게 말하고 그래서 청혼을 받아들이고 허락도 받았어 그런 게 인생이야 얘야 너도 알겠지만 인간은 휠지언정 부러지진 않아, 나는 음식을 가지고 들어갈 테니 너는 아침을 맛나게 먹으렴."

플로라는 산만하게 한 말을 작은 도릿이 무슨 뜻인지 곰곰이 생각하도록 놔둔 채 사라지더니, 금방 돌아왔다. 그런 다음에 비로소 아침을 먹는데, 수다스러운 건 여전했다. 브랜디 냄새가 나는 갈색 액체 한두 숟갈을 차에 넣을 때 이렇게 말하는 식이었다.

"너도 알겠지만, 얘야, 냄새는 이상하지만 건강이 안 좋아서 의사

---

101) 새신부(new bride)라고 하려다 새신랑(new groom)과 혼동하면서 새 빗자루(new broom)가 나왔다.

102) 19세기 초반에는 비판능력, 추리능력, 비교능력, 문학 능력 등이 두개골 전면에 있다고 여겼다. 셰익스피어 역시 앞머리가 툭 튀어나온 거로 유명했다.

103) Tunbridge Wells: 영국 동남부, 켄트주 서남부에 있는 도시로 온천이 유명한 휴양지다.

처방을 따를 수밖에 없어 젊을 때 클레넘과 헤어지고 옆방에서 너무 많이 울던 충격에서 아직도 회복을 못 한 것 같아, 클레넘을 안 건 오래됐니?"

작은 도릿은 – 새로 일감을 줄 고객이 너무 빠르게 질주하는 바람에 한참 뒤처져서 시간이 필요했으니 – 자신한테 묻는 거란 사실을 깨닫자마자 클레넘 선생이 귀국한 다음에 알게 되었다 대답하고, 플로라는 다시 말했다.

"그래 맞아 네가 중국에 가거나 편지를 주고받지 않은 한 클레넘을 알 순 없었겠지 그곳에 다녀온 사람은 피부가 적갈색으로 변하는 게 보통인데 너는 조금도 안 그렇고 편지는 무엇 때문에 주고받겠니? 차라면 모를까 다른 이유가 없잖아, 그러니 클레넘 어머니 댁에서 클레넘을 처음 본 게 사실이구나, 능력이 탁월하고 단호하지만 무시무시하게 엄격해 – 철가면 사내를 낳고 길러야 했어."

"클레넘 마님께서는 저한테 지금껏 친절하시답니다."

작은 도릿이 말했다.

"정말? 그 말을 들으니까 정말 기쁘구나 내가 예전에 그런 것보다 클레넘 어머니를 좋게 생각한다는 말을 들으면 기분이 좋은 게 자연스럽겠지, 하지만 내가 안 헤어지려고 할 때 그분이 어떻게 생각할지는 그리고 유모차[104]에 앉아서 운명의 여신처럼 노려볼 때는 – 충격적인 비유지 – 못 걷는 게 그분 잘못은 아니니까 – 어떻게 할지도 모르겠고 상상할 수도 없어."[105]

"일감은 어디에 있나요, 마님? 일감을 받을 수 있을까요?"

작은 도릿이 두려운 눈으로 둘러보며 묻자, 플로라는 의사가 처방한

---

104) 휠체어를 잘못 말했다.
105) 현재형을 은근히 사용하는 게 흥미롭다.

분량을 다시 타서 차를 또 마시며 대답했다.

"부지런한 꼬마 요정, 서두를 필요 없어 단순하게 형식적으로 빠져드는 편보다는 우리 서로가 아는 친구 얘기부터 - 우리 서로가 아는 친구란 표현이 딱 맞는데, 너무 차가운 것 같아 - 하는 편이 좋아 너는 아니더라도 나는 옷 속에 숨긴 여우가 물고 할퀴는 스파르타 소년 같거든, 피곤한 사내아이들이 온갖 아이들과 시끌벅적하게 뛰어노는 얘기가 나오더라도 용서하면 좋겠어."

작은 도릿은 창백한 얼굴로 다시 앉아서 가만히 듣다 물었다.

"일하면서 들으면 안 될까요? 일하면서 들을 수 있거든요. 괜찮으시다면 그러고 싶어요."

일하지 않는 걸 불안해하는 모습이 어찌나 절실하던지 플로라는 "으음 얘야 네가 하고 싶은 대로 하자꾸나"라고 대답하고 하얀 손수건이 여러 장 있는 바구니를 꺼내, 작은 도릿은 기쁜 얼굴로 받아서 옆에 놓고, 휴대용 실 꾸러미와 바늘을 꺼내서 실을 꿴 다음에 바느질을 시작했다.

"손이 빠르구나 그런데 괜찮은 게 확실하니?"

"아, 네, 괜찮아요!"

플로라는 벽난로 울타리에 두 발을 올려서 멋진 로맨스를 처음부터 끝까지 늘어놓을 준비를 마쳤다. 그러더니 머리를 뒤로 젖히고 한숨을 멋들어지게 내쉬고 눈썹을 엄청나게 꿈틀대면서, 바느질하느라 고개를 숙인 차분한 얼굴을 자주는 아니어도 가끔 쳐다보며 이야기를 풀어나갔다.

"너도 알아야 해 하지만 내가 이미 대충 얘기한 데다 그 사람 이름이 내 이마에 뜨거운 불로 찍힌 느낌이니 내가 돌아가신 피 선생을 만나기 전에 클레넘하고 - 공적으로는 클레넘 선생이라 해야 하지만 여기선 클레넘인데 - 뜨겁게 만났다는 사실을, 우리한테 가장 소중했으며 그때는 인생의 아침이고 마냥 행복하게 빠져들었다는 사실을, 모든 게 황홀했다는 사실을 너도 충분히 알 텐데, 억지로 헤어지는 순간에 우리는 돌로 변해서 클레넘은 중국으로 가고 나는 돌아가신 피 선생의 돌덩이 신부가 되었어."

플로라는 끝없이 즐기며 그윽한 목소리로 마냥 뱉어냈다.

"가슴속이 대리석처럼 딱딱하게 변하고 피 선생 숙모가 유리 마차를 타고 쫓아오던 날 아침에 느낀 감정을 유리 마차를 너무나 엉성하게 고친 게 분명한데 그렇지 않다면 마차가 거리를 두 개 지날 즈음에 고장 날 수도 없고 피 선생 숙모가 11월 15일에 불태우는 가이 폭스 인형처럼 골풀 바닥 의자에 축 늘어진 상태로 실려 오지도 않았을 거란 식으로 굳이 설명하지는 않겠어, 아래층 식당에서 아버지가 허전한 마음으로 아침 식사를 들다 정어리를 너무 많이 먹어서[106] 몇 주 동안 아팠으며 피 선생과 내가 대륙으로 신혼여행을 하다 칼레로 갈 때는 선창에서 사람들이 우리를 서로 태우겠다며 싸우다 아직은 그럴 운명이 아닌 터라 영원히는 아닐지언정 우리를 다른 배에 태워서 헤어지게 했다는 말로 충분할 테니까."

돌덩이 신부는 자아도취에 빠져들어선 살과 피로 이루어진 사람이 가끔 그러는 것처럼 숨조차 안 쉬며 횡설수설했다.

"그렇게 꿈같던 생활에는 장막을 드리우겠어, 피 선생은 쾌활하고 식욕이 좋고 요리하는 걸 즐기고 포도주가 약하지만 입에 맞아서 모든 게 좋다고 여겼어, 우리는 '런던 부두 새끼거위 거리 30번지'[107] 근방으

---

106) 술을 너무 많이 마셨다는 말을 은유적으로 표현했다.

107) 일반명사가 고유명사로 변한 부분은 독자의 이해와 흥미를 돋우기 위해 우리 말로 바꿔서 번역하려 애썼다. 'Number Thirty Little Gosling Street London Docks'는 1857년까지 지도에 안 나오는 지명으로, 포도주 궤짝을 하역해서 뒤뚱뒤뚱 운반하는

로 곧장 가서 정착했어, 하녀가 여분으로 남겨둔 침대 깃털을 몽땅 팔아먹었다는 사실을 발견하기 전으로 피 선생은 통풍이 하늘로 치솟아 다른 별로 날아갈 때였어."

피 선생 미망인이 초상화를 힐끗 보다 고개를 젓고 눈물을 훔쳤다.

"나는 피 선생을 존경스러운 사내며 자상한 남편으로 기억해, 아스파라거스는 말할 필요도 없고 맛 좋은 음료 얘기를 살짝 꺼내거나 암시만 해도 음료수병이 마법처럼 나오니 황홀하진 않아도 편안했어, 아빠 집으로 돌아와서 행복하진 않을지언정 조용히 몇 년을 사는데 하루는 아빠가 가만히 들어와서 클레넘이 아래층에 있다는 거야, 나는 아래층으로 가서 클레넘을 만났어 클레넘한테 어떤 모습을 보았느냐고 묻지 마 여전히 총각으로 변한 건 하나도 없었으니까!"

이제 플로라를 완전히 휘감은 미스터리에 옆에서 작업하던 손은 누구나 멈출 것 같은데, 작은 도릿은 손이 아주 빠른 탓에 조금도 안 멈추고 머리를 숙인 채 바느질을 쳐다보며 계속 일하고, 플로라는 계속 말했다.

"내가 그 사람을 아직도 사랑하는지 그 사람이 나를 아직도 사랑하는지 언제 어떻게 끝날지는 묻지 마, 우리를 감시하는 눈이 주변에 가득해 여전히 떨어져서 슬퍼할 뿐 다시는 재결합을 못 할 수 있으니 말 한마디도 숨소리 하나도 표정 하나도 드러내지 말고 무덤까지 비밀을 가져가야 하거든 설사 내가 클레넘한테 비교적 차가운 것 같거나 클레넘이 나한테 비교적 차가운 것 같더라도 이상하게 여기지 마 우리한테 그럴 수밖에 없는 이유가 있다는 걸 아는 거로 충분하니까 쉿!"

너무나 자신만만하게 말하는 걸 보면 플로라는 이 말 전체를 실제로 믿는 것 같았다. 사실, 플로라가 인어 상태로 완전히 빠져들면 자신이

장면을 작가가 재밌게 형상화한 명칭이다.

무슨 말을 하든 확실히 믿는다는 걸 의심할 여지가 없긴 했다.

"쉿! 이제 너한테 모두 말하고, 우리 사이에 비밀이 생겼으니, 클레넘을 생각해서 나는 너한테 늘 친구가 되는 거고 너는 클레넘이란 이름으로 나한테 언제든 의지하는 거야."

빠른 손이 일감을 옆에 내려놓고 조그만 몸을 일으켜서 상대 손에 키스하자, 플로라는 기분이 좋아서 다정하게 말했다.

"몸이 차갑구나. 오늘은 일하지 마. 몸이 안 좋은 거야 체력이 떨어진 게 분명해."

"클레넘 선생님이 오랫동안 알고 지내시며 옛날에 사랑하신 분께 저를 부탁하는 친절을 베푸시고 마님께서는 너무나 친절하셔서 감동한 것뿐이에요."

작은 도릿이 말하자, 플로라는 충분히 생각할 때면 늘 솔직한 경향이 나타나는 터라, 이렇게 말했다.

"으음, 정말이지 얘야 지금은 일을 내려놓고 쉬는 게 좋겠어, 확실히 말할 순 없지만, 잠시 눕는다 해서 문제 될 건 없잖아."

"하고 싶은 일을 할 만한 체력은 충분하니, 금방 괜찮아질 거예요. 마님께 너무나 고마워서 감동한 것뿐이에요. 창가로 가서 공기 좀 쐬면 금방 좋아질 거예요."

작은 도릿이 힘없이 웃으며 대답하자, 플로라는 창문을 열고 창가 의자에 작은 도릿을 앉히고 자신은 원래 자리로 사려 깊게 돌아갔다. 바람이 부는 날씨였다. 시원한 공기는 살랑대고 작은 도릿은 얼굴이 금방 밝아졌다. 그래서 잠시 뒤에 돌아와 여느 때처럼 빠르게 손을 움직였다.

작은 도릿은 조용히 일하면서 자신이 사는 곳을 클레넘 선생이 말했느냐고 물었다. 플로라가 아니라고 대답하자, 작은 도릿은 클레넘 선생이 차마 말 못 한 이유는 이해하지만, 자신이 플로라에게 비밀을 털어놓는 걸 그분도 이해하실 게 분명하다고, 따라서 플로라가 허락한다면 지금 털어놓겠다고 말했다. 긍정적인 대답을 듣자 작은 도릿은 지금껏 살아온 이야기를 자신은 몇 마디로, 아버지는 자랑스럽고 화려한 말로 짧게 말하고, 플로라는 모두 다정하게 받아들이며 이해하는데, 모순되는 내용이 하나도 없었다.

저녁 식사 시간이 되자, 플로라는 자기 팔에 작은 도릿 팔을 끼우고 아래층으로 내려가, 식당에 벌써 들어와서 기다리던 족장과 팽스한테 소개했다(피 선생 숙모는 당분간 침실에 계류되었다). 두 신사는 각자 성격대로 작은 도릿을 맞이했다. 족장은 만나서 기쁘다고, 정말 기쁘다고 말하는 게 더없이 고귀한 도움이라도 베풀 듯하고, 팽스는 특유의 콧방귀를 인사처럼 날린 것이다.

어떤 상황이든 낯선 자리 자체가 작은 도릿한테는 충분히 수줍을 테지만, 플로라가 포도주도 마시고 제일 좋은 요리도 먹으라고 재촉하는 바람에 특히 더했다. 하지만 무엇보다 당혹스럽게 한 건 팽스였다. 팽스가 하는 동작을 보고 처음에는 초상화를 그리는 사람일 수 있겠다고 생각했다. 자신을 열심히 쳐다보기도 하고 옆에 내려놓은 조그만 수첩을 자주 바라보기도 했기 때문이다. 하지만 스케치하는 건 아닌데다 사업 얘기만 하는 걸 보고, 아버지한테 빚을 준 채권자라는, 아버지가 갚아야 할 돈을 수첩에 적어놓았다는 의심이 일기 시작했다. 이런 관점에서 바라보니 팽스는 숨을 몰아쉴 때마다 짜증과 분노를 드러내는 것 같고, 콧김을 커다랗게 내뿜을 때마다 당장 갚으라고 요구하는 것 같았다.

하지만 이런 생각과 어긋나게 행동하는 걸 보면 그것도 아닌 것 같았다. 작은 도릿은 삼십 분 전에 식탁을 벗어나, 혼자 일했다. 플로라는 벌써 옆방으로 "누우러" 가서 술 냄새를 집 안에 퍼트리고 있었다. 족장은 식당에서 노란 손수건 밑으로 자비로운 입술을 벌린 채 곤하게 잠들었다. 이렇게 조용한 시간에 팽스가 고개를 점잖게 끄덕이며 가만히 나타났다. 그래서 나지막한 목소리로 물었다.

"약간 따분하지, 미스 도릿?"

"아닙니다, 괜찮습니다, 나리."

작은 도릿이 대답하자, 팽스가 안으로 슬금슬금 들어오면서 물었다.

"바쁜가 보군. 그건 다 뭐지, 미스 도릿?"

"손수건이요."

작은 도릿이 대답하는데 팽스는 그건 쳐다보지도 않고 작은 도릿만 열심히 바라보며 말했다.

"그렇군! 다른 건 줄 알았어. 내가 누군지 궁금하겠군. 알려줄까? 나는 점쟁이야."

이제 작은 도릿은 미친 사람이 분명하다는 생각이 들었다.

"나는 몸과 마음 모두 주인님 거야. 아래층에서 식사하던 분. 하지만 가끔은 다른 일도 하지. 남몰래, 은밀하게, 미스 도릿."

작은 도릿은 불안한 눈빛으로 의심스럽게 쳐다보고, 팽스는 계속 말했다.

"손바닥을 보여주면 좋겠군. 한번 들여다보고 싶거든. 나도 귀찮게 하고 싶지 않아."

작은 도릿은 팽스가 귀찮기만 한 터라 어울리고 싶지 않지만, 일감을 무릎에 잠시 내려놓고 골무 끼운 왼손을 내밀었다.

그 손을 팽스가 뭉툭한 집게손가락으로 가만히 건들며 말했다.

"오랫동안 힘들게 일했군, 그치? 하지만 우리 같은 사람이 할 게 또 무어겠어? 하나도 없어."

팽스가 손금을 들여다보며 덧붙였다.

"맙소사! 여기에 있는 창살은 뭐야? 학교로군! 여기에 있는 회색 실내복과 까만 벨벳 모자는 뭐지? 아버지로군! 여기에 있는 클라리넷은 뭐야? 삼촌이로군! 여기에 있는 무용화는 뭐야? 언니로군! 여기에서 빈둥대는 게으름뱅이는 뭐야? 오빠로군! 그러면 그들 모두를 생각하는 이건 뭐야? 맙소사, 바로 너야, 미스 도릿!"

작은 도릿은 의아한 표정으로 얼굴을 쳐다보다 상대와 눈길이 마주쳤다. 눈길이 매섭긴 해도 식사 자리에서 생각한 것보다는 똑똑하고 점잖은 사람으로 보였다. 상대가 곧바로 손을 다시 들여다보아, 작은 도릿이 느낀 인상을 검증하거나 교정할 기회는 사라졌다.

"맙소사, 어이가 없군, 여기 모서리에 내가 있다니! 내가 여기에 왜 있지? 내 뒤에 있는 건 또 뭐지?"

팽스가 작은 도릿 손금을 어설프게 따라가며 중얼거리더니, 손가락을 손목으로 천천히 옮기며 돌아가서 자기 뒤에 있는 걸 확인하려고 손등을 보는 척했다.

"해로운 건가요?"

작은 도릿이 웃는 얼굴로 묻자, 팽스가 말했다.

"그렇지 않아! 내 뒤에 있는데 무슨 가치가 있겠니?"

"제가 물어야죠. 저는 점쟁이가 아니니까요."

"맞아. 무슨 가치가 있을까? 살다 보면 알게 될 거야, 미스 도릿."

팽스는 작은 도릿 손을 천천히 놓고, 손가락 열 개로 훑어서 머리카락을 이상하게 일으켜 세우다 천천히 되풀이했다.

"내가 한 말을 명심해, 미스 도릿. 살다 보면 알게 될 거야."

작은 도릿은 자신에 대해 그렇게 많은 사실을 아는 것 하나로도 정말 놀랍다는 표정이 그대로 드러날 수밖에 없었다. 그러자 팽스가 그 표정을 가리키며 말했다.

"아! 바로 그거! 미스 도릿, 그러지 마, 절대로!"

작은 도릿은 한층 더 놀란 데다 겁까지 일어, 지금 한 말이 무슨 뜻이냐는 표정으로 쳐다보고, 팽스는 깜짝 놀란 표정과 자세를 흉내 내서 의도치 않게 기괴한 모습을 연출하며 진지하게 말했다.

"바로 그거! 그러지 마. 나를 절대로 쳐다보지 마, 언제든, 어디서든. 나는 아무것도 아니야. 나한테 신경 쓰지 마. 내 말도 말고. 관심을 끊어. 약속하지, 미스 도릿?"

작은 도릿이 놀라며 물었다.

"뭐라고 대답해야 좋을지 모르겠어요. 이유가 뭐예요?"

"나는 점쟁이기 때문이야. 집시 팽스. 나는 네 운수를 충분히 말한 게 아니야, 미스 도릿, 그 조그만 손에서 내 뒤에 무엇이 있는지도. 내가 말한 건 살다 보면 알게 된다는 게 전부야. 약속하지, 미스 도릿?"

"약속이라면……"

"앞으로 나를 아는 척하지 않는 거, 내가 먼저 아는 척하지 않는 한. 내가 오가는 걸 모르는 척하는 거. 아주 간단해. 나는 피해를 주지 않아, 잘 생기지도 않았고, 좋은 친구도 아니야. 돈을 박박 긁어다 우리 주인님한테 갖다 주는 사람일 뿐이야. '아, 집시 팽스는 점을 치는 거야 – 언젠가는 내 운수를 모두 알려줄 거야 – 살다 보면 알 거야'라는 생각 이상을 할 필요는 없어. 약속하지, 미스 도릿?"

작은 도릿은 너무나 혼란스러운 나머지 머뭇거리며 대답했다.

"네-에, 알겠어요, 선생님이 해를 안 끼친다면."

"좋아!"

팽스가 옆방 벽을 힐끗 쳐다보고는 상체를 앞으로 숙이며 이어갔다.

"솔직한 사람, 훌륭한 여자, 하지만 경솔하고 수다가 심하지, 미스 도릿."

그러더니 이번 대화에 지극히 만족한 듯 두 손을 문지르고 숨을 헐떡이며 문가로 나아가, 고개를 점잖게 끄덕이다 가만히 사라졌다.

잘 모르는 사람이 별나게 행동하는 바람에, 그리고 자신이 묘한 약속을 했다는 사실에 작은 도릿이 크게 당황했다면, 나중에 펼쳐지는 상황에는 더더욱 당황했다. 팽스는 캐스비 나리 저택에서 기회가 있을 때마다 의미심장하게 쳐다보며 콧김을 내뿜는 건 물론 - 이미 충분히 겪은 터라 신경이 크게 쓰이진 않았다 - 일상생활 곳곳에 나타나기 시작했다. 거리에서 툭하면 눈에 띄는데, 캐스비 나리 저택에 들어설 때도 마찬가지였다. 클레넘 마님 댁으로 가도 팽스가 이런저런 핑계를 대고 찾아오는 게 계속 지켜보는 것 같았다. 일주일이 채 안 된 밤에는 놀랍게도 교도소 휴게실에서 근무 중인 교도관과 말을 주고받는데, 꽤 친한 사이 같았다. 다음으로 놀란 건 교도소 내부를 느긋하게 돌아다닌다는 사실이었다. 아버지가 일요일 알현을 받을 때 방문객과 함께 찾아왔다는 말도 들리고, 학교 친구와 팔짱을 끼고 마당을 돌아다니는 모습도 보이고, 하루는 초저녁에 교도소 술집 사교 클럽에서 연설도 하고 노래도 하고 사람들한테 흑맥주를 20ℓ 나 대접했다는 소문마저 - 새우를 턱없이 많이 내놓았다는 억지 주장과 함께 - 들렸다. 플로니쉬가 성실하게 찾아올 때마다 팽스를 보고서 받은 충격은 작은 도릿한테 또 다른 충격이었다. 플로니쉬는 그 모습을 볼 때마다 말문이 막히는 것 같았다. 물끄러미 쳐다보기만 할 뿐이었다. 팽스가 저러는 모습을 블리딩 하트 단지 사람은 도저히 못 믿을 거라고 가느다랗게 중얼대는 게 전부였다. 어떤 말도 어떤 신호도 더하지 않았다, 작은 도릿한테조차. 더더욱 놀라운 건, 팽스가 아무도 모를 방법으로 딥 오빠와 가까이 지낸다는 사실, 그래서 일요일이면 둘이서 팔짱을 끼고 학교로 어슬렁어슬렁

들어온다는 사실이었다. 그러는 동안 팽스는 작은 도릿을 한 번도 아는 척하지 않았다. 두 사람만 있고 주변에 아무도 없을 때 옆을 지나면서 다정한 표정으로 격려하는 숨을 내뿜으며 "집시 팽스……점을 친다"고 한 게 한두 번 있을 뿐이다.

작은 도릿은 평소처럼 운명에 맞서며 열심히 일했다. 팽스가 너무나 이상했지만, 어릴 적부터 무거운 짐을 가슴에 수없이 담아둔 것처럼 가만히 담아두었다. 하지만 속 끓는 가슴 너머로 변화는 벌써 스며들고 지금도 스며들었다. 하루 전보다 늘 피곤했다. 아무 눈에도 안 띄고 교도소에 들어가고 나오고픈 갈망만, 다른 곳에서도 남의 눈에 안 띄고 숨어들고픈 갈망만 치솟았다.

할 일이 없을 때면 자기 방으로, 예민한 청춘과 성격에 묘하게 어울리는 방으로 기쁘게 물러났다. 가끔은 밖으로 나갈 일이 없고, 손님들이 아버지와 카드놀이 하러 와서 자신은 자리를 비우는 게 훨씬 좋은 오후가 있었다. 그럴 때마다 마당을 재빨리 지나고 계단 수십 개를 올라서 자기 방으로 들어가 창가 의자에 앉았다. 그래서 깊은 생각에 잠기는 동안, 담장 위 꼬챙이는 다양한 조화를 이루고, 단단한 철문은 석양빛이 다양하게 녹아들고, 녹슨 쇳덩이는 황금빛 촉감이 다양하게 어렸다. 눈물을 흘리며 쳐다볼 때는 울퉁불퉁한 모양이 잔인한 형상으로 일어나기도 하지만, 아름답든 딱딱하든, 그 위로 그 밑으로 그 너머로 지울 수 없는 낙인이 여전히 가득한 걸 바라보며, 혼자 있는 시간을 즐겼다.

다락방이, 그것도 마셜씨 교도소 다락방이 작은 도릿 방이었다. 예쁘게 가꾸긴 했어도 바탕이 누추하며, 청결하고 산뜻한 느낌 역시 없었다. 힘겹게 사서 모은 장식은 아버지 방으로 모두 갔다. 그런데도 초라한 다락방이 작은 도릿은 좋았다. 그곳에 혼자 가만히 앉아있는 게 세상에서 제일 편안했다.

팽스가 이상한 행동을 계속하던 어느 날 오후, 창가에 앉아있을 때, 계단을 올라오는 매기 발걸음 소리가 익숙하게 들려, 작은 도릿은 자신을 부르러 온다는 불안감에 휩싸였다. 발걸음 소리가 올라오고 가까워지는 만큼 몸이 덜덜 떨리더니, 마침내 매기가 들어서는 순간에는 말조차 제대로 할 수 없었다.

"작은 엄마, 어서 내려와. 그분이 왔어."

"누구, 매기?"

"누구? 당연히 클레넘 선생님이지. 그분이 작은 엄마 아버지 방에 있어. 그래서 나한테 말했어, 매기, 내가 왔다는 말을 가서 전해주렴."

"몸이 안 좋아, 매기. 안 가는 게 좋겠어. 누우려던 참이야. 이걸 봐! 지금 눕잖아, 머리가 아파서. 고마워하더라고, 내가 자리에 누워서 그냥 왔다고 전해."

작은 도릿이 말하자, 매기가 물끄러미 쳐다보며 대답했다.

"으음, 그건 예의가 아니야, 작은 엄마, 얼굴을 다른 쪽으로 돌리는 것도!"

매기는 자신을 깔보는 태도에 매우 민감하며 오해도 잘했다.

"두 손으로 얼굴을 가리다니! 불쌍한 나를 보기 싫다면 그냥 말하라고, 얼굴을 돌려서 열 살짜리 여자애 마음을 해치고 심장을 무너뜨리지 말고!"

"머리가 아파서 그래, 매기."

"좋아, 머리가 아파서 운다면, 작은 엄마, 나도 울겠어. 혼자 울지마. 욕심부리지 말라고."

매기가 나무라더니 곧바로 엉엉 울어댔다.

미안하다고, 돌아가라고 설득하는 게 정말 어려웠다. 하지만 정신을 바싹 차려서 제대로 전달하고 작은 엄마를 한 시간만 혼자 있게 하면 - 매기가 옛날부터 제일 좋아하는 - 이야기를 해주겠다는 약속에, 계단 밑바닥에 착한 마음을 내려놓고 올라왔다는 매기의 불안감이 어우러지면서, 간신히 설득했다. 그래서 매기는 전갈 내용을 중얼거리며 밖으로 나가더니 지정한 시간에 돌아와서 알려주었다.

"그분이 많이 아쉬워하면서 의사를 보내고 싶어 했어. 내일 다시 올 텐데, 작은 엄마 머리가 아프다는 말을 들어서 오늘 밤에 잠을 편히 못 잘 거야. 맙소사! 또 울잖아!"

"그런 것 같아, 조금, 매기."

"조금! 아!"

"하지만 다 지나갔어……영원히 지나갔어, 매기. 지금은 머리가 시원하고 차분해. 몸도 편안하고. 내가 안 내려가서 다행이야."

커다란 아이가 빤히 쳐다보다 작은 엄마를 가만히 껴안더니 머리를 쓰다듬고, (어설픈 손이나마 자신이 제일 잘하는 식으로) 이마와 눈을 물로 시원하게 닦아주고, 다시 껴안고, 훨씬 환해진 표정에 기뻐하면서 작은 엄마를 창가 의자에 앉혔다. 그러더니, 굳이 그럴 필요가 없는데도 얼굴이 빨개질 정도로 힘쓰며 작은 엄마 옆으로 상자를 질질 끌었다. 자신이 앉아서 이야기를 들을 의자였다. 그리고는 거기에 앉아서 두 무릎을 끌어안고 이야기를 듣고픈 갈망을 드러낸 채 동그란 눈으로 쳐다보며 말했다.

"이제, 작은 엄마, 재미난 이야기를 하자!"

"어떤 얘기를 해줄까, 매기?"

"공주 이야기를 하자, 진짜 공주 이야기. 믿을 수 없는 이야기!"

작은 도릿은 가만히 생각하면서 얼굴에 슬픈 미소를 머금어 석양에 빨갛게 물들이며 입을 열었다.

"매기, 옛날옛적에 좋은 왕이 있었는데, 왕은 세상 모든 물건이 다 있었어, 더는 바라는 게 없을 정도로. 금과 은, 다이아몬드와 루비, 모든 게 넘쳐흘렀지. 궁궐도 있고……"

매기가 두 무릎을 끌어안은 상태 그대로 끼어들었다.

"병원도. 왕은 병원도 있었어, 좋은 곳이잖아. 닭고기가 많은 병원."

"그래, 왕은 병원도 많았어, 모든 게 많았어."

"구운 감자도 많았어?"

"모든 게 많았어."

"야아! 정말 좋겠다!"

매기가 좋아서 두 무릎을 꼭 끌어안았다.

"왕은 딸이 있었어. 세상에서 가장 똑똑하고 아름다운 공주였지. 공주는 어릴 적에 선생님이 수업하기도 전에 수업 내용을 모두 이해하고, 나이를 먹은 다음에는 세상에서 제일 똑똑했어. 그런데, 공주가 사는 궁궐 근처에 조그맣고 예쁜 집이 있었어, 불쌍하고 조그만 여인이 혼자서 살았지."

"늙은 여자."

매기가 입맛을 다시며 말했다.

"아니야, 늙은 여자는. 젊은 여자였어."

"그럼 무서웠겠다. 계속해, 어서."

"공주는 마차를 타고 거의 매일 지나다니는데, 조그맣고 예쁜 집을 지나갈 때마다 불쌍하고 조그만 여자가 물레 앞에 앉아서 실 짜는 모습이 보여, 공주는 조그만 여자를 쳐다보고, 조그만 여자는 공주를 쳐다보았어. 하루는 살짝 떨어진 곳에 마차를 세우고 내려서 집 안을 쳐다보는데, 평소처럼 조그만 여자가 물레 앞에 앉아서 실을 짜는 거야. 그 여자는 공주를 쳐다보고, 공주는 그 여자를 쳐다보았지."

"서로서로 물끄러미 쳐다보는 것처럼. 계속해, 작은 엄마."

"공주는 훌륭한 공주라 비밀을 깨닫는 능력이 있어서 조그만 여자에게 물었어, 저걸 저기에 보관하는 이유가 뭐지? 이 말을 듣고, 조그만 여자는 자신이 혼자 살면서 실 짜는 이유를 공주가 안다는 걸 단번에 깨닫고 공주 발 앞에 무릎을 꿇더니, 그 비밀을 아무한테도 말하지 말라고 애원했어. 그래서 공주는 대답했어, 아무한테도 말하지 않겠다. 그걸 나한테 보여달라. 그러자 조그만 여자는 창문에 덧문을 치고 현관문을 꼭 닫더니, 행여나 누가 의심하지나 않을까 두려워 머리끝부터 발끝까지 덜덜 떨며, 아주 은밀한 공간을 열어서 공주한테 유령을 보여주었어."

"맙소사!"

"오래전에 죽은 어떤 유령이었어, 너무 멀어서 아무도 못 가는 곳으로 떠나, 두 번 다시 못 돌아오는 사람. 유령은 빛이 번뜩였어. 조그만 여자는 공주한테 보여주면서도 진심으로 자랑스러워했지, 정말 대단한 보물처럼. 공주는 유령을 가만히 쳐다보다 조그만 여자에게 물었어. 매일 저것을 지키는 것인가? 조그만 여자는 눈을 내리깐 채 조그맣게 대답했어. 그렇습니다. 그러자 공주가 물었어. 이유를 설명하라. 조그만 여자는 대답했어, 누구보다 훌륭하고 다정한 사람이 자신 곁을 떠난 적은 없다고, 그래서 처음부터 지켰다고. 누구도 저 유령을 그리워하지 않고, 누구도 저 유령 때문에 나빠지지 않았다고, 자신을 기다리는 곳으로 오래전에 떠났다고……"

"유령이 남자였어?"

매기가 끼어들고, 작은 도릿은 소심하게 대답했다, 그렇다고, 그런 것 같다고, 그러면서 이야기를 이어갔다.

"……자신을 기다리는 곳으로 오래전에 떠났다고, 이 추억은 누구한테 빼앗거나 훔친 게 아니라고. 공주가 말했어, 아! 하지만 이 집에 살던 사람이 죽으면 여기에 있는 게 밝혀질 거다. 조그만 여자는 대답했어, 아니라고, 그렇게 되면 유령은 내 무덤으로 가만히 들어온다고, 절대로 안 들킨다고."

"그래, 맞아! 계속해, 어서."

"당연히 너도 느끼는 것처럼, 공주도 이 말을 듣고 크게 놀랐어, 매기."

(매기가 중얼거렸다. "당연히 그럴밖에.")

"그래서 공주는 조그만 여자를 지켜보고 어떻게 되는지 확인하겠다고 마음먹었어. 공주는 아름다운 마차를 매일 타고 가서 조그만 여자가 물레 앞에 늘 혼자 앉아서 실 짜는 모습을 확인하고, 조그만 여자를 쳐다보았어, 조그만 여자는 공주를 쳐다보고. 그러던 어느 날 물레는 가만히 서고 조그만 여자는 안 보이는 거야. 물레가 선 이유를, 그리고 조그만 여자가 어디로 갔는지를 물어본 공주는 물레가 선 건 물레를 돌릴 사람이 없기 때문이라는, 조그만 여자는 죽었기 때문이라는 말을 들었어."

(매기가 말했다. "병원에 갔어야지. 그럼 좋아졌을 텐데.")

"공주는 조그만 여자가 죽어서 눈물을 살짝 흘리다 훔친 다음, 예전에 마차를 세운 장소에서 내려, 그 집으로 가서 문 안을 들여다보았어. 이제 공주를 바라보는 사람도 없고 공주가 바라볼 사람도 없어, 공주는 그대로 들어가서 소중히 보관하던 유령을 찾아보았어. 하지만 그 흔적이 어디에도 없는 거야. 공주는 조그만 여자 말이 진짜라는 걸, 유령은 누구도 괴롭히지 않는다는 걸, 조그만 여자 무덤으로 가만히 들어갔다는 걸, 조그만 여자와 유령은 이제 편히 쉰다는 걸 깨달았지. 이게 전부야, 매기."

이야기를 마무리할 때 석양이 얼굴을 너무나 환하게 비춰, 작은 도릿은 손으로 햇빛을 가리고, 매기는 물었다.

"여자가 늙은 거야?"

"조그만 여자?"

"응!"

"나도 몰라. 하지만 조그만 여자가 아무리 오랫동안 살아도 결과는 같았을 거야."

"정말! 아아, 그렇더라도 오래 살면 좋겠어."

매기가 말하고는 말똥말똥 쳐다보며 생각에 잠겼다.

매기가 두 눈을 크게 뜬 채 너무 오래 앉아있어, 이제 상자에서 일어나게 하려고 작은 도릿이 일어나다 창문 바깥을 내다보았다. 마당을 내려다보는데, 팽스가 눈꼬리로 올려다보며 지나가는 모습이 보였다.

"저 사람은 누구야, 작은 엄마? 들락날락하는 게 자주 보여."

"점쟁이라고 들었어. 하지만 미래는 물론이고, 과거나 현재의 운수나마 맞힐 수 있을지 의심스러워."

"공주가 조그만 여자한테 운수를 알려줄 순 없었어?"

매기가 묻자, 작은 도릿이 깊이 생각하는 표정으로 어두운 교도소 골짜기를 내려다보며 고개를 끄덕였다.

"조그만 여자도 자기 운수를 몰랐을까?"

매기는 다시 묻고, 작은 도릿은 강하게 달려드는 석양빛을 받으며 대답했다.

"응. 창가에서 그만 물러나자."

25장. 음모꾼 등등

팽스가 사는 곳은 펜튼빌[108]에 있는 건물로, 규모가 지극히 작은 전문직에 종사하는 신사네 집 3층에서 하숙했는데, 건물 현관에는 안쪽 문이 있어, 스프링으로 균형을 유지하다 올가미처럼 찰칵 닫히고, 현관 위 부채꼴 채광창에는 '러그, 총대리인, 회계사, 채권추심'이라는 글씨가 있었다.

글씨는, 간결하고 단순하다는 점에서 당당하게, 바싹 마른 큰길에 접한 건물 앞 가느다랗고 조그만 정원을 장식하니, 먼지만 가득한 잎사귀 몇 개가 몰골사나운 머리를 축 늘어뜨린 채 숨 막히는 삶을 이어갔다. 2층에는 작문 선생이 살아, 어린 자녀 모두 식탁을 흔들어대는 가운데 학생들이 수업을 여섯 번 받기 전에 쓴 작문 표본, 그리고 어린 자녀 모두 얌전히 있는 가운데 학생들이 수업을 여섯 번 받은 다음에 쓴 작문 표본을 유리 상자 여러 개에 담아서 정원 난간에 활력을 불어넣었다. 팽스가 빌린 장소는 널찍한 침실 하나로, 돈을 더 내는

108) 1820년대에 펜튼빌(Pentonville)은 이즐링턴(Islington) 인근의 쾌적한 전원주택 구역으로, 현재도 광활한 들판과 정원이 많다. 이때는 경제적으로 넉넉한 사람과 런던에서 일하는 사무원이 주로 살았다.

만큼, 그리고 정식으로 구두 요청하는 만큼, 일요일 아침이나 만찬이나 간식이나 저녁 식사 전부 혹은 일부를 뒤쪽 거실에서 러그 부녀와 함께 드는 걸 자유롭게 선택하기로 집주인 러그와 합의하고 계약한 상태였다.

러그 딸 미스 러그는 재산이 조금 있는 숙녀로, 근처에 사는 중년 제빵업자에게 모질게 학대당해서 마음이 갈기갈기 찢어진 채, 혼약을 어긴 것에 대한 피해 보상을 법정에서 요구해야 한다 느끼고 러그를 대리인 삼아, 이웃들 입방아에 오르는 걸 감수하면서 손에 넣은 재산이었다. 제빵업자는 미스 러그가 고용한 변호사한테 욕설 하나당 18페니로 계산해서 총 20기니를 보상하도록 요구받고 그만한 액수를 보상하라는 판결까지 받아서 잔뜩 위축된 데다 펜튼빌 젊은이들한테 아직도 괴롭힘을 당했다. 하지만 미스 러그는 존엄한 법의 보호를 받은 데다 피해 보상금을 다양한 증권에 투자하는데도 주변의 동정을 받았다.

하얗고 동그란 얼굴은 혈색이 옛날에 빠져나간 것 같고 머리칼은 다 닳은 벽난로 빗자루처럼 깔쭉깔쭉하며 노란 집주인 러그와 함께, 그리고 얼굴은 셔츠 단추 같은 주근깨가 덕지덕지 달라붙고 노란 머리칼은 길게 땋아서 화려하기보다는 조그만 덤불 같은 미스 러그와 함께, 팽스는 지난 몇 년 동안 일요일마다 저녁 식사를 하고, 일주일에 두 번 정도 빵과 네덜란드 치즈와 흑맥주로 초저녁 간식을 먹었다. 팽스는 미스 러그가 두려움 없이 결혼할 수 있는 극소수 남성 가운데 하나지만, 팽스는 두 가지 주장으로 마음을 다졌다. 하나는 "두 번은 안 된다"는 것이고, 또 하나는 "자신은 그럴 가치가 없다"였다. 팽스는 이중 갑옷 속에 이렇게 단단히 틀어박힌 채, 미스 러그에게 콧김을 느긋하게 불어댔다.

이제껏 팽스는 잠자는 것 말고는 펜튼빌 숙소에서 업무를 처리한 적이 없었다. 하지만 점쟁이가 된 지금은 앞쪽 거실의 조그만 러그 사무실에서 밤이 깊도록 러그와 밀담을 나누는 데다, 침실에 들어간 다음에는 동물 기름을 늦도록 태우기 일쑤였다. 돈을 박박 긁어다 주인한테 갖다 주는 역할에도 소홀하지 않으니, 그 역할은 장미화단에서 온갖 가시에 찔리는 짓과 다를 바 없는데도, 팽스는 새로운 사업 분야를 늘 쫓아다녔다. 그래서 밤에 족장이라는 배를 풀어주면 성명 불상의 선박을 밧줄에 묶고서 다른 바다를 열심히 돌아다녔다.

치버리 교도관과 개인적으로 가까워지면서 상냥한 치버리 부인이랑 슬퍼하는 아들까지 소개받는 건 쉬울 수 있다. 쉽든 안 쉽든, 팽스는 금방 그렇게 됐다. 학교에 처음 나타나고 일이 주일도 안 돼서 담뱃가게 한가운데로 바싹 다가갔으며, 젊은 존과 가까워지려고 특히 공을 들였다. 그래서 삐쩍 마른 목동을 작은 숲에서 끌어내어 은밀한 일을 하도록 유혹하는 데 성공하고, 젊은 존은 그 일을 할 때마다 이삼일씩 사라지기 일쑤였다. 신중한 치버리 부인은 이런 변화가 극히 걱정스러운 나머지, 문설주를 받친 고지대 인물 그림에 해롭다며 반대하고 싶었지만, 그럴 수 없는 이유가 두 개나 있었다. 하나는, 아들 존이 그 일을 시작하면서 장사에 관심을 보인다는 건데, 축 늘어진 아들한테 좋으면 좋았지 나쁠 건 없고, 또 하나는, 팽스가 아들에게 일을 시키는 대가로 하루 일당을 7실링 6페니로 넉넉하게 잡아서 부인에게 주기로 은밀하게 약속했다는 거다. 팽스가 이런 식으로 단순명쾌하게 제안한 결과였다.

“젊은 존이 허약해서 그 일을 할 수 없다 해도, 부인이 망설일 이유는 될 수 없어요, 그렇지 않나요? 그러니까 우리 둘만 아는 겁니다, 부인, 일은 일이니, 자, 이걸 받으세요!”

치버리 교도관이 이런 과정을 어떻게 생각하는지, 혹은 이런 일이 벌어지는 걸 아는지 모르는지 자체는 겉으로 조금도 안 드러났다. 원래 말이 없는 사내라는 평판이 자자한 데다, 이번 경우에는 직업상 모든 걸 안에 가두는 습관이 작용했다고 말해도 좋을 것 같다. 치버리 교도관은 마셜씨 교도소 채무자를 치밀하게 가두듯 자신의 속마음도 치밀하게 가뒀다. 음식을 급하게 먹는 습관도 그래서 생긴 것 같았다. 하지만 음식을 먹을 때 말고는 마셜씨 교도소 철문처럼 입을 단단히 걸어 잠갔다는 건 의심할 여지가 없다. 그는 별다른 일 없이 철문을 여는 적이 한 번도 없었다. 누구를 내보내야 할 때는 철문을 살짝 열고서 기다리다, 그 사람이 나가자마자 자물쇠를 채웠다. 철문을 여는 시간을 줄이려고, 방문객이 나가려는 순간에 다른 방문객이 철문 앞마당을 걸어오는 모습이 보이면 잠시 기다려, 철문을 두 번 열 걸 한 번으로 줄였다. 마찬가지로, 무슨 말을 하려던 참에 다른 생각이 또 떠오르면 말을 멈추고 기다려, 두 번 말할 걸 한 번으로 줄였다. 치버리 교도관의 속마음을 알만한 열쇠를 그 얼굴에서 찾으려는 건, 마셜씨 교도소를 들락거린 모든 사람의 특징과 역사를 그 철문 열쇠에서 찾으려는 것과 바를 바 없었다.

팽스가 펜튼빌 만찬에 누구든 초대할 생각을 한 적은 예전에 없었다. 하지만 젊은 존을 만찬에 초대한 건 물론, 미스 러그의 (값비싼) 매력을 느낄 범주로 끌어들였다. 만찬은 일요일로 잡고, 미스 러그는 만찬에 내놓으려고 자기 손으로 양고기 다리에 굴을 가득 쑤셔 넣어 제빵업자[109]한테 – 그 제빵업자가 아니라 경쟁하는 제빵업자한테 – 보냈다. 오렌지, 사과, 견과류도 준비했다. 팽스는 손님을 기쁘게 하려고 토요일 밤에 럼주까지 가져왔다.

109) 당시에 제빵업자는 돈을 받고 고기를 구워주기도 했다.

잔뜩 준비한 음식이 손님을 맞는 핵심 프로그램은 아니었다. 특별 프로그램은 가족 특유의 신뢰와 공감을 느끼자는 거였다. 젊은 존이 상아 손잡이 지팡이와 황금 가지 조끼 없이 한 시 반에 나타나고 태양은 불길한 먹구름에 빛을 빼앗길 때, 팽스는 머리가 노란 러그 부녀에게 미스 도릿을 사랑한다고 툭하면 말하던 젊은이라고 소개했다.

러그가 맡은 역할에 따라 말했다.

"자네를 만나서 기쁘군, 젊은이. 자네가 품은 감정은 명예로운 거야. 젊은 청년답게 영원히 잃지 말도록! 나는 그런 감정을 끝까지 안 잃는다면, 앞으로 나를 죽일 사람한테 50파운드를 주라고 유언장에 남기겠어."

미스 러그가 한숨을 내쉬자, 러그가 다시 말했다.

"내 딸이네, 젊은이. 아나스타티아, 너라면 이 젊은이가 품은 애정을 충분히 이해하겠구나. 내 딸도 시련을 여러 번 겪은 터라 자네 마음을 충분히 이해한다네, 젊은이."

러그가 말하는데, "여러 번"이라는 말을 빼면 더 좋을 것 같았다.

젊은 존은 감동적인 환영사에 감격해 정말 고맙다 말하고, 러그는 계속 말했다.

"나는 말이야, 젊은이, 모자를 주게 - 걸이 못이 부족해 - 모서리에 놓겠네, 그러면 아무도 안 밟을 거야 - 나는 말이야, 젊은이, 자네의 호사스러운 감수성이 부럽다네. 나는 그런 호사를 누릴 수 없는 직종에 종사하거든."

젊은 존은 고맙다고 한 다음에 대답했다. 내가 바라는 건 옳은 일을 하는 것, 그래서 미스 도릿한테 완벽하게 헌신했다는 걸 보여주는 것뿐이다. 나는 사심이 없기를 바라고, 실제로 사심이 없으면 좋겠다. 미스 도릿한테 도움이 된다면 나는 무어든 힘이 닿는 대로 하고 싶다, 나 자신을 숨긴 채. 그게 나을 것이다. 내가 할 수 있는 일은 조금밖에 없겠지만 미스 도릿에게 어떤 식으로든 도움이 되고 싶다.

러그가 젊은 존의 손을 잡으며 말했다.

"젊은이, 자네는 만나는 사람마다 도움을 줄 젊은이야. 자네를 증인석에 세워서 법조계 종사자들한테 인간성이 어때야 하는지 보여주고 싶을 정도로. 식욕이 당기길 바라네, 나이프와 포크를 마음껏 사용할 만큼."

"고맙습니다, 선생님. 요새는 많이 안 먹는답니다."

젊은 존이 대답하자, 러그가 옆으로 살짝 잡아끌며 말했다.

"우리 딸도 여성으로 겪은 학대와 모욕을 입증하고자 '러그 대 보킨스' 재판 원고가 되었을 때 그랬다네, 젊은이. 일주일 동안 먹은 음식이 250g도 안 되었으니, 그게 중요하단 사실을 알았더라면 증거로 제시했을 거야."

"저는 그보다는 조금 더 먹는 것 같습니다, 선생님."

젊은 존이 창피한 고백이라도 하듯 주저하며 대답하자, 러그가 미소를 머금고 손을 흔들며 논쟁하듯 말했다.

"하지만 자네한테는 인간 형상을 한 악마가 있는 게 아니잖나. 명심하라고, 젊은이! 인간 형상을 한 악마가 자네한테는 없다는 걸!"

"네, 선생님, 맞습니다. 그런 게 있으면 매우 유감스럽겠지요."

젊은 존이 순진하게 대답하자, 러그가 다시 말했다.

"익히 알려진 자네 신념이 그런 마음이라면 충분히 가능해. 내 딸이 그 말을 들었더라면 커다란 충격을 받았을 거야. 하지만 양고기 상태를 보니, 다행히도 못 들은 것 같군. 팽스 선생, 이번 기회에 나를 보시오. 사랑하는 딸아, 젊은 존을 보려무나. 이제 우리가 받을 음식에, 우리 모두 (그리고 미스 도릿도) 진심으로 감사하게 하소서!"

러그가 만찬을 시작하자고 알리면서 엄숙하게 익살을 안 떨었더라면 미스 도릿도 참석했을 것 같은 착각마저 일었다. 팽스는 농담을 평소처럼 받아들이고 음식도 평소처럼 받아먹었다. 미스 러그 역시 모자란 영양이라도 보충하려는 듯 똑같이 맛나게 먹으니, 양고기는 순식간에 뼈다귀만 남았다. 버터 바른 빵과 푸딩은 완전히 없어지고, 상당히 많은 치즈와 무도 마찬가지로 사라졌다. 그러자 후식이 나왔다.

그런 다음에, 물 탄 럼주가 나오기 직전에, 팽스가 수첩을 꺼냈다. 잇따른 과정은 간단하지만 기묘했다. 음모를 꾸미는 냄새가 폴폴 일었다. 팽스는 내용이 꽉 들어찬 수첩을 자세히 살피더니, 일부 내용을 발췌해서 식탁 종이에 적었다. 러그는 그 모습을 자세히 쳐다보고, 젊은 존은 깊은 생각에 빠져들다 혼란스러운 눈에 안개가 어렸다. 팽스는 음모를 주도하는 역할을 맡아 발췌를 끝내고, 그 내용을 다시 훑어보다 수정하더니, 수첩을 닫고 발췌한 종이를 카드처럼 손에 들며 물었다.

"자, 베드퍼드셔에 교회 공동묘지가 있는데, 누가 맡겠소?"

"내가 맡겠소, 선생, 다른 사람이 없다면."

러그가 대답하자 팽스는 카드를 러그에게 넘기고, 손에 든 카드를 다시 살피며 물었다.

"자, 요크에서 조사할 게 있는데, 누가 맡겠소?"

"나는 요크가 안 맞아요."

러그가 대답하자, 팽스가 물었다.

"자네가 맡겠나, 존?"

젊은 존이 동의하자 팽스는 존에게 카드를 건네고, 손에 든 카드를 다시 살폈다.

"런딘에 교회가 있는데, 내가 맡겠소. 그리고 가정용 성서가 있는데, 이것 역시 내가 맡겠소. 그럼 나는 두 개를 맡은 거요. 나는 두 개."

팽스가 거듭 말해서 손에 든 카드에 입김을 강하게 뿜고는 계속 이어갔다.

"자네가 더럼에서 만날 사무원 주소, 존, 그리고 당신이 던스터블에서 만날 늙은 뱃사람 주소요, 러그 선생. 나는 두 개를 맡았소, 안 그렇소? 맞소, 나는 두 개요. 여기에 묘비도 있군, 그럼 나는 세 개. 게다가 사산한 아기가 있군. 그럼 나는 네 개. 그렇다면 얘기는 끝났군, 당장으로선."

팽스가 차분한 어투로 조용히 진행하며 카드를 모두 처분하고 콧김을 뿜으며 가슴주머니로 손을 옮겨서 마대 자루를 꺼냈다. 여행경비라는 설명과 함께 다른 손으로 마대 자루에서 돈을 꺼내고 두 부분으로 나눠 두 동료한테 밀어주며 "현금은 빠르게 사라지지요, 아주 빠르게"라고 걱정스러운 어투로 말하자, 젊은 존이 대답했다.

"저로선 제가 쓰는 비용을 스스로 못 낸다는 사실도 안타깝지만, 거리가 멀어서 두 발로 걸어가는 방법은 시간상 바람직하지 않다는 사실 역시 안타까울 뿐이란 말씀을 안 드릴 수 없군요, 팽스 선생님. 아무런 비용이나 보상 없이 두 다리로 걸어간다면 저로선 그보다 만족스러운 게 없을 테니까요."

젊은 사내의 사심 없는 모습이 너무나 멍청해 보여, 미스 러그는 재빨리 빠져나와서 계단에 앉아 배꼽을 잡고 웃을 수밖에 없었다. 한편, 팽스는 젊은 존을 동정 어린 눈으로 바라보며, 목이라도 비틀 듯 마대 자루 모가지를 천천히 신중하게 비틀었다. 그래서 안주머니에 다시 넣을 때 미스 러그가 돌아와서 물 탄 럼주를 한 잔씩 건네는데, 자신이 마실 몫도 잊지 않았다. 잔을 다 건네자, 미스 러그가 일어나서 식탁 한가운데로 술잔을 쭉 내밀었다. 그와 동시에 다른 세 사람도 술잔을 내밀어 쨍그랑 부닥치며 음모에 가담한 걸 축하했다. 의식은 효과가 상당하고, 효과는 오랫동안 이어졌겠지만, 미스 러그가 술잔을 들어서 입술에 대는 순간 젊은 존을 우연히 쳐다본 게 문제였다. 젊은 존의 사심 없는 모습이 너무나 경멸스럽고 우스꽝스러운 나머지, 물 탄 럼주를 사방에 내뿜으며 황급히 물러났기 때문이다.

이게 팽스가 펜튼빌에서 연 전례 없는 만찬이고, 이게 팽스가 바쁘고 이상하게 살아가는 삶이었다. 팽스가 다양한 근심 걱정에서 벗어나, 다른 목적 없이 즐기려는 목적 하나로 어떤 곳을 가거나 무슨 말을 하는 순간은 블리딩 하트 단지에서 지팡이를 짚고 절뚝거리며 다니는 외국인한테서 색다른 관심이 일어날 때밖에 없는 것 같았다.

존 밥티스트라고 하는 - 단지 사람들이 밥티스트라고 부르는 - 외국인은 늘 마음이 편하고 희망에 부풀어서 재잘대길 좋아하는 조그만 사내라, 팽스는 자신과 너무나 다른 모습에 관심이 끌린 것 같았다. 아는 사람은 없고, 몸은 약하고, 이곳 사람과 소통하는 데 꼭 필요한 말은 거의 모르면서도, 밥티스트는 운명이 흘러가는 대로 자신을 맡긴 채 명랑하게 사는 모습이 이 지역에서는 너무나 새로웠다. 먹을 건 없고, 마실 건 더 없고, 입을 거라곤 당장 몸에 걸친 것하고 세상에서 제일 조그만 보따리에 든 것이 전부인데도, 밥티스트는 하얀 이를 드러내고 겸손하게 호의를 요청하면서 단지를 처음 절뚝절뚝 걸을 때부터 얼굴에 환한 표정이 가득한 게, 세상에서 가장 즐겁게 사는 사람 같았다.

절뚝대든 똑바로 걷든, 외국인은 블리딩 하트에서 살기가 정말 힘들다. 무엇보다 먼저, 단지 사람들한테는 외국인이라면 누구나 품에 단검을 넣고 다닌다는 막연한 확신이 있었다. 둘째로, 외국인은 자기 나라로 가야 헌법 관점에서도 민속 관점에서도 바람직하다는 원칙이 있었다. 전 세계 곳곳에 뛰어든 영국인이 이 원칙에 따라 모두 돌아온다면 그 규모가 얼마나 클지는 생각조차 않고, 그것이 가장 구체적이고 특별한 영국식 원칙이라고 여겼다. 셋째로, 외국인이 영국인이 아닌 건 하늘이 내린 천벌이며, 그가 사는 나라가 온갖 재난에 시달리는 건 영국이 안 하는 걸 하고, 영국이 하는 걸 안 하기 때문이라고 생각하는 경향이 강했다. 바너클 가문과 '헛소리 빵빵' 가문이 영국인한테 이런 신념을 오랫동안 치밀하게 심어준 건 확실하니, 두 가문은 자신들한테 복종하지 않는 나라는 신의 보호를 받을 수 없다고 공식적 비공식적으로 늘 떠들어대고, 사람들이 이 말을 믿을 때는, 태양 아래 편견이 그렇게 가득한 사람은 없다며 자기네끼리 헐뜯기 때문이다.

그러므로 바로 이게 블리딩 하트의 정치적 입장이라고 할 수 있는데, 외국인을 들이기 싫어하는 이유는 이 밖에도 많았다. 외국인은 하나같이 못 산다는 확신이 있었던 것이다. 자기네 역시 더할 나위 없이 가난하다는 사실은 외국인을 거부하는 마음을 하나도 안 줄였다. 외국인은 총검과 폭력으로 억눌리는 데 익숙하다는 확신도 있었다. 자기네 역시 불만을 드러내는 순간에 해골이 박살 나면서도, 그 도구는 총검이 아니라 경찰 곤봉이니 문제 될 게 없었다. 외국인은 누구나 난잡하다는 확신도 있었다. 자기네 역시 순회재판을 받아야 할 때가 있고, 이혼소송도 벌이지만, 그건 난잡한 것과 상관이 없었다. 외국인은 독립정신이 없다는, 그래서 데시무스 타이트 바너클 경한테 이끌려 깃발을 들고 애국가를 부르며 투표소로 안 간다는 확신도 있었다. 지루한 시간을 달래려니, 이것 말고도 그만저만한 확신이 엄청나게 많았다.

지팡이를 짚고 절뚝거리는 외국인은 이러한 장벽에 최대한 잘 대응해야 했다. 게다가 완벽히 혼자는 아니었다. 클레넘 선생이 플로니쉬 부부에게 부탁했기(그래서 똑같은 집 꼭대기 다락방에서 살기) 때문이다. 그렇다 해서 많이 유리한 건 아니었다. 하지만, 블리딩 하트는 마음이 다정했다. 게다가 조그만 외국인은 상냥한 얼굴로 절뚝거리면서 명랑하게 돌아다니고, 아무런 해를 안 끼치고, 단검을 안 꺼내고, 터무니없이 난잡한 행동을 않고, 곡식 가루와 우유를 주로 먹으며 살고, 초저녁에는 플로니쉬 아이들과 노는 모습을 보니, 영국인이 될 희망은 조금도 없을지언정, 고통까지 가하는 건 너무 가혹하다는 생각마저 들기 시작했다. 그래서 자신을 외국인 수준에 맞추어, "밥티스트 선생"이라고 부르면서 갓난아기처럼 대하고, 외국인이 마구 몸짓하며 어설픈 영어를 할 때마다 폭소를 터트리는데 - 외국인 역시 개의치 않고 함께 웃으니, 더 많이 웃었다. 사람들은 외국인이 못 듣는 것처럼 커다랗게 말했다. 기본 영어를 가르친다면서 야만인이 쿡 선장한테, 혹은 프라이데이가 로빈슨크루소한테 말하는 듯한 문장을 구사했다. 플로니쉬 부인은 이 부분에서 특히 천재성을 발휘해, "나는 바란다, 당신은 다리가 금방 좋아지기를"이라고 말하는 식으로 명성을 얻었다. 이탈리아 말과 별반 다르지 않다고 단지 사람들이 여길 정도였다. 심지어 플로니쉬 부인조차 자신은 이탈리아 말에 천부적인 재능이 있다고 믿기 시작했다. 밥티스트가 더 유명하게 되자, 사람들은 어휘력을 늘려주려고 집에서 가재도구를 가지고 나오기도 했다. 밥티스트가 보이는 순간, 단지 아낙네들이 밖으로 뛰쳐나오면서 "밥티스트 선생 - 찻주전자!", "밥티스트 선생 - 쓰레받기", "밥티스트 선생 - 밀가루 뿌리개!", "밥티스트 선생 - 커피포트!"라고 소리쳤다. 그러면서 가재도구를 보여주어, 앵글로색슨 말이 지독하게 어렵다는 느낌을 강하게 심어주었다.

이렇게 진행되던 단계에, 밥티스트가 단지에 들어오고 3주가 지날 즈음, 팽스는 조그만 외국인에게 커다란 관심을 느꼈다. 플로니쉬 부인을 통역관으로 대동하고 다락방까지 올라가, 침대 하나와 탁자 하나와 의자 하나밖에 없는 바닥에서 밥티스트가 간단한 도구를 사용하며 더없이 유쾌하게 조각하는 모습을 발견했다. 그리고 말했다.

"자, 친구, 방세를 내게!"

밥티스트는 돈을 종이에 싸서 준비하다, 환하게 웃으면서 건넸다. 그런 다음, 실링 수만큼 오른손 손가락을 펴고, 공중에 십자가를 비스듬히 그려서 6페니를 표시했다.

팽스가 놀란 눈으로 바라보다 감탄했다.

"아! 그래, 맞아. 머리가 잘 도는군. 좋아. 하지만 방세를 낼 줄은 몰랐어."

여기에서 플로니쉬 부인이 크게 생색내며 끼어들어, 밥티스트한테 설명했다.

"그는 기뻐해. 그는 돈을 받고 좋아해."

조그만 사내가 웃으면서 고개를 끄덕였다. 환한 얼굴에 팽스는 관심이 새롭게 끌렸다. 그래서 플로니쉬 부인에게 물었다.

"절뚝거리는 다리는 어떤가?"

"아, 굉장히 좋아졌답니다, 나리. 다음 주면 지팡이를 안 짚어도 될 정도예요." (놓치기에 너무나 좋은 기회를 맞아, 플로니쉬 부인은 다소 우쭐대며 밥티스트에게 "그는 바란다, 당신 다리가 금방 좋아지기를"이라고 설명해서 자신의 탁월한 능력을 자랑했다.)

"명랑한 친구로군. 생활비는 어떻게 벌지?"

팽스가 물었다. 기계장치를 한 장난감이라도 되는 듯 조그만 외국인한테 감탄하는 눈치였다.

"그건, 나리, 지금 보시다시피 꽃을 조각하는 솜씨가 대단하더라고요." (밥티스트는 두 사람 얼굴을 바라보다 작업하던 걸 들어 보이고, 플로니쉬 부인은 팽스를 대신해서 "그는 좋아한다. 두 배로 좋아한다!"

고 이탈리아 말처럼 통역했다.)

"저걸로 먹고살 수 있나?"

"돈을 거의 안 쓰는 터라, 나리, 조금만 지나면 넉넉하게 살 겁니다. 클레넘 나리가 도와주시고, 바로 옆에 있는 공장에서 일거리도 주니까요…… 필요할 때마다 일거리를 만들어주는 식으로."

"그렇다면 일을 안 할 때는 무얼 하지?"

"그건, 나리, 아직 많지는 않은데, 나리, 제대로 걸을 수 없어서 그런 것 같아요. 하지만 단지를 곧잘 돌아다니다, 제대로 알아듣지도 제대로 말하지도 못하면서 사람들과 대화하고, 아이들과 놀고, 햇빛을 즐긴답니다 – 어디든 앉아서, 안락의자라도 되는 듯 – 게다가 노래도 하고 웃기도 해요!"

"웃는다! 내가 보기에는 입에 달린 이빨 하나하나가 언제나 웃는 것 같군."

"하지만 단지 반대편 끝 계단 꼭대기에 올라설 때면 바깥을 꼼꼼하게 살핀답니다! 그래서 우리 가운데 일부는 저 사람이 자기네 나라 쪽을 살핀다 생각하고, 일부는 만나고 싶지 않은 사람이 오는지 살핀다 생각하고, 일부는 어떻게 생각해야 좋을지 모른답니다."

밥티스트는 플로니쉬 부인이 하는 말을 대충 알아듣는 것 같았다. 하지만 플로니쉬 부인이 바깥을 살피는 동작을 보고 짐작한 걸 수도 있었다. 어쨌든, 밥티스트는 그럴 이유가 충분하다는 분위기로 두 눈을 감고 머리를 치켜들더니, 자기네 말로 대답했다, 문제 될 것 없다, 알트로!

"알트로가 뭐지?"

팽스가 묻자, 플로니쉬 부인이 대답했다.

"에헴! 일반적인 표현이랍니다, 나리."

"그래? 좋아, 그렇다면 당신한테 알트로, 친구. 잘 있게. 알트로!"

밥티스트는 알트로라고 여러 차례 쾌활하게 말하고, 팽스는 알트로라고 무겁게 몇 차례 답했다. 그런 다음부터 집시 팽스는 밤에 지친 몸을 이끌고 집으로 갈 때마다 블리딩 하트 단지에 들러 계단을 가만히 올라서 방문을 들여다보고, 밥티스트가 있는 걸 확인하고 "안녕, 친구! 알트로!"라고 말하는 게 습관처럼 되었다. 그러면 밥티스트는 환하게 웃고 고개를 수없이 끄덕이며 "알트로, 나리, 알트로, 알트로, 알트로!"라고 대답했다. 이렇게 잔뜩 농축된 대화를 한 다음에, 팽스는 몸도 마음도 편안한 걸 느끼며 집으로 돌아가곤 했다.

26장. 보잘것없는 자의 마음 상태

페트를 사랑하지 않겠다고 단호하고 지혜롭게 결정하지 않았더라면, 클레넘은 지금껏 마음속으로 힘들게 싸우면서 상당히 당혹스럽게 살아갈 터였다. 헨리 가우언한테 심한 반감까지는 아니더라도, 그를 싫어하는 성향과 그건 비열한 짓이라는 속삭임이 속에서 끊임없이 다투며 마음을 흔들어댈 테니 말이다. 관대한 본성은 강력한 반감에 굴복을 안 해, 감정에 치우쳐서 물러서는 법이 없다. 하지만 나쁜 마음이 밀려들고, 감정 때문이라는 걸 조금씩 깨닫다 보면, 관대한 본성 역시 고통에 시달릴 수밖에 없다.

따라서 헨리 가우언이 클레넘 마음에 먹구름을 드리워서, 바람직한 사람이나 대상보다 훨씬 자주 떠오를 뻔했으나, 앞에서 말한 지혜로운 결심 덕분에 피할 수 있었다. 그런데 그 마음이 데니얼 도이스한테 옮겨간 것 같았다. 어떤 경우든, 둘이서 친밀한 대화를 나눌 때마다 가우언 얘기를 꺼내는 건 클레넘이 아니라 도이스였다. 두 사람은 친밀한 대화가 잦았다. 런던 성벽 옆 영국은행에서 멀지 않는 고풍스러운 도심지 널찍한 주택 일부를 함께 썼기 때문이다.

도이스는 하루를 지내러 트위크넘에 갔으며, 클레넘은 사양한 상태였다. 그런 도이스가 집으로 이제 막 돌아왔다. 그래서 클레넘 거실문으로 머리를 들이밀며 잘 자라 인사하자, 클레넘이 초대했다.

"들어오세요, 들어오세요!"

"책을 읽는 것 같아서 방해하지 않으려고 조심했소만."

도이스가 들어오면서 말했다. 하지만 클레넘으로선 단호하게 결심한 덕분에 간신히 눈에 들어올 뿐이었다. 책을 펴놓아도 글씨는 하나도 안 들어올 수 있으니 말이다. 클레넘이 책을 덮으며 물었다.

"다들 잘 지내시던가요?"

"네, 잘 지냅니다. 다들 잘 지내요."

도이스는 모자를 주머니에 찔러넣는 노동자 특유의 습관이 있었다. 그래서 그걸 꺼내 이마를 훔치며 다시 천천히 말했다.

"다들 잘 지냅니다. 따님이 유난히 잘 지내더군요."

"다른 손님도 있던가요?"

"아니요, 없었어요."

"그럼, 어떻게 지내셨나요, 네 분이?"

클레넘이 쾌활하게 묻자, 동업자가 대답했다.

"모두 다섯이었다오. 이름이 뭐라고 하더라? 그 남자도 있었으니까."

"누구요?"

"헨리 가우언."

"아, 그렇군요! 맞아요! 깜빡 잊었어요."

클레넘이 유난히 쾌활하게 대답하자, 데니얼 도이스가 말했다.

"예전에 말했는데, 선생도 기억하겠지만, 그 친구는 일요일마다 온다오."

"네, 네. 이제 기억나요."

클레넘이 대답하고, 데니얼 도이스는 여전히 이마를 훔치면서 지루하게 되풀이했다.

"그래요. 그 사람도 있었다오, 같이 있었어요. 그래, 맞아요. 그 사람도 있었다오. 그 사람 개도. 개도 있었다오."

"페트 아씨가 정말 좋아하지요……그 개를."

클레넘이 말하고, 동업자는 공감했다.

"맞아요. 내가 그 사내를 좋아하는 이상으로 그 개를 좋아하지요."

"선생님이 말씀하신 그 사내란……"

"당연히 가우언이죠."

잠시 침묵이 흐르고, 클레넘은 시계태엽을 감았다. 그러다 말했다.

"선생님이 약간 성급할 걸 수도 있어요. 우리는 판단할 때 - 일반적인 사례를 가정하는 건데……"

"당연하지요."

"우리도 모르는 사이에 부당한 사례로 다양한 영향을 받을 수 있으니 조심할 필요가 있답니다. 예를 들면……"

"가우언은 젊고 잘생기고, 편안하고 영리하며, 능력 있고, 다양한 삶을 목격했어요. 사심이 없다면 그 사람한테 불리한 편견을 가지기 어렵겠지요."

그 이름을 말하는 건 대체로 도이스 담당이었다. 그런 도이스가 가만히 덧붙였다.

"나한테는 안 어려운 것 같구려, 클레넘. 나는 지금 그 사람이 친구네 집에 걱정 근심을 가져오는 걸 보고, 나중에는 슬픔을 가져올 것 같아 두려우니 말이오. 그 사람이 가까이 접근할수록, 그 집 따님 얼굴을 자주 바라볼수록, 나는 오랜 친구 얼굴에서 깊어지는 주름살을 보니 말이오. 한마디로, 내 눈에 보이는 그 사람은 어여쁘고 사랑스러운 아가씨를 옭아매서 불행하게 만들려고 어슬렁대는 것에 불과하니 말이오.”

“그 사람이 아가씨를 불행하게 만들지 아닐지 우리는 모르지요.”

클레넘은 고통에 휩싸인 어투로 말하고, 동업자는 대답했다.

“지구가 백 년 뒤에도 돌아갈지 아닐지도 우리는 모르지만 가능성이 매우 크다고 생각하지요.”

“그건 그렇지만, 희망을 품어야죠, 관대하진 않을지언정(이번 경우에는 관대하게 행동할 기회가 없긴 하지만) 최소한 공정하게 판단하려는 노력도 해야 하고요. 마음에 품은 아름다운 이한테 구애하는 데 성공했다는 이유로 그 사람을 헐뜯을 순 없으며, 그 여인이 사랑할 가치가 있다고 느낀 사람한테 사랑을 베푸는 인간 본연의 권리를 문제 삼을 순 없겠지요.”

“어쩌면, 친구, 어쩌면 그 여인이 너무 어리고 응석만 부려서, 남을 너무 쉽게 믿고 경험이 없어서 분간을 못 하는 걸 수도 있지요.”

“그건 우리가 교정할 영역을 뛰어넘는 것 같습니다.”

클레넘이 말하자, 데니얼 도이스는 걱정스러운 표정으로 고개를 끄덕이다 대답했다.

“그런 것 같구려.”

“따라서, 간단히 말하자면, 우리가 가우언을 나쁘게 말하는 건 옳지 않다는 사실을 명심해야 합니다. 나쁘게 보는 편견 자체가 옳지 않아요. 그래서 나 자신이라도 가우언을 얕보지 않도록 하려고요.”

“나는 다르게 생각하니, 가우언을 반대할 권리는 남겨두겠소. 하지만 내가 나는 못 믿는다 해도 그대는 믿으며, 클레넘, 성격이 올곧고 지극히 존경스러운 성품이란 사실 역시 잘 안다오. 안녕히 주무시오, 동업사 친구!”

도이스가 말하면서 손을 흔드는 게, 두 사람이 나눈 대화 밑바닥에 뭔가 심각한 내용이라도 있는 것 같았다. 그리고 두 사람은 헤어졌다.

당시에 두 사람은 그 집 가족을 여러 차례 방문한 상태로, 헨리 가우언이 없을 때 가볍게 언급만 해도 나루터에서 우연히 마주친 아침에 그런 것처럼 미글스 선생 얼굴에 가득하던 햇살 위로 먹구름이 다시 낀다는 사실 역시 깨달았다. 행여나 클레넘이 금지된 사랑을 가슴에 품었더라면 매우 고통스러운 시기였겠지만, 구체적인 현실에서는 아무렇지도 – 정말 아무렇지도 않았다.

이와 마찬가지로, 금지된 방문객을 클레넘이 진심으로 반겼더라면, 정신적 갈등을 조용히 억누르며 헤쳐나가는 시기에 이로운 점이 조금은 있을 수 있었다. 고통스러운 죄악이 새로운 단계로 접어드는 걸 막는 데에도, 즉 저급하고 비열한 수단으로 이기적인 목적을 이루기보다는 명예와 관용이라는 고결한 원칙을 지키려고 끊임없이 애쓰는 데에도 좋은 점이 조금은 있을 수 있었다. 본인 감정만 소중히 여긴 나머지, 그 집 딸한테 고통을 주어 아버지가 분명히 후회할 갈등을 부녀가 안 겪도록, 미글스 선생 자택에 가는 것조차 안 피하려고 애쓰는 데에도 좋은 점이 조금은 있을 수 있었다. 가우언 나이는 물론 품성과 태도 역시 훨씬 매력적이라는 관점을 늘 겸손하게 인정하는 진정성에도 좋은 점이 조금은 있을 수 있었다. (클레넘이 살아온 독특한 역사에 피할 수 없는) 내면의 고통이 아주 극심할 때조차 겉으로 조금도 안 드러낸 채 씩씩하고 차분하게 일관성을 유지하며 지금까지 말한 건 물론 그 이상을 해낸 데에도 조용하면서도 강인한 인격이 크게 작용할 수 있었다. 하지만 마음을 결정한 뒤로는 이런 장점을 당연히 발휘할 수 없으니, 보잘것없는 자 – 정말 보잘것없는 자의 마음 상태가 아닐 수 없었다.

가우언은 클레넘 마음이 보잘것없는 상태든 대단한 상태든 관심이 없었다. 모든 경우에 완벽하게 차분한 자세를 유지했다. 클레넘이 엄청난 문제에 시달릴 가능성은 없다고, 그건 상상도 할 수 없는 꼴불견이라고 여기는 것 같았다. 그래서 늘 상냥하고 편안하게 대하니, 그 자체는 (이미 현명한 결정을 안 내린 상태라면) 클레넘 같은 마음에선 참 불편할 수 있었다.

다음 날 아침에 헨리 가우언이 클레넘을 찾아와서 말했다.

"어제 함께 못 지내서 안타까웠답니다. 강변에서 상쾌한 시간을 보냈거든요."

나도 그렇게 들었다고 클레넘이 대답하자, 헨리 가우언이 물었다.

"선생님 동업자한테요? 나이 지긋한 분이 대단하시더군요!"

"나는 그분을 많이 존경한다오."

"맞아요, 훌륭한 분이지요! 지극히 신선하고 활력은 넘치며 훌륭한 작업에 열중하니까요!"

귀에 거슬리는 지적 가운데 하나였다. 하지만 클레넘은 못 들은 척하면서 도이스 선생님을 많이 존경한다는 말만 되풀이했다.

"맞아요, 매력이 대단하지요! 나이를 그렇게 먹도록 아무것도 안 내려놓고 아무것도 안 집으면서 허송세월하는 모습이 재미있어요. 위안이 되거든요. 더없이 순수하고, 더없이 소박하고, 더없이 선한 영혼이에요! 분명히 말하는데, 클레넘 선생님, 그렇게 순수한 사람과 비교하면 누구나 세속적이고 사악한 느낌이 들 테지요. 선생님이 아니라 내가 그렇다는 뜻이에요. 선생님 역시 순수하니까."

"칭찬해서 고맙소. 당신도 순수하겠지요?"

클레넘이 물었다. 불쾌하단 어투였다.

"그저 그래요. 솔직히 말해서 그런 편에 가깝지요. 나는 대단한 사기꾼이 아니거든요. 내 그림은, 단둘이니 하는 말인데, 돈을 내고 살만한 가치가 없답니다. 다른 사람 그림을 – 나는 상대도 안 될 유명한 교수 그림을 – 사는 건 돈을 더 낼 가능성이 크나, 사기를 당할 가능성 역시 크지요. 누구나 그러니까."

"모든 화가가?"

"화가, 작가, 애국자, 시장에서 장사하는 사람 모두. 10파운드를 주면 그 액수만큼, 천 파운드를 주면 그 액수만큼 – 만 파운드를 주면 그 액수만큼 – 사기를 치지요. 크게 성공할수록 크게 사기 치는 거예요. 정말 멋진 세상이지요! 즐겁고 훌륭하고 사랑스러운 세상!"

"내가 보기에 당신이 언급한 원칙에 따라 행동하는 사람은 주로……"

"바너클 가문 사람이요?"

가우언이 끼어들면서 웃고, 클레넘은 계속 말했다.

"'빙글빙글 돌리기 관청'을 유지하려 애쓰는 정치인이요."

가우언이 다시 웃으면서 말했다.

"아! 바너클 사람을 너무 나무라지 마세요. 하나같이 귀엽거든요! 불쌍하고 하찮은 클레런스조차, 그 가문에서 태어난 멍청이조차, 더없이 상냥하고 사랑스러운 멍텅구리거든요! 그런데 그런 클레런스 역시 선생님이 깜짝 놀랄 정도로 똑똑한 측면이 있답니다!"

"그래요. 대단하지요."

클레넘은 비꼬는 어투로 대답하고, 가우언은 넓은 세상 모든 것을 가볍게 여기는 관점으로 독특하게 한탄했다.

"어쨌든 '빙글빙글 돌리기 관청'이 결국에는 모든 사람, 모든 사회를 파멸할 수 있다는 걸 부정하진 않지만, 그래도 우리 시대에 그렇게 되지는 않을 거예요…… 그곳은 신사를 교육하는 예비학교니까요."

"그렇다면 공부를 가르치려고 돈 내는 사람한테는 위험하고 불만스럽고 값비싼 학교겠군요."

클레넘이 비꼬면서 고개를 절레절레 젓자, 가우언이 쾌활하게 대답했다.

"아! 무서운 분이군요. 선생님이 어떻게 겁을 주었는지 알 만해요, 꼬맹이 얼간이 클레런스가, 공상에 빠져 사는 백치가 넋이 달아날 정도로. 하지만 클레런스 얘기도, 다른 사람 얘기도 그만합시다. 선생님을 우리 어머니한테 소개하고 싶거든요. 부디 은혜를 베푸시어 제 부탁을 들어주세요."

아무것도 아닌 자의 마음 상태로 볼 때, 그렇게 꺼림칙한 것도 없고 그렇게 피하고 싶은 것도 없는 가운데, 가우언은 계속 말했다.

"우리 어머니는 햄프턴 코트 옛 궁전에 빨간 벽돌로 지은 음산한 지하감옥에서 원시적인 방식으로 산답니다. 선생님께서 오시겠다면, 그곳에서 저녁 식사할 날짜를 말씀하세요. 선생님은 따분하겠지만 우리 어머니는 좋아할 거예요. 실제로 그렇거든요."

이런 말까지 하는데 클레넘이 뭐라고 하겠는가? 내성적인 성격에, 경험도 적고 익숙하지도 않으며 아무리 좋게 보아도 단순한 터라, 클레넘은 모든 걸 가우언 처분에 맡기겠다고 단순하고 겸손하게 말할 수밖에 없었다. 따라서 가우언은 처분을 내리고, 날짜는 정해졌다. 클레넘 입장에서 더없이 끔찍한 날에, 다가오는 게 조금도 반갑지 않은 날에 두 사람은 햄프턴 코트로 나아갔다.

그곳은 존경스러운 거주자들이 훌륭한 건축물에서 일종의 문명화된 집시처럼 야영하는 분위기였다. 임시로 거주한다는 인상이 사방에 가득한 게, 더 좋은 공간이 생기는 즉시 옮겨갈 것 같았다. 불만스러운 분위기 역시 가득했다. 훨씬 좋은 공간이 없다는 사실을 기분 나쁘게 받아들이는 것 같았다. 문을 여는 순간에 고상한 블라인드와 임시로 만든 물건이 그대로 나타났다. 차단막은 중간 높이만 올려서 아치형 복도에 식당을 만들어, 밤에 일꾼이 나이프와 포크 사이에 머리를 누이는 어둑한 모서리를 가리고, 커튼마다 뒤에 아무것도 안 숨겼다는 걸 믿어달라 강변하고, 유리창마다 보지 말라 간청하고, 모양이 다양한 물건은 아무런 죄가 없는 척, 침대라는 은밀한 죄악과 아무런 관계가 없는 척하고, 벽에 달라붙어서 숨어든 쪽문은 지하 석탄 창고로 이어지는 게 분명하고, 큰길이 없는 것처럼 꾸민 문은 조그만 주방으로 이어지는 게 확실했다. 이런 것 때문에 속마음을 숨기는 자세와 교활한 비밀이 생겨났다. 방문객은 상대편 눈을 꾸준히 바라볼 뿐 1m 거리에서 요리하는 냄새를 못 맡는 척하고, 우연히 열린 벽장으로 눈길이 간 사람은 쭉 늘어선 술병을 못 본 척하고, 얇은 천 칸막이에 머리를 댄 방문객은 건너편에서 시종과 젊은 하녀가 소리를 질러대며 싸워도 태곳적 정적이 가득한 척했다. 고상한 집시들이 조그만 융통어음을 이렇게 주고받으며 즐기는 사교는 끝이 없었다.

이런 보헤미안 대부분은 성질이 급해서 짜증투성이에 늘 까다로운데, 정신적으로 시달리는 두 가지 시련이 원인이다. 첫째는, 대중한테 넉넉하게 빼먹은 적이 한 번도 없다는 관념이고, 둘째는, 대중이 궁전으로 들어온다는 관념이다. 특히 엄청난 두 번째 잘못 때문에 여러 사람이 끔찍하게 고통스러웠다 - 일요일만 되면 땅이 갈라져서 대중을 삼키기[110]만 바랄 정도였다. 하지만 그렇게 바람직한 사건은 여전히 안 일어나니, 우주가 순리대로 안 움직인다는 증거였다.

가우언 부인 방문 앞은 집안을 몇 년째 섬기는 하인이 지켰는데, 이 하인 역시 오랫동안 기대했으나 여전히 임명이 안 된 우체국 자리

110) 시편 106:17; '땅이 갈라져 다단을 삼키고'. 신을 배신한 자한테 신이 벌주는 내용 가운데 하나다.

때문에 대중한테 불만이 가득했다. 대중은 그를 그 자리에 임명할 권한이 없다는 걸 완벽하게 알면서도, 대중이 자신을 거부한다는 관념에 징그럽게 집착했다. 이런 불만 때문에 (그리고 봉급이 약간 적은 데다 제때 주지도 않아) 뚱한 마음이 생겨서 맡은 역할에 소홀했다. 클레넘도 자신을 거부하는 대중 가운데 하나니, 맞이하는 자세 역시 당연히 불쾌했다.

하지만 가우언 부인은 클레넘을 정중하게 맞이했다. 예전에는 대단한 미인이었으며, 지금은 코에 분을 안 발라도 피부가 고운 데다, 눈 밑으로 주름살 하나 없이 생기발랄하고 우아한 노부인이었다. 태도는 약간 거만했다. 다른 노부인도 거만한 건 똑같았다. 눈썹이 까맣고 콧대가 높은 걸 보면 진짜 대단한 무언가가 있는 것 같기도 했다. 안 그러면 지금까지 못 살 것 같았다. 하지만 그게 머리칼도 치아도 겉모습도 피부색도 아닌 건 확실했다. 위엄있고 무뚝뚝하게 보이는 백발 노신사도 거만한 건 똑같았다. 두 사람 모두 초대받고 만찬에 참석했다. 하지만 전 세계에 널린 영국 대사관에 근무한 경험이 있는 데다, 영국 대사관은 '빙글빙글 돌리기 관청'과 비슷해서 동포를 최대한 경멸스럽게 대하는데 익숙한 터라(안 그러면 다른 나라 대사관처럼 보일 터라), 두 사람 역시 클레넘을 가볍게 무시하는 느낌이 강했다.

위엄있는 노신사는 랭커스터 '헛소리 빵빵' 경으로 드러났는데, '빙글빙글 돌리기 관청'이 지원한 덕분에 국왕 폐하를 해외에서 오랫동안 대리한 고귀한 냉장고였다. 한창 활약할 때 유럽 왕실 여럿을 꽁꽁 얼리는 작업을 완벽하게 수행한 결과, 사반세기가 지난 지금까지 그를 기억하는 영광을 누리는 외국인은 그 이름을 듣는 순간에 여전히 뱃속에 냉기가 돌 정도였다.

지금은 은퇴하고, 그래서 (뻣뻣하게 쌓인 눈처럼 하얗고 묵직한 넥타이로) 만찬 식탁에 그늘을 다정하게 드리웠다. 그늘을 드리우는 유목민 특유의 기질에도, 음식 쟁반 및 접시와 이상하게 경쟁하는 기질에도 곳곳에 밴 보헤미안 속성이 엿보였다. 하지만 고귀한 냉장고는 은접시나 도자기가 상대가 안 될 정도로 훌륭하고 탁월했다. 만찬 식탁에 그늘을 드리우고, 포도주를 차갑게 하고, 고깃국물을 오싹하게 하고, 채소를 말라비틀어지게 한 것이다.

실내에 다른 사람은 딱 한 명이었다. 현미경으로 봐야 할 만큼 조그만 아이로, 우체국에 못 들어가서 잔뜩 심술 난 하인을 시중들었다. 이런 어린아이조차, 상의 단추를 풀어서 가슴을 그대로 내보인다면, 바너클 가문을 열렬히 지지해서 정부 관련 기관에 자리를 구하고 싶은 열망이 그대로 드러날 것 같았다.

가우언 부인은 아들이 유명한 바너클 가문의 일족이라는 천부적인 권리를 주장하며 대중의 코에 고리를 끼우는 대신, 저급한 예술에 빠져서 상스러운 대중의 비위나 맞추는 신세로 전락한 사실이 약간 우울한 터라, 사악한 시절을 주제로 만찬 식탁에서 대화를 이끌었다. 그래서 클레넘은 거대한 세상이 조그만 축을 중심으로 돌아간다는 사실을 처음 깨달았다.

가우언 부인이 타락한 시대를 충분히 확인한 다음에 덧붙였다.

"존 바너클이 폭도를 달랜다[111]는 한심한 생각만 포기했더라도 만사가 제대로 풀리고 나라도 온전했을 거예요."

콧대 높은 노부인이 동의했다. 그러면서 오거스터스 '헛소리 빵빵'이 기병대한테 돌격하라는 명령만 내렸어도 나라가 온전했을 거라고 덧붙였다.

---

111) 1819년에 발생한 '피털루 대학살', 1830년대와 1840년대에 발생한 '인민헌장(차티스트) 폭동'에 대한 정부 대응을 말한다.

고귀한 냉장고도 동의했다. 하지만 윌리엄 바너클과 튜더 '헛소리 빵빵'이 서로 상대 정책을 받아들이고 연립정부를 구성했을 때 언론 모가지를 당당하게 비틀고, 국내든 해외든 신문 편집자가 정부 당국의 행위를 무례하게 보도할 때 처벌만 했더라도 나라가 온전했을 거라고 덧붙였다.

국가는 (바너클 가문과 '헛소리 빵빵' 가문의 또 다른 표현이니) 당연히 보존해야 한다는 의견에 모두 동의하지만, 어떻게 보존하길 바라는지는 명확하지 않았다. 하나같이 폭도가 문제며, 명확한 건 존 바너클, 오거스터스 '헛소리 빵빵', 윌리엄 바너클과 튜더 '헛소리 빵빵', 톰, 딕, 해리 바너클이나 '헛소리 빵빵'이 제대로 해야 했다는 게 전부였다. 클레넘은 이런 대화에 익숙하지 않은 건 물론 불쾌한 기분마저 들었다. 거대한 국가가 이렇게 협소한 범주로 줄어드는 소릴 들으면서 조용히 앉아있어도 되는지 의심스러울 정도였다. 하지만 의회에서 국가 조직이나 그 정신을 둘러싸고 토론할 때 하나같이 존 바너클, 오거스터스 '헛소리 빵빵', 윌리엄 바너클과 튜더 '헛소리 빵빵', 톰, 딕, 해리 바너클과 '헛소리 빵빵' 사이가 문제일 뿐, 다른 사람은 아무도 없다는 사실을 떠올리니, 폭도는 그런 모습에 익숙하다는 생각도 떠올라, 클레넘은 폭도에 대한 의견을 조금도 안 냈다.

헨리 가우언은 말 많은 세 사람을 싸움 붙여서 짓궂게 즐기고, 이들이 하는 말에 클레넘이 깜짝 놀라는 모습마저 짓궂게 즐기는 것 같았다. 자신을 팽개친 계급을 자신을 받아주지 않는 계급만큼이나 경멸하는 터라, 어떤 내용이 오가든 불편할 게 전혀 없었다. 헨리 가우언의 건강한 마음 상태는 훌륭한 사람 사이에서 당혹감과 고독감을 느끼는 클레넘을 바라보며 희열까지 느끼는 반면, 클레넘은 끝없는 논쟁에 부닥치더라도 보잘것없는 자답게 그 상황을 의심하고, 식탁에 앉았을 때조차 그 의심을 비열하게 여기며 물리치려 애썼다.

이렇게 두 시간을 보내는 동안 고귀한 냉장고는 시대에 100년 이상 뒤처지지는 않더니, 갑자기 500년이나 뒤처지면서 그 시대에 걸맞은 정치 신탁을 엄숙하게 선언해, 자신이 마시던 찻잔은 물론 주변까지 쨍쨍 얼어붙게 하고 물러나는 거로 마무리했다.

그러자 가우언 부인은 한창때 그런 것처럼 바로 옆 텅 빈 안락의자에 노예처럼 헌신적인 친구를 한 명씩 불러다 앉혀서 자신이 특별히 좋아한다는 사실을 짧게 드러내다, 마침내 부채를 돌려서 클레넘을 옆으로 오라고 초대했다. 클레넘은 순순히 따라, 랭커스터 '헛소리 빵빵' 경이 조금 전에 비운 청동 제단[112]에 앉고, 가우언 부인은 이렇게 말했다.

"클레넘 선생, 비록 초라하고 불편한 곳에서나마 - 병역 막사에서나마 - 그대를 만나서 행복한 건 별개로 하고, 그대한테 꼭 하고 싶은 말이 하나 있다오. 우리 아들이 그대를 처음 만나는 기쁨을 누린 문제와 관련된 주제라오."

클레넘이 머리를 숙였다. 무슨 뜻인지 모를 말에 대체로 적절한 반응이었다.

"우선, 자, 그 여자가 정말 예쁜가요?"

가우언 부인이 물었다. 보잘것없는 자는 당혹스러웠다. 뭐라고 대답해야 좋을지 몰랐다. 미소조차 못 지을 정도였다.

"어떤 여자요?"

"아! 그대도 알아요! 우리 헨리가 열정을 불태우는 여자. 이룰 수 없는 환상. 그래요! 명예라는 관점에서, 이름부터 말해야 하겠군요. 미스 미글스 - 미걸스."

---

112) 고대 그리스에서 신탁을 받던 곳.

"미스 미글스는 참 아름다운 분이지요."

클레넘이 대답하자, 가우언 부인이 머리를 절레절레 저으면서 말했다.

"남정네들은 그런 부분을 착각할 때가 잦으니, 솔직히 고백해서 나로선 정말 그렇다는 확신이 안 든답니다, 지금 이 순간조차. 물론 우리 헨리가 진지하고 또렷하게 확인해온 사항이긴 하지만요. 헨리가 그 사람들을 로마에서 선택했지요?"

보잘것없는 자로선 정신적으로 모욕감을 느낄 수밖에 없는 표현에 이렇게 반문했다.

"미안합니다만, 부인 말씀을 제가 제대로 이해했는지 의심스럽습니다."

가우언 부인이 부채를(벽난로 열기를 가리던, 커다란 녹색 부채를) 접어서 끝으로 조그만 식탁을 톡톡 치며 말했다.

"그 사람들을 선택했다. 마주쳤다. 발견했다. 우연히 맞닥뜨렸다."

"그 사람들이요?"

"그래요, 미글스 가족."

"존경하는 미글스 선생님께서 헨리 가우언 선생을 따님께 언제 처음 소개하셨는지 저는 잘 모른답니다."

"헨리가 그 여자를 로마에서 선택한 게 분명해요. 하지만 어디든 신경 쓰지 마세요 - 어딘가 있을 테니. (단도직입적으로 묻겠는데) 그 여자가 많이 천박한가요?"

"정말이지, 부인, 나 자신이 매우 천박한지라 판단할 자격이 없는 것 같습니다."

클레넘이 내답하자, 가우언 부인이 부채를 시원하게 펼치면서 말했다.

"깔끔하군요! 기뻐요! 그 여자가 얼굴에 걸맞은 예의를 갖춘 거로 여긴다는 말씀으로 받아들여도 되겠지요?"

클레넘은 몸이 뻣뻣하게 굳다, 고개를 숙였다.

"위안이 되는군요. 당신 판단이 옳기를 바라요. 헨리 말이 그대가 그 사람들이랑 여행을 함께 했다던데요?"

"존경하는 미글스 선생님과 그 부인 및 따님이랑 함께 몇 달 동안 여행했습니다." (그때가 떠올라서 보잘것없는 자는 마음이 아릴 수도 있었다.)

"위안이 돼요. 그대가 그 사람들을 많이 겪었을 테니까요. 그대도 알다시피, 클레넘 선생, 그 일을 오랫동안 추진했는데, 나아지는 게 하나도 안 보여요. 그래서 그대처럼 잘 아는 분과 말할 기회가 생겨서 큰 위안이 된답니다. 대단한 은총. 커다란 축복이에요."

"죄송합니다만, 나는 헨리 가우언 선생과 속 얘기를 하는 사이가 아닙니다. 부인이 생각하는 만큼 잘 아는 사람은 결코 아니지요. 부인께서 착각하시니, 내 입장이 정말 미묘하군요. 헨리 가우언 선생과 나는 이 문제에 대해 한마디도 주고받은 적이 없답니다."

가우언 부인이 맞은편 끝자락을 쳐다보았다. 아들은 그곳에서 기병대 돌격을 주장하던 노부인이랑 소파에 앉아서 카드놀이를 하는 중이었다.

"속 얘기를 하는 사이가 아니에요? 그렇군요. 한마디도 주고받은 적이 없어요? 그렇군요. 짐작이 갑니다. 하지만 겉으로 말할 수 없는 느낌도 있지요, 클레넘 선생. 그대는 그 사람들과 오랫동안 가까이 지냈으니 이번 사례에 어떤 느낌을 받았을 거예요. 헨리가 추구하는 일 때문에……"

가우언 부인이 어깨를 으쓱하며 이어갔다.

"아아, 지극히 고상한 일 때문에 내가 마음고생을 한다고 들었을 거예요. 물론 예술가 대부분은, 예술가는 탁월한 사람이지요. 하지만 우리 가문에는 아마추어 수준을 넘어선 사람이 한 명도 없는 데다 안타까운 약점은……"

가우언 부인은 한숨을 내쉬느라 말을 중단하고, 클레넘은 너그럽게 받아들이기로 결심했지만, 그 가문 출신이라면, 실제로 그렇듯 아마추어 수준을 벗어날 위험이 누구도 없겠다는 생각을 억누를 수 없었다.

"헨리는 고집이 세고 단호하답니다. 그 사람들로서는 당연히 온갖 노력을 다할 테니, 나로선 그 관계가 깨지리라는 희망을 품을 수 없겠더군요, 클레넘 선생. 나는 그 여자 재산이 너무 적을까 걱정스럽답니다. 헨리 정도면 훨씬 좋은 데랑 결혼할 수 있는데, 그런 특권을 보상할 게 무엇 하나 없으니까요. 그런데도 헨리는 자기 마음대로 행동하니, 짧은 시간에 좋아지는 게 안 보인다면, 나로선 그만 포기하고 그 사람들을 최대한 활용할 방법을 찾을 수밖에요. 지금까지 말씀해주셔서 고마워요."

가우언 부인은 어깨를 으쓱하고, 클레넘은 다시 뻣뻣하게 굳은 몸으로 고개를 숙였다. 그러더니 불쾌해서 빨갛게 달아오른 얼굴로 잠시 망설이다 지금껏 말한 것보다 훨씬 나지막한 어투로 말했다.

"가우언 부인, 꼭 말씀드려야 할 것 같은데 어떻게 말씀드려야 좋을지 모르겠으나, 그래도 말씀드릴 테니 충분히 고려하시길 부탁드리겠습니다. 부인께서 잘못 생각하시는, 정확히 말해서 크게 잘못 생각하시는 부분을 바로 잡아야 할 것 같습니다. 부인께서는 미글스 선생님과 가족분들이 온갖 노력을 다하신다는데, 그 말씀은……"

"온갖 노력."

가우언 부인이 다시 말하며, 녹색 부채로 얼굴을 가려서 불빛을 막은 채 차분하고도 고집스러운 표정으로 쳐다보고, 클레넘은 계속 말했다.

"헨리 가우언 선생을 잡으려고 그런다는 뜻인가요?"

노부인은 차분하게 인정하고, 클레넘은 다시 말했다.

"하지만 그건 실제와 다릅니다. 미글스 선생님은 그 관계를 안 좋게 여기시어, 그만 끝내길 바라는 마음으로 지금껏 합당한 방법을 모두 동원하며 반대하십니다."

가우언 부인이 커다란 녹색 부채를 모아, 그걸로 클레넘 팔을 톡톡 치고 빙그레 웃는 자기 입술을 톡톡 치며 말했다.

"당연하지요. 내 말이 바로 그 말이라오."

클레넘이 무슨 뜻인지 설명을 바라는 표정으로 상대 얼굴을 바라보았다.

"진심으로 하시는 말씀이세요, 클레넘 선생? 아직도 모르겠어요?"

클레넘은 모르겠고, 그래서 그렇다고 대답하자, 가우언 부인이 경멸스럽다는 어투로 말했다.

"맙소사, 내가 우리 아들을 모르겠어요, 바로 그게 우리 아들을 붙잡으려는 술책이란 걸 내가 모르겠느냐고요? 그리고 미글스 사람들이 그걸 모르겠어요, 내가 아는데? 아, 무서운 사람들, 클레넘 선생, 교활한 사람들이 분명해요! 미글스라는 사람이 은행에서 일했다고 들었는데, 아마 은행에서 수익을 정말 많이 올렸을 거예요, 경영에 참여했다면. 교활하잖아요, 정말."

"부디 간청하오니, 부인……"

클레넘이 끼어들자, 가우언 부인이 받아쳤다.

"아, 클레넘 선생, 사람 보는 눈이 어쩜 그리도 없으세요?"

거만한 어투에다, 경멸스럽다는 표정으로 부채를 입술에 톡톡 치는 모습이 클레넘은 너무나 고통스러운 나머지 아주 진지하게 말했다.

"제 말을 믿으세요, 부인, 그건 옳지 않습니다, 근거가 하나도 없이 의심하는 건."

"의심? 의심이 아니에요, 클레넘 선생. 확실성. 다 알고서 그렇게 했는데, 그대를 완벽하게 속인 것 같군요."

가우언 부인이 웃었다. 그리고 부채로 입술을 다시 톡톡 치면서 머리를 들어 올리는 자세가 마치 '바보 같은 소리 그만해. 그 집에서 명문가와 연 맺는 영광을 누리려고 무슨 짓이든 한다는 거 나도 잘 알아'라고 덧붙이는 것 같았다.

바로 이 순간에 카드놀이는 끝나고, 헨리 가우언이 실내를 가로질러서 다가오며 말했다.

"어머니, 이제 클레넘 선생님을 보내 주세요, 갈 길이 멀고 시간도 늦었어요."

클레넘은 선택의 여지가 없는 터라 그냥 일어서고, 가우언 부인은 특유의 경멸하는 표정으로 입술을 톡톡 치는 모습을 마지막까지 보여주었다.

뒤에서 문이 닫히자 가우언이 말했다.

"우리 어머니 말씀을 놀라울 정도로 오랫동안 들어주시더군요. 어머니 때문에 따분하지 않았길 진심으로 바랍니다."

"아니오."

클레넘이 대답했다.

문 앞에 조그만 무개 마차 한 대를 준비시킨 터라, 두 사람은 곧바로 올라타서 집으로 달렸다. 가우언은 마차를 몰면서 시가에 불을 붙이고, 클레넘은 시가를 거절했다. 도대체 무슨 생각을 하는 걸까? 클레넘이 너무나 깊은 생각에 빠져든 나머지, 가우언이 "안타깝게도 우리 어머니가 너무 따분하게 한 모양이군요"라고 다시 말했다. 클레넘은 갑자기 정신을 차리며 "아니오"라고 대답하고는 깊은 생각에 다시 빠져들었다.

클레넘은 보잘것없는 자의 불안한 마음 상태로 바로 옆에 있는 사내에 대해서 깊이 생각하는 중일 수도 있었다. 그 사내가 뒤꿈치로 돌멩이를 파내던 장면을 처음 본 아침을 생각할 수도 있고, '저 사내가 그렇게 잔인한 방식으로 나를 도로변에 아무렇지 않게 내팽개치는 건 아닐까?'라고 생각할 수도 있었다. 자기 엄마를 소개한 이유는 엄마가 어떻게 말할지를, 그러면 자신은 속내를 조금도 안 드러낸 채 유리한 위치를 확실하게 선점하고 연적을 멋들어지게 떼어낼 걸 알았기 때문이라고 생각할 수도 있었다. 그런 계획은 아니라 해도, 자신이 억누르는 감정을 놀리면서 고문하려는 의도라고 생각할 수도 있었다. 이런 생각에 빠져들다 갑자기 창피한 느낌이 몰려들어, 본성이 솔직한 사람답게 스스로 나무라고, 한순간이나마 그렇게 의심하는 건 자신이 지키려고 애쓰던 고상하고 고결한 자세가 아니라고 나무랄 수도 있었다. 그럴 때마다 내면에서 치열한 갈등이 일어나고, 고개를 들어서 가우언과 눈길이 마주치는 순간에 폭력이라도 행사한 것처럼 깜짝 놀라기도 했다.

어두운 길과 흐릿한 사물을 바라보다, '우리는, 저 사내와 나는, 지금 어두운 인생길 어디를 달리는 중일까? 먼 훗날에 우리는, 그 여인은, 어떻게 될까?'라는 생각에 다시 빠져들기도 했다. 그 여인을 생각하는 순간, 옆에 앉은 사내를 싫어하는 건 그 여인한테 충실한 자세가 아니라는, 편견에 사로잡히는 건 그 여인에게 사랑받을 자격이 처음보다 줄어든 거라는 자책과 우려에 시달리기도 했다.

"정말 우울한 것 같군요. 어머니가 선생님을 끔찍이도 따분하게 만든 것 같아, 정말이지 너무나 걱정스럽습니다."

가우언이 말하고, 클레넘이 대답했다.

"내 말을 믿으세요, 그런 거 아니오. 아무것도 아니오……아무것도!"

27장. 스물다섯까지 세렴!

팽스가 도릿 가족과 관련된 정보를 모으려는 욕구는 클레넘에게 기나긴 외국 생활에서 돌아왔을 때 어머니를 의심한 내용이랑 연결될 수 있다는 생각으로 이 시기에 아주 불안하게 다가왔다. 팽스가 도릿 가족에 대해서 무엇을 파악했고, 앞으로 무얼 더 찾아내려고 애쓰며, 그렇지 않아도 번잡한 머리를 도릿 가족 때문에 더 번잡하게 만드는 이유는 무언지, 툭하면 의문이 떠올라서 클레넘을 복잡하게 들쑤셨다. 팽스는 단순한 호기심 때문에 무얼 구태여 조사하면서 시간을 낭비할 사람이 아니었다. 뭔가 구체적인 목적이 있다는 걸 의심하지 않을 수 없었다. 팽스가 열심히 노력해서 그 목적을 달성한다면, 어머니가 작은 도릿을 돕는 이유가 한순간에 드러날 수도 있겠다는 생각이 진지하게 떠올랐다.

아버지가 살아생전에 저지른 잘못을 보상하고 싶다는 갈망이나 결심이 조금이라도 흔들려서 마음이 복잡한 건 아니었다. 잘못을 밝혀서 제대로 보상하는 게 마땅했다. 부당한 행위가 있으리라고 가정하는 그림자는 아버지가 돌아가신 이후로 클레넘을 끊임없이 괴롭혔으나, 너무나 막연하고 불확실한 나머지, 실체는 클레넘이 상상하던 내용과 완전히 다르게 나타날 수도 있었다. 하지만 걱정이 사실로 드러난다면, 언제든 모든 것을 내놓고 세상을 새롭게 살아갈 준비는 되어 있었다. 무지와 폭력에 근거한 가르침은 어린 시절에 가슴으로 스며든 적이 한 번도 없으니, 클레넘한테 첫 번째 윤리 규범은 땅에 두 발을 단단히 딛고 사방을 살피면서 실용적으로 겸손하게 살아야 한다는 것, 말씀이라는 날개로는 하늘에 절대로 오를 수 없다는 것이었다. 땅에서 의무를 다하고, 땅에서 변상하고, 땅에서 행동하는 것, 이것이 위로 올라가는 첫 번째 가파른 계단이었다. 문은 좁고 그 길은 험하나,[113] 공허한 신앙고백과 공허한 암송, 다른 사람 눈 속에 있는 티끌만 보고[114] 심판대로 넘기는 행위는 실제로 희생이라곤 하나도 안 하는 싸구려니, 이런 거로 포장한 큰길은 아무리 널찍해도 그 문은 훨씬 좁고 그 길은 훨씬 험했다.

아니다. 클레넘이 불안한 이유는 이기적인 두려움이나 망설임 때문이 아니다. 팽스가 약속을 안 지키는 건 아닐까, 그래서 무얼 발견하고도 자신한테 안 알린 채 모종의 행동에 들어가는 건 아닐까 하는 불신 때문이었다. 다른 한편으로는 팽스랑 나눈 대화를 떠올릴 때, 그리고 이상한 팽스가 중요한 사실을 찾아낼 가능성이 있다고 볼 근거는 거의 없다는 사실을 떠올릴 때, 자신이 그 대화를 너무 대단하게 여기는 건 아닌가 하는 의혹이 들기도 했다. 바다를 건너려고 모든 배가 열심히 노력하듯, 클레넘 역시 바다를 건너려고 열심히 노력하나, 이리저리 흔들리기만 할 뿐 편히 쉴 안식처는 어디에도 없었다.

늘 만나던 관계에서 작은 도릿이 사라져도 문제는 해결되지 않았다. 작은 도릿은 교도소만 들락거리는 터라, 클레넘은 작은 도릿이 궁금도

---

113) 마태복음 72장 14절.
114) 마태복음 72장 3절.

하고 빈자리도 느꼈다. 그래서 잘 지내는지 묻는 편지를 보내고, 작은 도릿은 잘 지낸다는, 자신을 걱정할 필요는 없다는, 많이 고맙다는 솔직한 답신을 보냈다. 하지만 두 사람이 처음 만난 이래, 클레넘은 작은 도릿을 가장 오랫동안 못 만났다.

클레넘은 어느 초저녁에 작은 도릿 아버지를 만나, 작은 도릿이 누군가를 만나러 밖에 나갔다는 말을 – 자신이 먹을 저녁거리를 사려고 작은 도릿이 힘들게 일하는 걸 언제나 이런 식으로 표현했는데 – 듣고 나서 이야기를 나눈 뒤에 집으로 돌아오니, 미글스 선생이 잔뜩 흥분한 채 실내를 이리저리 거닐고 있었다. 클레넘이 방문을 여는 순간, 미글스 선생이 걸음을 멈추고 똑바로 바라보며 말했다.

"클레넘……! 태티코럼이!"

"무슨 일이 있나요?"

"사라졌소!"

"맙소사! 무슨 말이에요?"

클레넘이 깜짝 놀라자, 미글스 선생이 대답했다.

"스물다섯을 못 셀 것 같소, 선생. 그 숫자까지 셀 수가 없소. 여덟에서 멈춘 채 태티코럼이 나갔으니."

"선생님 집에서 나간 건가요?"

미글스 선생이 머리를 절레절레 저으며 대답했다.

"이제 다시는 안 돌아올 거요. 여자애가 자존심도 성깔도 대단하거든. 마차 끄는 말을 동원해도 그 애를 못 끌어올 거요. 오래된 바스티유 감옥의 빗장과 쇠창살로도 못 가두어 둘 거요."

"어찌 된 일인가요? 자리에 앉아서 차근차근 말씀하세요."

"어찌 된 일인지 설명하기도 쉽지 않다오. 듣다 보면 충분히 이해하기도 전에 그대 역시 성질만 급하고 불쌍한 여자애처럼 조급한 성격을 드러낼 테니까. 하지만 이렇게 된 일이라오. 페트랑 부인이랑 나는 최근에 토론을 많이 했다오. 솔직히 말해서, 클레넘, 내가 바라는 만큼 밝은 대화는 아니었다오. 우리가 다시 멀리 떠나자는 얘기였거든. 내가 멀리 떠나자고 제안한 데는, 사실, 목적이 있다오."

보잘것없는 자는 심장 박동이 빨라지고, 미글스 선생은 잠시 침묵하다 다시 말했다.

"목적 역시 그대한테 솔직하게 말하겠소, 클레넘. 우리 아이는 좋아하고 나는 싫어하는 사내가 있다오. 그대도 누군지 추측할 것이오. 헨리 가우언."

"네, 계속 말씀하시지요."

클레넘이 말하자, 미글스 선생이 한숨을 묵직하게 뱉어내며 이어갔다.

"아아! 그대한테 말할 필요가 없길 하느님께 빌었는데…… 결국 어쩔 도리가 없군. 애 엄마와 나는 그 상황에서 벗어나려고 모든 노력을 다했다오, 클레넘. 부드럽게 조언도 하고, 여유도 가져보고, 혼자 곰곰이 생각도 하게 했다오. 그런데도 소용이 없었지. 최근에는 최소한 일 년 정도 멀리 떠나서 두 사람을 떨어뜨리는, 그래서 두 사람 관계를 깨뜨리는 방법을 진지하게 토론하는 중이었다오. 그래서 페트는 매우 슬퍼하고, 애 엄마와 나 역시 그만큼 슬퍼했다오."

클레넘은 정말 그랬겠다며 공감하고, 미글스 선생은 미안해하는 어투로 이어갔다.

"아아! 다른 사람이 볼 때 – 아무것도 모르는 제삼자가 볼 때 – 우리가, 가족 전체가, 사소한 문제를 확대해서 너무 크게 만드는 것처럼 보인다는 사실을 나는 실용적인 남자답게 충분히 인정하고, 애 엄마 역시 실용적인 여자답게 충분히 인정한다고 나는 확신하오, 클레넘.

그렇지만 페트가 행복하게 사느냐 불행하게 사느냐는 정말이지 우리 부부한테 사느냐 죽느냐는 문제가 아닐 수 없다오. 그러니 우리가 침소봉대하더라도 양해하길 바라오. 여하튼, 태티코럼 역시 그걸 충분히 받아들여야 하고요. 그렇지 않소?"

"물론이지요."

클레넘이 대답했다. 상대의 온순한 기대에 강하게 공감하는 어투였다. 그러자 미글스 선생이 슬픈 표정으로 머리를 저으며 이어갔다.

"그런데, 아니었다오, 선생. 태티코럼은 그걸 못 견뎠다오. 속에서 불이 나고 분노가 치솟아 어쩔 줄 몰라 하는 걸 보고, 나는 그 애를 마주칠 때마다 '스물다섯까지 세렴, 태티코럼, 스물다섯까지!'라고 부드럽게 말하고 또 말했다오. 아이가 낮이고 밤이고 스물다섯까지 세길 나는 진심으로 바랐으며, 그러면 이런 일도 안 일어났겠지요."

미글스 선생은 기운이 하나도 없는 표정으로, 쾌활하고 흥겨울 때보다 선량한 마음을 드러내며 이마부터 턱까지 얼굴을 쓰다듬더니, 머리를 다시 절레절레 저었다.

"나는 애 엄마한테 말했다오(애 엄마도 충분히 생각했으니 굳이 얘기할 필요는 없었지만), 우리는 실용적인 사람이며, 여보, 아이가 어떤 내력인지 아오. 아이가 세상에 태어나기 전부터 그 애 엄마 가슴에 가득하던 분노를 지금 저 불쌍한 아이가 그대로 표출하는 것이오. 그러니 우선은 모르는 척 넘어갑시다, 애 엄마, 지금은 못 본 척하다, 여보, 나중에 저 애가 흥분을 가라앉히면 그때 말하는 거예요. 그래서 우리는 아무 말도 안 했다오. 하지만 우리가 어떻게 하든 일어날 수밖에 없었던 일 같구려. 늦은 밤에 못 참고 폭발했으니 말이오."

"왜요, 어떻게요?"

미글스 선생은 가족이 겪는 문제보다 태티코럼 문제를 말하는데 신경을 곤두세운 터라, 갑작스러운 질문에 살짝 당황하며 대답했다.

"이유를 묻는 거라면, 나로선 조금 전에 애 엄마한테 했다는 말을 그대로 되풀이할 수밖에 없구려. 방법을 묻는 거라면, 우리는 그 애가 보는 앞에서 페트한테 잘 자라 (굳이 말하자면, 다정하게) 말하고, 그 애는 페트 시중을 들러 위층으로 올라갔다오…… 그 애는 페트 시녀라는 걸 명심하기 바라오. 그런데 페트가 몸이 불편했는지, 그 애한테 시중받는 자세에 평소보다 예의가 부족할 수도 있었겠지요. 하지만 나한테 이렇게 말할 권리가 있는지는 모르겠구려, 페트는 언제나 사려 깊고 다정하니 말이오."

"세상에서 가장 다정한 아가씨지요."

클레넘이 대답하자, 미글스 선생이 손을 잡고 흔들며 이어갔다.

"고맙소, 클레넘, 두 아이가 함께 있는 모습을 그대도 자주 보았지요. 아아! 그런데 태티코럼이 잔뜩 화나서 외치는 소리가 곧바로 들리고, 우리가 왜 그러는지 알아보기도 전에 페트가 덜덜 떨며 내려와서 태티코럼이 무섭다고 했다오. 태티코럼 역시 불같이 화내며 곧바로 내려와, 우리한테 발을 구르면서 '나는 당신네 모두를 증오해요. 나는 이 집 전체를 증오해요'라고 소리쳤다오."

"그래서 선생님은……?"

클레넘이 묻고, 미글스 선생은 가우언 부인이라도 믿을 수밖에 없을 만큼 솔직하고 선량한 표정으로 대답했다.

"나요? 나는 '스물다섯을 세렴, 태티코럼'이라고 했지요."

그러더니 깊이 후회하는 표정으로 얼굴을 다시 쓰다듬었다.

"스물다섯까지 세는 일에 너무나 익숙한 터라, 그런 상황에서, 상상할 수 없을 정도로 흥분한 상황에서 그 애는 동작을 멈추고 내 얼굴을 똑바로 바라보며 (내가 듣기에) 여덟까지 셌다오. 하지만 흥분상태를 끝내 억누를 수 없었다오. 갑자기 폭발하더니, 불쌍한 것, 남은 열일곱을 사방으로 흩뿌렸다오. 그러다 소리쳤다오. 나는 당신네를 혐오한다, 당신들 때문에 비참하다, 이제 더는 못 견디겠다, 더는 안 참겠다, 이 집을 나가겠다. 나는 젊은 아씨보다 어린데도 젊은 아씨만 사랑하고 귀여워하는 모습을 계속 지켜만 보아야 하느냐? 아니다. 더는 못 참겠다, 못 참겠다, 못 참겠다! 젊은 아씨처럼 어릴 적부터 돌봄과 귀여움을 받았더라면, 내가, 태티코럼이 어떻게 되었겠느냐? 젊은 아씨처럼 착하게? 아! 아마 오십 배는 더 착했을 거다. 당신네는 서로 다정한 척하면서도 나한테는 잘난 척한다. 그게 당신네가 한 짓이다. 당신네는 나한테 잘난 척하고 나를 부끄럽게 여긴다. 이 집에 온 사람은 다 그랬다. 하나같이 자기네 아버지와 어머니, 형제와 자매 얘기를 늘어놓았다. 내가 있는 앞에서 일부러 그런 얘기를 꺼냈다. 바로 어제만 해도 티킷 부인은 어린 손자를 데리고 와서, 손자가 내 이름을, 당신네가 붙인 가증스러운 이름(태티코럼)을 부르려 하는 꼴을 재밌게 구경했다. 내 이름을 가지고 폭소를 터트렸다. 맙소사, 모두 폭소를 터트렸다. 그런데 당신네가 누구길래 내 이름을 강아지나 고양이처럼 부를 권리를 가졌단 말인가? 하지만 나는 상관없다. 당신네한테 더는 은혜를 안 입겠다. 태티코럼이란 이름도 당신네한테 내던지고 이 집을 나가겠다. 지금 당장 당신네를 떠나겠다. 누구도 나를 막을 수 없으며, 당신네는 앞으로 내 소식을 두 번 다시 못 들을 거다."

이렇게 얘기하는 사이에 미글스 선생은 당시 기억이 생생하게 떠올라, 태티코럼이 흥분한 모습을 설명할 즈음에는 빨갛게 달아오른 얼굴을 훔치면서 이어갔다.

"아, 아! (우리는 그 아이 엄마가 어떤 내력을 겪었는지 모르니) 너무 흥분해서 숨을 헐떡이는 아이한테 차분하게 얘기하는 건 아무런 소용도 없었다오. 그래서 나는 이렇게 늦은 밤에 나가면 안 된다고 차분하게 말하고, 손을 내밀어서 그 애를 방으로 데려다주고, 집에 있는 문을 모두 잠갔다오. 하지만 오늘 아침에 사라지고 말았다오."

"그 뒤로 소식을 못 들었나요?"

"그렇소. 온종일 찾아다녔다오. 이른 새벽에 조용히 나간 게 분명하다오. 근방에서 그 애 흔적을 조금도 못 찾았으니 말이오."

미글스 선생이 대답하니, 클레넘은 잠시 생각하다 물었다.

"잠깐! 그 애를 찾고 싶나요? 그게 맞나요?"

"당연하지요. 한 번 더 기회를 주고 싶소. 애 엄마도 페트도 그 애한테 기회를 한 번 더 주길 바라오."

미글스 선생이 자신은 화낼 이유가 조금도 없다는 듯, 설득하는 어조로 덧붙였다.

"잔뜩 흥분한 여자애가 불쌍해서 당신도 기회를 한 번 더 주길 바라잖소, 클레넘."

"선생님 가족이 그러는데 내가 안 그런다는 건 말도 안 되게 가혹한 짓이겠지요. 내가 물으려 했던 건 웨이드 아가씨가 관련 있을 가능성인데, 혹시 생각해보셨나요?"

"그렇소. 주변을 다 뒤질 때까지 그런 생각을 못 하고, 지금도 비슷했을 텐데, 집으로 돌아가니 애 엄마와 페트가 태티코럼은 웨이드 아가씨한테 간 게 분명하다고 하더군요. 그때 비로소, 그대가 우리 집에 처음 온 저녁 식탁에서 태티코럼이 한 말을 떠올렸다오."

"웨이드 아가씨가 어디에 사는지 아세요?"

"솔직히 말해서 바로 그것 때문에 그대가 오기만 기다렸다오. 기억이 뒤죽박죽이거든. 웨이드 아가씨가 사는 곳 혹은 예전에 살던 곳 주변을 우리 식구 누구도 또렷하게 들은 적이 없는 것 같은데, 우리 식구 모두 누군가한테 들은 것 같은 묘한 느낌이 감도니 말이오."

미글스 선생이 말하면서 종이쪽지 한 장을 내미는데, 파크 레인 근처 그로브너 지역의 우중충한 골목길 이름이 적혀있었다.

"번지는 없네요."

클레넘이 훑어보며 말하자, 미글스 선생이 대답했다.

"그대도 모르시오, 클레넘? 어디에도 없다오! 거리 이름은 공중에 떠다니는 걸 수도 있고. 분명히 말하지만 우리 식구 누구도 그 주소를 어디에서 구했는지 모른다오. 하지만 조사할 가치는 있겠지. 그래서 혼자 가느니 함께 가고 싶은데, 그대도 냉정한 여인과 함께 여행했으니, 행여나……"

클레넘은 뒷말을 마무리하면서 모자를 다시 쓰고, 어서 나가자고 말했다.

여름철, 덥고 흐릿하며 먼지가 풀풀 이는 초저녁이었다. 두 사람은 마차를 타고 옥스퍼드 거리 끝까지 내달리다, 울적하면서도 당당한 거리 한가운데에 내려, 파크 레인 근처에 펼쳐진 미로로, 훨씬 울적하면서도 당당하게 보이려 애쓰는 골목으로 들어섰다. 모서리마다 현관과 부속물은 낡고 조잡한 주택이 쭉 늘어서, 비뚤어진 시대에 비뚤어진 사람이 조성한 공포 분위기로 다음 세대 모두한테 맹목적인 숭배를 요구하며, 완전히 무너질 때까지 그래야 한다고 단단히 각오한 채 황혼빛에 얼굴을 찡그린 느낌이었다. 광장에 있는 바너클 각하의 거대한 저택 찌부러진 현관문부터 마구간 거리 똥 더미를 내려다보는 규방의 납작한 창문까지 건물 전체에 꺾쇠처럼 박혀서 기생하는 조그만 집들이 초저녁 풍경을 우울하게 만들었다. 상류층이 확실하지만 퀴퀴한 냄새 말고는 무엇하나 편하게 수용 못 할 낡아빠진 주거지들은 웅장한 저택이 몇 대에 걸쳐서 동종교배한 마지막 결과처럼 보이고, 조그맣게 달린 내닫이창과 난간을 가느다란 쇠기둥으로 지탱하는 모습은 병들어서 목발을 짚은 것처럼 보였다. 가문 특유의 문장학 전체를 동원해서 상중을 알리는 표식이 덧없는 인생을 강론하는 대주교처럼 여기저기에 어렴풋하게 보였다. 몇 개 없는 상점은 겉모습이 초라하며, 대중의 여론은 이들에게 아무런 의미가 없었다. 빵 장사는 외상장부에 기록한 사람을 모두 아는 터라, 귀족 미망인의 박하사탕 유리통 서너 개와 오래된 건포도 젤리 견본 유리통 대여섯 개를 진열창에 세워놓는 것으로 충분했다. 과일 장사가 대중의 여론에 양보한 거라곤 오렌지 몇 알이 전부였다. 이끼만 잔뜩 낀 하나밖에 없는 바구니는 원래는 물떼새 알이 들었으나, 지금은 새고기 장수가 어중이떠중이한테 쏟아부을 말만 가득했다. 거리에 사는 사람 모두가 (그 계절 그 시간에는 누구나 그러니) 저녁을 먹으러 외출할 것 같은데, 그들이 먹을 요리를 내줄 사람은 어디에도 없을 것 같았다. 현관계단에는 하인들이 하얀 머리에 화려하고 알록달록한 제복을 입고서 오래전에 멸종한 기괴한 새처럼 어슬렁거렸다. 집사는 속세를 떠난 사람처럼 혼자서 지내며, 제각기 다른 집사 모두를 불신하는 것 같았다. 공원을 굴러가던 마차는 해가 꺼지기도 전에 사라지고, 가로등은 불이 붙기 시작하고, 사악한 꼬마 심부름꾼은 몸에 꽉 끼는 옷차림으로 비뚤어진 마음에 화답하듯 다리를 꼰 채, 쌍쌍이 어울려서 지푸라기를 질겅질겅 씹으며 사기치는 비법을 주고받았다. 마차가 나올 때 함께 나와서 마차를 화려하게 꾸미는 역할을 하니, 마차 없이 나오면 겸손하게 보이는 점박이 개[115]는 심부름꾼을 따라 이리저리 달렸다. 여기저기에 초라하게 널린 선술집은 사람들이 안 팔아주어도 너끈하게 버티니, 제복을 안 입은 남정네는 환영조차 못 받았다.

115) 달마티안을 말한다. 마차 뒤에서 달리는 훈련을 받았다.

마지막 풍경은 두 사람이 계속 조사하다 발견한 장면이었다. 두 사람이 찾아간 거리 어디에도 웨이드 아가씨 같은 사람을 아는 이는 없었다. 주변에 기생하는 거리 가운데 하나로, 기다랗고 질서정연하고 좁고 우중충하고 우울한 분위기가 전형적인 장례행렬 같았다. 두 사람은 풀 죽은 젊은이가 가파르고 비좁은 나무계단 꼭대기에서 턱을 찧는 초라한 골목 입구 등 여러 곳에서 물었지만, 어떤 정보도 얻을 수 없었다. 거리 한쪽 길로 올라갔다 맞은편으로 내려오는 동안, 신문팔이 두 명은 지금껏 없었고 앞으로도 없을 대단한 사건이 일어났다며 쉰 목소리로 안방까지 들리도록 외치는데, 반응은 조금도 없었다. 마침내 두 사람은 처음 출발한 모서리에 다시 섰다. 이제 어둠은 완전히 깔리고, 나아진 건 없었다.

두 사람은 우중충한 건물 하나를 여러 번 지나쳤는데, 창문마다 세를 놓는다는 전단을 붙인 걸 보면 텅 빈 게 분명했다. 전단은 장례행렬에 변화를 주는 일종의 장식이나 마찬가지였다. 두 사람이 그 건물을 마음속으로 제쳐놓았기 때문일 수도 있고, 그 앞을 지나면서 "웨이드 아가씨가 저런 집에서 살진 않을 거"라며 두 번이나 공감했기 때문일 수도 있는데, 이제 클레넘은 떠나기 전에 그 건물에 가서 마지막으로 물어보자 제안하고, 미글스 선생은 동의했다. 그래서 그 건물로 다가갔다.

두 사람은 문을 한 번 두드리고 초인종을 한 번 눌렀으나, 반응이 없었다. 미글스 선생은 가만히 듣다 "비었어"라 말하고, 클레넘은 "한 번만 더"라 말하고 다시 두드렸다. 그렇게 두드린 다음에 인기척이 들렸다. 누군가 발을 질질 끌며 현관으로 다가오는 소리였다.

좁은 입구가 얼마나 어두운지 현관문 여는 사람을 또렷하게 분간할 순 없지만, 늙은 할머니 같았다.

“귀찮게 해서 죄송합니다. 웨이드 아가씨가 어디에 사는지 아시나요?”

클레넘이 묻자, 어둠 속 목소리가 예기치 않게 대답했다.

“여기에 산다오.”

“집에 지금 있나요?”

대답이 없자, 미글스 선생이 다시 물었다.

“집에 지금 있나요?”

다시 침묵이 흐르더니, 노파 목소리가 갑자기 말했다.

“아마도. 안으로 들어오시구려, 알아볼 테니.”

두 사람은 그와 동시에 갑갑하고 어두운 집으로 들어가고, 희미한 물체는 발을 질질 끌며 걸어가다 계단 위에서 말했다.

“올라오시구려, 괜찮다면. 발에 걸리는 건 없다오.”

두 사람은 손으로 계단을 더듬으며 희미한 빛을 향해 올라갔다. 거리에서 반짝이는 불빛이 창문에 비추는 빛이었다. 희미한 물체는 공기가 답답한 방에 두 사람을 집어넣고 떠났다.

“정말 이상하군, 클레넘.”

미글스 선생이 조그맣게 말하자, 클레넘 역시 똑같은 어투로 인정했다.

“네, 정말 이상하네요. 하지만 성공했어요. 중요한 건 그거잖아요. 저기에서 불빛이 다가와요!”

불빛은 등잔이며 그걸 든 사람은 노파로, 더할 나위 없이 더러운 채 주름살은 가득하고 몸은 바싹 말랐다. 그런 노파가 말했다. (조금 전에 말한 것과 똑같은 목소리였다.)

“웨이드 아가씨가 집에 있다오. 금방 올 거요.”

노파는 등잔을 탁자에 내려놓고 앞치마로 두 손을 닦는데, 아무리 닦아도 깨끗할 것 같지 않았다. 그러다 흐릿한 눈으로 방문객을 바라보고 뒷걸음질로 물러났다.

두 사람이 만나러 온 아가씨는, 그 집에 사는 게 맞는다면, 동양의 큰 여관에 묵듯 그곳을 숙소로 잡은 것처럼 보였다. 방 한가운데에 놓은 정사각형 조그만 양탄자 하나, 다른 방에서 가져왔을 가구 몇 점, 무질서하게 흩어진 여행 가방과 여행 물품이 방에 있는 전부였다. 예전에 묵던 사람이 숨 막히게 답답한 실내 분위기를 바꾸려고 거울 하나와 금박 탁자 하나를 갖다 놓았는데, 금박은 작년에 핀 꽃처럼 색이 바래고, 거울은 지독히도 뿌연 게, 방에 들어찬 안개와 나쁜 날씨를 마법처럼 담아낸 것 같았다. 두 방문객이 실내를 일이 분 정도 둘러볼 즈음에 방문이 열리면서 웨이드 아가씨가 들어왔다.

예전에 헤어진 모습 그대로였다. 아름다운 겉모습도 똑같고, 경멸하는 표정도 똑같고, 감정을 억누르는 느낌도 똑같았다. 두 사람을 보고 놀라는 기색도, 어떤 감정도 안 드러냈다. 상대에게 의자에 앉으라 권하면서도 자신은 의자에 앉길 거부하더니, 두 사람이 찾아온 용건을 곧바로 언급했다.

"두 분께서 찾아오신 이유를 알 것 같네요. 관련 얘기로 곧장 들어가시죠."

"태티코럼 때문이랍니다."

미글스 선생이 말하자, 웨이드 아가씨가 대답했다.

"그럴 줄 알았습니다."

미글스 선생이 다시 말했다.

"웨이드 아가씨, 태티코럼 소식을 아시는 대로 말씀해주시겠습니까?"

"그럼요. 지금 이 집에 있답니다."

"그렇다면, 아가씨, 태티코럼을 데려가고 싶다는, 우리 마누라와 딸도 태티코럼이 돌아오길 바란다는 말씀을 드리고 싶군요. 태티코럼은 우리랑 많은 세월을 함께 지냈답니다. 우리한테 바라는 게 무언지도 아니, 우리가 제대로 풀어가길 바랄 뿐이라오."

"제대로 풀어가길 바라나요? 왜요?"

웨이드 아가씨가 물었다. 높낮이가 없는 밋밋한 목소리였다.

미글스 선생이 당황해서 말을 못 하자, 클레넘이 끼어들었다.

"제가 보기에, 미글스 선생님께서는 태티코럼이 가끔 흥분해서 불이익을 겪곤 한다는 말씀을 하시는 것 같아요. 그래서 좋은 기억을 억누르기도 한다고요."

웨이드 아가씨가 클레넘을 바라보며 빙그레 웃는데, "정말요?"가 대답한 전부였다.

웨이드 아가씨는 탁자 옆에 완벽하게 차분한 자세로 서 있다, 무슨 소린지 알아들었다는 표시를 한 뒤에도 똑같은 자세로 있으니, 미글스 선생은 그 매력에 빠져서 물끄러미 바라보느라 클레넘한테 계속하라는 표시조차 할 수 없었다. 그래서 클레넘은 어색한 표정으로 잠시 기다리다, 다시 말했다.

"미글스 선생님이 태티코럼을 직접 만나는 게 좋지 않을까요, 웨이드 아가씨?'

"그거야 쉽죠. 얘야, 이리 오렴."

웨이드 아가씨가 말하면서 방문을 열더니, 태티코럼 손을 잡고서 안으로 인도했다. 그런데 그 모습이 정말 기묘했다. 태티코럼은 안 잡힌 손 손가락으로 드레스 가슴 부분을 비비 꼬는데 망설이는 느낌 절반에 흥분한 느낌 절반이고, 웨이드 아가씨는 그런 태티코럼을 특유의 차분한 얼굴로 가만히 바라보아, 억누를 수 없는 열정이 가득한 태티코럼과 (얼굴을 망사로 가린 듯) 차분한 자신을 두 방문객이 보는 앞에서 완벽하게 대비시켰다.

그런 웨이드 아가씨가 조금 전처럼 높낮이 없는 목소리로 말했다.

"여길 보렴. 네 은인이, 네 주인이 오셨구나. 너를 데리고 가길 바라셔, 네가 은혜를 느끼고 돌아가겠다면. 너만 좋다면, 너는 저분 예쁜 따님의 장식 노릇도, 따님의 유쾌한 외고집에 묶인 노예도, 저 집 가족이 착한 성품을 드러내는 장난감도 다시 될 수 있어. 멍청한 이름도 다시 가질 수 있고, 재미난 지적을 받고 따돌림을 당하면서, 너는 지적당하고 따돌림당하는 게 당연한 것처럼. (태생이 그렇잖아. 네 태생을 잊지 말라고.) 신사분 따님한테 돌아가서 우월감과 함께 우아하고 겸손한 행동을 생생하게 일깨우는 역할을 다시 할 수 있다고, 해리엇. 내가 말하는 동안 새롭게 기억난 게 분명한, 나한테 피난 오면서 잃어버린 모든 이익은 물론, 그와 비슷한 이익을 충분히 누릴 수 있다고. 네가 얼마나 겸허하게 회개하는지만 두 신사분께 말하면, 그 집으로 돌아가서 용서만 빌면 모든 걸 다시 누릴 수 있어. 어때, 해리엇? 돌아갈래?"

여자애는 이 말에 영향을 받고서 분노가 조금씩 치솟다 얼굴이 빨개지더니, 까만 눈을 번뜩이다 갑자기 치켜들고 비비 꼬던 가슴 자락을 꽉 움켜쥐며 대답했다.

"차라리 죽어버리겠어요!"

웨이드 아가씨는 여자애 옆에서 그 손을 그대로 잡은 채, 웃는 얼굴로 차분히 둘러보며 말했다.

"두 분! 이제 어떻게 하실 생각인가요?"

불쌍하게도 미글스 선생은 자신의 말과 행동을 심하게 왜곡하는 주장에 크게 당황한 터라, 여태껏 아무런 말도 못 하다 그때 비로소 정신을 차리고 입을 열었다.

"태티코럼, 내가 아직껏 이 이름으로 너를 부르는 이유는, 착한 아이야, 그 이름을 정해줄 때 너를 위하는 마음이 전부라 자신하고, 너 역시 그걸 알기 때문이니……"

"몰라요!"

태티코럼이 대답하며 다시 쳐다보고 가슴 자락을 쥐어뜯었다.

"그래, 지금은 모르겠지. 저 아가씨가 너를 뚫어지게 바라보니, 태티코럼."

태티코럼이 두 사람을 힐끗 바라보았다.

"너를 압도하는 게 우리 눈에도 보이니. 그래, 지금은 모르겠지. 하지만 나중에는 알 거야. 태티코럼, 나는 물론 여기에 있는 클레넘 선생이 지켜보는 앞에서 저 아가씨는 한 번 본 사람이라면 누구도 못 잊을 결단력으로 자신을 억누르며 분노와 원한이 가득한 말을 했지만, 나는 저 아가씨가 그 말을 정말로 믿는지 아닌지 안 묻겠어. 우리 집과 거기에 속한 모두를 기억하는 너한테도 정말로 믿는지 안 묻겠고. 나한테든 우리 가족한테든 너는 고백할 게 하나도 없으며, 용서를 빌 것도 없다는 말만, 무엇보다 바라는 건 네가 스물다섯까지 세는 거라는 말만 하겠어, 태티코럼."

태티코럼이 미글스 선생을 물끄러미 바라보더니, 얼굴을 찡그리며 대답했다.

"싫어요. 웨이드 아가씨, 나를 다른 데로 데려가세요, 제발."

태티코럼은 내면에서 치솟는 갈등이 조금도 안 가라앉으니, 더욱 흥분하면서 거부하느냐 아니면 고집스럽게 거부하느냐는 갈등만 가득했다. 빨갛게 달아오른 얼굴, 급한 성격, 급한 숨소리 모두 왔던 길을 되돌아가는 걸 거부했다. 쉰 목소리로 나지막하게 되풀이할 뿐이었다.

"싫어요. 싫어요. 차라리 온몸이 갈기갈기 찢기고 말겠어요. 차라리 온몸이 갈기갈기 찢기고 말겠다고요!"

웨이드 아가씨는 잡은 손을 놓더니, 태티코럼을 보호하듯 그 목에 손을 올린 다음, 조금 전처럼 웃는 얼굴로 둘러보며 조금 전 어투 그대로 말했다.

"두 분! 이제 어떻게 하실 생각인가요?"

미글스 선생이 진심 어린 손짓을 하며 간청했다.

"아, 태티코럼, 태티코럼! 저 아가씨 목소리를 듣고, 저 아가씨 얼굴을 보고, 저 아가씨 가슴에 무엇이 들어있는지 살피고, 네가 앞으로 어떻게 되겠는지 생각하렴. 얘야, 네가 어떻게 생각하든 저 아가씨가 미치는 영향은 – 너무나 놀라울 뿐인데, 끔찍하다고 할 수밖에 없는데 – 너보다 극심한 분노와 너보다 격렬한 기질에 근거한 거야. 그런 사람이 함께 지내면 어떻게 되겠니? 어떤 결과가 나오겠니?"

"여기에는 나밖에 없으니, 신사분들, 무슨 말이든 마음껏 하시지요."

웨이드 아가씨가 말했다. 목소리도 자세도 그대로였다. 그러자 미글스 선생이 다시 말했다.

"엉뚱한 길로 접어들어서 어려움을 겪는 여자애한테, 아가씨, 제발 그러지 마세요. 내 힘으로 완전히 해결은 못 할지언정, 당신이 저 아이한테 끼친 해악은 내 눈에 또렷하게 보인다오. 저 애가 듣는 앞에서 거론하는 걸 양해하시오. 하지만 꼭 말해야 하겠소. 저 아이가 당신 눈에 띄는 불행을 겪을 당시에 당신은 우리 누구도 이해할 수 없는 존재였으며, 우리 누구하고도 공통점이 없었소. 당신이 어떤 사람인지 모르지만, 당신은 내면에 어두운 영혼이 깃들었다는 사실을 숨기지 않고 숨길 수도 없소. 어떤 이유로든, 당신이 누이동생 같은 여자애를 이처럼 비참하게 만드는 데서 삐뚤어진 쾌락을 느끼는 여자라면 나는 (이런 사람이 있다는 말을 들은 적이 있을 만큼 나이가 많으니), 태티코럼한테 당신을 조심하라 경고하고, 당신한테도 자기 자신을 조심하라고 경고하겠소."

"두 신사분! 결론을 내리셨다면…… 클레넘 선생님, 친구분을 달래서……"

웨이드 아가씨가 말하는데, 미글스 선생이 단호한 어투로 끼어들었다.

"한 번 더 시도하지 않고 끝낼 순 없지. 태티코럼, 가련하고 소중한 아이야, 스물다섯까지 세렴."

클레넘도 나지막하면서도 단호한 목소리로 강조했다.

"이분께서 너한테 베푸시는 희망과 확실성을 거부하지 마. 지금껏 못 잊는 친구들한테 돌아와. 한 번 더 생각해!"

하지만 여자애는 웨이드 아가씨 손에 목을 맡긴 상태 그대로 가슴을 앞으로 쭉 내밀며 말했다.

"싫어요! 웨이드 아가씨, 나를 다른 데로 데려가세요!"

"태티코럼, 그래도 한 번만 더! 내가 너한테 부탁하는 건 딱 하나야! 스물다섯까지만 세렴!"

미글스 선생이 말하자, 태티코럼은 두 손으로 귀를 틀어막고 몸을 크게 흔들어서 까맣게 반짝이는 머리칼을 사방으로 흩뜨리며 얼굴을 벽 쪽으로 단호하게 돌렸다. 웨이드 아가씨는 마르세유에서 태티코럼이 울부짖던 광경을 지켜볼 때 한 손을 가슴에 가만히 올린 상태로 그런 것처럼 매혹적인 미소를 이상하게 머금으며 바라보다, 영원히 자기 것이 되었다는 듯, 한쪽 팔로 태티코럼 허리춤을 휘감았다. 방문객한테 그만 나가라는 뜻으로 쳐다보는 얼굴에는 승리감이 또렷했다.

"이런 영광을 누리는 건 마지막일 테니, 그리고 내가 어떤 사람인지 모른 채, 내가 미치는 영향력의 근거를 말씀하셨으니, 이제는 모든 게

상식에 근거한다는 사실을 깨달으셨겠군요. 선생님이 망가뜨린 장난감은 나와 똑같은 혈통이랍니다. 이 애는 이름이 없고 나 역시 이름이 없지요. 이 애가 겪은 고통은 내가 겪은 고통이고요. 이제 드릴 말씀이 없군요."

미글스 선생이 슬픈 표정으로 나갔다. 클레넘도 뒤따라 나가는데, 웨이드 아가씨는 차분한 모습도 똑같고 굴곡 없는 목소리도 똑같이, 하지만 잔인한 얼굴에 미소를 머금어 콧구멍이 살짝 올라가고 입술에도 살포시 어리다, 미소를 갑자기 지우며 말했다.

"당신의 소중한 친구 가우언 선생 부인은 이 여자애나 내 혈통과 정반대니, 앞으로 커다란 행운을 누리며 행복하게 살길 바랍니다."

28장. 보잘것없는 자가 사라지다

집 나간 여자애를 데려오려고 기울인 노력에 만족할 수 없어, 미글스 선생은 태티코럼은 물론 웨이드 아가씨한테도 편지를 보냈다. 선의를 가득 담아서 타이르는 내용이었다. 태티코럼이 예전에 시중들던 젊은 아씨 역시 자필로 편지를 써서 고집스러운 여자애한테 보냈다. 편지를 한 통이라도 보았다면 마음이 녹아들 터인데 (편지 세 통 모두 문 앞에서 거절당한 채[116] 몇 주 뒤에 돌아올 뿐) 답장이 없어, 미글스 선생은 미글스 부인을 보내서 직접 만나보도록 했다. 하지만 훌륭한 부인은 당사자를 만나기는커녕 안으로 들어가는 것조차 거부당하고, 미글스 선생은 클레넘한테 한 번 더 찾아가서 최선을 다해보라고 사정했다. 클레넘은 기꺼이 응했으나, 그가 알아낸 건 텅 빈 집을 노파가 관리한다는 사실, 웨이드 아가씨는 떠났다는 사실, 가구 잡동사니도 사라졌다는 사실, 노파는 돈을 준다면 고마운 마음으로 얼마든지 받겠지만, 그 대가로 알려줄 정보는 하나도 없어, 부동산중개업을 하는 젊은이가 현관 복도에 남겨놓은 세간과 관련된 메모를 살펴보라는 말만 계속한다는

116) 당시에 편지를 받는 사람이 우편 비용을 냈기 때문에, 수신인은 문 앞에서 편지 수신을 거절할 수 있었다.

사실이었다.

너무나 당혹스러운 상황에도 배은망덕한 아이를 포기해서 절망에 빠져들도록 놔둘 수 없어, 착한 성격이 어두운 성격을 압도할 경우를 생각해, 미글스 선생은 최근에 특정 젊은이가 깊이 생각하지 않고 집을 나갔는데, 트위크넘에 있는 집으로 언제든 돌아온다면 모든 게 예전과 똑같을 거라는, 아무도 나무라지 않을 거라는 내용을 진지하고도 애매하게 담아서 조간신문에 6일 연속으로 광고했다. 하지만 그 결과는 하루에 젊은이 수백 명이 깊이 생각하지 않고 집을 나간다는 사실을 미글스 선생이 깨닫는 모습으로 나타날 뿐이었다. 엉뚱한 젊은이들이 트위크넘으로 몰려들어, 자신을 따듯하게 반기지 않는다는 사실을 깨닫고 마차 왕복 비용은 물론 피해 보상금까지 요구하기 일쑤였기 때문이다. 광고를 보고 달려드는 불청객은 이들이 전부가 아니었다. 올가미에 걸려들 희생자만 열심히 찾는 것처럼 보이는 사람들이 편지를 무수히 보내, 광고를 보고 10실링부터 50파운드에 이르는 다양한 액수를 자신 있게 요청하게 되었다며, 아무리 조그만 액수라도 괜찮다며 적선을 요구하는데, 이들은 그 젊은이에 대해 뭘 조금이라도 알기 때문이 아니라, 적선하면 광고한 사람이 마음의 짐을 크게 덜어내리라고 생각하기 때문이었다. 마찬가지로 사업을 계획하는 사람들도 편지 보낼 기회를 안 놓쳤는데, 예를 들면, 친구가 알려줘서 광고 문구에 관심이 생겼는데, 그 젊은이에 대한 소식을 조금이라도 들으면 즉각 알려줄 테니, 펌프를 완전히 새롭게 개발하는 사업에 꼭 필요한 자금을 도와주기 바란다, 그러면 인류가 정말 행복한 결과를 맞이할 거라는 식이었다.

실망스러운 일만 잔뜩 일어나 미글스 선생과 가족이 태티코럼을 데려오는 걸 마지못해 포기할 즈음, 새로 활기차게 사업하는 도이스와 클레넘은 토요일에 그 집에 내려가서 월요일까지 지내기로 하고 각자 출발했다. 나이 많은 동업자는 마차를 타고, 나이 적은 동업자는 지팡이를 들었다.

클레넘은 목적지로 걸어가며 강변에 펼쳐진 초원을 지나는데, 여름철 석양이 평화롭게 비췄다. 평화롭다는 느낌이, 근심 걱정이 모두 사라진다는 느낌이, 고요한 시골이 도시 거주자의 가슴을 일깨운다는 느낌이 들었다. 시야에 들어오는 모든 게 사랑스럽고 평온했다. 나무 잎사귀는 무성하고, 울창한 풀밭은 들꽃이 다양하고, 강 한가운데 조그만 섬은 녹색이 짙고, 흐르는 강물에는 골풀 무더기와 수련이 곳곳에 둥둥 뜨고, 멀찌감치 나룻배에서 이는 목소리는 잔물결과 초저녁 공기에 감미롭게 실리니, 모든 게 평화 자체였다. 간혹가다 물고기가 뛰어오르는 소리나, 노를 젓는 소리나, 아직 둥지로 들지 않은 새가 지저귀는 소리나, 멀리서 강아지가 짖는 소리나, 젖소가 나지막이 우는 소리 등……모든 소리에 평온한 숨결이 깃들었다. 다양한 향기가 향긋한 공기를 한층 더 달콤하게 하며 사방에서 휘감았다. 하늘에 기다랗게 늘어선 빨간빛 줄기와 황금빛 줄기에도, 태양이 찬란하게 저무는 궤적에도 고요함이 신성하게 깃들었다. 저 멀리 자줏빛 나무 꼭대기에도, 그늘이 슬금슬금 기어오는 근처 녹색 언덕에도 고요함이 깔린 건 똑같았다. 강물에 어린 풍경을 진짜 풍경과 분간할 수도 없었다. 양쪽 모두 고요하고 선명하며, 삶과 죽음의 엄숙한 신비를 머금어, 바라보는 사람의 마음을 차분하게 달래면서 희망을 키워주었다. 그만큼 다정하고 은혜롭고 아름다웠다.

클레넘은 걸음을 멈추고 주변을 둘러보다, 그림자가 강물 속으로 깊이 더 깊이 가라앉듯 눈에 보이는 풍경 역시 영혼 속으로 깊이 더 깊이 가라앉는 걸 느꼈다. 처음이 아니었다. 벌써 여러 번이었다.

그러다 다시 천천히 걷는데, 초저녁 풍경에 녹아들던 인물이 앞에서 보였다.

페트였다, 혼자서. 한 손에 장미 다발을 들었는데, 클레넘을 보고 다가오길 기다리며 가만히 멈춘 것 같았다. 얼굴이 클레넘 쪽을 바라보는 게 반대편에서 오던 중인 것 같았다. 무언가 들뜬 것 같은, 클레넘이 예전에 한 번도 못 본 모습이었다. 어쨌든 클레넘이 가까이 다가가는데, 페트가 할 말이 있어서 그곳에서 기다렸다는 생각이 갑자기 떠올랐다.

페트가 한 손을 내밀며 말했다.

"여기에 혼자 있는 걸 보고 놀라셨죠? 하지만 초저녁 날씨가 너무나 사랑스러워서 애초에 생각한 것보다 멀리 나왔답니다. 선생님과 마주칠 수 있다는 생각도 들어서 자신감이 생겼거든요. 선생님은 늘 이 길로 오시니까요, 그죠?"

클레넘은 자신이 제일 좋아하는 길이라고 대답하다, 자신의 팔에 팔짱을 낀 페트 손이 떨리는 느낌과 동시에 장미 다발이 흔들리는 걸 보았다.

"장미 한 송이 드릴까요, 클레넘 선생님? 정원을 나오면서 땄답니다. 선생님을 만날 수 있다고 생각하면서 땄으니 선생님께 드리려고 딴 거나 마찬가지랍니다. 도이스 선생님께서 한 시간 전에 도착하시어, 선생님이 걸어오신다고 알려주셨거든요."

클레넘이 페트한테 장미 한두 송이를 받으며 고맙다고 하는데, 자기 손도 떨렸다. 두 사람은 가로수가 쭉 늘어선 길로 접어들었다. 그 길로 들어선 게 클레넘 때문인지 페트 때문인지는 조금도 중요하지 않았다. 어떻게 그랬는지 자체를 클레넘은 조금도 몰랐다.

"여기는 정말 수수하지만 이 시간에는 매우 상쾌하다오. 짙은 그늘을 따라 걷다, 빛무리가 환한 맞은편 끝으로 나가는 게 나루터와 집으로 다가가는 제일 좋은 길이라오."

소박한 정원용 모자에 가벼운 여름옷을 걸치고, 풍성한 갈색 머리는 자연스레 묶고, 잘 생긴 눈을 들어서 존경심과 믿음이 가득한 표정으로 가만히 쳐다보는데, 수줍고 슬픈 표정이 눈에 띄게 묻어나와서 너무나 아름다운 나머지, 클레넘은 그동안 결심을 수없이 다지고 또 다져서 다행이라는 – 아니, 불행하다는, 아니, 어느 쪽인지 모르겠다는 – 생각이 들었다.

순간적으로 감돌던 침묵을 페트가 깨뜨리며, 아빠가 해외로 여행을 다시 떠날 생각을 하시던 걸 아느냐고 물었다. 클레넘은 들은 적이 있다 대답하고, 페트는 주저주저하는 어투로, 아빠가 그 생각을 포기하셨다고 덧붙여, 다시 감돌던 침묵을 깨뜨렸다.

그 순간에 클레넘은 '두 사람이 결혼하는구나' 하는 생각을 곧바로 떠올리고, 페트는 훨씬 더 수줍은 표정으로 주저하며 말하는데, 목소리가 너무나 나지막한 나머지, 클레넘이 머리를 숙여서 들어야 했다.

"클레넘 선생님, 마음속에 가득한 말을 하고 싶어요, 선생님께서 들어주시겠다면. 오래전부터 마음속 얘기를 하고 싶었어요, 우리 가족하고 제일 가까운 친구라고 느꼈기 때문에."

"언제 들어도 고마운 말이네요! 어서 말해요. 나를 믿고."

클레넘이 말하자, 페트는 두 눈을 들어서 상대 얼굴을 솔직하게 바라보며 대답했다.

"선생님을 못 믿은 적은 한 번도 없어요. 방법만 알았다면 예전에 속마음을 털어놓았을 거예요. 하지만 방법을 모르겠어요, 지금 이 순간조차."

"가우언 선생이 많이 행복할 거예요. 가우언 선생과 부인을 하느님이 축복하시길!"

페트가 고맙다는 말을 하려다 흐느꼈다. 클레넘은 페트를 달래고, 자기 팔을 붙잡은 채 장미 다발과 함께 덜덜 떠는 손을 붙잡더니, 남은 장미를 넘겨받아 자기 입술에 가만히 갖다 댔다. 그 순간, 클레넘은 보잘것없는 자의 가슴속에 수많은 고통과 번민을 일으키며 꺼져가던 희망이 이제 완전히 사라지는 느낌을 받았다. 그런 희망이나 전망이란 측면에서 자신은 모든 걸 포기한 늙은이가 되고 말았다는 생각도 들었다.

클레넘은 장미 다발을 가슴에 대고, 두 사람은 그늘이 짙은 나무 아래를 천천히 말없이 걸었다. 그러다 클레넘은 쾌활하면서도 다정한 목소리로, 그대의 나이 많은 친구며 그대 부친의 친구인 자신에게 말하고 싶은 게 무언지, 자신을 믿고 의지할 게 있는지, 자신이 도울 게 있는지, 그대가 행복하게 살아가도록 도울 수 있는 게 무언지, 자신이 최선을 다해서 도운 것에 영원히 만족하며 지내도록 해줄 수 있는지 물었다.

페트는 대답하려다, 가슴에 담아둔 슬픔인지 동정심인지를 – 과연 어느 쪽이었을까? – 건드려, 눈물을 다시 터트리며 말했다.

"아, 클레넘 선생님! 선하시고 관대하신 클레넘 선생님, 저를 나무라지 않겠다고 말씀해주세요."

"내가 그대를 나무라다니? 아, 누구보다 소중한 아가씨! 내가 그대를 나무라다니? 결단코 아니오!"

페트는 클레넘 팔에 두 손을 걸쳐서 깍지 낀 뒤, 진심으로 고맙다는 말을 (마음이 진실의 원천이라면, 실제로 그랬으니) 급히 하고는, 상대 얼굴을 가만히 쳐다보며 감정을 조금씩 가라앉히고, 클레넘은 페트를 이따금 격려하는 가운데, 둘이서 어둠이 깔리는 나무 아래를 천천히 말없이 걸었다. 마침내 클레넘이 웃으며 물었다.

"그런데 가우인 부인, 나한테 부탁할 게 하나도 없소?"

"아! 부탁할 게 정말 많아요."

"잘됐소! 나도 그러길 바라니 실망하지 않겠군요."

클레넘 말에 페트는 잔뜩 흥분한 어투로 말했다.

"우리 집에서 저를 얼마나 사랑하는지, 저 역시 우리 집을 얼마나 사랑하는지 선생님은 잘 아세요. 자유의지로 스스로 선택해서 우리 집을 나가는 모습을 보시곤 아니라고 생각하실 수도 있는데, 친애하는 클레넘 선생님, 저는 우리 집을 더없이 사랑한답니다!"

"물론 나도 잘 안다오. 내가 그걸 의심한다고 생각하시오?"

"아니에요, 아니에요. 하지만 제가 보기에도 이상하거든요, 그렇게 사랑하고 그렇게 크나큰 사랑을 받는 집을 떠난다는 사실이. 제가 너무 무심한 것 같기도 하고 배은망덕한 것 같기도 하거든요."

"친애하는 아가씨, 시간이 흐르면서 자연스레 나타나는 과정이라오. 누구나 그런 식으로 집을 떠나니까요."

"네, 알아요. 하지만 누구나 저처럼 커다란 공백을 집에 남겨두고 떠나는 건 아니잖아요. 저보다 훌륭하고 애정이 크고 교양이 풍부한 아가씨가 없다는 뜻이 아니라 부모님이 저를 너무나 소중하게 여기신다는 뜻이에요."

페트는 가슴에 애정이 넘쳐흘러선 앞으로 일어날 광경을 떠올리다 구슬프게 흐느꼈다.

"무엇보다 먼저, 아빠가 변화를 얼마나 크게 느끼실까요, 오랜 세월에 걸쳐서 제가 아빠에게 해온 역할을 더는 할 수 없다는 사실에 얼마나 슬퍼하실까요. 그럴 때면, 클레넘 선생님, 다른 때 그러신 이상으로 아빠를 기억하시고, 조금이라도 시간을 내시어 아빠를 찾아주시길 부탁드리고 간청드려요. 그래서 아빠 곁을 떠나는 순간에 제가 평생 어느 때보다도 아빠를 많이 사랑했다는 말씀을 전해주세요. 바로 오늘 아빠가 저한테, 선생님만큼 마음에 들고 믿음직한 분은 어디에도 없다는 말씀을 하셨거든요."

아버지와 딸 사이에 오간 대화의 단서가 클레넘의 마음이라는 우물 속으로 묵직한 돌처럼 가라앉아, 그 눈으로 물기가 차올랐다. 클레넘은 꼭 그러겠다고, 굳세게 약속한다고 쾌활하게 말했으나 의도한 만큼 쾌활한 어투는 아니었다.

페트는 클레넘이 믿을 수 없을 정도로 - 줄어드는 햇살에 점차 줄어드는 나무 숫자를 셀 만큼 - 순결하고 슬픈 어조로, 한층 더 흥분하고 한층 더 아름답게 말했다.

"엄마 얘기를 안 한다면, 그건 엄마가 이렇게 행동하는 저를 훨씬 잘 이해할 것이며, 그래서 제가 떠난 자리를 다른 식으로 느낄 것이기 때문이랍니다. 하지만 우리 엄마가 얼마나 사랑스러우며 헌신적인지를 잘 아시니, 선생님께서는 우리 엄마도 기억하실 거예요, 그죠?"

클레넘은, 그래, 나를 믿어요, 바라는 대로 다 할 테니라 중얼거리고, 페트는 다시 말했다.

"그리고, 친애하는 클레넘 선생님, 제가 이름을 말할 필요가 없는 분하고 아빠는 - 앞으로 점차 좋아지겠지만 - 아직 서로를 충분히 인정하고 이해하질 않으니, 두 분이 서로를 충분히 파악하고, 서로한테 행복한 존재가 되고, 서로 자랑스럽게 여기고, 서로 사랑하도록, 서로 진심으로 사랑하도록 하는 게 제가 새로운 삶을 살아가는 자부심이자 기쁨이며 의무니, 아, 선생님께서 다정하고 진실한 사람답게, 제가 집을 떠난 다음에 (멀리 떠날 예정이니) 아빠가 그분을 조금이라도 더 좋게 여기도록 도와주시고, 아빠가 마음속 편견을 벗어던지고 그분을 있는 그대로 바라보도록 크나큰 영향력을 발휘해 주세요. 저를 위해서 그래 주시겠어요, 마음이 고결한 친구로서?"

가련한 페트! 자신을 속이다니! 남자끼리 자연스레 만나는 과정에서 그렇게 바뀐 적이 있으며, 뿌리 깊은 차이를 그렇게 극복한 적이 있던가! 수많은 딸이 지금껏 수없이 노력했지만, 페트여, 여태껏 성공한 적은 한 번도 없다오. 하나같이 실패했다오.

클레넘은 이렇게 생각했다. 하지만 말하지 않았다. 이제 너무 늦었기 때문이다. 클레넘은 페트가 부탁한 모든 것에 최선을 다하겠다 약속하고, 페트는 그걸 믿었다.

두 사람 앞에 마지막 가로수가 나왔다. 페트는 걸음을 멈추고 클레넘 팔을 뺐다. 두 눈을 들어 클레넘을 쳐다보고, 조금 전까지 팔을 잡았던 손을 떨면서 클레넘 가슴에 있는 장미 다발 한 송이를 만지며 추가로 호소하듯 말했다.

"친애하는 클레넘 선생님, 제가 행복하다고 해서 - 비록 우는 모습을 보이긴 했지만 실제로 행복하니 - 우리 사이에 먹구름을 남겨둘 순 없어요. 행여나 저를 용서하실 게 조금이라도 있다면(일부러 그런 건 아니며, 선생님을 괴롭히려고 그런 것도 아니니, 제가 해결할 수 있다면), 오늘 밤 고결한 마음으로 용서하세요!"

클레넘은 조금도 움츠리지 않고 자신을 쳐다보는 순수한 얼굴을 마주하려고 상체를 숙였다. 그래서 그 얼굴에 뽀뽀하고 대답했다, 자신이 용서할 건 하나도 없다는 걸 하늘이 아신다고. 그리고 순수한 얼굴을 다시 마주하려고 상체를 숙이자, 페트는 "안녕히 계세요!"라 속삭이고, 클레넘도 "잘 지내요"라 말했다. 묵은 갈망 전체와 - 보잘것없는 자가 오랫동안 품었던 의혹 전체와 - 작별하는 느낌이었다. 다음 순간에 두 사람은 처음 들어설 때처럼 팔짱 끼고 가로수 길을 나왔다. 뒤에서 나무들이 어둠에 갇히며 사라지듯, 예전의 다양한 가능성 역시 사라지는 것 같았다.

미글스 부부와 도이스 선생이 정원 대문 근처에서 말하는 소리가 또렷하게 들렸다. 페트를 찾는 소리가 들리는 순간에 클레넘이 "여기에 있어요, 저와 함께"라고 소리쳤다. 두 사람이 다가가는 사이에 살짝 놀라는 느낌과 함께 웃음소리가 일었다. 하지만 모두 모이는 순간에 웃음소리는 끝나고, 페트는 살그머니 물러났다.

미글스 선생과 도이스와 클레넘은 떠오르는 달빛을 받으며 강변을 거닐었다. 그런데 도이스는 뒤에서 망설이다 집으로 돌아갔다. 미글스 선생은 아무 말 없이 다시 거닐다 마침내 침묵을 깨뜨려, 친숙한 호칭으로 처음 부르며 말했다.

"아서 클레넘, 마르세유에서 몹시 더운 날 아침에 우리가 항구를 바라보며 거닐 때, 아기 때 죽은 페트 쌍둥이 자매가 애 엄마와 나한테는 페트가 자라는 만큼 자라고, 페트가 변하는 만큼 변한다고 말한 걸 기억하시오?"

"네, 또렷이 기억합니다."

"우리 머릿속에서는 쌍둥이 자매를 떨어뜨릴 수 없다고, 페트가 어떻게 되면 쌍둥이 자매도 똑같이 된다는 상상을 한다고 말한 것도 기억하시오?"

"네, 확실히 기억합니다."

미글스 선생이 훨씬 나직한 어투로 다시 말했다.

"아서 클레넘, 오늘 밤에는 그 상상을 더 멀리 끌고 나가겠소. 친애하는 친구여, 오늘 밤에는, 그대가 죽은 쌍둥이를 지극히 사랑했는데, 현재의 페트만 할 때 그 아이를 잃은 기분이라오."

"고맙습니다! 고맙습니다."

클레넘이 중얼거렸다. 그리고 그 손을 꼭 움켜잡았다.

"안으로 들어가겠소?"

미글스 선생이 곧바로 묻고, 클레넘은 대답했다.

"조금 뒤에요."

미글스 선생은 집으로 돌아가고, 클레넘은 혼자 남았다. 달빛을 평화롭게 받으며 강변을 삼십 분 정도 거닐 즈음에는 가슴에 손을 올려서 장미 다발을 가만히 꺼냈다. 가슴에 댈 수도 있고 입술에 댈 수도 있겠지만, 확실한 건 강물 옆에 꾸부리고 앉아서 그것을 가만히 띄워 보냈다는 사실이다. 장미는 창백하면서도 초현실적인 달빛을 받으며 강물에 둥둥 떠갔다.

클레넘이 들어오니 집 안은 불빛이 환하고 얼굴마다 불빛이 번뜩여, 클레넘 얼굴에도 쾌활한 기색이 빠르게 어렸다. 그들은 (클레넘 동업자가 시간을 즐겁게 보내려고 그렇게 많은 이야기를 준비한 건 처음이니) 다양한 이야기를 즐기다, 침실로 가서 잠자리에 들었다. 그러는 동안에도 장미꽃은 창백하면서도 초현실적인 달빛을 받으며 둥둥 떠가듯, 한때 우리네 가슴에 품고 소중하게 간직하던 대상도 우리 곁을 떠나 영원한 바다로 둥둥 떠간다.

29장. 애프리가 또 꿈꾸다

다양한 변화가 일어나는 동안에도 도심지 주택은 한적하고 우울한 분위기를 유지하니, 집에 있는 환자 역시 한결같은 삶을 이어갔다. 아침, 점심, 저녁, 아침, 점심, 저녁이 단조롭게 되풀이돼, 태엽장치에 질질 끌려가는 기계처럼 늘 똑같은 일상이 마지못해 나타날 뿐이었다.

인간이 머무는 곳은 어디나 그러듯, 휠체어 역시 추억과 공상이 깃든다고 할 수 있다. 하지만 시간이 흐른 걸 조금도 고려하지 않아, 황량한 거리와 황폐한 풍경은 휠체어에 앉은 사람이 예전에 본 모습 그대로며, 사람도 예전 모습 그대로니, 울적한 나날을 판에 박힌 듯 오랫동안 보내다 보면 예전 모습을 수없이 떠올릴 수밖에 없다. 우리 자신이 시간에서 벗어날 때 바삐 움직이던 시계가 멈춘다고, 우리 자신이 꼼짝을 못하게 되었을 때 인류 전체가 꼼짝을 못한다고 여기는 것은, 우리 자신이 위축되어 잔뜩 쪼그라든 기준으로 주변을 획일적으로 판단하는 것은, 훨씬 커다란 기준으로 주변에서 일어나는 변화를 판단할 수 없게 되는 것은 꼼짝을 못 하는 환자가 대체로 겪은 육체적 한계며, 속세를 벗어난 사람이 대체로 겪은 정신적 한계다.

엄격한 여인이 어두운 방에 사시사철 앉아서 어떤 장면과 인물을 제일 많이 떠올리는지는 당사자 말고 아무도 몰랐다. 저항하는 힘이 약했더라면, 예레미야가 심술궂은 모습으로 이상한 기계처럼 일상적으로 압박해서 그 내용을 뽑아내겠지만, 그러기에는 여인이 너무나 강했다. 애프리에 대해서 말하자면, 꼼짝 못 하는 여주인과 남편을 경이로운 눈으로 멍하게 바라보는 것, 어둠이 깔린 뒤로는 앞치마를 머리에 뒤집어쓰고 집 곳곳을 돌아다니는 것, 이상한 소리가 나는지 귀를 곤두세우다 그 소리를 가끔 듣는 것, 유령 같기도 하고 꿈을 꾸는 것 같기도 한 비몽사몽 상태에서 안 벗어나는 것만으로도 바빴다.

애프리가 보기에는 사업이 잘됐다. 남편이 조그만 사무실에서 일을 엄청나게 하는 데다, 지난 몇 년 사이보다 훨씬 많은 사람이 들락거렸기 때문이다. 이건 쉽게 알 수 있었다. 집에 들락거린 사람들이 오랫동안 없었으니 말이다. 그런데 남편은 편지를 받고, 손님을 맞고, 장부를 기록하고, 답장을 썼다. 게다가 다른 회계사무소에 가고, 부두에 가고, 선착장에 가고, 세관에 가고, 가라웨이 커피하우스[117]에 가고, 예루살렘 커피하우스[118]에 가고, 주식거래소에도 수없이 들락거렸다. 초저녁이면, 클레넘 마님이 만나자고 특별히 요청하지 않는 한, 근처 선술집에 가서 석간신문에 실린 선적 뉴스와 주식 종가를 보기도 하고, 자주 오는 장사꾼 선장들과 조금이나마 교제도 했다. 매일 특정 시간에는 남편과 클레넘 마님이 사업 문제를 논의하는데, 애프리가 끊임없이 탐색하면서 이리저리 엿듣고 이리저리 살피는 바에 따르면 똑똑한 두 사람이 돈을 많이 버는 것 같았다.

117) Garraway's Coffee House; 런던에서 가장 오래된 커피하우스 가운데 하나로, 지금은 사라졌다. 차와 맥주와 펀치와 백포도주와 샌드위치가 유명했다. 사업가들이 오전 11시에서 오후 3시 사이에 주로 모여서 거래했다.

118) Jerusalem Coffee House; 중국, 동인도, 호주 등에서 장사하는 상인들과 선장들이 이곳을 주소로 서신을 주고받았다. 위 나라와 관련된 신문 및 선적 서류도 이곳에서 확인했다.

예레미야 부인이 멍한 상태에 빠져든 징후는 이제 표정과 행동에도 반영되니, 똑똑한 두 사람은 그런 애프리를 저급한 존재로, 지적 능력이 떨어지다 못해 바보 멍청이가 되어가는 인물로 여겼다. 그런 모습이 사업에 바람직하지 않다고 여겼는지, 그런 여자를 부인으로 얻었다는 사실이 드러나면 고객이 자신의 판단력을 의심하겠다고 여겼는지, 예레미야는 부부라는 사실을 겉으로 드러내지 말라고, 다른 사람이 있을 때는 남편이라고 부르지도 말라고 엄명을 내렸다. 하지만 애프리는 이런 경고를 툭하면 잊는 탓에 깜짝 놀라는 사례가 많아졌다. 예레미야가 계단에서 갑자기 달려들어 몸을 마구 흔들어서 놀라게 하는 식으로 복수하는 탓에, 애프리로서는 다음에 또 언제 습격당할까 늘 불안할 수밖에 없었다.

작은 도릿은 클레넘 마님 방에서 기나긴 하루 작업을 마친 다음, 집으로 가기 전에 헝겊 쪼가리를 모아서 깨끗하게 치우는 중이었다. 팽스가 애프리 안내를 받으며 지금 막 들어와, "이쪽으로 우연히 온 김에" 주인님을 대신해서 마님께 안부를 물으러 들렀다며, 건강이 어떠신지 물었다. 클레넘 마님은 이맛살을 잔뜩 찡그린 채 팽스를 가만히 쳐다보다 말했다.

"내가 쉽게 변할 사람이 아니라는 건 캐스비 노인이 잘 아네. 내가 여기에서 기다리는 변화는 거대한 변화야."

조그만 침모는 양탄자에서 무릎을 꿇은 채 헝겊 쪼가리와 실밥 등 잡동사니를 줍고, 팽스는 그런 침모를 살피면서 대답했다.

"정말요, 마님? 참 좋아 보이세요, 마님."

"나는 견뎌야 할 것을 견디니 그대도 해야 할 일이나 하도록."

"고맙습니다, 마님, 저도 그러려고 애쓴답니다."

"요새는 이쪽 방면으로 자주 오는군, 아닌가?"

"맙소사, 그렇습니다, 마님, 최근 들어서요. 이런저런 일로 최근에 이쪽 방면으로 자주 온답니다."

"캐스비 노인과 딸한테 나 때문에 대리인을 보내는 수고를 할 필요는 없다고 전하게. 나를 보고 싶으면 직접 오라고 해. 굳이 대리인을 보내는 수고까지 할 필요 없이. 자네 역시 여기까지 오는 수고를 할 필요는 없고."

"조금도 수고스럽지 않습니다, 마님. 정말 유별나게 좋아 보이십니다, 마님."

"고맙네. 잘 가게."

나가라고 하면서 손가락으로 방문을 곧장 가리키는 자세가 너무나 무뚝뚝하고 노골적이라, 아무리 팽스라도 더는 미적댈 방법이 없었다. 그래서 기운찬 표정으로 머리칼을 헝클어뜨리며 조그만 침모를 다시 쳐다보다, "안녕히 계세요, 마님. 내려오지 마시오, 애프리 부인, 나가는 길을 아니까"라 말하고는 콧김을 내뿜으며 나갔다. 클레넘 마님은 손에 턱을 기댄 채 불신이 가득한 눈으로 팽스를 가만히 쫓아가고, 애프리는 그런 마님을 멍하니 바라보았다, 마법에라도 걸린 것처럼.

클레넘 마님은 팽스가 나간 방문에서 작은 도릿으로, 양탄자에서 일어서는 작은 도릿으로 눈길을 천천히 돌리며 깊은 생각에 잠겼다. 아픈 여인은 손에 기댄 턱을 깊이 숙이고 두 눈을 내리깐 채, 가만히 앉아서 상대가 눈치챌 때까지 꾸준히 쳐다보았다. 작은 도릿은 빨갛게 달아오른 얼굴로 눈길을 내리깔고, 클레넘 마님은 가만히 앉아서 여전히 열심히 쳐다보았다. 그러다 침묵을 깨뜨리며 말했다.

"작은 도릿, 저 남자를 알아?"

"하나도 몰라요, 마님, 툭하면 주변에 나타난다는 사실과 저한테 말을 건다는 사실 말고는."

"뭐라고 했는데?"

"무슨 말인지 이해가 안 돼요, 이상한 사람이라. 하지만 거친 말이나 불쾌한 말은 아니었어요."

"저 남자가 무엇 때문에 여기까지 와서 너를 살필까?"

"모르겠어요, 마님."

작은 도릿이 대답했다. 완벽하게 솔직한 대답이었다.

"저 남자가 너를 보려고 여기에 온다는 건 너도 알아?"

"그런 생각은 들었어요. 하지만 저 남자가 여기도 나타나고 다른 데도 나타나서 저를 살피는 이유는 도저히 모르겠어요."

클레넘 마님이 바닥으로 시선을 던지더니, 이제 막 눈앞에서 사라진 인물을 조금 전에 억세고 강인한 얼굴로 쳐다본 것처럼, 가만히 앉아서 속으로 곰곰이 생각했다. 그러다 깨어나서 딱딱한 자세를 되찾았다.

그러는 동안 작은 도릿은 나가려고 기다렸지만, 자신이 움직이면 마님이 방해를 받을까 두려웠다. 하지만 일어나서 그대로 서 있던 자리를 마침내 용기 내서 벗어나, 휠체어 옆을 조용히 지나다, 걸음을 멈추며 인사했다.

"안녕히 계세요, 마님."

클레넘 마님이 손을 내밀어서 작은 도릿 팔을 잡았다. 작은 도릿은 갑작스러운 손길이 당혹스러워서 그대로 선 채 머뭇거렸다. 마음속에 공주 이야기가 갑자기 떠오르는 느낌이었다.

"나한테 말해, 작은 도릿, 친한 사람이 많니?"

"거의 없어요, 마님. 바님 한 분, 그리고 플로라 아씨가 전부예요…… 그리고 한 분 더."

작은 도릿이 대답하자, 클레넘 마님이 손가락을 쭉 펴서 방문을 다시 가리키며 물었다.

"저 남자?"

"맙소사, 아니에요, 마님!"

"그렇다면 저 남자 친구?"

작은 도릿이 고개를 절레절레 저으며 대답했다.

"아니에요, 마님, 절대 아니에요! 저런 사람은 절대 아니에요. 부류가 완전히 달라요."

클레넘 마님이 미소 같은 걸 머금으며 말했다.

"으음! 하기야 내가 신경 쓸 문제는 아니겠지. 내가 물은 건 너한테 관심이 있기 때문이고, 너를 도와줄 사람이 아무도 없을 때 내가 도와준다고 믿기 때문이야. 아니니?"

"맞아요, 마님. 정말이에요. 여기에 수없이 왔지만, 마님이 저한테 일거리를 안 주셨다면 우리는 모든 점에서 아주 힘들었을 거예요."

클레넘 마님이 시계를, 죽은 남편이 차던 시계를, 탁자에 언제나 놓여있는 시계를 쳐다보며 물었다.

"우리라. 식구가 많니?"

"아버지와 제가 전부예요, 지금은. 제 말은 우리가 버는 돈으로 아버지와 제가 살아간다는 뜻이에요."

"그동안 힘들게 살았니? 너랑 아버지, 또 누가 있니?"

클레넘 마님이 신중한 어투로 물었다. 그러면서도 시계를 보고 또 보며 깊은 생각에 잠겼다.

"먹고사는 게 정말 힘들 때도 잦았어요. 하지만 많은 사람이 그런 것보다 더 힘든 건 아니었던 것 같아요."

작은 도릿이 대답했다. 수줍은 어투에 불평하는 느낌은 조금도 없는,

부드러운 목소리였다.

클레넘 마님이 재빨리 대답했다.

"좋은 말이군! 그게 진실이야! 너는 착하고 사려가 깊어. 고마워할 줄도 알고, 아니라면 내가 너를 크게 잘못 본 거고."

"그러는 게 자연스러우니까요. 그런다 해서 특별히 좋은 건 없거든요. 저는 정말 그래요."

작은 도릿이 대답하자, 클레넘 마님은 애프리로서는 마님한테 그런 능력이 있다고 꿈도 꾸지 못할 정도로 다정하게 조그만 침모 얼굴을 잡아당겨서 그 이마에 뽀뽀했다. 그리고 말했다.

"그만 가렴, 작은 도릿, 안 그러면 늦겠어, 불쌍한 것."

애프리가 비밀을 밝히려고 처음 뛰어든 뒤로 수많은 꿈을 꾸었지만 이보다 놀라운 꿈은 없었다. 다음에는 또 다른 똑똑한 사람이 도릿한테 뽀뽀하다, 급기야 똑똑한 두 사람이 서로를 껴안고 인류를 사랑하는 마음으로 눈물을 흘리는 모습마저 보일 것 같다는 생각에 머리가 지끈지끈 아팠다. 간담이 서늘한 나머지, 애프리는 가벼운 발걸음을 쫓아서 계단을 내려가다, 현관문을 꼭 닫아야 하겠다는 생각마저 떠올렸다.

그런데 작은 도릿이 나가도록 현관문을 여는 순간, 애프리 눈앞에 팽스가 보였다. 갈 길을 가는 대신, 어느 곳도 여기처럼 훌륭하지 않으며 재미난 일도 없다는 듯 조마조마한 표정으로 앞마당을 오르내리고 있었다. 그러다 작은 도릿을 보는 순간, 그 옆을 재빨리 지나치며 자기 콧구멍에 손가락을 댄 채 (애프리가 또렷이 듣는 앞에서) "집시, 팽스, 점쟁이"라고 말하면서 멀어지고, 애프리는 절로 한탄했다.

"맙소사, 이세 집시에 점생이까지! 다음엔 또 뭐야!"

애프리는 불가해한 현상에 마음이 흔들려, 비가 내리고 천둥 치는 초저녁인데도 열린 현관문 앞에 멀뚱히 섰다. 먹구름은 빠르게 날고 바람은 돌풍으로 몰아쳐, 근처에 느슨하게 망가진 덧문을 쾅쾅 때리고, 굴뚝의 녹슨 갓과 풍향계를 빙글빙글 돌리고, 인근에 담을 둘러친 공동묘지로 몰아치고 또 몰아치는 게, 죽은 사람을 불러내려는 것 같았다. 하늘 곳곳에서 동시에 울리는 나지막한 천둥소리는 신성을 모독하려는 시도에 복수를 다짐하면서 '그냥 쉬게 놔둬! 그냥 쉬게 놔둬!'라고 떠들어대는 것 같았다.

애프리는 천둥과 번개도 무섭지만 초자연적인 어둠이 너무 일찍 깃든 유령 집도 무서운 건 똑같은 터라, 안으로 들어갈지 말지 결정을 못 하고 망설이는데, 돌풍이 갑자기 몰아치면서 현관문을 쾅! 닫는 식으로 문제가 해결되었다. 애프리는 너무나 무서운 꿈에 맞닥뜨려 두 손을 쥐어짜며 울부짖었다.

"이제 어떡해, 이제 어떡해! 집에는 마님 한 명만 계시니, 계단을 내려와서 문을 열어줄 수 없는 건 공동묘지에 묻힌 사람이랑 다를 바 없다고!"

진퇴양난에 빠져, 애프리는 앞치마를 두건처럼 써서 빗물을 막은 채 담으로 둘러친 안마당을 이리저리 뛰어다녔다. 그러다 몸을 구부려서 현관문 열쇠 구멍을 눈으로 열 것처럼 들여다본 이유가 무언지는 모르겠지만, 사실, 이런 상황에 부닥치면 누구라도 그럴 수밖에 없으니, 그건 애프리도 마찬가지였다.

이런 자세에서 애프리는 화들짝 놀라며 억눌린 비명을 내질렀다. 어깨에 무언가 닿는 느낌이었다. 손길이었다, 그것도 남자 손길.

사내는 모피를 둘러친 보병 모자에 망토를 걸친 여행자 옷차림이었다. 외국인처럼 보였다. 머리숱과 콧수염은 – 털북숭이 끝부분만 빨간 기운이 감돌 뿐 하나같이 새까맣게 – 짙으며 매부리코는 오뚝했다.

깜짝 놀라서 비명을 내지르는 애프리를 사내가 쳐다보며 웃었다. 그 순간 콧수염은 코 밑으로 내려가고, 코는 콧수염 위로 올라왔다.

"왜 그러시오? 뭐가 그리 무섭소?"

사내가 평범한 영어로 묻자, 애프리가 숨을 헐떡이며 대답했다.

"당신."

"내가요, 부인?"

"음침한 초저녁도…… 다른 모든 것도. 그리고 여기! 바람이 몰아쳐서 문이 닫혀, 안으로 들어갈 수 없는 것도."

애프리가 대답하자, 남자는 아무렇지 않게 받아들이며 말했다.

"하! 그렇군! 클레넘이란 사람이 근처 어디에 사는지 아시오?"

갑작스러운 질문에 애프리는 깜짝 놀라서 두 손을 다시 쥐어짜며 소리쳤다.

"맙소사, 당연히 알겠지요, 당연히 알겠지요!"

"어디에 사나요?"

사내가 묻는 말에, 애프리는 열쇠 구멍을 다시 들여다보며 소리쳤다.

"어디냐니! 이 집 말고 어디겠어요? 그런데 방에 마님 혼자 있는데, 사지를 못 써서 스스로는 물론 나를 도울 수도 없고, 다른 똑똑한 사람은 나갔다고요."

애프리는 불길한 생각이 몰려드는 바람에 미친 듯이 날뛰면서 소리쳤다.

"아, 하느님, 저를 용서하세요! 지금 당장 머리가 돌아버린다면!"

사내는 자신도 관계된 문제를 자세히 보려고 뒤로 한 발짝 물러나서 건물을 살피다, 현관문 근처 조그만 방 길고 좁은 창문에 시선이 꽂혔다. 그러더니 애프리가 계속 쳐다볼 수밖에 없는 미소를 묘하게 흘리며 물었다.

"사지를 못 움직인다는 분은 어디에 있소, 부인?"

"저 위! 창문 두 개가 있는 방."

"하! 나는 체구가 적절하지만 사다리가 없으면 저 방으로 올라가는 영광을 누릴 순 없겠군. 좋소, 부인, 솔직히 - 솔직함은 내 천성이니 - 내가 저 문을 열어드릴까?"

"네, 제발요, 선생님, 소중한 마님을 생각해서 당장 그리 해주세요. 지금 이 순간에 마님이 나를 부를 수도 있고, 몸에 불이 붙어서 타죽을 수도 있고, 무슨 일이 일어날지 모르는데, 그 생각만 하면 머리가 돌아 버리겠어요!"

애프리가 사정하자, 사내는 하얗고 부드러운 손으로 상대를 달래며 물었다.

"진정하세요, 착하신 부인! 오늘은 업무 시간이 끝났지요?"

"네, 네, 네. 한참 전에."

"그렇다면 내가 공평한 제안을 하나 하겠소. 공평함은 내 천성이라오. 부인도 보다시피 나는 정기여객선에서 이제 막 내렸소."

사내가 축축하게 젖은 망토와 빗물이 흠뻑 스며든 장화를 보여주었다. 사실, 애프리도 사내 머리가 거친 항해를 한 것처럼 헝클어지고 안색이 나쁜 데다, 말을 할 때는 추워서 이가 딱딱 부딪치는 것까지 살펴본 터였다.

"나는 정기여객선에서 이제 막 내렸는데, 부인, 날씨가 나빠서 연착했다오. 지랄 맞을 날씨 같으니! 그래서, 부인, 업무 시간에 여기에서 벌써 처리했어야 할 비즈니스가 있는데(돈과 관련된 비즈니스라서 아주 중요한데), 아직 처리를 못 한 상태라오. 그러니 내가 문을 열어주는 대가로 입무를 처리할 권한이 있는 사람을 당장 데려온다면, 내가 문을 열겠소. 행여나 이런 거래가 못마땅하다면 나로서도……"

사내가 묘한 미소를 다시 흘리며 뒤로 물러나는 척했다.

애프리는 제안을 받아들이겠다고, 기꺼이 그러겠다고 대답했다. 그 즉시 사내는 망토를 들고 있으라 부탁하더니, 길고 좁은 창문으로 짧은 거리를 달리다 창턱으로 훌쩍 뛰어올라, 벽에 바싹 달라붙으며 오르다, 잠시 뒤에 한 손으로 창문을 잡고 올라갔다. 사내가 방 안으로 한 발을 내딛는 순간에 애프리를 돌아보는데, 그 눈빛이 너무나 사악한 나머지 애프리는 갑작스러운 냉기를 느꼈다. 사내가 위층으로 곧장 올라가서 꼼짝도 못 하는 마님을 죽이려 든다면 어떻게 막아야 할까 하는 생각이 절로 떠올랐다.

다행히도 사내는 그럴 목적이 없었다. 잠시 뒤에 현관문에 나타난 것이다. 그래서 망토를 돌려받아 몸에 홱 걸치면서 말했다.

"자, 착하신 부인, 이제 내 일을 도와주시면……맙소사, 저게 무슨 소리야!"

정말 이상한 소리였다. 공기가 흔들리는 걸 보면 바로 옆이 분명한데, 아주 멀리서 나는 소리처럼 가늘기도 했다. 부르르 떠는 소리, 덜거덕 소리, 무언가 조그만 물체가 떨어지는 소리.

"도대체 저게 무슨 소리요!"

사내가 묻고, 애프리는 사내 팔을 붙잡으며 대답했다.

"나도 모르겠지만 툭하면 들리고 또 들린다오."

애프리는 겁에 질려서 꿈결처럼 몽롱한 상태인데도, 사내 입술이 덜덜 떨리고 안색이 하얗게 변한 걸[119] 보고서 용감한 사람은 아니라고 생각했다. 하지만 사내는 가만히 듣다, 가볍게 무시하며 말했다.

"체! 아무것도 아니잖아! 자, 착하신 부인, 똑똑한 사람이 있다는

---

119) '안색이 하얗게 변한 것'과 '부르르 떠는 소리, 덜거덕 소리, 그리고 뭔가 조그만 물체가 떨어지는 소리'는 단두대 처형에 대한 사내의 두려움을 나타낸다.

얘기를 하셨는데, 이제 내가 그 천재를 만나게 해주겠소?"

사내가 한 손으로 문을 잡았다. 애프리가 말을 안 들으면 현관문을 그냥 닫겠다고 협박하는 것 같았다.

"현관문이랑 내 이야기는 조금도 하지 마세요."

애프리가 조그맣게 말하자, 사내가 대답했다.

"한마디도 않겠소."

"그리고 여기서 꼼짝도 마세요, 마님이 불러도 대답하지 말고, 내가 저 모서리 너머로 뛰어갔다 오는 동안."

"부인, 석상처럼 꼼짝도 않겠소."

애프리는 자신이 돌아서는 순간에 사내가 위층으로 살그머니 올라갈 것 같은 두려움이 너무나 큰 나머지, 그 눈앞에서 급히 사라지자마자 살그머니 돌아와서 사내를 살폈다. 그래서 사내가 어두운 집으로 들어가고 싶은 생각도 없고 수수께끼를 조사하고픈 마음도 없는 듯 바깥에 그대로 있는 걸 확인하고, 급히 달려가서 선술집 안으로 전갈을 보내니 예레미야가 곧바로 나왔다. 두 사람은 함께 돌아가서 - 애프리는 앞에서 걷고 예레미야는 뒤에서 쫓아오며 집에 도착하기 전에 달려들어 마구 흔들 수도 있겠다는 생각을 즐기다 - 어둠 속 똑같은 자리에 그대로 서 있는 사내를 확인하는데, 클레넘 마님이 자기 방에서 커다랗게 부르는 소리가 들렸다.

"거기 누구야? 무슨 일이야? 왜 아무도 대답이 없어? 누구야, 거기 밑에?"

30장. 신사가 한 말

애프리는 앞에서, 예레미야는 뒤에서 숨을 헐떡이며 황혼빛이 비치는 낡은 집 현관문으로 다가오는 순간, 낯선 사내가 깜짝 놀라서 뒤로 물러나며 소리쳤다.

"하느님 맙소사! 당신이 어떻게 여기까지 온 거야?"

예레미야 역시 낯선 사내만큼이나 깜짝 놀랐다. 너무 놀라서 퀭한 눈으로 쳐다보다, 행여나 누가 있는 건 아닌지 확인하려고 고개를 돌려서 뒤를 살피고, 상대가 무슨 말을 했는지조차 몰라서 말문이 막힌 채 낯선 인물을 다시 쳐다보고, 어떻게 된 건지 설명을 바라는 표정으로 마누라를 쳐다보다, 아무런 설명이 없자 마누라한테 달려들어서 마구 흔들어 머리에 쓴 모자를 떨어뜨린 채 속삭이듯 말했다.

"애프리, 마누라, 당신은 약을 먹어야 해, 마누라! 도대체 뭐하자는 짓이야! 이번에도 꿈을 꾸는 거야, 마누라. 이게 다 뭐야? 누구냐고? 지금 뭐하자는 거야! 당장 말해, 목을 조르기 전에! 둘 가운데 하나를 선택하라고."

그때 선택권이 있었다면 애프리는 목이 졸리는 쪽을 선택할 게 분명했다. 한마디도 대답하지 않은 건 물론, 맨머리가 앞뒤로 마구 흔들리

는 형벌을 그대로 감수했기 때문이다. 하지만 낯선 사내가 용감하게 모자를 집어 들며 끼어들었다. 그리고 예레미야 어깨에 한 손을 올려, 동작을 멈추고 피해자를 놓도록 하면서 말했다.

"고맙소. 실례하오. 재밌게 노는 모양을 보니 남편과 부인 사이였구려. 하하! 부부가 재밌게 노는 모습은 언제나 보기 좋지요. 잘 들어요! 저 위층 어둠 속에 갇힌 사람이 지금 여기서 무슨 일이 일어나는지 많이 궁금하지 않겠소?"

클레넘 마님이 소리친다는 사실을 이렇게 표현하자, 예레미야는 현관으로 재빨리 들어가서 계단 위에 대고 소리쳤다.

"아무 일 아니에요, 여기에 있어요, 애프리가 등불을 들고 올라갈 거예요."

그리고는 뒨통 당한 모습으로 모자를 쓰는 부인에게 "어서 꺼져, 위층으로 올라가!"라고 소리치고는, 낯선 사내를 쳐다보며 말했다.

"그래, 선생, 무슨 일로 찾아오셨소?"

"촛불이라도 있으면 좋겠다는 말이 귀찮게 들리지나 않을까 염려스럽군요."

"그렇군. 그러려던 참이었소. 촛불을 가져올 테니 잠깐만 기다리시오."

방문객은 문가에 선 채 고개를 살짝 돌려서 살피고, 예레미야는 어두운 집 안으로 들어서서 조그만 방으로 들어가, 성냥갑을 찾으려 손으로 더듬기 시작했다. 하지만 손에 잡히는 건 축축하게 젖었거나 못 쓰는 게 전부라, 성냥을 긋고 또 그어도 두 손에 희미한 반점을 뿌리고 얼굴만 희미하게 비추다 꺼질 뿐, 양초에 불을 붙일 정도는 아니었다. 낯선 사내는 얼굴이 간헐적으로 밝아지는 기회를 이용해, 그 얼굴을 열심히 쳐다보며 이상야릇한 표정을 떠올렸다. 예레미야는 마침내 양초에 불을 붙인 다음에 비로소, 상대 얼굴에서 음울하게 지켜보던 기색이 말끔히 사라지고 이상야릇한 표정에 의심스러운 미소가 번지는 걸 보고선 상대가 자신을 살펴보았다는 사실을 깨달았다. 그래서 예레미야 역시 미소를 머금는 상대를 매섭게 살피고 현관문을 닫으며 말했다.

"자, 사무실로 들어오시오……아무 일 없다고 했잖아요!"

애프리가 옆에 있는데도 만족할 수 없어, 위층에서 툭하면 일어나는 소리에 대답하느라 예레미야는 중간에 말이 툭툭 끊기다, 달래는 어투로 다시 말했다.

"아무 일 없다고 했잖아요! 저 여자를 잊지 마시오, 정신이 하나도 없는 사람이니!"

"겁도 많고요."

낯선 사내가 말하자, 예레미야는 양초를 들고 앞에서 걷다, 고개를 돌리며 반박했다.

"겁이 많아요? 사내 백 명 가운데 아흔 명보다는 용감하다오, 굳이 말하자면."

"그런데 사지를 못 움직여요?"

"사지를 못 움직인 건 오래되었다오. 클레넘 마님. 지금은 이 집에서 그 이름을 사용하는 유일한 인물. 내 동업자."

현관 복도를 지나가면서 예레미야는 밤에는 손님을 맞는 습관이 없는 터라 문을 계속 닫아둔다고 변명 투로 말하고는 자기 사무실로 안내하는데, 이제는 진짜 사무실 같은 모습이 꽤 그럴싸했다. 그는 사무실 책상에 양초를 내려놓고 얼굴을 잔뜩 찡그린 채 낯선 사내한테 물었다.

"무슨 일로 오셨소?"

"나는 블랑누아라 하오."

"블랑두아. 모르는 이름이군."

예레미야가 말하고, 상대 역시 다시 말했다.

"파리에서 추천서가 도착했을 수도 있다고 생각했는데……"

"블랑두아란 이름을 가진 인물에 관해 파리에서 보낸 추천서를 받은 적은 없소."

"없다고요?"

"그렇소."

예레미야는 평소에 제일 좋아하던 자세로 섰다. 블랑두아는 미소를 머금고 가슴주머니에 손을 넣으려고 망토를 젖히다 동작을 멈추고 번뜩이는 눈으로 웃으며 말하고, 예레미야는 그 모습을 보는 순간 두 눈이 너무 가까이 붙었다는 생각이 절로 들었다.

"당신은 내 친구랑 참 비슷하게 생겼구려! 어두운 곳에서는 실제로 똑같은 인물이라 여길 것 같은데 – 이건 내가 사과하겠으니, 사과를 받아주시오. 잘못을 기꺼이 인정하는 게 내 천성이니 말이오 – 지금 보니 완전히 똑같게 생긴 건 아니지만, 그래도 정말 똑같게 생겼구려."

상대 말에 예레미야는 심술궂게 대답했다.

"정말요? 하지만 나는 블랑두아라는 이름을 가진 사람에 대해 어디에서도 추천서를 받은 적이 없다오."

"그렇군요."

"그렇소."

블랑두아는 클레넘 상사와 거래하는 측에서 소홀하게 대해도 전혀 당황하지 않고, 가슴주머니에서 지갑을 꺼내고 편지 한 장을 꺼내더니 예레미야에게 건네며 말했다.

"아마 이걸 보면 필체를 알 수 있을 것이오. 이 편지가 있으니까 추천서를 따로 보낼 필요가 없다고 여겼을 수도 있소. 당신은 이런 걸 판단하는 능력이 나보다 훨씬 뛰어나오. 나로선 사업가가 아니라

세상에서 (멋대로) 부르는 신사가 된 게 안타까울 뿐이라오."

예레미야는 편지를 받아서 파리 날짜가 적힌 내용을 읽었다. "이 도시에 있는 우리 기업의 극히 소중한 거래처한테 블랑두아 선생을 소개하니" 등등. "이분이 요청하시는 시설과 이분이 보이시는 관심에 힘껏 배려하시길" 등등. "덧붙여서 강조할 사항은 블랑두아 선생이 발행하는 어음을, 가령 50파운드 정도를 귀하가 지급하신다면" 등등.

"좋소, 선생. 의자에 앉으시오. 우리 상사에서 도울 수 있는 거라면 - 우리는 한적한 곳에 있는 고리타분한 상사지만 사업을 꾸준히 하니, 선생 - 기꺼운 마음으로 최선을 다해서 돕겠소. 편지에 적힌 날짜를 보니 추천서가 아직 도착하지 않은 이유를 알겠소. 선생이 먼저 도착한 것 같으니 말이오."

예레미야가 말하자, 블랑두아가 하얀 손으로 매부리코를 쓸어내리며 대답했다.

"내가 머리와 위장을 고생시킨 대가로 추천서보다 먼저 왔군요. 지독한 날씨가 머리와 위장을 혐오스러울 정도로 고문했으니 말이오. 나를 보시면 알겠지만, 정기여객선에서 온갖 고통에 시달리다 육지에 내린 지 30분도 안 된다오. 여기에 몇 시간 전에 왔어야 마땅한데, 그러면 사과할 필요도 없을 텐데 - 부디 사과를 받아주시구려 - 엉뚱한 시간에 나타나서 깜짝 놀라게 한 것을 - 아니, 선생은 깜짝 놀라지 않았다고 하셨으니, 다시 하는 사과를 받아주시오 - 위층 침실에서 꼼짝을 못하는 존경스러운 클레넘 마님한테 말이오."

허세를 부리는 자세와 겸손한 척하는 자세가 꽤 그럴싸한 나머지, 예레미야는 상대가 신사 자격을 충분히 갖추었다는 생각을 벌써 하기 시작했다. 그렇다 해서 굽실대는 자세는 안 보인 채, 턱을 긁으면서

"오늘 밤은 업무시간이 지났으니 내가 블랑두아 선생께 무얼 해드리면 좋을까요?"라며 물었다.

신사는 망토를 어깨에 홱 걸치며 대답했다.

"맙소사! 나는 옷을 갈아입고 먹고 마시고 하룻밤 묵을 곳이 필요하다오. 나처럼 완벽한 이방인한테 좋은 곳을, 돈 문제에 관한 한 내일까지 완전히 무관심할 곳을 추천하시겠소? 가까울수록 좋소. 옆집도 좋고."

"귀하 같은 취향을 지닌 신사한테 적합한 호텔은 근처에 없으니……"

예레미야가 말하는데, 블랑두아가 손가락으로 딱 소리를 내서 시선을 끌며 끼어들었다.

"취향 얘기는 그만하시오, 선생. 세계인한테 특별한 취향은 없다오. 부족하나마 내가 신사라는 건 맞소! 부정하진 않겠소. 하지만 나는 아무런 편견이 없소. 깨끗한 방, 뜨거운 음식, 독이 조금도 안 든 포도주 한 병이 오늘 밤에 바라는 전부라오. 하지만 그것 때문에 불필요하게 이동하는 수고는 덜고 싶소."

예레미야는 끊임없이 번뜩이는 눈빛을 바라보면서 평소보다 심사숙고하다 말했다.

"근처에 커피하우스와 선술집이 있는데 그런대로 추천할 만하다오, 세련된 곳은 아닐지언정."

블랑두아가 손을 저으며 말했다.

"세련될 필요는 없소! 나를 그곳에 데려다주시오, 그래서 (너무 수고스럽지만 않다면) 그곳을 소개해주시오, 그러면 고맙겠소."

예레미야는 이 말을 듣자마자 모자를 찾고, 블랑두아가 현관 통로를 지나도록 다시 불을 비춰주었다. 그리고 낡고 까만 판자가 촛불끄개 역할을 하는 선반에 양초를 내려놓는 순간, 위층으로 올라가서 환자한테 5분 안에 돌아오겠다고 말해야 하겠다는 생각이 떠올랐다. 그래서 그렇게 말하자, 방문객이 제안했다.

“그럼 올라가시는 김에 내 명함을 건네주시면 고맙겠소. 덧붙여서, 클레넘 마님을 직접 뵙고 인사도 드리고 조용한 곳을 들썩인 걸 사과도 하고 싶소, 낯선 사람을 삼사 분 정도 만나도 괜찮다면 말입니다, 방문객이 옷을 갈아입고 먹고 마셔서 기운을 차린 다음에요.”

예레미야는 그대로 전달하고 돌아와서 말했다.

“마님께서 기꺼이 만나시겠답니다, 선생. 하지만 환자가 머무는 방에 볼만한 게 하나도 없다는 걸 고려하시어, 선생이 다시 생각하시고 제안을 거둔다 해도 탓하지 않겠다는 말씀도 같이 전하라 하셨습니다.”

“다시 생각하고 제안을 거둔다는 건 귀부인을 깔보는 처사고, 귀부인을 깔보는 건 여성에 대한 기사도 정신이 부족한 짓인데, 나는 여성에게 기사도 정신을 발휘하는 게 천성이라오!”

블랑두아는 용감하게 대답하고, 더러운 망토 자락을 어깨너머로 던지고 선술집으로 예레미야를 쫓아가다, 건물 바깥쪽 입구에서 여행가방을 지키며 기다리던 짐꾼을 만나서 데려갔다.

선술집은 내부 시설이 소박하고, 블랑두아는 끝없이 겸손했다. 너무나 겸손한 모습은 과부 여주인과 두 딸이 안내한 조그만 공간에 불편함을 가득 채우고, 블랑두아가 묵을 방으로 처음 제시한, 벽에 판자를 대고 나인볼 당구대가 있는 방도 마찬가지였다. 겸손한 모습에 딱 맞는 공간은 가족이 쓰는 아늑하면서도 아담한 거실밖에 없는 것 같아, 결국엔 그곳을 내주고 말았다. 블랑두아는 이 방에서 향기로운 속옷과 마른 옷으로 갈아입고 버리칼에 기름을 바르고 엄지손가락마다 커다란 반지를 끼우고 묵직한 시곗줄로 장식한 다음, 창가 의자에 축 늘어져서 양쪽 무릎을 끌어안은 채 저녁 식사를 기다리니, 그 모습은 (보석 장식만 빼면) 예전에 고약한 마르세유 지하감옥 쇠창살 아래 돌 선반에 누워서 아침 식사를 기다리던 모습과 무서울 정도로 똑같았다.

저녁을 탐욕스럽게 먹는 모습 역시 리고가 아침을 탐욕스럽게 먹는 모습과 너무나 똑같았다. 음식을 바로 옆에 탐욕스럽게 모아놓고 일부는 눈으로, 일부는 입으로 게걸스럽게 먹는 방식이 그랬다. 타인을 철저하게 무시하는 자세는 여성용 조그만 장난감을 이리저리 던지고, 제일 좋은 방석을 바닥에 던져서 장화 신은 발을 편히 올리고, 고운 담요를 커다란 몸뚱이와 새까만 머리로 짓이기는 모습으로 나타나니, 그 밑바닥에는 리고 특유의 잔인한 이기심이 그대로 있었다. 요리 접시 사이를 바쁘게 오가며 부드럽게 움직이는 두 손에는 쇠창살에 매달리던 두 손만큼 사악한 재능이 엿보였다. 더 먹을 수 없어, 가만히 앉아서 손가락을 하나씩 빤 다음에 천으로 닦아낼 때는, 그 천을 포도 잎사귀로만 바꾼다면 모든 그림이 완벽할 것 같았다.

더없이 사악한 미소를 머금을 때마다 턱수염이 올라가고 코가 내려오며, 두 눈동자는 불빛을 자연스럽게 반사하는 능력이 까맣게 염색하는 과정에서 사라진 것처럼 보이는 사내한테, 자연은 언제나 진실할 뿐 헛되이 움직이는 법이 없으니 '조심하라!'는 표시를 남겼다. 이 경고가 아무런 효과도 없다면, 그건 자연의 잘못이 아니다. 이런 일로 자연을 나무랄 수는 없으니 말이다.

블랑두아는 식사를 마치고 손가락을 닦은 뒤에 주머니에서 시가를 꺼내, 창가 의자에 다시 누워서 느긋하게 연기를 내뿜으니, 가느다란 입술은 연기를 가느다랗게 흘릴 때마다 이런 말을 중얼거렸다.

"블랑두아, 자네가 사회를 완전히 바꿔놓는 거야, 친구. 하하! 신성한 파랑,[120] 그래도 시작은 좋았어, 블랑두아! 위급한 상황에, 영어도 불어도 잘하니, 나는 많은 가문의 사랑을 독차지할 거야! 눈치는 빠르고, 유머는 좋고 느긋하며, 교묘하게 환심을 사고, 얼굴도 잘생겼어. 정말이지, 자네는 신사야! 신사로 살고, 친구, 신사로 죽을 거야. 게임이 어떻게 흘러가든 자네는 이기고. 모든 사람이 자네를 찬양할 거라고, 블랑두아. 자네는 슬프게도 자네를 부당하게 대우한 사회를 정복하고 말 거야, 진취적인 기상으로. 정말이야! 진취적인 기상은 자네의 권리며 천성이거든, 블랑두아!"

신사는 이렇게 달래듯 중얼거리면서 시가를 다 태우고 포도주 한 병을 다 마셨다. 그런 다음에 몸을 흔들어서 일어나 앉으며 "그렇다면 가만있어! 블랑두아, 똑똑한 친구, 자네는 빈틈이 없다고!"라면서 독백을 진지하게 마무리하고는 일어나서 클레넘 상사가 있는 건물로 다시 갔다.

현관문을 열어준 사람은 애프리로, 남편이 지시해서 현관 복도에 촛불 두 개, 계단에 촛불 하나까지 켜놓고, 블랑두아를 클레넘 마님 침실로 안내했다. 그곳에는 손님을 맞을 때 흔히 그러듯 다과를 준비하고 사람이 기다렸다. 대단한 행사치고 준비는 약소하나, 중국제 찻그릇 세트까지 내놓았다. 소박하고 칙칙한 천으로 침대를 덮는 이상으로 준비한 적은 없는데 말이다. 나머지는, 영구차 같은 소파에 커다란 판자를 올려놓고, 미망인 옷차림을 한 인물은 금방 처형당할 것처럼 앉아 있고, 축축한 재 무더기 위로 타오르는 불길, 재 무더기가 살짝 쌓인 벽난로 바닥, 주전자와 까만 염색약 냄새 등, 십오 년 동안 하나같이 똑같은 풍경이었다.

예레미야는 클레넘 상사에서 배려할 인물로 신사를 소개하고, 클레넘 마님은 편지를 앞에 내려놓고서 고개를 숙여 인사하며 의자에 앉으

---

120) 원문은 'Holy blue'다. 불어 'sacrebleu'를 직역한 것으로 '제기랄'이란 뜻이다.

라고 권했다. 두 사람은 서로를 자세히 쳐다보는데, 자연스러운 호기심이었다.

“나처럼 꼼짝도 못 하는 여자를 생각해주어서 고맙소, 선생. 사업 때문에 여기까지 올라오는 사람은 거의 없다오. 눈앞에서 사라진 인물을 기억하는 사람은 없으니 말이오. 하기야 기억하길 바라는 게 이상하겠지요. 눈앞에서 멀어지면 마음도 멀어지는 법이니. 하지만 이렇게 기억해주신 걸 고마워한다 해서, 세상이 돌아가는 원리를 원망하는 건 아니라오.”

블랑두아는 대단한 신사처럼, 이렇게 불편한 시각에 이렇게 불편하게 찾아와서 방해한 게 걱정스럽다. 이미 정중하게 사과했지만, 이름이 뭐였더라 – 이름을 잊어서 미안한데 – 이름을 기억하는 게 대단한 영광은 아니니……

“예레미아. 예레미아는 우리 상사에서 오랫동안 일했다오.”

블랑두아는 예레미아를 훌륭한 인물이라고 생각한다. 진심으로 존경하는 마음을 바치니, 예레미아가 부디 받아주시기 바란다.

“남편은 죽고 아들은 다른 일을 선택했으니, 우리 상사를 대표하는 인물은 최근에 예레미아밖에 없다오.”

클레넘 마님이 말하자, 신사가 무뚝뚝하게 물었다.

“마님은 무얼 하시고요? 마님은 사내 두 명보다 낫잖아요.”

클레넘 마님이 예레미아 쪽을 살짝 쳐다보며 대답했다.

“여성이라는 이유로 사업을 책임지고 추진할 수 없다오, 설사 나한테 능력이 있다고 해도. 그래서 예레미아가 내 지분과 자기 지분을 합쳐서 사업을 한다오. 사업은 예전 같지 않지만, 오랜 친구들이 (주로 이런 편지를 보내는 친구들이) 우리를 잊지 않는 친절을 베풀고, 우리는 그 친구들이 우리한테 맡기는 일을 지금껏 해온 대로 효율적으로 수행하는 능력을 발휘한다오. 하지만 선생은 이런 얘기에 관심이 없겠군. 영국인이시오, 선생?"

"맙소사, 마님, 아닙니다. 영국에서 태어나지도 성장하지도 않았습니다. 사실 나는 어느 나라 국적도 아닙니다."

블랑두아가 한쪽 다리를 쭉 펴서 톡톡 때리며 이어갔다.

"내 몸에는 여러 나라 피가 흐른답니다."

"그렇다면 세상을 많이 돌아다니셨소?"

"그렇습니다. 정말이지, 마님, 여기저기 세상 모든 곳을 돌아다녔답니다!"

"굴레가 없나 보군. 결혼했소?"

클레넘 부인이 묻자, 블랑두아가 눈썹을 흉측하게 내리깔면서 대답했다.

"마님, 나는 여성을 숭배하지만, 결혼은 안 했습니다, 현재도 과거에도."

애프리는 탁자 바로 옆에서 차를 따르며 이렇게 말하는 상대를 꿈결 같은 느낌으로 우연히 쳐다보다, 그 눈에 어린 표정을 본 것 같은데, 관심이 끌린 나머지 시선을 떼어낼 수 없었다. 그래서 찻주전자를 손에 든 채 계속 쳐다보니, 애프리 자신만 불편한 게 아니라 블랑두아도 당연히 불편하고, 두 사람 때문에 클레넘 마님과 예레미야도 불편할 수밖에 없었다. 그래서 유령 같은 순간이 잇따르고, 네 사람은 아무런 이유도 모른 채 하나같이 어리둥절한 상태로 서로를 물끄러미 쳐다보았다. 그러다 마님이 입을 열었다.

"애프리, 왜 그래?"

"모르겠어요. 저 때문이 아니에요. 저 사람 때문이에요."

애프리가 말하면서 자유로운 왼손을 쭉 뻗어서 손님을 가리키자,

블랑두아는 얼굴이 하얗게 질리다 빨갛게 달아올라 끔찍하게 분노한 기색을 드러내는데, 그에 비해 목소리는 놀라울 정도로 가느다랗게 중얼거렸다.

"훌륭한 부인이 저러는 행동을 어떻게 이해해야 할까요?"

예레미야가 애프리 쪽으로 눈살을 찡그리며 대답했다.

"이해할 수 없지요. 저 여자는 자신이 무슨 말을 하는지도 모른답니다. 바보 멍청이에 정신이 오락가락하지요. 약을 먹어야 한답니다, 아주 많이!"

그러더니 애프리 귀에 대고 덧붙였다.

"어서 꺼져, 여편네야. 어서 꺼지라고, 정신이 있을 때, 온몸이 흔들려서 잔뜩 발효되기 전에."

애프리는 자신이 위험하다는 사실을 깨닫고 남편이 움켜잡은 찻주전자를 놓은 채, 앞치마를 머리에 뒤집어쓰고 순식간에 사라졌다. 손님은 미소를 조금씩 머금다, 자리에 다시 앉고, 예레미야는 차를 따라주면서 사과했다.

"저 여자를 용서하시오, 블랑두아 선생. 몸이 약해서 정신이 오락가락한다오. 정말이라오. 설탕을 치시겠소, 선생?"

"고맙지만, 차는 됐습니다⋯⋯ 내가 살펴봐도 괜찮을지 모르겠는데, 시계가 참 훌륭하네요!"

차 탁자를 소파 앞으로 당긴 상태라서 클레넘 마님 전용 탁자와 간격이 좁았다. 블랑두아는 (마님이 먹을 토스트는 이미 거기에 있으니) 마님한테 차를 건네려고 용감하게 일어나서 찻잔을 마님이 편하게 잡을 곳에 놓다, 마님 앞에 언제나 놓여있는 시계에 관심이 끌린 거다. 클레넘 마님이 갑자기 고개를 들어서 상대를 쳐다보았다.

"살펴봐도 되겠습니까? 고맙습니다."

블랑두아가 시계를 집으며 계속 말했다.

"고풍스러운 시계가 멋있군요. 사용하기에는 무겁지만 묵직한 게 진품이네요. 나는 무어든 진품을 특별히 좋아한답니다. 나 자신이 진품이거든요. 하! 고풍스러운 상자가 두 개[121]나 되는 신사용 시계라. 겉 상자에서 이걸 꺼내도 되겠습니까? 고맙습니다. 오래된 비단 안감에 구슬로 장식했군요! 네덜란드와 벨기에 노인들 사이에서 이런 상자를 많이 보았답니다. 진귀한 물건이지요!"

"상자도 오래된 거랍니다."

"그렇군요. 하지만 시계만큼 오래된 건 아니겠지요?"

"그럴 겁니다."

클레넘 마님이 대답하자, 블랑두아가 다시 독특하게 웃는 얼굴로 힐끗 쳐다보며 감탄했다.

"복잡한 암호가 놀랍네요! 디엔에프(D. N. F.)? 어떤 식으로도 해석할 수 있겠어요."

"머리글자라오."

이러는 내내 예레미아는 찻잔을 손에 들고 입을 벌려서 마실 준비를 한 채 동작을 멈추고 물끄러미 바라보다 이제 비로소 마시기 시작했다. 차를 입에 모두 넣은 다음에 단숨에 꿀꺽 삼키고, 침착하게 찻잔을 다시 채우는 식이었다.

블랑두아가 상자를 다시 덥석 집으면서 말했다.

"디엔에프는 다정하고 사랑스럽고 매혹적인 여성이 분명하니, 나는 그 여인을 찬미합니다. 마음의 평화에 방해가 되는데도 나는 너무 쉽게 찬미한답니다. 나쁜 습관일 수도 있고 좋은 습관일 수도 있지만, 여성의 아름다움과 매력을 찬미하는 건 내 천성이랍니다, 마님."

---

121) 겉 상자는 장식이 정교하고 화려한 반면에 속 상자는 비교적 평범할 때가 많다.

예레미아는 어느덧 차를 한 잔 더 따랐는데 꿀꺽 삼키기 전에 두 눈으로 클레넘 마님을 쳐다보고, 클레넘 마님은 블랑두아에게 대답했다.

"이 집에서는 사랑 같은 걸 모른답니다, 선생. 그 글자는 사람 이름을 의미하는 머리글자가 아니고요."

"좌우명인가요?"

블랑두아가 별생각 없이 물었다.

"문장이랍니다. 잊지 말라(Do Not Forget)는 문장의 머리글자!"

클레넘 마님이 대답하자, 블랑두아는 시계를 제자리에 돌려놓고 자기 자리로 뒷걸음질 치며 말했다.

"그렇다면 당연히 마님은 잊지 않겠군요."

예레미아는 차를 마저 마시면서 지금까지 그런 것보다 오랫동안 꿀꺽대다, 새로운 상황에 맞닥뜨려 다시 동작을 멈췄다. 말하자면, 머리를 뒤로 젖히고 찻잔을 입술에 댄 상태로 클레넘 마님을 바라본 것이다. 클레넘 마님은 힘이 가득한 얼굴로, 그래서 단호함이나 완고함을 잔뜩 끌어모은 분위기로, 다른 사람이라면 몸짓이나 행동으로 보여줄 걸 얼굴로 보여주며, 신중하면서도 강인하게 대답했다.

"그렇소, 선생, 나는 잊지 않소. 나처럼 단조로운 삶을 오랜 세월 살다 보면 잘 안 잊힌다오. 스스로 교정하는 삶을 사는 터라 잘 안 잊히기도 하고. (우리 모두, 모든 인간이, 아담의 자식 전체가 잘못을 저지르니) 속죄할 잘못이 있고 이룩할 평화가 있다는 걸 느낀다면 잊고자 하는 갈망은 옳지 않다오. 따라서 나는 오래전에 포기했으니, 잊지도 않고 잊고 싶은 갈망도 없다오."

예레미아는 찻잔 바닥에 가라앉은 침전물을 빙글빙글 돌리며 흔들다 꿀꺽 삼키고는 찻잔을 쟁반에 내려놓은 다음, 블랑두아에게 시선을 돌리는 게 당신은 어떻게 생각하느냐고 묻는 것 같았다.

블랑두아는 더없이 매끈하게 고개를 숙여서 인사하고 하얀 손을 가슴에 댄 채 말했다.

"'자연스럽다'는 말로 모두 표현할 수 있으니, 나는 그 말을 사용할 만큼 충분히 이해하고 식별한다는 게 자랑스럽답니다. 식별할 수 없다면 블랑두아가 아니지요."

"행여나 내가 의심하더라도 양해하시오, 선생, 재미있고 즐겁고 예의 바른 신사가, 구애하고 구애받는데 익숙한 신사가……"

"맙소사, 마님!"

"그런 신사가 이렇게 살아가는 나를 충분히 이해할 가능성을 의심하더라도 양해하시오. (선생은 선생 길을 가고 결과는 스스로 책임지니) 선생한테 원칙을 강요하는 대신……"

클레넘 마님이 앞에 쌓인 딱딱한 장부를 쳐다보며 이어갔다.

"이렇게 말하겠소, 나는 길잡이들에 – 엄격하게 검증받아 믿음직한 길잡이들에 – 인도받는다고, 그 길을 따라가는 한 나는 절대로 파멸당하지 않으며, 저 세 글자가 전하는 경고에 소홀했다면 지금의 절반도 단련되지 않았을 거라고."

안 보이는 상대한테 논박할 기회를 움켜잡는 클레넘 마님의 능력이 정말 신기했다. 탁월한 감각으로 자신을 그리고 자신의 속임수를 늘 바라보기 때문인 것 같았다.

"건강하고 자유롭게 살 때 내가 무지했다는 걸 잊는다면 지금 내가 겪는 저주받은 삶에 불만을 품을 수도 있겠지요. 하지만 나는 절대로 불평하지 않으며 불평한 적도 없다오. 이 공간이, 지구가, 그 흙으로 만들어낸 피조물에 슬프고 힘들고 캄캄한 시련만 가득한 공간이 될 수밖에 없다는 사실을 잊는다면, 무상한 현실을 약간은 다정하게 받아들일 수도 있겠지요. 하지만 나는 다정하지 않다오. 우리가, 모든 인간이 이 세상에서 실현되어야 하는 분노의 대상이라는 (그 대상이 되는 게 너무나 당연하다는) 사실을, 거기에 저항하는 건 무의미하다는 사실을 내가 모른다면, 나 자신은 이 방에 갇힌 반면에 다른 수많은 사람은 저 현관문 너머를 오간다는 사실에 불만을 품을 수도 있겠지요. 그러나 나는 지금 여기서 하는 일에 만족하고, 여기서 확실한 깨달음을 얻고, 여기서 지금껏 해낸 일을 하도록 선택된 걸 은총이며 은혜로 받아들인다오. 그렇지 않다면 이렇게 고통스럽게 사는 건 아무런 의미가 없겠지요. 따라서 나는 지금도 나중에도 무엇 하나 안 잊을 거라오. 따라서 지금 나는 지극히 만족하며, 다른 수백만 명보다 훨씬 좋은 처지[122]라 할 수 있다오."

클레넘 마님은 이렇게 말하면서 조그만 탁자에 놓인 시계로 한 손을 올려, 시계가 늘 차지하던 자리로 정확하게 옮겼다. 그런 뒤에 가만히 앉아서 만지작대며 반쯤 도전적인 시선으로 시계를 집요하게 바라보았다.

이렇게 설명하는 동안, 블랑두아는 클레넘 마님한테 시선을 고정한 채 두 손으로 콧수염을 쓰다듬으며 깊이 생각하는 표정으로 열심히 들었다. 예레미아는 살짝 조바심내며 꾸준히 바라보다, 이제 비로소 끼어들었다.

"자, 자, 자! 경건하게 잘 말씀하셨으니, 클레넘 마님, 이제 충분히 이해했습니다. 하지만 블랑두아 선생은 경건한 유형이 아닌 것 같습니다."

이 말을 듣는 순간, 블랑두아가 손가락으로 딱 소리를 내며 반발했다.

"아니오, 선생! 미안하지만, 경건한 건 내 천성이요. 나는 예민하고

122) '선택받은 자만이 하느님의 은총으로 구원받는다'는 칼뱅주의 교리다.

열렬하고 성실하며 상상력이 풍부하다오. 예민하고 열렬하고 성실하며 상상력이 풍부한 사람은, 예레미야 선생, 당연히 경건할 수밖에 없다오!"

별 볼 일 없는 인간일지 모른다는 의심이 예레미야 얼굴에 피어오르는 가운데, 블랑두아는 의자에서 으스대며 일어나 (유형이 비슷한 인간이라면 누구나 그렇듯, 차이가 눈에 안 띌 때도 자주 있지만, 어떤 행동을 하든 지나친 게 블랑두아의 천성이니) 작별 인사를 하러 클레넘 마님한테 다가갔다. 그러자 클레넘 마님이 말했다.

"그대 눈에는 늙고 병든 여자가 이기적으로 구는 것처럼 보이겠지만, 선생, 내가 불편한 처지와 나 자신을 주제로 말한 건, 사실 그대가 그쪽으로 화제를 끌어갔기 때문이오. 나를 찾아오실 만큼 인정을 베푸셨으니, 그것 역시 가볍게 넘기는 인정을 베푸시길 바라오. 나한테 뽀뽀하지는 마시오."

블랑두아가 금방이라도 뽀뽀할 것 같아서 한 말이었다.

"예레미야가 그대를 기꺼이 도와줄 테니 런던에 머무는 동안 편히 지내시길 바라겠소."

블랑두아는 고맙다 말하고 자기 손에 뽀뽀해서 키스를 여러 차례 날리다, 방문으로 다가가는 순간에 사방을 둘러보며 활기가 넘치는 표정으로 감탄했다.

"정말 오래된 방이로군요. 대화에 흠뻑 빠져드느라 미처 둘러보질 못했네요. 진짜 오래된 방이로군요."

"진짜 오래된 건물이지요. 허례허식은 어디에도 없는 고택."

클레넘 마님이 대답하며 딱딱한 미소를 머금자, 손님이 감탄했다.

"대단하군요! 밖으로 나가는 길에 예레미야 선생이 방을 하나씩 구경시켜주는 친절을 베푸신다면 나로선 더없이 기쁘겠소. 나는 오래된 저택을 정말 좋아한답니다. 좋아하는 건 많지만, 고택만큼 좋아하는 건 없다오. 다양한 모습에 깃든 고풍스러움을 유심히 살피는 취미가 있답니다. 나 자신이 고풍스럽다는 평가를 들을 정도로. 고풍스러운 게 장점은 아니지만 – 나한테 대단한 장점은 많지만 – 그럴 수도 있다는 겁니다. 공감, 공감을 하세요!"

"미리 말씀드리지만, 블랑두아 선생, 방마다 지저분하고 황량할 뿐, 굳이 구경할 가치는 없답니다."

예레미야가 말하면서 촛불을 집어 들었다. 하지만 블랑두아는 상대 등을 다정하게 툭 때리면서 웃는 게 전부였다. 그런 다음, 클레넘 마님한테 손으로 키스를 다시 날리고, 두 사람은 밖으로 나오고, 층계참에서 예레미야가 물었다.

"저 위로 올라갈 마음은 없겠지요?"

"정 반대라오, 예레미야 선생. 선생만 피곤하지 않다면 기꺼이 부탁하리다!"

그래서 예레미야는 계단을 꾸역꾸역 올라가고, 블랑두아는 뒤를 바싹 따랐다. 이윽고 클레넘이 돌아온 첫날 밤에 묵은 커다란 다락방 침실로 올라서자 예레미야는 방을 보여주며 말했다.

"자, 블랑두아 선생! 올라와서 구경할 만한 가치가 있다고 여기길 바라겠소. 솔직히 말해서 나는 아니니."

블랑두아가 너무나 좋아해서 두 사람은 다른 다락방과 복도까지 구경하고 계단을 다시 내려왔다. 이즈음에 예레미야는 어떤 방이든 손님이 홱 둘러보고 나서 방을 구경하는 게 아니라 예레미야 자신만 열심히 쳐다본다는 사실을 깨달았다. 머릿속으로 이렇게 생각하고는 한 번 더 시험하려고 계단에서 갑자기 뒤를 돌아보았다. 그와 동시에 서로 시선이 마주치고, 상대 눈동자에 서로 시선이 꽂히는 순간, 블랑두아는 코와 콧수염을 흉측하게 움직이며 웃었다. 클레넘 마님 침실을 떠난 뒤로 비슷한 상황에 부닥칠 때마다 떠올리던, 악마처럼 조용한 웃음이었다.

예레미야는 손님보다 키가 작아, 위에서 기분 나쁘게 내려다보이는 신체적 약점이 있는데, 계단을 먼저 내려가느라 키가 상대보다 한두 계단 더 줄어드는 바람에 약점이 배가 되었다. 그래서 약점이 사라질 때까지 뒤를 돌아보는 걸 미룬 채, 고 클레넘 선생 침실로 들어서는 순간에 갑자기 고개를 돌려, 변함없이 쳐다본다는 사실을 확인하고, 상대는 빙그레 웃으며 감탄했다.

"훌륭한 고택이로군요. 신비로워요. 귀신이 나오는 소리를 들은 적은 있나요?"

"없소."

"귀신을 본 적도 없나요?"

예레미야는 얼굴을 잔뜩 찡그리며 대답했다.

"없소, 그렇게 보이는 것도 그런 이름을 붙일만한 것도."

"하하! 여기에 초상화가 있군요."

(여전히 예레미야만 쳐다보는 모습은 블랑두아 자신이 초상화 같았다.)

"그렇소, 선생, 초상화요."

"누구 초상화인지 물어도 될까요, 예레미야 선생?"

"돌아가신 클레넘 나리. 마님 남편."

"훌륭한 시계를 지니고 계셨던 주인이요?"

예레미야는 초상화를 쳐다보다 다시 고개를 돌려, 상대가 똑같은 표정으로 웃으면서 여전히 자신만 쳐다본다는 걸 또 확인했다. 그리고는 가시 돋친 어투로 대답했다.

"그렇소, 블랑두아 선생. 그분 시계였고, 그 전에는 그분 삼촌 시계였고, 그 전에는 누구 소유였는지 아무도 모른다오. 이게 당신한테 대답할 수 있는 전부라오."

"성격이 매우 강하더군요, 예레미아 선생, 저 위층에 있는 우리 친구는."

예레미아는 대화하는 내내 그랬듯, 나사가 풀린 기계처럼 다시 고개를 돌렸다. 상대가 조금도 안 변하는 탓에 자신이라도 살짝 물러서야 한다는 느낌을 받았기 때문이다.

"그렇소, 선생. 클레넘 마님은 놀라운 여인이라오. 참을성이 대단하지요 – 불굴의 정신도 대단하고."

"두 분이 행복했겠어요."

블랑두아가 말하자, 예레미아가 다시 쳐다보며 물었다.

"누가요?"

블랑두아는 환자가 있는 방을 가리키며 오른손 집게손가락을 흔들고, 초상화를 가리키며 왼손 집게손가락을 흔들더니, 두 손을 허리춤에 대고 두 발을 벌린 채 가만히 서서 코를 내리고 콧수염을 올려서 웃으며 예레미아를 내려다보았다.

"다른 부부가 그런 만큼 행복했겠지요. 하지만 나는 모르니, 뭐라고 말할 수 없구려. 어떤 가정이든 비밀은 있는 법이니."

예레미아가 말하는 순간, 블랑두아가 감탄했다.

"비밀! 다시 말해보시오, 친구."

블랑두아가 갑자기 가슴을 부풀리는 바람에 예레미아는 잔뜩 불어난 가슴에 얼굴을 부닥칠 뻔하며 대답했다.

"어떤 가정이든 비밀은 있는 법이라고 했소."

상대는 두 손으로 예레미아 어깨를 찰싹 때리고 그 어깨를 앞뒤로 흔들며 감탄했다.

"그거요. 하하! 선생 말이 맞소. 바로 그거요! 비밀! 신성한 파랑! 어떤 가정이든 악마 같은 비밀이 있는 법이라오, 예레미야 선생!"

그리고는 자신이 한 농담으로 예레미야를 친구처럼 재밌게 엮으려는 듯 상대 어깨를 두 손으로 다시 여러 차례 찰싹 때린 다음, 두 팔을 공중으로 뻗고 머리를 뒤로 젖히더니, 머리 뒤로 손깍지를 끼고는 폭소를 터트렸다. 예레미야가 얼굴을 다시 찡그리는 건 아무런 소용이 없으니, 블랑두아는 웃고 싶은 만큼 충분히 웃은 다음에 말했다.

"그런데, 촛불을 잠시만 빌려주시오. 놀라운 마님의 남편을 자세히 살펴봅시다."

블랑두아가 촛불을 넘겨받아 팔을 쭉 뻗었다.

"하! 여기에도 단호한 표정이 어렸군. 하지만 성격은 달라. '잊지 말라'고 말하는 것 같아, 안 그렇소, 예레미야 선생? 맙소사, 선생, 정말 그렇게 말하잖소!"

블랑두아는 촛불을 건네면서 예레미야를 한 번 더 쳐다보고는 현관 복도로 느긋하게 들어서며, 정말 매혹적인 고택이라고, 이렇게 훌륭한 고택을 둘러볼 기쁨은 백 파운드를 준다 해도 포기할 수 없다고 선언했다.

블랑두아로서는 독특한 자유를 즐기는 사이에 태도가 크게 변할 수밖에 없으니, 처음보다 거칠고 천박하며, 그만큼 더 무례하고 폭력적으로 행동하는 동안, 예레미야는 얼굴에 가죽을 깔고서 아무런 변화도 안 드러낸 채 원래 모습을 유지했다. 하찮은 현상에 너무 오랫동안 매달리는 자세가 이상해, 친구처럼 다정하게 구는 모습까지 차분하게 외면할 뿐이었다. 현관 복도 한쪽 옆 조그만 사무실로 다시 안내한 다음, 예레미야는 블랑두아를 쳐다보며 차분하게 말했다.

"만족스럽게 구경했다니 다행이오, 선생. 나는 기대조차 안 했는데, 선생 기분이 아주 좋아 보이는구려."

"최고라오. 맹세하는데, 기분이 이보다 상쾌한 적은 없다오! 어떤 예감이 안 드시오, 예레미야 선생?"

"무슨 말인지 모르겠구려, 선생."

"가령, 뭔지 모르긴 해도 좋은 일이 일어날 것 같은 예감 말이오, 예레미야 선생."

"당장으로선 그런 예감이 든다고 말하긴 어렵구려. 나중에 그런 예감이 든다면 선생께 말하리다."

"지금 나는, 나는 오늘 밤, 친구, 우리가 좋은 사이가 되리라는 예감이 든다오. 선생은 아직도 그런 예감이 안 드시오?"

블랑두아가 묻자, 예레미야가 신중하게 자문하며 대답했다.

"그-그렇소. 그런다고 말할 수 없구려."

"나는 우리가 매우 가까운 사이가 되리라는 강력한 예감이 든다오. 선생은 그런 예감이 아직 안 드시오?"

"아직은요."

예레미야가 대답하자, 블랑두아는 상대 어깨를 다시 잡고 조금 전처럼 흥겹게 살짝 흔들더니 그 팔을 당겨서 자기 팔에 팔짱을 끼우고, 소중한 친구를 오랜만에 만난 것처럼, 숙소로 함께 가서 포도주를 들이 마시자고 초대했다.

예레미야는 조금도 안 망설인 채 초대를 받아들이니, 두 사람은 여행객이 묵는 숙소로 가느라, 저물녘부터 창문과 지붕과 인도로 우두둑 떨어지는 폭우를 뚫어야 했다. 천둥과 번개는 예전에 멈췄지만, 비는 여전히 사나웠다. 숙소에 도착하는 즉시, 블랑두아는 포도주를 당당하게 주문하고, (아름다운 물건은 무어든 끌어다 깔고 뭉개서 고상한 몸뚱이를 편하게 하며) 창가 의자에 앉아서 꽈리를 트는 동안, 예레미야는 두 사람 사이에 있는 탁자 맞은편 의자에 앉았다. 블랑두아는 그 집에서 제일 커다란 잔으로 마시자 제안하고, 예레미야는 기꺼이 받아들였다. 커다란 잔에 포도주를 가득 따르고, 블랑두아는 술을 잔뜩 마신 사람처럼 요란하게 자기 잔 꼭대기를 예레미야 잔 밑바닥에 쨍그랑 부닥치고, 자기 잔 밑바닥을 예레미야 잔 꼭대기에 쨍그랑 부닥치고, 자신이 예견한 친밀한 사이를 위해 건배했다. 예레미야는 엄숙하게 건배하고 자신이 마실 포도주만 모두 마실 뿐, 별다른 말을 안 했다. 블랑두아는 (술을 새로 채울 때마다) 술잔을 매번 쨍그랑 부닥치는데 예레미야는 무신경하게 술잔을 부닥치고, 자기 술잔에 담긴 술은 물론 상대 술잔에 담긴 술까지 마실 듯 무신경하게 마셔대니, 맛을 느낀다는 점만 빼면 술통과 똑같았다.

블랑두아는 말이 적은 예레미야한테 술을 따라주는 건 입을 열게 하는 게 아니라 입을 닫게 하는 거란 사실을 곧바로 깨달았다. 게다가 예레미야는 밤새도록 마시고도 필요하다면 다음 날과 그다음 날까지 마실 능력이 완벽한 것처럼 보이는 반면, 자신은 아무 말이나 마구 떠들면서 허풍을 떨어댄다는 사실도 막연하게 깨달았다. 그래서 세 번째 술병을 끝내면서 술자리도 끝냈다.

"내일 우리 상사로 오시나요, 선생."

예레미야가 헤어질 때 사무적인 표정으로 말하자, 블랑두아가 상대 목깃을 두 손으로 잡으며 대답했다.

"내 양배추,[123] 당신한테 갈 테니 걱정하지 마시오. 안녕, 나의 예레미야."

블랑두아가 프랑스식으로 포옹하고 양쪽 뺨에 쪽쪽 소리 나도록 뽀

123) 원문은 'My Cabbage'다. 불어 'mon chou'를 직역한 것으로 '내 사랑'이란 뜻이다.

뽀하며 덧붙였다.

“작별하는 마당에 신사로서 약속하오! 천둥 천 개를 걸고 맹세하니, 그대와 나는 반드시 다시 만날 것이오!”

다음 날에 추천서는 당연히 도착했지만 블랑두아는 나타나지 않았다. 예레미야는 밤에 선술집을 찾아가, 블랑두아가 숙식비를 내고 칼레를 거쳐서 프랑스로 돌아갔다는 놀라운 소식을 들었다. 그렇지만 깊이 생각한 끝에 블랑두아가 약속을 꼭 지킬 거라는, 나중에 다시 만날 거라는 확신을 버리지 않았다.

31장. 기백

사람이 붐비는 런던 대로에서는 쪼글쪼글 야윈 노인이 (반짝이는 빛이 너무나 약한 나머지 금방이라도 떨어질 것 같은 별이 하늘에 있다면, 그 별이 떨어진 것처럼 보일 수도 있는 노인이) 혼잡하고 시끌벅적한 분위기에 살짝 겁먹고 당황한 듯, 두려운 표정으로 살금살금 걷는 모습을 언제라도 목격할 수 있다. 그 노인은 언제나 몸집이 작다. 행여나 몸집이 커다란 노인이라면 조그맣게 줄어들고, 행여나 몸집이 작은 노인이라면 더 조그맣게 줄어든다. 노인이 입은 외투는 어디서든 어느 시기든 한 번도 유행한 적 없는 색상과 디자인이다. 노인이나 어느 특정인 치수에 맞춘 것도 아니다. 어떤 도매업자가 그 치수 그 디자인으로 외투 5,000장을 만들어서 운명의 여신에게 건네고, 운명의 여신은 끝없이 늘어선 수많은 노인 가운데 한 명에게, 이 노인에게 낡은 외투 한 장을 빌려준 것이다. 외투에는 언제나 크고 흐릿한 금속 단추가 달리는데, 다른 어떤 단추하고도 비슷하지 않다. 노인은 모자를, 엄지손가락으로 하도 만져서 해졌어도 여전히 고집을 부릴 뿐 가련한 머리 모양에 따른 적이 한 번도 없는 모자를 쓴다. 거친 셔츠와 거친 목도리 역시 외투와 모자처럼 개성이 없으니, 노인이나 어느 특정인 치수에 맞춘 게 아니라는 특징도 똑같다. 이런 옷가지가 익숙하지 않아도 노인이 밖으로 나오려고 공들여 입은 느낌은 잠옷과 수면 모자 차림으로 오랜 세월을 지낸 것 같았다. 그래서 가뭄이 든 다음 해에 시골 쥐가 도시 쥐를 만나러 가려고 도시 고양이가 득시글한 곳을 덜덜 떨며 지나는 것처럼, 노인은 거리를 지났다.

휴일 초저녁이면 노인은 예전보다 살짝 허약한 몸으로 걸어가는 모습을 드러내곤 하는데, 늙은 두 눈이 젖어서 축축하게 번뜩이기도 한다. 조그만 노인이 술에 취한 것이다. 조금만 마셔도 머리가 빙글빙글 도니, 맥주 200cc면 불안한 다리가 쓰러질 수도 있다. 노인을 불쌍히 여기는 지인이 – 대체로 우연히 알게 된 사이로 – 맥주를 대접해서 약한 몸을 따듯하게 데워주면, 그 결과는 거리를 다시 걸어갈 때 평소보다 시간이 걸리는 형태로 나타난다. 조그만 노인은 구빈원에 사는 터라, 말을 잘 들어도 밖으로 자주 나가는 걸 허락받을 수 없고(세상으로 나갈 날이 많이 남지 않다는 걸 고려하면 자주 내보내도 될 것 같은데), 말을 안 들으면 노인 59명이 서로에게 냄새를 풍기는 비좁은 공간에 갇혀서 옴짝달싹 못 한다.

플로니쉬 부인 아버지는 – 지칠 대로 지친 새처럼 높고 날카로운 목소리로 가련하게 노래하는 조그만 노인으로, 음악에 얽매이는 직업에 종사하다 엄청난 불운에 맞닥뜨려, 제대로 풀어갈 수도, 제대로 성공할 수도, 제대로 집세를 낼 수도, 편한 길이 아니라는 걸 깨닫는 이상 할 수 있는 것도 없으니 – 사위 플로니쉬가 마셜씨 학교로 들어가는 사건이 일어날 때, 법에서 착한 사마리아 사람이 되라고(2페니도 못 받았으니[124] 정말 나쁜 정치경제학으로[125]) 지정한 구빈원으로 자진

---

124) 성서(루가 10:35)에 나오는 우화. 착한 사마리아 사람은 도적한테 강도당한 이방인을 구해 상처를 치료한 다음, 여관 주인에게 2페니를 주면서 "저 사람을 돌보아 주시오.

해서 물러났다. 사위한테 온갖 어려움이 몰려들기 전만 하더라도, 낸디 노인은(법률이 정한 수용소에서는 이렇게 불러도, 블리딩 하트에서는 낸디 영감님이라고 부르는데) 플로니쉬 벽난로 모서리에 앉고, 플로니쉬 찬장에 있는 음식으로 식사했다. 노인이 여전히 갈망하는 건 운명의 여신이 사위에게 미소 짓던 시기로 돌아가는 것이나, 운명의 여신이 냉혹한 표정을 유지하는 동안에는 냄새로 소통하는 노인만 가득한 공간에서 지내기로 굳세게 다짐했다.

하지만 낸디 노인이 아무리 가난해도, 한 번도 유행한 적 없는 외투를 입어도, 노인 수용소에서 살아도, 딸이 아버지를 존경하는 건 억누를 수 없었다. 플로니쉬 부인은 아버지가 대법관으로 활약이라도 한 것처럼 아버지의 재능을 자랑스럽게 여겼다. 아버지가 궁궐을 관리하는 장관으로 활약이라도 한 것처럼 아버지의 예의 바르고 다정한 태도를 확고하게 믿었다. 가난하고 조그만 노인은 비너스 아들에게 상처받은 클로에와 필리스와 스트레폰에 관한, 시대에 뒤떨어져도 한참 뒤떨어진, 지루하고 맥빠진 노래를 몇 곡 알았으니, 고장 나서 소리가 가늘고 조그만 손풍금을 갓난아기가 돌리듯 떨리는 목소리로 가냘프게 불러대는 노래만큼 훌륭한 음악은, 플로니쉬 부인이 보기에, 오페라 극장에도 없었다. 그러니 '외출하는 날'이면, 그래서 머리를 짧게 깎은 노인만 가득한 단조로운 풍경에서 환한 햇빛으로 나오는 날이면, 아버지가 고기를 먹고 힘을 내서 집안일을 충분히 거든 다음에, "아버지, 우리한테 노래를 불러주세요"라고 말하는 게 플로니쉬 부인한테는 기쁨이자 슬픔이었다. 그러면 아버지는 클로에를 불러주고, 기분이 좋으면 필리

비용이 더 들면 돌아오는 길에 갚겠소"라고 부탁했다.

125) '정치경제학'이라는 표현은 '인구론'을 발표한 맬서스를 중심으로 등장했다. '인구론'에서 맬서스는 '가난한 사람이 많이 죽어야 물가가 떨어지니 노동자에게 많은 임금을 주면 안 된다'고 주장했다. 찰스 디킨스가 말한 '나쁜 정치경제학'의 표본이다.

스도 부르는데 – 구빈원으로 들어간 뒤로는 스트레폰까지 부른 적이 거의 없는데 – 플로니쉬 부인은 아버지만 한 가수는 어디에도 없다면서 눈물을 훔쳤다.

이럴 때는 아버지가 궁궐 출신이라 해도, 아니, 최근에 크게 실패하고도 국왕을 알현해서 좋은 자리를 차지할 생각으로 외국 궁궐에서 당당하게 귀국한 귀족 냉장고라 해도, 플로니쉬 부인이 아버지 손을 잡고 블리딩 하트 단지를 그렇게 자랑스럽게 돌아다닐 수는 없을 것 같았다. 그러면서 이웃에게 "우리 아버지랍니다. 아버지는 앞으로 우리 집에서 영원히 사실 거예요. 아버지가 좋아 보이지 않으세요? 아버지는 누구보다도 노래를 잘하는 가수로, 방금 부른 노래를 들었다면 평생 못 잊을 거예요"라고 자랑할 순 없을 것 같았다. 플로니쉬를 말하자면, 그가 낸디 영감의 딸과 결혼했다는 건 그런 믿음과 결혼했다는 뜻으로, 재능이 대단한 노신사가 성공을 못 한 게 이상할 뿐이었다. 곰곰이 생각한 끝에, 장인어른이 젊을 때 음악적 천재성을 과학적으로 개발하지 않았기 때문이라고 결론지을 뿐이었다. 그래서 "장인어른께서는 몸속에 음악이 가득한데 어째서 그걸 옭아매세요? 바로 그게 문제 같아요"라고 주장했다.

낸디 노인은 보호자가 있었다, 딱 한 명. 자신을 드러내는 식으로 – 안타까워하는 식으로, 노인이 검소하고 가난해도 사람들이 예상하는 이상으로 허물없이 지내는 걸 보고 주변에서 감탄하는 모습을 즐기듯 – 낸디 노인한테 크나큰 힘이 되는 보호자였다. 낸디 노인은 사위가 마셜씨 학교에 잠시 머무는 동안 면회하러 여러 번 찾아갔다. 그러다 국가기관의 아버지를 알게 되고 그 보호를 받기 시작한 것이다.

도릿 선생은 노인을 봉건제 토지에 얽매인 농노라도 되는 듯 맞이하는 습관이 있었다. 원시적으로 사는 농노가 공물을 바치러 머나먼 길이라도 온 것처럼, 노인에게 다과를 대접하는 식이었다. 실제로 노인을 자신 밑에서 오랫동안 충직하게 일한 농노로 여길 때가 있기도 했다. 노인 얘기를 하다 오랜 충복이라고 불쑥 말한 적도 있으니 말이다. 그는 노인이 찾아올 때마다 크게 만족스러워하고, 노인이 떠난 다음에는 몸이 심하게 망가졌다면서 크게 만족스러워했다. 불쌍한 노인이 머리를 들 수 있다는 자체가 도릿 선생한테는 기적처럼 보이는 듯, "구빈원에서는, 선생, 사생활도 없고 찾아오는 사람도 없고 지위도 없고 존경도 못 받는다오. 통탄할 일이지!"라고 말하기 일쑤였다.

오늘은 낸디 노인 생일이고, 구빈원에서는 외출을 허락했다. 노인은 오늘이 생일이란 말을 안 했다. 그 말을 했다가는 꼼짝없이 갇힐 것 같았다. 그런 노인은 애초에 태어나지 말아야 했기 때문이다.[126] 낸디 노인은 이런저런 거리를 지나 평소처럼 블리딩 하트 단지로 가서 딸과 사위와 식사하고, 필리스까지 불렀다. 노래를 막 마치는 순간에 작은 도릿이 안부를 확인하러 들어오니, 플로니쉬 부인이 말했다.

"미스 도릿, 우리 아버지야! 좋아 보이시지 않아? 목소리도 훌륭하시고!"

작은 도릿은 노인에게 한 손을 내밀고, 오랜만에 뵙는다고 웃으며 인사했다. 그러자 플로니쉬 부인이 얼굴을 찡그리며 대답했다.

"맞아, 구빈원에서 불쌍한 아빠한테 모질게 굴어. 신선한 공기도 쐬고 기분 전환도 하면 좋을 텐데 자주 내보내질 않아. 하지만 조금만 있으면 우리 집에서 영원히 함께 지내실 거야. 그렇지 않나요, 아버지?"

"그래, 얘야, 그러면 좋겠구나. 하느님 은혜로 조금만 있으면."

여기에서 플로니쉬는 이런 일이 있을 때마다 하던 연설을 단어 하나 안 틀린 채 늘어놓았다.

---

126) 맬서스의 '인구론'에 나오는 핵심 주장이다.

"존 에드워드 낸디 어르신. 장인어른. 이 집에 음식과 음료수가 무어든 조금이라도 있는 한 언제든 환영하니, 장인어른 몫을 드세요. 이 집에 벽난로와 침대가 조금이라도 있는 한 언제든 환영하니, 장인어른 몫을 즐기세요. 이 집에 별것 없더라도 많든 적든 별것이 있는 것처럼 언제든 환영하니, 장인어른 몫을 누리세요. 이게 제가 드리고 싶은 말씀이고, 저는 장인어른을 안 속이며, 중요한 건 장인어른을 대접하는 것이니, 장인어른 몫을 못 즐길 이유가 무어겠어요?"

플로니쉬가 엄청 공들여서 준비한 것처럼(실제로 그런 게 확실한데) 늘 확실하게 뱉어내는 연설에, 플로니쉬 부인 아버지는 가느다란 목소리로 대답했다.

"고맙네, 플로니쉬, 자네 마음은 잘 알아, 그래서 진심으로 고마워. 하지만 그럴 순 없네, 플로니쉬. 자네 아이들이 먹을 걸 빼앗는 게 아닌 시절이 올 때까지는. 자네가 뭐라고 부르든 지금은 빼앗는 게 확실하거든. 안 그런 시절이 오기야 하겠지만 일찍 찾아올 순 없으니, 당장으로선 그럴 수 없네, 플로니쉬, 절대로!"

플로니쉬 부인은 앞치마 끝을 움켜잡고 얼굴을 살짝 돌리다 대화에 다시 끼어들어, 지금 인사하러 가면 안 되는 이유가 특별히 없는 한 아버지가 학교로 인사하러 갈 예정이라고 미스 도릿한테 말했다.

여기에 대해, 작은 도릿은 약자를 도우려 늘 애쓰는 터라, 이렇게 대답했다.

"저 역시 집으로 곧장 갈 예정이니, 어르신께서 함께 가시겠다면 제가 기꺼이 모시고 가겠어요."

"그래요, 아버지! 미스 도릿과 함께 가실 만큼 쾌활하고 젊으세요! 세상에 멋쟁이가 있다면 그건 바로 아버지니, 제가 목도리를 멋진 나비 모양으로 묶어드릴게요."

플로니쉬 부인은 효성스러운 농담을 하면서 아버지를 멋지게 꾸미고 사랑스럽게 껴안더니, 연약한 아이는 가슴에 안고 힘센 아이는 계단을 혼자 내려가게 한 다음, 늙은 아버지가 조그만 몸집으로 작은 도릿과 팔짱 끼고 아장아장 걸어가는 모습을 문가에서 바라보았다.

두 사람은 천천히 걷고, 작은 도릿은 아이언 다리에 잠시 앉아서 노인이 쉬게 했다. 두 사람은 강물을 내려다보며 화물 선박 이야기를 하고, 노인은 황금이 가득한 배가 자신한테 온다면 어떻게 할지('티가든'에 멋진 집을 짓고 플로니쉬 가족과 함께, 하인 시중을 받으며 여생을 보내고 싶다고), 그러면 특별한 생일이 될 거라고 말했다. 목적지가 5분 정도 남은 모서리에서 패니는 새 보닛 모자를 쓰고 같은 곳으로 가다 두 사람을 보고 깜짝 놀라며 소리쳤다.

"맙소사, 에이미! 어쩜 그럴 수 있니!"

"뭘, 언니?"

"맙소사! 널 많이 믿었는데, 너조차 그럴 줄은 생각도 못 했어!"

젊은 여인은 벌컥 화내고, 작은 도릿은 상처를 받은 채 깜짝 놀랐다.

"언니!"

"아! 언니라고 부르지도 마, 몹쓸 꼬맹이! 밝은 대낮에 구빈원 빈민하고 대로를 돌아다닐 생각을 하다니!"

'구빈원 빈민'이라는 단어가 공기총 총알처럼 튀어나왔다.

"아, 언니!"

"언니라고 부르지 말라고 했잖아, 대답하지 않을 테니까! 난 너 같은 동생을 둔 적이 없어. 기회만 나면 우리를 창피하게 만들려고 애쓰다니, 창피한 줄 알라고. 나쁜 계집애!"

언니 말에 작은 도릿이 다정하세 물었다.

"불쌍한 어르신을 보살펴드린다 해서 누가 창피하대?"

"그래, 아가씨, 그게 창피한 짓이라는 건 너도 알아야 해. 아니, 너도 이미 알아. 알기 때문에 이러는 거라고. 너는 가족이 불행하다고 여기는 걸 제일 좋아하거든. 그다음으로 좋아하는 건 천박한 사람하고 어울리는 짓이고. 하지만 너한테는 체면이란 게 없어도 나한테는 있다고. 이제 도로 건너편에서 나 혼자 가겠어, 아무런 괴롭힘도 안 받고."

언니는 도로를 가로질러 건너편으로 뛰어갔다. 망신거리 노인은, 한두 걸음 떨어져서 공손하게 고개 숙이며 인사하느라 길을 막는 바람에 지나가는 사람들이 짜증스럽게 밀치며 나무라던 노인은, 작은 도릿한테 다시 다가가서 당황한 표정으로 물었다.

"행여나 영광스러운 부친한테 나쁜 일이 생긴 건 아니겠지, 아가씨? 영광스러운 가족한테 나쁜 일이 있는 건 아니겠지?"

"아니에요, 고마워요. 팔을 다시 끼우세요, 낸디 어르신. 거의 다 왔어요."

작은 도릿이 대답하고는, 조금 전처럼 대화하다 휴게실로 다가서서 치버리 교도관이 근무 중인 걸 발견하고 안으로 들어섰다. 그런데 두 사람이 팔짱 끼고 휴게실에서 교도소로 들어서는 순간에 마셜씨 교도소 아버지가 다가오다 목격하고서 극도로 흥분하고 의기소침한 표정을 떠올리더니 - 낸디 노인이 영광스러운 인물을 볼 때면 늘 그런 것처럼 모자를 벗고 그 자리에 서서 공손하게 인사하는 모습은 본 척도 않고 - 황급히 돌아서서 자기 감방 건물로 달려가 계단을 뛰어올랐다.

작은 도릿은 너무나 당혹스러운 나머지, 자신이 돌보던 불행한 노인한테 금방 돌아오겠다고 황급히 약속하고 곁을 떠나, 아버지를 급히 쫓아서 계단을 오르다, 언니가 자존심 상해서 잔뜩 화난 표정으로 쫓아오는 모습을 보았다. 그래서 세 사람은 거의 동시에 감방으로 들어서고, 교도소 아버지는 의자에 앉아서 두 손으로 얼굴을 감싼 채 끙끙대고, 언니는 이렇게 말했다.

"당연해. 다른 도리가 없어. 가련한 아빠가 고통스러워하는 것도! 이제 내 말을 믿겠니, 꼬마?"

작은 도릿이 아버지한테 고개를 숙이며 물었다.

"왜 그러세요, 아버지? 제가 아버지를 힘들게 했나요? 저 때문이 아니잖아요!"

"너 때문이 아니라고? 말도 안 돼! 아……"

언니가 충분히 강한 표정을 떠올리면서 이어갔다.

"상식이 부족한 꼬마 에이미! 완벽한 교도소 아이!"

잔뜩 화나서 나무라는 소리에 아버지는 한 손을 흔들어서 막으며 흐느끼다, 얼굴을 들어 머리를 흔들면서 막내딸한테 슬픈 어조로 말했다.

"에이미, 네가 순수한 의도라는 건 알아. 하지만 나는 영혼이 갈가리 찢어지는 것 같구나."

"순수한 의도라뇨! 쓰레기 같은 의도죠! 천박한 의도! 가족을 천박하게 만들려는 의도!"

언니가 끼어들고, 작은 도릿은 새하얗게 질린 얼굴로 덜덜 떨며 참회했다.

"아버지! 죄송해요. 제발 용서하세요. 무얼 잘못했는지 알려주세요, 다시는 안 그럴 테니!"

"무엇을 잘못했느냐고? 대충 넘어가려는 거야, 꼬맹이? 무얼 잘못했는지는 너도 알아. 내가 말했으니까. 부인하지 말라고, 소용없으니!"

아버지가 손수건으로 얼굴을 여러 번 훔치다 무릎에 떨어뜨린 손으로 손수건을 꽉 움켜쥐며 말했다.

"쉿! 에이미, 나는 네가 여기서 선택받는 사람으로 살도록 지금껏 최선을 다했어. 네가 여기서 선택받은 신분을 유지하도록 지금껏 최선을 다했다고. 내가 성공했을 수도 있고 아닐 수도 있겠지. 그걸 네가 알 수도 있고 모를 수도 있고. 내 의견을 말하진 않겠다. 나는 지금껏 여기서 모든 걸 견디어냈어, 수치스러운 것만 빼고. 그것만큼은 다행히 안 겪었어……오늘까지는."

아버지는 꽉 움켜쥔 손을 풀고서 손수건으로 두 눈을 다시 훔쳤다. 작은 도릿은 바로 옆에 앉아서 무릎을 꿇고, 애원하는 손으로 아버지 팔을 잡은 채 안타까운 눈으로 바라보았다. 아버지는 크나큰 슬픔에서 빠져나와 손수건을 다시 꽉 움켜잡았다.

"다행히도 오늘날까지 수치스러운 것만큼은 안 겪었어. 여태껏 온갖 어려움을 겪으면서도 – 이렇게 표현해도 괜찮다면 – 기백만은 안 잃어 – 그런 것들에 굴복하지 않았으며, 그래서 – 하 – 수치스러운 것만큼은 안 겪었다고. 그런데 바로 오늘 지금 순간에 수치스러운 걸 뼈저리게 느끼는구나."

"당연하지요! 어떻게 안 그렇겠어요? 구빈원 빈민과 팔짱을 끼고 돌아다니는데!" (공기총 총알을 다시 발사.)

언니는 못 참고 소리치고, 작은 도릿은 하소연했다.

"하지만 아버지, 제가 그 소중한 가슴을 아프게 한 걸 정당화하진 않겠어요……절대로! 그건 하늘이 알아요!"

너무나 고통스러운 나머지 작은 도릿이 두 손을 꽉 움켜잡으며 이어갔다.

"저로선 아버지가 마음을 편히 하시고 이번 일을 그냥 넘어가시길 바라고 기도할 수밖에 없어요. 하지만 아버지께서 그 노인분을 다정하게 대하고, 많은 관심을 보이고, 만나면 좋아하신다는 사실을 몰랐더라면 저 역시 그분과 함께 오지 않았을 거예요, 아버지, 절대로. 제가 그분과 함께 온 게 정말 후회스러워요, 크게 실수했어요. 하지만 아버지 눈에서 눈물이 흐르게 하려고 그런 건 아니에요, 사랑하는 아버지, 세상이 저한테 아무리 큰 걸 주거나 아무리 큰 걸 빼앗아간다 해도!"

심장이 무너지는 어투에, 언니는 화도 나고 후회도 되는 눈물을 훌쩍이다, 반은 화나고 반은 가라앉을 때나 자신한테도 화나고 다른 사람한테도 화날 때 그러는 것처럼, 자신이 죽어버리면 좋겠다고 울부짖었다.

그러는 동안 마셜씨 교도소 아버지는 막내딸을 꼭 껴안고 머리를 쓰다듬으며, 쾌활한 척하는 어투로 히스테리컬하게 말했다.

"그래, 그래! 그만 말해, 에이미, 그만 말해. 최대한 빨리 잊어버릴 테니까. 금방 털어낼 수 있을 거야. 그래, 내가 오랜 충복을 만나면 좋아한다는 건 – 그래, 그래 – 이런 상황이나마 최선을 다해서 – 으흠 – 이렇게 말해도 될 것 같은데 – 부러진 갈대[127]를 다정하게 보호한다는 건 완벽한 사실이야. 정말 완벽한 사실이야. 하지만 나는 그러면서도 – 하 – 이렇게 말해도 될 것 같은데 – 기백을 유지하려고 애썼어. 기백을 키우려고."

교도소 아버지가 흐느끼며 덧붙였다.

"그런데 기백과 양립할 수 없는 게, 그래서 상처를 주는 게, 깊은 상처를 주는 게 있더구나. 내가 슬픈 이유는 우리 막내딸이 오랜 충복한테 관심을 기울이고 – 하 – 겸손하게 행동하는 모습을 보았기 때문이

127) "갈대가 부러졌다 하여 잘라 버리지 아니하고……"(이사야 42장 3절) "그는 상한 갈대도 꺾지 않고……"(마태복음 12장 20절)

아니야. 그건, 아픈 대화를 자세히 설명해서 마무리하자면, 우리 막내 딸이, 내 딸이, 내 자식이 – 하느님 맙소사 – 구빈원 구호품을 입은 빈민하고 팔짱을 끼고 웃으면서! – 웃으면서! – 사람이 가득한 거리를 지나 학교로 들어오는 모습을 보았기 때문이야."

한 번도 유행한 적 없고 디자인도 떨어지는 외투 이야기를 불행한 노신사는 간신히 들리는 목소리로 가쁜 숨을 몰아쉬며 거론하다, 꼭 움켜쥔 손수건을 공중으로 추켜올렸다. 잔뜩 흥분한 얼굴이 고통스러운 말을 계속 뱉어낼 것 같을 때 감방문을 두드리는 소리가 벌써 두 번째 들리니, 언니가 (차라리 죽어버리고 싶다고, 정말이지 땅에 그냥 파묻히고 싶다고 중얼거리다) 소리쳤다.

"들어오세요!"

"아, 젊은 존! 무슨 일인가, 젊은 존?"

교도소 아버지가 차분하게 바뀐 목소리로 물었다.

"선생님께 보내는 편지와 전갈이 휴게실에 조금 전에 도착했는데 마침 제가 있을 때라, 직접 전달하면 좋겠다고 생각했습니다."

젊은 존이 말하다, 작은 도릿이 아버지 발밑에 무릎을 꿇은 채 얼굴을 다른 데로 돌린 안타까운 광경을 보고 마음이 혼란스러웠다.

"정말, 존? 고맙네."

"클레넘 선생님이 보낸 편지인데, 전갈은, 선생님, 클레넘 선생님이 안부 인사와 함께, 오늘 오후에 찾아와서 선생님이랑……"

젊은 존은 한층 더 혼란스러운 마음을 달래며 이어갔다.

"미스 도릿을 만나는 기쁨을 누리겠다는 내용입니다."

교도소 아버지는 편지봉투 안을 살짝 보더니 (안에 지폐가 있는 걸 확인하고) 얼굴이 빨갛게 살짝 달아오른 채 막내딸 머리를 다시 쓰다듬으며 말했다.

"아! 고맙네, 젊은 존. 잘했어. 관심을 보여주어서 고마워. 기다리는 사람은 없나?"

"네, 선생님, 아무도 없습니다."

"고맙네, 존. 어머니는 어떠신가, 젊은 존?"

"고맙습니다, 선생님, 어머니는 우리가 바라는 만큼 건강하지 않으시지만 - 사실, 아버지 말고 우리 모두 건강하지 않지만 - 그래도 잘 지내십니다, 선생님."

"우리가 안부를 전하더라고 말씀드리게, 알겠나? 다정하게 안부를 묻더라고, 젊은 존."

"고맙습니다, 선생님, 그러겠습니다."

치버리 2세는 밖으로 나가서 자기 무덤 앞에 세울 비문을 새롭게 구성했다. 이런 내용이었다. 여기에 존 치버리가 눕다, 아무 날에 삶의 우상이 슬퍼서 눈물짓는 모습을 보고 비참한 광경을 견딜 수 없어, 위로할 길 없는 부모님 거주지로 당장 달려가, 스스로 경솔하게 목숨을 끊었도다.

교도소 아버지는 마지막 순간에 기백이 살아나, 젊은 존이 나가서 문을 닫는 순간에 명랑하게 말했다.

"그래, 그래, 에이미! 안 좋은 얘기는 그만하자꾸나. 우리가 이러는 사이에 오랜 종복은 어디에 있는 거니? 오랫동안 내버려 둘 순 없어, 환영받지 못한다고 느낄 테니까. 그럼 내 마음이 아프거든. 네가 가서 데려올래, 아니면 내가 갈까?"

"괜찮다면 아버지가 다녀오세요."

작은 도릿이 흐느낌을 멈추려고 애쓰며 대답했다.

"그래, 내가 가마. 네 얼굴이 빨갛게 충혈된 걸 깜빡했구나. 그래! 기운 내렴, 에이미. 나 때문에 걱정하지 마. 이제 괜찮으니까, 완벽하게.

네 방으로 가서, 에이미, 클레넘 선생을 편안하고 기쁜 얼굴로 맞을 준비를 하렴."

작은 도릿은 마음을 달래는 게 더 어려워졌다는 걸 깨닫고 대답했다.

"제 방에 있는 게 좋겠어요, 아버지. 클레넘 선생님을 만날 기분이 아니에요."

"저런, 저런, 얘야, 그럴 순 없어. 클레넘 선생은 예의 바른 신사야 - 정말 예의 바른. 살짝 내성적일 때도 있지만, 내 눈에는 대단히 예의 바르단다. 네가 여기에서 클레넘 선생을 맞이하지 않는 건 생각할 수도 없어, 오늘 오후에는 더더욱. 그러니 어서 가서 기분을 북돋으렴, 에이미. 어서 가서 기분을 북돋아, 착한 딸답게."

이렇게 지시하자 작은 도릿은 순순히 복종하며 일어났다. 밖으로 나가다 잠시 멈춰서 언니한테 화해의 뽀뽀를 한 게 전부였다. 젊은 여인은 마음이 괴롭긴 해도, 시간이 지나면서 죽고 싶다는 소망은 많이 줄어, 낸디 노인이 구역질 나고 짜증 나고 사악한 쓰레기처럼 왜 굳이 찾아와서 자매 사이를 나쁘게 만드느냐는, 차라리 죽어버리면 좋겠다는 놀라운 생각을 품고 그렇게 말했다.

마셜씨 교도소 아버지는 기분이 상당히 좋은 나머지, 콧노래까지 흥얼대며 까만 벨벳 모자를 옆으로 살짝 삐딱하게 쓰고 마당으로 나가, 오랜 충복이 철문 앞에 여전히 서서 한 손에 모자를 들고 가만히 있는 모습을 발견하고는 다정하게 말했다.

"어서 오게, 낸디! 계단을 올라가, 낸디. 자네도 길을 알잖아. 어서 계단을 올라가자고."

그러다 한 손을 내밀며 물었다.

"어떻게 지냈나, 낸디? 잘 지냈나?"

그러자 가수가 대답했다.

"고맙습니다, 나리, 얼굴을 뵈니까 마음이 놓입니다."

그런 다음에 마당을 걸어가다, 마셜씨 교도소 아버지가 최근에 들어온 학생한테 낸디 노인을 소개했다.

"오랜 지인일세, 오랜 충복."

그런 다음에 정중하게 이어갔다.

"모자를 쓰시게, 착한 낸디. 모자를 써."

다정한 모습은 이걸로 안 끝났다. 매기한테 다과를 준비하라고, 쿠키와 신선한 버터, 달걀, 차가운 햄, 새우를 사 오라 시키고, 10파운드 지폐를 주면서 잔돈을 잘 받아오라고 엄격하게 지시한 것이다. 모든 게 착착 준비되고 딸 에이미는 일감을 가지고 돌아오고, 클레넘도 나타나니, 더할 나위 없이 우아하게 환영받다 함께 다과를 들자는 소망까지 들었다.

"에이미, 내 딸, 클레넘 선생을 나보다 잘 알지? 패니, 사랑하는 딸, 너도 클레넘 선생을 알아."

패니가 거만하게 인사했다. 이럴 때마다 패니가 암암리에 취하는 입장은 자기 가족을 이해하지 않는 식으로, 혹은 충분히 존경하지 않는 식으로 자기네 가족을 모욕하려는 거대한 음모가 진행 중이며, 클레넘은 그 음모자 가운데 하나라는 것이다.

"이쪽은, 클레넘 선생도 알겠지만, 오랜 충복 낸디 노인, 충성심이 대단한 노인이라오. (그는 낸디 노인을 엄청나게 늙은 사람으로 소개하는 경향이 강하지만, 실제로 낸디 노인은 교도소 아버지보다 두세 살 어렸다.) 가만있자. 플로니쉬를 알지요? 선생이 불쌍한 플로니쉬를 안다고 내 딸 에이미가 말했던 것 같은데요?"

"아, 네!"

"으음, 선생, 이 사람이 플로니쉬 부인 아버지라오."

"정말요? 만나 봬서 반갑군요."

"이 사람한테 좋은 재능이 많다는 걸 알면 더 반갑겠군요, 클레넘 선생."

교도소 아버지 말에 고개를 숙인 채 순순히 따르는 인물을 클레넘은 속으로 불쌍히 여기면서 말했다.

"자주 만나서 그 재능을 알 수 있기를 바랍니다."

"오늘은 휴일이라서 언제나 반겨주는 오랜 친구들을 만나러 찾아왔다오."

마셜씨 교도소 아버지가 말하더니, 손으로 입을 가린 채 살짝 덧붙였다. ("불쌍하게도 구빈원에서 지내거든. 오늘은 외출.")

이즈음에 매기는 작은 엄마가 조용히 돕는 가운데 식탁을 펼치고 다과를 준비했다. 날씨가 덥고 감옥이 답답해서 창문을 최대한 활짝 열어놓은 상태였다. 그래서 교도소 아버지는 작은 도릿에게 속삭이는 어투로 느긋하게 말했다.

"매기가 창턱에 신문을 펼친다면, 얘야, 우리가 여기에서 다과를 드는 동안, 오랜 충복은 거기에 앉아서 다과를 들 수 있겠구나."

그래서 플로니쉬 부인 아버지는 훌륭한 일행과 약 30cm 거리를 두고 앉아서 다과를 맛나게 들었다. 클레넘은 교도소 아버지가 다른 사람을 그처럼 관대하게 보호하는 모습을 지금껏 본 적이 없어, 교도소 특유의 기이한 현상에 대해서 깊이 생각했다.

무엇보다 놀라운 현상은 교도소 아버지가 충복의 결점과 단점을 말하는 걸 즐기는 태도였다. 전시한 동물이 멸종 위기라고 끊임없이 설명하며 자신을 우아한 수호자로 여기는 것 같았다.

"햄을 더 못 먹겠어, 낸디? 맙소사, 먹는 속도가 너무 느리구먼!" (교도소 아버지가 클레넘에게 설명했다. "마지막 치아가 빠지는 것 같구려, 불쌍한 친구.")

한번은 "새우를 더 안 먹나, 낸디?"라고 물었는데, 상대가 곧바로 대답을 안 하자 "귀가 많이 어두운 것 같구려. 이제 귀머거리가 되고 말겠소"라고 말했다.

또 한번은 "자네가 있는 곳에서 담장 안마당을 많이 걸어 다니나, 낸디?"라고 물었다.

"아닙니다, 나리. 걷는 걸 좋아하지 않거든요."

"그래, 당연히 그렇겠지. 자연스러운 거야."

교도소 아버지가 공감하더니 주변 사람한테 은밀하게 설명했다. ("다리에 힘이 없거든.")

한번은 충복이 소외되지 않도록 자비로운 어투로 "둘째 손자가 몇 살이지?"라고 물었다. 그러자 충복은 곰곰이 생각하려고 나이프와 포크를 천천히 내려놓으며 말했다.

"존 에드워드. 몇 살이냐고요, 나리? 잠시 따져볼게요."

마셜씨 교도소 아버지가 자기 이마를 툭 쳤다. ("기억력이 약해.")

"존 에드워드, 나리? 으음, 기억이 안 나네요. 2년 2개월인지, 아니면 2년 5개월인지 당장은 확실치 않아요. 둘 가운데 하나에요."

"굳이 떠올리려고 고생할 필요는 없네."

교도소 아버지가 무한정 인내하며 대답했다. ("기능이 떨어지는 모양이야. 노인은 시간이 지나다 보면 녹슬 수밖에 없거든!")

교도소 아버지는 충복한테서 그런 모습이 많이 보이는 만큼 충복을 좋아하는 것 같았다. 그러다 충복이 "나리, 많이 늦을까 걱정"이라며 속마음을 드러내자, 교도소 아버지는 차를 마시고 나서 충복한테 작별 인사를 하려고 의자에서 일어나, 허리를 쭉 펴서 최대한 선상하게 보이려 애쓰다, 충복 손에 동전 하나를 쥐여 주며 말했다.

"우리는 이걸 실링이라고 부르지 않는다네, 낸디. 우리는 이걸 담배라고 불러."

"나리, 고맙습니다. 이걸로 담배를 사겠습니다. 미스 에이미와 미스 패니한테도 감사와 존경을 보냅니다. 좋은 밤이 되길 바랍니다, 클레넘 선생님."

"자네도 우리를 잊지 않도록 조심하게, 낸디. 오후에 시간이 나면 꼭 찾아와야 한다는 걸 명심하도록. 밖에 나와서 우리를 안 보면 안 돼, 우리가 서운할 테니. 잘 가게, 낸디. 계단을 내려갈 때 특히 조심하고. 많이 닳아서 울퉁불퉁하거든."

교도소 아버지는 층계참에 서서 노인이 제대로 내려가는지 지켜보다, 안으로 들어와서 만족스러운 표정으로 엄숙하게 말했다.

"우울한 광경이지만, 클레넘 선생, 저 친구는 자신이 그런 걸 못 느낀다는 사실이 그나마 위로가 된다오. 불쌍한 늙은이가 완전히 무너졌거든. 기백이 꺾여서 가루로 변한 채 사라졌다오, 선생, 완벽하게!"

클레넘은 찾아온 목적이 있는 터라 그대로 남아서 교도소 아버지가 하는 말에 그럭저럭 대답하다, 이렇게 말하는 당사자와 창가에 서고, 매기는 작은 엄마랑 식탁을 치우고 설거지를 했다. 그리고 클레넘은 창가에 선 교도소 아버지가 상냥하고 편안한 군주라도 된 분위기라는 걸, 아래쪽 마당에서 행여나 누가 올려다보며 인사라도 할 때마다 답례하는 모습이 마치 자기 백성한테 은총이라도 베푸는 것 같다는 걸 깨달았다.

작은 도릿이 일감을 탁자에 올리고 매기 역시 자기 일감을 침대틀에 올릴 때, 패니는 떠날 준비를 하느라 보닛 모자를 쓰는 데 열중했다. 클레넘은 볼일이 남은 터라 그대로 머물렀다. 바로 그때 노크도 없이 문을 불쑥 열면서 팁이 들어왔다. 그는 자신을 맞이하려고 일어서는 에이미한테 뽀뽀하고, 패니한테 고개를 끄덕이고 자기 아버지한테도 고개를 끄덕이더니, 손님한테는 얼굴만 찡그린 채 자리에 앉았다. 그러자 작은 도릿이 깜짝 놀라며 온화하게 말했다.

"사랑하는 오빠, 손님이……"

"그래, 나도 봤어, 에이미. 여기에 손님이 있다는 소릴 하는 거라면, 분명히 말하는데 그 얘기라면, 나도 봤어!"

팁이 동생 말을 끊으며 고개를 강하게 젖혀서 바로 옆에 있는 클레넘을 가리켰다.

"할 말이 그것밖에 없어?"

"그래, 그것밖에 없어."

거만한 젊은이가 잠시 생각하다 덧붙였다.

"할 말이 그것밖에 없다는 말이 무슨 뜻인지는 저 손님도 알아들을 거야. 한마디로, 나를 신사답게 대우하지 않았다고 지적하는 뜻이라는 걸."

이 말을 들은 손님이 불쾌하지만 차분한 어투로 대답했다.

"무슨 말인지 모르겠군."

"몰라요? 맙소사, 그렇다면 좀 더 확실하게 정리하는 차원에서, 선생, 확실히 알려드리리다. 마음만 먹으면 쉽게 도와줄 수 있는 인물한테 - 가볍게 도와줄 수 있는 인물한테! - 돈을 조금만 빌려달라고 절절하게 호소하고, 절박하게 호소하고, 예의를 다해서 호소했는데, 미안하다는 답장만 보내는 행동을, 나는 나를 신사로 대우하지 않는다는 뜻으로 받아들인다는 걸."

마셜씨 교도소 아버지는 아들을 지켜보다, 이 말이 나오는 순간에 잔뜩 화난 목소리로 끼어들었다.

"네가 감히 어떻게……"

하지만 아들한테 그대로 차단당했다.

"나한테 '어떻게 감히'라고 하지 마세요, 허튼소리밖에 안 되니까요. 사실대로 말하자면 내가 여기에 있는 인물을 이렇게 대하기로 작정한 행동방침을 아버지는 기백을 적절하게 드러낸 거로 자랑스럽게 여겨야 한다고요."

"내 생각도 그래요!"

패니가 소리치고, 아버지는 다시 말했다.

"적절한 기백? 그래, 적절한 기백, 훌륭한 기백. 이제 아들놈이 나한테 - 나한테! - 기백을 가르치겠다는 거냐?"

"그 얘기는 그만 해요, 다툴 이유가 없잖아요, 아버지. 나는 여기에 있는 당사자가 나를 신사로 대우하지 않는다고 확실하게 판단했으니, 이걸로 끝내요."

"하지만 그걸로 끝낼 순 없어. 그걸로 끝낼 순 없다고. 네놈이 확실하게 판단했다고? 네놈이 확실하게 판단했다고?"

"네, 아버지. 이런 얘기를 계속하는 이유가 뭐예요?"

팁이 묻자, 아버지는 잔뜩 열 내며 대답했다.

"그건 네놈한테는 무엇이 극악무도하고 무엇이 - 하 - 비도덕적이고 무엇이 - 아아 - 친부 살인인지를 판단할 권리가 없기 때문이야. 아니오, 클레넘 선생, 부탁하오, 선생. 나한테 참으라고 하지 마시오. 여기에는 - 으음 - 원칙적인 문제가, 손님을 대접하는 이상으로 - 하 - 중요한 원칙이 있소. 나는 아들놈 주장에 반대하오. 나는 - 하 - 그 주장을 개인적으로 거부하오."

"맙소사, 대체 아버지랑 무슨 상관인데요?"

아들이 어깨너머로 묻자, 교도소 아버지는 손수건을 다시 꺼내서 얼굴을 훔치며 대답했다.

"나랑 무슨 상관이냐고? 나한테는 - 으흠 - 기백이 있어, 그걸 절대로 인정할 수 없는. 그것 때문에 나는 모욕감을 느끼고 화가 치밀어. 내가 특정 시기에 어떤 인물한테 돈을 조금만 빌려달라고 한 차례 - 하 - 혹은 여러 차례 절절하게 호소하고, 예의를 다해서 호소하고, 절박하게 호소했다고 가정해보자. 그 정도는 충분히 빌려줄 수 있는 인물이 빌려주지 않고, 미안하다는 답장만 보냈다고 가정해보자. 그렇다 해서 내가 당연히 받아야 할 신사 대우를 못 받았다는 말을, 내가 - 하 - 그렇게 취급당했다는 말을 아들놈한테 들어야 하겠니?"

에이미가 아버지를 진정시키려고 점잖게 노력했지만, 아버지는 진정할 생각이 조금도 없이, 자신한테는 그걸 절대로 인정하지 않을 기백이 있다는 말만 했다. 내가 내 집에서 아들놈이 그렇게 말하는 걸 들어야 하느냐, 내가 낳은 자식이 나를 그렇게 모욕해도 되는 거냐?

이 말에, 젊은 신사는 퉁명스럽게 대답했다.

"아버지 스스로 그렇게 느끼는 거예요, 아버지 스스로 모욕감을 느끼는 거라고요! 내가 어떻게 판단하든 아버지는 상관이 없다고요. 내가 뭐라고 하든 아버지는 아무런 상관이 없잖아요. 도대체 무엇 때문에 다른 사람 모자를 쓰려고 애쓰세요?"

"나랑 모든 점에서 상관이 있기 때문이라고 대답하마. 내가 너한테 분노하는 이유도 지적하마, 네놈이 그렇게 부자연스러운 원칙을 - 하 - 주장하더라도 네 아버지는 - 으흠 - 예민하고 - 하 - 독특한 위치라는 이유 하나 때문에라도, 다른 이유가 없더라도, 입을 다물어야 마땅했어. 게다가 네놈은 효자가 아니더라도 그따위 의무는 내버렸더라도, 최소한 네놈은 - 으흠 - 기독교인이 아니더냐? 네놈이 - 하 - 무신론자더냐? 내가 물어보마, 이번은 안 되겠다고 양해를 부탁하는 인물을, 다음에는 - 하 - 그 요청에 호응할 수도 있는 인물을 낙인찍고 비난하는 게 기독교인이 할 짓이더냐? 그 인물한테 기회를 한 번 더 안 주는 게 - 으음 - 기독교인다운 짓이더냐?"

교도소 아버지가 종교적인 열정을 불태우며 열변을 토하자, 팁이 일어나며 대답했다.

"오늘 밤에 사리에 맞거나 공정하게 논쟁할 수 없다는 사실을 충분히 깨달았으니 아무래도 입을 닫는 게 최선이겠군요. 잘 있어, 에이미. 안타까워하지 마. 여기에서, 너도 있는 자리에서 이런 일이 일어나니 미안하구나, 진심으로 미안해. 하지만 나로선 너를 위해서라도 기백을 완전히 내려놓을 순 없어, 동생."

팁이 모자를 쓰면서 밖으로 나가고 패니는 그 뒤를 따라 나가는데, 자신은 클레넘이 거대한 음모자 가운데 한 명이란 사실을 잘 안다는 의미로 빤히 쳐다보면서 반감을 드러내니, 그 정도도 안 하는 건 기백 없는 행동으로 여기는 것 같았다.

두 사람이 떠나자 마셜씨 교도소 아버지는 처음에는 다시 의기소침한 경향에 빠져드는 것 같았으나, 때마침 신사 한 명이 술집으로 안내하겠다며 찾아왔다. 클레넘이 우연히 갇힌 날 밤에 본 신사로, 교도소장이 눈먼 기금을 횡령한다는 불만을 이상하게 늘어놓던 인물이었다. 그는 자신이 교도소 아버지를 의장석으로 에스코트하러 온 대표라고, 학생들이 모여서 약간의 화음을 즐길 때 교도소 아버지가 사회를 보기로 약속했다고 설명했다. 그러자 교도소 아버지가 말했다.

"선생도 보시다시피 나는 이런 역할까지 해야 한다오. 하지만 공적 의무! 공적 의무를 선생보다 중요하게 여길 사람은 어디에도 없다고 나는 확신하오."

클레넘은 어서 가보라 간청하고, 교도소 아버지는 이렇게 말했다.

"에이미, 내 딸, 클레넘 선생이 오랫동안 머물도록 설득할 수 있다면,

이런 일 때문에 자리를 비우는 실례를 사과하는 영광을 네 손에 맡기마, 믿음과 함께. 가능하다면 클레넘 선생 마음에서 다과 시간 이후에 벌어진 - 하 - 귀찮고 성가신 상황은 지워드리도록 하렴."

클레넘이 그런 건 자기 마음에 안 남았으니 지울 것도 없다고 안심시키자, 교도소 아버지는 까만 모자를 벗고 클레넘 손을 꽉 잡아, 오후에 봉투를 무사히 받았다는 표시를 하면서 말했다.

"친애하는 선생, 하늘이 영원히 축복하기를!"

아직껏 목적을 못 이룬 클레넘은 마침내 곁에 아무도 없는 상황에서, 매기는 아무도 없는 것과 마찬가지라 곁에 남아있는 상황에서, 작은 도릿한테 말할 수 있었다.

32장. 또다시 점치다

매기는 창가에 앉아 주름 장식이 시야를 막는 하얀색 커다란 모자를 써서 얼굴 옆면을 가린 채 잘 보이는 눈으로 작업에 열중했다. 모자는 주름을 펄럭이고 한쪽 눈은 안 보이는 모습이 창가 맞은편에 앉은 작은 엄마와 또렷하게 대조되었다. 마당을 걸어가는 발소리는 의장이 자리에 앉고, 학생들이 '화음' 쪽으로 밀물처럼 몰려간 뒤로 많이 줄었다. 영혼에 음악이 없거나 주머니에 돈이 없는 극소수 학생은 주변에 빈둥대고, 어디든 모서리는 찢어진 거미줄 등 눈에 거슬리는 풍경이 깃들듯, 초짜 죄수가 면회 온 부인과 풀죽은 표정으로 미적대는 모습도 여전했다. 학생이 모두 잠자리에 든 시간을 빼면 지금은 학교에서 가장 조용한 시간이었다. 술집에서 탁자를 두드리며 이따금 환호하는 소리는 '화음' 일부를 성공적으로 마무리했거나, 교도소 아버지가 발표하는 소감이나 건배 제안에 교도소 학생들 모두 반응한다는 의미였다. 간혹가다 유난히 낭랑하게 울려 퍼지는 노랫소리는 새파란 바다에서, 혹은 사냥터에서, 혹은 순록과 함께, 혹은 산에서, 혹은 야생화 사이에서 우렁차게 부르는 노래 같으나, 교도소장은 그런 노래가 아니라는 걸 아는 터라 그렇게 부르는 가수조차 교도소에 옴짝달싹 못하게 붙잡아 두었다.

클레넘이 옆으로 가서 앉자, 작은 도릿이 몸을 덜덜 떨었다. 바늘을 제대로 못 잡을 정도였다. 클레넘이 작은 도릿 일감에 한 손을 올리며 말했다.

"친애하는 작은 도릿, 내가 일감을 내려놓을게."

작은 도릿은 일감을 넘기고, 클레넘은 옆에 내려놓았다. 그런 다음에 작은 도릿이 두 손을 불안하게 깍지꼈으나, 클레넘이 그 손 하나를 잡았다.

"요새는 거의 못 만났구나, 작은 도릿!"

"바빴어요, 선생님."

"그런데 가까운 곳에서 착하게 사는 사람네 집에 오늘 네가 찾아왔다는 소식을 우연히 들었단다. 그런데 나를 안 찾아온 이유는 뭐니?"

"나도 - 나도 모르겠어요. 선생님도 바쁠 거라고 생각한 것 같아요. 요새는 계속 바쁘시잖아요, 그죠?"

클레넘은 작은 도릿이 덜덜 떠는 가녀린 몸과 밑으로 숙인 얼굴, 고개를 들다 시선이 마주치는 순간에 내리까는 두 눈을 바라보았다, 잔뜩 걱정하면서도 다정한 표정이었다.

"얘야, 나를 대하는 자세가 많이 변했구나!"

작은 도릿은 몸이 너무나 떨렸다. 억누를 수 없을 정도였다. 클레넘한테 잡힌 손을 가만히 빼내서 다른 손에 포개고 머리를 숙인 채 온몸을 덜덜 떨었다.

"아아, 작은 도릿!"

클레넘이 불쌍히 여기는 어투로 한탄하자 작은 도릿이 눈물을 터트렸다. 매기가 갑자기 고개를 돌려서 쳐다보았다. 하지만 끼어들지 않았다. 클레넘은 상대가 말할 때까지 가만히 기다렸다. 그러다 다시 말했다.

"흐느껴 우니 너무나 안타까워. 하지만 울어서라도 지친 마음을 달랠 수 있다면 좋겠구나."

"네, 선생님. 그럴 수 있을 거예요."

"아, 아! 아까 벌어진 일을 네가 너무 크게 생각하지나 않을까 걱정스러워. 별일도 아닌데…… 중요한 일이 전혀 아닌데. 약간 유감스러운 정돈데. 이 눈물과 함께 모두 털어내려무나. 눈물 한 방울 흘릴 가치도 없으니. 눈물 한 방울? 네가 잠시나마 마음을 달랠 수 있다면, 작은 도릿, 그렇게 사소한 일은 하루에 50번도 기꺼이 겪을 수 있어."

작은 도릿이 용기를 긁어모으다 대답하는데, 평소 태도에 가까웠다.

"선생님은 친절하세요! 하지만 설사 미안해하거나 창피하게 여길 일이 아니더라도 그 일은 선생님 은혜에 나쁘게 대응하는……"

클레넘이 웃으면서 한 손으로 작은 도릿 입술을 건들었다.

"쉿! 많은 걸 또렷이 기억하는 너도 잊는 게 있다니, 정말 새롭구나. 예전에도 지금도 나는 네가 믿겠다고 약속한 친구라는 사실을 내 입으로 다시 말해야 하겠니? 아니야. 너도 기억하잖아, 아니니?"

"그러려고 애쓰는 중이에요. 안 그랬다면 오빠가 실수할 때 그 약속을 깨뜨렸을 거예요. 선생님은 오빠가 여기에서 자란 걸 고려하고 불쌍한 오빠를 가혹하게 판단하지 않을 테니까요!"

작은 도릿이 말하면서 두 눈을 들어 상대 얼굴을 어느 때보다 가까이 쳐다보다, 색다른 어투로 갑자기 물었다.

"최근에 크게 앓은 건 아니죠, 클레넘 선생님?"

"응."

"심한 일을 겪은 것도? 상처를 받은 것도 아니지요?"

작은 도릿이 걱정스러운 표정으로 물었다.

갑작스러운 질문에 클레넘은 어떻게 대답해야 좋을지 몰랐다.

"사실대로 말하자면, 살짝 힘든 일이 있었는데 이제 다 끝났어. 내가 그 표정을 그대로 드러냈니? 내가 꿋꿋하게 자제하질 못했구나. 나는 그러는 줄 알았는데. 너한테 배워야 하겠어. 그런 걸 너보다 잘 가르칠 사람이 어디에 있겠니!"

클레넘은 다른 누구도 못 보는 자신의 내면을 작은 도릿이 본다고 생각한 적이 없었다. 작은 도릿처럼 또렷하고 확실하게 자신을 바라볼 사람은 세상 어디에도 없다는 생각 역시 한 번도 안 했다. 그래서 이렇게 이어갔다.

"하지만 덕분에 하고 싶은 말이 떠오르니, 내 얼굴이 내 말을 어기고 속마음을 드러낸 걸 나무라지 않으마. 게다가 작은 도릿한테 속마음을 털어놓는 건 특권이자 기쁨이거든. 그러니 단조롭고 불행하게 살다 먼 나라에서 오랜 세월을 지내는 사이에 나한테 커다란 수심이 있고 나이도 많다는 사실을, 연애 감정을 느낄 시기는 옛날에 끝난 걸 내가 깜빡 잊었다는 고백을, 그걸 깜빡 잊은 채 내가 누군가를 사랑한다는 환상에 빠져들었다는 고백을 안 할 수 없구나."

"제가 아는 분인가요, 선생님?"

"아니."

"선생님 때문에 저한테 친절하신 숙녀분이 아닌가요?"

"플로라. 아니야, 아니야. 네가 보기에……"

"저 역시 그렇게 생각한 적은 없지만, 약간 궁금했어요."

작은 도릿이 대답하는데, 클레넘이 아니라 자기 자신에게 하는 말 같았다.

클레넘은 장미를 안고 가로수 길을 걷던 날 밤에 느낀 감성을, 자신은 다 늙었다는, 연애 감정을 느끼는 건 사치라는 느낌을 떠올리며 말했다.

"으음! 나는 내가 착각한 걸 알고 가만히 - 실제로는 엄청나게 - 생각한 다음에 현실을 깨달았어. 현실을 깨닫고 내 나이를 따져보고 내 처지를 생각하고 뒤도 돌아보고 앞도 쳐다보아, 나는 곧 백발노인이 된다는 사실을 깨달았어. 언덕을 다 오르고 꼭대기 편평한 길을 다 지나, 이제 빠르게 내려가는 중이라는 사실을 깨달은 거야."

이런 말이 꾹 참는 상대한테 매서운 고통으로 다가간다는 사실을 클레넘이 알았더라면! 상대를 달래주고 도와주려는 목적에 어긋난다는 사실을 알았더라면!

"그런 일이 나한테 은총이며 행복이던 시절은, 나한테도, 나와 관련된 사람한테도, 온몸에 가득한 희망으로 다가오던 시절은 이미 지났으며, 이제 두 번 다시 안 오리란 사실을 깨달은 거야."

아! 클레넘이 알았더라면, 클레넘이 알았더라면! 자신이 작은 도릿의 진실한 가슴을 단검으로 마구 찔러서 피가 솟구친다는 사실을 알았더라면!

"이제 그건 다 끝나고, 나는 마음을 완전히 돌렸어. 이 얘기를 작은 도릿한테 왜 하는 걸까? 우리 사이는 나이 차이가 크다는 사실을 굳이 드러내는 이유가, 나는 네가 지금껏 살아온 인생만큼 나이가 많다는 사실을 너한테 굳이 상기시키는 이유가 무얼까?"

"선생님이 저를 믿기 때문이면 좋겠어요. 선생님께 영향을 미치는 건 저한테도 영향을 미친다는 걸, 선생님을 행복하거나 불행하게 하는 건, 늘 고마움을 느끼는 저한테도 똑같다는 사실을 알기 때문이면 좋겠어요."

클레넘은 떨리는 목소리를 듣고, 진지한 얼굴을 보고, 맑고 진실한 두 눈을 보고, 클레넘 가슴으로 화살이 날아올 때 기꺼이 몸을 던져서 대신 맞고 죽어가며 "사랑해요!"라고 말할 것처럼 빠르게 뛰는 가슴을 보았다. 하지만 겉만 보았을 뿐 속에 가득한 진실은 조금도 못 보았다. 그렇다. 작은 도릿이 너덜너덜한 신발을 신고 초라한 드레스를 입고 감방에서 헌신하며 사는 모습은 보았지만, 가녀린 체구에 굳건한 영혼이 담긴 여장부는 보았지만, 그것은 클레넘으로 하여금 다른 걸 하나도 못 보게 만들었다.

"당연히 그렇겠지만, 작은 도릿, 다른 이유도 있어. 우리는 혈연관계가 아닌 데다 처지도 다르고 나이 차이도 큰 터라, 나는 너한테 친구며 조언자로 딱 맞기 때문이야. 내 말은, 나를 훨씬 편하게 믿을 수 있다는 뜻이야. 네가 다른 사람한테서 거북함을 느낄지라도 내 앞에서는 안 그럴 수 있거든. 그런데 나를 왜 피했니? 말해주렴."

"여기가 더 좋아서요. 제가 있을 곳이고 제가 필요한 곳이니까요. 여기가 훨씬 좋으니까요."

작은 도릿이 조그맣게 대답했다.

"그날 다리에서도 똑같이 말했지. 나중에 그 생각을 많이 했어. 행여나 비밀이 있다면, 나를 믿고 편하게 털어놓으렴!"

"비밀이요? 그런 거 없어요."

작은 도릿이 힘들게 대답했다.

두 사람은 지금껏 나지막하게 대화했다. 작업에 열중하는 매기가 못 듣도록 하려는 의도보다는 나지막한 어투로 말하는 게 자연스러웠기 때문이다. 그런데 갑자기 매기가 다시 쳐다보더니 이번에는 입을 열었다.

"저기! 작은 엄마!"

"왜, 매기?"

"아저씨한테 말할 비밀이 없으면 공주 이야기를 해. 공주는 비밀이 있잖아."

클레님이 깜짝 놀라며 물었다.

"공주한테 비밀이 있어? 어떤 공주, 매기?"

"맙소사! 열 살짜리 여자애한테 말도 안 되는 소리를 하시네요. 누가 공주한테 비밀이 있다고 했어요? 나는 그렇게 말하지 않았어요."

"미안하구나. 그렇게 말한 줄 알았어."

클레님이 말하자, 매기가 다시 설명했다.

"아니에요, 그렇게 말하지 않았어요. 비밀을 알아내려는 사람은 공주였는데 내가 어떻게 그럴 수 있겠어요? 비밀을 가진 사람은 조그만 여인인데, 물레 앞에서 실을 짰어요. 그래서 공주가 비밀을 왜 저기에 간직하느냐고 물었어요. 그러자 조그만 여인은 아니라고, 그렇지 않다고 대답했어요. 공주는 아니라고, 비밀이 있다고 말했어요. 그리고 두 사람은 찬장으로 갔는데, 그곳에 비밀이 있었어요. 그런데 조그만 여자는 병원에 안 가고, 그래서 죽었어요. 그렇잖아, 작은 엄마. 아저씨한테 말해. 대단한 비밀이잖아!"

매기가 두 팔로 자기 몸을 껴안으며 좋아했다.

클레님이 무슨 말인지 설명을 바라는 표정으로 작은 도릿을 바라보다, 부끄러워서 빨갛게 달아오른 얼굴을 보고 깜짝 놀랐다. 하지만 작은 도릿은 예전에 매기한테 들려주려고 지어낸 동화 이야기라고, 아무런 의미도 없는 이야기라, 설사 기억하더라도, 다른 사람 앞에서 또다시 꺼내는 건 부끄럽다 말하고, 이야기는 그걸로 끝났다.

하지만 클레님은 처음 얘기로 돌아가, 앞으로 자주 만나자고, 자신만큼 작은 도릿을 행복하게 해주려 애쓰는 사람은, 더 행복하게 해주려 애쓰는 사람은 어디에도 없다는 사실을 명심하라고 말했다. 작은 도릿이 자신도 잘 안다고, 절대로 안 잊겠다고 대답하자, 클레님은 훨씬 미묘한 두 번째 문제로, 한동안 품었던 의혹으로 넘어갔다. 그래서 작은 도릿 손을 다시 잡고 훨씬 나지막이 말해, 조그만 방에 함께 있는 매기조차 들을 수 없었다.

"작은 도릿, 다른 말. 너한테 꼭 하고 싶은 말이 있어. 그래서 기회를 오랫동안 엿보았어. 나를 신경 쓰지는 마, 나이만 보더라도 나는 아버지나 삼촌뻘이야. 그러니 나를 늙은 사람으로 여겨. 너는 모든 관심을 이 방에 몽땅 쏟아붓는다는 사실을, 무슨 일이 있더라도 이 방에서 하는 역할을 포기하지 않는다는 사실을 나 역시 알아. 이런 확신이 없었더라면, 네가 훨씬 좋은 곳에서 살도록 준비할 테니 부디 그곳에서 살라고 너한테, 그리고 너희 아버지한테 오래전에 애원했을 거야. 하지만 너 역시 다른 사람한테 – 지금은 아닐지라도 언젠가는 – 다른 사람한테 관심이 생길 수 있어, 여기에서 헌신하는 삶과 잘 어울릴 관심이."

작은 도릿은 얼굴이 백지장처럼 하얗게 변하다, 고개를 말없이 저었다.

"가능성은 있어, 작은 도릿."

"아니에요. 아니에요. 아니에요."

작은 도릿이 한 번씩 천천히 내뱉을 때마다 더없이 쓸쓸한 표정으로 고개를 저었다는 사실을 클레넘은 오랜 시간이 지난 뒤에 떠올렸다. 그 모습을 클레넘이 또렷이 떠올리는 순간은 오랜 시간이 지난 뒤에 바로 그 교도소 담장 안으로, 바로 그 감방으로 찾아왔다.

"하지만 그런 일이 생긴다면 나한테 말하렴. 사실대로 말하고 관심이 가는 상대가 누군지 알려줘. 그러면 내가 너한테, 착하디착한 작은 도릿한테 마음속으로 느끼는 모든 열정과 명예와 우정과 존경심을 다해서 영원한 노움이 되도록 할 테니."

"아, 고맙습니다, 고맙습니다! 하지만, 아, 아니에요, 아니에요, 아니에요!"

작은 도릿이 조금 전처럼 체념한 어투로 말하면서 바느질로 굳은살이 박인 두 손을 꼭 움켜잡은 채 클레넘을 쳐다보았다.

"속 얘기를 지금 하라는 건 아니야. 나를 믿고 나중에라도 스스럼없이 알려달라고 부탁하는 것뿐이야."

"이렇게 친절하신데 어떻게 안 그러겠어요!"

"그렇다면 나를 전적으로 믿을 거니? 불행한 일이든 걱정스러운 일이든 안 숨기고 모두 말할 거니?"

"최대한."

"그럼 지금 숨기는 건 없니?"

작은 도릿이 머리를 끄덕였다. 하지만 얼굴은 백지장 같았다.

"오늘 밤에 자리에 누워서 애처로운 이곳을 다시 떠올릴 때 - 너를 못 볼 때도 밤마다 그랬으니 당연히 떠올릴 텐데 - 네 마음을 갉아먹는 문제는 이 방이랑 이 방을 쓰는 사람밖에 없다고 믿어도 되니?"

작은 도릿은 이 말에 넘어간 것 같았다 - 이것 역시 클레넘은 오랜 시간이 지난 뒤에 떠올렸다 - 그래서 훨씬 명랑하게 대답했다.

"네, 클레넘 선생님, 네, 그래도 돼요!"

누가 올라오거나 내려갈 때마다 삐걱대는 소리로 재까닥 알려주는 계단이 이번에는 빠르게 올라오는 발에 눌리면서 삐거덕 소리를 열심히 뱉어내는데, 그게 전부가 아니었다. 조그만 증기기관차가 열심히 다가오는 소리도 들렸다. 가까이 다가올수록 속도가 빨라지고 기운도 늘더니 방문을 두드린 뒤에는 고개를 숙여서 열쇠 구멍에 대고 콧김을 뿜어대는 소리가 일었다.

매기가 미처 방문을 열기도 전에 팽스가 바깥에서 문을 활짝 열고 모자도 없어서 마구 헝클어진 머리를 그냥 드러낸 채 클레넘과 작은 도릿을 매기 어깨너머로 쳐다보았다. 한 손에 불붙인 시가를 들어, 맥주 냄새와 담배 냄새가 동시에 파고들었다. 그런 팽스가 숨을 헐떡이며 말했다.

"집시 팽스가 점을 친다오."

그리고는 이상한 분위기로 가만히 서서 음침한 미소를 머금으며 거친 숨을 뿜어댔다. '돈을 박박 긁어다 주인님한테 갖다 주는' 하인이 아니라, 마셜씨 교도소와 교도소장과 교도관 전체와 학생 전체를 소유한 주인처럼 의기양양한 분위기였다. 그러더니 지극히 만족스러운 표정으로 (흡연자는 아닌 게 분명한데) 시가를 입술에 물고는 오른눈을 감은 채 한 모금 쭉 빨다, 숨이 막히고 온몸이 부르르 떨리는 곤욕을 치렀다. 하지만 그런 와중에도 "지입시 패앵스가 점을 친다"는 소개말을 다시 뱉어내려 애썼다. 그런 다음에 덧붙였다.

"학생들하고 초저녁 시간을 보냈어. 노래를 불렀다고. '하얀 모래 회색 모래'를 함께 불렀다고. 어떤 노랜지는 몰라. 상관없어. 어떤 노래든 함께 부를 테니까. 다 똑같거든, 커다랗게만 부르면."

클레넘은 팽스가 술에 취했다고 생각했다. 하지만 맥주를 마셔서 약간 나빠질 수 (혹은 좋아질 수) 있기는 해도, 팽스가 흥분한 주요 성분은 맥아에서 양조한 것도, 곡식에서 증류한 것도 아니라는 사실을 곧바로 알아챘다.

"안녕, 미스 도릿? 내가 여기저기 돌아다니다 잠시 들러도 너는 괘념치 않으리라 생각했어. 클레넘 선생이 있다고 들었거든, 도릿 선생한테서. 안녕하시오, 선생?"

클레넘은 고맙다고, 흥겨운 모습을 보니 기쁘다고 말했다.

"흥겹다! 기분이 날아갈 것 같다오, 선생. 삼시노 범출 수 없다오, 사람들이 나를 못 볼 것 같아서, 그런데 나는 사람들이 나를 못 보는 게 싫다오……뭐라고, 미스 도릿?”

팽스는 작은 도릿한테 관심을 끌고 작은 도릿을 쳐다보는 걸 크게 좋아하는 것 같았다. 그 순간에 흥분해서 머리칼이 까만 앵무새처럼 곧추섰기 때문이다.

“나는 여기에 온 지 30분도 안 됐어. 도릿 선생이 의장석에 앉는다는 소식을 듣고 ‘가서 도와줘야지!’라고 생각했거든. 물론 블리딩 하트 단지로 가야 마땅하지만, 그곳 사람은 내일 몰아붙여도 돼……뭐라고, 미스 도릿?”

까맣고 조그만 눈동자가 전기처럼 번뜩였다. 머리칼을 마구 헝클어뜨리는 순간에 불꽃이 번쩍이는 것 같았다. 온몸이 충전된 상태라, 어디에 손을 대도 불꽃이 일면서 달라붙을 것 같았다.

“중요한 인물은 여기에 다 있어……뭐라고, 미스 도릿?”

팽스가 다시 물었다. 작은 도릿이 살짝 무서워서 아무런 대답도 못하자, 팽스가 웃으면서 고갯짓으로 클레넘을 가리켰다.

“저 양반은 신경 쓰지 마, 미스 도릿. 우리 편이니까. 네가 사람들 앞에서 나를 아는 척하지 않기로 약속했지만 클레넘 선생은 예외야. 우리 편이거든. 저 양반도 한통속이거든. 안 그렇소, 클레넘 선생?……뭐라고, 미스 도릿?”

이상한 인물이 잔뜩 흥분한 상태는 클레넘한테도 전염되었다. 작은 도릿은 깜짝 놀란 눈으로 바라보다, 두 사람이 빠르게 주고받는 눈빛까지 알아챘다.

“내가 말하는 중이었는데, 무슨 말인지 잊어버렸군. 아, 알겠다! 중요한 인물은 여기에 다 있어. 그래서 내가 한턱냈어……뭐라고, 미스 도릿?”

팽스가 묻자, 작은 도릿은 두 사람 사이에서 빠르게 오가는 눈빛을 바라보며 대답했다.

“마음이 넓으시네요.”

“아니야. 그런 말 말라고. 나한테 재산이 들어오거든. 그게 진짜야. 충분히 대접할 수 있다고. 여기서 한턱낼 생각이야. 마당에 식탁을 쭉 펼치는 거야. 빵을 무더기로 쌓아놓고. 담뱃대를 다발로 갖다 놓고. 담배도 잔뜩 쌓아놓고. 구운 쇠고기와 건포도 푸딩을 모든 사람한테 돌리는 거야. 두 배로 독한 맥주를 한 사람당 1리터씩 돌리고. 포도주도 500cc씩 돌리고, 사람들이 바란다면, 그리고 당국이 허락한다면…… 뭐라고, 미스 도릿?”

작은 도릿은 그런 태도를 보고, 아니, (팽스는 앵무새처럼 말할 때마다 클레넘을 쳐다보고) 그 태도에 클레넘이 점차 동화되는 걸 보고 너무나 당혹스러운 나머지, 대답하려고 입술을 움직이는데 말이 안 나왔다.

“그리고, 아, 말이 나왔으니 하는 말인데 손금을 보면 너는 우리가 죽은 뒤에도 오랫동안 살아. 그럼 당연히 그렇고말고……뭐라고, 미스 도릿?”

팽스가 갑자기 동작을 멈췄다. 머리 전체에서 거대한 불꽃이 터지듯 새까만 점이 수없이 일어나다 새까만 갈퀴처럼 변하는 게 정말 대단한 미스터리였다. 그런 팽스가 원래 얘기로 돌아왔다.

“하지만 사람들이 나를 못 볼 텐데, 나는 사람들이 나를 못 보는 게 싫어. 선생과 나는 약속을 했소, 클레넘 선생. 나는 약속을 꼭 지키겠다고 했소. 이제 선생은 내가 약속을 지키는 모습을 보게 될 것이오, 밖으로 잠시 나온다면. 미스 도릿, 잘 있게. 미스 도릿, 행운을 비네.”

팽스는 두 손으로 작은 도릿을 잡아서 급하게 흔들고는 콧김을 뿜어내며 계단을 내려갔다. 클레넘도 급히 쫓아가다 마지막 층계참에서 부닥쳐, 하마터면 팽스를 마당으로 굴러 떨어뜨릴 뻔했다.

마당으로 나서자마자 클레넘이 물었다.

"도대체 무슨 일이오!"

"잠시만, 선생. 러그 선생. 러그 선생을 소개하겠소."

팽스는 이렇게 말하더니, 마찬가지로 모자를 안 쓴 채 시가를 물고 맥주 냄새와 담배 냄새를 풍기는 또 다른 사내를 소개하는데, 그 사내는 팽스처럼 흥분한 건 아니지만, 차분하게 행동하지 않으면 팽스만큼이나 미친 사람처럼 보일 것 같았다.

"클레넘 선생, 러그 선생이오. 잠시만. 펌프 쪽으로 갑시다."

세 사람은 펌프 옆으로 자리를 옮겼다. 팽스는 그 즉시 펌프 주둥이 밑에 머리를 대고, 러그한테 힘껏 펌프질하라고 요청했다. 러그는 순순히 따르고, 팽스는 콧김과 숨결을 마음껏 내뿜다 손수건으로 물기를 닦았다. 그러더니 깜짝 놀란 표정으로 지켜보는 클레넘한테 숨을 헐떡이며 말했다.

"머리를 감았더니 정신이 나는군요. 하지만 우리가 다 아는데, 작은 도릿 아버지가 의장석에서 연설하는 소리를 듣는 거로, 작은 도릿이 저런 드레스를 입고 저 방에 있는 모습을 보는 거로 충분하니 - 등 좀 빌려주시오, 러그 선생 - 조금 더 높게 - 이제 됐소!"

팽스가 말하더니, 마셜씨 교도소 인도에서 어스름한 초저녁에, 하고 많은 사람 가운데 하필이면 팽스가, 총대리인이자 회계사며 채무 해결사인 펜튼빌의 러그 선생 머리와 어깨 위로 날아올랐다. 그래서 두 발을 땅에 딛자마자 클레넘 단추 구멍을 잡아서 펌프 뒤로 데려가더니 주머니에서 서류뭉치를 꺼내며 숨을 헐떡였다.

러그도 주머니에서 서류뭉치를 꺼내며 숨을 헐떡였다.

"잠깐! 드디어 찾아냈군요."

클레넘이 속삭이자, 팽스가 말할 수 없이 번지르르하게 대답했다.

"그런 것 같소."

"관련된 사람이 있나요?"

"어떤 관련 말이오, 선생?"

"조금이라도 억누르거나 부정하게 거래하는 방식으로?"

"조금도 없소."

"하느님 고맙습니다!"

클레넘이 혼자 말하다 덧붙였다.

"이제 나한테 보여주시오."

팽스는 콧김을 내뿜으며 서류를 요란스럽게 펼치더니 높은 압력을 가해서 짧은 문장을 뱉어냈다.

"이번 일이 오늘 비로소 끝났다는 사실을……가계도가 어디에 있소? 4번 도표가 어디에 있소, 러그 선생? 아! 맞아! 여기에 있군……이번 일이 오늘 비로소 끝났다는 사실을 선생은 이해해야 하오. 하루 이틀 안에는 법적으로 안 될 거요. 아무리 오래 걸린다 해도 일주일이면 충분하겠지. 우리가 이번 일 때문에 밤낮으로 얼마나 고생했는지 모른다오. 러그 선생, 얼마나 걸렸는지 아시오? 괜찮소. 말하지 마시오. 머리만 헷갈릴 테니까. 선생이 작은 도릿한테 말하시오, 클레넘 선생, 우리가 말해도 좋다고 할 때까지 기다린 다음에. 대충 계산한 총액이 어디에 있지요, 러그 선생? 아! 여기에 있군! 받으시오, 선생! 작은 도릿한테 알려줄 총액이오. 마셜씨 교도소 아버지 재산!"

33장. 머들 부인이 불만을 털어놓다

가우언 부인은 클레넘을 초대해서 이런저런 가능성을 따져본 다음, 미글스 부부를 최대한 활용하자는 식으로, 불가피한 운명에 자신의 철학을 맞추자는 식으로 굴복해, 아들의 결혼에 반대하지 않겠다는 결정을 너그럽게 내렸다. 이런 쪽으로 나아가다 다행히도 이런 결론에 도달하는 동안, 가우언 부인에게 영향을 미친 건 모성애 말고도 정치적으로 숙고한 내용 세 개가 있었다.

첫 번째는 아들이 자신한테 허락을 구할 의도가 전혀 없다는, 허락하지 않아도 충분히 결혼할 수 있다는 자신감이 넘친다는 사실이다. 두 번째는 아들이 안락한 환경에서 사는 남자의 사랑스러운 외동딸과 결혼하는 불효를 저지르더라도, 국가가 (혹은 바너클 가문이) 베푸는 연금에는 고맙게도 전혀 아무런 영향을 안 미친다는 사실이다. 세 번째는 결혼하는 즉시, 아들이 진 빚을 장인이 깨끗하게 청산할 게 분명하다는 사실이다. 이런 사실 세 개를 신중하게 고려해서 미글스 선생이 결혼을 허락했다는 말이 들리는 순간에 자신도 허락할 마음을 먹었다. 현실적으로 미글스 선생이 반대하는 게 유일한 장애물이란 사실까지 고려할 때, 특별히 하는 일 없던 감독관 남편을 떠나보낸 미망인으로서 이 모든 내용을 지혜롭게 따져보았을 가능성은 대단히 크다고 할 수 있다.

하지만 지인과 친척들 사이에서는 그 결혼을 유감스럽게 생각한다는, 정말 슬프다는, 아들이 완벽한 환상에 빠져서 헤어나오지 못한다는, 자신은 오랫동안 끊임없이 반대하지만 엄마가 무얼 어떻게 하겠느냐는 느낌을 열심히 전달하는 식으로 개인적인 품위와 바너클 가문 혈통이라는 품위를 유지했다. 이렇게 꾸며낸 이야기를 증언하도록 미글스 가족과 친한 클레넘을 벌써 만나서 공작했으니, 이제는 미글스 가족을 똑같은 함정에 빠뜨리는 공작에 몰두했다. 그리고 미글스 선생을 처음 만나는 자리에서 그 처지에 공감하다, 불가피한 압박에 씁쓸하지만 우아하게 포기하는 처지로 슬그머니 자리매김했다. 최대한 올바르고 정중하게 어려운 결정을 내리고 마침내 양보한 사람은 미글스 선생이 아니라 자신인 척, 희생한 사람 역시 미글스 선생이 아니라 자신인 척했다. 미글스 부인한테도 똑같이 정중하고 정교하게 그런 척했으니, 마법사가 순진무구한 숙녀 앞에서 카드를 교묘하게 바꾼 셈이었다. 그래서 아들이 미래의 며느리를 소개할 때는 다정하게 껴안으며 "얘야, 어떻게 했기에 우리 아들이 저렇게 홀딱 빠졌니!"라 감탄하고, 동시에 눈물을 몇 방울 흘려서 화장품 가루가 뒤섞인 조그만 알약처럼 흘러내리게 했으니, 이것은 자신이 크나큰 불행을 차분하게 견디긴 해도 속으로는 크나큰 고통에 시달린다는 우아하면서도 감동적인 표시였다.

가우언 부인은 (한때 상류사회에 속했으며 권력층과 가까이 지내는 사이라고 자랑하길 좋아하니) 친구 제일 앞자리에 며들 부인이 있었다. 사실, 햄프턴 코트 궁전의 보헤미안들은 머들을 벼락부자라며 하나같이 콧대 높게 깔보면서도, 막대한 재산 앞에 바싹 엎드리는 식으로 콧대를 숙이며 숭배했다. 콧대를 높였다 숙이는 모습이 재무성 거물, 거물 변호사, 주교관 거물 등과 너무나 비슷했다.

가우언 부인은 앞에서 말한 대로 결혼을 우아하게 허락하고는 마음을 달래려고 머들 부인을 찾아갔다. 영국 역사에서 '게딱지 마차'라고 불손하게 부르던 '말 한 필짜리 마차'를 타고 도심지로 달린 것이다. 소규모 자영업자가 소유한 마차로, 이 자영업자는 햄프턴 코트 궁전에 사는 노부인 여럿한테 하루 단위나 시간 단위로 마차를 빌려주고 직접 몰았다. 하지만 그럴 때는 마차와 마부 모두 임차인 소유로 여긴다는 게, 그리고 임차인에 대한 정보를 누구한테도 누설하지 않는다는 게 관례였다. 하기야 '빙글빙글 돌리기 관청'의 바너클 역시 지금 하는 일 말고는 그 어떤 일도 모르는 척한다는 점에서 볼 때, 세상에서 규모가 제일 커다란 자영업자라고 할 수 있을 것이다.

머들 부인은 집에서 진홍빛과 황금빛 둥지에 앉아있는데, 바로 옆 가로대에서 앵무새가 머리를 옆으로 갸우뚱한 채 지켜보는 모습은 머들 부인을 덩치가 커다란 또 다른 우아한 앵무새로 여기는 것 같았다. 가우언 부인은 제일 좋아하는 녹색 부채를 펼쳐서 얼굴로 다가오는 빛을 덜어내며 이런 머들 부인한테 다가갔다. 그래서 별 볼 일 없는 대화를 살짝 한 다음에 부채로 친구 손등을 톡톡 치면서 말했다.

"나한테 위로가 될 사람은 머들 부인밖에 없어요. 전에 말한 우리 아들 결혼 문제가 결국엔 현실로 다가왔답니다. 부인은 어떻게 생각하세요? 꼭 듣고 싶어요, 부인은 상류사회를 대표하니까요."

머들 부인은 상류사회가 툭하면 쳐다보는 자기 가슴을 바라보아 머들 선생의 보석 진열장과 런던 보석상의 보석 진열장이 제대로 있는지 확인한 다음에 대답했다.

"남자 측에서 결혼할 경우에, 부인, 상류사회는 남자가 결혼을 통해서 큰 재산을 챙겨야 한다고, 결혼을 통해서 확실한 이익을 누려야 한다고, 자리를 확실히 굳혀야 한다고 규정한답니다. 그게 아니라면 상류사회는 남자가 무엇 때문에 굳이 결혼해야 하는지 이해를 못 한답니다. 앵무새, 조용해!"

두 사람 위 새장에서 앵무새가 조정관으로(사실, 진짜 조정관이 그러듯) 회담을 주도하는 것처럼 굴어, 날카로운 소리로 마무리한 것이다.

머들 부인은 제일 좋아하는 손 새끼손가락을 우아하게 구부려, 그 동작만큼이나 우아하게 이어갔다.

"물론 남자가 젊지도 않고 우아하지도 않은 예도 있고, 부자로 자리를 확실히 굳힌 예도 있겠지요. 이건 완전히 다른 경우니, 이런 경우에는……"

머들 부인이 눈처럼 하얀 어깨를 으쓱하면서 한 손을 보석 받침대에 올리고 살짝 기침하는 게, '그래요, 남자라면 이런 물건을 찾는 법이죠, 부인'이라고 덧붙이는 것 같았다. 바로 그때 앵무새는 다시 날카로운 소리를 지르고, 머들 부인은 외알 안경을 쓰고 앵무새를 바라보며 "앵무새! 조용히 하라고!"라 소리치고는, 다시 이어갔다.

"하지만 젊은 사내는 - 그런데 내가 말하는 젊은 사내가 누군지는 아시죠, 부인? - 앞날이 창창한 아들들을 말하는 거랍니다 - 결혼을 통해서 상류사회로 한발 다가서야 합니다. 안 그러면 그들이 멍청하게 구는 걸 상류사회가 안 참으니까요."

머들 부인이 둥지에 등을 기대고 외알 안경을 다시 쓰며 덧붙였다.

"이렇게 말하니까 하나같이 끔찍하게 세속적으로 들리네요, 그죠?"

"하지만 모두 사실이지요."

가우언 부인이 지극히 도덕적인 분위기로 말하자, 머들 부인이 대답했다.

"부인, 그건 잠시도 의심하지 말아야 한답니다. 상류사회는 그 문제에 대해 이미 마음을 정한 터라 이러쿵저러쿵할 여지가 없답니다. 행여나 우리가 원시 상태에 가깝다면, 행여나 우리가 나뭇잎 지붕 아래서 산다면, 그리고 은행 계좌 대신 소와 양 같은 가축을 기른다면 (정말 멋질 거예요, 부인, 나는 꽤 목가적인 성격이거든요) 그래도 괜찮겠지요. 하지만 우리는 나뭇잎 지붕 아래서 안 살고, 소와 양 같은 가축을 안 기르지요. 그 차이를 우리 아들 '번뜩이는 머리'한테 설명하느라 나 역시 완전히 녹초가 될 지경이랍니다."

가우언 부인은 젊은 신사 이름이 나오는 순간에 녹색 부채 너머를 바라보다, 이렇게 대답했다.

"부인은 우리나라가 - 불행하게도 존 바너클이 양보한 나라가! - 천박한 상태라는 걸 알며, 그래서 나 역시 교회의 그 무엇처럼 가난한 이유를 알아요."

"교회 쥐요?"[128)]

머들 부인이 웃으며 말하고, 가우언 부인은 대답했다.

"내가 생각한 건 성경에 나오는 교회 인물, 욥이었답니다. 어느 쪽이든 상관없어요. 부인 아들과 우리 아들은 처지가 다르다는 사실을 모르는 척하는 건 아무런 소용도 없으니까요. 굳이 덧붙이자면 우리 아들은 재능이 있는데……"

"우리 아들은 없지요."

머들 부인이 더없이 상쾌한 어투로 끼어들고, 가우언 부인은 계속 말했다.

"그 재능에 실망감이 더해서 이상한 걸 추구하게 되었으니…… 아, 하느님 맙소사! 부인도 알겠지만, 우리 아들은 처지가 다르니, 문제는 내가 받아들일 수 있는 수준에서 가장 저급한 결혼은 어느 수준이냐는

---

128) 'poor as a church mouse'는 '교회 쥐만큼 가난하다'는, 즉, '매우 가난하다'는 뜻이다.

거예요."

머들 부인은 자기 팔을 (자태가 아름다워 팔찌를 끼우기에 정말 좋은 팔을) 바라보는데 정신이 팔린 나머지 한동안 대답을 못 했다. 긴 침묵에 마침내 정신을 차리고 두 팔을 팔짱 끼더니, 감탄스러울 정도로 침착하게 친구 얼굴을 똑바로 바라보며 질문하듯 물었다.

"그으래요? 그래서요?"

"그래서, 부인은 어떤 의견인지 듣고 싶어요.",

가우언 부인이 대답하는데, 조금 전처럼 다정한 어투는 아니었다.

여기에서 앵무새는 조금 전에 비명을 지르고 한쪽 다리로 서다, 갑자기 두 다리로 서서 사람을 경멸하듯 위아래로 머리를 끄덕이며 폭소를 터트리고, 다시 한쪽 다리로 서서 동작을 멈추고 머리를 최대한 비튼 채 대답을 기다렸다.

"신사가 숙녀한테 이익을 얻어야 한다는 말은 돈만 밝히는 소리처럼 들리지만, 그래도 아시다시피 어차피 상류사회도 돈을 약간은 밝힌답니다, 부인."

머들 부인이 말하자, 가우언 부인이 대답했다.

"제가 들은 바에 따르면 우리 아들 빚을 탕감해줄 것 같은데……"

"빚이 많은가요?"

머들 부인이 외알 안경 너머로 묻자, 가우언 부인이 대답했다.

"그런대로 견딜 만하겠지요."

"흔한 수준이란 뜻이군요. 그래요. 알겠어요."

"그리고 여자 측 아버지가 생활비로 매년 300파운드나 그 이상을 줄 테니 그 정도면 이탈리아에 가서……"[129)]

---

129) 300파운드면 1820년대에 두 사람이 이탈리아에서 편히 살 수 있었다. 1844년에 디킨스는 가족과 함께 제노아에서 주택 한 채를 연 273파운드로 세내서 살았다.

“아! 이탈리아로 가세요?”

“우리 아들이 공부하러요. 무슨 공부를 할 건지 구태여 추측할 필요는 없겠지요. 싸구려 미술……”

맞아요. 이해해요. 더 말하지 마세요!

머들 부인은 괴로워하는 친구 마음을 재빨리 풀어주고, 가우언 부인은 낙담한 표정으로 머리를 저으며 말했다.

“그게, 그게 전부랍니다.”

가우언 부인이 녹색 부채를 접어서 턱을(이중 턱으로 변하는 중으로, 아직은 턱 하나에 절반이 붙은 정도라고 할 수 있는데) 톡톡 치며 다시 말했다.

“그게, 그게 전부랍니다! 노부부가 죽으면 들어오는 돈이 더 많겠지요. 하지만 무슨 조건을 걸거나 신탁으로 묶을지는 모르겠어요. 굳이 말하자면 노부부가 영원히 살지도 모르고요. 머들 부인, 그런 사람이 있다면 노부부가 바로 그럴 유형이거든요.”

머들 부인은 상류사회를 잘 아는 사람답게, 상류사회 어머니가 어떤 유형인지, 상류사회 딸은 어떤지, 상류사회 결혼 시장은 어떤지, 가격은 어떻게 형성되는지, 더 높은 가격을 받으려고 어떤 흉계를 꾸미고 거기에 맞서서 또 어떤 흉계를 꾸미는지, 어떤 거래와 강매가 일어나는지를 잘 아는 사람답게, 매우 좋은 결혼 상대라는 생각이 풍성한 가슴에 깃들었다. 하지만 상대가 바라는 대답이 무언지 아는 데다, 자신이 꾸며야 할 소설 역시 구체적으로 파악한 터라, 머들 부인은 두 팔로 우아하게 껴안고 광택을 덧붙이는 역할까지 받아들였다. 그래서 한숨을 크게 내쉬어서 상대를 동정하며 말했다.

“어머나, 그게 전부라고요? 어머나, 어머나! 그건 부인 잘못이 아니에요. 부인이 자책할 필요는 없어요. 부인 특유의 강인한 마음으로 최대한 활용해야 합니다."

"여자 측 가족은 당연히 - 변호사들 말처럼 - 우리 아들을 법적으로 영원히 소유하려고 모든 노력을 다했답니다."

"당연히 그랬겠지요, 부인."

"나는 우리 아들을 거기에서 빼내려고 아침, 점심, 저녁마다 고민하며, 가능한 방법을 모두 동원해서 줄기차게 반대했답니다."

"당연히 그랬겠지요, 부인."

"그런데 아무런 소용이 없었어요. 땅이 무너지는 느낌이었답니다. 이제 말해보세요, 부인. 우리 아들이 상류사회에 속하지 않는 인물과 결혼하는 걸 제가 결국에는 마지못해 양보하고 동의한 게 잘한 건가요, 아니면, 용서받을 수 없을 만큼 못한 건가요?"

노골적인 질문에 대한 대답으로, 머들 부인은 (상류사회 사제 같은 어투로) 가우언 부인이 정말 잘한 거라고, 모두가 공감할 거라고, 누구보다 숭고한 역할을 했다고, 고생의 도가니 속에서 단련되었다[130]고 위로했다. 가우언 부인은 구멍이 송송 뚫린 눈가리개 사이로 당연히 모든 걸 완벽하게 보면서도, 그리고 머들 부인 역시 그 사이로 완벽하게 볼 거란 사실을 알면서도, 상류사회 역시 그 사이로 완벽하게 볼 거란 사실을 알면서도, 애처로운 모성애 연극을 처음 시작할 때만큼이나 엄숙하고 만족스럽게 마무리했다.

두 부인이 회담을 한 건 오후 너덧 시 경으로, 캐번디쉬 광장 할리 거리 전역에 마차 바퀴 소리와 똑똑 두드리는 소리가 울릴 때였다. 머들 선생이 일상업무를 마치고 집으로 돌아온 건 바로 그즈음이니, 그때까지 기술과 자본을 세계적 규모로 결합한 거대한 기업체를 제대로 평가할 줄 아는 문명사회 전역에 영국이란 이름을 더더욱 존경스럽

130) 이사야 48:10

게 만드는 역할에 열심이었다. 머들이 돈을 억수로 번다는 사실 말고는 무슨 사업을 하는지 구체적으로 아는 사람은 없지만, 형식을 중시하는 자리마다 그렇게 평가하니, 그 평가는 낙타와 바늘귀라는 우화[131]를 아무런 논쟁 없이 정중하게 뒤집는 최신 유행 가운데 하나였다.

훌륭한 일을 하는 사람치고 머들은 약간 평범한 편인데, 엄청난 작업을 하는 도중에 사고가 생겨서 못난 영혼이 담긴 얼굴로 바뀐 것처럼 보일 정도였다. 머들은 집사장이 있는 곳을 피하려는 목적 하나로 저택 내부를 이리저리 우울하게 거닐다 두 부인이 있는 곳으로 들어서더니, 깜짝 놀라서 주춤하며 말했다.

"실례했습니다. 앵무새만 있는 줄 알았습니다."

하지만 머들 부인은 "들어와도 돼요!"라 대답하고 가우언 부인은 이미 떠나려고 일어난 상태에서, 바로 떠날 거라 말하니, 머들은 안으로 들어와서 가만히 선 채 먼 창문을 물끄러미 쳐다보는데, 두 손을 소맷부리 밑으로 불편하게 겹쳐서 양손 팔목을 움켜쥔 모습이 마치 자신을 옭아맨 것 같았다. 이런 자세로 백일몽에 곧장 빠져들다, 약 15분 정도가 지난 다음에 비로소 부인이 긴 의자에서 부르는 소리에 정신을 차렸다. 그래서 고개를 돌리며 물었다.

"엉? 뭐? 무슨 일이오?"

"무슨 일이오? 내가 불평하는 소리를 한마디도 안 들었나 보군요."

"당신이 불평을, 머들 부인? 당신한테 불만이 있는 줄 몰랐소. 무슨 불만이오?"

"당신에 대한 불만."

"아! 나에 대한 불만. 뭐가……내가 무얼……나한테 무슨 불만이 있을까요, 머들 부인?"

---

131) 마태오 19:10. "부자가 하느님 나라에 들어가기는 낙타가 바늘귀를 지나기보다 어렵다."

잔뜩 움츠러든 데다 골똘히 생각하느라 얼까지 빠진 상태라, 머들이 이렇게 묻는 데에는 시간이 꽤 걸렸다. 자신이 이 집의 가장이라는 걸 확인하려는 소심한 시도로 앵무새한테 집게손가락을 내밀자, 앵무새는 그 손가락을 부리로 대뜸 쪼는 식으로 대응했다. 그래서 머들은 아픈 손가락을 입에 넣은 채 다시 물었다.

"나한테 불만이 있다고 했소, 머들 부인?"

"다시 말하는 이상으로 강력하게 표현할 방법이 없는 불만이요. 차라리 벽에 대고 말하는 게 좋겠어요. 아니, 앵무새한테 말하는 것도 좋겠고요. 앵무새라면 소리라도 지를 테니까."

머들 부인이 말하자, 머들이 의자에 앉으며 대답했다.

"내가 소리를 지르길 바라는 건 아니잖소."

"잘 모르겠지만 차라리 그러는 편이 좋겠어요, 그렇게 시무룩하고 울적하게 행동하는 편보다는. 당신이 주변에서 일어나는 일에 관심을 보인다는 정도는 알 수 있으니까요."

머들 부인이 반박하자, 머들이 침울하게 대답했다.

"소리를 지른다 해서 꼭 그런 건 아니라오, 머들 부인."

"그런데 소리를 안 지르면 지금 당신이 그러는 것처럼 늘쩍지근할 뿐이겠지요. 정말이에요. 내가 당신한테 품은 불만을 알고 싶다면, 쉬운 말로 솔직하게 말해서, 당신이 상류사회에 적응하기 전까지는 상류사회에 들어서지 말아야 한다는 거예요."

머들이 의자에서 벌떡 일어나, 자신을 들어 올리기라도 할 것처럼 두 손으로 머리칼을 움켜잡으며 소리쳤다.

"맙소사, 분명히 말하는데, 머들 부인, 상류사회를 나보다 많이 돕는 사람이 어디에 있소? 이 저택이 보이시오, 머들 부인? 가구가 보이시오, 머들 부인? 거울에 비친 자신을 들여다보겠소, 머들 부인? 이 모든 것에 얼마나 많은 돈이 들어갔는지, 그 돈을 누가 다 댔는지 아시오? 그런데도 나한테 상류사회에 들어가면 안 된다고 하는 거요? 내가, 이렇게 많은 돈을 상류사회에 쏟아부은 내가? 내가, 돈이 가득한 살수차를 늘 끌고 다닌다는, 그래서 상류사회를 하루도 빠짐없이 흠뻑 적신다는 말을 듣는 내가?"

"폭력적으로 굴지 마세요, 머들 선생."

"폭력적? 날 그렇게 만드는 건 바로 당신이오. 당신은 내가 상류사회를 도운 걸 절반도 모르오. 내가 상류사회 때문에 희생하는 걸 조금도 모른단 말이오."

"당신이 이 나라 전역에서 최고의 인물로 인정받는다는 사실은 나도 알아요. 이 나라 상류사회 전체에서 활약한다는 사실도 알고요. 게다가 상류사회에서 당신을 지지하는 사람이 많다는 것도 알 것 같고요. 아니, 솔직하게 말해서 확실히 알아요, 머들 선생."

머들 부인이 말하자, 머들은 노랗고 빨간 얼굴을 잔뜩 찌푸린 채 손으로 훔치며 반박했다.

"머들 부인, 나도 당신만큼 알아요. 당신이 상류사회를 장식하지 않는다면, 그리고 내가 상류사회를 후원하지 않는다면, 당신과 나는 결코 안 만났을 거요. 내가 상류사회를 후원한다는 건 값비싼 물건을 제공해서 상류사회가 먹고 마시고 구경하게 한다는 뜻이오. 그런데 상류사회에 온갖 도움을 베푸는 내가 상류사회에 안 맞는다니 – 그렇게 많이 돕는데 – 모든 걸 – 모두다! – 그런데도 나는 상류사회에 섞일 자격이 없다니, 정말 대단한 보답이구려."

"내 말은 당신이 일을 줄이고 훨씬 더 여유롭게 살아서 상류사회에 걸맞은 인물로 거듭나야 한다는 거예요. 당신이 지금 그러듯 일거리를 계속 끌고 다니는 건 정말 천박한 짓이라고요."

머들 부인이 차분하게 말하자, 머들이 물었다.

"내가 일거리를 어떻게 끌고 다닌다는 거요, 머들 부인?"

"당신이 일거리를 어떻게 끌고 다니냐고요? 거울에 비친 모습을 보세요."

머들은 제일 가까운 거울로 시선이 절로 돌아갔다. 그래서 얼굴로 피가 천천히 단호하게 몰리는 걸 보고, 소화기관을 검사할 사람을 불러야 하는 거 아니냐고 물었다.

"주치의가 있잖아요."

"주치의는 도움이 안 돼요."

머들이 말하자, 머들 부인이 화제를 바꿨다.

"게다가 당신 소화기관이 문제는 아니잖아요. 내가 당신 소화기관 얘기를 하는 게 아니니까요. 내가 말하는 건 당신 예절이라고요."

"머들 부인, 그건 당신 몫이오. 당신은 예절을 제공하고 나는 돈을 제공하고."

남편 대답에, 머들 부인이 방석 사이로 편하게 누우며 말했다.

"당신한테 사람들을 뇌쇄시키라는 게 아니잖아요. 내가 바라는 건 당신을 괴롭히는 것도, 매혹적으로 만드는 것도 아니라고요. 다른 사람이 모두 그러는 것처럼 아무것도 걱정하지 말기를 - 혹은 아무것도 걱정하지 않는 척이라도 하기를 - 바랄 뿐이라고요."

"내가 무얼 걱정한다고 말한 적이 있소?"

"말해요? 아니에요! 당신이 말했다면 아무도 안 듣겠지요. 하지만 온몸으로 보여주지요."

"무얼 보여줘요? 내가 무얼 보여준다는 거요?"

머들이 황급히 묻자, 부인이 차분하게 대답했다.

"아까 말했잖아요. 일거리를 끌고 다니는 걸 온몸으로 보여준다고,

도심지든 어디든 상관없이. 여유가 있는 척도 않고. 여유가 있는 척이라도 하세요. 그 이상 안 바라요. 당신이 아무리 열심히 일한다 해도 습관적으로 보여주는 이상 일할 수는 없잖아요, 당신이 목수라도."

머들이 절로 흘러나오는 신음 같은 걸 꾹 참으며 대답했다.

"목수! 나는 목수라도 상관없소, 머들 부인."

나지막한 목소리를 머들 부인이 무시한 채 이어갔다.

"불만은 그건 상류사회 어투가 아니라는 것, 그런 어투는 고쳐야 한다는 것이라고요, 머들 선생. 내 판단력이 의심스럽다면 에드먼드한테라도 물어보고요."

방문이 열린 상태인데, 그 사이로 머리를 집어넣는 아들 모습이 거울에 비친 걸 보았던 것이다.

"에드먼드, 안으로 들어오렴."

'번뜩이는 머리'는 머리만 집어넣을 뿐 들어오지는 않은 채 (좋아하는 젊은 숙녀라도 찾는 것처럼) 방 안을 둘러보다, 이 말을 듣고 몸까지 들어와서 두 사람 앞에 섰다. 그런 아들에게, 머들 부인은 지금 문제가 되는 내용을 알아듣도록 짧고 쉽게 설명했다.

젊은 아들은 맥박이라도 재는 우울증 환자처럼 셔츠 목깃을 불안하게 만지작거리다 대답했다.

"사람들이 그렇게 말하는 걸 들은 적은 있어요."

"에드먼드도 들었다잖아요. 그렇다면 모든 사람이 들은 게 분명하다고요!"

머들 부인이 살짝 의기양양하게 말했다. 사실이었다. 부당한 억측이 아니었다. 어떤 모임에 참석해도 사람들은 '번뜩이는 머리'가 있든 없든 자기네끼리 떠들기 일쑤였다.

"그러니 에드먼드한테 물어보세요, 무슨 말을 들었는지."

머들 부인이 제안하며 좋아하는 손을 남편 쪽으로 흔들고, '번뜩이는 머리'는 조금 전처럼 맥박을 다시 잰 다음에 말했다.

"왜 그런 말이 나왔는지는 모르겠어요 – 기억이 안 나거든요. 하지만 멋진 아가씨 오빠랑 있는데 – 교육을 잘 받은 아가씬데 – 말도 잘하고 머리도 똑똑한데……"

"그만! 아가씨 말은 그만하고, 그 오빠가 뭐라고 했니?"

머들 부인이 살짝 짜증 내며 묻자, '번뜩이는 머리'가 대답했다.

"한마디도 안 했어요, 엄마. 나만큼이나 말이 없는 친구거든요. 말이 없는 게 똑같아요."

"그래도 누가 무슨 말을 했잖아. 그게 누구든 신경 쓰지 말고."

머들 부인이 다그치자, '번뜩이는 머리'는 조금도 신경을 안 쓴다고 대답했다.

"그러니까 무슨 말을 들었는지나 말하라고."

'번뜩이는 머리'는 다시 맥박을 재고 정신적으로 심각하게 단련한 다음에 대답했다.

"사람들이 우리 두목은 – 내가 한 말이 아니에요 – 엄청난 부자에 아는 것도 많다고 – 구매자며 은행가로 완벽하다고 이따금 칭찬해요. 하지만 상점을 몸에 짊어지고 다닌다는 말도 해요. 두목이 상점을 등에 짊어지고 다닌다는 거예요 – 정신없이 일하는 유대인 옷 장사처럼."

머들 부인이 드레스 자락을 펄럭이며 일어났다.

"내가 말하는 게 바로 그거예요. 에드먼드, 위층으로 올라가도록 팔을 잡아주렴."

머들은 혼자 남아서 상류사회에 맞춰나갈 방법을 곰곰이 생각하며 창문 아홉 개를 차례대로 내다보는데, 하나같이 황무지처럼 보일 뿐이었다. 그렇게 시간을 한참 보내다 아래층으로 내려가서 바닥에 깔린 양탄자를 차례대로 열심히 바라보고, 위층으로 다시 올라와서 그곳에 깔린 양탄자를 차례대로 열심히 바라보는 게, 영혼이 억눌리다 못해 우울한 나락으로 빨려드는 것 같았다. 머들은 늘 그렇듯 방을 하나씩 들락거리며 모두 돌아다니는데, 방에 들락거릴 이유가 조금도 없는 사람 같았다. 머들 부인한테 온 힘을 다해서 선포하게 하라, 수많은 밤을 집에서 편히 지냈다고, 그래도 머들이 집에서 편한 밤을 보낸 적은 한 번도 없다고 선포하는 이상으로 확실하고 또렷할 수 없으니.

마침내 머들이 집사장하고 마주쳤다. 훌륭한 하인을 보는 순간, 머들은 언제나 힘이 쭉 빠졌다. 그래서 모든 힘을 잃고 자기 침실 옆 옷방으로 살금살금 들어가서 틀어박히다, 머들 부인의 멋진 사륜마차를 타고 만찬 파티장에 참석했다. 만찬 석상에서는 모든 사람이 부러워하며 찬양하니, 재무성 간부도 되고 일류 변호사도 되고 주교도 되다, 자정을 한 시간 넘겨 혼자서 집으로 돌아오는 즉시, 집사장한테 이끌리다 침실에 골풀 양초[132]처럼 틀어박혀, 한숨을 내쉬며 잠자리에 들었다.

132) 골풀을 심지로 사용한 싸구려 양초. 불빛에 힘이 없다.

34장. 바너클 무리

헨리 가우언이 개를 데리고 그 집에 툭하면 들락거리더니 결혼식 날짜가 확정되었다. 바너클 무리가 잔뜩 모일 예정이었다. 지극히 고귀하고 거대한 가문을 끌어모아, 별 볼 일 없는 결혼식을 최대한 영광스럽게 만들려는 거였다.

바너클 가문 전체를 한자리에 모으는 건 두 가지 이유로 불가능했다. 첫 번째로는, 화려한 가문의 구성원과 가족이 모두 들어갈 건물이 없었다. 두 번째로는, 태양 아래든 달 아래든 영국이 점령한 조그만 땅뙈기가 있어서 공직을 임명한다면, 그 자리에 바너클이 달라붙었기 때문이다. 땅뙈기를 새로 발견한 직후에 '빙글빙글 돌리기 관청'이 임명장과 함께 바너클을 보내기 전까지는 아무리 용감한 항해사라도 그 지역에 깃발을 꽂을 수 없고, 영국이라는 이름으로 그 땅을 차지할 수도 없었다. 그래서 바너클은 사방팔방으로 온 세상 곳곳에 퍼져나간 상태였다.

프로스페로[133]가 아무리 강력한 마법을 사용한다 해도 할 일이라고는 (나쁜 일 말고는) 하나도 없고 주머니에 넣을 돈은 가득해, 모든 바다

133) 셰익스피어의 '폭풍'에 나오는 마법사.

모든 육지에서 바너클을 끌어모을 순 없으나, 그래도 꽤 많은 바너클을 모으는 건 가능했다. 이 작업에 가우언 부인은 모든 힘을 쏟다, 초청 명단을 추가할 때마다 찾아오니, 미글스 선생은 (이 시기에 툭하면 그러듯) 미래의 사위가 진 빚을 계산하고 지급하는 일에 열중하다 잠시 멈추고 저울과 국자가 있는 방에서 미래의 사돈과 상의했다.

누구보다 고귀한 바너클 가문이 참석하는 건 대단한 영광이란 현실을 모르는 바는 아니지만, 미글스 선생이 결혼식에 참석할지 여부에 그들 이상으로 관심을 보인 대상은 바로 클레넘이었다. 하지만 클레넘은 여름날 밤에 가로수 길에서 이미 약속했으니, 신사도 정신에 충실한 마음은 약속에 다양한 책임을 스스로 함축시켰다. 그래서 자신을 잊은 채 페트를 돕는 데 어떤 일이든 최선을 다할 생각이었다. 그 출발점으로, 클레넘은 미글스 선생한테 "당연히 참석해야죠"라고 쾌활하게 대답했다.

동업자 대니얼 도이스는 미글스 선생한테 걸리적거리는 장애물이었다. 도이스가 바너클 사람들과 뒤섞이다 보면, 결혼식 아침 식사 자리에서조차 크게 폭발할 수 있다는 불안감을 깨끗하게 떨쳐내지 못했기 때문이다. 하지만 국가적 범죄자는 트위크넘으로 찾아와, 오랜 지인으로서 자유롭게 하는 말이라며, 자신을 결혼식에 초대하지 않는 게 좋겠다고 간청해서 불안감을 깨끗하게 풀어주었다. "그 이유는, 나는 그들이 공무원으로서 의무를 다하고 시민에게 봉사하기를 바라는데, 그들은 내 영혼이 지칠 대로 지쳐서 아무것도 못 하길 바라니, 함께 먹고 마시면서 한마음처럼 구는 건 옳지 않다고 생각하기 때문"이었다. 미글스 선생은 괴팍한 친구가 너무나 고마운 나머지, 평소보다 넉넉하게 감싸는 분위기로 선심 쓰는 척하며 말했다.

"아아, 도이스, 그래, 아무리 괴팍하더라도 자네가 하고 싶은 대로 해야지."

결혼식 날짜가 다가오면서 클레넘은 헨리 가우언에게 앞으로 솔직하고 사심 없이 가깝게 지내고 싶다는 마음을 차분하면서도 겸손하게 전달하려 애썼다. 여기에 대해 가우언은 평소처럼 편안하게, 평소처럼 신뢰하는 척하는 태도로 대응하는데, 진짜 신뢰하는 건 전혀 아니었다. 결혼식을 일주일 앞두고 그 집 주변을 나란히 산책할 때 가우언이 무심코 말했다.

"나는 좌절한 사람이랍니다. 선생님도 아시겠지만."

"맙소사. 무슨 뜻인지 모르겠구려."

클레넘이 살짝 당황하며 말하자, 가우언이 대답했다.

"아아, 나는 일족이라 해도 좋고 파벌이라 해도 좋고 가문이라 해도 좋고 인맥이라 해도 좋은 집단에 속했으나, 그들은 50가지 방법 가운데 하나로 내가 먹고살게 할 수도 있었는데, 안 그러는 쪽으로 마음을 굳혔답니다. 그래서 가난한 화가로 살아가는 거지요."

"그렇다 하더라도……"

클레넘이 말하는데, 가우언이 끼어들었다.

"그래요, 그래요, 나도 알아요. 아름답고 매혹적인 여인이 사랑하고 나 역시 진심으로 사랑하는 행운을 누리지요."

('행운이 지나치나?' 클레넘이 생각했다. 하지만 이렇게 생각하는 자신이 너무나 창피했다.)

"훌륭하고 관대하고 선량한 노인을 장인으로 맞는 행운도 누리고요. 하지만 다른 사람이 나를 씻겨주고 머리를 빗겨주던 어린 시절에는 계속 그렇게 씻겨주고 머리를 빗겨줄 거란 또 다른 기대가 있었고, 학교에 들어가서 직접 씻고 머리를 빗던 시절에는 또 다른 기대가 있었는데, 지금은 그런 것 하나 없이 이러고 있으니 좌절한 사람이라고 할밖에요."

클레넘은 생각했다, 세상살이에 좌절했다고 주장하다니, 예전에 추구하다 좌절한 욕심을 처가에서 채우겠다는 뜻인가? 그게 과연 희망적이고 바람직한 현상일까? (이렇게 생각하는 자신이 또다시 창피했다.) 그러다 입 밖으로 내뱉었다.

"철저하게 좌절하지는 않은 것 같구려."

가우언이 웃으며 대답했다.

"아뿔싸, 그래요. 철저하게 좌절한 건 아니지요. 우리 친척은 그럴 만한 가치가 없거든요 – 하나같이 매력이 넘치는 인물이고 나 역시 그들에게 애정이 있지만. 게다가 그들이 아니어도 내 힘으로 살 수 있다는 걸, 그들 모두 파멸할 수 있다는 걸 보여주는 게 정말 즐겁거든요. 게다가 인간은 세상을 살다 보면 어떤 식으로든 좌절해서 그 영향을 받기도 하고요. 하지만 정말 좋은 세상이며, 나는 세상을 사랑한답니다!"

"앞으로 선생 앞에서 환하게 펼쳐지겠지요."

클레넘이 말하자, 상대가 열의를 불태우며 소리쳤다.

"저 여름날 강물처럼 환하게요. 정말이지, 너무나 황홀한 세상이에요. 속으로 뛰어들어 마음껏 달리고 싶어요. 낡은 세상이 최고로 멋져요! 내 직업도! 낡은 직업이 최고니까, 그죠?"

"호기심과 야망이 가득하다고 받아들이겠소."

클레넘이 말하자, 가우언이 웃으면서 덧붙였다.

"그리고 사기질도요. 사기질을 빼놓을 순 없잖아요. 사기를 치다 좌절하지 않기를 바랄 뿐이에요. 하지만 여기에서도 내가 좌절한 사람이라는 사실은 드러날 수 있겠지요. 충분히 진지하게 사기 칠 수 없을 수도 있고요. 선생님과 나 사이라서 하는 말인데, 나는 속이 썩어 문드러져서 제대로 못 할 위험이 상당하거든요."

"무얼 제대로 못 해요?"

"계속 나아가는 거. 앞사람이 자기 차례가 와서 물담배를 태우는 것처럼, 내 차례에 물담배를 넘겨받아 태우는 거. 예술에 헌신하면서, 수많은 나날을 예술에 바치면서, 예술 때문에 수많은 쾌락을 포기하고, 예술에 파묻혀 살면서 열심히 일하는 척, 열심히 연구하는 척, 꾹 참는 척하는 거 – 한마디로 규칙에 따라 물담배를 넘겨주는 거."

"하지만 본인이 하는 일을 존중하는 태도는 좋은 거죠, 그게 무슨 일이든. 그 일을 열심히 한다고 스스로 여기는 것도, 그 일에 합당한 존중을 요구하는 것도. 그렇지 않나요? 선생이 하는 일 역시 그만한 대우를 받아야 하고요. 솔직히 고백하자면, 나는 모든 예술이 그래야 한다고 생각한답니다."

클레넘이 합리적으로 말하자, 상대는 존경스러운 마음이 넘쳐난다는 듯 물끄러미 쳐다보며 감탄했다.

"훌륭한 분이로군요, 클레넘 선생님! 대단한 분이세요! 살면서 좌절한 경험이 한 번도 없는 것 같아요. 한눈에 보여요."

상대가 진심으로 한 말이라면 너무나 잔인한 짓이니, 클레넘은 진심으로 한 말이 아니라 믿자고 마음을 단단히 다졌다. 가우언은 조금도 망설이지 않고 클레넘 어깨에 한 손을 올린 채 웃으면서 가볍게 이어갔다.

"나는 클레넘 선생님의 자비로운 시각을 깨뜨리고 싶지 않아요. 그런 장밋빛 안개 속에서 살 수만 있다면 (나한테 돈이 조금밖에 없더라도) 내가 가진 돈을 기꺼이 내놓겠어요. 하지만 나는 팔려는 목적으로 작품을 그려요. 우리 같은 화가라면 누구나 팔려고 작품을 그리지요. 우리가 받을 수 있는 가장 높은 가격에 팔고 싶지 않다면 우리는 작품을 그리지도 않아요. 그게 일이니 당연하겠지만, 그 자체는 하나도 어렵지 않답니다. 나머지는 하나같이 속임수고요. 이런 말까지 듣는 건 좌절한 사람을 아는 장점이나 단점 가운데 하나고요. 하지만 진실이랍니다."

진실이든 아니든 그 말은 클레넘 가슴에 꽂혔다. 너무나 깊숙이 꽂힌 나머지, 헨리 가우언은 앞으로 자신에게 골칫거리가 될 것 같다는, 지금까지 수많은 갈등과 걱정거리와 모순을 겪으면서도 보잘것없는 자가 한 말을 통해 여태껏 배운 게 하나도 없는 것 같다는 걱정스러운 느낌이 들기 시작했다. 클레넘은 미글스 선생 앞에서 가우언이 좋은 점만 말하겠다고 한 약속과 가우언한테서 좋은 점을 하나도 볼 수 없는 현실이 마음속에서 다투는 걸 느꼈다. 하지만 가우언한테서 나쁜 점을 절대로 안 볼 거라고, 모든 잘못을 기꺼이 못 본 척할 거라고 다짐하는 식으로 스스로 왜곡하고 변질시키는 짓거리에 자신의 양심이 반발하는 것 역시 또렷하게 지지할 수 없었다. 자신은 예전의 자신을 결코 잊을 수 없으며, 앞길을 가로막는다는 이유 하나로 가우언을 싫어했다는 사실 역시 너무나 잘 알기 때문이다.

이런 생각에 시달리다 보니 결혼식이 빨리 끝나기만 바라는 마음조차, 가우언이 젊은 부인과 떠나, 자신이 약속을 다 지키고, 숭고하게 받아들인 역할에서 벗어나길 바라는 마음조차 생겼다. 사실 지난 일주일은 그 집안 전체가 힘든 시기였다. 페트 앞에서든 가우언 앞에서든 미글스 선생은 표정이 환했다. 하지만 혼자 있을 때면 눈물이 가득한 눈으로 저울과 국자를 쳐다보는 걸 클레넘이 발견한 게 한두 번이 아니며, 예전에 가우언 때문에 그늘이 가득할 때처럼 울적한 얼굴로 정원이든 어디든 두 연인이 안 볼 때 그 뒷모습을 물끄러미 쳐다보기 일쑤였다. 아버지와 어머니와 딸이 함께 여행하던 시절을 떠올리던 수많은 소품을 휘저어, 손에서 손으로 옮겨야 했다. 큰 행사를 앞두고 집을 정리하는 차원이었다. 그러다 보면 세 사람이 함께 살던 모습을 말없이 지켜보던 소품 한가운데서 페트도 슬퍼하며 흐느끼곤 했다. 미글스 부인은 세상 누구보다 쾌활하고 바쁜 어머니답게 이리저리 돌아다니며 노래해서 가족을 흥겹게 했다. 하지만 그런 미글스 부인조차, 정직한 영혼이니, 창고로 툭하면 도망가서 두 눈이 빨갛게 달아오를 때까지 흐느끼고, 나중에 돌아와서 눈이 빨갛게 달아오른 걸 절인 양파와 후추 탓으로 돌리고 훨씬 밝게 노래하기 일쑤였다. 티킷 부인은 아픈 마음을 치료할 방법을 버컨 박사의 '가정 의학' 책에서 찾을 수 없어, 울적한 마음에 마냥 시달리다, 어릴 적 페트를 떠올리기 일쑤였다. 그러다 강력한 추억이 밀려들면, 자신은 거실로 나갈 옷차림이 아니니, 괜찮다면 주방으로 내려오길 바란다는 전갈을 페트한테 은밀하게 보내곤 했다. 그리고는 눈물과 축하와 도마와 밀대와 파이 껍질이 가득한 주방 한가운데서 사랑스러운 페트 얼굴을 축복하고, 사랑스러운 페트 가슴을 축복하고, 페트를 꼭 껴안으니, 할머니 가정부 특유의 다정함이, 정말로 아름다운 다정함이 돋보였다.

하지만 올 수밖에 없는 날은 마침내 다가오니 결혼식 날도 그렇게 다가오고, 잔치에 초대받은 바너클 사람도 모두 왔다.

그로브너 광장 마구간 거리에 살며 '빙글빙글 돌리기 관청'에 다니는 타이트 바너클은 물론, 처녓적 성이 '헛소리 빵빵'으로 누구보다 화려한 타이트 바너클 부인도 오고, 누구보다 화려한 타이트 바너클 딸 세 명도 왔다. 타이트 바너클 부인은 분기별 세금 간격이 너무 길다는 게 불만이고, 세 딸은 온갖 교양을 이중으로 쌓아서 언제든 발사할 준비를 마쳤으나, 흔히 예상한 것처럼 꽝 소리와 번쩍이는 모습으로 매섭게 발사하는 대신 우물쭈물하다 발사하는 편이었다. '빙글빙글 돌리기 관청'에서 선박에 톤세를 부과하던 바너클 2세도 왔는데, 그는 자신이 톤세를 가꾸고 보살핀다고 생각하지만, 사실대로 말하자면 톤세를 그대로 둔다 해서 문제 될 건 없었다. 쾌활한 성격을 독특하게 물려받은 매력적인 젊은 바너클도 '빙글빙글 돌리기 관청'에서 찾아와, '아무것도 안 하는 법'을 다루는 교회 담당 부처에서 공정가격으로 비용을 대는 행사 가운데 하나처럼 결혼식을 취급하는 독특한 재치를 발휘하며 즐겁고 상냥한 마음으로 거들었다. 서로 다른 세 부처에서 온 젊은 바너클 세 명도 있는데, 감각이 하나같이 무딘 나머지 양념을 마구 쳐야 했으니, 이들은 자기네가 나일 강이나 고대 로마나 신인가수나 예루살렘을 다루던 방식으로 결혼식을 다루었다.

하지만 그보다 대단한 거물도 있었다. 데시무스 타이트 바너클 경[134]이 임명장 냄새와 함께 '빙글빙글 돌리기 관청' 특유의 악취를 풍기면서 직접 나타난 것이다. 그렇다, 분기탱천한 연설 하나로 날개를 달고 최고위 관직까지 올라간 데시무스 타이트 바너클 경으로, 그 연설은, 의원 여러분, 이렇게 자유로운 국가에서 장관한테 인민의 박애 정신을 규제하고, 자비로운 행동을 억누르고, 공공정신에 족쇄를 채우고, 진취적인 정신을 억제하고, 자립과 독립정신에 재를 뿌릴 의무가 있다는 말을 나는 여태껏 들어본 적이 없다는 내용이었다. 쉽게 말해서, 선원들이 열심히 펌프질해서 배가 선장 없이 물 위에 뜨도록 할 수 있는 한, 선장은 해안에서 밀거래하는 일 말고 마땅히 해야 할 일이 또 있다는 말을 위대한 정치인은 여태껏 들어본 적이 없으시다는 뜻이었다. 데시무스 경은 '아무것도 안 하는 법'이라는 놀라운 기술을 웅장하게 발견한 덕분에 바너클 가문의 영광을 최고로 끌어올려서 오랫동안 떠

134) 디킨스는 당시 수상 파머스턴 경을 마음에 두고 데시무스 경을 묘사했다. 파머스턴 수상은 공직자의 부정부패 문제를 의회에서 다루자는 의원들의 요구를 거부했다.

받쳤으며, 상원이든 하원이든 행여나 분별없는 의원이 일하는 법안을 가져와서 제대로 일하려는 시도라도 한다면, 데시무스 경이 벌떡 일어나, '빙글빙글 돌리기 관청'이 환호하는 가운데, 위엄있게 분기탱천하며, 의원 여러분, 이렇게 자유로운 국가에서 장관한테 인민의 박애 정신을 규제하고, 자비로운 행동을 억누르고, 공공정신에 족쇄를 채우고, 진취적인 정신을 억제하고, 자립과 독립정신에 재를 뿌릴 의무가 있다는 말을 나는 여태껏 들어본 적이 없다고 엄숙하게 말하는 순간, 그 법안은 그대로 죽어서 묻히고 말았다. 이렇게 놀라운 기술을 발견한 업적은 정치적으로 영원한 운동을 발견한 것과 마찬가지였다. 정부 부처 전역에서 돌아가고 또 돌아가지만, 닳아서 없어지는 법은 결단코 없으니 말이다.

그 자리에는 데시무스 경과 함께 고귀한 친구며 친척인 윌리엄 바너클도 왔는데, 튜더 '헛소리 빵빵'과 유명한 연립정부를 구성한 경험이 있으며, '아무것도 안 하는 법'에 대한 자신만의 독특한 비법을 늘 발휘하는 인물로, "먼저 존경하는 의원님께 간청하오니, 의원님께서 우리를 몰아가는 방향과 관련된 선례로 무엇이 있는지 의회에 알려주십시오" 라고 질문하는 식으로 상대 의원을 뒤흔들어 새로운 방법을 빼내기도 하고, 상대 의원께서는 선례가 무어라고 생각하는지 묻기도 하고, 자신이, 윌리엄 바너클이, 선례를 찾아보겠다고 말하기도 하다, 그런 선례는 하나도 없다고 몰아붙이는 식으로 상대 의원을 납작하게 깔아뭉갤 때가 제일 많았다. '선례'와 '몰아가기'는 능력이 탁월한 '빙글빙글 돌리기 관청'의 지지자한테, 어떤 상황에서든, 전쟁터에서 멋지게 활약하는 군마 한 쌍이었다. 궁지에 몰린 의원이 윌리엄 바너클을 막바지로 몰아가려고 25년 동안 아무리 노력해도 헛수고에 불과했으니, 윌리엄 바너클은 자신이 그렇게 몰려야 하는지 아닌지를 여전히 의회에 묻고 국가에 (간접적으로) 물었다. 궁지에 몰린 의원이 선례를 찾아낸다고 하더라도 사물과 사건이 흘러가는 본성에 극단적으로 어긋나기 일쑤인데, 그래도 윌리엄 바너클은 상대 의원이 비꼬는 어투에 고맙다 말하고, 그 문제를 마무리하려 애쓰면서, 그런 '선례는 없다'고 확실하게 알려주었다. 윌리엄 바너클의 지혜는 대단한 지혜가 아니라거나, 그가 제시한 땅은 애초에 존재하지도 않았다거나, 질퍽한 진흙탕을 경솔하게 착각한 것에 불과하다고 반박할 수는 있었다. 하지만 '선례'와 '몰아가기'가 무서운 나머지 사람들은 대부분 입을 다물었다.

그 자리에는 또 다른 바너클이, 쾌활한 바너클이 있었는데, 이 사람은 정부 부처 스무 곳에 연속으로 달려들고, 관직 두세 개에 늘 머무는 인물로, 바너클이 지배하는 모든 정부에 적용하고 엄청난 성공으로 감탄을 자아내는 기술을 발명해서 크게 존경받았다. 그 기술이란, 의회에서 어떤 문제에 대한 질의를 받으면 주제가 완전히 다른 답변을 내놓는 것이었다. 이 방법은 효과가 너무나 대단한 나머지 '빙글빙글 돌리기 관청'에서 높은 평가를 받았다.

그 자리에는 덜 유명한 바너클 의원도 몇 명 있었는데, 이들은 아직 편안한 자리에 못 올라, 자신들도 나름대로 가치가 있음을 증명하려고 애쓰는 중이었다. 이들은 계단에 웅크리고 앉거나 복도에 숨어서 정족수를 채우거나 정족수 미달로 만들라는 명령만 기다리고, 가문 우두머리한테서 내려온 명령에 따라 열심히 듣거나 감탄사를 연발하거나 환호하거나 고함을 지르고, 가짜 발의안을 제출해서 다른 의원이 발의한 걸 방해하고, 마음에 안 드는 안건은 밤늦도록 질질 끌고, 그러다 회기가 끝나는 순간에 너무 늦었다고 한탄하는 고결한 애국심을 발휘하고, 명령이 나오면 지방으로 내려가서 데시무스 경이 무역을 빈사 상태에서 구하고 상업을 기절 상태에서 구하고, 곡물 수확을 두 배로 늘리고 건초 수확을 네 배로 늘리고, 은행에서 금이 끝없이 사라지는 부정을 방지했다고 홍보했다. 이들은 가문 우두머리한테 그림 카드보다 떨어지는 숫자 카드[135] 취급을 당하면서 공공모임과 공공 만찬에 파견 나가, 고상하고 고귀한 친척이 얼마나 많은 일을 했는지 증언하고, 건배할 때마다 바너클들한테 아첨했다. 이들은 선거철만 되면 비슷한 명령을 수행하고, 다른 사람한테 넘겨줄 자리가 필요할 때 갑작스레 통보받고 터무니없는 조건으로 자리를 넘겨주어야 했다. 온갖 잔심부름을 다 하고, 비굴하게 아부해서 자리를 얻고, 부정을 저지르고, 뇌물을 한 보따리씩 먹느라 공직에서 일하는 게 조금도 힘들지 않았다. 재무성 장관부터 중국 영사까지, 더 올라가서 인도 총독까지, 반세기 안에 빈자리가 생길만한 관직 목록은 '빙글빙글 돌리기 관청' 어디에도 없으나, 이렇게 물불 안 가리는 바너클 의원 일부나 전부가 그 자리를 차지할 신청자로 늘어붙었다.

결혼식에 참석한 바너클은 모두 합쳐서 40명이 채 안 돼, 군대[136]에서 나온 숫자치고는 꼭 필요한 소수에 불과했다! 하지만 그 소수가 트위크넘 주택을 가득 채웠다. 한 바너클은 (다른 바너클이 보조하는 가운데) 행복한 한 쌍이 결혼하도록 주례하고, 미글스 부인을 아침 식탁으로 에스코트하는 역할은 데시무스 경이 직접 맡았다.

축하연은 기대만큼 유쾌하거나 자연스럽지 않았다. 미글스 선생은 훌륭한 하객을 높이 평가하면서도 울적한 게 평소 모습이랑 달랐다. 늙은 가우언 부인은 평소 모습 그대로나, 그렇다 해서 좋아할 남편이 있는 건 아니었다. 공개적으로 발표한 적이 없는데도, 결혼을 반대하던 쪽은 미글스 선생이 아니라 위대한 가문이었으며, 위대한 가문이 마침

135) 그림 카드는 퀸, 킹, 에이스를 말하고, 숫자 카드는 10 이하를 말한다.
136) 예수가 쫓아낸 악마를 말한다(마르코 5:9, 루가 8:30).

내 양보해서 모두가 만족하는 결혼식을 치른다는 허구가 사방으로 퍼져나갔다. 그래서 바너클마다 지금 참석한 행사가 끝나면 자기네는 미글스 부부하고 볼일이 하나도 없어야 한다 느끼고, 미글스 부부 측 역시 똑같이 느꼈다. 그런데 가우언은 가문에 불만이 가득한 자격으로, 그리고 그들이 당혹스러워서라도 자비심을 베풀 수 있다는 기대감에 어머니가 초대하는 걸 동의한 자격으로, 자신의 권리를 주장하면서 작품세계와 가난을 과시하듯 떠벌리고, 앞으로 부인에게 빵조각과 치즈라도 사줄 수 있기를 바란다고, (자신보다 훨씬 많은 행운을 누리는) 친척들이 가난한 화가를 기억하고 좋은 작품을 보러 와서 그림이라도 한 점 사주기를 바란다고 하소연했다. 그런데 데시무스 경은 의회 받침대에 흉상을 제작해서 올려놓을 정도로 대단한 인물인데도, 피로연장에서 수다가 제일 심한 인물이라는 게 드러났다. 충성스러운 제자와 지지자 모두 머리끝이 바싹 곤두설 만큼 따분한 말로 신부와 신랑에게 행운을 기원하며, 문장이 꼬이는 황량한 미로를 큰길로 여기는 듯 멍청한 코끼리처럼 만족스러운 표정으로 마구 내달리는 게, 거기에서 빠져나올 생각은 조금도 없는 것 같았다. 그런데 타이트 바너클은 자신이 유명한 화가 토마스 로렌스 경 앞에 평생 앉아서 자세를 취하는 걸 행여나 방해할 수 있다면 당연히 방해할 인물이 하객 가운데 있다는 걸 깨닫고, 바너클 2세는 흥미를 못 느끼는 친척 두 명한테 잔뜩 화난 어조로, 이상한 놈이 있다고, 저길 보라고, 약속도 없이 우리 부서에 나타나서 알고 싶다는 헛소릴 늘어놓은 놈이라고, 저길 보라고, 저놈이 지금 이 순간에 무슨 말을 하고 무얼 알고 싶다고 할지 모르는데(저렇게 비신사적인 과격분자는 다음에 어떻게 나올지 모르는데), 지금 그 모습을 드러낸다면 정말 우습겠다고, 그렇지 않으냐고 투덜댔다.

제일 즐거워야 할 결혼식이 클레넘한테는 제일 고통스러웠다. 미글스 선생과 미글스 부인이 초상화 두 점을 진열한 방에서 (하객은 없는 방에서) 페트가 다시는 예전의 페트로, 예전의 기쁨으로 건너올 수 없는 문턱을 넘어가기 전에 마지막으로 껴안은 모습이 어디에서도 못 볼 만큼 자연스럽고 소박했다. 가우언도 감동하여 미글스 선생이 "아, 가우언, 우리 딸을 잘 보살피게, 우리 딸을 잘 보살펴!"라고 하는 말에 진심으로 "슬퍼하지 마세요, 장인어른, 맹세코 잘 보살필 테니까요!"라고 대답할 정도였다.

페트는 마지막으로 흐느끼고 사랑한다는 말을 마지막으로 하고 약속을 지키리라 믿는다는 표정으로 클레넘을 마지막으로 쳐다보며 마차에 기대앉고, 남편은 손을 흔들고, 두 사람은 도버로 떠났다. 그와 동시에 티킷 부인이 숨은 곳에서 비단 드레스에 새까만 곱슬머리로 달려 나와 마차 뒤에 신발을 던지며 행운을 빌고, 창가에서 지켜보던 고귀한 하객은 갑자기 나타난 유령에 화들짝 놀랐다.

이런 하객은 더 머물 필요가 없으니, 바너클 우두머리와 무리는 (우편물 한두 개를 급히 보내서, 하늘을 나는 유령선처럼 파도를 헤치며 목적지로 곧장 날아가게 하지 않는 한 중요한 사업이 진행될 위험을 못 막는 터라) 다소 서둘며 각자 여러 갈래로 흩어지면서 미글스 선생과 부인한테 자신들이 참석한 건 미글스 선생과 부인이 행복하도록 희생한 거란 뜻을 상냥하면서도 확실하게 전달하니, 이는 그들이 공직에서 존 불 선생[137]을 세상에서 가장 불행한 존재로 만들 때마다 하던 말이었다.

쓸쓸하고 허전한 느낌이 집 안에, 아버지와 어머니와 클레넘 마음에 가득했다. 미글스 선생은 한 가지만 떠올리는 것으로 위안을 삼는데, 노움이 꽤 되었다. 이렇게 말한 것이다.

137) 영국을 의인화한 표현이다.

"참 즐겁구려, 클레넘, 뒤를 돌아본다는 게."

"지난 일이요?"

"그렇소. 하지만 지금은 하객을 말하는 거라오."

하객이 있을 때는 더없이 울적하고 불행했으나, 모두 떠난 지금은 너무나 행복한 나머지 초저녁 내내 되풀이할 정도였다.

"참 즐겁구려. 고귀한 하객이 모두 떠났다는 게!"

35장. 팽스가 작은 도릿 손금을 보고서 안 말한 것

팽스가 클레넘이랑 한 약속을 지키고 집시 이야기를 하고 작은 도릿의 운세를 말한 건 그즈음이었다. 도릿 선생은 오랫동안 알려지지 않고 아무도 권리를 주장하지 않아 계속 불어나기만 한 거대한 재산의 법적 상속자다. 이제 그 권리는 또렷하며, 누구도 끼어들어 방해할 수 없다. 마셜씨 교도소 철문은 활짝 열리고 담장은 무너지니, 이제 도릿 선생은 펜을 몇 번만 끄적거리면 엄청난 부자가 된다는 것이다.

이 권리를 추적해서 완벽하게 입증할 때까지 팽스는 그 무엇도 꺾을 수 없는 지혜와 그 무엇도 지치게 할 수 없는 인내심과 과묵함을 보였다. 그러면서 말했다.

"우리가 밤에 스미스필드를 걸으면서 내가 집세를 받으러 다닌다는 말을 할 때만 해도 이런 일이 일어나리라는 생각을 조금도 못했소, 선생. 콘월의 클레넘 가문이 아니라는 말을 선생께 할 때만 해도, 도싯셔의 도릿 가문이라는 말을 선생께 할 거란 생각을 조금도 못했으니 말이오."

팽스는 이렇게 말하고 사세히 설명했다. 그 이름에 관심이 처음 끌려서 자기 수첩에 어떻게 기록하게 되었는지. 추적 불가능한 혈족 관계까지 포함해서, 가깝든 멀든 이름이 똑같은 건 물론 장소까지 똑같은 걸 발견하고도 처음에 별다른 관심을 안 기울였지만, 작은 침모가 그 많은 재산에 이해관계가 있다고 증명한다면 정말 놀라운 변화가 일어나리라는 추측을 어떻게 했는지. 이렇게 추측하니 그렇게 조용하고 조그만 침모는 매우 드물기에 즐겁기도 하고 호기심도 일어, 자신이 다음 단계로 어떻게 나아갔는지. (팽스 표현에 따르면) “두더지가 구멍을 파듯, 선생” 하나씩 하나씩 얼마나 조심스럽게 파헤쳤는지. 이 동사가 나타내는 작업을 묘사할 때는 의미심장하게 보이려고 두 눈을 감고 머리칼을 뒤로 넘긴 채, 자신이 갑작스러운 빛과 희망에서 갑작스러운 어둠과 절망으로 떨어지기를 어떻게 몇 차례나 되풀이했는지. 다른 사람들처럼 들락거리려고 교도소에 어떻게 접근했으며, 도릿 선생과 아들내미가 무의식적으로 최초의 빛줄기를 어떻게 보여주었는지, 두 사람하고 많은 이야기를 편안하게 어떻게 나누었는지(“하지만 언제나 두더지가 구멍을 파듯, 선생”), 두 사람한테 아무런 의심도 안 사고 사소한 가족사 두세 개를 어떻게 끌어내고, 여기에 근거해서 다른 단서를 어떻게 찾아냈는지. 자신이 엄청난 재산의 법적 상속자를 진짜 찾아냈으며, 이제 법적으로 완벽하고 충분하게 숙성만 시키면 된다는 사실을 마침내 어떻게 또렷하게 알아냈는지. 그런 까닭에 자신이 집주인 러그 선생한테 비밀을 지키겠다는 엄숙한 맹세를 받고 두더지가 구멍 파는 일에 어떻게 끌어들였는지. 존 치버리가 누구를 짝사랑하는지 알고서 유일한 직원이며 심부름꾼으로 어떻게 채용했는지. 지금 이 순간까지, 은행에 대단한 권력이 있고 법에 정통한 권위자가 오랜 고생 끝에 마침내 성공했다고 선언한 지금 이 순간까지, 자기네가 다른 누구한테도 비밀을 어떻게 안 털어놓았는지 설명한 것이다. 그런 다음에 비로소 팽스는 결론을 내렸다.

"따라서 온갖 노력이 마지막 순간에, 가령, 내가 교도소 마당에서 선생께 서류를 보여준 날 하루 전에, 아니, 바로 그 날 헛수고로 돌아가더라도, 선생, 우리를 제외한 누구도 지독하게 실망하는 일은, 한 푼어치라도 실망하는 일은 없었을 거요."

클레넘은 설명을 듣는 내내 팽스 손을 잡고 끊임없이 흔들어대다, 이 말을 듣는 순간에 비로소 생각난 듯 제대로 마무리하려고 준비까지 했으면서도 깜짝 놀라며 물었다.

"친애하는 팽스 선생, 엄청난 작업을 하느라 비용이 정말 많이 들었겠군요."

"정말 많이 들었다오, 선생. 비용을 아끼려고 최대한 노력했는데도 적은 돈이 아니었다오. 굳이 말하자면 비용을 마련하는 게 제일 어려웠다오."

팽스가 의기양양하게 말하자, 클레넘이 감탄했다.

"제일 어렵다! 하지만 선생은 숱한 어려움을 멋지게 이겨내고 모든 작업을 완벽하게 해냈군요!"

클레넘은 상대 손을 잡아서 다시 흔들고, 팽스는 머리칼을 자기 마음만큼이나 높이 추켜올리며 흥겹게 말했다.

"어떻게 해냈는지 알려드리죠. 처음에는 내가 가진 돈을 모두 썼다오. 많은 돈은 아니었지."

"안타깝군요. 하지만 지금 중요한 건 그게 아니니, 그래서 어떻게 했나요?"

"우리 주인님한테 돈을 빌렸다오."

"캐스비 나리한테? 정말 훌륭한 노인이죠."

클레넘이 말하자, 팽스는 메마른 콧방귀를 연속으로 날리며 대답했다.

"고상한 노인이에요, 그죠? 자비로운 늙은이. 남을 쉽게 믿는 노인. 인자한 늙은이. 자비로운 노인! 이자로 20%를[138] 주기로 했다오, 선생. 하지만 이자가 그보다 적으면 우리는 절대로 안 빌려주거든."

클레넘은 몹시 기뻐하면서도 아직은 약간 이른 것 같다는 묘한 느낌이 들고, 팽스는 자신이 묘사한 별칭을 크게 즐기며 이어갔다.

"나는 노발대발하는 기독교인 노인한테 조그만 일을 추진하는 중인데 전망이 좋다고 했다오. 전망이 좋다고, 그래서 자본이 약간 필요하다고. 각서를 쓸 테니 돈을 빌려달라고 제안하니, 노인은 20% 이자로 빌려주었다오. 사업 원칙에 따라 20%를 고수하고, 이자를 원금처럼 보이도록 각서에 넣었다오. 행여나 실패하면 나는 향후 7년 동안 임금을 절반만 받고 돈을 두 배로 박박 긁어다 우리 주인한테 갖다 주는 역할을 하게 된 거죠. 하지만 노인은 완벽한 족장이니, 그 조건이든 어떤 조건이든, 나는 그런 사람 밑에서 일하는 게 좋다오."

클레넘은 정말 그렇게 생각하는지를 도저히 판단할 수 없고, 팽스는 다시 말했다.

"그 돈을 다 썼을 때, 선생, 피처럼 조금씩 써도 결국엔 다 썼으니, 나는 러그 선생을 은밀하게 끌어들였다오. 러그 선생한테 돈을 빌려달라고 (미스 러그한테 빌리는 셈인데, 예전에 민사소송으로 돈을 조금 확보했으니) 제안했다오. 러그 선생은 10%로 빌려주면서 이자율이 꽤 높다고 생각했지요. 하지만 러그 선생은 빨간 머리를 짧게 깎을 뿐 아니라 아주 높은 모자를 쓴다오. 게다가 모자는 챙이 얇으니[139] 그런 사내한테 더 많은 자비를 바랄 순 없겠지요."

"정말 많은 일을 해냈으니, 팽스 선생, 큰 보상을 받겠군요."

---

138) 당시 평균이자는 5%로, 20%면 대단한 고리다.
139) 당시 영국인이 연상하는 유대인으로, 원문에서 묘사한 캐리커처가 신문에 자주 등장했다.

클레넘이 말하자, 팽스가 대답했다.

"당연하지요. 계약은 안 했으나, 그 부분에서 선생께 신세를 졌으니, 이제 다 갚겠군요. 내 주머니에서 나온 돈을 보상받고, 들인 시간을 공정하게 계산하고, 러그 선생한테 빌린 돈을 갚고 1,000파운드만 남기면 충분합니다. 이 문제는 선생께 맡기겠소. 놀라운 사실을 선생이 제일 좋다고 여기는 방식으로 그 가족한테 전달하는 역할도요. 미스 에이미 도릿은 오늘 아침에 핀칭 부인 댁에 간다오. 빨리 해치우는 편이 좋소. 아무리 빨라도 빠른 게 아니니 말이오."

지금까지 두 사람은 클레넘 침실에서 클레넘이 침대에 있는 동안 대화했다. 팽스가 이른 새벽에 현관문을 두드리고 무작정 들어와서 앉지도 않고 가만히 서지도 않은 채 침대 옆을 서성이며 이야기를 (다양한 서류까지 보여주며) 늘어놓았기 때문이다. 그리고는 이제 비로소 "그만 가서 러그 선생을 만나야" 하겠다는 걸 보면, 잔뜩 흥분한 마음을 떠들어댈 또 다른 상대가 필요한 모양으로, 서류를 한 묶음으로 모아들고 계단을 전속력으로 내려가서 콧김을 내뿜으며 멀어졌다.

클레넘은 당연히 캐스비 나리 댁으로 당장 가야겠다고 결심했다. 옷을 급히 갈아입고 밖으로 나가, 족장댁에 있는 거리 모서리로 들어서니, 작은 도릿보다 한 시간 정도 일찍 온 것 같아서 주변을 느긋하게 걸어 다니며 마음을 차분하게 가라앉혔다.

클레넘이 돌아와서 광택이 번뜩이는 놋쇠 고리로 대문을 두드리고, 작은 도릿이 벌써 왔다는 말을 듣고서 2층 플로라 거실로 안내받았다. 그곳에 작은 도릿은 없고 플로라만 있다, 클레넘을 보고 깜짝 놀라며 감탄했다.

"어머나, 클레넘, 아니, 도이스와 클레넘! 이렇게 마주치리라고 누가 상상이나 했겠어요 가운만 입은 걸 양해하세요 맹세컨대 상상조차 못

했으니 그리고 빛바랜 체크무늬도 양해하세요 보기는 안 좋지만 우리 조그만 친구가 만들어준 거니까요, 그 얘기를 당신한테 하는 게 꺼림칙한 건 아니에요 치맛자락 같은 게 있다는 걸 당신도 알 테니까요, 치마는 아침 식사를 마친 뒤에 입도록 정했기 때문인데 풀을 이렇게 엉망으로 안 먹이면 좋겠어요."

"이른 시각에 갑자기 찾아와서 미안하지만, 이유를 안다면 당신도 양해할 것이오."

클레넘이 말하자, 핀칭 부인이 대답했다.

"영원히 도망쳤을 때 클레넘 제발 용서하세요 도이스와 클레넘이 더 적절하겠어요 비록 의심할 나위 없이 아득하게 멀지만 거리가 있어서 매혹적이었어요, 이 말을 하려던 건 아닌데 설사 내가 이렇게 말했더라도 듣는 관점에 따라 다르겠지요, 그런데 내가 또 마냥 떠들어서 속마음을 드러내네요."

핀칭 부인이 다정하게 쳐다보다 다시 말했다.

"영원히 도망쳤을 때 클레넘이 – 도이스와 클레넘은 완전히 다르니 – 아무 때나 찾아온 걸 사과했다면 정말 이상하게 들렸을 거라는 말을 하려던 건데, 그건 과거고 과거는 돌이킬 수 없으니 불쌍한 피 선생이 기분 좋을 때 오이라고 하고는 그것 때문에 오이를 두 번 다시 안 먹은 건 예외에요."

클레넘이 들어올 때만 해도 플로라는 차를 끓이고 있었는데, 이제 그 작업을 황급히 끝내고는 주전자 뚜껑을 닫으면서 신비롭게 속삭였다.

"아빠는 뒤쪽 거실에서 막 낳은 달걀 껍데기를 경제신문에다 '딱따구리가 나무를 쪼듯' 지루하게 까고 계시니 당신이 찾아온 걸 알릴 필요는 없고, 당신이 잘 아는 우리 조그만 친구는 위층 커다란 작업대에서 가위질하다 내려와도 충분하겠지요."

클레넘은 바로 그 조그만 친구를 만나러 왔다며 조그만 친구에게 알려줄 소식을 최대한 짤막하게 말했다. 너무나 놀라운 소식에 플로라는 두 손을 꽉 움켜쥐고 온몸을 덜덜 떨다, 정말 좋은 사람답게 동정과 기쁨으로 가득한 눈물을 흘리더니, 두 손으로 귀를 틀어막고 방문 쪽으로 나아가며 말했다.

"제발 부탁이니 내가 먼저 나가도록 해줘요, 안 그러면 정신을 잃고 비명을 질러서 사람들을 불편하게 만들 테니, 소중한 꼬마는 오늘 아침만 해도 유쾌하고 깔끔하고 착하지만 너무나 가난해 보였는데 이제 큰 재산이 생겼으니 그럴 자격이 충분해요! 피 선생 숙모한테 얘기해도 될까요 이번만큼은 클레넘과 도이스가 아니라 클레넘이니 못마땅하다면 다르게 부르겠어요."

플로라가 말할 기회를 안 줘서 클레넘은 고개를 끄덕이며 허락하고, 플로라는 고개를 끄덕여서 대답하고 밖으로 급히 나갔다.

작은 도릿이 계단을 내려오는 소리가 벌써 들리더니, 다음 순간에 나타났다. 클레넘은 안색을 가다듬으려고 애쓰지만 평소 같은 표정은 절대 아니고, 작은 도릿은 그 표정을 보는 순간 일감을 떨어뜨리며 소리쳤다.

"클레넘 선생님! 무슨 일인가요?"

"아무 일도 아니야, 아무 일도. 내 말은 불행한 일은 아니란 뜻이야. 너한테 중요한 소식을 알리러 온 건 맞지만 이번에는 엄청난 행운이야."

"엄청난 행운이요?"

"놀라운 행운!"

두 사람은 창가에 서고, 작은 도릿은 햇살이 번뜩이는 눈으로 상대 얼굴을 뚫어지게 바라보았다. 클레넘은 작은 도릿이 금방이라도 쓰러질 것 같아서 한쪽 팔로 감싸주었다. 작은 도릿은 그 팔에 한 손을 올렸다. 기대려는 의도도 있지만, 두 사람이 선 자세를 그대로 유지해서 자신이 바라보는 시선을 안 흔들리게 하려는 의도도 있었다. 작은 도릿 입술이 "놀라운 행운이요?"라는 모양을 만들었다. 클레넘은 다시 커다랗게 말하고서 덧붙였다.

"친애하는 작은 도릿! 네 아버지한테."

얼음장처럼 창백한 얼굴이 무너지면서 약한 햇살과 여울 같은 느낌이 일었다. 너무나 고통스러운 표정이었다. 숨결이 가늘고 급했다. 심장이 빠르게 뛰었다. 클레넘은 가녀린 몸뚱이를 꽉 잡아주려다, 가만히 있으라고 호소하는 눈빛을 보았다.

"너희 아버지가 이번 주 안에 풀려날 수 있어. 너희 아버지는 아직 모르니 어서 가서 알려주자꾸나. 너희 아버지가 며칠이면 풀려날 수 있어. 몇 시간이면 풀려날 수도 있고. 어서 가서 알려주자꾸나!"

작은 도릿이 정신을 차렸다. 두 눈을 감다 다시 뜬 것이다.

"행운은 그게 전부가 아니란다. 놀라운 행운은 그게 전부가 아니란다, 친애하는 작은 도릿. 더 알려줄까?"

작은 도릿이 입술로 '네' 모양을 만들었다.

"너희 아버지는 풀려나도 가난하게 살지 않아. 무엇 하나 부족하지 않을 거야. 더 알려줄까? 명심해! 너희 아버지는 하나도 몰라. 어서 가서 알려줘야 해!"

작은 도릿은 시간을 조금만 달라고 간청하는 것 같았다. 클레넘은 그 몸뚱이를 꼭 잡아준 채 가만히 있다, 고개를 숙여서 귀를 기울이며 물었다.

"더 알려주길 바라니?"

"네."

"너희 아버지는 이제 부자야. 대단한 부자. 엄청나게 많은 돈이 유산으로 넘어올 채비를 하고 있거든. 너희 식구 모두 엄청난 부자가 되는 거야. 누구보다 용감하고 착하게 살더니, 네가 보상을 받게 돼서 정말 다행이야!"

클레넘은 상대 이마에 뽀뽀하고, 작은 도릿은 그 어깨로 머리를 돌려서 한쪽 팔을 들며 "아버지! 아버지! 아버지!" 하고 울다 기절했다.

플로라는 작은 도릿을 돌보려고 돌아와서 작은 도릿이 누운 소파 주변을 서성이며 다정한 말과 엉뚱한 말을 혼란스럽게 뒤섞어, 마셜씨 교도소에 대고 아무도 요구하지 않는 배당금을 조금씩 받으라고, 그래야 작은 도릿한테 좋다고 요구하는 건지, 작은 도릿 아버지가 앞으로 각성제 약병 100,000개를 가지게 된 걸 축하하는 건지, 각설탕 50,000파운드에 라벤더 진액 75,000방울을 넣어서 작은 도릿에게 순한 각성제를 맡도록 하라는 건지, 도이스와 클레넘 이마를 식초에 담가서 고 피 선생을 내버리겠다는 건지, 누구도 알아듣지 못할 말을 해댔다. 바로 옆 침실에서 또 다른 소리까지 혼란스럽게 흘러드는데, 말소리로 판단하건대 피 선생 숙모가 침대에 누워서 아침 식사를 기다리는 듯, 말이 들릴 때마다 누운 자세 그대로 "그자가 했다고 믿지 마!"라든가, "그자가 자기 공으로 돌리면 안 돼!"라든가, "그자가 자기 돈을 조금이라도 내놓으려면 정말 오랜 시간이 걸린다고!"라고 퉁명스럽게 쏘아댔다. 뿌리 깊은 감정을 드러내며 클레넘이 세운 공을 하나같이 깎아내리는 내용이었다.

하지만 작은 도릿은 얼른 가서 아버지에게 기쁜 소식을 알리고픈 갈망에, 이렇게 기쁜 일이 있는데 아무것도 모르는 아버지를 한순간이라도 교도소에 그대로 둘 수 없다는 갈망에, 지상의 모든 기술과 관심이 그럴 수 있는 이상으로 빠르게 정신을 차렸다. 그래서 처음 한 말이

"아버지한테 가요. 어서 가서 아버지한테 알려요!"였다. 작은 도릿은 아버지, 아버지만 말하고 아버지만 생각했다. 바닥에 무릎을 꿇고 앉아서 두 손을 들어 올린 채 고맙다는, 아버지를 도와주어서 고맙다는 말도 쏟아냈다.

상냥한 플로라는 감동해, 찻잔과 받침 접시를 늘어놓은 사이에서 눈물을 펑펑 흘리며 장광설을 늘어놓았다.

"분명히 말하는데, 당신 엄마와 우리 아빠가 우리를 갈라놓은 뒤로 지금처럼 슬픈 건 처음이에요. 이번만큼은 도이스와 클레넘이 아니에요 그러니 소중한 아이한테 찻잔을 주어서 입술을 조금이라도 적시게 하세요 어서요 클레넘, 피 선생이 마지막으로 아플 때도 이 정도는 아니었는데 그건 종류가 다르니 통풍은 누구한테나 고통스럽지만 아이가 걸리는 병은 아니니까요 게다가 피 선생은 한쪽 다리를 받침대에 올려놓은 순교자고 주류업은 정말 짜증 나요 사람들이 자기들끼리 거래하니 당연히 그럴 수밖에요, 너무 꿈만 같아서 오늘 아침에는 아무런 생각도 안 나는데 엄청난 돈이 생겼네요, 하지만 꼭 명심해야 돼요 내 사랑 차를 몇 숟갈만 먹고는 그분한테 다 얘기할 힘이 안 생기니까요, 주치의가 처방한 대로 하는 게 좋을 수도 있어요 냄새는 지독하지만 나는 지금도 처방대로 해서 효과를 보거든요, 이유는 묻지 마세요 내 사랑 나라면 안 물을 테니까 하지만 지금도 그렇게 하니까, 모든 사람이 일부는 진심으로 일부는 가짜로 당신을 축하할 거예요 모두가 진심으로 축하하겠지만 분명히 말하는데 내 마음 깊숙한 곳에서 그러는 것보다 더하진 않을 거예요 실수도 많이 하고 멍청하게 굴기도 했다는 걸 알지만, 이번만큼은 도이스와 클레넘이 아니라 클레넘이 판단할 거예요 그러니 잘 가세요 내 사랑 하느님이 축복하시길 그래서 내가 멋대로 한 말을 용서하고 행복하게 지내길, 그 드레스는 다른 사람한테 마무리

시키는 대신 지금 상태대로 놔둔 채 작은 도릿이라고 부르겠다고 맹세해요 이상한 이름으로 부르는 이유를 모르긴 해도 나는 여태껏 그렇게 부른 적이 없고 앞으로도 그러겠지만!"

플로라는 좋아하는 꼬마와 그렇게 작별했다. 작은 도릿은 고맙다고 하면서 껴안길 되풀이하고 또 되풀이하다, 마침내 클레넘과 함께 밖으로 나와서 마차를 타고 마셜씨 교도소로 향했다.

예전의 지저분한 거리를 달리는데 윤택하고 풍요롭고 환상적인 세상으로 들어 올리는 느낌이 비현실적으로 다가왔다. 이제 전용 마차를 타고 경관이 완전히 다른 데를 달릴 거라고, 그러면 지금껏 익숙한 경험은 모두 사라질 거라고 클레넘이 말할 때, 작은 도릿은 갑자기 무서운 마음이 들었다. 하지만 클레넘이 작은 도릿 아버지로 바꾸어, 아버지가 전용 마차를 타고 달릴 거라고, 정말 훌륭하고 화려할 거라고 말할 때는 순수한 자부심과 기쁨에 휩싸이며 눈물을 줄줄 흘렸다. 작은 도릿이 마음속으로 떠올리는 행복은 하나같이 아버지를 향하는 걸 깨닫고, 클레넘은 그 모습만 계속 말했다. 두 사람은 아버지한테 엄청난 소식을 알리려고 교도소 인근 가난한 거리를 그렇게 멋들어지게 달렸다.

치버리 교도관이 근무하는 중으로 철문을 열다 두 사람 얼굴에 이상한 느낌이 가득한 걸 보고 깜짝 놀랐다. 그래서 뒷모습을 물끄러미 쳐다보는데, 교도소로 황급히 들어가는 얼굴에 유령이 하나씩 달라붙은 느낌마저 들었다. 학생 두세 명 역시 지나치다 뒷모습을 물끄러미 쳐다보고, 치버리 교도관한테 곧바로 가서 휴게실 계단에 조그만 무리를 만드는데, 그들 사이에서 교도소 아버지가 풀려날 것 같다고 속닥이는 소리가 서절로 일어났다. 그리고 몇 분 뒤에는 제일 구석진 감방까지 소문이 퍼져나갔다.

작은 도릿은 노크도 안 한 채 문을 열고, 두 사람은 안으로 들어갔다. 교도소 아버지는 낡은 회색 가운에 까만색 낡은 모자를 쓰고 창가에 앉아서 햇살을 즐기며 신문을 읽는 중이었다. 그러다 안경을 손에 든 채 고개를 돌려, 밤이 돼야 돌아올 줄 알았던 딸이 계단을 올라오는 소리에 처음 놀라고, 클레넘이 함께 들어오는 모습에 다시 놀랐다. 두 사람이 들어서는 순간, 마당에서 이미 관심을 끈 이상한 표정에 교도소 아버지는 깜짝 놀랐다. 자리에서 일어나지도 입을 열지도 않았다. 안경과 신문을 바로 옆 탁자에 내려놓고 입을 살짝 벌린 채 입술을 덜덜 떨며 두 사람을 바라볼 뿐이었다. 클레넘이 한 손을 내밀자, 그 손을 잡긴 하는데 평소와 달랐다. 그러다 두 손을 자기 어깨에 올린 채 바로 옆에 앉는 딸한테 시선을 돌려서 물끄러미 바라보았다.

"아버지! 오늘 아침에 정말 기쁜 일이 있었어요!"

"기쁜 일이 있었다고?"

"네, 클레넘 선생님 덕분에, 아버지. 클레넘 선생님이 아버지와 관련된 너무나 놀랍고 기쁜 소식을 알려주었어요! 친절하고 자상하신 모습으로 저를 준비시키지 않았다면 - 저를 충분히 준비시키지 않았다면, 아버지 - 제대로 감당을 못했을 거예요."

작은 도릿은 잔뜩 흥분해서 눈물이 얼굴을 타고 줄줄 흘렀다. 교도소 아버지가 갑자기 한 손을 자기 가슴에 대고 쳐다보니, 클레넘이 대답했다.

"마음을 차분히 가라앉히고, 선생님, 천천히 생각하세요. 지금까지 살면서 가장 즐겁고 행복한 순간을 떠올리세요. 누구든 더없이 기쁜 소식을 들을 때가 있으니까요. 그런 일은 아직 안 끝났으니까요, 선생님. 극히 드물긴 하지만, 끝난 건 아니랍니다."

"클레넘 선생? 끝난 건 아니라니? 끝나지 않았다는 게……?"

교도소 아버지는 "나한테서"라고 말하는 대신, 왼손을 가슴에 다시 올렸다.

"네."

클레넘이 대답하고, 교도소 아버지는 왼손을 가슴에 댄 채 숨을 멈추고 오른손으로 안경을 책상에 수평으로 정확히 내려놓다가 다시 물었다.

"나한테 놀라운 일이 뭐가 있겠소?"

"내가 다르게 묻는 식으로 대답하지요. 도릿 선생님이 전혀 기대하지 않던 가장 바람직한 소식은 무엇일까요? 상상의 나래를 펼치길 두려워하지 말고 마음껏 말해보세요."

교도소 아버지가 클레넘을 뚫어지게 바라보는데, 그러는 사이에 완전히 늙어서 말라빠진 노인으로 변하는 것 같았다. 창문 너머로 햇살이 담장을, 꼭대기에 꽂힌 꼬챙이를 환하게 비쳤다. 교도소 아버지는 가슴에 댄 손을 천천히 펼쳐서 담장을 가리키고, 클레넘은 대답했다.

"네, 저게 무너졌어요. 사라졌어요!"

교도소 아버지는 여전히 똑같은 자세로 뚫어지게 바라보고, 클레넘은 천천히 또박또박 말했다.

"대신에 오랫동안 외면당한 것을 마음껏 누리며 즐기게 되었어요. 도릿 선생님, 앞으로 며칠이면 자유롭게 풀려나서 커다란 부자로 살 텐데, 의심할 여지는 조금도 없어요. 이렇게 바뀐 운명을, 세상이 넘겨준 재물을 - 누구보다 많은 재물을 - 선생님 품으로 들어온 재물을 앞으로 마음껏 누리며 행복하게 살아갈 미래를 진심으로 축하합니다."

클레넘은 상대 손을 꼭 움켜잡나 풀어주고, 딸은 아버지 얼굴에 자기 얼굴을 기댄 채, 더없는 고통에 휩싸인 아버지를 사랑하는 마음으로 오랜 세월 내내 꼭 껴안은 것처럼 지금 더없는 행복에 휩싸인 아버지를 꼭 껴안고, 고마움과 희망과 기쁨과 황홀경이 가득한 마음을 쏟아부었다.

"이제껏 못 본 아버지 모습을 이제는 보게 되었어요. 먹구름이 깨끗하게 걷힌, 사랑하는 아버지를 보게 되었어요. 불쌍한 어머니가 오래전에 본 아버지 모습을 보게 되었어요. 아, 아버지, 아버지! 사랑하는 아버지! 아, 하느님 고맙습니다, 정말 고맙습니다!"

아버지는 딸이 껴안고 뽀뽀하도록 몸을 맡긴 채 한쪽 팔을 딸한테 두를 뿐, 함께 껴안고 함께 뽀뽀하지는 않았다. 뭐라고 말하지도 않았다. 딸과 클레넘을 번갈아 뚫어지게 바라보다, 몹시 추운 것처럼 덜덜 떨기 시작할 뿐이었다. 클레넘은 선술집으로 당장 달려가서 포도주 한 병을 사 오겠다고 작은 도릿한테 설명한 뒤 급하게 뛰어나갔다. 포도주를 지하실에서 꺼내는 동안에는 흥분한 사람들이 계속 몰려들어 무슨 일이냐 묻고, 클레넘은 도릿 선생이 엄청난 재산을 상속받게 되었다고 급한 어조로 알렸다.

클레넘이 한 손에 포도주를 들고 돌아오니, 작은 도릿은 아버지를 안락의자에 앉히고 셔츠와 목도리를 느슨하게 풀어준 상태였다. 두 사람은 큰 잔에 포도주를 따라서 아버지 입술에 댔다. 아버지는 포도주를 살짝 삼키다, 자기 손으로 잔을 움켜잡고 끝까지 마셨다. 그런 다음에는 등을 의자에 기대고 손수건을 얼굴에 댄 채 엉엉 울었다.

시간은 흐르고, 클레넘은 내용을 자세히 설명하는 식으로 깜짝 놀란 분위기에서 잠시 벗어날 기회가 왔다고 생각했다. 그래서 차분한 목소리로 천천히 최선을 다해서 설명하고, 팽스가 굉장히 커다란 역할을 한 것까지 알려주었다. 그러자 교도소 아버지는 벌떡 일어나서 방 안을 허둥지둥 오가며 대답했다.

"그 사람한테 - 하 - 그 사람한테 크게 보상하겠소, 선생. 분명히 말하는데, 클레넘 선생, 관련된 모든 사람한테 - 하 - 충분히 보상하겠소. 누구한테도, 친애하는 선생, 나한테 충분한 보상을 못 받았다는 말이 안 나오도록 하겠소. 내가 선생한테 - 으음 - 당겨쓴 돈도, 선생, 기꺼이 갚겠소. 우리 아들이 당겨쓴 돈까지. 액수는 나중에 편할 때 알려주시오."

교도소 아버지는 방 안을 오갈 목적이 없지만, 한시도 가만있질 않았다. 그러다 다시 말했다.

"모든 사람한테 보답하겠소. 누구한테 빚을 진 상태로 여기를 벗어나지 않겠소. 나한테 그리고 우리 가족한테 - 하 - 예의 바르게 행동한 사람 모두에 보답하겠소. 치버리한테도 보상하겠소. 젊은 존한테도 보상하겠소. 당장으로선 인색하게 굴고 싶지 않은 마음만 가득할 뿐이오, 클레넘 선생."

클레넘이 책상에 지갑을 올려놓으며 제안했다.

"임시로 사용할 돈을 빌려드릴까요, 도릿 선생님? 그럴 목적으로 상당한 돈을 가져오는 게 좋겠다고 생각했답니다."

"고맙소, 선생, 고맙소. 한 시간 전이라면 양심상 못 받겠지만 지금은 기꺼이 받겠소. 정말 고맙소, 잠시 융통해주어서. 아주 잠깐이겠지만, 타이밍이 좋구려……타이밍이 좋아."

교도소 아버지가 지갑을 한 손으로 움켜잡고 이리저리 거닐다 덧붙였다.

"아까 말한 돈에 이 돈도 더하길 바라오, 선생. 우리 아들한테 당겨준 돈도 빼먹지 마시오. 총액이 얼마인지 나한테 - 하 - 나한테 말만 하면 된다오."

그러더니 딸을 쳐다보다 걸음을 멈추어, 이마에 뽀뽀하고 머리를 쓰다듬으며 말했다.

"여성용 모자를 만드는 사람을 구하고, 내 사랑, 지저분한 드레스도 깨끗한 옷으로 빨리 바꿔야 하겠구나. 매기한테도 무언가 해주어야 해, 지금은 – 하 – 옷만 간신히 걸치고 다니는 꼴이잖니. 그리고 네 언니한테도, 그리고 네 오빠한테도. 그리고 내 동생, 네 삼촌한테도 – 불쌍한 동생, 소식을 들으면 정신이 번쩍 나겠지 – 사람을 어서 보내서 모두 데려오렴. 알려줘야 해. 조심스럽게, 하지만 있는 그대로 알려줘야 해. 지금 이 순간부터 너랑 나는 물론 그들 역시 – 으음 – 어떤 일도 안 할 의무가 있어."

가족이 먹고살려고 일한다는 사실을 교도소 아버지도 안다는 걸 처음으로 암시한 말이었다.

교도소 아버지가 한 손에 지갑을 꼭 움켜쥐고 방 안을 여전히 오가는데, 마당에서 환호성이 커다랗게 일어, 클레넘이 창가에서 마당을 내려다보며 말했다.

"소식이 퍼졌네요. 사람들 앞에 모습을 드러내시겠어요, 도릿 선생님? 사람들이 진심으로 좋아할 테니까."

교도소 아버지가 훨씬 들뜬 모습으로 이리저리 오가며 말했다.

"나는 – 으음 – 하 – 솔직히 고백하자면 의상부터 바꾸고 – 으음 – 줄 달린 시계부터 사고 싶은데, 지금 이대로 모습을 드러내야 한다면 하 – 그래야 하겠지. 얘야, 셔츠 목깃을 채워주렴. 클레넘 선생, 팔꿈치 옆 서랍에서 파란 목도리 좀 찾아주시면 고맙겠소. 얘야, 외투는 가슴 부분에서 단추를 엇갈리게 채우렴. 그러면 – 하 – 외투가 널찍해 보이거든, 단추 때문에."

교도소 아버지는 덜덜 떠는 손으로 회색 머리칼을 쓸어올리고, 클레넘과 딸한테 부축받아서 두 사람 팔에 의지한 채 창가에 모습을 드러냈다. 학생들 모두 뜨겁게 환호하고, 교도소 아버지는 은혜라도 베푸는 듯 손 키스를 우아하게 날렸다. 그리고 뒤로 다시 물러날 때는 비참하게 사는 학생들을 동정하는 어투로 "불쌍한 것들!"이라며 한탄했다.

작은 도릿은 아버지가 자리에 누워서 마음을 가라앉히길 갈망했다. 클레넘이 팽스를 불러서 마무리 작업을 어서 처리하도록 하겠다고 할 때는, 아버지가 흥분을 가라앉히고 깊이 잠들 때까지 옆에 머물러 달라고 조그맣게 간청했다. 클레넘한테는 두 번 간청할 필요가 없으니, 작은 도릿은 아버지가 누울 침대를 준비한 다음에 제발 쉬시라고 사정했다. 하지만 교도소 아버지는 – 죄수들한테는 정말 볼만한 광경일 테니 – 자신과 가족이 마차를 타고 영원히 떠나는 광경을 모든 죄수가 지켜보는 걸 교도소장이 허락할까 반대할까 궁금해하면서 방 안을 오가느라 삼십 분 이상 침대에 누울 생각을 안 했다. 하지만 기운이 조금씩 떨어지고 지치다, 마침내 침대에 길게 누웠다.

작은 도릿은 아버지 옆자리를 충실하게 지키며 부채를 부쳐주고 이마를 시원하게 닦아주고, 교도소 아버지는 (지갑을 한 손에 꼭 움켜쥐고) 곤하게 잠든 것 같다, 갑자기 일어나며 물었다.

"클레넘 선생, 미안하오. 그런데 내가 바로 지금 – 하 – 휴게실을 지나서 – 으음 – 바깥으로 나갈 수 있는 거요?"

"아닐 겁니다, 도릿 선생님. 밟아야 할 절차가 남았습니다. 선생님을 붙잡아 두는 건 형식에 불과하나, 아직은 조금 더 기다려야 합니다."

클레넘이 대답하자 교도소 아버지는 눈물을 다시 뿌리고, 클레넘은 상대를 달래려고 기분 좋게 말했다.

"몇 시간이면 될 겁니다, 선생님."

이 말에 교도소 아버지가 발끈했다.

"몇 시간이라고, 선생? 몇 시간을 너무 간단하게 말하는구려, 선생!

공기가 없어서 숨이 막히는 사람한테 한 시간이 얼마나 길 것 같소, 선생?"

당장으로선 이게 마지막 감정 표현이었다. 숨을 쉴 수 없다고 투덜대고 눈물을 흩뿌리다 천천히 잠들었기 때문이다. 클레넘은 조용한 방에 앉아, 침대에서 잠자는 아버지와 그 얼굴에 부채질하는 딸을 가만히 바라보니 머릿속으로 다양한 생각이 일었다.

작은 도릿도 생각이 이는 건 똑같았다. 아버지 회색 머리칼을 옆으로 다정하게 쓸어넘기고 그 이마에 뽀뽀한 다음, 고개를 돌려서 쳐다보다, 바싹 다가온 클레넘한테 머릿속 생각을 조그맣게 속삭인 것이다.

"클레넘 선생님, 아버지가 여기를 떠나기 전에 빚을 모두 갚아야 하나요?"

"당연하지. 모두."

"그것 때문에 아버지가 이렇게 오랫동안, 내가 살아온 세월보다 오래 갇혔는데도 모두 갚아야 하나요?"

"당연하지."

작은 도릿 얼굴에 반신반의하며 반발하는 표정이, 뭔가 불만스러운 느낌이 어렸다. 클레넘이 알아채고 의아한 표정으로 물었다.

"아버지가 빚을 모두 갚는 게 기쁘지 않아?"

"선생님은요?"

작은 도릿이 깊이 생각하는 표정으로 되물었다.

"나? 진심으로 기쁘지!"

"그럼 저도 그래야 하겠군요."

"그런데 안 그렇다는 거니?"

"기나긴 세월을 빼앗기고 심한 고통을 받았는데, 결국에는 빚을 모두 갚아야 한다는 사실이 너무 가혹해요. 기나긴 인생으로도 갚고 돈으로도 갚아야 한다는 게 정말 가혹해요."

"친애하는 작은 도릿……"

클레넘이 입을 여는데, 작은 도릿이 주저하며 변명했다.

"네, 저도 틀렸다는 걸 아니까 너무 나쁘게 생각하지 마세요. 여기에 살면서 오랫동안 키워온 생각일 뿐이에요."

교도소는 많은 걸 망가뜨리지만, 작은 도릿 마음에 드리운 얼룩은 이게 전부였다. 불쌍한 죄수를, 아버지를 불쌍히 여기는 혼란스러운 마음 때문에 생긴 얼룩이지만, 교도소라는 환경이 작은 도릿한테 찍은 처음이자 마지막 얼룩이었다.

이 생각을 하니 클레넘은 할 말이 없었다. 작은 도릿 특유의 순수함과 선량함이 한층 더 빛났다. 순수함과 선량함이 조그만 얼룩 때문에 한층 더 아름답게 보였다.

작은 도릿은 뜨겁게 달아오르던 감정에 지쳐서 조용한 실내 분위기에 빨려들어, 부채를 부치던 손은 천천히 느려지다 멈추고 머리는 아버지 머리 옆 베개로 떨어졌다. 클레넘은 가만히 일어나서 방문을 조용히 여닫은 다음, 교도소를 빠져나가 고요함을 가득 품은 채 시끌벅적한 거리로 들어섰다.

36장. 마셜씨 교도소가 아버지를 잃다

도릿 선생과 가족이 교도소를 영원히 떠나는 날은, 수없이 걸어 다니던 판석이 그들을 더는 못 보는 날은 드디어 다가왔다.

과정은 짧지만 도릿 선생은 너무 길다며 마냥 투덜댔다. 너무 늦다며 러그 선생을 압박했다. 러그 선생에게 고압적으로 대하다 못해 다른 사람을 고용하겠다고 협박할 정도였다. 자신이 교도소에 있다는 약점을 이용하지 말고 맡은 일을 제대로 하라고, 빨리 처리하라고 요구했다. 변호사와 대리인이 어떤 부류인지 안다는, 자신을 속일 생각은 말라는 말까지 했다. 러그 선생이 최선을 다하는 중이라고 겸손하게 답하면, 큰딸 미스 패니는 돈이 문제가 아니라는 말을 스무 번은 들었을 텐데 일을 왜 저리도 못하는지 궁금하다고, 자신이 말하는 상대가 누군지를 잊어버렸다는 의심마저 든다고 퉁명스럽게 반박했다.

도릿 선생은 교도소장한테도, 그 자리를 오랫동안 지키고 예전에 불화를 겪은 적이 한 번도 없는 인물한테도 가혹하게 행동했다. 교도소장은 개인적으로 축하하면서, 교도소를 떠나기 전까지 소장 관사에 있는 방 두 칸을 마음대로 사용하라고 제안했다. 그러자 도릿 선생은 고맙다고, 생각해보겠다고 대답했다. 하지만 교도소장이 사라지자마자 자리에 앉아서 통렬하게 비꼬는 편지를 썼다. 교도소장한테 축하받는 영광을 예전에 누린 적이 없으니(이 말은 사실이지만 축하받을 일이 그동안 한 번도 없었다는 것 역시 사실인데), 세속적인 경향을 완벽하게 벗어나서 청렴결백하게 제안한 건 고맙지만, 자신과 가족은 교도소장의 제안을 거절할 수밖에 없다는 내용이었다.

새롭게 바뀐 운명에 동생 프레데릭이 둔감한 반응을 보이는 걸 보면 과연 상황을 제대로 이해했는지 의심스럽긴 해도, 도릿 선생은 자신이 필요해서 부른 양말 장수, 양복쟁이, 모자쟁이, 신발쟁이한테 동생 치수도 재도록 하고, 예전에 입던 옷가지는 빼앗아서 불태우도록 했다. 미스 패니와 팁한테는 훌륭한 패션을 갖추고 우아하게 행동하도록 따로 지시할 필요가 없으니, 세 사람은 이 기간에 인근에서 제일 좋은 호텔에 함께 묵었다. 물론 미스 패니가 말한 것처럼 제일 좋은 호텔이라 해도 지극히 평범할 수밖에 없는 곳이었다. 여기에 머무는 동안, 팁은 이륜마차와 말과 시종과 깔끔한 장비 일체를 세내서, 마셜씨 교도소 마당 바깥 대로에 두세 시간씩 우아한 자태를 드러내기 일쑤였다. 말 두 마리가 끄는 평범하고 조그만 전세 마차도 자주 나타났는데, 미스 패니는 그 마차에서 내리고 오를 때마다 누구도 범접할 수 없는 보닛 모자를 과시해 교도소장 딸들을 안절부절못하게 했다.

짧은 기간에 엄청나게 많은 작업이 진행되었다. 그 가운데는 모뉴먼트 야드에서 나온 페들 변호사와 풀 변호사에게, 클레넘 선생한테 편지를 써서, 도릿 선생이 클레넘 선생한테 빚을 졌다고 여기는 원금에 연리 5% 이자를 곱한 총액 24파운드 9실링 8페니를 동봉하라는 내용도 있었다. 페들 변호사와 풀 변호사는 도릿 선생이 요청하지도 않았는데 (동행료[140]를 포함해서) 클레넘 선생이 당겨준 돈을 지금 갚는다는,

140) 채무자는 석방되기 전에 교도소 당국에 통행료를 내야 했다. 찰스 디킨스 아버지도

도릿 선생이라는 이름을 대상으로 공개적으로 건네는 돈이라면 그 돈을 안 받았을 거라는 내용까지 편지에 담으라는 지시도 받았다. 두 변호사는 지시받은 대로 하면서 도장 찍힌 영수증을 요구하는 등, 고분고분하게 종노릇했다. 고아가 될 마셜씨 교도소에서 아버지 역할을 오랫동안 해온 도릿 선생은 엄청나게 많은 일이 또 있었는데, 대체로 학생들이 적은 돈을 요청하면서 생겨난 업무였다. 학생이 요청할 때마다 도릿 선생은 최대한 너그럽게 대하면서도 형식과 절차를 다 밟았다. 신청자가 찾아와서 기다릴 시간을 지정하는 편지를 보낸 다음, 서류가 가득 쌓인 한가운데서 맞이하고, 기부할 때는 ("이건 빌려주는 게 아니라 기부하는 거"라고 늘 말했으니) 좋은 말을 마구 늘어놓았다. 자신을, 그곳을 영원히 떠날 마셜씨 교도소 아버지를 교도소 학생 모두 오랫동안 존경하길 바라기 때문이었다.

학생들은 시샘하지 않았다. 오랫동안 버틴 학생을 존경하는 전통이 있는 데다 개인적으로도 존경하고, 사건이 신문에 실리면서 학교 명예를 크게 끌어올리기도 했기 때문이다. 물론 그들 가운데 상당수는 비슷한 일이 생길 수 있다는, 언젠가는 비슷한 일이 생길 거라는 확신까지는 아니더라도 희망은 품을 가능성도 컸다. 그래서 모두 잘 받아들였다. 일부는 교도소에 그대로 남는다는, 여전히 가난하다는 생각에 울적하기도 하지만, 화려하게 뒤바뀐 운명을 시기하지는 않았다. 상류사회에서는 이런 걸 훨씬 많이 시샘할 수 있다. 중산층 역시 학생보다 관대하지 않을 수 있다. 하지만 하루 벌어 하루 먹고사는 - 전당포 주인한테서 그날 먹을 음식을 마련하는 - 학생들은 그러지 않았다.

학생들은 송별사를 유리 액자에 말끔하게 끼워서 선물했으며(가족이 사는 대저택에 전시하지도, 오래 보존하지도 않았다), 도릿 선생은

10실링 10페니를 통행료로 낸 적이 있다.

우아하게 답례했다. 애정 어린 송별사를 고맙게 받겠다는, 모두가 자신처럼 열심히 살기를 바란다고 간곡하게 권하는 내용을 왕족처럼 당당하게 문서로 작성해서 보낸 것인데, 학생들 역시 엄청난 재산을 물려받을 수만 있다면 하나같이 그 말에 따를 게 분명했다. 그런데 마당에 큰 잔칫상을 차려서 모두를 초대해, 뒤에 남을 모든 학생하고 작별주를 마시면서 건강과 행복을 기원하는 영광을 누리고 싶다는 내용도 있었다.

도릿 선생은 모두가 모인 잔칫상에서 (잔치는 오후 2시에 시작하고, 도릿 선생이 먹을 음식은 호텔에서 6시에 오는 터라) 음식을 들지는 않고, 아들 팁은 주빈석을 차지해서 허물없이 행동하는 매력을 보여주었다. 하객 사이를 돌아다니며 각자에게 아는 척하고, 자신이 주문한 대로 고급요리가 왔는지 확인해서 모두에게 넉넉히 제공하도록 했다. 전체적으로, 기분이 매우 좋은 옛날 옛적의 귀족 같았다. 잔치를 마무리할 즈음에는 모든 손님한테 오래된 백포도주를 큰 잔에 가득 따라서 건배하자며, 남은 초저녁 시간 내내 마음껏 먹고 마시라고, 모두 행복하게 지내라고, 모두 환영한다고 말했다. 사람들은 환호성을 올리면서 팁이 건강하도록 건배하고, 팁은 고맙다고 대답하려다 감정이 북받친 나머지 가슴에서 심장이 뛰는 초라한 노예처럼 눈물을 터트리니, 그 모습만큼은 조금도 귀족 같지 않았다. 팁은 속으로 실수했다고 여기면서도 크게 성공한 척하며, 각자 10파운드씩 미리 받고 참석한 "치버리 교도관과 동료 교도관들"을 소개했다. 치버리 교도관은 건배를 제안하며 "교도소에 갇힐 수밖에 없다면, 갇히세요. 하지만 족쇄를 찬 아프리카 노예들이 하는 말처럼, 모두 똑같은 인간이며 형제라는 사실을 잊지 마세요"라고 말했다. 건배할 내용은 하나씩 사라지고, 도릿 선생은 교도소에서 자신 다음으로 오랜 세월을 보낸 학생하고 구주회 경기하는 동작을 점잖게 보여주고는 모두 마음껏 즐기도록 하고 자리를 떠났다.

잔치를 벌인 건 마지막 날 하루 전이었다. 도릿 선생이 가족과 함께 교도소를 영원히 떠나는 날이, 수없이 걸어 다니던 판석이 그들을 더는 못 보는 날이 드디어 다가왔다.

떠나기로 예정한 시간은 정오였다. 시간이 되자, 실내에 머무는 학생도, 자리를 비운 교도관도 없었다. 교도관은 하나같이 제일 좋은 옷차림이고, 학생 대부분도 상황이 허락하는 선에서 제일 밝은 옷차림이었다. 깃발까지 두세 개 추켜들고, 아이들은 잡다한 리본을 달았다. 도릿 선생은 견디기 힘든 시간 내내 심각하지만 우아한 자세를 유지했다. 그러면서 동생한테 관심을 쏟았다. 동생은 너무나 엄청난 사건을 겪고 선 걱정스러운 표정이 가득했기 때문이다.

"친애하는 동생, 나랑 팔짱을 끼고 오랜 친구들 사이를 지나는 거야. 우리는 팔짱을 끼고 나가는 게 맞아, 친애하는 동생."

형이 말하자, 동생이 대답했다.

"하! 그래, 맞아, 맞아."

"그리고 친애하는 동생 – 잔뜩 긴장한 모습을 떨쳐내고 평소 모습에 조금만 (양해하게, 동생) 품위를 더한다면……"

동생이 머리를 저으며 대답했다.

"형, 형, 형이나 그러라고. 나는 어떻게 하는지 모르니까. 모두 까먹었어, 모두 까먹어!"

"하지만 친애하는 동생, 바로 그 이유 때문에라도, 다른 이유가 없더라도, 정신을 바싹 차려야 해. 옛날에 까먹은 예의를 떠올려야 한다고, 친애하는 동생. 네 신분이……"

"엉?"

"네 신분, 친애하는 동생."

"내 신분?"

동생이 처음에는 자신을, 다음에는 형을 쳐다보고는 숨을 길게 들이마시며 소리쳤다.

"하, 맞아! 그래, 맞아, 맞아."

"이제 너는, 친애하는 동생, 훌륭한 신분이야. 내 동생이니 이제 너는 훌륭한 신분이라고. 신분에 걸맞게 행동하려고 애쓰는 건, 친애하는 동생, 그래서 신분을 멋있게 드러내는 건 아주 중요해. 그 신분을 망신거리로 만들지 말고 멋있게 드러내라고."

동생이 한숨을 내쉬며 힘없이 대답했다.

"형, 형이 바라는 일이라면 뭐든지 최선을 다하겠어. 하지만 나는 능력이 정말 부족하다는 사실을 기억하라고. 오늘 내가 무얼 어떻게 하면 좋겠어, 형? 그게 무언지 말해, 무언지 말하라고."

"친애하는 동생, 하나도 없어. 너처럼 착한 마음을 힘들게 할 가치가 있는 건 아니야."

"그냥 힘들게 해. 형을 위해서 할 수 있는 거라면 무엇도 힘들지 않으니까."

형은 손으로 두 눈을 훔치며 만족스러운 표정으로 당당하게 중얼거렸다.

"따듯한 애정에 은총이 가득하길, 불쌍한 동생!"

그러더니 커다랗게 덧붙였다.

"그래, 친애하는 동생, 함께 걸어나가면서 보여주어야 할 건, 너 역시 이번 일에 크게 만족한다는 것 – 네가 생각하기에 이번 일은……"

"내가 이번 일을 어떻게 생각하라고?"

동생이 순종하는 어투로 물었다.

"아, 친애하는 동생, 내가 어떻게 대답하겠니? 내가 할 수 있는 말은 착한 사람들 곁을 떠나는 순간에 자신만 생각하라는 게 전부야."

"그래, 그거야! 그러면 되겠어."

"나는, 친애하는 동생, 복잡한 감정이 아무리 몰려들어도 '내가 떠나면 저 사람들은 어떻게 될까?' 하는 생각을 떠올릴 것 같아."

"맞아, 바로 그거야, 그거. 밖으로 나갈 때 나도 그런 생각을 하겠어. 우리 형이 없으면 저 사람들은 어떻게 될까? 불쌍한 사람들! 우리 형이 없으면 저 사람들은 어떻게 될까?"

12시 종이 울리고 마차를 바깥쪽 마당에 대기했다고 하자 형제는 팔짱을 끼고 계단을 내려갔다. 신사 에드워드 도릿(예전의 팁)과 미스 패니 역시 팔짱을 끼고 뒤를 따랐다. 플로니쉬와 매기는 가져갈 가치가 있는 물품을 책임진 터라 짐 마차에 실을 보따리와 짐을 가득 짊어지고 뒤를 따랐다.

마당에는 학생과 교도관이 가득했다. 마당에는 팽스와 러그가 와서 모든 작업이 마무리되는 광경을 확인했다. 마당에는 젊은 존이 심장이 무너져서 죽으면 사용할 비문을 새로 쓰고 있었다. 마당에는 족장 캐스비도 와서 엄청나게 자애로운 표정을 떠올리니, 학생들은 그 손을 툭하면 움켜잡고, 부인네들과 여인네들은 그 손에 키스했다. 은혜로운 행운은 하나같이 족장 덕분이라고 여기는 모양새였다. 마당에는 교도소장이 기금을 횡령했다고 문제 삼는 학생도 있으니, 새벽 5시에 일어나서 횡령했다는 모호한 내용 전체를 완벽하게 필사해, 정부를 깜짝 놀라게 하고 교도소장을 몰락시킬 중요한 서류라며, 도릿 선생한테 맡겼다. 마당에는 언제나 빚을 구하려 애쓰는 파산자도 있으니, 그는 다른 사람이 교도소를 나가려고 애쓰는 만큼 교도소로 들어오려 애쓰는데도 금방 풀려나서 칭찬받는 반면, 그 옆에 있는 파산자는 – 빚을 멀리하려고 애쓰느라 반은 녹초가 된, 조그만 덩치에 늘 우는소리를 하며 힘겹게 사는 가난한 장사꾼은 – 감독관이 질책과 비난을 감수하고서 자신을 풀어주는 건 정말이지 매우 어렵다는 사실을 깨달았다. 마당에는 자식도 많고 부담도 많은 사내도 있으니 결국엔 파산해서 모든 사람을 놀라게 하고, 마당에는 자식이 없고 꾀만 가득한 사람도 있으니 결국에는 파산했지만 놀라는 사람은 하나도 없었다. 내일이면 나간다고 떠벌리다 결국엔 미루는 사람도 있고, 어제 들어온 터라 오래 묵는 학생과 다르게 변덕스러운 행운을 질시하고 성질부리는 사람도 있었다. 영혼이 천박한 나머지, 부자가 된 학생과 그 가족 앞에서 굽실대며 아부하는 사람도 있고, 어두운 감금과 가난에 두 눈이 적응한 나머지 너무나 환하게 비추는 햇살을 못 견디고 고개를 숙이는 사람도 있었다. 고기랑 술을 사 먹으라며 도릿 선생 주머니에 돈을 찔러주던 사람도 많으나, 그때 생각을 하고서 도릿 선생한테 주제넘게 '어이, 친구, 잘 만났네!' 라면서 다가오는 사람은 없었다. 그보다는 새장에 갇힌 새들이 자유롭게 풀려나는 새를 보고서 살짝 부끄러운 듯, 창살 쪽으로 물러나다, 도릿 선생이 지날 때 날개를 퍼덕이는 모습을 살짝 보였다는 게 맞을 것 같았다.

이런 구경꾼 사이를 뚫고 짧은 행렬은, 두 형제가 제일 앞에서 철문으로 천천히 나아갔다. 도릿 선생은 자신이 없으면 불쌍한 사람들이 어떻게 살지를 계속 생각하느라 위대한 느낌과 슬픈 느낌마저 들었으나 흠뻑 빠져들지는 않았다. 그래서 위대한 영웅을 흉내 내는 코미디언이 교회에 가면서 그러는 것처럼, 아이들 머리를 쓰다듬고, 사람들 이름을 부르고, 모든 사람한테 겸손하게 굴고, '위로하여라, 나의 백성을 위로하여라'[141]라는 황금 글사에 둘러싸인 채 사람들을 위로하려고 애

141) 이사야 40:1

쓰며 걸어가는 것만 같았다.

마침내 커다란 환호성 세 번이 일어나, 도릿 선생은 철문을 나가고 마셜씨 교도소는 고아가 되었음을 선포했다. 환호성이 교도소 담장에 부닥쳐서 메아리로 사라지기도 전에 가족은 마차에 올라타고, 시종은 보조 계단을 손으로 잡았다.

그 전이 아니라, 바로 그 순간, 미스 패니가 갑자기 소리쳤다.

"맙소사! 에이미가 없어요!"

아버지는 에이미가 언니와 함께 있다고 생각했다. 언니는 에이미가 "어딘가에 누군가하고" 있다고 생각했다. 필요한 순간에 필요한 곳에 가만히 나타나듯, 이번에도 그러리라 생각한 것이다. 이대로 떠난다면 에이미 없이 가족끼리 힘을 합쳐서 살아가는 첫 번째 행동이 될 수도 있었다.

어찌 된 일인지 몰라서 1분 정도 우왕좌왕할 때, 미스 패니가 마차 의자에 앉아서 휴게실로 이어지는 좁고 기다란 통로를 바라보다, 잔뜩 화나서 얼굴을 빨갛게 붉히며 소리쳤다.

"맙소사, 창피해서 미치겠어요, 아빠!"

"뭐가 그렇게 창피한데, 패니?"

"맙소사, 정말이지 완벽하게 창피해요! 즐거운 순간조차 죽고 싶은 마음이 들 정도예요! 에이미가 저기에 오잖아요, 추잡한 드레스 차림으로, 내가 새 옷으로 갈아입으라고 사정하고 또 사정했는데도 고집하던 옷차림으로, 아빠와 함께 교도소에 있는 동안만큼은 그대로 입고 싶다는 말도 안 되는 소리를 천박하게 지껄이면서, 오늘은 꼭 갈아입겠다고 약속하고는. 마지막 순간에 마지막까지 우리를 창피하게 하면서, 에이미가 저기에 들려오잖아요. 클레넘 선생한테 안긴 채!"

작은 도릿을 비난하는 말은 그 모습 그대로 증명되었다. 의식을 잃은 조그만 여인을 클레넘이 두 팔로 들고 마차로 다가온 것이다. 그리고는 안타깝다는 어투로 말하는데, 나무라는 느낌이 묻어나왔다.

"작은 도릿을 잊으셨네요. (치버리 교도관이 알려줘서) 작은 도릿 방으로 뛰어 올라가니, 방문은 열리고 작은 도릿은 기절해서 쓰러졌더군요. 드레스를 갈아입으러 올라갔다 체력이 갑자기 떨어지면서 쓰러진 것 같습니다. 차갑고 불쌍한 손을 잡아요, 미스 패니. 떨어뜨리지 말고."

미스 패니가 눈물을 터트리며 대답했다.

"고맙습니다, 선생님. 말미를 주면 어떻게 해야 할지 알 것 같아요. 친애하는 에이미, 눈을 뜨렴, 그래야 에이미지! 아, 에이미, 에이미, 정말 짜증 나고 창피해서 못 살겠다! 정신 차려, 에이미! 아, 마차는 왜 안 달리는 거야! 아빠, 마차를 몰라고 하세요!"

시종이 "실례합니다, 선생님!"이라고 말하면서 클레넘과 마차 문 사이로 날카롭게 들어와서는 보조 계단을 접어 올리고, 도릿 가족이 탄 마차는 멀어지기 시작했다.

1권 끝